DIE
ROTE
KÖNIGIN

Victoria Aveyard studierte Drehbuchschreiben an der University of Southern California. Inzwischen arbeitet sie als freie Autorin und lebt abwechselnd in ihrem Heimatort in Massachusetts und in Los Angeles.
Ihre spannende und vielschichtige Fantasy-Serie »Die Farben des Blutes« ist ein internationaler Erfolg.

VICTORIA AVEYARD

DIE ROTE KÖNIGIN

Aus dem Englischen von
Birgit Schmitz

CARLSEN

Außerdem von Victoria Aveyard im Carlsen Verlag:
Gläsernes Schwert (Band 2)
Goldener Käfig (Band 3)
Wütender Sturm (Band 4)
Der Gesang der Königin (E-Short)
Rotes Netz (E-Short)

FSC www.fsc.org
MIX
Papier aus verantwortungsvollen Quellen
FSC® C083411

Veröffentlicht im Carlsen Verlag
Dezember 2018

Originalverlag: HarperTeen, an imprint of HarperCollins Publishers, New York
Originaltitel: »Red Queen«

Umschlagbilder: Trevillion Images © Susan Fox;
shutterstock © Jag_cz/Francesco Ocello
Umschlaggestaltung: formlabor
Corporate Design Taschenbuch: bell étage
Satz: Pinkuin Satz und Datentechnik, Berlin
ISBN 978-3-551-31778-0

FÜR MOM, DAD UND MORGAN,
DIE WISSEN WOLLTEN, WIE ES WEITERGEHT,
SELBST ALS ICH ES NICHT WOLLTE.

1

Ich hasse Erste Freitage. Dann herrscht immer ein Riesengedränge im Dorf, und jetzt in der Hochsommerhitze ist das für niemanden angenehm. Auf meinem Platz im Schatten geht es eigentlich noch, aber der Schweißgestank von all denen, die in der Morgensonne arbeiten, könnte Milch gerinnen lassen. Die Luft flimmert vor Hitze und Feuchtigkeit. Selbst die Pfützen von dem Gewitter gestern sind heiß, und der Öl- und Schmierfilm darauf lässt sie in allen Regenbogenfarben schimmern.

Der Marktplatz leert sich zusehends, weil die Händler nach und nach ihre Stände dichtmachen für heute. Sie sind abgelenkt, unachtsam, deshalb kann ich ganz leicht mitgehen lassen, wonach mir der Sinn steht. Am Ende sind meine Taschen ausgebeult von all dem Kram, und einen Apfel für unterwegs habe ich auch noch ergattert. Kein schlechter Schnitt für wenige Minuten Arbeit. Der ganze Menschenpulk zieht in eine Richtung, also lasse ich mich mit dem Strom treiben. Meine Hände zucken pfeilschnell durch die Luft, berühren ihr Ziel nur sanft und ganz flüchtig, stibitzen hier ein paar Scheine aus der Tasche eines Mannes, dort ein Armband vom Handgelenk einer Frau – nichts Großes. Die Dorfbewohner sind zu sehr damit beschäftigt, vorwärtszudrängeln, als dass sie einen Taschendieb in ihrer Mitte bemerken würden.

Die Pfahlbauten, nach denen unser Dorf benannt ist (Stilts – das Stelzendorf, sehr originell), erheben sich rechts und links von uns drei Meter hoch über dem feuchten Grund. Im Frühjahr ist die Böschung des Flusses überflutet, aber jetzt im August wird das Dorf von Wassermangel und einer unmenschlichen Hitze heimgesucht. Fast alle hier freuen sich auf den Ersten Freitag im Monat, weil dann sowohl die Schule als auch die Arbeit früher enden als sonst. Aber ich freue mich nicht. Nein, ich würde lieber in der Schule sitzen und in einem überfüllten Klassenzimmer nichts lernen.

Für mich ist die Schule allerdings bald zu Ende. Mein achtzehnter Geburtstag steht vor der Tür und damit meine Einberufung. Ich habe keine Lehrstelle gefunden und keine Arbeit, und das bedeutet, dass ich in den Krieg geschickt werde wie alle anderen *Nichtsnutze*. Doch wen wundert es, dass es keine Arbeit mehr gibt, wenn alle Männer, Frauen und Kinder einen Weg suchen, der Armee zu entgehen?

Meine Brüder sind auch mit achtzehn eingezogen worden. Alle drei wurden in den Krieg gegen die Lakelander geschickt. Nur Shade kann einigermaßen schreiben und schickt Briefe, wenn es geht. Von Bree und Tramy, meinen anderen Brüdern, habe ich schon seit über einem Jahr nichts mehr gehört. Aber keine Nachrichten sind gute Nachrichten. Es kommt vor, dass Familien jahrelang nichts hören, und dann stehen ihre Söhne und Töchter plötzlich vor der Tür, weil sie Heimaturlaub bekommen haben oder das große Glück hatten, aus der Armee verabschiedet zu werden. Für gewöhnlich bekommt man jedoch einen Brief auf schwerem Papier mit dem Siegel der Krone unter einem kurzen Dank für das Leben seines Kindes. Und manchmal liegen sogar ein paar Uniformknöpfe bei.

Ich war dreizehn, als Bree uns verließ. Er küsste mich auf die Wange und schenkte mir ein Paar Ohrringe, das ich mir mit meiner kleinen Schwester Gisa teilen sollte: Glasperlen, blassrosa wie ein Sonnenuntergang. Noch in derselben Nacht haben wir uns Ohrlöcher gestochen. Tramy und Shade setzten diese Tradition fort, als sie gingen. Also tragen Gisa und ich jetzt beide drei winzige Perlen am Ohr, die uns an unsere irgendwo in der Ferne kämpfenden Brüder erinnern. Ich konnte damals gar nicht glauben, dass sie wirklich fortmussten, bis der Legionär in seiner glänzenden Rüstung erschien und sie mitnahm, einen nach dem anderen. Im Herbst kommt er dann mich holen. Ich habe schon angefangen zu sparen – und zu stehlen –, um Gisa einen Ohrring kaufen zu können, wenn es so weit ist.

Denk nicht darüber nach. Das sagt meine Mutter immer, bezogen auf die Armee, auf meine Brüder, überhaupt auf alles. *Toller Rat, Ma.*

Ein Stück die Straße runter, da wo die Mill Road und die Marcher Road sich kreuzen, schwillt die Menschenmenge weiter an, weil noch mehr Dorfbewohner dazustoßen. Eine Kinderbande – junge, ungeübte Diebe – lässt ihre klebrigen Finger suchend durchs Gewühl flattern. Sie sind noch zu klein, um geschickt zu sein, und der Wachdienst schreitet rasch ein. Normalerweise würden die Kinder am Pranger landen oder im Gefängnis, aber die Sicherheitsleute wollen auch zum Ersten Freitag. Sie begnügen sich damit, den Anführern der Bande ein paar heftige Schläge zu verpassen, bevor sie sie laufenlassen. *Wenigstens das.*

Eine zarte Berührung an meiner Hüfte lässt mich instinktiv herumfahren und die Hand desjenigen ergreifen, der dumm genug ist, mich bestehlen zu wollen. Ich halte sie gut fest, damit der kleine Teufel, dem sie gehört, nicht weglaufen kann. Doch statt in die erschrockene Miene eines dürren Kindes schaue ich in ein feixendes Gesicht.

Kilorn Warren. Fischerlehrling, Kriegswaise und wahrscheinlich mein einziger echter Freund. Als Kinder haben wir uns gern geprügelt, doch jetzt, wo wir älter sind – und er einen halben Meter größer ist als ich –, gehe ich Raufereien lieber aus dem Weg. Aber seine Größe hat auch Vorteile. Wenn man an hohe Regale herankommen will, zum Beispiel.

»Du wirst immer schneller«, sagt er grinsend und schüttelt meine Hand ab.

»Oder du langsamer.«

Er verdreht die Augen und nimmt mir den Apfel aus den Fingern.

»Wartest du auf Gisa?«, fragt er und beißt hinein.

»Sie ist heute freigestellt. Sie muss arbeiten.«

»Dann lass uns gehen. Ich möchte die Show nicht verpassen.«

»Das wäre auch wirklich tragisch.«

»Na, na, na, Mare«, neckt er mich und hebt drohend den Zeigefinger. »Sie findet doch zu unserem Vergnügen statt.«

»Sie findet statt, um uns *einzuschüchtern*, du Dummkopf.«

Aber er geht bereits mit großen Schritten voran und zwingt mich fast, im Laufschritt neben ihm herzutraben. Er hat einen leicht torkelnden Gang. *Seemannsgang* nennt er das, obwohl er noch nie auf hoher See war, denn die ist weit weg. Aber die vielen Stunden auf dem Fischerboot seines Meisters tun wohl auch ihre Wirkung, selbst wenn sie nur auf dem Fluss unterwegs sind.

Kilorns Vater wurde, wie meiner, in den Krieg geschickt, aber während meiner mit nur einem Bein und einem Lungenflügel zurückkehrte, kam Mr Warren in einem Schuhkarton nach Hause. Kilorns Mutter hat damals das Weite gesucht und ihren kleinen Sohn sich selbst überlassen. Er wäre fast verhungert, fand aber irgendwie immer einen Grund, sich mit mir zu raufen. Weil ich kein dürres Klappergestell verprügeln wollte, habe ich ihm Essen zugesteckt, und hier ist er nun, zehn Jahre später. Wenigstens hat er eine Lehrstelle; er muss also nicht in den Krieg.

Wir kommen zum Fuß des Hügels. Hier ist das Gewühl noch größer, von allen Seiten wird gerempelt und gedrängelt. Die Teilnahme am Ersten Freitag ist Pflicht, es sei denn, man zählt zu den »unverzichtbaren Arbeitskräften«, wie meine Schwester. Als ob Sticken unverzichtbar wäre. Aber die Silbernen lieben ihre Seide nun mal. Selbst die Wachleute, zumindest einige von ihnen, lassen sich mit Dingen bestechen, die meine Schwester genäht hat. Aber davon weiß ich natürlich nichts.

Die Schatten um uns herum werden dunkler, während wir die steinernen Stufen zum Scheitelpunkt des Hügels erklimmen. Kilorn nimmt immer zwei auf einmal und verliert mich fast in der Menge, aber dann bleibt er stehen und wartet. Er streicht sich eine hellblonde Strähne aus den grünen Augen und grinst auf mich herab.

»Manchmal vergesse ich, dass du Kinderbeine hast.«

»Immer noch besser als ein Kinderhirn«, kontere ich und gebe ihm im Vorbeigehen einen Klaps auf die Wange. Sein Lachen folgt mir die Stufen hinauf.

»Du bist ja noch übler gelaunt als sonst.«

»Ich hasse diese Veranstaltungen.«

»Ja, ich weiß«, murmelt er, ausnahmsweise einmal ernst.

Und dann sind wir in der Arena. Die Sonne steht gleißend hell über uns am Himmel. Zehn Jahre ist es her, dass die Arena errichtet wurde, und sie ist ohne Frage das größte Gebäude hier. Mit den riesigen Kolossen in den Städten kann sie nicht mithalten, aber die in den Himmel ragenden Stahlbogen und die Betonmassen reichen trotzdem aus, um einem Mädchen vom Dorf den Atem zu rauben.

Überall sind Wachleute; mit ihren schwarz-silbernen Uniformen stechen sie aus der Menge hervor. Heute ist Erster Freitag, und sie können es nicht erwarten, den Kampf zu sehen. Sie tragen Gewehre oder Pistolen, obwohl sie eigentlich gar keine Waffen brauchen. Denn Wachleute sind üblicherweise Silberne, und Silberne müssen uns Rote nicht fürchten. Das weiß jeder. Wir sind nicht ihresgleichen, auch wenn man es uns nicht ansieht. Das Einzige, was uns unterscheidet, zumindest rein äußerlich, ist die aufrechte Haltung der Silbernen. Unsere Rücken sind gebeugt von der Arbeit, von unerfüllten Hoffnungen und der unvermeidlichen Enttäuschung über unser Los.

In der Freilichtarena ist es genauso heiß wie draußen, und Kilorn, der wie immer alles im Blick hat, führt mich zu einem Platz im Schatten. Einzelsitze gibt es hier nicht, lediglich lange Betonbänke. Nur die wenigen Silber-Adligen hoch über uns haben kühle, bequeme Logen. Dort bekommen sie Drinks serviert und Essen und im Hochsommer sogar Eis; sie sitzen auf gepolsterten Sesseln und verfügen über elektrisches Licht und etliche weitere Annehmlichkeiten, in deren Genuss ich niemals kommen werde. Aber die Silbernen haben gar kein Auge für all das, sondern beklagen sich noch über die »jämmerlichen Zustände«. Ich gebe ihnen jämmerliche Zustände, wenn ich jemals die Gelegenheit dazu bekomme.

Wir Roten müssen uns mit harten Bänken und einigen plärrenden Videoleinwänden begnügen, die beinahe unerträglich grell und laut sind.

»Ich verwette einen Tageslohn darauf, dass heute wieder ein Starkarm antritt«, sagt Kilorn und wirft das Apfelgehäuse Richtung Arena.

»Keine Wetten!«, erwidere ich streng. Viele Rote setzen ihre Einkünfte auf den Ausgang der Kämpfe, in der Hoffnung, mit dem Gewinn durch die nächste Woche zu kommen. Ich wette nicht; nicht einmal mit Kilorn. Es ist leichter, den Geldbeutel des Buchmachers zu stehlen, als den Inhalt zu gewinnen. »Du solltest dein Geld nicht so sinnlos verschleudern.«

»Wenn ich richtig tippe, ist es nicht sinnlos. Und es ist doch eigentlich *immer* ein Starkarm, der hier auf irgendeinen Gegner einprügelt.«

Starkarme stellen tatsächlich mindestens die Hälfte der Kämpfer, da sie sich mit ihrem Geschick und ihren Fähigkeiten besser für die Arena eignen als die meisten anderen Silbernen. Sie scheinen es fast zu genießen, ihre Gegner mit Hilfe ihrer übermenschlichen Kraft durch den Ring zu schleudern wie Stoffpuppen.

»Und was glaubst du, wer gegen ihn antritt?«, frage ich und gehe in Gedanken die Bandbreite von Silbernen durch, die in Frage kommen. Kopflenker, Huscher, Nymphen, Grünfinger, Versteinerer – sie alle sind gnadenlos und schrecklich.

»Weiß nicht. Hoffentlich einer, der cool ist. Ich könnte ein bisschen Spaß gut gebrauchen.«

Kilorn und ich sind uns sehr uneins, was die Beurteilung des Heldenwettstreits angeht. Mir bereitet es keinerlei Vergnügen, dabei zuzusehen, wie zwei Kämpfer sich gegenseitig in Stücke reißen. Kilorn hingegen liebt diese Veranstaltung. *Sollen sie sich doch ruhig gegenseitig die Köpfe einschlagen*, sagt er. *Schließlich sind sie keine von uns.*

Er versteht nicht, worum es bei einem Heldenwettstreit geht. Was hier geboten wird, ist keine anspruchslose Unterhaltung, um uns eine Pause von der strapaziösen Arbeit zu verschaffen. Diese Kämpfe dienen vielmehr einem ganz konkreten Zweck: der Demonstration von Macht. Nur Silberne dürfen gegeneinander antreten, weil nur Silberne in der Arena überleben können. Sie kämpfen, um uns ihre Stärke und Dominanz zu beweisen. *Ihr habt uns nichts entgegenzusetzen. Wir sind euch in jeder Beziehung überlegen. Wir sind Götter.* Diese Botschaft steckt in jedem ihrer mit übermenschlicher Kraft ausgeführten Schläge.

Und sie haben absolut recht. Letzten Monat ist ein Huscher gegen einen Kopflenker angetreten, und obwohl der Huscher so schnell war, dass man ihm mit bloßem Auge nicht folgen konnte, hat der Kopflenker ihn mühelos besiegt. Allein mit der Kraft seines Willens hat er den Gegner vom Boden hochgehoben. Und da der Huscher plötzlich nach Luft rang, nehme ich an, dass der Kopflenker ihn in einem unsichtbaren Würgegriff hatte. Als der Huscher schließlich blau anlief, wurde der Kampf für beendet erklärt. Und Kilorn hat gejubelt. Denn er hatte sein Geld auf den Kopflenker gesetzt.

»Meine Damen und Herren, verehrte Silberne, liebe Rote, willkommen beim Ersten Freitag, dem Heldenwettstreit des Monats August.« Die Stimme des Sprechers hallt durch die Arena und wird von den Wänden noch verstärkt. Er klingt gelangweilt, wie immer, und ich kann es ihm nicht verübeln.

Früher gab es am Ersten Freitag keine Zweikämpfe zwischen Silbernen, stattdessen fanden Exekutionen statt. Häftlinge und Staatsfeinde wurden in die Hauptstadt Archeon gebracht und dort vor den Augen eines ausschließlich silbernen Publikums hingerichtet. Offensichtlich kam das gut an, denn daraus entstanden Zweikämpfe, die nicht mehr dem Töten dienten, sondern der Unterhaltung. Dann entwickelten sich die Heldenwettstreite und verbreiteten sich über andere Städte, andere Arenen und andere Zuschauerschichten. Und schließlich durften auch Rote diese Veranstaltungen besuchen, aber natürlich nur auf den billigen Plätzen. Es dauerte nicht lange, bis die Silbernen überall Arenen errichteten, selbst in Dörfern wie Stilts; und der Besuch der Veranstaltungen, der früher einmal ein großzügiges Zugeständnis gewesen war, wurde zur leidigen Pflicht. Mein Bruder Shade hat mir erklärt, der Grund dafür sei der, dass in Städten, in denen es Arenen gab, die Kriminalitätsrate unter den Roten ebenso deutlich gesunken sei wie die Anzahl ihrer ohnehin seltenen Versuche des Aufbegehrens. Inzwischen brauchen die Silbernen weder öffentliche Exekutionen noch die Legionen oder den Wachdienst, um den Frieden aufrechtzuerhalten; zwei Wettkämpfer in der Arena schüchtern uns genauso effektiv ein.

Heute wird diese Aufgabe von den beiden Kämpfern erledigt, die nun Aufstellung nehmen. Der erste, der auf den weißen Sand hinaustritt, wird als Cantos Carros angekündigt. Er ist ein Silberner von der Harbor Bay im Osten. Die Videoleinwand zeigt ihn in Großaufnahme, und niemand braucht mir zu erklären, dass er ein Starkarm ist: Seine Arme sind so kräftig wie Baumstämme, und die Muskeln und Adern zeichnen sich deutlich unter seiner Haut ab. Als er lächelt, sehe ich, dass alle seine Zähne entweder ausgefallen oder abgebrochen sind. Vielleicht stand er als Kind auf Kriegsfuß mit seiner Zahnbürste.

Kilorn neben mir bricht in lauten Jubel aus, und die anderen Dorfbewohner grölen mit. Einer der Sicherheitsleute belohnt ihre Mühe, indem er den lautesten einen Brotlaib zuwirft. Links von mir steckt ein anderer Wachmann einem kreischenden Kind einen grellgelben Papierstreifen zu. Das sind Stromscheine, für zusätzliche Strom-Rationen. All das geschieht, um uns zum Jubeln und Kreischen zu animieren. Um uns zum Zuschauen zu zwingen, selbst wenn wir es gar nicht wollen.

»Gut so! Lasst ihn eure Begeisterung hören!«, legt der Sprecher nach und heuchelt dabei so viel Enthusiasmus, wie er nur kann. »Und hier kommt Cantos' Widersacher, direkt aus der Hauptstadt: Samson Merandus.«

Neben dem Muskelberg in menschlicher Gestalt sieht dieser Kämpfer blass und schmächtig aus, aber seine edle stahlblaue Rüstung ist auf Hochglanz poliert. Wahrscheinlich ist er der Zweitgeborene eines Zweitgeborenen, der in der Arena zu Ansehen kommen will. Aber er wirkt merkwürdig gelassen, obwohl er allen Grund zur Sorge hätte.

Sein Nachname kommt mir bekannt vor, aber das muss nichts heißen. Viele Silberne gehören berühmten Familien – sogenannten Häusern – an, die weit verzweigt sind. Unsere Region, das Capital Valley, wird vom Haus Wells regiert, auch wenn ich Gouverneur Wells noch nie im Leben zu Gesicht bekommen habe. Er schaut allenfalls ein oder zwei Mal im Jahr in der Gegend vorbei, und selbst dann lässt er sich nie dazu herab, ein Dorf der Roten zu besuchen. Einmal habe ich sein Schiff auf dem Fluss gesehen, ein schlankes

Gefährt mit grün-goldenen Flaggen. Da Gouverneur Wells ein Grünfinger ist, begannen die Bäume am Ufer zu blühen, als er vorbeifuhr, und Blumen reckten ihre Köpfe durch die Erde. Ich fand das schön, bis einer der älteren Jungs Steine nach dem Schiff warf. Das Ganze war harmlos, die Steine fielen nur ins Wasser. Aber der Junge wurde trotzdem an den Pranger gestellt.

»Der Starkarm gewinnt, ganz sicher«, sage ich.

Kilorn beäugt stirnrunzelnd den schmächtigen Kämpfer. »Woher willst du das wissen? Was für Fähigkeiten hat denn dieser Samson?«

»Wen interessiert das schon, er verliert auf jeden Fall«, erwidere ich spöttisch und richte mich auf einen kurzen Kampf ein.

Das übliche Signal schrillt durch die Arena. Viele Zuschauer erheben sich, aber ich bleibe in stummem Protest sitzen. So ruhig ich auch aussehen mag, in meinem Innern brodelt es. Wut und Neid nagen an mir. *Wir sind Götter*, hallt es in meinem Kopf wider.

»Macht euch bereit, Wettkämpfer!«

Sie tun, was der Sprecher sagt, und bohren ihre Fersen auf den entgegengesetzten Seiten der Arena in den Sand. Schusswaffen sind bei den Kämpfen nicht erlaubt, daher zieht Cantos ein kurzes, breites Schwert. Ich bezweifle, dass er es wirklich benötigen wird. Samson hat keine Waffe; seine leeren Hände hängen herab, nur die Finger zucken.

Dann kommt ein Part, den ich wirklich hasse: ein leises elektrisches Summen. Das Geräusch vibriert in meinen Zähnen und in meinen Knochen, pulsiert so heftig, dass ich jedes Mal glaube, gleich wird etwas zerspringen. Doch es endet abrupt mit einem hohen Klingeln. *Der Kampf beginnt.* Ich atme auf.

Alles deutet auf ein Blutbad hin. Cantos stürmt los wie ein Bulle und wirbelt dabei Sand auf. Samson versucht ihm auszuweichen, indem er sich mit der Schulter an ihm vorbeischiebt, doch der Starkarm ist schnell. Er bekommt Samsons Bein zu fassen und schleudert ihn quer durch die Arena, wie einen Sack Federn. Der Jubel, der sich daraufhin erhebt, übertönt Samsons Schreie, als er gegen die Betonwand knallt, aber man sieht ihm die Schmerzen an. Bevor er sich auch nur erheben kann, ist Cantos bereits bei ihm und wirbelt ihn erneut im hohen Bogen durch die Luft. Eigentlich müsste sich Samson bei seinem Aufprall sämtliche Knochen gebrochen haben, aber irgendwie findet er die Kraft, wieder aufzustehen.

»Das ist ja ein lebender Sandsack!«, ruft Kilorn lachend. »Los, gib's ihm, Cantos!«

Kilorn ist nicht scharf auf ein Gratis-Brot oder ein paar Minuten zusätzlichen Strom; diese Dinge sind nicht der Grund, warum er jubelt. Er möchte wirklich Blut sehen; er möchte sehen, wie ein Silberner in der Arena sein Blut verströmt, *silbernes Blut*. Auch wenn dieses Blut alles darstellt, was wir nicht sind, nicht sein können, aber sein *möchten*, das ist ihm egal. Er braucht diesen Anblick, um glauben zu können, dass sie trotz allem menschlich sind, dass man sie verletzen und besiegen kann. Doch ich weiß es besser. Ihr Blut ist eine Drohung, eine Warnung, ein Versprechen. *Wir sind nicht wie ihr und werden es auch nie sein.*

Kilorn wird nicht enttäuscht. Selbst von den Logen aus muss man die metallische, schillernde Flüssigkeit sehen können, die aus Samsons Mund rinnt und über seinen Hals in die Rüstung läuft. Sie reflektiert die Sommersonne wie ein wässriger Spiegel.

Das ist die wahre Trennungslinie zwischen Silbernen und Roten:

die Farbe ihres Blutes. Dieser simple Unterschied macht sie aus irgendeinem Grund stärker, schlauer, *besser* als uns.

Samson spuckt aus, und ein silbern glänzender Tropfenregen verteilt sich in der Arena. In knapp zehn Metern Entfernung umfasst Cantos entschlossen sein Schwert; er will seinen Gegner außer Gefecht setzen und die Sache damit zu Ende bringen.

»Armer Irrer«, murmele ich. Es sieht so aus, als hätte Kilorn Recht. *Samson ist nichts weiter als ein lebender Sandsack.*

Cantos stapft mit erhobenem Schwert und feurigem Blick durch den Sand. Dann erstarrt er plötzlich so unvermittelt, dass seine Rüstung leise klirrt. Sein blutender Widersacher steht jetzt in der Mitte der Arena und zeigt mit einem Blick, der Knochen brechen kann, auf ihn.

Dann schnipst Samson mit den Fingern, und zeitgleich setzt Cantos sich wieder in Bewegung, wie ferngesteuert. Sein Mund steht offen; er sieht aus, als wäre er plötzlich erlahmt oder verblödet. Als hätte er den Verstand verloren.

Ich traue meinen Augen nicht.

Totenstille senkt sich über die Arena, während wir alle verfolgen, was dort unten geschieht, ohne es zu verstehen. Selbst Kilorn hat es die Sprache verschlagen.

»Ein Flüsterer«, hauche ich.

Noch nie zuvor habe ich einen in der Arena kämpfen sehen, und ich bezweifle, dass ich die Einzige bin. Flüsterer sind selten, gefährlich und mächtig, sogar unter den Silbernen, sogar in der Hauptstadt. Es kursieren verschiedene Gerüchte über sie, aber alle basieren auf einer einfachen und schaurigen Wahrheit: Flüsterer können in den Kopf ihres Gegenübers eindringen, seine Gedanken lesen und *sein Denken steuern*. Und genau das tut Samson gerade. Mit einem Flüstern ist er an Cantos Rüstung und Muskeln vorbei in sein Gehirn vorgedrungen, wo ihm keinerlei Widerstand mehr begegnen kann.

Cantos hebt mit zitternden Händen sein Schwert. Man sieht ihm an, dass er sich gegen Samsons Stimme zu wehren versucht. Aber so stark Cantos auch ist, gegen den Feind in seinem Kopf ist er machtlos.

Eine leichte Drehung von Samsons Hand, und silbernes Blut ergießt sich über den Sand, als Cantos sich sein Schwert durch die Rüstung hindurch in den eigenen Bauch stößt. Sogar hier oben kann ich hören, wie sich Metall in Fleisch bohrt.

Überall schnappen Zuschauer nach Luft, während das Blut nur so sprudelt. So viel Blut haben wir hier noch nie gesehen.

Ein blaues Licht, das das Ende des Kampfes signalisiert, taucht die Arena in einen gespenstischen Schein. Silberne Heiler rennen zu dem gestürzten Cantos. Dass hier Silberne sterben, ist nicht vorgesehen. Silberne sollen mutig kämpfen, ihre Fähigkeiten demonstrieren, eine gute Vorstellung abliefern – aber *sterben* sollen sie nicht. Schließlich sind sie keine Roten.

Die Wachleute bewegen sich hektischer denn je. Einige von ihnen sind Huscher; sie eilen so schnell hin und her, dass wir sie nur verschwommen wahrnehmen, während sie uns aus der Arena treiben. Sie wollen nicht, dass wir noch hier sind, falls Cantos vielleicht doch stirbt. Samson schreitet unterdessen aus der Arena wie ein Titan. Ich erwarte, ein Zeichen von Bedauern in seinem Gesicht zu sehen, als er sich noch einmal kurz zu Cantos umdreht, aber seine Miene ist ausdruckslos, ohne jede Regung, eiskalt. Dieser Kampf hat ihm nichts bedeutet. *Wir* bedeuten ihm nichts.

In der Schule haben wir einiges über die Welt vor unserer Zeit gelernt, über die Engel und Götter, die im Himmel lebten und mit gütiger, liebender Hand über die Welt herrschten. Manche behaupten, das seien nur Geschichten, aber das glaube ich nicht.

Die Götter herrschen noch immer über uns. Sie sind von den Sternen herabgestiegen. Aber sie sind nicht mehr gütig.

2

Unser Haus ist klein, sogar für Stilts-Maßstäbe, aber wenigstens haben wir einen guten Blick. Bevor er verletzt wurde, hat Pa während eines Armeeurlaubs dieses Haus auf besonders hohen Pfählen errichtet, damit wir über den Fluss schauen können. Selbst durch den sommerlichen Dunstschleier hindurch kann man die gerodeten Landstriche erkennen, wo einst Wald stand. Die kahlen Stellen sehen aus wie eine Krankheit, doch die unberührten Hügel im Norden und Westen sind ein stilles Versprechen. *Es gibt noch so viel mehr dort in der Ferne.* Jenseits von uns, jenseits von den Silbernen, jenseits von allem, was ich kenne.

Über abgegriffene, vom täglichen Gebrauch verformte Holzsprossen erklimme ich die Leiter zum Haus. Aus dieser Höhe kann ich ein paar Schiffe sehen, die mit stolz geblähten, leuchtenden Segeln den Fluss hochfahren. *Silberne.* Nur sie sind so reich, dass sie sich private Transportmittel leisten können. Während sie über Gefährte aller Art, über Ausflugsboote und sogar über Jets verfügen, die durch die Lüfte jagen, haben wir nichts als unsere Füße oder mit etwas Glück vielleicht einen Roller.

Die Schiffe müssen unterwegs nach Summerton sein, der kleinen Stadt, die rings um die Sommerresidenz des Königs zum Leben erwacht. Gisa war heute dort, um der Näherin zu helfen, bei der sie in die Lehre geht. Wenn der König zu Besuch in Summerton ist, gehen sie oft dort auf den Markt, um ihre Waren den Händlern und

Silber-Adligen zu verkaufen, die der Königsfamilie hinterherziehen wie Entenküken. Der Palast selbst wird das Sonnenschloss genannt und soll ein echtes Wunderwerk sein; ich habe ihn aber noch nie gesehen. Ich weiß ohnehin nicht, wozu die Angehörigen der Königsfamilie ein zweites Haus brauchen, vor allem, wo der Palast in der Hauptstadt schon so edel und prachtvoll ist. Aber wie alle Silbernen handeln sie nicht aus Notwendigkeit, sondern allein nach Lust und Laune. Und was immer sie wollen, bekommen sie auch.

Bevor ich die Tür aufstoße und in das übliche Chaos eintauche, berühre ich die Fahne, die auf dem Vordach flattert. Drei rote Sterne auf vergilbtem Stoff, für jeden Bruder einer, und es gibt darauf noch Platz für mehr. *Für meinen Stern.* Fast alle Häuser haben diese Flaggen, und auf einigen sind schwarze Streifen an Stelle von Sternen, zur Erinnerung an tote Kinder.

Drinnen schwitzt Ma am Herd; sie rührt in einem Eintopfgericht, während Pa sie von seinem Rollstuhl aus missmutig beäugt. Gisa sitzt am Tisch und stickt. Sie erschafft mal wieder etwas Wunderschönes und Erlesenes, wovon ich nicht das Geringste verstehe.

»Bin wieder da«, sage ich in den Raum hinein. Pa winkt mir kurz zu, Ma nickt und Gisa schaut gar nicht erst von ihrem seidenen Tuch hoch.

Ich lasse meinen Beutel mit Diebesgut neben ihr auf den Tisch fallen und klimpere dabei möglichst laut mit den Münzen. »Ich hab bestimmt genug zusammen, um Pa einen richtigen Geburtstagskuchen zu kaufen. Und noch mehr Batterien. Genug für den ganzen restlichen Monat.«

Gisa beäugt den Beutel und verzieht angewidert das Gesicht. Sie ist erst vierzehn, aber sehr pfiffig. »Eines Tages kommen Leute und nehmen alles mit, was du hast.«

»Eifersucht steht dir nicht, Gisa«, sage ich und tätschele ihr den Kopf. Sofort fliegen ihre Hände hoch zu ihren glänzenden roten Haaren und streichen sie zurück in den akkuraten Knoten.

Ich habe sie schon immer um diese Haare beneidet, aber ich würde es nie zugeben. Während ihre feuerrot leuchten, sind meine das, was wir flussbraun nennen: an den Haarwurzeln dunkel und zu den Enden hin immer ausgebleichter, weil das anstrengende Leben im Dorf uns die Farbe aus den Haaren saugt. Die meisten hier tragen ihre Haare kurz, damit man die grauen Spitzen nicht sieht, aber ich nicht. Mir gefällt es, dass sogar meine Haare wissen, dass man so eigentlich nicht leben sollte.

»Ich bin nicht eifersüchtig«, protestiert Gisa und wendet sich wieder ihrer Arbeit zu. Sie stickt Blumen, die aussehen, als wären sie aus Feuer; jede einzelne ist eine hübsche, aus Fäden gewirkte Flamme auf glattseidenem schwarzem Untergrund.

»Das ist wunderschön, Gi.« Ich streiche über eine der Blumen und staune, wie schön seidig sie sich anfühlt. Gisa blickt auf und schenkt mir ein sanftes Lächeln, das ihre ebenmäßigen Zähne entblößt. Auch wenn wir uns häufig streiten, weiß sie, wie gern ich sie habe.

Und jeder hier weiß, dass ich die Eifersüchtige von uns beiden bin, Gisa. Ich kann nichts – außer diejenigen zu bestehlen, die etwas können.

Wenn Gisa fertig ist mit der Lehre, kann sie ihren eigenen Laden aufmachen. Von überall her kommen dann Silberne, um bei ihr Tücher, Flaggen und Kleider zu kaufen. Gisa wird schaffen, was nur wenigen Roten gelingt – sie wird ein gutes Leben führen. Sie wird für unsere Eltern sorgen und meine Brüder und mich einfache Arbeiten verrichten lassen, damit wir nicht in den Krieg müssen. Gisa wird uns eines Tages retten, mit nichts als Nadel und Faden.

»Wie Tag und Nacht, meine Mädchen«, murmelt Ma und fährt sich durchs graue Haar. Das ist nicht als Beleidigung gemeint, sondern die schmerzhafte Wahrheit. Gisa ist geschickt, hübsch und herzensgut. Ich bin ein bisschen gröber gestrickt, wie Ma es höflich ausdrückt. Das Dunkel zu Gisas Licht. Das Einzige, was wir gemeinsam haben, sind die Ohrringe und die Erinnerungen an unsere Brüder.

Pa keucht in seiner Ecke und schlägt sich mit der Faust vor die Brust. Das ist nichts Ungewöhnliches, weil er nur noch einen echten Lungenflügel hat. Ein geschickter roter Arzt hat ihn glücklicherweise retten können, indem er den kollabierten Flügel durch ein Gerät ersetzt hat, das für ihn atmet. Das Gerät war keine Erfindung der Silbernen; die brauchen so etwas gar nicht. Sie haben die Heiler. Aber Heiler verschwenden ihre Zeit nicht damit, Rote zu behandeln oder gar an der Front zu arbeiten, um Soldatenleben zu retten. Die meisten von ihnen bleiben in den Städten, wo sie das Leben betagter Silberner verlängern und Lebern heilen, die von Alkohol ruiniert sind, oder Ähnliches. Aus diesem Grund sind wir Roten dazu gezwungen, einen illegalen Handel mit Technologien und Erfindungen zu treiben, um uns selbst zu helfen. Einiges davon ist wertlos und das meiste funktioniert nicht mal – aber ein klickendes kleines Stück Metall hat meinem Vater das Leben gerettet. Ich höre es ständig in ihm ticken wie einen leisen Puls, der seine Atmung in Gang hält.

»Ich will keinen Kuchen.« Sein Blick wandert kurz zu seinem Bauch, er hat zugelegt.

»Dann sag mir, was du stattdessen haben möchtest. Vielleicht eine neue Uhr oder –?«

»Sachen, die du anderen Leuten vom Handgelenk gestohlen hast, betrachte ich nicht als *neu*, Mare.«

Ma zieht schnell den Eintopf vom Herd, bevor ein weiterer Krieg im Hause Barrow losbrechen kann. »Essen ist fertig!« Sie trägt den Topf zum Tisch, und der Geruch umhüllt mich.

»Riecht sehr gut, Ma«, lügt Gisa. Pa ist nicht so taktvoll und verzieht das Gesicht.

Um nicht dumm dazustehen, zwinge ich mich, von dem Eintopf zu essen. Erstaunt und erfreut stelle ich fest, dass er gar nicht so schlecht schmeckt wie sonst. »Hast du den Pfeffer verwendet, den ich dir mitgebracht habe?«

Statt zu nicken, zu lächeln und mir zu danken, weil ich es gemerkt habe, wird Ma rot und antwortet nicht. Ihr ist bewusst, dass ich den Pfeffer gestohlen habe, wie alle meine Gaben.

Gisa verdreht die Augen über ihrem Teller, weil sie weiß, was los ist.

Man sollte meinen, ich wäre an so etwas gewöhnt, aber dass meine Eltern nicht gutheißen, was ich tue, macht mir zu schaffen.

Ma seufzt und legt die Hände vors Gesicht. »Du kannst sicher sein, dass ich das zu schätzen weiß, Mare. Ich wünschte nur …«

»Dass ich mehr wie Gisa wäre«, beende ich ihren Satz.

Ma schüttelt den Kopf. Noch eine Lüge. »Nein, natürlich nicht. Das habe ich nicht gemeint.«

»Aha.« Die Verbitterung, die in diesem einen Wort mitschwingt, ist bestimmt noch auf der anderen Seite des Dorfes zu spüren. Nur mit Mühe unterdrücke ich das Zittern in meiner Stimme. »Das ist das Einzige, womit ich euch aushelfen kann, bevor … bevor ich weggehe.«

Wenn man auf den Krieg anspielt, kehrt in unserem Haus sofort Ruhe ein. Sogar Pas Keuchen hört auf. Ma wendet sich mit vor Zorn hochrotem Kopf ab. Gisa legt unter dem Tisch ihre Hand auf meine.

»Ich weiß, dass du tust, was du kannst, und dass du die besten Absichten hast«, flüstert Ma. Es kostet sie viel Überwindung, das zu sagen, aber es tröstet mich dennoch.

Also halte ich den Mund und zwinge mich zu nicken.

Plötzlich zuckt Gisa zusammen, als hätte sie einen Stoß bekommen. »Oh, das habe ich ja völlig vergessen! Ich bin auf dem Heimweg von Summerton auf der Post gewesen, und da lag ein Brief von Shade!«

Das schlägt ein wie eine Bombe. Ma und Pa reißen sich förmlich um den schmutzigen Umschlag, den Gisa aus der Tasche zieht. Ich sehe zu, wie er von Hand zu Hand geht und sie das Papier untersuchen. Meine Eltern können nicht lesen und befragen deshalb das Papier selbst nach neuen Informationen.

Pa schnüffelt an dem Brief und versucht, den Geruch einzuordnen. »Kiefernholz, nicht Rauch. Gut! Das heißt, er ist nicht mehr am Todesstreifen.«

Wir atmen erleichtert auf. Der Todesstreifen ist ein zerbombter Landstrich, der Norta mit den Lakelands verbindet. Dort findet ein Großteil der Gefechte statt. Und dort sind auch die meisten Soldaten – in Schützengräben, die jederzeit in die Luft gehen können, oder bei Vorstößen, die in Massakern enden. Der Rest der Landesgrenze besteht hauptsächlich aus den großen Seen, nur hoch oben im Norden gibt es eine Tundralandschaft, die zu kahl und zu kalt ist, als dass es sich lohnen würde, darum zu kämpfen. Pa wurde vor einigen Jahren am Todesstreifen verwundet, als seine Einheit von einer Bombe getroffen wurde. Inzwischen ist dieses Gebiet von jahrzehntelangen Gefechten so zerstört, dass der Rauch der Explosionen wie ein permanenter Nebel darüber liegt und nichts mehr dort wächst. Der ganze Landstrich ist tot und grau, wie die Zukunft des Krieges.

Schließlich reicht Pa mir den Brief und ich öffne ihn erwartungsvoll. Meine Neugier auf das, was Shade zu sagen hat, ist ebenso groß wie meine Angst davor.

»Liebe Familie, wie ihr seht, lebe ich noch.«

Pa und ich müssen kichern, und Gisa lächelt immerhin. Ma hingegen findet es überhaupt nicht komisch, obwohl Shade jeden Brief so anfängt.

»Wir sind von der Front abberufen worden. Pa, der alte Bluthund, hat das bestimmt schon gewittert. Es ist gut, wieder im Hauptlager zu sein. Hier oben sind alle rot wie die Morgendämmerung; Silber-Offiziere trifft man nur selten an. Und jetzt, ohne die rauchverhangene Luft am Todesstreifen, kann man erahnen, dass die Sonne sich jeden Tag ein wenig kraftvoller in den Himmel erheben wird. Aber wir bleiben nicht lange hier. Der Führungsstab plant, unsere Einheit bei einem Seegefecht einzusetzen, und wir sind einem der neuen Kriegsschiffe zugeteilt worden. Ich habe eine Ärztin getroffen, die von ihrer Einheit abkommandiert worden war; sie hat mir erzählt, dass sie Tramy kennt und dass es ihm gut geht. Beim Rückzug

vom Todesstreifen ist er von einem Granatsplitter getroffen worden, aber er hat sich gut erholt. Keine Infektion, keine bleibenden Schäden.«

Ma seufzt laut und schüttelt den Kopf. »Keine bleibenden Schäden«, wiederholt sie dann verächtlich.

»Von Bree habe ich immer noch nichts gehört, aber um den mache ich mir auch keine Sorgen. Er ist der Beste von uns, und da er jetzt fünf Jahre dabei ist, tritt er bestimmt bald seinen wohlverdienten Urlaub an. Nicht mehr lange, und er kommt nach Hause, Ma, also hör auf, dir Sorgen zu machen. Sonst ist nichts weiter passiert, zumindest nichts, was ich in einem Brief schreiben könnte. Gisa, mach dich nicht so wichtig, auch wenn du es dir leisten kannst. Mare, sei nicht immer so frech und hör auf, den kleinen Warren zu verprügeln.

Pa, ich bin stolz auf dich. Jeden Tag. Ich liebe euch alle.

Euer Lieblingssohn und -bruder Shade.«

Wie immer gehen uns Shades Worte sehr nahe. Noch habe ich seine Stimme im Ohr, aber die Erinnerung verblasst allmählich. Plötzlich flackert das Licht über unseren Köpfen.

»Hat denn keiner die Bezugsscheine eingereicht, die ich gestern mitgebracht habe?«, frage ich, bevor das Licht ganz ausgeht und wir mit einem Mal in der Dunkelheit sitzen. Als meine Augen sich daran gewöhnt haben, sehe ich, wie Ma den Kopf schüttelt.

Gisa stöhnt. »Nicht schon wieder!« Sie schiebt geräuschvoll den Stuhl zurück und steht auf. »Ich gehe ins Bett. Versucht, euch nicht anzuschreien.«

Aber wir schreien gar nicht. Das scheint neuerdings zur Gewohnheit zu werden – dass ich zu müde bin, um mich zu streiten.

Ma und Pa ziehen sich in ihr Zimmer zurück und ich bleibe allein am Tisch sitzen. Normalerweise würde ich noch mal hinausschlüpfen, aber ich kann mich zu nichts anderem mehr aufraffen, als ebenfalls schlafen zu gehen.

Ich steige eine weitere Leiter hoch und gelange auf den offenen Dachboden, wo Gisa bereits schnarcht. Sie hat einen gesegneten Schlaf und ist immer sofort weg, sobald sie sich hinlegt, während ich manchmal noch stundenlang wach bleibe. Ich sinke auf meine Pritsche und bin zufrieden, einfach nur daliegen zu können und Shades Brief in der Hand zu halten. Wie Pa schon sagte, riecht er stark nach Kiefernholz.

Der Fluss macht heute Abend angenehme Geräusche, sein Plätschern und Rauschen lullt mich ein. Selbst der alte Kühlschrank, ein rostiges, batteriebetriebenes Gerät, das normalerweise so laut brummt, dass ich Kopfschmerzen davon bekomme, stört mich heute Abend nicht. Aber dann ertönt ein Vogelruf und reißt mich aus dem Halbschlaf. *Kilorn.*

Nein. Geh weg.

Noch ein Vogelruf, diesmal lauter. Gisa wälzt sich im Schlaf hin und her.

Leise grummelnd und Kilorn verfluchend rolle ich aus dem Bett und klettere über die Leiter nach unten. Jeder andere wäre wahrscheinlich über das Gerümpel gestolpert, das im Hauptraum herumliegt, aber das jahrelange Davonlaufen vor dem Wachdienst hat mir eine enorme Geschicklichkeit verliehen. Innerhalb weniger Sekunden bin ich auch die äußere Leiter hinabgerutscht und lande knöcheltief im Matsch. Kilorn tritt aus dem Schatten unterhalb des Hauses.

»Ich hoffe, du magst blaue Augen, denn ich verpasse dir gleich eins dafür, dass du –«

Sein Anblick lässt mich verstummen.

Er hat geweint. *Aber Kilorn weint doch nicht.* Außerdem sind seine Fingerknöchel blutig, und ich wette, irgendwo hier in der Nähe steht eine Mauer, die mindestens so viel abbekommen hat wie er. Trotz meiner schlechten Laune und der vorgerückten Stunde mache ich mir sofort Sorgen um ihn. Ja, ich bekomme sogar richtig Angst.

»Was ist los? Was ist passiert?« Ohne nachzudenken, nehme ich seine Hand und spüre sein Blut unter meinen Fingern. »Sag schon, was ist?«

Er braucht einen Moment, bis er antworten kann. Allmählich bekomme ich Panik.

»Mein Meister. Er ist gestürzt. Und jetzt ist er tot. Das heißt, ich bin kein Lehrling mehr.«

Ich schnappe erschrocken nach Luft, ich kann nicht anders. Er fährt fort, obwohl das gar nicht mehr nötig ist. Ich weiß schon, was jetzt kommt.

»Ich war noch nicht fertig mit der Ausbildung, und jetzt –« Seine Stimme überschlägt sich förmlich. »Ich bin achtzehn. Die anderen Fischer haben alle ihre Lehrlinge. Also komme ich nirgends unter. Und ich finde garantiert keine Arbeit.«

Die nächsten Worte stechen mir wie ein Messer mitten ins Herz. Kilorn atmet zitternd ein, und irgendwie wünschte ich, ich müsste nicht hören, was er sagt.

»Sie schicken mich in den Krieg.«

3

Der Krieg tobt nun schon fast die ganzen letzten hundert Jahre. Ich finde, er dürfte eigentlich nicht mehr als Krieg bezeichnet werden, aber es gibt kein passendes Wort für diese Steigerungsform der Zerstörung. In der Schule haben sie uns erzählt, der Auslöser sei ein Streit um Land gewesen. Die Lakelands sind flach und fruchtbar und von riesigen, fischreichen Seen umgeben, ganz anders als die felsigen, bewaldeten Hügel von Norta, deren Anbaugebiete kaum die Hälfte von uns ernähren können. Sogar die Silbernen haben das zu spüren bekommen; darum hat der König den Krieg erklärt und uns in einen Konflikt gestürzt, den keine Seite wirklich gewinnen kann.

Der König der Lakelander, ebenfalls ein Silberner, hat mit Unterstützung seines Adels entsprechend reagiert. Sie sind auf unsere Flüsse aus, um einen Zugang zu einem Meer zu bekommen, das nicht das halbe Jahr zugefroren ist. Und sie wollen die Wassermühlen entlang dieser Flüsse. Diese Kraftwerke sind es, die unser Land stark machen. Sie erzeugen so viel Strom, dass sogar wir Roten etwas davon abbekommen. Es gibt Gerüchte von Städten im Süden, in der Nähe der Hauptstadt Archeon, in denen gut ausgebildete Rote Maschinen bauen, die meine Vorstellungskraft übersteigen. Konstruktionen für den Transport zu Land, zu Wasser und in der Luft, aber auch Waffen, die überall dort Zerstörungen anrichten, wo die Silbernen es gebrauchen können. Unser Lehrer hat uns voller Stolz erklärt, Norta sei das Licht der Welt, eine Nation, groß geworden durch ihre Technologie und ihren elektrischen Strom. Alle anderen Länder, wie die Lakelands oder im Süden Piedmont, leben in Dunkelheit. Wir haben Glück, dass wir hier geboren sind. *Glück*. Bei dem Wort würde ich am liebsten schreien.

Aber trotz der Elektrizität und der Waffen, die uns zur Verfügung stehen, und trotz der hohen Bevölkerungszahl und der guten Ernährungslage auf Seiten der Lakelander hat kein Land einen nennenswerten Vorteil gegenüber dem anderen. Beide haben Offiziere aus den Reihen der Silbernen und Soldaten aus den Reihen der Roten; beide kämpfen mit Silber-Fähigkeiten und Waffen und benutzen die Körper der Roten als Schutzschilde. Ein Krieg, der längst vorbei sein sollte, dauert endlos an. Ich fand es schon immer komisch, dass wir um Essen und Wasser kämpfen. Sogar die hochmütigen, mächtigen Silbernen müssen essen.

Aber jetzt ist es nicht mehr komisch; nicht wenn Kilorn der Nächste ist, von dem ich mich verabschieden muss. Ich frage mich, ob er mir einen Ohrring schenken wird, damit ich weiter an ihn denke, wenn der Legionär mit der glänzenden Rüstung ihn geholt hat.

»Eine Woche, Mare. Noch eine Woche, dann bin ich weg.« Ihm bricht die Stimme, aber er versucht es durch ein Husten zu verbergen. »Ich kann das nicht. Die – die werden mich nicht kriegen.«

Aber ich sehe, wie der Widerstandsgeist aus seinem Blick schwindet.

»Wir müssen doch irgendwas tun können!«, stoße ich hervor.

»Niemand kann was tun. Der Einberufung hat sich noch keiner entzogen, der nicht mit dem Leben dafür bezahlt hätte.«

Das braucht er mir nicht zu sagen. Jedes Jahr versucht einer zu fliehen. Und jedes Jahr wird derjenige zurück auf den Marktplatz geschleppt und erhängt.

»Nein. Wir finden einen Weg.«

Sogar jetzt bringt er die Stärke auf, mich anzugrinsen. »*Wir?*«

Die Hitze steigt mir schneller in die Wangen als jede Flamme. »Ich bin genau wie du zum Kriegsdienst verdammt. Aber sie werden auch mich nicht kriegen. Wir hauen ab.«

Ich weiß nur zu gut, dass die Armee mein Schicksal ist, meine Strafe. Aber das gilt doch nicht für ihn. Ihm hat sie schon zu viel genommen.

»Wo sollen wir denn hin?«, stammelt er, aber wenigstens lässt er sich auf die Diskussion ein. Wenigstens gibt er nicht gleich auf. »Wir könnten den Winter im Norden niemals überleben, im Osten ist das Meer, im Westen tobt der Krieg, der Süden ist verstrahlt wie die Hölle – und alles dazwischen ist voll mit Silbernen und Sicherheitsleuten.«

Die Worte sprudeln wie ein Fluss aus mir heraus. »Das ist unser Dorf auch, voll mit Silbernen und Sicherheitsleuten. Und trotzdem schaffen wir es, vor ihren Augen zu stehlen und unbehelligt zu bleiben.« Mein Verstand arbeitet auf Hochtouren. Ich bemühe mich, mir irgendetwas einfallen zu lassen, was von Nutzen sein könnte, ganz egal was. Dann trifft mich die Erkenntnis wie ein Blitzschlag. »Der Schwarzmarkt, den wir beliefern! Da wird doch alles geschmuggelt, von Weizen bis hin zu Glühbirnen. Also müssten sie doch eigentlich auch Menschen schmuggeln können.«

Er klappt den Mund auf, will tausend Gründe vorbringen, warum das nicht geht. Aber dann lächelt er. Und nickt.

Ich mische mich sonst nicht gern in anderer Leute Angelegenheiten ein. Dazu fehlt mir die Zeit. Aber hier stehe ich und höre mich selbst vier schicksalhafte Worte sagen: »Lass mich nur machen.«

Die Sachen, die wir nicht an die üblichen Ladenbesitzer verhökern können, bringen wir immer zu Will Whistle. Er ist alt und zu schwach für die Arbeit im Holzlager, darum fegt er tagsüber Straßen. Nachts verkauft er aus seinem verschimmelten Wagen heraus alles, was man sich vorstellen kann, von streng limitiertem Kaffee bis hin zu exotischen Früchten aus Archeon. Als ich das erste Mal mein Glück mit Will versuchte, war ich neun und hatte eine Handvoll gestohlener Knöpfe. Er gab mir drei Kupfer-Pennys dafür, ohne Fragen zu stellen. Inzwischen bin ich seine beste Kundin und wahrscheinlich der Grund dafür, dass er sich an einem so kleinen Ort über Wasser halten kann. An guten Tagen würde ich ihn sogar als Freund bezeichnen. Es hat Jahre gedauert, bis ich herausfand, dass Will und sein Geschäft zu einer weit größeren Organisation gehören. Manche nennen sie den Untergrund, andere den Schwarzmarkt, aber mir geht es nur darum, was sie leisten kann. Sie haben Hehler, Leute wie Will, und zwar überall. Sogar in Archeon, so unmöglich das auch klingt. Sie transportieren illegale Waren durchs ganze Land. Und jetzt setze ich darauf, dass sie vielleicht eine Ausnahme machen und stattdessen einen Menschen transportieren.

»Auf keinen Fall.«

In den letzten acht Jahren hat Will niemals Nein zu mir gesagt. Aber jetzt knallt mir der runzelige alte Kerl praktisch die Türen seines Wagens vor der Nase zu. Ich bin froh, dass Kilorn nicht mitgekommen ist. So muss er nicht mit ansehen, wie ich versage.

»Will, *bitte*! Ich weiß, dass du das kannst –«

Er schüttelt den Kopf so heftig, dass sein weißer Bart wackelt. »Und selbst wenn ich es könnte, ich bin Händler. Die Leute, mit denen ich zusammenarbeite, verschwenden nicht Zeit und Mühe darauf, irgendwelche Flüchtlinge von hier nach da zu bringen. Das ist nicht unsere Art Geschäft.«

Ich spüre, wie mir meine einzige Hoffnung, Kilorns einzige Hoffnung, zwischen den Fingern zerrinnt.

Will scheint mir meine Verzweiflung anzusehen, denn sein Ausdruck wird sanfter und er lehnt sich gegen die Wagentür. Er seufzt und wirft dann einen Blick hinter sich, in die Dunkelheit des Wagens. Einen Augenblick später dreht er sich wieder um und bedeutet mir einzutreten. Ich folge ihm erleichtert.

»Danke, Will«, plappere ich. »Du kannst dir nicht vorstellen, was das für mich bedeutet –«

»Setz dich und halt den Mund, Mädchen!«, befiehlt eine hohe Stimme.

Aus dem Schatten erhebt sich eine Frau, die ich im schwachen Licht von Wills einziger, blauer Kerze kaum erkennen kann. Oder eher ein Mädchen, denn sie sieht nur wenig älter aus als ich. Aber sie ist viel größer und hat die Ausstrahlung einer erfahrenen Kämpferin. Für die Schusswaffe an ihrer Hüfte, die in einer mit Sonnen bedruckten roten Schärpe steckt, hat sie mit Sicherheit keine offizielle Erlaubnis. Das Mädchen ist zu blond und hellhäutig, um aus Stilts zu stammen, und dem dünnen Schweißfilm auf ihrem Gesicht nach zu schließen, ist sie nicht an Hitze und hohe Luftfeuchtigkeit gewöhnt. Sie stammt aus einer anderen Gegend, sie ist eine Fremde und eine Gesetzlose noch dazu. *Genau das, was ich brauche.*

Sie winkt mich zu der in die Seitenwand des Wagens eingelassenen Bank, setzt sich selbst aber erst wieder, nachdem ich es getan habe. Will lässt sich schwer auf einen klapprigen Stuhl fallen. Seine Blicke springen zwischen dem Mädchen und mir hin und her.

»Farley, das ist Mare Barrow«, murmelt er.

Sie mustert mich mit grimmigem Gesicht. »Du hast also Fracht zu transportieren.«

»Mich selbst und einen Jungen –«, beginne ich, aber sie schneidet mir mit einer Bewegung ihrer großen, schwieligen Hand das Wort ab.

»*Fracht*«, wiederholt sie mit vielsagendem Blick. Mein Herz schlägt höher. Diese Farley könnte zu der hilfreichen Sorte gehören. »Und wohin soll sie gehen?«

Ich zermartere mir das Hirn und versuche, mir einen sicheren Ort einfallen zu lassen. Die alte Landkarte aus unserem Klassenzimmer, auf der die Küste und die ganzen Flüsse, Städte und Dörfer und alles dazwischen eingezeichnet sind, verschwimmt vor meinem inneren Auge. Von der Harbor Bay bis zu den Lakelands im Westen, von der nördlichen Tundra bis hinunter zu den verstrahlten Geisterstädten, der Ruinenstadt und Wash, ist es für uns überall gefährlich.

»Irgendwohin, wo wir vor den Silbernen sicher sind. Das ist alles.«

Farley sieht mich an, ohne eine Miene zu verziehen. »Sicherheit hat ihren Preis, Mädchen.«

»*Alles* hat seinen Preis, *Mädchen*«, antworte ich, ihren Tonfall nachahmend. »Das weiß niemand besser als ich.«

Danach herrscht erst einmal Stille im Wagen. Ich spüre, wie die Nacht voranschreitet und Kilorn wertvolle Minuten stiehlt. Meine Unruhe und Ungeduld können Farley nicht entgangen sein, aber sie lässt sich mit ihrer Antwort Zeit. Nach einer gefühlten Ewigkeit macht sie den Mund auf.

»Die Scharlachrote Garde ist einverstanden, Mare Barrow.«

Ich muss mich zusammenreißen, um nicht vor Freude aufzuspringen. Aber gleichzeitig verspüre ich eine gewisse Unruhe, die verhindert, dass ein Lächeln über mein Gesicht huscht.

»Wir erwarten vollständige Bezahlung, und zwar im Wert von eintausend Kronen«, fährt Farley fort.

Mir stockt der Atem. Selbst Will wirkt überrascht; seine buschigen weißen Augenbrauen verschmelzen mit seinem Haupthaar. *»Eintausend?«*, wiederhole ich ungläubig. Kein Mensch verfügt über solche Beträge, nicht in Stilts. Davon könnte meine ganze Familie ein Jahr lang leben. *Viele Jahre lang.*

Aber Farley ist noch nicht fertig. Ich habe den Eindruck, dass sie die Situation genießt. »Der Betrag kann in Papiergeld, Tetrarch-Münzen oder in Form von Tauschwaren entrichtet werden. Pro Frachtstück, versteht sich.«

Zweitausend Kronen. Ein Vermögen. Unsere Freiheit ist ein Vermögen wert.

»Deine Fracht wird übermorgen verschickt. Dann ist die Zahlung fällig.«

Ich bekomme kaum Luft. Weniger als zwei Tage, um mehr Geld zusammenzubekommen, als ich in meinem ganzen Leben gestohlen habe. *Das ist absolut unmöglich.*

Sie gibt mir nicht einmal die Gelegenheit zu protestieren.

»Akzeptierst du die Bedingungen?«

»Ich brauche mehr Zeit.«

Sie schüttelt kaum merklich den Kopf. Als sie sich zu mir beugt, rieche ich Schießpulver. »Akzeptierst du die Bedingungen?«

Es ist unmöglich. Es ist verrückt. Es ist unsere beste und einzige Chance.

»Ich akzeptiere.«

Wie in Trance mache ich mich durch die trübe Finsternis auf den Rückweg nach Hause. Meine Gedanken rasen; ich grübele darüber nach, wie ich an etwas herankommen kann, dessen Wert auch nur annähernd dem von Farley genannten Preis entspricht. In Stilts gibt es nichts dergleichen, so viel steht fest.

Kilorn wartet immer noch im Dunkeln auf mich. Er wirkt wie ein verlorener, kleiner Junge. Das ist er wohl auch.

»Schlechte Nachrichten?« Er versucht sich nichts anmerken zu lassen, aber es liegt ein Zittern in seiner Stimme.

»Der Untergrund kann uns hier rausschaffen.« Um seinetwillen bleibe ich ganz ruhig, während ich es erkläre. Auch wenn die zweitausend Kronen genauso unerreichbar sind wie der Königsthron – ich lasse sie wie nichts erscheinen. »Wenn das irgendwer schaffen kann, dann wir. Wir *schaffen* das!«

»Mare.« Seine Stimme ist kalt, kälter als der Winter, aber sein leerer Blick ist noch schlimmer. »Es ist vorbei. Wir haben verloren.«

»Aber wenn wir –«

Er packt mich bei den Schultern, schiebt mich auf Armeslänge von sich weg und sieht mich eindringlich an. Er tut mir nicht weh, aber ich bin trotzdem vollkommen geschockt. »Hör auf damit,

Mare. Erzähl mir nicht, dass es einen Ausweg gibt. Mach mir keine falschen Hoffnungen.«

Er hat Recht. Es ist grausam, Hoffnung zu wecken, wo keine angebracht ist, denn sie verwandelt sich am Ende bloß in Enttäuschung, Verbitterung, Wut; in all die Gefühle, die unser Leben noch schwieriger machen, als es ohnehin schon ist.

»Ich muss es einfach akzeptieren. So schaffe ich es vielleicht, einen klaren Kopf zu bekommen und die Grundausbildung gut durchzustehen. Dann habe ich vielleicht sogar eine Chance da draußen.«

Meine Hände finden seine Handgelenke und halten sie fest. »Du redest, als wärst du schon tot.«

»Vielleicht bin ich das ja auch.«

»Meine Brüder –«

»Dein Vater hat schon früh damit begonnen, sie auf das Soldatenleben vorzubereiten. Außerdem hilft es, dass sie alle richtige Schränke sind.« Er zwingt sich zu einem Grinsen, um mich zum Lachen zu bringen. Ohne Erfolg. »Ich kann gut schwimmen und mit einem Boot umgehen. Sie werden mich auf den Seen brauchen können.«

Erst als er mich in den Arm nimmt, bemerke ich, dass ich zittere. »Kilorn –«, murmele ich erstickt. Aber ich kann nicht weiterreden. *Ich hätte die Nächste sein sollen, die geht.* Aber meine Stunde naht mit Riesenschritten. Ich kann nur hoffen, dass Kilorn lange genug überlebt, damit ich ihn in der Kaserne oder einem Schützengraben wiedersehe. Vielleicht finde ich dann die richtigen Worte. Vielleicht verstehe ich dann, was ich empfinde.

»Danke, Mare. Für alles.« Er löst die Umarmung, lässt mich viel zu schnell los. »Wenn du fleißig sparst, hast du bestimmt genug zusammen, bis die Legionäre kommen, um dich zu holen.«

Um seinetwillen nicke ich. Aber ich habe auf keinen Fall vor, ihn alleine kämpfen und sterben zu lassen.

Als ich mich endlich wieder auf meine Pritsche lege, weiß ich, dass ich kein Auge zumachen werde. Es muss irgendeinen Weg geben, wie ich Kilorn retten kann, und ich werde ihn finden, auch wenn es die ganze Nacht dauert.

Gisa hustet im Schlaf, und es ist ein höfliches, leises Geräusch. Selbst im Schlaf schafft sie es noch, sich wie eine Dame zu benehmen. Kein Wunder, dass sie so gut mit den Silbernen auskommt. Gisa hat alles, was die Silbernen von einer Roten erwarten: Sie ist still, zufrieden und unaufdringlich. Ein Glück, dass sie diejenige ist, die sich mit den Silbernen abgeben muss. Dass sie diesen übermenschlichen Narren dabei hilft, sich Seide und andere feine Stoffe für Kleider auszusuchen, die sie nur einmal tragen werden. Gisa behauptet, man würde sich daran gewöhnen, wie viel Geld sie für derart triviale Dinge ausgeben. Und im Großen Garten, dem Marktplatz von Summerton, geht es um zehnmal so hohe Summen. Zusammen mit ihrer Meisterin näht Gisa kunstvolle Kleider aus Spitze, Seide, Pelz und sogar Edelsteinen für die Elite der Silbernen, die dem königlichen Hof scheinbar überallhin folgen. Sie nennt sie die »Prozession« – eine endlose Parade von sich spreizenden Pfauen; einer stolzer und lächerlicher als der andere. Durch und durch silbern, albern und besessen von ihrem Status.

Heute Nacht hasse ich sie alle sogar noch mehr als sonst. Die Strümpfe, die sie verlieren, würden wahrscheinlich schon ausreichen, um mich, Kilorn und halb Stilts vor der Einberufung zu retten.

Zum zweiten Mal in dieser Nacht trifft es mich wie ein Blitz.

»Gisa, wach auf!« Ich flüstere nicht, aber sie schläft wie eine Tote. »Gisa!«

Sie bewegt sich und stöhnt in ihr Kissen. »Manchmal könnte ich dich umbringen«, grollt sie.

»Sehr nett. Jetzt komm schon, *wach auf*!«

Ihre Augen sind noch geschlossen, als ich mich wie eine riesige Katze auf sie stürze. Bevor sie mich anschreien und heulen und Ma aufwecken kann, presse ich meine Finger auf ihren Mund. »Hör mir einfach zu, das ist alles. Sag nichts, hör nur zu.«

Sie schnaubt in meine Hand, nickt aber trotzdem.

»Kilorn –«

Bei der Erwähnung seines Namens wird sie knallrot. Sie kichert sogar, was sie sonst nie macht. Aber ich habe keine Zeit für ihre Schwärmerei.

»Hör auf zu lachen, Gisa.« Ich hole nervös Luft. »Kilorn soll eingezogen werden.«

Sie wird schlagartig still; die Wehrpflicht ist kein Witz, nicht für uns.

»Ich habe eine Möglichkeit gefunden, um ihn von hier wegzubringen, ihn vor dem Krieg zu bewahren, aber ich brauche dabei deine Hilfe.« Es fällt mir schwer, das zu sagen, aber irgendwie kommen mir die Worte über die Lippen. »Ich brauche dich, Gisa. Hilfst du mir?«

Sie zögert nicht mit ihrer Antwort und ich würde sie dafür am liebsten umarmen.

»Ja.«

Gut, dass ich so klein bin, denn sonst würde mir Gisas Ersatzuniform nicht passen. Sie ist aus dickem, dunklem Stoff, völlig ungeeignet für die Sommerhitze, und die Knöpfe und Reißverschlüsse glühen förmlich in der Sonne. Das Bündel auf meinem Rücken verrutscht, und das Gewicht der Stoffe und Nähwerkzeuge bringt mich fast aus dem Gleichgewicht. Gisa trägt auch ein Bündel und die gleiche, beengende Uniform, aber ihr scheint das nichts auszumachen. Sie ist an harte Arbeit und ein hartes Leben gewöhnt.

Den größten Teil der Strecke können wir, eingezwängt zwischen Weizenbüscheln, auf dem Lastkahn eines gutmütigen Bauern zurücklegen, mit dem sich Gisa angefreundet hat. Die Leute hier vertrauen ihr auf eine Art, wie sie mir niemals vertrauen würden. Der Bauer lässt uns einen Kilometer vor unserem Ziel von Bord, in der Nähe einer gewundenen Straße, über die ein Tross von Händlern nach Summerton zieht. Schnell reihen wir uns ein und bewegen uns auf das zu, was Gisa die »Gartenpforte« nennt, obwohl weit und breit kein Garten zu sehen ist. Es handelt sich um ein Tor aus funkelndem Glas, das uns blendet. Der Rest der Mauer scheint aus demselben Material zu sein, aber ich kann mir nicht vorstellen, dass der Silber-König so dumm ist, sich hinter Glaswänden zu verschanzen.

»Das ist kein Glas«, erklärt mir Gisa, »oder jedenfalls nicht nur. Die Silbernen haben eine Methode entwickelt, wie man Diamanten erhitzen und mit anderen Materialien vermischen kann. Das Ergebnis ist absolut bruchsicher. Nicht mal eine Bombe könnte es zerstören.«

Diamantene Mauern.

»Na, die scheinen es nötig zu haben.«

»Benimm dich unauffällig und überlass mir das Reden«, flüstert sie.

Ich bleibe dicht hinter ihr, den Blick unverwandt auf die Straße gerichtet, die von rissigem schwarzem Asphalt in weißes Steinpflaster übergeht. Das Pflaster ist so glatt, dass ich beinahe ausrutsche, aber Gisa hält mich am Arm fest. Kilorn mit seinem Seemannsgang hätte hier sicherlich keine Probleme. Andererseits wäre Kilorn gar nicht erst hergekommen. Er hat schon aufgegeben. *Das werde ich nicht tun.*

Als wir uns dem Tor nähern, blinzele ich in das grelle Licht, um einen Blick auf die andere Seite zu erhaschen. Obwohl Summerton nur in den Sommermonaten existiert und vor dem ersten Frost verlassen wird, ist es die größte Stadt, die ich je gesehen habe. Es gibt Straßen voller Menschen, Läden, Kneipen, Häuser und Innenhöfe, die sich allesamt zu einer schimmernden Monstrosität aus Diamantglas und Marmor hin ausrichten. Jetzt verstehe ich, wie das Sonnenschloss zu seinem Namen gekommen ist. Mit den spitzen, hohen Türmen und den Brücken, die sich wild umeinanderwinden, ragt es dreißig Meter hoch in den Himmel und strahlt wie ein Stern. Einzelne Bereiche davon scheinen sich nach Bedarf zu verdunkeln, um die Privatsphäre der Bewohner zu schützen – schließlich kann man nicht zulassen, dass die Bauern den König und seinen Hof begaffen. Das Schloss ist atemberaubend, einschüchternd, großartig – und das ist nur der Palast für den *Sommer*.

»Namen!«, brüllt eine raue Stimme, und Gisa bleibt abrupt stehen.

»Gisa Barrow. Das ist meine Schwester Mare Barrow. Sie hilft mir, einige Waren für meine Meisterin in die Stadt zu bringen.« Sie lässt sich nichts anmerken und spricht mit klarer, beinahe schon gelangweilter Stimme. Der Wachmann nickt mir zu, und ich rücke demonstrativ mein Bündel zurecht. Gisa reicht ihm unsere Ausweise, die beide so zerfleddert und schmutzig sind, dass sie jeden Moment auseinanderfallen könnten, aber sie genügen.

Der Mann, der uns kontrolliert, muss Gisa kennen, denn er wirft nur einen flüchtigen Blick auf ihren Ausweis. Meinen sieht er sich dagegen ganz genau an. Eine volle Minute lang vergleicht er das Foto mit meinem Gesicht. Ich frage mich, ob er vielleicht auch ein Flüsterer ist und meine Gedanken lesen kann. Das würde diesen kleinen Ausflug ziemlich schnell beenden und mir vermutlich eine Schlinge um den Hals einbringen.

»Handgelenke!« Er hat schon das Interesse an uns verloren.

Ich bin einen Moment lang verwirrt, aber Gisa streckt ohne weiteres ihre rechte Hand aus. Also mache ich es ihr nach und halte dem Wachmann meinen Arm hin. Er legt jeder von uns ein rotes Band ums Handgelenk. Die Bänder schnurren zusammen, bis sie so eng anliegen wie Fesseln – wir haben keine Chance, sie abzustreifen.

»Weitergehen!« Der Mann winkt uns mit einer laschen Geste durch. In seinen Augen stellen zwei Mädchen keine Gefahr dar.

Gisa nickt ihm dankend zu, ich aber nicht. Dieser Wachmann hat nicht das geringste Recht auf meine Anerkennung. Das Tor schwingt vor uns auf und wir gehen weiter. Mir rauscht das Blut so laut in den Ohren, dass es sogar den Lärm des Großen Gartens übertönt. Wir betreten eine andere Welt.

So einen Markt wie diesen, mit Blumen, Bäumen und Springbrunnen, habe ich noch nie gesehen. Es gibt hier nur wenige Rote, und sie bewegen sich schnell. Gekennzeichnet mit den roten Bändern führen sie Botengänge aus oder verkaufen ihre Waren. Auch wenn die Silbernen keine Bänder tragen, kann man sie leicht erkennen. Sie sind über und über mit Juwelen und Edelmetall behängt; jeder einzelne trägt ein Vermögen mit sich herum. Ein gezielter Griff und ich gehe mit mehr nach Hause, als ich jemals brauchen kann. Alle Silbernen sind groß und schön und kalt; sie bewegen sich mit einer Eleganz, mit der kein Roter mithalten kann. Wir haben einfach nicht die Zeit, uns so zu bewegen.

Gisa führt mich an einer Bäckerei vorbei, in der es mit Gold bestäubte Kuchen gibt, und an einem Obsthändler, der leuchtend bunte Früchte feilbietet, die ich noch nie gesehen habe. Wir passieren eine Menagerie voller wilder Tiere, die ich mir bei aller Fantasie niemals hätte ausmalen können. Ein kleines Mädchen, der Kleidung nach zu urteilen eine Silberne, verfüttert winzige Apfelstückchen an eine gefleckte, pferdeartige Kreatur mit unglaublich langem Hals. Ein paar Straßen weiter funkelt ein Juweliergeschäft in allen Farben des Regenbogens. Ich versuche es mir einzuprägen, aber hier einen klaren Kopf zu behalten ist ziemlich schwer. Die Luft scheint zu pulsieren, sie ist voller Leben.

Fast bin ich so weit zu glauben, dass es nichts Außergewöhnlicheres geben kann als diesen Ort, doch dann betrachte ich die Silbernen genauer und mir wird wieder bewusst, was sie wirklich sind. Das kleine Mädchen da ist eine Kopflenkerin; sie lässt den Apfel drei Meter hoch in der Luft schweben, um das Tier mit dem langen Hals zu füttern. Ein Blumenhändler fährt mit den Fingern durch einen Topf weißer Blumen, und sie fangen explosionsartig an zu wachsen und sich um seine Ellbogen zu ranken. Er ist ein Grünfinger, der Pflanzen und Erde manipulieren kann. Am Rand eines Springbrunnens sitzen zwei Nymphen, die ein paar Kinder mit schwebenden Wasserkugeln unterhalten. Einer von ihnen hat orangefarbene Haare und hasserfüllte Augen, sogar während ihn Kinder umringen. Überall auf dem Platz gehen unterschiedlich begabte Silberne ihrem extravaganten Lebensstil nach. Es gibt so viele, und jeder einzelne ist großartig und wunderbar und mächtig und meilenweit entfernt von der Welt, die ich kenne.

»So lebt die andere Hälfte der Bevölkerung«, murmelt Gisa, die spürt, wie beeindruckt ich bin. »Es könnte einem übel davon werden.«

Plötzlich fühle ich mich schuldig. Ich habe Gisa immer um ihr Talent beneidet und um all die Privilegien, die es ihr beschert, aber ich habe mir nie über die Schattenseite ihrer Begabung Gedanken gemacht. Sie war nicht sehr lange in der Schule und hat kaum Freunde in Stilts. Wenn Gisa ein ganz normales Mädchen wäre, hätte sie bestimmt viele Freunde. Sie würde lächeln. Stattdessen kämpft sich diese Vierzehnjährige mit Nadel und Faden durch, trägt die Zukunft der ganzen Familie auf den Schultern und steckt bis zum Hals in einer Welt, die sie hasst.

»Danke, Gi«, flüstere ich ihr ins Ohr. Sie weiß, dass ich nicht nur den heutigen Tag meine.

»Da vorn ist der Laden von Salla, der mit der blauen Markise.« Sie zeigt in eine Seitenstraße und auf ein winziges Geschäft, das sich zwischen zwei Cafés zwängt. »Falls du mich brauchst: Ich bin da drinnen.«

»Nein, ich komme schon klar«, antworte ich schnell. »Selbst wenn etwas schiefgeht, will ich dich da nicht mit reinziehen.«

»Gut.« Dann nimmt sie meine Hand und drückt sie einen

Augenblick lang ganz fest. »Sei vorsichtig. Es ist voll heute, voller als sonst.«

»Umso mehr Möglichkeiten gibt es, wenn man sich verstecken will«, antworte ich mit einem Grinsen.

Aber ihr Tonfall ist ernst. »Es sind aber auch mehr Wachleute da.«

Wir gehen weiter. Jeder Schritt bringt uns dem Moment näher, in dem sie mich an diesem merkwürdigen Ort allein lassen wird. Als Gisa mir vorsichtig das Bündel von den Schultern nimmt, befällt mich Panik. Wir sind bei ihrem Laden angekommen.

Um mich zu beruhigen, wiederhole ich leise: »Mit niemandem sprechen, keinen Blickkontakt aufnehmen. Immer in Bewegung bleiben. Wenn ich fertig bin, gehe ich wieder durch die Gartenpforte. Der Grenzposten nimmt mir mein Band ab, dann laufe ich weiter.« Sie nickt, während ich spreche. Ihre Augen sind geweitet, vor Angst und vielleicht auch vor Hoffnung. »Es sind zehn Kilometer bis nach Hause.«

»Zehn Kilometer bis nach Hause«, wiederholt sie.

Als ich Gisa unter der blauen Markise verschwinden sehe, wünsche ich mir nichts mehr, als mit ihr gehen zu können. Sie hat mich bis hierhin gebracht. Jetzt bin ich auf mich gestellt.

4

Ich habe das schon tausend Mal gemacht – eine Menschenmenge beobachtet wie ein Wolf eine Herde Schafe. Auf der Suche nach den Schwachen, den Langsamen oder den Dummen. Nur dass diesmal wohl eher ich das Opfer bin. Vielleicht suche ich mir einen Huscher aus, der mich im Nu überführt, oder, schlimmer noch, einen Flüsterer, der wahrscheinlich schon aus einem Kilometer Entfernung spürt, dass ich mich ihm nähere. Sogar die kleine Kopflenkerin kann mich übertrumpfen, wenn etwas schiefgeht. Also muss ich schneller sein und schlauer und – das ist das Schlimmste – mehr *Glück* haben als jemals zuvor. Das macht mich nervös. Doch niemand schenkt mir Beachtung – ich bin nur eine weitere rote Bedienstete, noch ein Insekt, das zu Füßen der Götter herumkriecht.

Ich steuere wieder den Marktplatz an, die Arme locker, aber bereit. Normalerweise ist das meine Vorgehensweise: Ich schiebe mich durch das dichteste Gedränge und lasse meine Hände federleicht über Geldbörsen und Taschen gleiten. Aber ich bin nicht so dumm, das auch hier zu versuchen. Stattdessen bewege ich mich zusammen mit der Menge über den Platz. Inzwischen bin ich von meiner Umgebung nicht mehr geblendet, stattdessen schaue genauer hin, zu den Rissen im Stein und den schwarz uniformierten Sicherheitsleuten, die überall im Schatten stehen. Die unglaubliche Welt der Silbernen zeigt sich mir in all ihren Details. Silberne schauen einander kaum einmal an und sie lächeln *nie*. Die kleine

Kopflenkerin sieht beim Füttern der seltsamen pferdeähnlichen Kreatur gelangweilt aus, und die Händler feilschen nicht einmal. Nur die Roten wirken lebendig, wie sie zwischen den Männern und Frauen umhereilen, die träge durch ihr Luxusleben treiben. Trotz all der Hitze, der Sonne und der bunten Fahnen war ich noch nie an einem so kalten Ort.

Die meisten Sorgen bereiten mir die schwarzen Videokameras, die in den Baumkronen und Gassen versteckt sind. Zu Hause gibt es nur ein paar davon, am Sicherheitsposten und in der Arena, aber hier auf dem Markt sind sie überall. Ihr Surren erinnert mich eindringlich daran: *Hier schaut noch jemand zu.*

Ich bewege mich mit dem Strom die Hauptstraße entlang, vorbei an Kneipen und Cafés. In einer Open-Air-Bar sitzen Silberne und beobachten die Vorbeiziehenden, während sie ihre morgendlichen Drinks genießen. Andere starren auf Bildschirme, die in Wände eingelassen sind oder von steinernen Bogen herabhängen. Auf jedem läuft ein anderes Programm, von alten Arenakämpfen über Nachrichten bis hin zu knallbunten Shows, die ich nicht kenne. Die vielen Eindrücke verschwimmen in meinem Kopf, das schrille Wimmern der Bildschirme, dieses ferne statische Rauschen, brummt mir in den Ohren. Ich verstehe nicht, wie sie das aushalten. Aber die Silbernen reagieren überhaupt nicht auf die Videos oder sie ignorieren sie einfach.

Das Sonnenschloss wirft einen schimmernden Schatten auf mich, und ich ertappe mich dabei, wie ich es schon wieder bewundernd anstarre. Doch dann reißt mich ein brummendes Geräusch aus meiner Trance. Zuerst klingt es wie der Arena-Signalton, mit dem ein Heldenwettstreit eingeläutet wird, aber dieser Ton hier ist anders. Irgendwie tiefer und dringlicher. Unwillkürlich wende ich mich dem Ursprung des Lärms zu.

In der Open-Air-Bar schalten alle Bildschirme mit einem kurzen Flackern auf das gleiche Programm um. Ich trete näher. Es ist keine königliche Ansprache, sondern ein Nachrichtenbeitrag. Sogar die Silbernen halten inne und schauen gespannt hin. Das unangenehme Geräusch hört auf und die Sondersendung beginnt. Eine zurechtgemachte Blondine, zweifellos eine Silberne, erscheint auf dem Bildschirm. Mit angsterfüllter Miene liest sie von einem Blatt ab.

»Silberne von Norta, wir entschuldigen uns für die Unterbrechung. Vor dreizehn Minuten kam es in der Hauptstadt zu einem terroristischen Anschlag.«

Die Silbernen um mich herum schnappen nach Luft und tuscheln dann besorgt miteinander.

Ich stutze ungläubig. Ein Anschlag? Auf die Silbernen?

Geht das überhaupt?

»Es handelt sich um ein Bombenattentat auf Regierungsgebäude in West-Archeon. Laut ersten Berichten sind der königliche Gerichtshof, das Schatzamt und der Whitefire-Palast beschädigt worden, aber weder im Gericht noch im Schatzamt wurde heute Morgen getagt.« Das Bild wechselt von der Frau zu Aufnahmen von einem brennenden Gebäude. Sicherheitsleute sind dabei, Menschen zu evakuieren, während Nymphen die Flammen mit Wasser bekämpfen. Zwischen ihnen bewegen sich Heiler, die an einem schwarz-roten Kreuz auf dem Arm zu erkennen sind. »Die königliche Familie hielt sich nicht in Whitefire auf, und bislang gibt es keine Meldungen über Opfer. Es wird erwartet, dass König Tiberias sich innerhalb der nächsten Stunde an die Nation wendet.«

Ein Silberner neben mir schlägt so fest mit der Faust auf den Tresen, dass sich in der massiven Steinoberfläche feine Risse bilden. *Ein Starkarm.* »Das waren die Lakelander! Sie verlieren oben im Norden, also kommen sie in den Süden, um uns Angst zu machen!« Einige stimmen ein und schimpfen auf die Lakelander.

»Wir sollten sie vernichten und gleich bis nach Prärie vorstoßen!«, fügt ein anderer Silberner hinzu, und es erhebt sich laute Zustimmung. Ich muss mich mit aller Gewalt davon abhalten, diese Feiglinge anzuschreien, die weder die Front jemals sehen noch ihre Kinder in den Kampf schicken werden. Ihr silberner Krieg wird mit rotem Blut bezahlt.

Weitere Aufnahmen flimmern über den Bildschirm: Während die Marmorfassade des Gerichtsgebäudes zu Staub zerfällt und eine Diamantglaswand von einer Explosion erschüttert wird, aber standhält, triumphiere ich innerlich. Die Silbernen sind nicht unbesiegbar. Sie haben Feinde. Feinde, die ihnen wehtun können. Und zur Abwechslung können sie sich einmal nicht hinter einem Schutzschild aus Roten verstecken.

Die Nachrichtensprecherin erscheint wieder; sie ist noch blasser geworden. Jemand außerhalb des Bildes flüstert ihr etwas zu, und sie blättert mit zittrigen Händen durch ihr Manuskript. »Offenbar hat sich eine Organisation zu dem Bombenanschlag in Archeon bekannt«, bringt sie etwas stockend hervor. Die schreienden Männer verstummen schlagartig, weil sie das unbedingt hören wollen. »Eine Terrorgruppe namens Scharlachrote Garde hat vor wenigen Augenblicken dieses Video veröffentlicht.«

»Scharlachrote Garde?«, »Wer zum Teufel –?«, »Ist das irgendein Trick?« Diese und andere verwirrte Fragen werden rund um die Bar laut. Keiner hier hat jemals von der Scharlachroten Garde gehört.

Aber ich.

So hat Farley sich bezeichnet. Sich und Will. Aber die beiden sind *Schmuggler*, keine Terroristen oder Bombenleger oder was auch immer die Nachrichtensendung behaupten mag. *Das muss ein Zufall sein. Sie können unmöglich die beiden meinen.*

Doch die folgenden Bilder lassen mir den Atem stocken: Vor einer wackelnden Kamera steht eine Frau, die sich ein scharlachrotes Halstuch so vors Gesicht gebunden hat, dass nur ihr goldblondes Haar und ihre stechend blauen Augen zu sehen sind. In der einen Hand hält sie eine Schusswaffe, in der anderen eine ausgefranste rote Fahne. Auf ihrer Brust prangt ein bronzenes Emblem in Form einer zerrissenen Sonne.

»Wir sind die Scharlachrote Garde, und wir kämpfen für Freiheit und Gleichheit! Alle Menschen sind frei und gleich –«, sagt die Frau grimmig. Ich erkenne ihre Stimme wieder.

Farley.

»– angefangen bei den Roten!«

Man muss kein Genie sein, um zu begreifen, dass eine Bar voller aufgebrachter, gewaltbereiter Silberner der letzte Ort ist, an dem ein rotes Mädchen sich aufhalten sollte. Aber ich kann mich nicht von der Stelle rühren. Ich kann meine Augen nicht von Farleys Gesicht losreißen.

»Ihr glaubt, ihr seid die Herren der Welt, aber eure Herrschaft als Könige und Götter ist zu Ende. Solange ihr uns nicht als *Menschen* und als *gleich* anerkennt, wird der Kampf vor euren Türen toben. Nicht auf einem Schlachtfeld, sondern in euren Städten. Auf euren

Straßen. In euren Häusern. Ihr seht uns nicht, und deshalb sind wir überall!« Ihre Stimme verströmt Autorität und Selbstbewusstsein. »Wir erheben uns. Rot wie die Morgendämmerung.«

Rot wie die Morgendämmerung.

Das Video bricht ab, und auf dem Bildschirm erscheint wieder die zurechtgemachte Blondine, die mit offenem Mund in die Kamera starrt. Der Rest der Sendung wird vom Gebrüll der Silbernen übertönt, die nach und nach ihre Stimme wiederfinden. Sie nennen Farley eine Terroristin, eine Mörderin, eine rote Teufelin. Bevor sie mich wahrnehmen, trete ich zurück auf die Straße.

Doch als ich die Prachtstraße entlangblicke, die vom Platz bis zum Schloss führt, sehe ich, dass überall aufgebrachte Silberne aus den Bars und Cafés hervorquellen. Ich versuche mir das rote Band vom Handgelenk zu reißen, aber das blöde Ding hält. Andere Rote verschwinden schnellstmöglich in Eingängen und Nebenstraßen, und ich bin klug genug, es ihnen nachzutun. Kaum dass ich in einer Gasse verschwunden bin, höre ich jemanden schreien.

Wider alle Vernunft blicke ich über die Schulter zurück und sehe, wie ein Roter am Hals gepackt wird. Er fleht seinen Angreifer an: »Bitte, ich weiß nichts! Ich weiß nicht, wer diese Leute sind!«

»Was hat es mit der Scharlachroten Garde auf sich?«, schreit ihn der Silberne an. Ich erkenne ihn wieder – es ist einer der Nymphen, die vor kaum einer halben Stunde noch mit Kindern gespielt haben. »Wer steckt dahinter?«

Noch ehe der Rote antworten kann, trifft ihn ein harter Wasserstrahl mitten ins Gesicht. Der Nymph hebt die Hand, und mehr Wasser kommt. Eine Meute von Silbernen hat sich um die beiden versammelt; sie johlen schadenfroh und feuern ihn an. Der Rote spuckt und japst. Er versucht wieder zu Atem zu kommen, seine Unschuld zu beteuern, doch der Guss lässt nicht nach. Der Nymph, dessen Augen vor Hass geweitet sind, kennt keine Gnade. Er zieht das Wasser aus den Springbrunnen und aus allen Gläsern um sich herum und lässt es wieder und wieder auf den Roten herabregnen.

Sie ertränken ihn.

Die blaue Markise ist mein Leuchtfeuer. Sie weist mir den Weg durch die mit panischen Menschen gefüllten Straßen, während ich Roten und Silbernen gleichermaßen ausweiche. Normalerweise ist das Chaos mein bester Freund, denn es erleichtert mir die Arbeit als Diebin ganz erheblich. Keinem, der vor einer wütenden Meute davonläuft, fällt auf, dass seine Geldbörse fehlt. Aber Kilorn und die zweitausend Kronen sind nicht mehr meine oberste Priorität. Mein einziger Gedanke ist der, dass ich Gisa erreichen und mit ihr aus der Stadt fliehen muss, die für uns ganz sicher zum Gefängnis werden wird. *Wenn sie die Tore schließen …* Ich will mir gar nicht vorstellen, wie es wäre, hier in der Falle zu sitzen, die Freiheit außer Reichweite auf der anderen Seite der Glaswand.

Sicherheitsleute laufen durch die Straße – sie wissen nicht, was sie tun oder wen sie schützen sollen. Einige treiben Rote zusammen und zwingen sie auf die Knie. Die Gefangenen zittern und flehen, beteuern immer wieder, dass sie nichts wissen. Ich würde jede Wette eingehen, dass ich die Einzige in der ganzen Stadt bin, die vor dem heutigen Tag auch nur von der Scharlachroten Garde *gehört* hat.

Diese Erkenntnis löst einen weiteren Angstschub bei mir aus. Wenn sie mich festnehmen und ich ihnen das bisschen verrate, das ich weiß – was werden sie dann meiner Familie antun? Was Kilorn? Dem ganzen Dorf?

Sie dürfen mich auf keinen Fall kriegen.

Ich nutze die Verkaufsstände als Deckung und renne, so schnell ich kann. Auf der Hauptstraße herrscht Krieg, aber ich schaue nur nach vorn, auf die blaue Markise auf der anderen Seite des Platzes. Als ich an dem Juweliergeschäft vorbeikomme, werde ich langsamer. Nur ein einziges Stück aus der Auslage könnte Kilorn retten. Aber in dem Moment, in dem ich anhalte, hageln Glassplitter nur knapp an meinem Gesicht vorbei. Von der Straße aus fixiert mich ein Kopflenker und zielt auf mich. Um ihm keine Chance zu einem erneuten Angriff zu geben, ducke ich mich unter Vorhängen, Ständen und ausgestreckten Armen hindurch, bis ich den Platz erreiche. Wasser schwappt um meine Füße, als ich gleich darauf durch den Springbrunnen sprinte.

Da wirft mich plötzlich eine schäumende Welle zur Seite und ins aufgepeitschte Nass. Es ist nicht tief, vielleicht sechzig Zentimeter bis zum Boden, aber das Wasser fühlt sich wie Blei an. Ich kann mich nicht bewegen, ich kann nicht schwimmen, *nicht atmen*. Und ich kann kaum denken. Mein Hirn schreit nur: *Nymph!* Und dazu zeigt es mir den armen Roten, der auf der Prachtstraße aufrecht stehend ertrinkt. Ich knalle mit dem Kopf auf die Steinfliesen und sehe Sterne, *Funken*, bevor meine Wahrnehmung sich wieder normalisiert. Meine ganze Haut fühlt sich an wie elektrifiziert. Das Wasser um mich her bewegt sich wieder normal und ich kann auftauchen. Heiße Luft strömt in meine Lunge, versengt mir Nase und Rachen, aber das ist mir egal. *Ich lebe noch.*

Kleine, kräftige Hände packen mich am Kragen und versuchen

mich aus dem Springbrunnen zu zerren. *Gisa.* Ich stoße mich mit den Füßen am Grund ab und wir purzeln gemeinsam über den Rand.

»Wir müssen hier weg!«, schreie ich und rapple mich auf.

Gisa läuft bereits los in Richtung der Gartenpforte. »Schnellmerkerin!«, ruft sie mir über die Schulter zu.

Während ich ihr folge, kann ich nicht anders, als mich noch einmal zum Platz umzuschauen. Der silberne Mob durchsucht die Marktstände mit der hungrigen Gier eines Wolfsrudels. Die wenigen Roten, die noch dort sind, kauern auf dem Boden und winseln um Gnade. Und in dem Springbrunnen, aus dem ich gerade entkommen bin, treibt ein Mann mit orangefarbenen Haaren mit dem Gesicht nach unten.

Ich zittere am ganzen Körper. Jeder Muskel, jeder Nerv steht in Flammen, während wir auf das Tor zurennen. Gisa hält meine Hand und zerrt uns beide durch die Menge.

»Zehn Kilometer bis nach Hause«, keucht sie. »Hast du bekommen, was du brauchst?«

Ich schüttele den Kopf und das Gewicht meiner Scham erdrückt mich fast. Ich hatte nicht genug Zeit. Ich bin ja kaum auf der Prachtstraße gewesen, als schon diese Sondersendung anfing. *Ich konnte nichts tun.*

Gisa macht ein enttäuschtes Gesicht und runzelt die Stirn. »Wir lassen uns was einfallen«, sagt sie. Ihre Stimme klingt genauso verzweifelt, wie ich mich fühle.

Doch vor uns erhebt sich das Tor. Wir kommen ihm mit jeder Sekunde näher. Es erfüllt mich mit Schrecken. Sobald ich hindurchgehe, sobald ich die Stadt verlasse, verliere ich Kilorn.

Und ich nehme an, das ist der Grund, warum sie es tut.

Ehe ich sie daran hindern, sie festhalten oder wegzerren kann, lässt Gisa ihre geschickte Näherinnenhand in die Tasche ihres Nebenmannes gleiten. Aber dieser Fremde ist nicht irgendwer, sondern ein Silberner. Und zwar einer mit bleiernen Augen, einer kräftigen Nase und breiten Schultern, die gleichsam »Leg dich bloß nicht mit mir an!« schreien. Gisa mag mit Nadel und Faden eine große Künstlerin sein, aber eine Taschendiebin ist sie nicht. Es dauert nur eine Sekunde, bis der Fremde neben ihr merkt, was los ist. Und dann hebt jemand Gisa vom Boden hoch.

Es ist derselbe Silberne. Es gibt ihn *zweimal. Zwillinge?*

»Das ist kein guter Moment, um Silberne zu bestehlen«, sagen die Zwillinge gleichzeitig. Und dann sind da plötzlich drei von ihnen, vier, fünf, sechs, die uns in der Menge umrunden. *Er vervielfältigt sich. Er ist ein Kloner.*

In meinem Kopf dreht sich alles. »Sie hat es nicht böse gemeint, sie ist doch nur ein dummes Kind!«

»Ich bin nur ein dummes Kind!«, wiederholt Gisa und versucht denjenigen zu treten, der sie festhält.

Sie kichern alle gleichzeitig; es ist ein schreckliches Geräusch.

Ich will nach Gisa greifen, will sie losreißen, aber einer von ihnen wirft mich zu Boden. Der harte Stein der Straße raubt mir den Atem und ich japse laut. Hilflos sehe ich zu, wie ein weiterer Zwilling seinen Fuß auf meinen Bauch stellt, um mich unten zu halten.

»Bitte«, stoße ich hervor, aber es hört mir niemand mehr zu. Das Heulen in meinem Kopf wird stärker, während sich alle Kameras auf uns richten. Wieder fühle ich mich wie elektrisiert, doch diesmal aus Angst um meine Schwester.

Ein Wachmann, derselbe, der uns heute Morgen hereingelassen hat, kommt mit vorgehaltener Waffe zu uns. »Was ist hier los?«, knurrt er mit einem Blick auf die Silber-Klone.

Einer nach dem anderen verschmelzen sie miteinander, bis nur noch zwei übrig bleiben: der, der Gisa umklammert, und der, der mich auf dem Boden festhält.

»Die da ist eine Diebin«, sagt der eine und schüttelt meine Schwester. Bewundernswerterweise schreit sie nicht laut los.

Der Wachmann erkennt sie wieder; er runzelt kurz die Stirn. »Du kennst das Gesetz, Mädchen!«

Gisa senkt den Kopf. »Ich kenne das Gesetz.«

Ich versuche mich mit aller Kraft zu befreien, um zu verhindern, was als Nächstes passiert. Glas splittert, als ein Bildschirm in der Nähe dem Chaos zum Opfer fällt und zu Bruch geht. Aber der Wachmann lässt sich nicht ablenken. Er ergreift meine Schwester und drückt sie zu Boden.

Meine Stimme mischt sich in das lautstarke Durcheinander um mich herum. »Ich war's!«, schreie ich. »Es war meine Idee! Nehmt mich!« Aber sie hören nicht auf mich. Es ist ihnen egal.

Ich kann nur zusehen, als der Wachmann meine Schwester neben mich legt. Ihre Augen bohren sich in meine, während er den Kolben seiner Waffe herabsausen lässt und die Knochen in ihrer Hand zerschmettert. Ihrer Näherinnenhand.

5

Kilorn würde mich finden, egal wo ich mich verstecke, deshalb laufe ich immer weiter. Ich renne, als könnte ich das, was ich Gisa angetan habe, hinter mir lassen, und mein Versagen gegenüber Kilorn, den Umstand, dass ich alles kaputtgemacht habe. Aber vor dem Blick, mit dem Ma mich bedacht hat, als ich Gisa nach Hause brachte, kann ich nicht davonlaufen. Ich habe gesehen, wie der Schatten der Hoffnungslosigkeit über ihr Gesicht huschte, und bin abgehauen, ehe Pa mit seinem Rollstuhl dazukommen konnte. Ich hatte nicht den Mut, mich beiden gemeinsam zu stellen. *Ich bin ein Feigling.*

Deshalb renne ich, bis ich nicht mehr denken kann, bis jede schlimme Erinnerung verblasst, bis ich nur noch das Brennen meiner Muskeln spüre. Ich versuche mir einzureden, die Tränen auf meinen Wangen wären Regentropfen.

Als ich schließlich langsamer werde, um wieder zu Atem zu kommen, befinde ich mich ein paar Kilometer außerhalb des Dorfs, auf dieser schrecklichen Straße nach Norden. Hinter der nächsten Kurve flackern die Lichter eines Gasthauses durch die Bäume, eins von vielen entlang der alten Straßen. Wie immer im Sommer ist es vollgepackt mit Dienstboten und Saisonarbeitern, die dem königlichen Hof folgen. Sie leben nicht in Stilts und kennen mein Gesicht nicht, deshalb sind sie leichte Beute für mich. Ich mache hier jeden Sommer meine Raubzüge, aber normalerweise ist Kilorn dabei und lächelt in sein Glas, während er mich bei der Arbeit beobachtet. *Sein Lächeln wird mich nicht mehr lange begleiten.*

Lautes Grölen erklingt, als ein paar Männer betrunken und fröhlich aus der Wirtschaft stolpern. In ihren schweren Geldbeuteln klingelt der Tagelohn. *Geld, das sie den Silbernen verdanken* – fürs Dienen und Lächeln und Buckeln vor diesen Monstern, die sich als Adelige ausgeben.

Ich habe heute so viel Schaden angerichtet, habe denen wehgetan, die ich am meisten liebe. Ich sollte umkehren und nach Hause gehen und ihnen allen wenigstens gegenübertreten. Aber stattdessen lasse ich mich in den Schatten des Wirtshauses gleiten und bescheide mich mit der Dunkelheit.

Ich schätze, anderen Schmerz zuzufügen ist das Einzige, wozu ich gut bin.

Es dauert nicht lange, bis sich die Taschen meines Mantels zu füllen beginnen. Alle paar Minuten kommen Betrunkene heraus, und ich schiebe mich an ihnen vorbei und setze ein falsches Lächeln auf, um von meinen Händen abzulenken. Niemand bemerkt es, wenn ich wieder verschwinde, es ist allen egal. Ich bin ein Schatten, und an einen Schatten erinnert sich keiner.

Mitternacht kommt und geht und ich stehe immer noch da und warte. Der helle Mond über mir zeigt an, wie lange ich schon hier bin. *Einer noch*, sage ich mir. *Ein Geldbeutel noch, dann gehe ich.* Das sage ich mir jetzt schon seit einer Stunde.

Als der nächste Gast herauskommt, denke ich nicht nach. Er hat die Augen gen Himmel gerichtet und bemerkt mich gar nicht. Es ist so einfach, den Arm auszustrecken, so einfach, einen Finger in die Schnüre seiner Geldbörse zu haken. Dabei müsste ich es inzwischen eigentlich besser wissen, müsste wissen, dass an diesem Ort nichts einfach ist. Aber die Ausschreitungen und Gisas leerer Blick haben mich vor Trauer leichtsinnig gemacht.

Seine Finger schließen sich um mein Handgelenk. Sie packen fest zu und verströmen eine seltsame Hitze, als er mich aus dem Schatten zerrt. Ich versuche mich zu wehren, mich zu befreien und wegzulaufen, aber er ist zu stark. Dann dreht er sich zu mir um, und das Feuer in seinen Augen entfacht Angst in mir, dieselbe Angst, die ich heute Morgen schon verspürt habe. Aber ich erwarte froh jede Strafe, die er über mich bringen wird. Ich habe sie verdient.

»Eine Diebin!« Er klingt merkwürdig überrascht.

Ich schaue ihn an und muss ein Lachen unterdrücken. Ich habe nicht einmal die Kraft, zu protestieren. »Sieht so aus.«

Er starrt mich an, mustert mich vom Kopf bis zu den ausgetretenen Stiefeln. Ich winde mich unter seinem Blick. Nach einem langen Moment seufzt er und lässt mich los. Verblüfft schaue ich ihn an. Als eine Münze durch die Luft geflogen kommt, bringe ich kaum die Geistesgegenwart auf, sie zu fangen. *Ein Tetrarch. Ein silberner Tetrarch, so viel wert wie eine ganze Krone.* Viel mehr als all die gestohlenen Pennys in meinen Taschen.

»Das dürfte mehr als genug sein, um dich über die Runden zu bringen«, sagt er, noch bevor ich reagieren kann. Im Licht des Gasthauses glänzen seine Augen rotgolden, in der Farbe der Wärme. Über die Jahre habe ich gelernt, Menschen schnell einzuschätzen, und das kommt mir auch jetzt zugute. Seine glänzenden schwarzen Haare und seine blasse Haut lassen vermuten, dass er ein Dienstbote ist. Doch seine Statur, mit breiten Schultern und muskulösen Beinen, erinnert eher an die eines Holzfällers. Außerdem ist er jung, ein wenig älter als ich, und er wirkt merkwürdig befangen, aber nicht unsicher.

Ich sollte ihm wortlos die Stiefel küssen, weil er mich laufenlässt *und* mir auch noch solch ein Almosen gibt, aber meine Neugier siegt. Wie immer.

»Warum?« Das Wort bricht laut und schroff aus mir hervor. Wie könnte es auch anders sein nach einem Tag wie heute?

Die Frage verdutzt ihn, und er zuckt die Achseln. »Du brauchst es dringender als ich.«

Ich würde ihm die Münze am liebsten ins Gesicht schleudern und ihm sagen, dass ich für mich selbst sorgen kann, aber ich halte mich zurück. *Hat dich der heutige Tag nichts gelehrt?* »Na dann, vielen Dank«, presse ich hervor.

Aus irgendeinem Grund belustigt ihn meine widerstrebende Dankbarkeit. »Übertreib es nicht.« Dann tritt er plötzlich einen Schritt näher. *Das ist die seltsamste Person, die mir je begegnet ist.* »Du bist aus dem Dorf, hab ich Recht?«

»Ja«, sage ich achselzuckend. Woher sollte ich auch sonst stammen mit diesen ausgebleichten Haaren, den schmutzigen Kleidern und dem resignierten Blick? Der Gegensatz zwischen uns könnte nicht größer sein. Das Hemd, das er trägt, ist sauber und aus gutem Stoff, seine Schuhe sind aus weichem, glänzendem Leder. Unter meinen Blicken windet er sich und fingert an seinem Kragen herum. Ich mache ihn nervös.

Er sieht jetzt blass aus im Mondlicht und blickt fahrig um sich. »Gefällt es dir?«, fragt er, wie um abzulenken. »Das Leben dort?«

Ich muss bei der Frage beinahe lachen, aber er sieht nicht amüsiert aus. »Wie könnte das irgendwem gefallen?«, erwidere ich schließlich und frage mich, worauf er hinauswill.

Aber statt schnell zu kontern, wie Kilorn es tun würde, hält er inne. Über sein Gesicht huscht ein Schatten. »Gehst du zurück?«, fragt er plötzlich und zeigt auf die Straße.

»Warum, hast du Angst im Dunkeln?«, höhne ich und verschränke die Arme vor der Brust. Aber insgeheim frage ich mich plötzlich, ob vielleicht *ich* Angst haben sollte. *Er ist stark, er ist schnell, und wir sind hier draußen völlig allein.*

Sein Lächeln kehrt zurück, und ich bin verwirrt darüber, wie beruhigend es auf mich wirkt. »Nein, aber ich will sichergehen, dass du deine Hände für den Rest der Nacht bei dir behältst. Ich kann doch nicht zulassen, dass du die halbe Bar um Haus und Hof bringst, oder? Ich bin übrigens Cal.« Er reicht mir die Hand.

Ich nehme sie nicht, da ich mich erinnere, wie sengend heiß sich seine Haut angefühlt hat. Stattdessen gehe ich mit schnellen, leisen Schritten los. »Mare Barrow«, lasse ich ihn über die Schulter hinweg wissen. Mit seinen langen Beinen holt er mich rasch ein.

»Bist du immer so freundlich?«, bohrt er nach, und aus irgendeinem Grund fühle ich mich, als sei ich ein Objekt, das er studiert. Aber das kalte Silber in meiner Hand beruhigt mich und erinnert mich daran, was er noch in seinen Taschen hat. *Silber für Farley. Wie passend.*

»Der Adel scheint ja ziemlich gut zu bezahlen, wenn du ganze Kronen mit dir rumschleppst«, antworte ich in der Hoffnung, ihn abzulenken. Es funktioniert bestens.

»Ich habe eben eine gute Stelle«, versucht er abzuwiegeln.

»Na, dann kann sich immerhin einer von uns zweien freuen.«

»Aber du bist doch –«

»Siebzehn«, beende ich seinen Satz. »Ein bisschen Zeit habe ich noch bis zur Einberufung.«

Er kneift die Augen zusammen und verzieht grimmig den Mund. Eine gewisse Härte schleicht sich in seine Stimme, schärft seine Worte. »Wie viel Zeit?«

»Jeden Tag weniger.« Es schmerzt, wenn ich es nur ausspreche. *Und Kilorn hat sogar noch weniger Zeit als ich.*

Er antwortet nicht, sondern starrt mich erneut an, während wir durch den Wald laufen. *Er denkt nach.* »Es gibt keine Arbeit«, murmelt er mehr zu sich selbst als zu mir. »Du hast also keine Chance, der Einberufung zu entgehen.«

Ich bin verblüfft, dass ihn das so verwirrt. »Vielleicht läuft es da, wo du herkommst, anders.«

»Darum stiehlst du.«

»Das ist das Beste, was ich tun kann«, kommt es mir über die Lippen. Wieder denke ich daran, dass ich zu nichts gut bin, außer anderen Schmerz zuzufügen. »Aber meine Schwester hat Arbeit«, sage ich schnell, bevor es mir wieder einfällt – *nein, hat sie nicht. Nicht mehr. Meinetwegen.*

Cal schaut mich an, während ich mit den Worten ringe und überlege, ob ich mich korrigieren sollte. Ich muss an mich halten, um mir nichts anmerken zu lassen, um nicht vor einem völlig Fremden zusammenzubrechen. Doch offensichtlich erkennt er, was ich zu verbergen versuche. »Warst du heute beim Schloss?« Ich glaube, er weiß die Antwort bereits. »Die Ausschreitungen waren furchtbar.«

»Allerdings.« Ich bin den Tränen nahe.

»Und du –?« Er versucht auf eine sehr stille Art, mich auszufragen. Es ist, als würde er ein Loch in einen Damm stechen, plötzlich bricht alles aus mir heraus. Ich könnte die Worte nicht zurückhalten, selbst wenn ich wollte.

Ich erwähne weder Farley noch die Scharlachrote Garde oder Kilorn. Nur, dass meine Schwester mich in den Großen Garten geschmuggelt hat, damit ich das Geld stehlen kann, das wir zum Überleben brauchen. Dann berichte ich von Gisas Fehler, ihrer Verletzung und was sie für uns bedeutet. Davon, was ich meiner Familie angetan habe. Und was ich sonst mache: dass ich meine Mutter enttäusche, meinen Vater beschäme und von Leuten stehle, die ich eigentlich als die Unsrigen bezeichne. Hier auf der Straße, mit nichts als Dunkelheit um mich herum, erzähle ich einem Fremden, wie schrecklich ich bin. Er stellt keine Fragen, nicht einmal dann, wenn meine Worte keinen Sinn ergeben. Er hört einfach zu.

»Das ist das Beste, was ich tun kann«, wiederhole ich, bevor mir die Stimme versagt.

Dann sehe ich aus dem Augenwinkel Silber glänzen. Er hält noch eine Münze hoch. Im Mondlicht kann ich gerade so das Relief der Königskrone erkennen, die in das Metall geprägt ist. Als er die Münze in meine Hand legt, erwarte ich, seine Hitze wieder zu spüren, aber er ist ganz kalt geworden.

Ich will schreien: *Ich brauche dein Mitleid nicht*, aber das wäre dumm. Mit der Münze können wir das besorgen, was Gisa uns nicht mehr kaufen kann.

»Es tut mir sehr leid für dich, Mare. So sollten die Dinge nicht laufen.«

Ich vermag nicht einmal mehr die Stirn zu runzeln. »Es gibt Schlimmeres. Ich brauche dir nicht leidzutun.«

Am Rand des Dorfes bleibt er zurück und lässt mich allein zwischen den Pfahlbauten hindurchgehen. Irgendetwas an dem Schlamm und den Schatten scheint Cal zu beunruhigen. Er verschwindet, noch ehe ich mich zu ihm umdrehen und mich bei diesem seltsamen Dienstboten bedanken kann.

Unser Haus liegt still und dunkel da, aber trotzdem bebe ich vor Angst. Es ist, als wäre der heutige Morgen hundert Jahre her, Teil eines anderen Lebens, in dem ich dumm und egoistisch und vielleicht sogar ein kleines bisschen glücklich gewesen bin. Jetzt habe ich nichts außer einen Freund, der eingezogen werden wird, und die gebrochenen Knochen meiner Schwester.

»Du solltest deiner Mutter nicht solchen Kummer machen.« Mein Vater kommt hinter einem der Pfähle hervor. Er war schon seit Jahren nicht mehr hier unten.

Meine Stimme kippt vor Angst und Überraschung. »Pa? Was machst du hier? Wie bist du –?« Er zeigt mit dem Daumen nach hinten auf den Flaschenzug, der vom Haus herabbaumelt. Das ist das erste Mal, dass er ihn benutzt.

»Der Strom ist ausgefallen. Ich wollte mal nachsehen«, sagt er so schroff wie immer und rollt an mir vorbei zum Verteilerkasten, von dem aus Kabel in den Boden führen. Jedes Haus hat einen, um den elektrischen Strom zu regulieren, der die Lampen am Brennen hält.

Pa keucht; seine Brust klickt bei jedem Atemzug. Vielleicht wird Gisa ihm jetzt ähnlich, vielleicht wird aus ihrer Hand ein unbrauchbarer Klumpen Metall und sie selbst bei dem Gedanken an das, was hätte sein können, zerrissen und bitter.

»Warum verwendest du nicht die Stromscheine, die ich euch mitbringe?«

An Stelle einer Antwort zieht Pa einen Stromschein aus seiner Hemdtasche und steckt ihn in den Kasten. Normalerweise müsste das Ding jetzt anspringen, aber es passiert nichts. *Kaputt.*

»Es bringt nichts«, seufzt Pa und lehnt sich in seinem Rollstuhl zurück. Wortlos starren wir beide den Verteilerkasten an. Wir wollen uns nicht bewegen, wollen nicht zurück nach oben. Pa ist genauso geflüchtet wie ich. Er hat es nicht mehr im Haus ausgehalten, wo Ma ganz gewiss um Gisa weint und um verlorene Träume, während meine Schwester versucht, es ihr nicht gleichzutun.

Er prügelt auf den Kasten ein, als könnte er das verdammte Ding so dazu bringen, uns plötzlich Licht und Wärme und Hoffnung zu spenden. Seine Schläge werden hastiger, verzweifelter; er strahlt eine immense Wut aus. Nicht auf mich oder Gisa, aber auf die Welt. Vor langer Zeit einmal hat er uns als Ameisen bezeichnet, rote Ameisen, die im Licht einer silbernen Sonne verbrennen. Die zerstört wurden von der Großartigkeit anderer und den Kampf um ihr Existenzrecht verloren haben, weil sie nichts *Besonderes* sind. Wir haben uns nicht weiterentwickelt wie die Silbernen, besitzen keine Fähigkeiten und Kräfte, die unsere begrenzte Vorstellungskraft übersteigen. Wir sind geblieben, was wir waren, haben in unseren Körpern stagniert. *Die Welt um uns herum hat sich verändert, aber wir sind geblieben, was wir waren.*

Dann steigt die Wut auch in mir auf. Ich verfluche Farley, Kilorn, die Wehrpflicht, jeden kleinen Aspekt, der mir gerade einfällt. Der Metallkasten fühlt sich kalt an; er hat schon längst die Wärme der Elektrizität verloren. Aber tief in seinem Mechanismus sind noch Vibrationen spürbar; er wartet darauf, wieder eingeschaltet zu werden. Ich verliere mich in dem Versuch, den Strom wiederzufinden, ihn zu uns zurückzubringen und damit zu beweisen, dass in einer so falschen Welt wenigstens eine kleine Sache richtig laufen kann. Meine Finger spüren etwas Spitzes, das mich zusammenzucken lässt. Ein bloßliegender Draht oder ein defekter Schalter, sage ich mir. Es fühlt sich wie ein Nadelstich an, wie eine Nadel, die in meine Nerven eindringt, aber es folgt kein Schmerz.

Über uns schaltet sich mit einem summenden Geräusch die Lampe auf der Veranda ein.

»Schau mal einer an«, murmelt Pa.

Er wendet und rollt durch den Schlamm zurück zum Flaschenzug. Ich folge ihm schweigend, denn ich will nicht über das reden, was uns beide zögern lässt, ins Haus zu gehen.

»Ab jetzt wird nicht mehr weggelaufen«, sagt er leise und schnallt sich fest.

»Ab jetzt wird nicht mehr weggelaufen«, wiederhole ich zustimmend, spreche aber mehr zu mir als zu ihm.

Der Flaschenzug quietscht unter der schweren Last und hebt ihn auf die Veranda hoch. Ich bin über die Leiter schneller, also erwarte ich ihn oben und helfe ihm wortlos beim Losmachen. »Was für ein Mistding«, grummelt er, als endlich die letzte Schnalle aufspringt.

»Ma wird sich freuen, dass du mal aus dem Haus gekommen bist.«

Er ergreift meine Hand und sieht mich eindringlich an. Obwohl Pa kaum noch arbeitet, höchstens wertlosen Kleinkram repariert und den Kindern Figuren schnitzt, sind seine Hände nach wie vor rau und schwielig, als wäre er gerade erst von der Front zurückgekehrt. *Der Krieg lässt einen nie los.*

»Erzähl deiner Mutter nichts davon.«

»Aber –«

»Ich weiß, es scheint keine große Sache zu sein, aber für sie wäre es das. Sie wird es für einen ersten Schritt auf einer langen Reise halten, verstehst du? Zuerst verlasse ich das Haus in der Nacht, dann am Tag, dann rolle ich mit ihr über den Markt wie vor zwanzig Jahren. Und am Ende wird alles wieder so, wie es einmal war.« Während er spricht, verdüstert sich sein Blick. Er muss sich anstrengen, um leise und ruhig zu bleiben. »Ich werde nie mehr gesund, Mare. Ich werde mich auch nicht irgendwann besser fühlen. Ich will nicht, dass sie darauf hofft. Nicht, wenn ich weiß, dass es niemals dazu kommen wird. Verstehst du das?«

Nur zu gut, Pa.

Ihm ist klar, was die Hoffnung in mir angerichtet hat, und seine Stimme wird sanfter. »Ich wünschte, es wäre anders.«

»Das tun wir alle.«

Trotz der Dunkelheit erkenne ich Gisas verletzte Hand, als ich auf den Dachboden hochkomme. Normalerweise schläft meine Schwester zusammengerollt unter einer dünnen Decke, aber jetzt liegt sie auf dem Rücken, die Hand auf einen Haufen Kleider gebettet. Ma hat die Schiene – mein erbärmlicher Versuch, Gisa zu helfen – ein wenig zurechtgerückt und frische Verbände angelegt. Ich brauche kein Licht, um zu wissen, dass die Hand voller schwarzer Blutergüsse ist. Gisa schläft unruhig, wälzt sich hin und her, aber ihr Arm bleibt liegen. Sie hat sogar im Schlaf Schmerzen.

Ich möchte sie trösten, aber wie kann ich jemals die schrecklichen Ereignisse dieses Tages wiedergutmachen?

Ich hole Shades Brief aus der kleinen Schachtel, in der ich seine ganze Korrespondenz aufbewahre. Wenigstens der Brief wird mich beruhigen. Seine Scherze, seine Worte, seine Stimme, die in diesen Seiten eingeschlossen sind, besänftigen mich jedes Mal. Aber als ich den Brief erneut überfliege, sammelt sich Angst in meiner Magengrube.

»Rot wie die Morgendämmerung« steht da. Hier sind sie, so klar und deutlich wie die Nase in meinem Gesicht. Farleys Worte aus dem Video, der Schlachtruf der Scharlachroten Garde in der Handschrift meines Bruders. Der Satz ist zu seltsam, um ihn zu ignorieren, zu einzigartig, als dass er ein Zufall sein könnte. Und der nächste Satz, *»dass die Sonne sich jeden Tag ein bisschen kraftvoller in den Himmel erheben wird …«* – mein Bruder ist intelligent, aber praktisch veranlagt. Ihm sind Sonnenaufgänge oder die Morgendämmerung oder pfiffige sprachliche Wendungen gleichgültig. Das *erheben* hallt in mir nach, aber an Stelle von Farleys Stimme höre ich meinen Bruder sprechen. *Erheben. Rot wie die Morgendämmerung.*

Irgendwie hat Shade davon gewusst. Vor vielen Wochen, vor dem Bombenanschlag, vor Farleys Video hat Shade von der Scharlachroten Garde gewusst und versucht, uns davon zu erzählen. *Warum?*

Weil er einer von ihnen ist.

6

Als bei Tagesanbruch mit einem lauten Poltern die Tür aufgerissen wird, habe ich keine Angst. Hausdurchsuchungen aus Sicherheitsgründen sind an der Tagesordnung, auch wenn wir normalerweise nur eine oder zwei im Jahr erleben. Das hier ist dann wohl die dritte.

»Na komm, Gi.« Ich helfe ihr von ihrer Pritsche und die Leiter hinab. Sie bewegt sich sehr vorsichtig und stützt sich auf ihren guten Arm. Ma erwartet uns unten. Sie nimmt Gisa in Empfang, aber ihr Blick ruht auf mir. Zu meiner Überraschung sieht sie nicht aus, als wäre sie wütend auf mich, nicht einmal enttäuscht. Ihre Miene ist sanft stattdessen.

An der Tür warten zwei Wachleute, die Waffen in der Halterung an ihren Hüften. Ich kenne sie vom Sicherheitsposten in unserem Dorf, aber bei ihnen ist noch eine weitere Person, eine junge Frau mit dem Abzeichen der dreifarbigen Krone über dem Herzen. *Eine königliche Dienerin, eine Rote, die am Hof arbeitet.* Langsam dämmert mir, dass das hier keine von den üblichen Durchsuchungen ist.

»Wir fügen uns der Durchsuchung und Beschlagnahme«, knurrt Pa die Worte, die er jedes Mal aussprechen muss, wenn es wieder so weit ist. Aber statt sich aufzuteilen und unser Haus zu durchwühlen, bleiben die beiden Wachen stehen.

Die junge Frau tritt vor und wendet sich zu meinem Erschrecken an mich. »Mare Barrow, du bist nach Summerton vorgeladen.«

Gisas Hand schließt sich fester um meine, als könnte sie mich hier festhalten. Ich stammele nur: »Was?«

»Du bist nach Summerton vorgeladen«, wiederholt sie und weist auf die Tür. »Wir werden dich eskortieren. Komm bitte mit.«

Eine Vorladung. Für eine Rote. In meinem ganzen Leben habe ich noch nie von so etwas gehört. Warum ich? Womit habe ich mir das eingebrockt?

Aber was sage ich da, ich bin schließlich eine Kriminelle und werde auf Grund meiner Verbindung zu Farley wahrscheinlich als Terroristin betrachtet. Alle Nerven meines Körpers prickeln und meine Muskeln sind angespannt, bereit zur Flucht. Ich muss es versuchen, auch wenn die Wachen die Tür blockieren. *Wenn ich es zu einem der Fenster schaffe, ist das schon ein Wunder.*

»Keine Sorge, seit gestern hat sich die Lage wieder beruhigt.« Sie hat meine Angst missdeutet und gluckst. »Das Schloss und der Markt sind wieder vollständig unter Kontrolle. *Komm jetzt bitte mit.*« Zu meiner Überraschung lächelt sie, obwohl die Wachen die Hände an ihre Schusswaffen legen. Die Bewegung jagt mir einen kalten Schauer über den Körper.

Sich den Sicherheitsleuten zu widersetzen, sich einer *königlichen Vorladung* zu widersetzen, bedeutet den Tod, und nicht nur für mich. »In Ordnung«, stammele ich und mache meine Hand von Gisas los. Sie greift sofort wieder nach mir, aber Ma zieht sie von mir weg. »Dann bis später?«

Die Frage steht im Raum, und ich fühle, wie Pas warme Hand meinen Arm berührt. *Er verabschiedet sich.* Mas Augen sind feucht von ungeweinten Tränen, und Gisa starrt mich unverwandt an, als wollte sie sich krampfhaft jede letzte Sekunde mit mir einprägen.

Ich habe nicht mal etwas, das ich ihr vermachen könnte. Aber bevor ich noch länger verweilen kann oder zu weinen anfange, packt mich eine der Wachen am Arm und zieht mich hinaus.

Die Worte erzwingen sich einen Weg über meine Lippen, obwohl sie kaum mehr sind als ein Flüstern: »Ich liebe euch.«

Dann schlägt die Tür hinter mir zu und sperrt mich aus meinem Zuhause und meinem Leben aus.

Hastig führen sie mich durchs Dorf Richtung Marktplatz. Wir kommen an Kilorns baufälligem Haus vorbei. Normalerweise ist er um diese Zeit schon auf und unterwegs zum Fluss, um mit der Arbeit zu beginnen, solange es noch kühl ist, aber diese Zeiten sind vorbei. Ich vermute, dass er jetzt den halben Tag verschläft und die wenigen Annehmlichkeiten ausnutzt, die er vor seiner Einberufung noch genießen kann. Ich würde ihm zu gern einen Abschiedsgruß zurufen, aber ich lasse es. Er wird später nach mir suchen, und dann wird Gisa ihm alles erzählen. Mit einem tonlosen Lachen denke ich daran, dass Farley mich heute erwartet, mit einem Vermögen als Bezahlung. Sie wird eine Enttäuschung erleben.

Auf dem Platz steht ein glänzendes schwarzes Gefährt für uns bereit. Vier Räder, Fenster aus Glas, bis zum Boden hin verkleidet – es sieht aus wie ein wildes Tier, das nur darauf wartet, mich zu fressen. Am Steuer sitzt ein weiterer Wachmann, der bei unserem Auftauchen den Motor anlässt und die frühe Morgenluft mit schwarzem Rauch erfüllt. Ich werde wortlos auf den Rücksitz verfrachtet. Die Dienstbotin rutscht neben mich, und schon setzt sich das Gefährt in Bewegung, in einem Tempo, das ich mir nicht hätte träumen lassen. *Das hier ist das erste – und wohl auch das letzte – Mal, dass ich in so einem Ding fahre.*

Ich würde gern etwas sagen, fragen, was das alles soll und wie sie mich für meine Verbrechen bestrafen wollen. Aber da ich sicher bin, dass meine Worte auf taube Ohren stoßen, starre ich aus dem Fenster und sehe das Dorf verschwinden, als wir den Wald erreichen und über die vertraute Straße nach Norden rasen. Sie ist nicht so belebt wie gestern, und an ihrem Rand stehen Sicherheitsleute. *Das Schloss ist wieder unter Kontrolle*, hat die königliche Dienerin vorhin gesagt. Ich nehme an, das hier hat sie damit gemeint.

Vor uns glänzt die Mauer aus Diamantglas. Sie spiegelt die Sonne, die sich über dem Wald erhebt. Ich will blinzeln, zwinge mich aber, es nicht zu tun. Ich muss die Augen offen halten.

An dem Tor wimmelt es von schwarzen Uniformen, alles Wachleute, die Reisende mehrfach überprüfen, ehe sie sie hereinlassen. Wir halten an, und die Dienstbotin zieht mich aus dem Gefährt und an der Warteschlange vorbei durchs Tor. Niemand protestiert oder überprüft auch nur unsere Ausweise. Anscheinend ist sie hier bekannt.

Drinnen wirft sie mir einen Blick zu. »Ich bin übrigens Ann, aber wir rufen uns hier meistens beim Nachnamen. Nenn mich Walsh.«

Walsh. Der Name kommt mir bekannt vor. In Verbindung mit ihren ausgebleichten Haaren und der gebräunten Haut kann das nur eins bedeuten. »Sind Sie aus –«

»Stilts, genau wie du. Wir können uns ruhig duzen. Ich habe deinen Bruder Tramy gekannt, und ich wünschte, ich würde Bree nicht kennen. Der ist ein echter Herzensbrecher.« Bree hatte im Dorf seinen Ruf weg, bevor er zur Armee ging. Er hat mir mal erzählt, dass er die Einberufung weniger fürchte als andere, weil die

Horde blutrünstiger Mädchen, die er zurückließe, weit gefährlicher sei. »Dich kenne ich allerdings nicht, aber das ändert sich ja jetzt wohl.«

Ich kann nicht anders, als sie anzufahren. »Warum? Was soll das denn heißen?«

»Das heißt, dass du hier viele Stunden verbringen wirst. Ich weiß nicht, wer dich berufen hat oder was sie dir über die Stelle erzählt haben, aber es wird mit der Zeit ganz schön anstrengend. Es ist nämlich nicht damit getan, Betten frisch zu beziehen und Teller zu spülen. Du musst schauen, ohne hinzusehen, und hören, ohne zuzuhören. Wir werden hier wie Gegenstände behandelt, wie lebende Statuen, die ihnen zu Diensten sind, sonst nichts.« Sie seufzt und öffnet angestrengt eine Tür, die in die Seite des großen Tores eingelassen ist. »Vor allem jetzt, wegen dieser Sache mit der Scharlachroten Garde. Es ist nie gut, ein Roter zu sein, aber im Moment ist es besonders schlimm.«

Sie tritt durch die Tür und verschwindet anscheinend direkt im Mauerwerk. Ich brauche einen Moment, um zu begreifen, dass sie eine Treppe hinuntergeht und dadurch im Halbdunkel abtaucht.

»Die Stelle?«, frage ich nach. »Was für eine Stelle? Was soll das alles hier?«

Sie wendet sich auf der Treppe zu mir um und sieht aus, als würde sie am liebsten die Augen verdrehen. »Du bist vorgeladen worden, um eine Dienstbotenstelle anzutreten«, sagt sie, als sei das das Natürlichste auf der Welt.

Arbeit. Eine Stelle. Bei dem Gedanken werde ich beinahe ohnmächtig.

Cal. Er hat gesagt, er hätte eine gute Stelle – und jetzt hat er es irgendwie geschafft, dass auch ich eine bekomme. Vielleicht arbeite ich ja sogar mit ihm zusammen. Mein Herz macht bei der Vorstellung einen kleinen Satz, denn ich weiß, was das bedeutet. *Ich werde nicht sterben, ich muss nicht mal kämpfen. Ich werde arbeiten und leben. Und sobald ich Cal finde, kann ich ihn davon überzeugen, dasselbe für Kilorn zu tun.*

»Na komm schon, ich hab keine Zeit, dir die Hand zu halten.«

Ich folge ihr stolpernd einen überraschend dunklen Tunnel hinab. An den Wänden leuchten kleine Lampen, die gerade ausreichend Licht spenden. An der Decke verlaufen Leitungen, durch die Wasser und Elektrizität strömen.

»Wo gehen wir hin?«, frage ich schließlich.

Walsh dreht sich verwirrt zu mir um. Ich kann fast hören, wie entsetzt sie über meine Unwissenheit ist. »Ins Sonnenschloss natürlich.«

Einen Moment lang habe ich das Gefühl, dass mir das Herz stehenbleibt. »Wa-was? In den Palast, den echten Palast?«

Sie tippt auf das Abzeichen an ihrer Livree. In dem schwachen Licht blitzt die Krone auf.

»Du dienst jetzt dem König.«

Es liegt eine Livree für mich bereit, aber das bekomme ich kaum mit. Dafür bin ich viel zu sehr von meiner Umgebung fasziniert, von dem braunen Stein und dem glitzernden Mosaikboden in diesem vergessenen Saal im Haus eines Königs. Andere Dienstboten in roten Livreen eilen an mir vorbei. Ich schaue in ihre Gesichter, suche nach Cal, um ihm zu danken, aber er ist nicht dabei.

Walsh bleibt in meiner Nähe und gibt mir im Flüsterton Ratschläge. »Sag nichts. Hör nichts. Sprich niemanden an, denn sie werden nicht mit dir reden.«

Ich habe Mühe, ihre Worte zu verstehen. Die letzten beiden Tage waren eine Qual für mein Herz und meine Seele. Ich glaube, das Leben hat einfach entschieden, die Schleusentore zu öffnen und mich in einem Wirbelsturm von Drehungen und Wendungen zu ertränken.

»Du hast einen ziemlich hektischen ersten Tag erwischt, vielleicht sogar den anstrengendsten, den wir je erleben.«

»Ich habe die Schiffe und die Flugzeuge gesehen – schon seit Wochen ziehen Silberne den Fluss hinauf«, bemerke ich. »Mehr als sonst, sogar für diese Jahreszeit.«

Walsh treibt mich an und drückt mir ein Tablett mit glitzernden Kelchen in die Hand. Ich bin sicher, dass ich mir damit meine und Kilorns Freiheit erkaufen könnte, aber im Schloss gibt es an jeder Tür und an jedem Fenster Wachen. Trotz aller Geschicklichkeit würde ich es nicht schaffen, an so vielen Sicherheitsleuten vorbeizukommen.

»Was ist denn heute los?«, frage ich. Mir fällt eine Haarlocke in die Augen, und noch bevor ich sie wegwischen kann, streicht Walsh sie schon zurück und befestigt sie mit einer Haarnadel. Ihre Bewegungen sind schnell und präzise. »Oder ist das eine blöde Frage?«

»Nein, ich habe auch nichts darüber gewusst, bevor es mit den Vorbereitungen losging. Schließlich hat es so etwas seit zwanzig Jahren nicht mehr gegeben, seit Königin Elara auserwählt wurde.« Walsh spricht so schnell, dass ihre Worte beinahe ineinanderfließen. »Heute findet die Königinnenkür statt. Die Töchter der Hohen Häuser, der wichtigsten Silber-Familien, sind gekommen, um sich dem Prinzen anzubieten. Heute Abend gibt es ein großes Bankett, aber jetzt sind sie alle im Spiralgarten, bereiten sich auf ihren Auftritt vor und hoffen, dass sie gewählt werden. Eins von diesen Mädchen wird die nächste Königin, und für diese Chance werden sie sich gegenseitig die Augen auskratzen.«

Vor meinem inneren Auge sehe ich eine Gruppe Pfauen. »Und was machen sie genau? Sich einmal im Kreis drehen, ein paar hübsche Worte sagen und dem Prinzen neckisch zuzwinkern?«

Walsh schüttelt schnaubend den Kopf. »Wohl kaum.« Dann blinzelt sie mir zu. »Du bist zum Servieren eingeteilt, also wirst du es selbst sehen.«

Vor uns erheben sich hohe Türen aus geschnitztem Holz und geschwungenem Glas. Ein Dienstbote hält sie auf und lässt die lange Schlange aus roten Livreen passieren. Dann bin ich an der Reihe.

»Kommst du nicht mit?« Ich höre die Verzweiflung in meiner Stimme, mit der ich Walsh geradezu anflehe, bei mir zu bleiben. Aber sie zieht sich zurück und lässt mich allein. Um die Parade nicht ins Stocken zu bringen oder die sorgfältig organisierte Anordnung sonst irgendwie zu stören, zwinge ich mich vorwärts, hinaus in die Sonne und hinein in das, was Walsh den Spiralgarten genannt hat.

Im ersten Moment glaube ich, in einer Arena ähnlich der bei uns zu Hause zu stehen. Die Seitenwände des Gartens fallen nach unten ab, so dass sie einen riesigen Kessel bilden, aber die spiralförmig angeordneten Terrassen sind mit Tischen und gepolsterten Sesseln ausgestattet, nicht mit Bänken aus blankem Stein. Pflanzen und Springbrunnen fließen die Stufen hinab und unterteilen die Terrassen in einzelne Logen. Unten läuft alles in einer runden Rasenfläche zusammen, die von steinernen Statuen umringt ist. Direkt vor mir befindet sich eine Loge, die luxuriös mit roter und schwarzer Seide ausgeschlagen ist. Vier gebieterische schmiedeeiserne Sessel sind zum Rasen hin ausgerichtet.

Was zum Teufel ist das hier?

Meine Arbeitszeit vergeht wie im Flug, während ich nachmache, was die anderen Roten tun. Ich bin eine Küchenkraft, unsere Aufgabe ist es, aufzuräumen, den Köchen zu helfen und jetzt im Moment diese Terrassen für das große Ereignis vorzubereiten. Wozu die Königsfamilie eine Arena brauchen könnte, ist mir ein Rätsel. Bei uns wird sie nur für Heldenwettstreite benutzt, um vor aller Augen Silberne gegen Silberne kämpfen zu lassen. Aber was dieser Ort bedeuten soll, weiß ich nicht. Das hier ist ein Palast. Hier wird sicherlich kein Blut den Boden beflecken. Dennoch befallen mich beim Anblick dieser Nicht-Arena düstere Vorahnungen. Das merkwürdige Prickeln setzt wieder ein und pulsiert in Wellen unter meiner Haut. Als ich fertig bin und zum Dienstboteneingang zurückkehre, steht der Beginn der Königinnenkür unmittelbar bevor.

Die anderen Bediensteten versammeln sich auf einer erhöhten Plattform, die von glatten Vorhängen umgeben ist. Ich laufe ihnen nach und reihe mich ein. In diesem Moment öffnen sich zwei andere Türen, direkt zwischen der Königsloge und dem Dienstboteneingang.

Es geht los.

Ich muss wieder an den Großen Garten denken, an die schönen und grausamen Kreaturen, die sich als Menschen bezeichnen. Alle protzig und eitel, mit kalten Augen und üblen Launen. Diese Silbernen, die Hohen Häuser, wie Walsh sie nennt, werden kaum anders sein. *Vielleicht sind sie sogar noch schlimmer.*

Sie strömen in einer großen Gruppe herein, ein bunter Schwarm von Farben, die sich mit kalter Eleganz im Spiralgarten verteilen. Die verschiedenen Familien oder Häuser sind leicht auseinanderzuhalten, denn alle, die zusammengehören, tragen die gleichen Farben. Violett, Grün, Schwarz, Gelb – ein ganzer Regenbogen von Farbschattierungen ist nun auf dem Weg zur jeweiligen Familienloge. Schon bald verliere ich die Übersicht: *Wie viele Häuser gibt es denn?* Es kommen immer mehr hinzu. Einige der noblen Gestalten bleiben hier und da kurz stehen, um zu plaudern, andere umarmen sich steif. Sie scheinen diese Kür als *Party* zu betrachten. Die meisten haben offensichtlich kaum Hoffnung, dass ihr Familie die künftige Königin stellen wird, und sehen dieses Ereignis als eine Art Urlaub.

Aber einige scheinen gar nicht in Feierlaune zu sein. Eine in schwarze Seide gekleidete Familie mit silbernen Haaren sitzt in konzentriertem Schweigen rechts von der Königsloge. Der Patriarch des Hauses hat einen Spitzbart und schwarze Augen. Etwas weiter unten unterhalten sich die Mitglieder eines Hauses in Marineblau und Weiß. Zu meiner Überraschung erkenne ich einen von ihnen. Es ist Samson Merandus, der Flüsterer, den ich vor ein paar Tagen in unserer Arena gesehen habe. Im Unterschied zu den anderen schaut er schlecht gelaunt zu Boden, scheint mit seinen Gedanken ganz woanders zu sein. Ich nehme mir vor, ihm und seinen todbringenden Fähigkeiten aus dem Weg zu gehen.

Eigenartigerweise sehe ich aber keine jungen Frauen, die alt genug wären, um einen Prinzen zu heiraten. Vielleicht bereiten sie sich an einem anderen Ort vor und harren dort ihrer Chance, eine Krone zu erlangen.

Ab und zu drückt jemand auf einen der quadratischen Metallknöpfe, die an allen Tischen angebracht sind. Dann leuchtet ein Lämpchen auf, mit dem sie einen Diener anfordern. Wer auch immer am nächsten zur Tür steht, kümmert sich darum, während der Rest von uns aufrückt und wir warten, bis wir an der Reihe sind. Kaum dass ich die Tür erreicht habe, drückt natürlich ausgerechnet der elende schwarzäugige Patriarch den Knopf auf seinem Tisch.

Ein Glück, dass ich Beine habe, die mich nie im Stich lassen. Ich springe fast durch die Menge, tanze geschickt zwischen den umherstreifenden Gästen hindurch, während mir das Herz bis zum Hals schlägt. Statt diese Leute zu bestehlen, werde ich sie bedienen. Die Mare Barrow von vergangener Woche wüsste nicht, ob sie angesichts dieser Version ihrer selbst lachen oder weinen sollte. *Aber sie war dumm, und jetzt zahle ich den Preis dafür.*

»Sir?« Ich stehe vor dem Patriarchen, der einen Diener bestellt hat. Innerlich fluche ich. *Nichts sagen* ist die erste Regel, und ich habe sie bereits gebrochen.

Aber es scheint ihm nicht aufzufallen. Er hält einfach mit gelangweilter Miene ein leeres Wasserglas hoch. »Sie spielen mit uns, Ptolemus«, grummelt er dem muskulösen jungen Mann an seiner Seite zu. Ich nehme an, er ist derjenige mit dem unsäglichen Namen Ptolemus.

»Eine reine Machtdemonstration, Vater«, antwortet Ptolemus und leert sein eigenes Glas. Er hält es mir hin und ich nehme es, ohne zu zögern. »Sie lassen uns warten, weil sie es können.«

Sie, das ist die königliche Familie, die noch nicht erschienen ist. Ich bin verblüfft, diese Silbernen mit solcher Geringschätzung über sie sprechen zu hören. Wir Roten beleidigen den König und den Adel, wann immer wir damit durchkommen können, aber ich finde, das ist unser gutes Recht. Diese Leute haben nicht einen einzigen Tag in ihrem Leben gelitten. Welche Probleme können die schon miteinander haben?

Ich würde am liebsten bleiben und lauschen, aber selbst mir ist klar, dass das gegen die Regeln verstößt. Ich drehe mich um und verlasse die Loge über ein paar Stufen. Hinter einigen leuchtend bunten Blumen befindet sich ein Wasserbecken, wohl damit ich nicht um die halbe Nicht-Arena laufen muss, um ihre Getränke nachzufüllen. In diesem Moment schrillt ein metallischer Ton los, ganz ähnlich wie der zu Beginn der Kämpfe am Ersten Freitag. Dann erklingt mit einem zirpenden Auftakt eine stolze Melodie, die wohl die Ankunft des Königs verkündet. Überall um mich herum erheben sich die Hohen Häuser, wenn auch in einigen Fällen recht zögerlich. Ich bemerke, dass Ptolemus seinem Vater wieder etwas zuflüstert.

An meinem Aussichtspunkt, versteckt hinter den Blumen, befinde ich mich auf der gleichen Höhe wie die Königsloge und ein Stück dahinter. Ich, Mare Barrow, nur wenige Meter vom König entfernt. Was würde meine Familie dazu sagen, oder Kilorn? Dieser Mann schickt uns in den Tod, aber ich bin freiwillig seine Dienerin geworden. Bei dem Gedanken wird mir richtig übel.

Er betritt entschlossen seine Loge, aufrecht und mit gestrafften Schultern. Sogar von hinten wirkt er viel fetter als im Fernsehen und auf den Münzen, aber auch größer. Er trägt eine schwarz-rote, militärisch geschnittene Uniform, aber ich bezweifele, dass er auch nur einen Tag in den Schützengräben verbracht hat, in denen die Roten sterben. Auf seiner Brust funkeln Ehrenabzeichen und Medaillen für Heldentaten, die er bestimmt nie vollbracht hat. Und trotz all der Wachen hängt sogar ein vergoldetes Schwert an seiner Seite. Die Krone auf seinem Kopf ist mir vertraut. Sie besteht aus ineinander verschlungenem Rotgold und schwarzem Eisen; jede Spitze hat die Form einer auflodernden Flamme. In seinem tintenschwarzen Haar mit den grauen Strähnen scheint sie förmlich zu brennen. Wie passend, ist der König doch ein Flammenkämpfer, wie sein Vater und dessen Vater vor ihm, und so weiter – zerstörerische, mächtige Herren über Hitze und Feuer. Früher pflegten unsere Könige Abweichler mit einer einzigen flammenden Berührung zu verbrennen. Dieser König verbrennt vielleicht keine Roten mehr, aber er tötet uns durch Krieg und Zerstörung. Ich kenne seinen Namen, seit ich als kleines Mädchen im Klassenzimmer saß. Damals war ich noch begierig, etwas zu lernen – als ob mich das weiterbringen würde. *Tiberias Calore VI., König von Norta, Flamme des Nordens.* Ganz schön albern, dieser Name. Ich würde auf ihn spucken, wenn ich könnte.

Die Königin folgt ihm und nickt huldvoll in die Menge. Während die Kleider des Königs dunkel und streng geschnitten sind, ist ihre blau-weiße Robe luftig und hell. Sie verbeugt sich nur vor Samsons Haus, und mir fällt auf, dass sie dieselben Farben trägt. Nach der Familienähnlichkeit zu schließen, muss sie eine Verwandte sein. Sie hat die gleichen aschblonden Haare, blauen Augen und dieses spitze Lächeln, das sie wie eine Raubkatze aussehen lässt.

So einschüchternd das Königspaar auch wirken mag, die beiden sind nichts verglichen mit der Truppe in ihrem Gefolge. Auch wenn ich nur eine Rote bin, die im Dreck geboren wurde, weiß ich doch, was sie sind: Königswächter. Alle wissen, wie die Mitglieder der königlichen Leibwache aussehen, denn niemand möchte ihnen über den Weg laufen. Sie flankieren den Monarchen bei jedem Fernsehauftritt, bei jeder Rede und jedem Erlass. Ihre Uniformen – ein Spiel aus Rot und Orange – sehen aus wie leuchtende Flammen, und ihre Augen funkeln hinter bedrohlichen schwarzen Masken. Jeder Königswächter trägt ein schwarzes Gewehr mit einem gleißenden silbernen Bajonett, das Knochen durchtrennen kann. Ihre Fähigkeiten sind sogar noch furchterregender als ihr Erscheinungsbild – sie sind eine Elitetruppe, die aus Kämpfern der verschiedensten Silber-Häuser besteht, welche von Kindheit an ausgebildet und für ihr ganzes Leben auf den König und seine Familie eingeschworen werden. Mir läuft ein Schauer über den Rücken bei ihrem Anblick. Doch die Hohen Häuser wirken kein bisschen beeindruckt.

Irgendwo in den Tiefen der Logen beginnt ein Sprechchor. »Tod der Scharlachroten Garde!«, ruft jemand, und andere stimmen ein. Mich fröstelt, als mir die gestrigen Ereignisse wieder einfallen, die inzwischen so weit weg scheinen. Wie schnell diese Menge zu einem Mob werden könnte …

Der König erbleicht und wirkt irritiert. Er ist an solche Ausbrüche nicht gewöhnt.

»Die Scharlachrote Garde bekommt, was sie verdient – wie alle unsere Feinde!« Tiberias' Stimme hallt donnernd durch die Menge, seine Worte sind wie ein Peitschenschlag, der sie zum Schweigen bringt. »Aber darum geht es heute nicht. Heute pflegen wir die Tradition, und kein roter Teufel wird uns daran hindern. Heute feiern wir das Ritual der Königinnenkür, um die Tochter mit dem größten Talent auszuwählen, die den Sohn von höchstem Adel heiraten wird. Das gibt uns die Stärke, die Hohen Häuser zu einen, und die Macht, die Herrschaft der Silbernen bis ans Ende der Tage zu sichern und unsere Feinde außerhalb und innerhalb unserer Grenzen zu besiegen.«

»Stärke!«, ruft die Menge zurück. Es ist beängstigend. »Macht!«

»Die Zeit ist gekommen, dieses Ideal ein weiteres Mal hochzuhalten, und beide meiner Söhne ehren diesen feierlichen Brauch.« Er winkt, und zwei Personen treten an seine Seite. Ich kann ihre Gesichter nicht sehen, aber beide sind groß und schwarzhaarig wie der König. Sie tragen ebenfalls Militäruniformen. »Prinz Maven aus den Häusern Calore und Merandus, Sohn meiner königlichen Gemahlin, Königin Elara.«

Der zweitgeborene Prinz, der blasser und etwas schmaler ist als sein Bruder, hebt die Hand zu einem strengen Gruß. Er wendet sich nach links und rechts, wodurch ich einen Blick auf sein Gesicht erhaschen kann. Obwohl er sehr ernst und gefasst wirkt, kann er nicht älter als siebzehn sein. Er hat scharfe Gesichtszüge und blaue Augen und sein Lächeln könnte ein Feuer gefrieren lassen – er verachtet diesen Prunk. Ich bin ganz seiner Meinung.

»Und der Kronprinz aus den Häusern Calore und Jacos, Sohn meiner verstorbenen Gemahlin, Königin Coriane, Erbe des Königreichs Norta und der Flammenkrone, Tiberias VII.«

Ich bin zu sehr damit beschäftigt, mich über die schiere Absurdität dieses Namens zu amüsieren, als dass ich dem jungen Mann beim Winken und Lächeln Beachtung schenken könnte. Schließlich hebe ich doch den Blick, nur damit ich später sagen kann, ich sei dem zukünftigen König ganz nahe gewesen. Was ich sehe, haut mich förmlich um.

Die Trinkgläser fallen mir aus der Hand und landen unbeschadet im Wasser des Beckens.

Ich kenne dieses Lächeln und ich kenne diese Augen. Sie haben sich mir letzte Nacht ins Gedächtnis eingebrannt. Er hat mir diese Arbeit verschafft und mich vor der Einberufung bewahrt. Er war einer von uns. *Wie kann das sein?*

Jetzt wendet er sich ganz in meine Richtung und winkt in die Runde. Es gibt keinen Zweifel.

Der Kronprinz ist Cal.

7

Ich kehre mit hängenden Schultern auf die Dienstbotenplattform zurück. Das bisschen Glück, das ich vorhin empfunden habe, ist völlig verflogen. Ich kann mich nicht dazu überwinden, noch einmal hinzuschauen, ihn da in seinen feinen Kleidern zu sehen, über und über geschmückt mit Ehrenabzeichen und Medaillen und mit diesem königlichen Gebaren, das ich so hasse. Genau wie Walsh trägt er das Abzeichen mit der Flammenkrone, aber seins besteht aus schwarzem Gagat, Diamanten und Rubinen. Es glitzert auf dem tiefen Schwarz seiner Uniform. Die tristen Kleidungsstücke, die er letzte Nacht trug, um sich unters einfache Volk zu mischen, sind verschwunden. Jetzt ist er von Kopf bis Fuß ein zukünftiger König, ein Silberner durch und durch. Und ihm habe ich vertraut!

Die anderen Dienstboten machen mir Platz, und ich ordne mich mit schwirrendem Kopf wieder am Ende der Schlange ein. Er hat mir diese Stelle verschafft, er hat mich *gerettet*, meine Familie gerettet – und er ist einer von denen. Schlimmer noch. Er ist ein Prinz. *Der* Prinz. Die Person, um derentwillen sich alle in dieser spiralförmigen Monstrosität aus Stein versammelt haben.

»Ihr seid gekommen, um meinen Sohn und das Königreich zu ehren, und deshalb ehre ich euch«, dröhnt König Tiberias und zerbricht damit meine Gedanken, als wären sie aus Glas. Er hebt die Arme und gestikuliert in Richtung der voll besetzten Logen. Obwohl ich mir jede erdenkliche Mühe gebe, nur den König anzusehen, kann ich nicht anders, als einen Seitenblick auf Cal zu werfen. Er lächelt, aber seine Augen lächeln nicht mit.

»Ich ehre euer Recht zur Regentschaft. Der künftige König, der Sohn meines Sohnes, wird von eurem Silberblut sein und von meinem. Wer will sein Recht in Anspruch nehmen?«

Der Patriarch mit den silbernen Haaren brüllt sofort: »Ich nehme das Recht der Kür in Anspruch!«

Überall in der Spirale folgen die Oberhäupter der verschiedenen Häuser diesem mir fremden Ritual und rufen: »Ich nehme das Recht der Kür in Anspruch!«

Tiberias nickt lächelnd. »Dann kann der Kampf beginnen. Lord Provos, darf ich bitten?«

Der König dreht sich zur Seite und schaut zu einer Loge, die, wie ich annehme, das Haus Provos beherbergt. Der Rest der Spirale folgt seinem Blick und aller Augen landen auf einer Familie, deren Kleider schwarz-golden gestreift sind. Ein älterer Mann, die grauen Haare von weißen Strähnen durchzogen, tritt vor. Mit seinem seltsamen Gewand sieht er aus wie eine Wespe, die zum Stich ansetzt. Ich weiß nicht, was ich erwarten soll, als er seine Hand bewegt.

Plötzlich macht unsere Plattform einen Ruck und schiebt sich zur Seite. Unwillkürlich zucke ich zusammen und kollidiere dabei fast mit dem Dienstboten neben mir, während wir uns auf einer unsichtbaren Schiene weiterbewegen. Mir schlägt das Herz bis zum Hals, als ich bemerke, dass sich auch der Rest des Spiralgartens in Gang gesetzt hat. Lord Provos ist ein Kopflenker; er verschiebt die Gebäudeteile auf vorgefertigten Bahnen allein durch die Kraft seiner Gedanken.

Auf seinen Befehl hin verformt sich die gesamte Arena, bis sich die Rasenfläche in der Mitte zu einem riesigen Kreis ausgeweitet hat. Die unteren Terrassen ziehen sich zurück, so dass sie mit den höheren Ebenen auf einer Linie sind, und die Spirale verwandelt sich in einen gigantischen, nach oben offenen Zylinder. Während sich die Terrassen verschieben, sinkt der Boden immer weiter ab, bis er schließlich sechs Meter tiefer liegt als die untersten Logen. Die Springbrunnen werden zu Wasserfällen, die sich vom oberen Rand des Zylinders auf den Boden ergießen, wo sie tiefe, schmale Becken auffüllen. Unsere Plattform stoppt über der Königsloge und ermöglicht uns damit einen perfekten Blick auf alles, einschließlich des Bodens weit unten. All das geschieht in weniger als einer Minute. Lord Provos hat aus dem Spiralgarten etwas weitaus Unheimlicheres werden lassen.

Aber die Verwandlung ist noch nicht abgeschlossen, als Lord Provos seinen Sitz wieder einnimmt. Ein elektrisches Surren setzt ein und wird immer intensiver, bis eine solche Spannung in der Luft liegt, dass sich mir die Härchen an den Armen aufstellen. Ein violett-weißer Lichtschein erstrahlt in Bodennähe. Er dringt funkend aus winzigen, unsichtbaren Löchern im Stein hervor. Aber kein Silberner erhebt sich, um ihn zu befehligen, so wie Provos es mit der Arena gemacht hat. Ich erkenne auch, warum. Das ist nichts, was ein Silberner bewirkt, sondern ein Wunder der Technik, der Elektrizität. *Blitze ohne Donner.* Die Lichtstrahlen überlappen und kreuzen einander und verweben sich zu einem brillanten, blendenden Netz. Meine Augen tun schon vom Hinsehen so weh, als würden sich scharfe Dolche in meinen Kopf bohren. Ich habe keine Ahnung, wie die anderen das aushalten.

Die Silbernen wirken beeindruckt und fasziniert von etwas, das sie nicht kontrollieren können. Wir Roten gaffen einfach nur in tiefster Ehrfurcht.

Das elektrische Geflecht weitet sich aus und zeigt jetzt eine netzartige Maserung. Dann verstummt das Geräusch genauso plötzlich, wie es gekommen ist. Die Blitze erstarren, verfestigen sich in der Luft und bilden einen durchsichtigen, violetten Schutzschild zwischen uns und dem Boden. Zwischen uns und *was auch immer* da unten gleich auftauchen mag.

Völlig überwältigt versuche ich mir vorzustellen, zu welchem Zweck man einen aus Blitzen gemachten Schild benötigen könnte. Jedenfalls nicht für einen Bären oder ein Rudel Wölfe oder sonst ein seltenes Waldtier. Nicht einmal die Gestalten aus der Sagenwelt, riesige Katzen oder Haie oder Drachen, würden für die meisten anwesenden Silbernen eine Gefahr darstellen. Und warum sollten bei der Königinnenkür überhaupt wilde Tiere auftauchen? Diese Zeremonie dient schließlich dazu, eine Königin auszuwählen, und nicht zum Kampf gegen Monstren.

Wie um meine Fragen zu beantworten, öffnet sich der Boden innerhalb des Statuenkreises, der jetzt im Zentrum der vergrößerten Arena liegt. Ich dränge nach vorne, um einen besseren Blick zu erhaschen. Die anderen Dienstboten tun das Gleiche; alle wollen sehen, welche Schrecken diese Kammer enthalten mag.

Aus der Dunkelheit steigt das zarteste Mädchen auf, das ich je gesehen habe.

Jubelrufe erklingen. Ein Haus – rote Edelsteine auf brauner Seide – applaudiert seiner Tochter.

»Rohra, aus dem Haus Rhambos!«, stellt die Familie sie den Anwesenden vor.

Das junge Mädchen, kaum älter als vierzehn, lächelt zu ihrer Loge empor. Verglichen mit den Statuen ist sie winzig, aber sie hat merkwürdig große Hände. Abgesehen davon sieht sie aus, als könnte eine leichte Brise sie umwerfen. Sie tritt aus dem Statuenring heraus, weiterhin nach oben lächelnd. Ihr Blick landet auf Cal – ich meine, dem Prinzen –, den sie mit ihren Rehaugen und dem schwungvollen Zurückwerfen ihrer honigblonden Haare zu ködern versucht. Kurz gesagt, sie sieht lächerlich aus. Bis sie an eine der massiven Steinstatuen herantritt und ihr mit einem einzigen, einfachen Schlag den Kopf abtrennt.

Erneut lässt sich das Haus Rhambos vernehmen: »Starkarm!«

Unter uns zerstört die kleine Rohra wie ein Wirbelwind die gesamte Manege. Sie pulverisiert Statuen und jeder ihrer Schritte erzeugt Risse im Boden. Sie ist wie ein Erdbeben in winziger Menschengestalt, das alles zerschlägt, was sich ihm in den Weg stellt.

Es handelt sich hier also um einen Wettbewerb. Um ein gewalttätiges Schauspiel, das dazu gedacht ist, die Schönheit, Pracht und vor allem die Stärke des jeweiligen Mädchens zu demonstrieren. *Die Tochter mit dem größten Talent.*

Es ist eine Zurschaustellung von Macht. Der Prinz soll sich mit dem mächtigsten Mädchen zusammentun, auf dass ihre Kinder die stärksten von allen werden. Und so läuft das schon seit Hunderten von Jahren.

Mich schaudert bei dem Gedanken an die Kraft, die Cal in seinem kleinen Finger haben muss.

Er klatscht höflich, als Rohra ihre wohlorganisierte Zerstörung beendet und auf die absinkende Plattform steigt. Das Haus Rhambos jubelt ihr zu, während sie nach unten verschwindet.

Als Nächste tritt Heron aus dem Haus Wells auf, die Tochter meines eigenen Gouverneurs. Sie ist groß und hat ein Gesicht wie der gleichnamige Reiher. Die zerstörte Erde bewegt sich um sie herum, als Heron den Boden wieder zusammenfügt. »Grünfinger!«, verkündet ihre Familie. Auf Herons Befehl wachsen aus dem Nichts Bäume in der Dauer eines Wimpernschlags zu enormer Höhe. Wo ihre obersten Äste an den Blitzschild über der Arena stoßen, fliegen Funken, und die frischen Blätter fangen Feuer. Das nächste Mädchen, eine Nymphe aus dem Hause Osanos, steht ihr in nichts nach. Sie benutzt die Wasserfälle der Tribünen, um den brennenden Wald mit einem Hurrikan aus Gischt zu löschen. Übrig bleiben nur verkohlte Stämme und verbrannte Erde.

Und so geht es gefühlt über Stunden weiter. Jedes Mädchen fährt aus dem Schacht im Boden herauf, um sein Können zu demonstrieren, und jedes von ihnen findet eine noch stärker verwüstete Arena vor. Aber sie sind darauf trainiert, mit allem fertigzuwerden. Sie unterscheiden sich in Alter und Erscheinungsbild, umwerfend sind sie jedoch ausnahmslos. Eine von ihnen, sie kann höchstens zwölf Jahre alt sein, bringt alles, was sie anfasst, zur Explosion, wie eine Art wandelnde Bombe. »Berster«, ruft ihre Familie zur Beschreibung ihrer Kräfte. Auch als sie die letzte der weißen Statuen ausradiert, hält der Blitzschild. Doch er sirrt und zischt unter ihrem Feuer, und das Geräusch kreischt mir in den Ohren.

In meinem Kopf verschwimmen die Elektrizität, die Silbernen und all die Rufe zu einem großen Durcheinander, während ich dabei zusehe, wie Nymphen und Grünfinger, Huscher, Starkarme, Kopflenker und vermutlich hundert andere Arten von Silbernen sich unter dem Schild produzieren. Vor meinen Augen geschehen

Dinge, die ich nie für möglich gehalten hätte. Junge Mädchen verwandeln ihre Haut in Stein oder lassen Glaswände mit ihren Schreien zu Bruch gehen. Die Silbernen sind noch stärker und mächtiger, als ich befürchtet habe; sie verfügen über Kräfte, von deren Existenz ich nicht einmal etwas ahnte. Wie können diese Leute nur real sein?

Jetzt bin ich so weit gekommen, nur um wieder in einer Arena zu stehen und mir von Silbernen all das vorführen zu lassen, was wir nicht sind.

Trotzdem staune ich begeistert, als eine Bändigerin, die die Tierwelt kontrolliert, Hunderte von Tauben aus dem Himmel herbeizitiert. Doch als die Vögel kopfüber auf den Blitzschild herabstoßen und in kleinen Wolken aus Blut, Federn und todbringender Elektrizität zerbersten, verwandelt sich meine Bewunderung in Ekel. Der Schild schlägt noch ein paar Funken und verbrennt die letzten Überreste der Vögel, dann glänzt er wieder wie neu. Als Applaus aufbrandet, während die kaltblütige Bändigerin wieder im Boden verschwindet, möchte ich mich am liebsten übergeben.

Ein weiteres Mädchen steigt in die inzwischen völlig pulverisierte Arena auf. Hoffentlich ist es die letzte.

»Evangelina, aus dem Haus Samos«, ruft der Patriarch der silberhaarigen Familie. Er spricht allein, und seine Stimme hallt durch den Spiralgarten.

Von meinem Aussichtspunkt aus bemerke ich, dass der König und die Königin sich etwas aufrechter hinsetzen. Evangelina hat schon jetzt ihre volle Aufmerksamkeit. Im krassen Gegensatz dazu starrt Cal nur seine Hände an.

Während die anderen Mädchen seidene Kleider trugen und ein

paar wenige in merkwürdigen vergoldeten Rüstungen auftraten, erscheint diese Evangelina in einer schwarzen Lederkombination. Jacke, Hose und Stiefel sind mit Silbernieten besetzt. Nein, das ist kein Silber, sondern Eisen. Silber ist nicht so matt und hart. Ihre Familie ist aufgesprungen und jubelt ihr zu. Sie gehört zu Ptolemus und dem Patriarchen, aber andere Familien jubeln auch. Sie wollen, dass sie Königin wird. *Sie ist die Favoritin.* Evangelina salutiert mit zwei Fingern an der Augenbraue, zunächst vor ihrer Familie und dann vor der Loge des Königs. Das Königspaar grüßt zurück und bevorzugt sie damit ganz unverhohlen.

Vielleicht ist das hier einem Heldenwettstreit ähnlicher, als ich dachte. Nur dass bei dieser Vorstellung nicht die Roten gezeigt bekommen, wo ihr Platz ist, sondern der König seinen silbernen Untertanen – auch den Mächtigsten unter ihnen – anzeigt, wo *sie* stehen. *Eine Hierarchie innerhalb der Hierarchie.*

Weil mich die Königinnenkür völlig vereinnahmt, entgeht mir beinahe, dass ich wieder mit Servieren an der Reihe bin. Aber noch bevor mich jemand in die richtige Richtung schubsen kann, laufe ich los. Ich höre den Patriarchen der Samos-Familie kaum noch, als er wieder das Wort ergreift. »Magnetor«, glaube ich zu verstehen, aber ich habe keine Ahnung, was das bedeutet.

Ich eile durch die engen Flure, die zuvor noch offene Laufgänge waren. Die Loge des Silbernen, der gerufen hat, liegt ganz unten, aber ich bin schnell und fast umgehend zur Stelle. Ich werde von einem besonders fetten Clan erwartet; die Mitglieder tragen schreiend gelbe Seide und fürchterliche Federn und verputzen gerade eine gewaltige Torte. Überall sind Teller und leere Kelche verteilt, und ich mache mich mit geübten Handgriffen ans Aufräumen. In der

Loge gibt es einen Bildschirm, auf dem Evangelina zu sehen ist; anscheinend steht sie einfach nur regungslos da.

»Was für eine Farce«, beschwert sich eine der gelben Vogelscheuchen zwischen zwei Bissen Torte. »Das Samos-Mädchen hat doch schon gewonnen.«

Eigenartig. Sie wirkt wie die Schwächste von allen.

Ich stapele die Teller, hefte meine Augen aber weiter auf den Bildschirm und sehe Evangelina dabei zu, wie sie durch die verwüstete Arena schreitet. Es sieht nicht so aus, als wäre irgendetwas übrig geblieben, womit sie arbeiten kann, womit sie unter Beweis stellen kann, was sie draufhat. Aber das scheint ihr nichts auszumachen. Ihr Grinsen ist fürchterlich; sie ist absolut überzeugt von ihrer eigenen Großartigkeit. *Für mich sieht sie ganz und gar nicht großartig aus.*

Da setzen sich die Eisennieten auf ihrer Jacke in Bewegung. Zunächst schweben sie als harte, runde Metallkugeln in der Luft. Dann schießen sie von Evangelina weg, als würden sie aus einer Schusswaffe abgefeuert, und bohren sich in den Staub und die Wände und sogar in den Blitzschild.

Sie kontrolliert Metall.

Einige Logen applaudieren ihr, aber sie ist noch lange nicht fertig. Von tief unten aus den Fundamenten des Spiralgartens dringen ächzende und klirrende Geräusche zu uns herauf. Selbst die fette Familie hört zu essen auf und schaut sich verblüfft um. Alle sind verwirrt und zugleich fasziniert, doch ich spüre die Vibrationen unter meinen Füßen und weiß, dass etwas Fürchterliches bevorsteht.

Mit einem gewaltigen Lärm brechen glänzende Rohre durch den Boden der Arena und aus den Wänden hervor. Sie umringen Evangelina wie eine verschlungene Krone aus grauem und silbernem Metall. Es sieht aus, als würde sie lachen, aber das ohrenbetäubende Kreischen des Metalls übertönt sie. Vom Blitzschild fallen Funken herab, die sie mit Hilfe von Schrottteilen abwehrt, ohne sich groß zu bemühen. Schließlich lässt sie das ganze Metall mit einem fürchterlichen Knall zu Boden krachen. Dann wendet sie ihren Blick himmelwärts zu den Logen. Ihr Mund steht weit offen, und man sieht scharfe kleine Zähne. *Sie sieht hungrig aus.*

Es beginnt langsam, mit einem leichten Ungleichgewicht, bis schließlich die ganze Loge zu kippen droht. Teller zerschellen auf dem Boden und gläserne Kelche rollen nach vorn, fallen über die Brüstung und zerplatzen auf dem Blitzschild. Evangelina reißt an unserer Loge, zieht sie langsam zu sich herab, so dass wir die Balance verlieren. Die Silbernen um mich herum krabbeln kreischend über den Boden, ihr Applaus hat sich in Panik verwandelt. Aber wir sind nicht die Einzigen – alle Logen in unserer Reihe bewegen sich mit. Weit unten ist Evangelina darauf konzentriert, alles mit einer Hand zu dirigieren. Wie die silbernen Kämpfer in der Arena will sie der Welt zeigen, woraus sie gemacht ist.

Das ist der Gedanke, den ich im Kopf habe, als mich eine gelbe Masse aus Haut und gefiederter Kleidung trifft und mich zusammen mit dem restlichen Geschirr über die Brüstung katapultiert.

Ich sehe nur Violett, während ich mich dem Blitzschild in rasender Geschwindigkeit nähere. Die Elektrizität darin knistert förmlich, es riecht angesengt. Mir bleibt kaum Zeit, um zu verstehen, was da passiert, aber ich weiß, dass die violetten Adern mich gleich bei lebendigem Leib grillen und mir einen tödlichen Stromstoß verpassen werden. Aber die Silbernen machen sich bestimmt höchstens darüber Sorgen, wie lange es dauert, bis meine Überreste entsorgt sind.

Mein Kopf prallt auf den Schild und ich sehe Sterne. Nein, keine Sterne. *Funken.* Der Schild funktioniert wie geplant und überzieht mich mit elektrischen Blitzen. Meine rote Livree fängt Feuer, sie brennt und qualmt, und ich erwarte, dass meiner Haut dasselbe widerfährt. *Meine Leiche wird herrlich riechen.* Doch seltsamerweise spüre ich gar nichts. *Wahrscheinlich habe ich so große Schmerzen, dass ich sie gar nicht mehr wahrnehmen kann.*

Doch … ich *nehme* etwas wahr. Ich bemerke die Hitze der Funken, die sich über meinen ganzen Körper verteilen und alle meine Nerven in Brand setzen. Das ist allerdings gar kein übles Gefühl. Ich fühle mich sogar, nun ja, *lebendig.* Als wäre ich mein ganzes bisheriges Leben lang blind gewesen und hätte jetzt die Augen geöffnet. Unter meiner Haut bewegt sich etwas, aber das sind nicht die Funken. Ich schaue auf meine Hände und Arme und staune über die Blitze, die über mich hinwegziehen. Roter Stoff verbrennt, verkohlt durch die Hitze, aber meine Haut verändert sich nicht. Der Schild versucht mich zu töten, doch es gelingt ihm nicht.

Nichts stimmt hier.

Ich lebe.

Der Schild gibt schwarzen Qualm von sich und beginnt zu zersplittern. Die Funken sprühen heller, wilder, aber gleichzeitig werden sie schwächer. Ich versuche auf die Beine zu kommen, doch in dem Moment zerbirst der Schild unter mir und ich stürze schon wieder kopfüber in die Tiefe.

Mit viel Glück lande ich auf einem sandigen Flecken, der nicht von scharfkantigen Metallsplittern übersät ist. Ich fühle mich zerschlagen und kraftlos, aber im Großen und Ganzen bin ich noch heil. Meine Livree hat weniger Glück; die verkohlten Fetzen halten kaum noch zusammen.

Ich rappele mich mühsam auf und merke dabei, wie Stoff von mir abblättert. Über mir hallt Gemurmel durch den Spiralgarten; die Leute schnappen erschrocken nach Luft. Ich fühle alle Blicke auf mir, dem angesengten roten Mädchen. Dem menschlichen Blitzableiter.

Evangelina starrt mich mit weit aufgerissenen Augen an. Sie sieht wütend aus, verwirrt – und sie hat Angst.

Vor mir. Aus irgendeinem Grund fürchtet sie sich vor mir.

»Hallo«, sage ich etwas dümmlich.

Evangelina antwortet mit einer Batterie von Metallsplittern, die durch die Luft schießen. Sie sind scharf und todbringend und zielen direkt auf mein Herz.

Ich reiße unwillkürlich die Hände hoch in der Hoffnung, mich so vor dem Schlimmsten zu schützen. Aber anstatt Dutzender gezackter Klingen, die sich in meine Handballen graben, spüre ich etwas ganz anderes. Es ist wie vorhin mit diesen Funken; meine Nerven vibrieren, sie werden von einem inneren Feuer in Schwingung versetzt. Es bewegt sich in mir, hinter meinen Augen, unter meiner Haut, bis ich mehr als nur mich selbst spüre. Und dann bricht es aus mir heraus, reine Kraft und Energie.

Die Lichtfontäne, nein, der *Blitz* schießt aus meinen Händen und bahnt sich lodernd einen Weg zwischen all dem Metall hindurch. Qualmend und zischend bersten die Splitter in der Hitze und tropfen dann harmlos zu Boden, während der Blitz in die gegenüberliegende Wand einschlägt. Er hinterlässt ein rauchendes, über einen Meter breites Loch und hat Evangelina dabei nur knapp verfehlt.

Vor Schreck steht ihr der Mund weit offen. Ich bin mir sicher, dass mein Gesicht ähnlich aussieht, während ich meine Hände anstarre und mich frage, was da gerade passiert ist. Und hoch über mir stellen sich die hundert mächtigsten Silbernen dieselbe Frage. Als ich den Kopf hebe, starren sie alle auf mich herab.

Selbst der König ist über die Brüstung seiner Loge gebeugt. Die Silhouette der Flammenkrone zeichnet sich gegen den Himmel ab. Cal steht direkt neben ihm und schaut staunend zu mir herunter.

»Wächter!«

Die Stimme des Königs ist rasiermesserscharf und bedrohlich. Mit einem Mal schießen aus praktisch jeder Loge rot-orangefarbene Uniformen hervor. Die Eliteeinheit wartet, bereit für weitere Anweisungen, für einen Befehl.

Ich bin eine gute Diebin, weil ich weiß, wann ich Reißaus nehmen muss. So wie jetzt.

Bevor der König den Mund aufmachen kann, renne ich an der fassungslosen Evangelina vorbei und rutsche mit den Füßen voraus in den offenen Schacht in der Mitte der Arena.

»Ergreift sie!«, tönt es hinter mir her, während ich in das Halbdunkel der darunterliegenden Kammer falle. Evangelinas Show mit dem herumschwirrenden Metall hat Löcher in der Decke hinterlassen, so dass ich in den Spiralgarten hinaufschauen kann. Zu meinem Entsetzen sieht es so aus, als würde das Gebäude bluten, denn aus allen Logen springen Königswächter herab, die meine Verfolgung aufnehmen.

Zum Nachdenken bleibt mir keine Zeit. Ich kann nur fliehen.

An das Vestibül unter der Arena schließt ein dunkler, leerer Korridor an. Kameras beobachten mich dabei, wie ich laufe, so schnell ich kann, wie ich in den nächsten Gang abbiege und wieder in den nächsten. Ich spüre sie; sie jagen mich ebenso wie die Wächter, die gar nicht so weit hinter mir sind. *Lauf*, hallt es durch meinen Kopf, *lauf, lauf, lauf.*

Ich muss eine Tür finden oder ein Fenster, irgendetwas, das mir Orientierung gibt. Wenn ich es nach draußen schaffe, vielleicht auf den Markt, habe ich möglicherweise eine Chance. *Möglicherweise.*

Die erste Treppe, auf die ich stoße, führt in einen langen Spiegelsaal hinauf. Aber auch da sind Kameras; wie dicke schwarze Käfer sitzen sie in den Ecken unter der Decke.

Ein Schuss explodiert über meinem Kopf und zwingt mich zu Boden. Zwei Wächter in feuerfarbenen Uniformen durchbrechen einen der Spiegel und stürzen sich auf mich. *Das sind auch nur bessere Sicherheitsleute*, sage ich mir. *Stümpernde Wachen, die dich nicht kennen. Sie haben keine Ahnung, wozu du fähig bist.*

Ich selbst weiß auch nicht, wozu ich fähig bin.

Sie erwarten, dass ich vor ihnen weglaufe, also tue ich das Gegenteil und renne auf sie zu. Ihre Schusswaffen sind zwar groß und effektiv, aber auch unhandlich. Bevor sie auf mich zielen oder einstechen können, lasse ich mich auf die Knie fallen und rutsche über den Marmorboden zwischen den beiden Riesen hindurch. Einer schreit mir etwas hinterher, und seine Stimme lässt noch einen Spiegel zerbersten, so dass Splitter durch die Luft fliegen. Bis sie sich umgedreht haben, bin ich schon wieder losgerannt.

Als ich endlich ein Fenster finde, erweist es sich als Segen und Fluch zugleich. Ich komme vor einer gigantischen Scheibe aus

Diamantglas zum Stehen, durch die man den weitläufigen Wald sehen kann. Er ist gleich dort, auf der anderen Seite, gleich hinter einer undurchdringlichen Wand.

Na dann, ihr Hände, jetzt wäre eine gute Gelegenheit, euer Wunderwerk zu vollbringen. Natürlich passiert nichts. Nie passiert etwas, wenn ich es gerade nötig habe.

Ich werde von einer Hitzewelle überrascht. Als ich mich umdrehe, sehe ich eine Wand aus Rot und Orange auf mich zurasen und weiß: Die Wächter haben mich gefunden. Aber die Wand ist heiß, flackernd, beinahe massiv. *Feuer.* Und dieses Feuer kommt direkt auf mich zu.

Meine Stimme ist leise und resigniert, als ich angesichts meiner aussichtslosen Lage auflachen muss. »Na toll.«

Ich drehe mich um und versuche loszulaufen, kollidiere aber stattdessen mit einer Mauer aus schwarzem Stoff. Starke Arme umschlingen mich und halten mich fest, als ich mich aus ihnen herauszuwinden versuche. *Verpass ihm einen Stromschlag, setz ihn in Flammen*, schreie ich innerlich. Aber es geschieht nichts. Das Wunder rettet mich kein zweites Mal.

Die Hitze nimmt zu und droht mir die Luft aus den Lungen zu ziehen. Ich habe heute schon einen Blitzschlag überlebt; mit Feuer will ich mein Glück lieber nicht herausfordern.

Aber es ist der Rauch, der mich umbringen wird. Er ist dicht und schwarz und viel zu stark, er erstickt mich. Alles verschwimmt vor meinen Augen, und meine Lider werden schwer. Ich höre Schritte, Rufe, das Lodern des Feuers, während die Welt im Dunkel versinkt.

»Es tut mir leid«, sagt Cals Stimme. Ich träume wohl.

8

Ich bin auf der Veranda und sehe dabei zu, wie Ma sich von meinem Bruder Bree verabschiedet. Sie weint, drückt ihn fest an sich und streicht ihm über die frisch geschnittenen Haare. Shade und Tramy stehen bereit, um sie aufzufangen, falls ihre Beine versagen. Ich weiß, dass ihnen auch zum Weinen zu Mute ist, weil unser ältester Bruder gehen muss, aber um Mas willen nehmen sie sich zusammen. Pa sitzt neben mir und sagt nichts; er starrt lediglich den Legionär an. Trotz seiner Rüstung aus Stahlplatten und schussfestem Gewebe wirkt der Soldat klein neben meinem Bruder. Bree könnte ihn zum Frühstück verspeisen, aber er tut es nicht. Er tut gar nichts, als der Legionär ihn am Arm packt und von uns fortzieht. Ein Schatten spukt ihm auf schrecklichen dunklen Schwingen hinterher. Um mich herum dreht sich alles, und dann falle ich.

Ich lande ein Jahr später. Meine Füße stecken in dem schmatzenden Morast unter unserem Haus fest. Jetzt drückt Ma Tramy an sich und fleht den Legionär an. Shade muss sie losreißen. Irgendwo weint Gisa um ihren Lieblingsbruder. Pa und ich schweigen und sparen uns unsere Tränen auf. Der Schatten erscheint wieder; diesmal umflattert er mich und verdeckt dabei den Himmel und die Sonne. In der Hoffnung, dass er mich in Ruhe lässt, kneife ich die Augen fest zu.

Als ich sie wieder öffne, habe ich Shade in den Armen und halte ihn, so fest ich kann. Seine Haare sind noch nicht geschnitten und die kinnlangen braunen Strähnen kitzeln mich am Kopf. Doch während ich mich an seine Brust drücke, zucke ich zusammen. Ein brennender Schmerz durchfährt mein Ohr. Ich lasse los und bemerke rote Blutstropfen auf dem Hemd meines Bruders. Gisa und ich haben uns mit dem Geschenk, das Shade uns gegeben hat, wieder Löcher in die Ohren gestochen. Ich vermute, ich habe es irgendwie falsch gemacht, wie ich immer alles falsch mache. Diesmal spüre ich den Schatten, noch bevor ich ihn sehen kann. Und er scheint wütend zu sein.

Er schleift mich durch eine ganze Parade von Erinnerungen – lauter offene Wunden, die noch nicht verheilt sind. Bei einigen davon handelt es sich um Träume. Nein, es sind Albträume. Meine schlimmsten Albträume.

Um mich herum materialisiert sich eine neue Welt, die aus einer verschatteten Landschaft aus Rauch und Asche besteht. *Der Todesstreifen.* Ich war noch nie dort, aber ich habe genug darüber gehört, um ihn mir vorstellen zu können. Das Land ist flach und mit den Kratern Tausender Bomben übersät. In jedem Krater kauern Soldaten in verdreckten roten Uniformen, so wie sich Blut in Wunden sammelt. Ich schwebe zwischen ihnen hindurch und schaue in ihre Gesichter, suche nach den Brüdern, die ich an Rauch und Granatsplitter verloren habe.

Als Erster erscheint Bree; er ringt in einem Matschloch mit einem blau uniformierten Lakelander. Ich will ihm helfen, doch ich schwebe weiter, bis er außer Sichtweite ist. Dann taucht Tramy auf; er ist über einen verwundeten Soldaten gebeugt und versucht ihn vor dem Verbluten zu retten. Seine sanften Gesichtszüge, die so sehr Gisas ähneln, sind verzerrt. Niemals werde ich seine Schmerzens-

und Verzweiflungsschreie vergessen können. Aber ich kann ihm nicht helfen – ebenso wenig wie ich Bree helfen konnte.

Shade wartet an vorderster Front, noch vor den tapfersten Kriegern. Er steht auf einem Grat und schert sich weder um die Bomben noch um die Schusswaffen oder die Armee der Lakelander, die auf der anderen Seite wartet. Er besitzt sogar die Kühnheit, mich anzulächeln. Ich muss mit ansehen, wie der Boden zu seinen Füßen explodiert und ihn in einer Wolke aus Feuer und Asche zerfetzt.

»Stopp!«, schreie ich und greife nach dem Rauch, der einmal mein Bruder war.

Die Asche nimmt eine Form an, sie wird zu dem Schatten. Sie hüllt mich in Finsternis, bis mich eine weitere Welle von Erinnerungen überrollt. Gisas Hand. Kilorns Einberufung. Pa, wie er halb tot nach Hause kommt. Die Bilder schieben sich ineinander, werden zu einem Strudel allzu greller Farben, die meinen Augen wehtun. *Irgendetwas stimmt nicht.* Die Erinnerungen bewegen sich durch die Jahre zurück, so als würde mein Leben im Rückwärtsgang noch einmal an mir vorbeiziehen. Und dann sind da Ereignisse, an die ich mich eigentlich gar nicht erinnern kann: wie ich sprechen und laufen lerne, wie meine noch kleinen Brüder mich unter Mas Gezeter hin- und herreichen. *Das ist unmöglich.*

»Unmöglich«, sagt der Schatten zu mir. Die Stimme ist so schneidend, dass ich fürchte, sie könnte mir den Schädel spalten. Ich gehe in die Knie und lande auf etwas, das sich wie Beton anfühlt.

Und dann sind sie verschwunden. Meine Brüder, meine Eltern, meine Schwester, meine Erinnerungen, meine Albträume – weg. Um mich herum erscheinen Beton und stählerne Gitterstäbe. *Ein Käfig.*

Ich rappele mich mühsam auf. Mit einer Hand halte ich meinen schmerzenden Kopf. Langsam erkenne ich meine Umgebung. Von der anderen Seite der Stäbe starrt mich eine Gestalt an, auf deren Haupt eine Krone funkelt.

»Ich würde mich ja verbeugen, aber dann falle ich wahrscheinlich um«, sage ich zu Königin Elara und wünschte sofort, ich könnte meine Worte zurücknehmen. Sie ist eine *Silberne*, ich darf nicht so mit ihr reden. Sie könnte mich an den Pranger stellen, meine Essensrationen streichen, mich bestrafen, meine Familie bestrafen. *Nein*, wird mir zu meinem wachsenden Schrecken klar, *sie ist die Königin. Sie könnte mich einfach töten. Sie könnte uns alle töten.*

Doch sie wirkt gar nicht beleidigt. Stattdessen zeigt ihr Gesicht den Hauch eines hämischen Grinsens. Als sich unsere Blicke treffen, überkommt mich noch eine Welle der Übelkeit und ich krümme mich.

»Also für mich sieht das wie eine Verbeugung aus«, schnurrt sie und genießt mein Leiden.

Ich kämpfe gegen den Brechreiz an und halte mich an den Gitterstäben fest. Meine Faust umklammert kalten Stahl. »Was macht Ihr mit mir?«

»Jetzt nicht mehr besonders viel. Aber das hier –«, sie steckt ihre Hand durch das Gitter und berührt meine Schläfe. Unter ihren Fingern verdreifacht sich der Schmerz. Kaum noch in der Lage, mich auf den Beinen zu halten, taumele ich gegen das Gitter. »Das hier soll dich davon abhalten, etwas Dummes zu versuchen.«

Meine Augen füllen sich mit Tränen, aber ich unterdrücke sie. »Zum Beispiel auf meinen eigenen Beinen zu stehen?«, würge ich hervor. Die Schmerzen sind so stark, dass ich kaum denken kann, geschweige denn höflich sein, aber ich schaffe es trotzdem, einen Schwall Flüche zu unterdrücken. *Um Himmels willen, Mare Barrow, halte deine Zunge im Zaum!*

»Zum Beispiel jemanden durch einen Stromschlag zu töten«, keift sie zurück.

Der Schmerz lässt nach, so dass ich die Kraft finde, zu der Metallbank in der Ecke zu gehen. Ich lehne meinen Kopf gegen die kühle Steinwand und lasse ihre Worte auf mich wirken. *Durch einen Stromschlag töten.*

Die Erinnerung kommt zurück, eine Folge von wirren Eindrücken. Evangelina, der Blitzschild, die Funken und ich. *Das kann nicht sein.*

»Du bist keine Silberne. Deine Eltern sind Rote, du bist eine Rote, und dein Blut ist rot«, murmelt die Königin, während sie vor den Gittern meines Käfigs hin und her geht. »Du bist ein Wunder, Mare Barrow, eine Unmöglichkeit. Etwas, das nicht einmal ich verstehe, dabei habe ich alles von dir gesehen.«

»Das wart Ihr?«, kreische ich beinahe und muss mir wieder den Kopf halten. »Ihr wart in meinem Kopf? In meinen Erinnerungen? Meinen *Albträumen*?«

»Wenn man weiß, wovor sich jemand fürchtet, kennt man ihn.« Sie sieht mich an, als wäre ich irgendeine dumme Kreatur. »Und ich musste wissen, mit was für einer Sache wir es hier zu tun haben.«

»Ich bin keine Sache.«

»Was du bist, werden wir noch sehen. Aber für eins solltest du dankbar sein, kleine Blitzwerferin«, höhnt sie und kommt mit dem

Gesicht ans Gitter. Plötzlich verkrampfen sich meine Beine und ich spüre sie nicht mehr, so als hätte ich falsch auf ihnen gesessen. Es ist wie eine Lähmung. Als ich feststelle, dass ich nicht einmal mehr meine Zehen bewegen kann, steigt Panik in mir auf. So muss Pa sich fühlen, kaputt und nutzlos. Aber irgendwie komme ich auf die Füße; meine Beine bewegen sich von selbst und tragen mich zum Gitter. Auf der anderen Seite sieht die Königin mich an. Ihre Augen zwinkern im Takt meiner Schritte.

Sie ist ein Flüsterer und sie spielt mit mir. Als ich nahe genug bin, packt sie mein Gesicht mit beiden Händen. Ich schreie auf, denn der Schmerz in meinem Kopf vervielfacht sich. Was würde ich jetzt für das einfache Verderben der Einberufung geben!

»Du hast das vor Hunderten von Silbernen getan, vor Leuten, die Fragen stellen werden, mächtigen Leuten«, zischt sie mir ins Ohr und ihr unangenehm süßlicher Atem strömt über mein Gesicht. »Das ist der einzige Grund, warum du noch am Leben bist.«

Ich balle die Fäuste und wünsche mir die Blitze zurück, aber sie kommen nicht. Sie weiß, was ich versuche, und lacht mich offen aus. Dann sehe ich wieder Sternchen und nehme alles nur verschwommen wahr, doch ich erkenne an dem Rascheln von Seide, dass sie sich bewegt. Als ich wieder richtig sehen kann, verschwindet der Saum ihres Kleides gerade um eine Ecke. Ich bin jetzt ganz allein in meiner Zelle. Mit letzter Kraft schleppe ich mich zur Bank zurück und kämpfe erneut gegen einen Brechreiz an.

Die Erschöpfung überrollt mich in Wellen. Sie fängt in meinen Muskeln an und sickert dann in meine Knochen. Ich bin nur ein Mensch, und Menschen sind für Tage wie den heutigen einfach nicht gemacht. Mit Schrecken registriere ich, dass mein Handgelenk nackt ist. Das rote Band ist weg, man hat es mir abgenommen. Was kann das bedeuten? In meinen Augen sammeln sich Tränen, aber ich will nicht weinen. Dafür habe ich noch zu viel Stolz in mir.

Die Tränen kann ich zurückhalten, aber nicht die Fragen. Nicht den Zweifel, der in meinem Herzen wächst.

Was passiert mit mir?

Was bin ich?

Als ich die Augen aufschlage, stelle ich fest, dass mich ein Wachmann von der anderen Seite des Gitters aus beobachtet. Im Halbdunkel funkeln seine silbernen Knöpfe, aber das ist nichts im Vergleich zu dem Glänzen seines kahlen Kopfes.

»Sie müssen meine Familie wissenlassen, wo ich bin«, platze ich heraus. Ich setze mich auf. *Wenigstens habe ich ihnen gesagt, dass ich sie liebe*, fällt mir wieder ein, als ich mir unsere letzten gemeinsamen Momente ins Gedächtnis rufe.

»Ich soll nichts anderes tun als dich nach oben bringen«, antwortet der Wachmann in einem neutralen Tonfall. Er ist die Ruhe selbst. »Zieh dich um.«

Plötzlich wird mir klar, dass die halb verkohlte Livree immer noch in Fetzen an mir hängt. Der Mann zeigt auf einen Stapel sauberer Kleider bei den Gitterstäben. Dann wendet er sich ab und gönnt mir so zumindest einen Hauch von Privatsphäre.

Die Kleidungsstücke sind einfach, aber gut, und weicher als alles, was ich je getragen habe. Eine langärmelige weiße Bluse und eine schwarze Hose, beide an der Seite mit einem einzelnen Silberstreifen verziert. Da stehen auch Schuhe, und zwar geputzte Stiefel, die mir bis zu den Knien reichen. Zu meiner Überraschung ist an den Sachen nicht ein rotes Fädchen. Aber ich habe keine Ahnung, warum. *Mein Unwissen wird langsam zum Leitmotiv.*

»Fertig«, knurre ich, als ich meinen zweiten Fuß in einen Stiefel zwänge. Der Wachmann dreht sich um. Ich höre keine Schlüssel klingeln, aber ich sehe ja auch nirgendwo ein Schloss. Ich bin mir nicht sicher, wie er mich aus meinem türlosen Käfig herausbekommen will.

Doch statt irgendeinen versteckten Mechanismus zu betätigen, zuckt er nur mit der Hand, und die Metallstäbe verbiegen sich zu einer Öffnung. Natürlich. Der Gefängniswärter ist ein –

»Magnetor, genau«, sagt er und wackelt mit den Fingern. »Und falls du dich das fragen solltest: Das Mädchen, dass du beinahe flambiert hast, ist eine Cousine von mir.«

Ich verschlucke mich fast, weil ich nicht weiß, wie ich reagieren soll. »Entschuldigung.« Es kommt heraus wie eine Frage.

»Entschuldige dich lieber dafür, dass du sie verfehlt hast«, antwortet er ohne eine Spur von Ironie. »Evangelina ist ein Miststück.«

»Liegt das in der Familie?« Mein Mund ist schneller als mein Hirn. Ich japse nach Luft, als mir klar wird, was ich da gerade gesagt habe.

Obwohl der Wachmann jedes Recht hätte, mich für diese Bemerkung zu schlagen, tut er es nicht. Stattdessen verzieht sich sein Gesicht zu einem kaum merkbaren Lächeln. »Tja, das wirst du wohl bald selbst rausfinden«, sagt er mit einem sanften Ausdruck in seinen schwarzen Augen. »Ich bin Lucas Samos. Folge mir.«

Ich brauche nicht zu fragen; ich weiß auch so, dass mir ohnehin nichts anderes übrig bleibt.

Er führt mich eine Wendeltreppe hinauf in einen Gang, wo mich nicht weniger als zwölf Sicherheitsleute erwarten. Wortlos umringen die Wachen mich in einer eingeübten Formation und zwingen mich vorwärts. Lucas marschiert im Gleichschritt mit ihnen, bleibt aber an meiner Seite. Alle halten ihre Waffen kampfbereit in der Hand. Irgendetwas sagt mir, dass diese Männer nicht hier sind, um mich zu verteidigen, sondern um andere zu schützen.

Oben, in den prunkvoller ausgestatteten Stockwerken, sind die Glaswände merkwürdigerweise dunkel. Mir fällt wieder ein, was Gisa über das Sonnenschloss erzählt hat. *Getönt.* Das Diamantglas kann sich auf Kommando verdunkeln und so verstecken, was nicht gesehen werden soll. Offensichtlich falle ich in diese Kategorie.

Dann wird mir auf einmal klar, dass sich die Fenster nicht auf Grund irgendeines Mechanismus abdunkeln, sondern wegen einer rothaarigen Frau aus dem Wachpersonal. Sie winkt mit der Hand vor jeder Wand, an der wir vorbeikommen, und irgendeine Macht in ihr trübt das Glas mit einem dünnen Schatten ein und blockiert das Licht.

»Sie ist eine Schattengeherin, sie krümmt das Licht«, flüstert mir Lucas zu, der mein Staunen bemerkt hat.

Auch hier sind Kameras. Ich bekomme eine Gänsehaut, während ihr elektrischer Blick mir förmlich über die Knochen kriecht. Normalerweise beginnt mein Kopf unter dem Druck von so viel Elektrizität zu schmerzen, aber diesmal nicht. Irgendetwas in dem Blitzschild hat mich verändert. Oder vielleicht hat er irgendetwas ausgelöst, einen Teil von mir enthüllt, der bis jetzt verborgen war. *Was bin ich?* Die Frage hallt wieder durch meinen Kopf, bedrohlicher denn je.

Das elektrische Prickeln verschwindet erst, als wir eine gewaltige

Flügeltür passieren. *Hier können mich die Augen nicht sehen.* In den Raum, den wir betreten, würde unser Haus zehn Mal hineinpassen, mitsamt Pfählen und allem. Und mir genau gegenüber sitzt auf einem mit Höllenmotiven verzierten Thron aus Diamantglas der König; er durchbohrt mich förmlich mit seinem feurigen Blick. Ein Fenster in seinem Rücken, durch das eben noch helles Tageslicht hereindrang, verdunkelt sich rasch. Vielleicht war das das letzte Mal, dass ich einen Blick auf die Sonne werfen konnte.

Lucas und die anderen Wachleute bringen mich nach vorn, bleiben aber nicht stehen. Mit einem kurzen Blick über die Schulter führt Lucas die Gruppe aus dem Raum.

Der König sitzt direkt vor mir, die Königin steht zu seiner Linken, die Prinzen sind auf seiner rechten Seite. Ich vermeide es, Cal anzusehen, aber ich bin sicher, dass er mich anstarrt. Ich schaue lieber auf meine neuen Stiefel und konzentriere mich auf deren Spitzen, um zu verhindern, dass sich mein ganzer Körper vor lauter Angst in Blei verwandelt.

»Mach einen Kniefall, Mädchen«, murmelt die Königin mit samtweicher Stimme.

Ich *müsste* einen Kniefall machen, aber mein Stolz hindert mich daran. Selbst hier, vor den Silbernen, vor dem *König*, wollen sich meine Knie nicht beugen. »Nein, das werde ich nicht tun«, sage ich und schaffe es endlich, den Blick zu heben.

»Gefällt dir deine Zelle, Mädchen?« Tiberias' königliche Stimme donnert durch den Raum. Die Drohung in seinen Worten ist nicht zu überhören, aber ich bleibe trotzdem stehen. Er legt den Kopf schief und betrachtet mich, als wäre ich ein rätselhaftes Experiment.

»Was habt Ihr mit mir vor?«, bringe ich schließlich heraus.

Die Königin beugt sich zu ihm. »Ich hab's ja gesagt, sie ist eine Rote durch und durch –« Aber der König stoppt ihre Worte mit einer kurzen Geste, als verscheuche er eine lästige Fliege. Sie zieht einen Schmollmund und tritt mit fest ineinander verschränkten Händen zurück. *Geschieht ihr recht.*

»Was ich *am liebsten* mit dir machen würde, ist leider unmöglich«, knurrt Tiberias. Sein Blick glüht, als wolle er mich verbrennen.

Mir fällt wieder ein, was die Königin gesagt hat. »Tja, *mir* tut es nicht leid, dass Ihr mich nicht töten könnt.«

Der König lacht auf. »Davon, dass du so clever bist, haben sie nichts gesagt.«

Mich durchflutet Erleichterung. Der Tod erwartet mich hier nicht. Noch nicht.

Der König wirft mir einen Stapel beschriebener Papiere vor die Füße. Das Deckblatt enthält die üblichen Informationen: meinen Namen, mein Geburtsdatum, wer meine Eltern sind und einen kleinen braunen Fleck, der ein getrockneter Blutstropfen von mir ist.

Auch mein Foto ist darauf zu sehen, dasselbe wie auf meinem Ausweis. Ich starre auf mich selbst, in Augen, die vom Warten auf den Fotografen zu Tode gelangweilt sind. Ich wünschte, ich könnte in dieses Foto hineinspringen, in das Mädchen, dessen Probleme aus Einberufung und einem leeren Magen bestanden.

»Mare Molly Barrow, geboren am 17. November des Jahres 302 der neuen Zeitrechnung. Eltern Daniel und Ruth Barrow«, zitiert der König aus dem Gedächtnis und beginnt mein Leben auszubreiten. »Du hast keine Arbeit und bist deshalb an deinem nächsten Geburtstag zur Einberufung vorgesehen. Du gehst nur unregelmäßig zur Schule, deine Noten sind schlecht und du hast ein Strafregister, mit dem du in den meisten Städten im Gefängnis landen würdest. Diebstahl, Schmuggel, Widerstand gegen die Staatsgewalt, um nur einiges zu nennen. Kurz: Du bist arm, unhöflich, unmoralisch, dumm, heruntergekommen, verbittert, stur und eine Schande für dein Dorf und mein Königreich.«

Ich brauche einen Moment, um seine unverblümten Worte zu verarbeiten, aber als ich so weit bin, widerspreche ich nicht. Er hat vollkommen recht.

»Und dennoch …«, fährt er fort und erhebt sich. Aus der Nähe erkenne ich, dass seine Krone tödlich ist. Ihre Zacken könnten jemanden umbringen. »… bist du auch etwas anderes. Etwas, das ich nicht begreifen kann. Du bist eine Rote und eine Silberne zugleich, ein Kuriosum mit tödlichen Konsequenzen, von denen du keine Vorstellung hast. Also, was soll ich jetzt mit dir machen?«

War das eine Frage an mich? »Ihr könntet mich freilassen. Ich würde kein Wort sagen.«

Das schrille Lachen der Königin unterbricht mich. »Und was ist mit den Hohen Häusern? Werden die ebenfalls Stillschweigen bewahren? Werden sie die kleine Blitzwerferin in der roten Livree einfach vergessen?«

Nein. Niemand wird das.

»Du kennst meinen Rat, Tiberias«, fügt die Königin hinzu und sieht den König an. »Auf diese Weise würden beide Probleme gelöst.«

Es muss sich um einen schlechten Rat handeln, schlecht für mich, denn Cal ballt eine Faust. Die Bewegung zieht meinen Blick auf sich, und ich sehe endlich zu ihm hin. Er steht regungslos da, stoisch und schweigend, so, wie man es ihm mit Sicherheit beigebracht hat, aber hinter seinen Augen brennt ein Feuer. Einen Augenblick lang treffen sich unsere Blicke, doch ich wende mich schnell ab, damit ich ihm nicht zurufe, dass er mich retten soll.

»Ja, Elara«, sagt der König mit einem Nicken zu seiner Frau. »Wir können dich nicht töten, Mare Barrow.« *Noch nicht*, hängt unausgesprochen in der Luft. »Deshalb werden wir dich vor den Augen aller verstecken, so dass wir dich beobachten, dich *schützen* und dabei alles tun können, um dich zu verstehen.«

So wie seine Augen funkeln, fühle ich mich, als wollte er mich gleich auffressen.

»Vater!«, entfährt es Cal, doch sein Bruder – der blassere, schmalere Prinz – greift nach seinem Arm, um ihn davon abzuhalten, weiter zu protestieren. Er hat eine beruhigende Wirkung, und Cal lenkt ein.

Tiberias ignoriert seinen Sohn und spricht weiter. »Du bist nicht länger Mare Barrow, eine rote Tochter aus Stilts.«

»Und wer bin ich dann?«, frage ich mit Furcht in der Stimme. Ich denke an all die schrecklichen Dinge, die sie mir antun können.

»Dein Vater war Ethan Titanos, General der Eisernen Legion, der im Kampf gefallen ist, als du noch ein Kleinkind warst. Ein Soldat, ein Roter, hat dich an Kindes statt aufgenommen und dich im Dreck großgezogen, ohne dir jemals von deinen wahren Eltern zu erzählen. Du bist in dem Glauben aufgewachsen, du seiest ein Nichts, aber nun, durch einen glücklichen Zufall, wurdest du errettet. Du bist eine Silberne, eine Dame aus einem untergegangenen

Hohen Haus, eine Adlige mit großen Fähigkeiten und eines Tages eine Prinzessin von Norta.«

Sosehr ich mich auch bemühe, kann ich einen überraschten Aufschrei nicht unterdrücken. »Eine Silberne – eine Prinzessin?«

Mein Blick verrät mich, denn ich sehe Cal an. *Eine Prinzessin muss einen Prinzen heiraten.*

»Du wirst meinen Sohn Maven heiraten, und du wirst diese Rolle perfekt spielen – ohne Wenn und Aber.«

Mir fällt die Kinnlade herunter. Ich suche nach Worten, aber ich bin tatsächlich sprachlos. Stattdessen entringt sich mir ein jämmerliches, peinliches Quietschen. Der jüngste Prinz, der mir gegenübersteht, sieht genauso verdattert aus wie ich und beginnt herumzustammeln. Diesmal ist Cal derjenige, der ihn zurückhält, auch wenn sein Blick auf mich gerichtet ist.

Der junge Prinz findet seine Fassung wieder. »Das verstehe ich nicht«, platzt er heraus und schüttelt Cal ab. Er geht schnell ein paar Schritte auf seinen Vater zu. »Sie ist – warum –?« Unter anderen Umständen wäre ich beleidigt, aber ich kann mich den Bedenken des Prinzen nur anschließen.

»Kein Wort mehr!«, schimpft seine Mutter. »Du wirst gehorchen.«

Er starrt sie empört an, ganz der junge Sohn, der gegen seine Eltern rebelliert. Aber seine Mutter lenkt nicht ein und der Prinz, der ihre Wut und ihre Fähigkeiten ebenso gut kennt wie ich, weicht zurück.

Meine Stimme ist schwach, kaum vernehmbar. »Das erscheint mir … ein bisschen viel der Ehre.« Anders kann man es einfach nicht beschreiben. »Ihr wollt mich doch eigentlich gar nicht zu einer Dame machen, von einer Prinzessin ganz zu schweigen.«

Tiberias bricht in ein grimmiges Lachen aus. Seine Zähne sind, wie die der Königin, von blendendem Weiß. »Oh, das will ich sehr wohl, meine Liebe. Hier und heute bekommt dein primitives kleines Leben zum allerersten Mal einen Sinn.« Die Beleidigung trifft mich wie eine Ohrfeige. »Wir befinden uns in der Frühphase einer vermaledeiten Rebellion. Terroristen oder Freiheitskämpfer oder wie auch immer sich diese roten Dummköpfe nennen, verüben Bombenanschläge im Namen der Gleichheit.«

»Die Scharlachrote Garde.« *Farley. Shade.* Kaum sind mir ihre Namen eingefallen, bete ich, dass Königin Elara sich aus meinem Kopf fernhält. »Sie haben einen Anschlag –«

»Auf die Hauptstadt verübt, genau.« Der König zuckt die Achseln und kratzt sich am Hals.

In all den Jahren im Schatten habe ich eine Menge gelernt. Wer das meiste Bargeld dabeihat, wer einen nicht bemerken wird, und wie Lügner aussehen. *Der König ist ein Lügner*, wird mir klar, als er sich zu einem weiteren Achselzucken zwingt. Er versucht abschätzig zu wirken, aber es funktioniert nicht. Irgendetwas an Farley, an der Scharlachroten Garde macht ihm Angst. Etwas viel Größeres als ein paar Explosionen.

»Und du«, fährt er fort, »du könntest uns vielleicht dabei helfen, sie zu beseitigen.«

Wenn ich nicht so viel Angst hätte, würde ich laut auflachen. »Indem ich verheiratet werde mit Eurem Sohn – Entschuldigung, wie heißt Ihr noch gleich?«

Seine Wangen erblassen; ich nehme an, das ist die Silber-Version von Schamesröte. Schließlich haben sie silbernes Blut. »Mein Name ist Maven«, antwortet er mit leiser, ruhiger Stimme. Wie Cal und sein Vater hat er glänzende schwarze Haare, aber damit hören die Ähnlichkeiten auch schon auf. Während die anderen beiden wuchtig und muskulös sind, ist Maven schlank und hat wasserhelle Augen. »Und ich verstehe immer noch nicht.«

»Vater will sagen, dass sie eine besondere Chance für uns darstellt«, mischt sich Cal erklärend ein. Im Gegensatz zu seinem Bruder klingt Cal stark und gebieterisch. Er hat die Stimme eines Königs. »Wenn die Roten begreifen, was sie ist – eine Silberne kraft ihrer Herkunft, eine Rote kraft ihrer Erfahrung –, wenn sie sehen, dass sie eine von uns sein wird, dann können wir sie ruhighalten. Das ist wie eines der alten Märchen: Ein Mädchen aus dem einfachen Volk wird Prinzessin. Sie wird ihre Heldin sein. Die Leute können zu ihr aufschauen anstatt zu den Terroristen.« Und dann fügt er leiser, aber mit größerer Bedeutung hinzu: »Sie ist eine Ablenkung.«

Aber das hier ist kein Märchen, nicht einmal ein Traum. *Das ist ein Albtraum.* Ich werde für den Rest meines Lebens weggesperrt und dazu gezwungen, jemand anders zu sein. *Eine von denen zu sein. Eine Marionette. Eine Attraktion, die dafür sorgt, dass die Roten zufrieden, ruhig und am Boden bleiben.*

»Und wenn wir es geschickt anstellen, werden die Hohen Häuser mit dieser Geschichte ebenfalls zufrieden sein. Du bist die verloren geglaubte Tochter eines Kriegshelden. Welch größere Ehre könnten wir dir angedeihen lassen?«

Ich sehe ihn flehend an. Er hat mir schon einmal geholfen, vielleicht tut er es ja noch ein zweites Mal. Aber Cal schüttelt langsam den Kopf. *Diesmal kann er nichts für mich tun.*

»Das ist keine Bitte, Lady Titanos«, sagt Tiberias. Er spricht mich mit meinem neuen Namen an, *meinem neuen Adelstitel.* »Sie werden sich in diese Aufgabe fügen, und zwar so, wie es sich *gehört.*«

Königin Elara richtet ihre blassen Augen auf mich, und auch sie übt sich gleich in dem neuen Rollenspiel. »Sie werden hier wohnen, wie es die Tradition für königliche Bräute gebietet, *Lady Titanos.* Ich werde über Ihren Tagesablauf bestimmen, und Sie werden in allem unterrichtet, was notwendig und möglich ist, damit Ihr Auftreten …«, sie beißt sich auf die Unterlippe, während sie nach dem richtigen Ausdruck sucht, »… sich als *angemessen* erweist.« Ich will gar nicht wissen, was das heißen soll. »Du wirst auf Schritt und Tritt kontrolliert. Von jetzt an lebst du auf Messers Schneide. Ein Fehltritt, ein falsches Wort, und du wirst es zu spüren bekommen!«

Mir bleibt die Luft weg, so deutlich fühle ich die Ketten, in die der König und die Königin mich legen. »Und was ist mit meinem Leben –?«

»Welches Leben?«, kräht Elara. »Mädchen, du bist Hals über Kopf in ein Wunder gestolpert.«

Cal schließt für einen kurzen Moment die Augen, als würde das Lachen der Königin ihm Schmerzen bereiten. »Sie meint ihre Familie. Mare … das Mädchen hat eine Familie.«

Gisa, Ma, Pa, die Jungs, Kilorn – mein ganzes Leben wird mir genommen.

»Ach, das.« Der König lässt sich wieder auf seinen Thron fallen. »Wir werden ihnen wohl ein Kostgeld zukommen lassen und so ihr Schweigen sicherstellen.«

»Ich will, dass meine Brüder aus dem Krieg nach Hause entlassen werden.« Zur Abwechslung habe ich einmal das Gefühl, etwas

Richtiges gesagt zu haben. »Und mein Freund Kilorn Warren. Er soll nicht eingezogen werden.«

Tiberias antwortet, ohne zu zögern. Ein paar rote Soldaten bedeuten ihm nichts. »Erledigt.«

Es klingt weniger nach Begnadigung als nach einem Todesurteil.

9

Lady Mareena Titanos, Tochter von Lady Nora Nolle Titanos und Lord Ethan Titanos, General der Eisernen Legion. Erbin des Hauses Titanos. Mareena Titanos. Titanos.

Mein neuer Name hallt durch meinen Kopf, während rote Kammerzofen mich auf meinen bevorstehenden Auftritt vor dem versammelten Hof vorbereiten. Die drei arbeiten schnell und effektiv, ohne je ein Wort miteinander zu wechseln. Sie stellen mir auch keine Fragen, obwohl ihnen einige auf den Lippen brennen müssen. *Sag nichts*, fällt mir Walshs Anweisung wieder ein. Sie dürfen nicht mit mir sprechen, und erst recht nicht dürfen sie mit anderen über mich reden. Auch nicht über die sonderbare Eigenschaften, die ihnen ganz sicher an mir auffallen, Eigenschaften einer *Roten*.

Während langer, qualvoller Minuten versuchen sie, mich zu etwas *Angemessenem* zu machen, sie baden mich, kleiden mich, *malen* mich *an*, damit ich zu dem albernen Ding werde, das ich ab jetzt sein soll. Das Make-up ist das Schlimmste; vor allem die dicke weiße Paste, die auf meine Haut aufgetragen wird. Sie verbrauchen drei Töpfe davon, um mein Gesicht, meinen Hals, mein Schlüsselbein und meine Arme mit dem glitzernden feuchten Puder zu bedecken. Im Spiegel sieht es so aus, als wäre alle Wärme aus mir gewichen, als würde dieser Puder die Hitze in meiner Haut überdecken. Mir bleibt die Luft weg, als mir klar wird, dass er meinen natürlichen Teint, meine rosigen Wangen, mein *rotes Blut* verbergen soll. Ich tue so, als wäre ich eine Silberne, und als sie mit Schminken fertig sind, sehe ich auch wirklich so aus. Meine jetzt bleiche Haut und die abgetönten Augen und Lippen lassen mich kalt wirken, grausam. Ich sehe aus wie eine Silberne. Ich sehe schön aus. Und ich hasse es.

Wie lange wird das hier gut gehen? Verlobt mit einem Prinzen. Selbst in meinem Kopf klingt das verrückt. *Weil es das auch ist. Kein Silberner, der bei Verstand ist, würde dich jemals heiraten, und ein Prinz von Norta schon gar nicht. Weder um eine Rebellion zu verhindern noch um deine Identität zu verbergen noch aus irgendeinem anderen Grund.*

Was soll das alles also?

Als die Zofen mich in mein Kleid zwängen, fühle ich mich wie eine Leiche, die für ihr Begräbnis zurechtgemacht wird. Und ich weiß, dass dieser Vergleich so falsch nicht ist. Rote Mädchen heiraten keine silbernen Prinzen. Ich werde nie eine Krone tragen und nie auf einem Thron sitzen. Vorher wird irgendetwas passieren. Vielleicht ein *Unfall*. Eine Lüge hebt mich empor und eine andere Lüge wird mich eines Tages zu Fall bringen.

Das Kleid ist dunkelviolett mit silbernen Tupfen und es ist aus Seide und Spitze gemacht. *Jedes Haus hat seine eigene Farbe*, fällt mir wieder ein, und ich denke an den Regenbogen von Farbschattierungen im Spiralgarten zurück. Die Farben des Hauses Titanos, *meines Hauses*, sind offensichtlich Violett und Silber.

Als eine der Kammerzofen nach meinen Ohrringen greift – das Letzte, was mir von meinem alten Leben geblieben ist –, befällt mich plötzlich panische Angst. »Finger weg!«

Das Mädchen zuckt zurück und blinzelt mich an, die anderen erstarren angesichts meines Ausbruchs.

»Tut mir leid, ich –« *Eine Silberne würde sich niemals entschuldigen.* Ich räuspere mich und versuche mich zu fassen. »Die Ohrringe bleiben.« Meine Stimme klingt fest, hart – *königlich.* »Alles andere könnt ihr wegtun, aber die Ohrringe bleiben.«

Diese drei billigen Metallteile, eines für jeden Bruder, lasse ich mir nicht nehmen.

»Die Farbe steht dir.«

Ich wirbele herum und sehe, dass die Kammerzofen in identischen Verbeugungen verharren. Hinter ihnen steht eine aufrechte Gestalt: Cal. Plötzlich bin ich sehr froh darüber, dass die Schminke die Röte überdeckt, die mein Gesicht überzieht.

Er macht eine schnelle Geste mit der Hand, und die Zofen huschen aus dem Zimmer wie Mäuse, die vor einer Katze fliehen.

»Die königlichen Gepflogenheiten sind zwar noch Neuland für mich, aber ich weiß nicht, ob Ihr hier in meinem Zimmer sein dürft«, sage ich und lege so viel Geringschätzung wie möglich in meine Stimme. Schließlich ist es seine Schuld, dass ich in diesen Schlamassel geraten bin.

Er macht ein paar Schritte auf mich zu, und ich weiche instinktiv zurück. Dabei trete ich auf den Saum meines Kleides. Jetzt habe ich nur noch die Wahl, entweder stehen zu bleiben oder hinzufallen. Ich weiß nicht, was weniger erstrebenswert ist.

»Ich bin gekommen, um mich zu entschuldigen – was ich vor Publikum schwerlich tun könnte.« Als er mein Unbehagen bemerkt, bleibt er abrupt stehen. In seiner Wange zuckt ein Muskel, während er mich mustert. Wahrscheinlich denkt er dabei an das verzweifelte Mädchen zurück, das erst gestern Abend versucht hat, ihn zu bestehlen. Ich habe nicht mehr viel Ähnlichkeit mit dieser Taschendiebin. »Es tut mir leid, dass ich dich in diese Situation gebracht habe, Mare.«

»*Mareena.*« Der Name *schmeckt* sogar falsch. »So heiße ich jetzt, schon vergessen?«

»Dann ist Mare doch ein angemessener Spitzname.«

»Ich glaube nicht, dass an mir irgendetwas *angemessen* ist.«

Cal betrachtet mich eingehend, und meine Haut fühlt sich unter seinem Blick an, als würde sie brennen. »Wie findest du Lucas?«, fragt er schließlich und tritt höflicherweise einen Schritt zurück.

Der Magnetor-Wachmann, der erste anständige Silberne, der mir hier begegnet ist. »Ganz in Ordnung.« Vielleicht zieht die Königin ihn ab, wenn ich verrate, wie nett er zu mir war.

»Lucas ist ein guter Mann. Seine Familie hält ihn seiner Freundlichkeit wegen für einen Schwächling«, fügt er hinzu, und sein Blick verfinstert sich ein wenig. Als ob er dieses Gefühl kennen würde. »Aber er wird dir gut und ehrlich dienen. Dafür sorge ich.«

Wie aufmerksam. Er stellt mir einen freundlichen Gefängniswärter zur Seite. Aber ich beiße mir auf die Zunge. Was soll es bringen, ihn anzugiften, weil er Mitleid mit mir hat. »Danke, Hoheit.«

Das Funkeln kehrt in seine Augen zurück und ein Grinsen umspielt seine Lippen. »Mein Name ist Cal, wie du weißt.«

»Und Ihr kennt meinen Namen, oder?«, erwidere ich bitter. »Ihr wisst, wo ich herkomme.«

Er nickt kaum merklich, fast verschämt.

»Ihr müsst für sie sorgen.« Meine Familie. Ihre Gesichter verschwimmen mir vor den Augen, so weit sind sie schon weg. »Für sie alle und so lange, wie Ihr könnt.«

»Natürlich.« Er macht wieder einen Schritt auf mich zu, schließt die Lücke zwischen uns. »Es tut mir leid«, sagt er erneut. Die Worte hallen in meinem Kopf wider, das Echo einer Erinnerung.

Die Wand aus Feuer. Der dichte Rauch. Es tut mir leid, es tut mir leid, es tut mir leid.

Es war Cal, der mich aufgehalten hat, der meine Flucht von diesem schrecklichen Ort verhindert hat.

»Tut es Euch leid, dass Ihr mir die einzige Chance genommen habt, von hier zu fliehen?«

»Du meinst, wenn du es geschafft hättest, an der Königswache und den Sicherheitsleuten vorbeizukommen, und dann durch die Mauern des Schlosses und durch den Wald zurück zu deinem Dorf, nur um dort darauf zu warten, dass die Königin dich findet?«, erwidert er, ohne mir meine Schuldzuweisung zu verübeln. »Dich aufzuhalten, war der beste Dienst, den ich dir *und* deiner Familie erweisen konnte.«

»Ich hätte es schaffen können. Ihr kennt mich nicht.«

»Aber ich kenne die Königin und weiß, dass sie die Welt in Stücke gerissen hätte, um die kleine Blitzwerferin zu finden.«

»Nennt mich nicht so.« Dieser Spitzname quält mich mehr als der falsche Name, an den ich mich gewöhnen muss. *Kleine Blitzwerferin.* »So nennt Eure Mutter mich.«

Er lacht bitter. »Sie ist nicht meine Mutter. Sie ist Mavens Mutter, nicht meine.« Sein grimmiger Gesichtsausdruck zeigt mir, dass ich dieses Thema nicht vertiefen sollte.

»Oh« ist alles, was ich herausbringe, mit leiser Stimme. Sie verhallt rasch an der hohen, gewölbten Decke. Ich recke den Hals und schaue mich zum ersten Mal, seit ich hierhergebracht wurde, in meinem neuen Zimmer um. Die Einrichtung ist feiner als alles, was ich je gesehen habe – Marmor und Glas, Seide und Federn. Das Licht hat sich verändert, ist langsam in das Orange der Abenddämmerung übergegangen. Die Nacht bricht an. Und mit ihr der Rest meines Lebens.

»Ich bin heute Morgen als Mare Barrow aufgewacht«, sage ich leise, mehr zu mir selbst als zu ihm. »Und jetzt soll ich plötzlich jemand vollkommen anderes sein.«

»Du schaffst das.« Ich spüre, dass er näher kommt. Seine Hitze erwärmt den Raum auf eine Art, die meine Haut kribbeln lässt. Aber ich blicke nicht auf. Um keinen Preis.

»Woher wollt Ihr das wissen?«

»Weil du es *musst.*« Jetzt schaue ich doch. Er beißt sich auf die Lippen, sein Blick huscht über mich hinweg. »Diese Welt hier ist ebenso gefährlich, wie sie schön ist. Menschen, die nicht nützlich sind, die Fehler machen, können einfach daraus entfernt werden. *Du* kannst entfernt werden.«

Und das werde ich auch. Eines Tages. Doch das ist nicht die einzige Bedrohung, vor der ich stehe. »Der Moment, in dem ich es vermassele, könnte also mein letzter sein?«

Er sagt nichts, aber ich kann die Antwort an seinen Augen ablesen. *Ja.*

Meine Finger nesteln an dem silbernen Gürtel des Kleides herum. Wenn das hier ein Traum wäre, würde ich aufwachen, aber ich tue es nicht. *Das hier passiert wirklich.* »Und was ist mit mir? Mit –«, ich strecke die Arme aus und schaue wütend auf meine Hände, die Abscheuliches anrichten können, »dem hier?«

Cal lächelt. »Du wirst schon lernen, damit umzugehen.«

Dann hebt er seine Hand. Ein seltsames Ding an seinem Handgelenk, das aussieht wie ein Armband mit zwei metallenen Enden, klickt und sprüht dann Funken. Aber statt gleich wieder zu verschwinden, leuchten die Funken und werden zu einer roten Flamme, die starke Hitze ausstrahlt. *Er ist ein Flammenkämpfer, er kontrolliert Hitze und Feuer*, erinnere ich mich. *Er ist ein Prinz, und noch dazu ein gefährlicher.* Aber die Flamme verschwindet so schnell, wie sie aufgetaucht ist. Zurück bleibt nur Cals aufmunterndes Lächeln und das Surren der Kameras, die irgendwo versteckt sind und alles überwachen.

Die maskierten Königswächter am Rand meines Blickfeldes erinnern mich permanent an meine neue Position bei Hof. Ich bin beinahe eine Prinzessin, verlobt mit dem zweitbegehrtesten Junggesellen des Landes. Und ich bin eine Lüge. Cal ist schon lange weg, hat mich mit meinen Wachen allein gelassen. Lucas ist nicht so schlimm, aber die anderen sind düster und still und sehen mir nie in die Augen. Die Leibwachen des Königs und selbst Lucas sind nichts als Wärter, die dafür sorgen sollen, dass ich in meiner eigenen Haut eingesperrt bleibe, eine Rote hinter einem silbernen Vorhang, der niemals aufgezogen werden darf. Wenn ich stürze, wenn ich nur ausrutsche, werde ich sterben. *Und andere sterben mit mir, weil ich versagt habe.*

Während sie mich zu dem Festmahl eskortieren, gehe ich in Gedanken die Geschichte noch einmal durch, die die Königin mir eingeimpft hat, das hübsche Märchen, das sie ihrem Hof erzählen wird. Es ist simpel, leicht zu merken, und doch lässt es mich schaudern.

Ich bin an der Front geboren. Meine Eltern kamen bei einem Angriff auf das Lager ums Leben. Ein Soldat der Roten rettete mich aus den Trümmern und brachte mich zu seiner Frau, die sich immer eine

Tochter gewünscht hatte. Sie zogen mich in dem Dorf auf, das Stilts heißt, und ich wusste bis heute Morgen nichts von meiner hohen Geburt und meinen Fähigkeiten. Aber jetzt bin ich an meinen rechtmäßigen Platz zurückgekehrt.

Mir wird übel bei dem Gedanken. Mein rechtmäßiger Platz ist in meinem Zuhause, bei meinen Eltern und bei Gisa und Kilorn. *Nicht hier.*

Die Königswächter führen mich durch das Labyrinth von Gängen in den oberen Etagen des Palastes. Wie im Spiralgarten besteht die ganze Architektur aus Rundungen, seien sie aus Stein, Glas oder Metall, die langsam und sanft abwärtsführen. Diamantglas findet sich fast überall und bietet atemberaubende Ausblicke auf den Marktplatz, das Flusstal und die dahinterliegenden Wälder. Aus dieser Höhe kann ich im Licht der Abendsonne die Silhouetten von Hügeln sehen, die sich in der Ferne erheben und von deren Existenz ich bislang gar nichts wusste.

»Die beiden oberen Stockwerke sind der Königsfamilie vorbehalten«, erklärt Lucas und zeigt in den sich weiter hochwindenden Flur. Die Abendsonne ist so gleißend wie ein Feuersturm und besprenkelt uns mit Licht. »Wir fahren mit dem Aufzug nach unten in den Ballsaal. Er ist gleich hier.« Lucas streckt den Arm aus und bleibt neben einer Metallwand stehen. Sie zeigt ein verschwommenes Spiegelbild von uns, gleitet jedoch beiseite, als er mit der Hand durch die Luft fährt.

Die Königswächter geleiten uns in einen fensterlosen, grell erleuchteten Kasten. Ich muss mich zwingen weiterzuatmen, denn ich will eigentlich nur wieder raus hier; ich fühle mich wie in einem riesigen Metallsarg.

Als der Aufzug sich plötzlich in Bewegung setzt, zucke ich fürchterlich zusammen und mein Puls beginnt zu rasen. Schwer atmend schaue ich mich mit großen, ängstlichen Augen um und erwarte, dass die anderen genauso reagieren. Aber die scheinen es nicht im Geringsten merkwürdig zu finden, dass der Kasten, in dem wir stehen, abwärtssinkt. Nur Lucas bemerkt mein Unbehagen und verlangsamt die Fahrt ein wenig.

»Der Aufzug bewegt sich nach unten und nach oben, damit wir nicht zu Fuß gehen müssen. Dieser Palast ist sehr groß, Lady Titanos«, murmelt er mit dem Anflug eines Lächelns.

Ich bin hin- und hergerissen zwischen Angst und Staunen, während wir abwärtsgleiten, und atme erleichtert auf, als Lucas die Aufzugtüren wieder öffnet. Wir treten in den Spiegelsaal hinaus, durch den ich heute Morgen gerannt bin. Die zerbrochenen Spiegel sind schon ersetzt – es sieht aus, als wäre nie etwas vorgefallen.

Als Königin Elara mit ihrer eigenen Leibwache um die Ecke kommt, verbeugt Lucas sich elegant. Sie trägt jetzt Schwarz, Rot und Silber, die Farben ihres Ehemanns. Mit ihrem blonden Haar und ihrer blassen Haut wirkt sie beinah gespenstisch.

Sie nimmt meinen Arm und zieht mich zu sich hin, während wir weitergehen. Ihre Lippen bewegen sich nicht, aber ich höre ihre Stimme trotzdem – in meinem Kopf. Diesmal tut es nicht weh und es verursacht mir auch keine Übelkeit, aber es fühlt sich weiterhin krank und falsch an. Ich möchte schreien, möchte sie mir aus dem Kopf klauben. Aber ich kann nichts anderes tun, als sie zu hassen.

Die Mitglieder der Familie Titanos waren Berster, sagt sie und ihre Stimme ist überall in mir. *Sie konnten alles mit einer bloßen Berührung in die Luft sprengen, so wie das Lerolan-Mädchen es bei der*

Königinnenkür vorgemacht hat. Als ich versuche, mir das Mädchen wieder ins Gedächtnis zu rufen, projiziert Elara mir ein Bild von ihr direkt ins Gehirn. Es flackert und ist kaum sichtbar, aber trotzdem erkenne ich ein junges Mädchen in orangefarbener Kleidung, das Steine und Sand zur Explosion bringt wie eine Bombe. *Deine Mutter, Nora Nolle, war eine Wetterwenderin, wie auch der Rest des Hauses Nolle. Wetterwender kontrollieren das Wetter, zumindest bis zu einem gewissen Grad. So etwas geschieht zwar nicht häufig, aber die Verbindung dieser beiden hat zu deiner einzigartigen Fähigkeit, Elektrizität zu kontrollieren, geführt. Mehr sagst du nicht, wenn dich jemand fragt.*

Was habt Ihr wirklich mit mir vor? Selbst in meinem Kopf höre ich das Zittern in meiner Stimme.

Ihr Lachen, das durch meinen Schädel hallt, ist die einzige Antwort, die ich bekomme.

Denk immer daran, wer du sein sollst, und vergiss es nie, fährt sie, meine Frage ignorierend, fort. *Du tust so, als wärst du bei Roten aufgewachsen, aber von silbernem Geblüt. Du bist jetzt rot im Kopf und silbern im Herzen.*

Mich überläuft ein Schauer der Angst.

Von jetzt an bis zum Ende deiner Tage musst du lügen. Dein Leben hängt davon ab, kleine Blitzwerferin.

10

Elara lässt mich in dem Gang zurück und ihre Worte arbeiten in mir.

Ich dachte immer, es gäbe nur die Unterscheidung zwischen Silbernen und Roten, Reichen und Armen, Königen und Sklaven. Aber es gibt noch so viel mehr dazwischen, Dinge, die ich nicht verstehe, und ich bin plötzlich ein Teil von alldem. Ich wuchs auf, ohne zu wissen, ob ich abends etwas zu essen haben würde. Jetzt stehe ich in einem Palast und warte darauf, gleich bei lebendigem Leib gefressen zu werden.

Rot im Kopf und silbern im Herzen. Dieser Satz hallt nach, er bestimmt mein Auftreten. Meine Augen sind weit geöffnet und betrachten den prächtigen Palast, den sowohl Mare als auch Mareena sich nie hätten träumen lassen, doch meine Lippen bleiben zu einer festen Linie gepresst. Mareena ist beeindruckt, aber sie hält ihre Gefühle in Schach. Sie ist kalt und empfindungslos.

Die Türen am Ende des Gangs öffnen sich und geben den Blick frei auf den größten Raum, den ich je gesehen habe, größer noch als der Thronsaal. Dass ich mich jemals an die schieren Ausmaße dieses Gebäudes gewöhnen werde, bezweifle ich. Ich trete durch die Türen auf einen Treppenabsatz. Stufen führen nach unten in den Saal, wo sämtliche Familien in kühler Erwartung sitzen, die Augen nach vorn gerichtet. Auch jetzt trägt jedes Haus seine eigene Farbe. Einige sprechen leise untereinander, wahrscheinlich über mich und meine kleine Showeinlage. König Tiberias und Königin Elara stehen, ihren Untertanen zugewandt, auf einem erhöhten Podest. *Sie lassen sich keine Gelegenheit entgehen, über anderen zu thronen.* Entweder sind sie sehr eitel oder sehr klug. Mächtig zu wirken, heißt Macht zu besitzen.

Die Prinzen sind wie ihre Eltern in Rot und Schwarz gekleidet und beide schmücken sich mit militärischen Ehrenabzeichen. Cal steht mit ausdrucksloser Miene rechts von seinem Vater. Falls er schon weiß, wen er heiraten wird, sieht er nicht besonders glücklich darüber aus. Maven steht links neben seiner Mutter und wirkt aufgewühlt. Der jüngere Bruder versteht es nicht so gut wie Cal, seine Gefühle zu verbergen.

Zumindest werde ich es nicht mit einem gewieften Lügner zu tun haben.

»Die Königinnenkür ist immer ein freudiges Ereignis. Es steht für die Zukunft unseres großartigen Königreichs und für die Bande, die uns im Angesicht unserer Feinde einen«, sagt der König an die Menge gewandt. Sie sehen mich noch nicht. Ich stehe auf der Treppe und schaue auf sie hinab. »Aber wie wir alle heute miterleben durften, hat die Königinnenkür mehr als nur die zukünftige Königin hervorgebracht.«

Er wendet sich an Elara, die pflichtschuldig lächelnd seine Hand umfasst. Ihre Verwandlung von der teuflischen Übeltäterin zur zart erblassenden Königin ist beeindruckend. »Wir alle erinnern uns noch an unseren großen Hoffnungsträger, unser Licht gegen die Finsternis des Krieges, unseren Hauptmann und *Freund*, General Ethan Titanos«, sagt Elara.

Es geht ein Raunen durch den Saal, die Leute erinnern sich an ihn, in Zuneigung oder Trauer. Selbst der Patriarch des Hauses Samos, Evangelinas grausamer Vater, neigt respektvoll sein Haupt. »Er hat die Eiserne Legion in den Sieg geführt, hat die Frontlinie verschoben, die seit fast hundert Jahren unverändert war. Die Lakelander fürchteten ihn, unsere Soldaten liebten ihn.« Ich bezweifle stark, dass auch nur ein einziger roter Soldat den silbernen General geliebt hat. »Lakelander-Spione haben unseren treuen Freund Ethan ermordet, haben sich über die Frontlinie geschlichen, um unsere Hoffnung auf Frieden zu zerstören. Seine Gemahlin, Lady Nora, eine gute und gerechte Frau, starb mit ihm. An diesem schicksalhaften Tag vor sechzehn Jahren ging das Haus Titanos unter. Freunde wurden uns geraubt. Unser Blut wurde vergossen.«

Über den Saal senkt sich Stille, als die Königin innehält, um ihre Augen zu betupfen und Tränen wegzuwischen, die, wie ich genau weiß, falsch und erzwungen sind. Einige der Mädchen, die an der Königinnenkür teilgenommen haben, werden unruhig auf ihren Stühlen. Ein toter General ist ihnen gleichgültig und auch der Königin bedeutet er nichts. Hier geht es um mich, darum, wie man ein rotes Mädchen auf den Thron schmuggelt, ohne dass es jemand merkt. Es ist ein Zaubertrick, und die Königin ist eine geübte Zauberkünstlerin.

Sie hebt ihren Kopf und schaut nach oben zum Treppenabsatz, wo ich warte, und alle anderen folgen ihrem Blick. Einige sehen verwirrt aus, andere erkennen mich von heute Morgen wieder. Und so mancher starrt mein Kleid an. Sie kennen die Farben des Hauses Titanos besser als ich und verstehen sofort, wer ich bin. Oder zumindest, wer zu sein ich vorgebe.

»Heute Morgen haben wir einem Wunder beigewohnt. Wir

wurden Zeuge, wie ein rotes Mädchen einem Blitzstrahl gleich in die Arena fiel und eine Fähigkeit demonstrierte, die es gar nicht haben dürfte.« Mehr Gemurmel erhebt sich und einige Silberne stehen von ihren Plätzen auf. Das Samos-Mädchen sieht wütend aus und fixiert mich mit schwarzen Augen.

»Der König und ich haben das Mädchen eingehend befragt, um herauszufinden, was hinter alldem steckt.« Befragt *ist eine lustige Umschreibung dafür, dass sie in meinem Kopf herumgegeistert ist.* »Sie ist keine Rote, aber sie ist trotzdem ein Wunder. Freunde, bitte heißt Lady Mareena Titanos, die Tochter von Ethan Titanos, willkommen. Lange war sie verschollen, doch jetzt ist sie wieder hier bei uns.«

Sie winkt mich zu sich, und ich gehorche.

Ein bemühter Applaus erklingt und ich steige – sehr darauf konzentriert, nicht zu stolpern – die Stufen hinab. Aber meine Miene ist unbeweglich, während ich dem Meer aus fragenden, starrenden, misstrauischen Gesichtern entgegenschreite. Lucas und meine Wachen bleiben oben auf dem Absatz stehen. Wieder bin ich ganz allein vor all diesen Leuten, und trotz der vielen Schichten aus Seide und Puder habe ich mich noch nie so nackt gefühlt. Erneut bin ich dankbar für die ganze Schminke. Sie ist wie ein Schild zwischen ihnen und meinem wahren Ich. Doch wer genau das ist, verstehe ich selbst nicht.

Die Königin zeigt auf einen freien Platz in der ersten Reihe, und ich begebe mich dorthin. Die Kandidatinnen der Königinnenkür beobachten mich. Sie fragen sich, warum ich hier bin und warum ich plötzlich so wichtig bin. Aber sie sind nur neugierig, nicht wütend. So gut sie können, zeigen sie Mitgefühl mit meiner traurigen

Geschichte. Mit Ausnahme von Evangelina Samos. Als ich schließlich an meinem Platz ankomme, sitzt sie genau daneben und starrt mich wütend an. Ihre Lederklamotten und Eisennieten hat sie gegen ein Kleid aus ineinander verflochtenen Metallringen eingetauscht. Aus der Art, wie sie ihre Hände verkrampft, schließe ich, dass sie nichts lieber tun würde, als mir an die Gurgel zu gehen.

»Lady Mareena blieb von dem schlimmen Schicksal verschont, das ihre Eltern ereilt hat. Sie wurde von der Front in ein Dorf der Roten gebracht, das keine zehn Kilometer von hier entfernt liegt«, ergreift jetzt der König das Wort. Er will es sich nicht nehmen lassen, die überraschende Wendung und den Höhepunkt der Geschichte zu erzählen. »Sie wurde von roten Pflegeeltern aufgezogen und arbeitete als Dienstmagd. Und bis heute Morgen hat sie geglaubt, eine von ihnen zu sein.« Als die Menge kollektiv nach Luft schnappt, beiße ich die Zähne zusammen. »Mareena war ein ungeschliffener Diamant. Sie, die Tochter meines verstorbenen Freundes, hat hier in meinem Palast gearbeitet, direkt vor meiner Nase. Aber das ist nun vorbei. Und um meine Ignoranz wiedergutzumachen und ihrem Vater und ihrem Haus zu vergelten, was sie Großes für dieses Königreich geleistet haben, möchte ich diese Gelegenheit nutzen, um euch alle von der Vereinigung des Hauses Calore und des wiederauferstandenen Hauses Titanos in Kenntnis zu setzen.«

Wieder schnappen einige nach Luft, diesmal sind es die Kandidatinnen der Königinnenkür. *Sie glauben, ich würde ihnen Cal wegnehmen. Sie halten mich für eine Rivalin.* Ich hebe den Blick und flehe den König stumm an, endlich weiterzureden, bevor diese Mädchen mich umbringen.

Fast spüre ich schon, wie Evangelinas kaltes Metall in meine Haut schneidet. Sie verschränkt die Hände so fest, dass ihre Fingerknöchel weiß hervortreten; es kostet sie offenbar viel Mühe, mich nicht vor allen Augen zu häuten. Ihr nachdenklich aussehender Vater, der an ihrer anderen Seite sitzt, legt ihr eine Hand auf den Arm, um sie beruhigen.

Als Maven vortritt, löst sich die Spannung im Raum. Er stockt, stolpert über die Worte, die ihm eingeimpft wurden, findet aber schließlich doch noch seine Stimme. »Lady Mareena.«

Ich muss mich zusammennehmen, um nicht zu zittern, als ich aufstehe und mich ihm zuwende.

»Vor den Augen meines königlichen Vaters und des Hofes bitte ich Sie um Ihre Hand. Ich gelobe Ihnen, Mareena Titanos, meine Treue. Nehmen Sie meinen Antrag an?«

Ich höre mit klopfendem Herzen zu. Auch wenn seine Worte wie eine Frage klingen, ist mir klar, dass ich keine Wahl habe, was die Antwort angeht. Mein Blick bleibt auf Maven geheftet, so gern ich auch wegsehen würde. Er schenkt mir den Anflug eines aufmunternden Lächelns, und ich frage mich im Stillen, welches der Mädchen wohl für ihn ausgewählt worden wäre.

Wen hätte ich gewollt? Wenn nichts von alldem passiert wäre, wenn Kilorns Meister nicht gestorben, wenn Gisas Hand nicht zerschmettert worden wäre und sich nichts geändert hätte. *Wenn.* Das ist das schlimmste Wort der Welt.

Einberufung. Überleben. Grünäugige Kinder mit meinen schnellen Beinen und Kilorns Nachnamen. Diese Zukunft erschien schon vorher fast unmöglich; jetzt existiert sie nicht mehr.

»Ich schwöre Euch meine Treue, Maven Calore«, sage ich und

schlage damit die letzten Nägel in meinen Sarg. Meine Stimme bebt, aber ich bringe es zu Ende: »Ich nehme Euren Antrag an.«

Das hat so etwas Endgültiges. Es schlägt die Tür zum Rest meines Lebens zu. Ich fühle mich dem Zusammenbruch nahe, schaffe es aber irgendwie, mich ruhig hinzusetzen.

Maven stiehlt sich an seinen Platz zurück; auch er ist froh, nicht mehr im Rampenlicht zu stehen. Seine Mutter tätschelt ihm beruhigend den Arm und lächelt ihn sanft an. Selbst Silberne lieben ihre Kinder. Doch ihre Miene wird wieder hart, als Cal sich erhebt. Ihr Lächeln erstirbt im Nu.

Die Luft im Saal scheint knapper zu werden, als alle Kandidatinnen tief Luft holen, während sie auf seine Entscheidung warten. Ich bezweifle, dass Cal in der Frage, wer die nächste Königin wird, mitentscheiden durfte, aber er spielt seine Rolle tadellos, genau wie Maven, und genau wie ich es auch versuche. Er lächelt strahlend und zeigt dabei seine weißen Zähne, die einige der Mädchen laut aufseufzen lassen, aber seine warmen Augen sind schrecklich ernst.

»Ich bin der Erbe meines Vaters und als solcher in ein Leben voller Privilegien, Macht und Stärke hineingeboren. Ihr schuldet mir eure Gefolgschaft, und ich schulde euch mein Leben. Es ist meine Pflicht, euch und meinem Königreich so zu dienen, wie ich es vermag – und darüber hinaus.« Er hat diese Ansprache geprobt, aber die Inbrunst, die Cal besitzt, kann man nicht vortäuschen. Er glaubt an sich selbst, er glaubt, dass er ein guter König werden wird – oder zumindest alles in seiner Macht Stehende dafür tut. »Ich brauche eine Königin, die ebenso viel opfern wird wie ich, um die Ordnung, die Gerechtigkeit und das Gleichgewicht aufrechtzuerhalten.«

Die Kandidatinnen der Königinnenkür beugen sich vor, begierig darauf, seine nächsten Worte zu hören. Aber Evangelina regt sich nicht, ihre Lippen umspielt ein aufreizend selbstgefälliges Grinsen. Das Haus Samos macht einen ähnlich ruhigen Eindruck. Ihr Bruder Ptolemus versteckt sogar ein Gähnen. *Sie wissen, auf wen die Wahl gefallen ist.*

»Lady Evangelina.«

Sie schnappt nicht überrascht nach Luft und sie wirkt weder geschockt noch erfreut. Selbst die anderen Mädchen, deren Herz gerade gebrochen wurde, zucken nur entmutigt die Achseln. Alle haben es kommen sehen. Mir fällt diese dicke Familie im Spiralgarten wieder ein, die geklagt hatte, Evangelina wäre doch ohnehin schon die Siegerin. *Sie hatte Recht.*

Evangelina erhebt sich mit kühler Grazie. Cal schenkt sie kaum Beachtung, stattdessen lächelt sie ihre enttäuschten Konkurrentinnen über die Schulter hinweg spöttisch an. Sie genießt ihren Triumph. Als ihr Blick auf mich fällt, huscht ein Grinsen über ihr Gesicht, und mir entgeht nicht, dass sie die Zähne bleckt.

Sobald sie sich zu ihm dreht, wiederholt Cal die Worte, mit denen auch sein Bruder um die Hand seiner Zukünftigen angehalten hat. »Vor den Augen meines königlichen Vaters und des Hofes bitte ich Sie um Ihre Hand. Ich gelobe Ihnen, Evangelina Samos, meine Treue. Nehmen Sie meinen Antrag an?«

»Ich schwöre Euch meine Treue, Prinz Tiberias«, sagt sie in einem seltsam hohen, atemlosen Ton, der ihr ansonsten ungerührtes Auftreten Lügen straft. »Ich nehme Euren Antrag an.«

Dann setzt Evangelina sich selbstgefällig grinsend wieder, und Cal zieht sich auch auf seinen Platz zurück. Das konstante Lächeln in seinem Gesicht wirkt wie eine Maske, aber Evangelina scheint es gar nicht wahrzunehmen.

Gleich darauf spüre ich, wie eine Hand nach meinem Arm greift, Nägel bohren sich in meine Haut. Ich will aufspringen, rühre mich aber nicht. Evangelina lässt sich absolut nichts anmerken; sie hält den Blick starr nach vorn gerichtet, auf den Platz, der eines Tages ihrer sein wird. Wenn wir in Stilts wären, würde ich ihr ein paar Zähne ausschlagen. Ihre Finger graben sich weiter in mein Fleisch. Wenn sie mich blutig kratzt, wenn rotes Blut fließt, dann ist unser kleines Spiel zu Ende, noch bevor es richtig beginnen konnte. Aber sie lockert ihren Griff rechtzeitig, hinterlässt nur blaue Flecken, die meine Zofen werden kaschieren müssen.

»Wenn du mir in die Quere kommst, bringe ich dich schön langsam um, kleine Blitzwerferin«, presst sie durch ihr Lächeln. *Kleine Blitzwerferin.* Dieser blöde Spitzname geht mir allmählich wirklich auf die Nerven.

Um mir zu zeigen, dass sie es ernst meint, verwandelt sich das glatte Metallarmband an ihrem Handgelenk in einen Kreis aus scharfen Dornen, deren glänzende Spitzen geradezu nach Blut dürsten. Ich schlucke und rühre mich nicht. Aber sie lässt mich unvermittelt los und legt ihre Hand zurück in ihren Schoß. Und schon ist sie wieder der Inbegriff eines schüchternen Silber-Mädchens. Wenn es je jemanden gab, der es darauf angelegt hat, einen Ellenbogen ins Gesicht zu kriegen, dann ist das Evangelina Samos.

Ein rascher Blick durch den Saal zeigt mir, dass sich die Stimmung der Anwesenden eingetrübt hat. Einige Mädchen haben Tränen in den Augen und werfen Evangelina und mir böse Blicke zu. Wahrscheinlich haben sie ihr Leben lang auf diesen einen Tag gewartet, nur um dann leer auszugehen. Ich würde meine Verlobung gern weitergeben, würde gern abgeben, was sie sich so verzweifelt wünschen, aber nein. Ich muss glücklich wirken. Ich muss *so tun, als ob*.

»So wunderbar und glücklich dieser Tag auch war«, sagt König Tiberias, die Stimmung im Raum ignorierend, »muss ich doch daran erinnern, warum diese Wahl getroffen wurde. Die Stärke des Hauses Samos, das nun mit meinem Sohn vereint ist, und die Kinder, die aus dieser Verbindung entspringen – all dies wird dabei helfen, unsere Nation zu führen. Ihr alle kennt die prekäre Lage, in der unser Königreich sich befindet. Im Norden tobt ein Krieg, und törichte Extremisten, Feinde unseres Lebensstils, versuchen, unser Reich von innen zu zerstören. Die Scharlachrote Garde mag uns klein und unbedeutend erscheinen, aber für unsere roten Brüder stellt sie eine gefährliche Wende dar.« Mehr als nur ein paar Zuhörer im Raum lachen höhnisch, als sie den Begriff »Brüder« hören, mich eingeschlossen.

Klein und unbedeutend. Warum brauchen sie mich dann also? Warum greifen sie auf mich zurück, wenn sie die Scharlachrote Garde gar nicht ernst nehmen. *Der König ist ein Lügner.* Aber ich weiß nicht, was er verbergen will. Es könnte die wahre Stärke dieser Garde sein. Oder ich.

Wahrscheinlich beides.

»Sollte dieser rebellische Gedanke sich verbreiten«, fährt er fort, »so wird dies in Blutvergießen enden. Und er wird die Nation spalten – etwas, das ich nicht dulden kann. Wir müssen das Gleichgewicht aufrechterhalten, und Evangelina *und* Mareena werden dazu beitragen, zu unser aller Segen.«

Bei diesen Worten des Königs geht ein Raunen durch die Menge. Einige nicken, andere sind offenkundig unzufrieden mit der Wahl, die getroffen wurde, aber niemand äußert Widerspruch. Niemand erhebt seine Stimme. Und wenn es einer täte, würde er kein Gehör finden.

König Tiberias verneigt sich lächelnd. Er hat gewonnen, und er weiß es. »Stärke und Macht«, wiederholt er. Das Motto hallt wie ein Echo durch den Raum, als alle die Worte wiederholen.

Mir kommen sie nur mit Mühe über die Lippen; sie fühlen sich zu fremd an in meinem Mund. Cal sieht zu mir herab, während ich sie mit all den anderen im Chor rufe. In diesem Moment hasse ich mich.

»Stärke und Macht.«

Ich überstehe das Bankett, indem ich schaue, aber nicht hinsehe, und höre, aber nicht zuhöre. Selbst das Essen, mehr Essen, als ich je gesehen habe, schmeckt fade. Eigentlich sollte ich es in mich hineinschlingen, denn es ist wahrscheinlich die beste Kost meines Lebens, aber es will mir nicht gelingen. Und als Maven mir etwas zuraunt, bringe ich nicht ein Wort heraus. Dabei klingt seine Stimme gefasst und ruhig, so als wollte er mich ermutigen.

»Sie machen Ihre Sache gut«, sagt er, doch ich versuche ihn zu ignorieren. Er trägt das gleiche Metallarmband wie sein Bruder, diesen Flammenzünder. Es erinnert mich deutlich daran, wer und was Maven ist – mächtig, gefährlich, ein Flammenkämpfer – und ein Silberner.

Während ich an einer Tafel aus Kristall sitze und eine perlende goldene Flüssigkeit trinke, bis mir schwindlig wird, fühle ich mich wie ein Verräter. *Was essen meine Eltern heute Abend? Wissen sie überhaupt, dass ich hier bin? Oder sitzt Ma auf der Veranda und wartet darauf, dass ich nach Hause komme?*

Ich stecke in einem Saal voller Leute fest, die mich töten würden, wenn sie die Wahrheit wüssten. Und mit der königlichen Familie natürlich, die mich ebenfalls umbringen würde, wenn sie könnte, und mich wahrscheinlich eines Tages auch umbringen *wird*. Sie haben mich völlig auf den Kopf gestellt, Mare zu Mareena gemacht, eine Diebin zu einem gekrönten Haupt, Lumpen zu Seide, *eine Rote zu einer Silbernen*. Heute Morgen war ich eine Dienstmagd, heute Abend bin ich eine Prinzessin. *Was wird noch alles passieren? Was werde ich noch verlieren?*

»Das reicht jetzt«, dringt Mavens Stimme durch den Festlärm zu mir. Er schiebt meinen Kelch weg und ersetzt ihn durch ein Glas Wasser.

»Ich mochte dieses Getränk«, sage ich, stürze das Wasser jedoch gierig hinunter und spüre, dass mein Kopf wieder klarer wird.

Maven zuckt die Achseln. »Später werden Sie es mir danken.«

»Danke«, sage ich so abfällig wie möglich. Ich habe nicht vergessen, wie er mich heute Morgen angesehen hat; als wäre ich etwas, das an seiner Schuhsohle klebt. Aber jetzt ist sein Blick sanfter, ruhiger, eher wie der von Cal.

»Das heute früh tut mir leid, Mareena.«

Ich heiße Mare. »Ja, sicher«, kommt es stattdessen aus meinem Mund.

»Ehrlich«, sagt er und beugt sich zu mir. Wir wurden nebeneinanderplatziert und sitzen mit dem Rest der königlichen Familie an der Ehrentafel. »Es ist nur so … Normalerweise dürfen die jüngeren

Prinzen sich ihre Braut selbst aussuchen. Das ist einer der wenigen Vorteile, wenn man nicht der Thronerbe ist«, fügt er mit einem schrecklich gezwungenen Lächeln hinzu.

Oh. »Das wusste ich nicht«, erwidere ich, da mir nicht einfällt, was ich sonst sagen soll. Er sollte mir wohl leidtun, aber ich kann mich nicht überwinden, Mitgefühl für einen Prinzen aufzubringen.

»Ja, woher auch. Außerdem ist es nicht Ihre Schuld.«

Er wirft seinen Blick aus wie eine Angelleine und schaut in die feiernde Menge. Ich frage mich, nach welchem Gesicht er wohl sucht. »Ist sie hier?«, frage ich und versuche bedauernd zu klingen. »Das Mädchen, das Ihr Euch ausgesucht habt?«

Er zögert und schüttelt dann den Kopf. »Nein, ich hatte keine Bestimmte im Sinn. Aber es war schön, die Wahl zu haben, verstehen Sie?«

Nein, ich verstehe nicht. Ich habe nicht den Luxus einer Wahl. Weder jetzt noch jemals.

»Anders als mein Bruder. Er wusste immer, dass er kein Mitspracherecht hat, wenn es um seine Zukunft geht. Jetzt weiß ich, wie sich das anfühlt.«

»Ihr habt alles, was man sich wünschen kann, Prinz Maven; und Euer Bruder ebenfalls«, flüstere ich mit einer solchen Inbrunst, dass es ein Gebet sein könnte. »Ihr lebt in einem Palast und besitzt Stärke und *Macht*. Ihr wüsstet nicht, was Not und Elend sind, selbst wenn Ihr darüber stolpern würdet, und glaubt mir, es gibt reichlich davon. Also entschuldigt, dass ich kein Mitleid für Euch aufbringe.«

Na bitte, wieder einmal ist mein Mund schneller als mein Verstand. Ich versuche mich zu sammeln und trinke den Rest des

Wassers, um mich zu beruhigen. Maven betrachtet mich derweil kühl. Doch dann schmilzt das Eis und sein Blick wird weicher.

»Sie haben Recht, Mare. Niemand sollte Mitleid mit mir haben.« Ich höre die Bitterkeit in seiner Stimme und erschauere, als ich sehe, wie er zu Cal hinüberblickt. Sein älterer Bruder strahlt wie die Sonne und lacht mit seinem Vater. Als Maven sich wieder umdreht, ringt er sich ein Lächeln ab, doch in seinen Augen liegt eine überraschende Traurigkeit.

Sosehr ich mich auch dagegenstemme, ich empfinde unwillkürlich doch Mitleid mit dem vergessenen Prinzen. Aber das geht vorbei, als ich mich daran erinnere, wer er ist und wer ich bin.

Ich bin ein rotes Mädchen in einem Meer aus Silbernen, und ich kann es mir nicht leisten, Mitleid mit jemandem zu haben; schon gar nicht mit dem Sohn einer Schlange.

11

Am Ende des Festmahls erheben die Gäste ihr Glas zur königlichen Tafel hin und bringen einen Toast aus, einer nach dem anderen. Adelige in allen Farben des Regenbogens versuchen sich einzuschmeicheln. Ich sollte mir möglichst bald einen Überblick verschaffen, lernen, welche Farbe welchem Haus zugeordnet ist und wer zu welchem Haus gehört. Maven flüstert mir der Reihe nach Namen zu, und zuerst finde ich das nervig. Aber schon bald ertappe ich mich dabei, wie ich mich zu ihm lehne, um besser zu verstehen.

Als sich zum Schluss Lord Samos erhebt, kehrt Stille ein. Diesem Mann gebührt Respekt, selbst unter Titanen. Obwohl seine Robe schlicht und mit einfacher Seide verbrämt ist und obwohl er keinerlei Schmuck oder Ehrenabzeichen trägt, hat er unbestreitbar das Auftreten eines mächtigen Mannes. Ich brauche Maven nicht, um zu erkennen, dass er von allen Vertretern der Hohen Häuser der Höchstrangige ist, jemand, den man mehr fürchten muss als alle anderen.

»Volo Samos«, murmelt Maven. »Oberhaupt des Hauses Samos. Er besitzt und betreibt die Eisenminen. Jede Waffe, die im Krieg benutzt wird, kommt aus seinen Gruben.«

Also ist er nicht nur ein Angehöriger des Adels. Seine Wichtigkeit gründet auf mehr als nur einem Titel.

Volos Trinkspruch ist kurz und direkt. »Auf meine Tochter«, knurrt er mit tiefer, fester Stimme. »Die zukünftige Königin!«

»Auf Evangelina!«, ruft Ptolemus, springt auf und stellt sich neben seinen Vater. Mit funkelndem Blick fordert er die Menge heraus, ihnen etwas entgegenzusetzen. Einige Lords und Ladys sehen durchaus verärgert aus, wütend gar, aber sie erheben ihre Kelche, wie alle anderen, und prosten der neuen Prinzessin zu. Die Trinkgefäße reflektieren das Licht, wie winzige Sterne in der Hand von Göttern.

Als alle getrunken haben, erheben sich Königin Elara und König Tiberias. Beide lächeln ihren vielen Gästen zu. Cal steht ebenfalls auf, dann Evangelina, dann Maven, und nach einem peinlichen Moment des Zögerns tue ich es ihnen nach. Die Anwesenden folgen, und Stuhlbeine kratzen über den Marmorfußboden wie Nägel über Stein. Zum Glück verbeugen der König und die Königin sich nur und verlassen anschließend über ein paar Stufen das Podest, auf dem der Ehrentisch steht. *Es ist vorbei.* Ich habe meinen ersten Abend überstanden.

Cal nimmt Evangelinas Hand und führt sie hinter ihnen her, Maven und ich folgen. Seine Hand fühlt sich erschreckend kalt an, als er meine ergreift.

Die Silbernen bilden eine Gasse und sehen in drückender Stille zu, wie wir an ihnen vorbeigehen. Ihre Mienen wirken neugierig, durchtrieben, grausam – und hinter jedem falschen Lächeln steckt eine Mahnung: *Sie beobachten mich.* Jedes Auge, das mein Gesicht nach Rissen und Makeln absucht, lässt mich innerlich zusammenzucken, aber ich darf keine Schwäche zeigen.

Ich darf mir keinen Patzer leisten. Jetzt nicht und auch sonst nie. Ich bin eine von ihnen. Ich bin etwas Besonderes. *Ich bin ein Unfall. Ich bin eine Lüge. Und mein Leben hängt davon ab, dass die Illusion bestehen bleibt.*

Maven hält meine Hand ganz fest und zieht mich weiter. »Gleich vorbei«, flüstert er mir zu, als wir uns dem Ende des Saals nähern. »Wir sind gleich da.«

Das Gefühl zu ersticken lässt nach, sobald wir den Raum verlassen haben, aber die Kameras folgen uns mit ihren unerbittlichen, elektronischen Augen. Je mehr ich darüber nachdenke, desto aufdringlicher werden ihre Blicke, bis ich körperlich spüren kann, wo Kameras hängen, noch bevor ich sie sehe. Vielleicht ist das ja eine Nebenwirkung meines »Zustands«. Vielleicht war ich einfach noch nie von so viel Elektrizität umgeben und alle anderen fühlen sich hier genauso. *Vielleicht bin ich aber auch einfach ein Freak.*

Draußen im Gang erwartet uns eine Gruppe von Königswächtern, um uns nach oben zu eskortieren. Aber welche Gefahren sollen denn auf diese Menschen lauern? Cal, Maven und König Tiberias können Feuer kontrollieren. Elara kann *den Willen* kontrollieren. Was haben sie zu befürchten?

Wir erheben uns, rot wie die Morgendämmerung. Farleys Stimme, die Worte meines Bruders, das Credo der Scharlachroten Garde, all das fällt mir wieder ein. Sie haben bereits die Hauptstadt angegriffen; das hier könnte vielleicht ihr nächstes Ziel sein. *Ich* könnte ein Ziel sein. Farley könnte mich in einer weiteren unerlaubten Videobotschaft zur Schau stellen und der Welt meine Identität enthüllen, um die Silbernen zu unterminieren. »*Seht euch ihre Lügen an, seht euch* diese *Lüge an!*«, würde sie sagen und mein Gesicht in die Kamera halten und mich bluten lassen, damit die Welt mein rotes Blut sieht.

Mir geistern immer verrücktere Ideen durch den Kopf, und eine ist furchterregender und haarsträubender als die andere. *Schon nach nur einem Tag treibt diese Umgebung mich in den Wahnsinn.*

»Das lief doch sehr gut«, sagt Elara und befreit ihre Hand aus der ihres Gemahls, sobald wir in den königlichen Gemächern angekommen sind. Und ihm scheint es nicht das Geringste auszumachen. »Bringt die jungen Damen zu ihren Zimmern.«

Dieser Befehl ist an niemand Spezielles gerichtet, aber vier Mitglieder der königlichen Leibwache lösen sich von der Gruppe. Ihre Augen funkeln hinter den schwarzen Masken.

»Ich kann das übernehmen«, protestieren Cal und Maven wie aus einem Mund. Sie schauen sich erstaunt an.

Elara zieht eine ihrer perfekten Augenbrauen hoch. »Das wäre unangebracht.«

»Ich begleite Mareena. Mavey kann Evangelina bringen«, bietet Cal rasch an, und Maven verzieht bei seinem Spitznamen den Mund. *Mavey.* Wahrscheinlich hat Cal ihn als Kind so genannt und der Name ist hängengeblieben, ein Emblem für seinen Status des jüngeren Bruders, der immer im Schatten steht, immer der Zweite ist.

Der König zuckt die Achseln. »Lass sie doch, Elara. Die Mädchen brauchen Schlaf und am Ende sorgen die Königswächter noch dafür, dass sie schlecht träumen«, sagt er und nickt scherzhaft in Richtung seiner Leibwache. Die maskierten Männer zeigen keinerlei Reaktion, sie bleiben stumm und reglos. Ich weiß nicht, ob sie überhaupt sprechen dürfen.

Nach einem Moment angespannter Stille dreht die Königin sich auf dem Absatz um. »Na schön.« Wie jede Ehefrau hasst sie es, wenn ihr Mann ihr widerspricht, und wie jede Königin hasst sie die Macht, die der König über sie hat. *Eine ungute Kombination.*

»Dann also zu Bett!«, sagt der König, jetzt etwas lauter und mit mehr Autorität. Die Königswächter bleiben an seiner Seite, als er und Elara in entgegengesetzte Richtungen davongehen. Sie schlafen offenbar nicht im selben Zimmer, aber das kommt nicht allzu überraschend.

»Wo befinden sich dann also meine Räume?«, fragt Evangelina mit einem wütenden Blick auf Maven. Die scheue zukünftige Königin ist verschwunden und wurde von der verschlagenen Teufelin ersetzt, die ich bereits kenne.

Maven schluckt bei ihrem Anblick. »Ähm, hier entlang, Evangeli… äh … Mylady.« Er bietet ihr seinen Arm an, aber sie stürmt einfach davon. »Gute Nacht, Cal, Mareena«, sagt Maven seufzend und sieht dabei mich an.

Ich kann dem Prinzen nur zunicken, bevor er geht. *Mein Verlobter.* Bei dem Gedanken wird mir übel. Auch wenn er sich höflich verhalten hat, nett sogar, ist er ein *Silberner*. Außerdem ist er Elaras Sohn, was vielleicht noch schlimmer ist. Sein Lächeln und seine freundlichen Worte können das nicht vor mir verbergen. Cal ist genauso schlimm; er wurde dazu erzogen, zu herrschen und die Zweiteilung unserer Welt um jeden Preis aufrechtzuerhalten.

Er sieht Evangelina nach. Und die Art, wie seine Augen ihr folgen, löst in mir eine seltsame Verärgerung aus.

»Da habt Ihr Euch ja eine wahre Perle ausgesucht«, murmele ich, sobald sie außer Hörweite ist.

Cals Lächeln erstirbt in Sekundenschnelle und er geht los, über die ansteigende Spirale in Richtung meines Zimmers. Ich habe Mühe, mit seinen großen Schritten mitzuhalten, aber er scheint es nicht zu bemerken.

Schließlich wendet er sich mir zu, seine Augen sind wie glühende Kohlen. »Ich habe mir gar nichts ausgesucht. Und das weiß auch jeder.«

»Wenigstens wusstet Ihr, was auf Euch zukommt. Als ich heute Morgen aufgewacht bin, hatte ich nicht mal einen festen Freund.« Cal zuckt bei diesen Worten leicht zusammen, aber das kümmert mich nicht. Ich ertrage sein Selbstmitleid nicht. »Und dann ist da noch die Kleinigkeit, dass Ihr mal König werdet. Das muss Euch doch über eine Menge hinwegtrösten.«

Er verzieht den Mund, doch er lacht nicht. Sein Blick verfinstert sich, er tritt einen Schritt vor und betrachtet mich von Kopf bis Fuß. Wider Erwarten sieht er nicht überheblich aus, sondern einfach nur verloren. Seine rotgoldenen Augen zeigen eine tiefe Traurigkeit, einen Jungen, der sich verirrt hat und hofft, dass ihn jemand rettet.

»Du hast viel Ähnlichkeit mit Maven«, sagt er nach einer langen Stille, von der ich Herzklopfen bekomme.

»Weil ich mit jemandem verlobt bin, der mir absolut fremd ist? Das verbindet mich in der Tat mit ihm.«

»Ihr seid beide sehr schlau.« Ich schnaube ungläubig. Cal weiß offenbar nicht, dass ich nicht einmal die Matheaufgaben einer Vierzehnjährigen lösen kann. »Du hast eine gute Menschenkenntnis, du verstehst und durchschaust die Leute.«

»Ja, das habe ich gestern Abend eindeutig bewiesen. Mir war natürlich gleich vollkommen klar, dass Ihr der Kronprinz seid.« Ich kann immer noch nicht glauben, dass das erst gestern Abend passiert ist. *Was ein einziger Tag doch ausmachen kann.*

»Dir war klar, dass ich dort nicht hingehörte.«

Seine Traurigkeit ist ansteckend. Ich spüre, wie sie auf mich übergreift. »Wir haben also getauscht.«

Plötzlich kommt mir der Palast gar nicht mehr so schön und großartig vor. Das harte Metall und der kalte Stein sind zu steif, zu hell, zu unnatürlich; sie umschließen mich wie eine Falle. Und über dem allen liegt weiterhin das Surren der Kameras. Es ist eigentlich gar kein Geräusch, sondern ein Gefühl auf meiner Haut, in meinen Knochen, in meinem Blut. Beinahe instinktiv richtet sich meine ganze Aufmerksamkeit auf die Elektrizität. *Lass das*, ermahne ich mich. *Lass das sein.* Die Härchen an meinen Armen stellen sich auf, als es unter meiner Haut zu knistern beginnt; da ist sie wieder, diese Energie, die ich nicht kontrollieren kann. Natürlich kehrt sie jetzt zurück, da ich sie nicht brauchen kann.

Aber das Gefühl verschwindet genauso schnell, wie es gekommen ist. Die Elektrizität wird wieder zu einem leisen Surren und die Welt kehrt zur Normalität zurück.

»Alles in Ordnung?« Cal sieht verwirrt auf mich herab.

»Tut mir leid«, murmele ich und schüttele den Kopf. »Ich hab nur nachgedacht.«

Er nickt fast entschuldigend. »Über deine Familie?«

Diese Worte treffen mich wie ein Schlag. Ich habe in den letzten Stunden nicht ein Mal an sie gedacht, und das verursacht mir Übelkeit. *Ein Abend in Seide und königlicher Gesellschaft, und schon bin ich verändert.*

»Ich habe deine Brüder von der Wehrpflicht befreit und deinen Freund auch. Außerdem habe ich einen Wachmann zu eurem Haus geschickt, damit er deinen Eltern erklärt, wo du bist«, fährt Cal fort, da er glaubt, dass mich das beruhigen wird. »Aber wir können ihnen nicht alles sagen.«

Ich kann mir schon vorstellen, wie das abgelaufen ist. *Oh, hallo.*

Eure Tochter ist jetzt eine Silberne und wird einen Prinzen heiraten. Ihr werdet sie nie wiedersehen, aber wir schicken ein bisschen Geld, damit ihr zurechtkommt. Das ist doch ein guter Tausch, oder? Was denkt ihr?

»Sie wissen, dass du für uns arbeitest und hier wohnen musst. Aber sie glauben noch immer, du wärst Dienstbotin. Zumindest vorerst. Sobald du mehr in der Öffentlichkeit stehst, überlegen wir uns, wie wir ihnen gegenüber damit umgehen.«

»Darf ich ihnen wenigstens schreiben?« Shades Briefe waren immer ein Moment der Freude und Helligkeit an düsteren Tagen. Vielleicht wären meine das auch.

Doch Cal schüttelt den Kopf. »Nein, das ist nicht möglich, tut mir leid.«

»Das dachte ich mir schon.«

Er führt mich in mein Zimmer, in dem sofort die Lichter angehen. *Bewegungsmelder.* Wie vorhin draußen im Flur schärfen sich auch hier meine Sinne, und sämtliche Elektrizität wird zu einem brennenden Gefühl in meinem Kopf. Ohne nachzusehen, weiß ich, dass nicht weniger als vier Kameras in meinem Zimmer sind, und mir wird ganz flau.

»Das geschieht nur zu deiner Sicherheit. Wenn jemand deine Briefe abfangen würde, herausfinden würde, dass –«

»Dienen die Kameras hier drinnen auch nur *meiner Sicherheit*?«, frage ich und zeige auf die Wände. Die Kameraaugen brennen auf meiner Haut, haben jeden Zentimeter von mir im Blick. Das macht mich rasend, und nach einem Tag wie heute weiß ich nicht, wie viel ich noch aushalte. »Ich bin in diesem Albtraum von einem Palast eingesperrt, umgeben von Wänden und Wachen und Menschen, die mich eines Tages in Stücke reißen werden, und nicht einmal in meinem Zimmer gönnt man mir ein bisschen Frieden.«

Anstatt mich anzufahren, schaut Cal verdutzt. Dann suchen seine Augen den Raum ab. Die Wände sind nackt, doch er muss die Kameras auch spüren. Wie könnte jemand nicht fühlen, dass diese Augen auf ihn gerichtet sind?

»Hier drinnen gibt es keine Kameras, Mare.«

Ich mache eine wegwerfende Geste. Noch immer prickelt dieses elektrische Summen auf meiner Haut. »Das ist doch albern. Ich spüre sie.«

Jetzt versteht er endgültig nichts mehr. »Du spürst sie? Wie meinst du das?«

»Ich –« Aber die Worte bleiben mir im Hals stecken, als mir klar wird: Er spürt nichts von alldem. Er weiß nicht einmal, wovon ich spreche. Wie kann ich es ihm erklären? Wie kann ich ihm erklären, dass ich die Energie in der Luft wie einen Puls spüre, als wäre sie ein Teil von mir? Als hätte ich ein weiteres Sinnesorgan? Würde er es überhaupt verstehen?

Würde irgendwer das verstehen?

»Ist das – nicht normal?«

Da ist ein Flackern in seinen Augen, während er mit seiner Antwort zögert. Er versucht die richtigen Worte zu finden, um mir zu sagen, dass ich anders bin. Selbst unter den Silbernen bin ich eine andere Kategorie.

»Meines Wissens nicht«, sagt er schließlich.

Meine Stimme klingt selbst für meine Ohren kleinlaut. »Ich glaube, an mir ist überhaupt nichts mehr normal.«

Er macht den Mund auf, um etwas zu sagen, besinnt sich aber

eines Besseren. Es gibt nichts, was er sagen könnte, damit ich mich besser fühle. Er kann überhaupt nichts für mich tun.

Im Märchen lächelt das arme Mädchen, wenn es Prinzessin wird. Ich weiß in diesem Moment nicht, ob ich je wieder lächeln werde.

12

Ihr Tagesplan sieht wie folgt aus: 7:30 Uhr – Frühstück / 8:00 Uhr – Hofprotokoll / 11:30 Uhr – Mittagessen / 13:00 Uhr – Unterricht / 18:00 Uhr – Abendessen. Lucas wird Sie überallhin begleiten. Dieser Tagesplan ist nicht verhandelbar.
Ihre Königliche Hoheit Elara aus dem Haus Merandus.

Diese Ansage ist kurz und direkt, um nicht zu sagen ruppig. Bei dem Gedanken an *fünf Stunden* Unterricht wird mir ganz mulmig, zumal ich ja weiß, wie schlecht ich in der Schule immer war. Stöhnend werfe ich den Zettel mit dem Tagesplan zurück auf den Nachttisch. Er landet an einer Stelle, die von der goldenen Morgensonne beschienen wird, nur um mich zu ärgern.

Wie gestern kommen die drei Kammerzofen wieder auf leisen Sohlen hereingehuscht. Nach einer mühsamen Viertelstunde, in der ich enge Lederleggins, ein weites langes Kleid und andere seltsame, unpraktische Kleidungsstücke anprobiert habe, einigen wir uns auf das Einfachste, was ich in diesem Schrank voller Wunderlichkeiten finden kann: eine bequeme schwarze Hose aus festem Stretchstoff, eine violette Jacke mit silbernen Knöpfen und frisch geputzte graue Stiefeletten. Abgesehen von den glänzenden Haaren und der Kriegsbemalung sehe ich wieder fast wie ich selbst aus.

Lucas wartet hinter der Tür auf mich und tippt dabei mit dem

Fuß auf den Steinboden. »Eine Minute hinter dem Zeitplan«, sagt er, kaum dass ich in den Flur trete.

»Wollen Sie jetzt jeden Tag meinen Babysitter spielen oder nur so lange, bis ich mich hier auskenne?«

Er geht neben mir her und lenkt mich sanft in die richtige Richtung. »Was glauben Sie?«

»Auf eine lange und glückliche Freundschaft, Wachtmeister Samos.«

»Gleichfalls, Mylady.«

»Nennen Sie mich nicht so.«

»Ganz wie Sie wünschen, Mylady.«

Verglichen mit dem Festmahl von gestern Abend sieht das Frühstück ziemlich uninteressant aus. Auch das »kleinere« Esszimmer ist immer noch riesig; es hat hohe Decken und einen Ausblick auf den Fluss, aber die lange Tafel ist nur für drei eingedeckt. Zu meinem Bedauern handelt es sich bei den beiden anderen um Elara und Evangelina. Als ich hereingeschlurft komme, haben sie ihre Schüsseln mit Obstsalat schon halb leer gegessen. Elara reagiert kaum, aber Evangelinas bohrende Blicke reichen auch für zwei. Im Licht der Sonne sieht sie in ihrem metallischen Outfit aus wie ein greller Stern.

»Sie sollten sich beeilen mit dem Essen«, sagt die Königin, ohne aufzusehen. »Lady Blonos duldet keine Unpünktlichkeit.«

Evangelina lacht leise hinter vorgehaltener Hand. »Sie bekommen noch Benimmregeln beigebracht?«

»Sie denn nicht?« Mein Herz macht einen Luftsprung bei der Aussicht, während des Unterrichts nicht neben ihr sitzen zu müssen. »Wie beruhigend.«

Evangelina sieht mich verächtlich an und lässt meine Bemerkung an sich abprallen. »Unterricht in Hofprotokoll ist Kinderkram.«

Zu meinem Erstaunen nimmt die Königin mich in Schutz. »Lady Mareena ist unter schrecklichen Umständen groß geworden. Sie weiß nichts von unseren Umgangsformen und von den Erwartungen, die sie ab jetzt erfüllen muss. Dafür haben Sie doch sicherlich Verständnis, nicht wahr, Evangelina?«

Die Rüge klingt ruhig, bedacht und bedrohlich. Evangelinas Lächeln erstirbt und sie nickt, ohne die Königin anzusehen.

»Das Mittagessen werden wir heute auf der Glasterrasse einnehmen. Zusammen mit den Kandidatinnen der Kür und ihren Müttern. Schadenfreude ist in diesem Zusammenhang unangebracht«, fügt Elara hinzu. Ich fühle mich nicht angesprochen, aber Evangelina wird blass.

»Sie sind noch hier?«, höre ich mich fragen. »Obwohl sie … nicht ausgewählt wurden?«

Elara nickt. »Unsere Gäste werden auch in den kommenden Wochen noch bleiben, um dem Prinzen und seiner Verlobten die gebührende Ehre zu erweisen. Erst nach dem Abschiedsball reisen sie wieder ab.«

Mir rutscht das Herz in die Hose. Also wird es noch mehr Abende wie gestern geben, mit erdrückenden Menschenmassen und tausend Augen, die auf mir ruhen. Und sie werden Fragen stellen. Fragen, die ich beantworten muss. »Wie schön.«

»Und nach dem Ball reisen wir mit ihnen ab«, fährt Elara fort, während sie das Messer in ihrer Hand dreht. »Dann kehren wir zurück in die Hauptstadt.«

Die Hauptstadt. *Archeon.* Ich weiß, dass die Königsfamilie jedes

Jahr am Ende des Sommers zurück in den Whitefire-Palast zieht, und jetzt ziehe ich mit. Ich werde von hier weggehen müssen, und diese Welt, die ich nicht verstehe, wird meine einzige Welt werden. Ich werde nie mehr nach Hause zurückkönnen. *Das wusstest du*, sage ich mir, *und du hast eingewilligt.* Aber deswegen tut es nicht weniger weh.

Als ich aus dem Frühstücksraum flüchte, erwartet Lucas mich wieder. »Sie haben da Wassermelone im Gesicht.« Er grinst.

»Ja, natürlich habe ich das«, erwidere ich schnippisch und wische mir mit dem Ärmel über den Mund.

»Lady Blonos ist dort drüben«, sagt er und zeigt auf das Ende des Gangs.

»Und was ist ihre Spezialität? Kann sie fliegen oder Blumen aus ihren Ohren wachsen lassen?«

Lucas geht mit einem kleinen Lächeln auf meine Frage ein. »Nicht ganz. Sie ist eine Heilerin. Es gibt zwei Sorten von Heilern: Hautheiler und Blutheiler. Alle Mitglieder des Hauses Blonos sind Blutheiler, was bedeutet, dass sie sich selbst heilen können. Ich könnte sie vom Dach des Schlosses werfen und sie würde ohne einen Kratzer davonkommen.«

Das würde ich zu gern mit eigenen Augen sehen, behalte den Gedanken aber für mich. »Von Blutheilern habe ich noch nie gehört.«

»Kein Wunder. Sie dürfen nicht in den Arenen auftreten. Das wäre einfach unsinnig.«

Wow. Schon wieder eine Silberne mit märchenhaften Fähigkeiten. »Und was, wenn ich einen, ähm, Anfall bekomme?«

Lucas sieht mich verständnisvoll an; er weiß, was ich zu sagen versuche. »Ihr selbst wird nichts passieren. Die Vorhänge dagegen …«

»Das ist also der Grund, warum sie für mich ausgesucht wurde. Weil ich gefährlich bin.«

Aber Lucas schüttelt den Kopf. »Nein, Lady Titanos. Sie wurde für Sie ausgesucht, weil Sie eine fürchterliche Haltung haben und keinerlei Tischmanieren besitzen. Bess Blonos wird Ihnen beibringen, sich wie eine Lady zu benehmen. Und wenn Sie sie hin und wieder versehentlich unter Strom setzen, wird Ihnen das niemand verübeln.«

Sich wie eine Lady benehmen. Das wird schrecklich.

Lucas klopft an, und ich zucke vor Schreck zusammen. Die Tür schwingt ohne jedes Geräusch auf und gibt den Blick in ein sonnendurchflutetes Zimmer frei.

»Ich komme später wieder, um Sie zum Mittagessen zu bringen«, sagt er. Ich rühre mich nicht von der Stelle, aber Lucas schiebt mich einfach in den Raum, vor dem sich mir alles sträubt.

Die Tür schwingt wieder zu. Der Flur und alles, was mich beruhigen könnte, liegen jetzt hinter ihr. Das Zimmer ist elegant, aber schlicht; es hat eine Fensterfront und ist unmöbliert. Das Surren der Kameras, des Lichts, *der Elektrizität* ist sehr stark hier drinnen; die geballte Energie scheint die Luft um mich herum geradezu zu versengen. Ich bin sicher, die Königin beobachtet mich, um sich über meine missglückten Versuche, alles richtig zu machen, zu amüsieren.

»Hallo?«, sage ich und warte auf eine Antwort, doch es bleibt still.

Ich trete hinüber ans Fenster. Zu meiner Überraschung geht es jedoch nicht auf einen hübschen Garten hinaus, sondern ich blicke von oben in einen riesigen weißen Raum.

Dessen Boden liegt mehrere Stockwerke unter mir und eine Laufbahn führt am Rand entlang. In der Mitte der Fläche steht eine seltsame Apparatur mit ausgefahrenen Metallarmen, die sich um sich selbst dreht. Männer und Frauen in Uniform versuchen der rotierenden Maschine geschickt auszuweichen. Die Geschwindigkeit zieht an und die Arme wirbeln schneller herum, bis nur noch zwei Männer übrig sind. Ihre Bewegungen sind flink und voller Eleganz. Die Apparatur scheint mit jeder Umdrehung schneller zu rotieren, doch schließlich wird sie langsamer und bleibt dann ganz stehen. *Die zwei haben gegen sie gewonnen.*

Das muss eine Art Training für Sicherheitsleute oder die Mitglieder der Königswache sein.

Aber als die beiden Männer mit Zielübungen weitermachen, wird mir schnell klar, dass sie mitnichten zum Wachdienst gehören. Sie feuern leuchtend rote Feuerbälle ab, die sämtliche aufsteigenden und herabfallenden Ziele zerschmettern. Beide sind glänzende Schützen, und selbst von hier oben erkenne ich ihre lachenden Gesichter: *Cal und Maven.*

Das machen sie also tagsüber. Sie lernen nicht, wie man regiert oder König ist oder auch nur ein ordentlicher Lord, sondern sie trainieren für den Krieg. Cal und Maven sind tödliche Waffen, Soldaten. Doch ihr Kampf findet nicht nur an der Front statt, sondern hier, in einem Palast, in Fernsehauftritten, in den Köpfen derer, über die sie herrschen. Sie werden nicht nur herrschen, weil sie die rechtmäßigen Thronfolger sind, sondern weil sie Macht haben.

Stärke und Macht. Das ist das Einzige, was Silberne respektieren, und es ist das Einzige, was vonnöten ist, um uns andere wie Sklaven zu halten.

Evangelina tritt als Nächste an. Als die Zielobjekte hochgeschleudert werden, feuert sie einen Fächer aus spitzen silbernen Metallpfeilen ab, um eins nach dem anderen aus der Luft zu holen. Kein Wunder, dass sie mich ausgelacht hat, weil ich Benimmunterricht bekomme. Während ich hier drinnen Tischmanieren lerne, übt sie das Töten.

»Gefällt Ihnen die Vorführung, Lady Mareena?«, krächzt eine Stimme hinter mir. Ich drehe mich um; meine Nerven kribbeln ein wenig. Was ich sehe, trägt nichts zu meiner Beruhigung bei.

Lady Blonos bietet einen grauenhaften Anblick, und es kostet mich eine Menge Selbstbeherrschung, sie nicht mit offenem Mund anzustarren. *Blutheiler können sich selbst heilen.* Jetzt verstehe ich, was das heißt.

Sie muss über fünfzig sein, älter als meine Mutter, doch ihre Haut ist glatt und spannt sich erschreckend fest über ihre Knochen. Ihr Haar ist schlohweiß und ihre Augenbrauen beschreiben kleine Bogen auf der faltenlosen Stirn, als wäre sie in einem dauerhaften Schockzustand erstarrt. Alles an ihr ist unecht, von ihren allzu vollen Lippen bis zu ihrer spitzen, unnatürlich geraden Nase. Einzig ihre tiefgrauen Augen strahlen Lebendigkeit aus. Der Rest von ihr ist tatsächlich *künstlich.* Bei dem Versuch, jünger, hübscher, *besser* auszusehen, hat sie es irgendwie geschafft, sich in dieses Monster zu verwandeln, zu *heilen*.

»Verzeihung«, bringe ich schließlich heraus. »Als ich hereinkam, war niemand –«

»Ich habe Sie beobachtet«, gibt sie kurz angebunden zurück. Sie hasst mich schon jetzt. »Sie haben eine Haltung wie ein Baum im Sturm.«

Sie legt ihre Hände auf meine Schultern, schiebt sie nach hinten und zwingt mich so, mich gerade hinzustellen. »Ich heiße Bess Blonos, und ich werde versuchen, eine Lady aus Ihnen zu machen. Sie werden eines Tages eine Prinzessin sein, da können wir doch nicht zulassen, dass Sie sich wie eine Wilde benehmen, nicht wahr?«

Eine Wilde. Einen kurzen, glücklichen Moment lang denke ich darüber nach, Lady Blonos ins Gesicht zu spucken. *Aber was wäre der Preis, den ich dafür zahlen müsste? Und was würde es mir bringen? Abgesehen davon, dass ich damit nur beweisen würde, dass sie Recht hat.* Das Schlimmste ist, dass ich einsehen muss, wie sehr ich sie brauche. Ihr Unterricht wird mir helfen, meine Rolle überzeugend zu spielen, und das Wichtigste: am Leben zu bleiben.

»Nein«, antwortet die leere Hülle meiner Stimme. »Das können wir nicht.«

Genau dreieinhalb Stunden später entlässt Blonos mich aus ihren Fängen und übergibt mich wieder Lucas' Obhut. Mir tut der Rücken weh von all den Übungen zum richtigen Sitzen, Stehen, Gehen und sogar Schlafen *(auf dem Rücken, Arme an der Seite, immer ruhig liegen bleiben)*, aber das ist noch nichts im Vergleich zu den Gedächtnisübungen, die sie mit mir durchexerziert hat. Sie hat mir erklärt, wie es bei Hof zugeht, und mir Namen, Benimmregeln und Etikette eingetrichtert. Während dieser letzten Stunden habe ich einen Crashkurs in absolut allem, was ich wissen sollte, absolviert. Allmählich bekomme ich eine Ahnung von der Hierarchie, die es unter den Hohen Häusern gibt, aber garantiert bringe ich trotzdem noch einiges durcheinander. Wir haben das Hofprotokoll allenfalls gestreift, aber jetzt habe ich wenigstens eine vage Vorstellung davon, wie ich mich verhalten muss, wenn ich zu dieser blöden Veranstaltung der Königin gehe.

Die Glasterrasse ist nicht weit weg, nur eine Etage tiefer und einmal über den Flur, so dass mir nicht viel Zeit bleibt, mich zu sammeln, bevor ich Elara und Evangelina erneut gegenübertreten muss. Diesmal werde ich von wohltuend frischer Luft begrüßt, als ich durch die Tür trete. Zum ersten Mal, seitdem ich zu Mareena wurde, bin ich draußen, doch jetzt, wo mir frischer Wind um die Nase weht und ich die Sonne auf meinem Gesicht spüre, fühle ich mich wieder mehr wie Mare. Wenn ich die Augen schließe, kann ich so tun, als wäre nichts von alldem passiert. *Aber es ist passiert.*

Die Glasterrasse ist so überladen, wie Lady Blonos' Unterrichtsraum schmucklos war, und sie wird ihrem Namen mehr als gerecht. Über uns erstreckt sich ein gläserner Baldachin, der auf durchsichtigen, kunstvoll geschliffenen Säulen ruht und das Sonnenlicht in eine Million tanzende Farben bricht, passend zu den Kleidern der Frauen, die dort umherwandeln. Wie alles andere in dieser Welt der Silbernen ist auch diese Terrasse auf eine künstliche Art schön.

Bevor ich Luft holen kann, treten zwei Mädchen vor mich. Ihr Lächeln ist unecht und kalt, wie ihre Augen. Nach den Farben ihrer Kleider zu urteilen (Dunkelblau und Rot die eine, einfaches Schwarz die andere), gehören sie zum Haus Iral und zum Haus Haven. *Gleiter und Schattengeher*, rufe ich mir aus Blonos' Lektion über die Fähigkeiten der Silbernen in Erinnerung.

»Lady Mareena«, sagen sie wie aus einem Mund und verbeugen sich steif. Ich tue es ihnen nach, indem ich den Kopf neige, wie Lady Blonos es mir gezeigt hat.

»Ich bin Sonya aus dem Haus Iral«, sagt die Erste und reckt stolz den Kopf. Ihre Bewegungen sind so geschmeidig wie die einer Katze. *Gleiter sind schnell und leise, verfügen über einen hervorragenden Gleichgewichtssinn und sind äußerst beweglich.*

»Und ich bin Elane aus dem Haus Haven«, haucht die andere mit leiser Stimme. Während das Iral-Mädchen ein dunkler Typ mit gebräunter Haut und schwarzen Haaren ist, ist Elane blass und hat glänzende rote Locken. Das tanzende Sonnenlicht lässt ihre Haut leuchten und sie makellos erscheinen. *Schattengeher sind Lichtkrümmer.* »Wir wollten Sie willkommen heißen.«

Aber ihr falsches Lächeln und ihre zusammengekniffenen Augen sehen ganz und gar nicht einladend aus.

»Danke. Das ist sehr nett.« Ich räuspere mich und versuche, ganz normal zu klingen, was den beiden Mädchen nicht entgeht. Sie tauschen einen Blick aus. »Haben Sie auch an der Königinnenkür teilgenommen?«, frage ich schnell, in der Hoffnung, sie von meinen unzulänglichen Umgangsformen abzulenken.

Das scheint sie jedoch nur zu erzürnen. Sonya verschränkt die Arme vor der Brust, und ich erkenne, dass sie spitze Fingernägel in der Farbe von Eisen hat. »Allerdings. Aber wie man sieht, waren wir nicht so erfolgreich wie Sie und Evangelina.«

»Tut mir leid«, entschlüpft es mir, bevor ich es verhindern kann. *Mareena würde sich niemals entschuldigen.* »Ich meine, Sie wissen ja, dass ich keineswegs die Absicht hatte –«

»Was Ihre Absichten sind, wird sich noch erweisen«, schnurrt

Sonya; sie erinnert mich von Sekunde zu Sekunde mehr an eine Katze. Plötzlich dreht sie sich um und schnipst mit den Fingern, so dass ihre Fingernägel aneinanderschlagen. Ich zucke zusammen. »Großmutter, komm und begrüße Lady Mareena.«

Großmutter. Fast atme ich erleichtert auf, da ich erwarte, dass nun eine freundliche Alte angewatschelt kommt, die mich vor diesen verbiesterten Mädchen rettet. Aber da liege ich völlig falsch.

Statt eines ergrauten alten Weibleins gesellt sich eine Respekt einflößende Frau aus Stahl und Schatten zu uns. Wie Sonya hat sie dunkle Haut und schwarzes Haar, wenngleich sich bei ihr graue Strähnen hineinmischen. Ihre lebhaft funkelnden Augen stehen im Widerspruch zu ihrem fortgeschrittenen Alter.

»Lady Mareena, das ist meine Großmutter, Lady Ara, Oberhaupt des Hauses Iral«, erklärt Sonya süffisant grinsend. Die ältere Frau mustert mich und ihre Augen sind schlimmer als jede Kamera; sie durchbohrt mich förmlich mit ihrem Blick. »Sie kennen sie vielleicht besser unter ihrem Spitznamen, der Panther?«

»Der Panther? Ich glaube nicht –«

Aber Sonya redet weiter und genießt meine Unsicherheit. »Vor vielen Jahren, als der Krieg fast zum Stillstand kam, wurden Geheimagenten wichtiger als Soldaten. Und der Panther war der beste von allen.«

Eine Spionin. Ich habe eine Spionin vor mir.

Ich ringe mir ein Lächeln ab, um meine Angst zu verbergen. Meine Hände beginnen zu schwitzen, und ich hoffe, dass sie mich nicht per Handschlag begrüßt. »Freut mich, Sie kennenzulernen, Mylady.«

Ara nickt nur. »Ich kannte Ihren Vater, Mareena. Und Ihre Mutter.«

»Ich vermisse sie schrecklich«, erwidere ich, um sie zu beschwichtigen.

Doch der Panther schaut mich überrascht an und legt den Kopf schief. Eine Sekunde lang sehe ich in ihren Augen Tausende von Geheimnissen, die sie sich im Schatten des Krieges hart erarbeitet hat. »Erinnern Sie sich denn an sie?«, fragt sie. Offensichtlich will sie meine Lüge auf den Prüfstand stellen.

Mir stockt der Atem, aber ich muss weiterreden, weiterlügen. »Nein, das nicht, aber sie fehlen mir trotzdem.« In meinem Kopf blitzt ein Bild von Ma und Pa auf, aber ich schiebe es weg. Meine rote Vergangenheit ist das Letzte, woran ich jetzt denken darf. »Ich wünschte, sie wären hier. Dann würden sie mir helfen, mich zurechtzufinden.«

»Hmm«, sagt sie und lässt ihren Blick erneut über mich gleiten. Ihr Misstrauen erfüllt mich mit solchem Unbehagen, dass ich am liebsten vom Balkon springen würde. »Ihr Vater hatte blaue Augen, ebenso wie Ihre Mutter.«

Und meine Augen sind braun. »Ich unterscheide mich in vielerlei Hinsicht von ihnen. Und das meiste verstehe ich selbst noch nicht«, ist alles, was ich herausbringe in der Hoffnung, dass sie sich damit zufriedengibt.

Ausnahmsweise rettet mich die Königin, indem sie ihre Stimme erhebt. »Wollen wir uns setzen, meine Damen?«, ruft sie über die Menge hinweg. Das genügt mir, um mich von Ara, Sonya und der stillen Elane wegzubewegen und mir einen Platz zu suchen, wo ich aufatmen kann.

Doch erst als ich auf dem Weg zu meinem Unterricht bin, beruhige ich mich allmählich wieder. Ich habe alle korrekt angesprochen und sonst nur das Nötigste gesagt, wie man es mir angeraten hat. Evangelina hat genug für uns beide geredet und die Frauen mit ihrem Geschwätz über ihre »unsterbliche Liebe« zu Cal und die große Ehre, von ihm auserwählt worden zu sein, unterhalten. Es hätte mich nicht gewundert, wenn die Kandidatinnen sich zusammengetan und sie umgebracht hätten, aber zu meinem Ärger passierte nichts. Nur die Iral-Großmutter und Sonya schienen sich überhaupt dafür zu interessieren, dass ich auch da war, obwohl sie ihre Befragung nicht fortsetzten. *Aber das werden sie mit Sicherheit noch tun.*

Als Maven um die Ecke kommt, bin ich so stolz, das Mittagessen unbeschadet überstanden zu haben, dass mir sein Erscheinen gar nichts ausmacht. Ich bin sogar seltsam erleichtert und lasse meine kühle Fassade etwas fallen. Er grinst und kommt mit großen Schritten auf mich zu.

»Na, überlebt?«, fragt er. Verglichen mit den Irals ist er ein niedlicher Welpe.

Ich muss unwillkürlich lächeln. »Ihr solltet Lady Iral zurück zu den Lakelandern schicken. Sie würden sich innerhalb einer Woche kampflos ergeben.«

Er lacht etwas gezwungen. »Ja, sie ist ein ganz schön harter Brocken. Offenbar begreift sie nicht ganz, dass sie sich nicht mehr im Krieg befindet. Hat sie Sie ausgefragt?«

»Das war eher ein Verhör. Ich glaube, es passt ihr nicht, dass ich ihre Enkelin ausgestochen habe.«

In seinen Augen flackert Angst auf, und ich kann es verstehen. *Wenn der Panther mir auf der Spur ist …* »Sie sollte Sie nicht derart belästigen«, murmelt er. »Ich gebe meiner Mutter Bescheid. Sie wird sich der Sache annehmen.«

Auch wenn ich seine Hilfe ungern in Anspruch nehme, sehe ich keine andere Möglichkeit. Eine Frau wie Ara findet bestimmt leicht die Widersprüche in meiner Geschichte, und dann ist es aus mit mir. »Danke, das wäre … wirklich sehr hilfreich.«

Mir fällt auf, dass Maven seine Uniform gegen lässigere, funktionellere Kleidung eingetauscht hat. Es beruhigt mich ein wenig, jemanden zu sehen, der so wenig förmlich wirkt. Aber ich muss auf der Hut bleiben. *Er ist einer von ihnen. Das darf ich nicht vergessen.*

»Sind Sie fertig für heute?«, fragt er und lächelt mich erwartungsvoll an. »Wenn Sie wollen, führe ich Sie ein bisschen herum.«

»Nein.« Die Antwort kommt zu schnell, und sein Lächeln verschwindet. Seine düstere Miene beunruhigt mich im gleichen Maße wie sein Lächeln. »Ich habe noch Unterricht«, füge ich in der Hoffnung hinzu, meine Abfuhr ein wenig abzumildern. Warum mir seine Gefühle nicht egal sind, weiß ich auch nicht so genau. »Eure Mutter hat einen straffen Tagesplan für mich aufgestellt.«

Er nickt und sieht schon wieder etwas besser gelaunt aus. »Ja, damit nimmt sie es sehr genau. Dann will ich Sie nicht aufhalten.«

Als er vorsichtig meine Hand nimmt, ist die Kälte, die ich gestern gespürt habe, aus seiner Haut verschwunden und eine wohltuende Hitze an ihre Stelle getreten. Bevor ich mich losmachen kann, gibt er meine Finger frei und geht davon.

Lucas gönnt mir einen Augenblick, um mich zu sammeln, dann sagt er: »Wir würden unser Ziel sehr viel schneller erreichen, wenn Sie sich von der Stelle bewegen würden.«

»Halten Sie den Mund, Lucas.«

13

Mein nächster Lehrer erwartet mich in einem Zimmer, das vom Boden bis zur Decke mit Büchern vollgestopft ist. Es sind mehr Bücher, als ich je gesehen habe; ich hatte nicht mal eine Ahnung, dass es so viele davon gibt. Sie sehen alt aus und scheinen von unschätzbarem Wert zu sein. Obwohl ich eigentlich eine Abneigung gegen Schule und Bücher aller Art habe, ziehen diese mich irgendwie an. Doch sie sind in einer Sprache geschrieben, die ich nicht kenne; diesen Zeichenwirrwarr könnte ich niemals entziffern.

Aber die Landkarten an den Wänden sind genauso faszinierend wie die Bücher. Sie zeigen das Königreich und andere Länder, neue und alte. An der Wand am Ende des Zimmers hängt eingerahmt eine riesige, bunte Karte, die aus mehreren Blättern zusammengesetzt ist. Sie ist mindestens doppelt so groß wie ich und dominiert den ganzen Raum. Das vergilbte Papier ist an den Rändern eingerissen und enthält einen Mischmasch aus roten Linien und blauen Küsten, grünen Wäldern und gelben Städten. Dies ist die alte Welt, die Welt vor unserer, mit alten Namen und alten Grenzlinien, für die wir keine Verwendung mehr haben.

»Es ist seltsam, die Welt so zu sehen, wie sie einmal war«, sagt der Lehrer, der hinter den Bücherstapeln zum Vorschein kommt. Seine gelbe Robe ist fleckig und ausgebleicht und lässt ihn wie ein menschliches Blatt Papier aussehen. »Finden Sie darauf den Ort, an dem wir gerade sind?«

Angesichts der schieren Größe der Karte muss ich schlucken, aber ich bin sicher, dass dies, wie alles andere auch, eine Prüfung ist. »Ich kann es versuchen.«

Norta ist der Nordosten. Stilts liegt am Capital River, und der Fluss fließt ins Meer. Nach einer Minute qualvoller Suche finde ich den Fluss und die schmale Meeresbucht unweit meines Dorfes. »Da«, sage ich und zeige auf den Norden, wo ich Summerton vermute.

Er nickt, offenkundig erfreut zu sehen, dass ich nicht ganz blöd bin. »Erkennen Sie sonst noch etwas?«

Aber wie die Bücher ist auch die Karte in einer mir unbekannten Sprache beschriftet. »Ich kann das nicht lesen.«

»Ich habe nicht gefragt, ob Sie etwas darauf lesen können«, erwidert er immer noch freundlich. »Worte können überdies lügen. Blicken Sie immer hinter die Worte.«

Ich zucke die Achseln und zwinge mich, es erneut zu versuchen. Ich war nie eine gute Schülerin; das wird dieser Mann allzu bald herausfinden. Aber zu meinem Erstaunen gefällt mir dieses Spiel. Ich lasse meine Augen über die Karte gleiten und suche nach weiteren Dingen, die ich kenne. »Das könnte die Harbor Bay sein«, murmele ich schließlich und kreise mit dem Finger die Gegend rund um ein hakenförmiges Kap ein.

»Richtig«, sagt er. Auf seinem Gesicht zeigt sich ein Lächeln. Die Fältchen um seine Augen werden dabei tiefer und verraten sein Alter. »Das hier ist heute Delphie«, fügt er, auf eine Stadt weiter südlich zeigend, hinzu. »Und Archeon ist hier.«

Er fährt mit dem Finger über den Capital River, ein paar Kilometer nördlich von etwas, das wie die größte Stadt auf der Karte aussieht, die größte des ganzen Landes in dieser Welt vor der unseren. *Die Ruinenstadt.* Ich kenne den Namen. Von älteren Kindern, die ihn im Flüsterton genannt haben, und von meinen Bruder Shade. *Die Aschestadt, den Trümmerhaufen*, hat er sie genannt. Mir läuft ein Schauer über den Rücken, als ich mir diesen Ort vorstelle, der noch immer von Rauch und Schatten überzogen ist, verursacht durch einen Krieg, der mehr als tausend Jahre zuvor darüber hinweggezogen ist. *Wird unsere Welt auch einmal so aussehen, wenn der Krieg nicht bald endet?*

Der Lehrer wartet ruhig ab, um mir Raum zum Nachdenken zu geben. Er hat eine seltsame Art zu unterrichten; wahrscheinlich läuft es darauf hinaus, dass ich vier Stunden lang eine Wand anstarre.

Doch plötzlich wird mir das Surren in diesem Raum bewusst. Beziehungsweise das Fehlen desselben. Den ganzen Tag lang habe ich die elektrischen Augen der Kameras gespürt; so lange, dass ich irgendwann aufgehört habe, davon Notiz zu nehmen. Bis zu diesem Moment, in dem es nicht mehr da ist. *Es ist weg.* Ich spüre den Strom, der durch die Lampen fließt, aber keine Kameras. Keine Augen. Hier kann Elara mich nicht sehen.

»Warum beobachtet uns hier niemand?«

Er blinzelt mich nur an. »Es gibt also einen Unterschied«, murmelt er. Ich habe keine Ahnung, was das bedeutet, und es macht mich wütend.

»*Warum?*«

»Mare, ich bin hier, um Ihnen die Vergangenheit näherzubringen, um Sie zu lehren, eine Silberne und, äh, *nützlich* zu sein«, sagt er und macht ein missmutiges Gesicht.

Ich starre ihn verwirrt an. Kalte Angst überläuft mich. »Mein Name ist Mareena.«

Aber er hebt nur eine Hand und wischt meinen leisen Kommentar beiseite. »Ich werde auch versuchen herauszufinden, wie *Sie* entstehen konnten und wie Ihre Fähigkeiten funktionieren.«

»Meine Fähigkeiten sind entstanden, weil – weil ich eine Silberne bin. Es ist eine Mischung aus den Gaben meiner Eltern. Mein Vater war ein Berster und meine Mutter eine Wetterwenderin«, stammele ich mich durch die Erklärung, die Elara mir eingeimpft hat, und betone nochmals: »Ich bin eine Silberne, Sir.«

Zu meinem Entsetzen schüttelt er den Kopf. »Nein, das bist du nicht, Mare Barrow, und das darfst du auch niemals vergessen.«

Er weiß es. Ich bin erledigt. Jetzt ist alles aus. Ich sollte betteln, ihn anflehen, mein Geheimnis für sich zu behalten, aber es hat mir die Sprache verschlagen. Mein Ende ist nah, und ich kriege nicht einmal den Mund auf, um es abzuwenden.

»Das ist unnötig«, fährt er fort. Offensichtlich hat er mir meine Angst angesehen. »Ich habe nicht vor, irgendjemanden auf deine Herkunft aufmerksam zu machen.«

Die Erleichterung, die ich verspüre, wird schnell durch eine neue Angst ersetzt. »Warum? Was wollen Sie von mir?«

»Ich bin vor allen Dingen ein neugieriger Mann. Und ich muss zugeben, als du die Königinnenkür als rote Dienstmagd betreten und als lange verschollene Silber-Adlige wieder verlassen hast, hat mich das ziemlich neugierig gemacht.«

»Und das ist der Grund, warum es hier drinnen keine Kameras gibt?«, frage ich gereizt und weiche vor ihm zurück. Ich balle die Fäuste und wünsche mir, dass der Blitz wiederkommt, um mich vor diesem Mann zu beschützen. »Damit es keine Beweise für Ihr Versuchslabor gibt?«

»Es gibt hier drinnen keine Kameras, weil ich die Macht besitze, sie auszuschalten.«

In mir erwacht ein Fünkchen Hoffnung wie Licht in absoluter Dunkelheit. »Und was ist das für eine Macht?«, frage ich zitternd. *Vielleicht ist er wie ich.*

»Mare, wenn ein Silberner von Macht spricht, dann meint er *Einfluss, Stärke.* Das Wort Fähigkeit bezieht sich dagegen auf die albernen Kinkerlitzchen, die wir zu tun vermögen.« *Alberne Kinkerlitzchen.* So was wie jemanden in zwei Stücke zu hauen oder ihn auf einem öffentlichen Platz zu ertränken? »Ich meine damit, dass meine Schwester hier einmal Königin war, und das zählt noch immer etwas.«

»Das hat Lady Blonos mir aber nicht beigebracht.«

Er kichert in sich hinein. »Das liegt daran, dass Lady Blonos dir Unsinn beibringt. Das würde ich nie tun.«

»Wenn Ihre Schwester die Königin war, dann sind Sie –«

»Julian Jacos, zu deinen Diensten!« Er macht eine ulkige tiefe Verbeugung. »Ich bin Oberhaupt des Hauses Jacos, Erbe von nichts als ein paar alten Büchern. Meine Schwester war die verstorbene Königin Coriane, und Prinz Tiberias VII., genannt Cal, ist mein Neffe.«

Jetzt, wo er das sagt, erkenne ich die Ähnlichkeit. Äußerlich kommt Cal nach seinem Vater, aber die entspannte Miene, die Herzenswärme in seinem Blick – die muss er von seiner Mutter haben.

»Sie haben also nicht vor, für Königin Elara irgendwelche wissenschaftlichen Experimente mit mir durchzuführen?«, frage ich immer noch argwöhnisch.

Aber statt beleidigt zu sein, lacht Julian laut los. »Die Königin hätte nichts lieber, als wenn du dich in Luft auflösen würdest, Kleines. Herauszufinden, was du bist, und dir zu helfen, es zu verstehen, ist das *Letzte*, was sie will.«

»Aber Sie werden es trotzdem versuchen?«

Da ist ein Flackern in seinen Augen, etwas wie Wut. »Der Einflussbereich der Königin ist nicht so groß, wie sie dich glauben machen will. Ich möchte wissen, was du bist, und ich bin sicher, dass dich das auch interessiert.«

Jetzt bin ich im gleichen Maße fasziniert, wie ich vor wenigen Augenblicken noch ängstlich war. »Und ob.«

»Das dachte ich mir«, sagt er und lächelt mich über einen Stapel Bücher hinweg an. »Es tut mir leid, dir sagen zu müssen, dass ich trotzdem auch tun muss, worum ich gebeten wurde, nämlich dich auf den Tag vorzubereiten, an dem du im Licht der Öffentlichkeit stehst.«

Ich werde nachdenklich, als mir wieder einfällt, was Cal im Thronsaal erklärt hat: *Du wirst ihre Heldin sein. Eine Silberne, die von Roten großgezogen wurde.* »Sie wollen mich dazu benutzen, eine Rebellion zu verhindern. Irgendwie.«

»Ja, mein lieber Schwager und seine Königin glauben, dass du das kannst, wenn man dich richtig einsetzt.« Jedes seiner Worte ist voller Bitterkeit.

»Das ist eine blödsinnige Idee und außerdem völlig unmöglich. Ich werde gar nichts ausrichten können, und dann …« Meine Stimme verklingt. *Dann bringen sie mich um.*

Julian folgt meinen Gedanken. »Nein, das ist nicht wahr, Mare. Du verstehst noch nicht ganz, welche Macht du jetzt besitzt, wie viel du kontrollieren könntest.« Er legt die Hände hinter dem Rücken zusammen, die Finger seltsam verkrampft. »Die Scharlachrote Garde ist für die meisten zu drastisch in ihrem Vorgehen, sie will zu viel zu schnell. Aber du bist die kontrollierte Veränderung, in die die Menschen Vertrauen fassen können. Du bist die langsam wirkende Waffe, die eine Revolution mit einigen wenigen Reden und einem Lächeln ersticken kann. Du kannst zu den Roten sprechen und ihnen erzählen, wie nobel und wohlmeinend, wie *gut und gerecht* der König und die Silbernen sind. Du kannst die Deinen dazu bringen, ihre Ketten wieder anzulegen. Selbst die Silbernen, die den König in Frage stellen, die Zweifel hegen, können durch *dich* überzeugt werden. Und die Welt wird dieselbe bleiben.«

Zu meinem Erstaunen wirkt Julian deprimiert von diesen Aussichten. Ohne surrende Kameras vergesse ich mich und auf meinem Gesicht erscheint ein höhnisches Grinsen. »Und das wollen Sie nicht? Sie sind ein Silberner, Sie sollten die Scharlachrote Garde *hassen*, und mich auch.«

»Zu glauben, alle Silbernen seien bösartig, ist genauso falsch, wie zu glauben, dass alle Roten minderwertig sind«, sagt er sehr ernst. »Was meine Leute dir und den Deinen antun, ist falsch und widerspricht allen Grundsätzen der Menschlichkeit. Euch zu unterdrücken und euch in einem endlosen Kreislauf aus Armut und Tod gefangen zu halten, bloß weil wir glauben, dass ihr *anders* seid als wir? Das ist ein fataler Fehler. Und wie dir jeder sagen kann, der die Geschichte studiert hat, wird das auch nicht gut enden.«

»Aber wir sind anders.« Das hat mich ein Tag in dieser Welt deutlich gelehrt. »Wir sind nicht gleich.«

Julian beugt sich zu mir herab, seine Augen bohren sich in meine. »Vor mir steht der Beweis dafür, dass du Unrecht hast.«

Vor Ihnen steht ein Freak, Julian.

»Darf ich dir beweisen, dass du Unrecht hast, Mare?«

»Und wozu soll das gut sein? Das ändert nichts.«

Julian seufzt verärgert und fährt sich mit der Hand durch sein schütteres kastanienbraunes Haar. »Seit Hunderten von Jahren wandeln die Silbernen wie Götter auf der Erde und sind die Roten nur die Sklaven zu ihren Füßen. Bis jetzt, *bis du kamst.* Wenn das keine Veränderung ist, dann weiß ich nicht, was eine ist.«

Er kann mir helfen zu überleben. Und besser noch: Er könnte mir helfen, ein richtiges Leben zu führen.

»Was ist der Plan?«

Meine Tage bekommen einen Rhythmus, laufen immer nach demselben Schema ab. Hofprotokoll am Morgen, Unterricht am Nachmittag, und zwischendurch werde ich von Elara bei verschiedenen Mittag- und Abendessen vorgeführt. Der Panther und Sonya beargwöhnen mich weiterhin, aber seit dem ersten Zusammentreffen haben sie nichts mehr gesagt. Mavens Einsatz scheint etwas bewirkt zu haben, so ungern ich das auch zugebe.

Als wir das nächste Mal in größerer Runde zusammenkommen, diesmal im privaten Speisesaal der Königin, ignorieren die Irals mich komplett. Trotz meines Benimmunterrichts schreckt mich so ein Mittagessen noch immer und ich versuche panisch, mich an alles zu erinnern, was man mir beigebracht hat. *Haus Osanos: Nymphen, die Farben Blau und Grün. Haus Wells: Grünfinger, die Farben Grün und Gold. Haus Lerolan: Berster, die Farben Orange und Rot. Haus Rhambos und Tyros und Nornus und Iral und viele mehr.* Keine Ahnung, wie sich das einer merken soll.

Ich sitze, wie üblich, neben Evangelina und bin mir nur allzu deutlich der vielen Metallgegenstände auf dem Tisch bewusst, die in Evangelinas grausamen Händen leicht zu tödliche Waffen werden könnten. Immer wenn sie ihr Messer nimmt, um etwas durchzuschneiden, verkrampfe ich und wappne mich für einen Angriff. Elara weiß natürlich, was ich denke, setzt ihre Mahlzeit jedoch unverdrossen lächelnd fort. Vielleicht ist das sogar noch schlimmer als die Tortur, neben Evangelina sitzen zu müssen: zu wissen, dass Elara sich heimlich über unseren stillen Zweikampf amüsiert.

»Wie gefällt Ihnen denn das Sonnenschloss, Lady Titanos?«, fragt das Mädchen mir gegenüber – *Atara aus dem Haus Viper, die Farben Grün und Schwarz. Die Tierbändigerin, die die Tauben getötet hat.* »Das ist bestimmt kein Vergleich mit dem – *Dorf*, in dem Sie vorher gelebt haben.« Sie spricht das Wort *Dorf* wie ein Schimpfwort aus, und ihr süffisantes Grinsen bleibt mir nicht verborgen.

Die anderen Frauen lachen mit ihr, und einige tuscheln aufgeregt miteinander.

Ich brauche einen Moment, um eine Antwort zu finden, da ich um Fassung ringe. »Das Schloss und Summerton sind in der Tat sehr anders als alles, woran ich gewöhnt bin«, presse ich schließlich hervor.

»Absolut.« Eine Frau beugt sich vor, um sich in das Gespräch einzuschalten. Ihrer grünen und goldenen Tunika nach zu urteilen, entstammt sie dem Haus Wells. »Ich habe mal eine Rundfahrt durch das Capital Valley gemacht und muss sagen, die Dörfer der Roten sind einfach jämmerlich. Sie haben nicht mal richtige Straßen.«

Wir kriegen kaum genug zu essen, wie sollen wir da genug haben, um die Straßen zu pflastern? Ich beiße die Zähne zusammen, bis es knirscht. Während ich höre, wie die anderen Frauen ihr beipflichten, versuche ich ein Lächeln aufzusetzen, doch es wird eher eine Grimasse daraus.

»Und die Roten selbst. Nun ja, ich nehme an, sie machen das Beste aus dem, was sie haben«, fährt die Wells-Frau naserümpfend fort. »Sie kennen es ja nicht anders.«

»Es ist nicht unsere Schuld, dass sie zum Dienen geboren sind«, sagt eine braun gekleidete Rhambos leichthin, als würde sie über das Wetter oder das Essen sprechen. »Das ist nun mal ihre Natur.«

Ich merke, wie Zorn in mir hochsteigt, doch ein Blick der Königin sagt mir, dass ich ihm nicht nachgeben darf. Im Gegenteil: Ich muss meiner Pflicht nachkommen und lügen. »Ja, in der Tat«, höre ich mich sagen. Unter dem Tisch balle ich die Fäuste und ich habe das Gefühl, dass ich jeden Moment platze vor Wut.

Alle Frauen bei Tisch hören aufmerksam zu. Viele lächeln, noch mehr nicken, während ich ihre schrecklichen Ansichten über die Roten auch noch bestätige. Ich könnte schreien.

»Aber natürlich«, fahre ich fort, weil ich mich einfach nicht zurückhalten kann, »würde ein solch hartes Leben ohne Atempause, ohne Gnade und ohne Ausweg wohl aus jedem zwangsläufig einen Diener machen.«

Das Lächeln auf den Gesichtern weicht einem Ausdruck der Fassungslosigkeit.

»Lady Titanos bekommt die besten Lehrer und alle Hilfe, die sie braucht, um sich an unser Leben zu gewöhnen«, schneidet Elara mir rasch das Wort ab. »Sie hat schon mit ihren Stunden bei Lady Blonos angefangen.«

Die Frauen nicken anerkennend, während die Mädchen die

Augen verdrehen. Das gibt mir genügend Zeit, mich wieder zu fassen und die nötige Selbstbeherrschung zurückzugewinnen, um diese Mahlzeit zu überstehen.

»Was gedenkt Seine Königliche Hoheit denn gegen die Rebellen zu unternehmen?«, fragt eine der Frauen. Ihr barscher Ton sorgt dafür, dass sich Stille über den Tisch senkt und die Aufmerksamkeit von mir abgelenkt wird.

Alle Augen wenden sich der Sprecherin zu, einer Frau in Militäruniform. Einige andere tragen ebenfalls Uniform, aber ihre ist mit den meisten glänzenden Ehrenabzeichen und Bändern geschmückt. Die hässliche Narbe, die sich durch das sommersprossige Gesicht der Frau zieht, spricht dafür, dass sie sie vielleicht wirklich verdient hat. Hier im Palast vergisst man leicht, dass draußen ein Krieg tobt, doch der gehetzte Ausdruck in ihren Augen besagt, dass sie es nicht vergessen kann und will.

Königin Elara lässt ihren Löffel mit einstudierter Grazie sinken und setzt ein ebenso eingeübtes Lächeln auf. »Oberst Macanthos, ich würde sie nicht ernsthaft als Rebellen bezeich–«

»Aber dies war nur der Angriff, zu dem sie sich öffentlich bekannt haben«, schneidet ihr die Frau Oberst das Wort ab. »Was ist mit der Explosion, die sich an der Harbor Bay ereignet hat, oder der auf dem Flugfeld in Delphie? Dabei wurden drei Kampfjets zerstört und zwei weitere aus einer unserer Luftbasen *gestohlen*!«

Meine Augen weiten sich und mir bleibt, wie einigen anderen auch, unwillkürlich die Luft weg. *Es gab weitere Anschläge?* Aber während die anderen erschrocken aussehen und manche sogar eine Hand vor den Mund schlagen, muss ich ein Lächeln unterdrücken. *Farley war sehr fleißig.*

»Kennen Sie sich mit Technik aus, Oberst Macanthos?«, kommt es scharf und kalt von Elara. Sie gibt Macanthos nicht mal die Chance, den Kopf zu schütteln. »Dann können Sie auch nicht wissen, dass es ein Gasleck war, das die Explosion in der Harbor Bay verursacht hat. Und darf ich fragen, ob Sie bei der Luftwaffe sind? Ach nein, entschuldigen Sie, Ihre Erfahrungen liegen ja im Bereich der Bodentruppen. Bei dem Vorfall auf dem Flugfeld handelte es sich um eine militärische Übung, die von Lord General Laris höchstpersönlich beaufsichtigt wurde. Er hat Seiner Hoheit selbst versichert, dass die Basis in Delphie keinerlei Gefahr ausgesetzt war.«

In einem fairen Kampf könnte Macanthos Elara bestimmt mit bloßen Händen in Stücke reißen. Doch stattdessen ringt Elara die Frau Oberst mit nichts als Worten nieder. Und sie ist noch nicht fertig. In meinem Kopf höre ich Julians Stimme: *Worte können lügen.*

»Ihr Ziel ist es, unschuldigen Zivilisten Schaden zuzufügen, Silbernen wie Roten. Sie wollen Angst und Hysterie schüren. Es handelt sich um eine sehr überschaubare Gruppe von Feiglingen, auf der Flucht vor ihrer gerechten Strafe durch die Hand des Königs. Wenn man jedes Unglück und jeden Unfall im Königreich diesen bösartigen Kräften zuschreibt, spielt man ihnen nur in die Hand bei ihrem Versuch, uns alle zu terrorisieren. Diese Genugtuung sollten Sie diesen Monstern nicht gönnen.«

Einige Frauen am Tisch klatschen Beifall und nicken; die schamlose Lüge der Königin hat sie überzeugt. Evangelina applaudiert ebenfalls, und es stimmen immer mehr mit ein, bis nur noch Oberst Macanthos und ich reglos verharren. Ich sehe ihr an, dass sie der Königin kein Wort glaubt, aber natürlich kann sie sie unmöglich als Lügnerin bezeichnen. Nicht hier, nicht in ihrer ureigenen Arena.

So gern ich mich dem Beifall auch verweigern würde, ich darf es nicht. Ich bin Mareena, nicht Mare, und ich muss meine Königin und ihre verachtenswerten Worte unterstützen. Also spende ich ihr Applaus, beklatsche ihre Lügen, während die gescholtene Frau Oberst den Kopf neigt.

Obwohl ich permanent von Dienstboten und Silbernen umgeben bin, fühle ich mich einsam. Ich sehe Cal nur selten, was mit seinem vollen Tagesplan zu tun hat, auf dem Training, Training und noch mal Training steht. Er verlässt sogar hin und wieder das Sonnenschloss, um Truppen auf einem nahe gelegenen Stützpunkt einen Besuch abzustatten oder seinen Vater bei Staatsgeschäften zu begleiten. Ich könnte das Gespräch mit Maven suchen, in seine blauen Augen schauen und sein angedeutetes Grinsen erwidern, aber ich traue ihm noch immer nicht ganz über den Weg. Glücklicherweise werden wir nie miteinander allein gelassen. Hier am Hof herrscht die alberne Sitte, zu verhindern, dass die adligen jungen Damen und Herren *in Versuchung kommen*, wie Lady Blonos es ausdrückt. Aber ich bezweifle, dass das in meinem Fall jemals wirklich nötig sein könnte.

Ehrlich gesagt vergesse ich die Hälfte der Zeit, dass ich ihn eines Tages heiraten soll. Die Vorstellung, dass Maven mein Ehemann wird, erscheint mir vollkommen irreal. Wir sind nicht mal Freunde, geschweige denn Partner. So nett er auch zu mir ist, mein Instinkt sagt mir, dass ich Elaras Sohn gegenüber wachsam sein sollte und dass er etwas verbirgt. Allerdings habe ich nicht die geringste Ahnung, was das sein könnte.

Julians Stunden machen die ganze Situation erträglicher für

mich. Der Unterricht, den ich früher so gefürchtet habe, ist jetzt ein lichter Fleck in meinem Meer aus Dunkelheit. Ohne die Kameras und Elaras Augen können wir unsere Zeit damit verbringen, herauszufinden, wer ich wirklich bin. Aber wir kommen nur langsam voran, und das frustriert uns beide.

»Ich glaube, ich weiß, was dein Problem ist«, sagt Julian am Ende der ersten Woche. Ich stehe mit ausgestreckten Armen zwei, drei Meter von ihm entfernt und sehe mal wieder wie ein Trottel aus. Zu meinen Füßen steht eine merkwürdige elektrische Vorrichtung, aus der sich hin und wieder Funken lösen. Julian möchte, dass ich sie mir auf irgendeine Weise zu Nutze mache, aber es ist mir zum wiederholten Mal nicht gelungen, die Blitze herzustellen, die mir diesen Schlamassel überhaupt erst eingebrockt haben.

»Vielleicht muss ich in Lebensgefahr schweben, damit ich es hinkriege«, schnaube ich wütend. »Vielleicht sollten wir Lucas mal um seine Waffe bitten?«

Normalerweise lacht Julian über meine Witze, aber jetzt ist er gerade zu sehr in Gedanken versunken.

»Du bist wie ein Kind«, sagt er schließlich. Ich rümpfe die Nase über diese Beleidigung, aber er fährt einfach fort: »So sind Kinder anfangs, wenn sie sich noch nicht beherrschen können. Ihre Fähigkeiten zeigen sich, wenn sie sich gestresst fühlen oder wenn sie Angst haben, bis sie lernen, diese Gefühle umzumünzen und zu ihrem Vorteil zu nutzen. Es gibt eine Art Auslöser, und du musst deinen erst einmal finden.«

Ich versuche mich daran zu erinnern, was ich im Spiralgarten empfunden habe, während ich in den Tod zu stürzen glaubte. Es war nicht Angst, die mich erfüllte – es war eine Art Seelenfrieden. Ich *wusste*, dass mein Ende gekommen war, und habe akzeptiert, dass ich nichts dagegen tun konnte – ich war bereit loszulassen.

»Einen Versuch ist es zumindest wert«, spornt Julian mich an.

Stöhnend wende ich mich erneut der Wand zu. Julian hat dort einige – natürlich leere – Bücherregale aus Stein aufgestellt, damit ich etwas habe, worauf ich zielen kann. Aus dem Augenwinkel sehe ich, wie er zurückweicht, mich dabei aber nicht aus dem Blick lässt.

Lass los, entspann dich, flüstert die Stimme in meinem Kopf. Meine Augen schließen sich, während ich mich konzentriere und alle Gedanken beiseiteschiebe, um ganz der Elektrizität nachzuspüren, nach der mein Innerstes so sehr lechzt. Und prompt überläuft mich eine Welle aus Energie, die unter meiner Haut lebendig wird und jeden Muskel und jeden Nerv unter Spannung setzt. Für gewöhnlich hört es genau da auch schon wieder auf, so schnell, wie es gekommen ist, doch diesmal nicht. Statt zu versuchen, diese Energie einzudämmen, gebe ich ihr vollkommen nach, ich lasse los. Und *über*lasse mich einer Empfindung, die ich nicht erklären kann, die alles und nichts ist, hell und dunkel, heiß und kalt, lebendig und tot. Schon bald erfüllt diese Macht mich vollkommen und löscht alle meine Erinnerungen aus. Selbst Julian und die Bücher hören auf zu existieren. Mein Geist ist ganz klar, eine schwarze Leere, die von Energie nur so vibriert. Jetzt verschwindet diese Empfindung auch nicht, wenn ich versuche, sie zu steuern; sie strömt durch mich hindurch, von den Augen bis zu meinen Fingerspitzen. Julian schnappt neben mir laut nach Luft.

Als ich die Augen aufschlage, sehe ich die violett-weißen Funken, die von dem Gerät auf dem Boden zu meinen Fingern springen, wie Strom durch ein Kabel läuft.

Julian fehlen ausnahmsweise einmal die Worte. Und mir auch.

Ich möchte mich nicht rühren, da ich Angst habe, dass jede kleinste Veränderung den Blitz verschwinden lässt. Aber er bleibt bestehen, zuckt und windet sich in meiner Hand wie ein Kätzchen, das mit einem Wollknäuel spielt. Er wirkt vollkommen harmlos, doch ich erinnere mich noch gut daran, was er beinahe mit Evangelina gemacht hätte. *Diese Kraft kann zerstörerisch sein, wenn ich es zulasse.*

»Versuch, ihn zu bewegen«, haucht Julian, der mich mit weit aufgerissenen Augen beobachtet.

Irgendetwas sagt mir, dass dieser Blitz mir gehorchen wird. Er ist ein Teil von mir, ein Teil meiner Seele, der lebendig geworden ist.

Ich mache eine Faust, und die Funken reagieren auf meine angespannten Muskeln, werden größer und heller und schneller. Sie fressen sich in den Ärmel meiner Bluse und verbrennen den Stoff in Sekundenschnelle. Wie ein Kind, das einen Ball wirft, lasse ich meinen Arm nach vorn schnellen, in Richtung der Steinregale, und öffne im letzten Moment die Faust. Der Blitz schießt als heller Funkenkreis durch die Luft und prallt gegen die Regale.

Der Knall, der daraufhin ertönt, lässt mich aufschreien, und ich falle rückwärts gegen einen Stapel Bücher. Während ich zu Boden taumele und spüre, wie mir das Herz in der Brust rast, bricht das steinerne Regal, in eine dichte Staubwolke gehüllt, in sich zusammen. Über den Trümmern blitzen noch einen Moment lang Funken auf, doch auch sie verschwinden bald, und es bleibt nichts als ein Häufchen Schutt zurück.

»Tut mir leid, dass ich das Regal kaputt gemacht habe«, sage ich unter Büchern begraben. Von meinem verbrannten Ärmel steigt noch Qualm auf, aber verglichen mit dem Prickeln in meiner Hand ist das nichts. Meine Nerven vibrieren, kribbeln regelrecht vor Energie – das fühlte sich *gut* an.

Julians Schatten bewegt sich durch die staubverhangene Luft, und er lacht laut auf, als er mein Werk näher in Augenschein nimmt. Durch den Staubschleier hindurch sehe ich seine weißen Zähne. Er grinst.

»Wir brauchen wohl ein größeres Klassenzimmer.«

Er behält Recht. Wir sind gezwungen, andere und größere Räume zu suchen, in denen wir jeden Tag üben können. Schließlich finden wir einen Platz in den unterirdischen Stockwerken. Hier sind die Wände aus Metall und Beton, widerstandsfähiger als der dekorative Stein und das Holz in den oberen Etagen. Meine Treffsicherheit lässt sehr zu wünschen übrig, und Julian achtet sorgsam darauf, genug Abstand zu halten, doch es fällt mir von Tag zu Tag leichter, den Blitz hervorzurufen.

Julian macht sich die ganze Zeit Notizen; er schreibt alles auf, von meinem Puls bis hin zu der Temperatur eines Bechers, nachdem ich ihn unter Strom gesetzt habe. Jede Notiz zaubert ein erneutes verdutztes, aber glückliches Lächeln auf sein Gesicht, aber den Grund erklärt er mir nicht. Und wenn er es täte, würde ich wahrscheinlich nichts verstehen.

»Faszinierend«, murmelt er, während er etwas von einem Metallgerät abliest, dessen Namen ich nicht kenne. Er sagt, dass es die elektrische Energie misst, aber ich habe keine Ahnung, wie.

Ich reibe mir die Hände und sehe zu, wie sie »herunterfahren«, wie Julian es nennt. Meine Ärmel sind diesmal heil geblieben, was meiner neuen Kleidung zu verdanken ist. Sie ist feuerfest, wie die von Cal und Maven, obwohl ich finde, dass man meine als schocksicher bezeichnen sollte. »Was ist denn so faszinierend?«

Er zögert, als wollte er es mir lieber nicht erzählen, als *sollte* er es mir nicht erzählen, aber schließlich sagt er achselzuckend: »Bevor du deine Energie hochgefahren und diese arme Statue da pulverisiert hast«, er zeigt auf den rauchenden Trümmerhaufen, der einst die Büste irgendeines Königs war, »habe ich die Elektrizität in diesem Raum gemessen, vom Licht, von den Kabeln und so weiter. Und jetzt habe ich dich gerade gemessen.«

»Und?«

»Du hast *zweimal* so viel Elektrizität abgegeben wie das, was ich zuvor verzeichnet hatte«, sagt er stolz, aber ich verstehe nicht, warum das wichtig sein sollte.

Er bückt sich, um den Funkenkasten abzuschalten, wie ich das Dinge gerne nenne, und ich spüre, wie der Strom darin erlischt. »Versuch es noch mal.«

Grollend konzentriere ich mich ein weiteres Mal. Nach einem kurzen Moment kehren meine Funken zurück, und das in der gleichen Stärke wie zuvor. Nur kommen sie diesmal aus mir selbst.

Julian grinst von einem Ohr zum anderen.

»Und ...?«

»Das bestätigt meine Vermutung.« Manchmal vergesse ich, dass Julian ein Gelehrter und ein Forscher ist. Aber er erinnert mich stets wieder daran. »Du hast elektrische Energie produziert.«

Jetzt bin ich erst recht verwirrt. »Klar. Das ist ja auch meine Fähigkeit, Julian.«

»Nein, ich dachte, deine Fähigkeit bestünde darin, elektrische

Energie zu manipulieren, und nicht darin, sie einfach so hervorzubringen«, sagt er in einem ernsten Ton. »Niemand kann etwas *aus sich selbst* hervorbringen, Mare.«

»Aber das ist doch Unsinn. Die Nymphen –«

»Manipulieren das Wasser, das bereits existiert. Was nicht existiert, können sie auch nicht benutzen.«

»Und was ist mit Cal? Oder Maven? Ich sehe keine wütenden Flammeninfernos um sie herum, mit denen sie herumspielen könnten.«

Julian lächelt und schüttelt den Kopf. »Du hast doch ihre Armbänder bemerkt?«

»Ja, sie tragen sie ständig.«

»Diese Armbänder schlagen Funken, sehr kleine Flammen, mit denen die beiden dann hantieren können. Ohne ein Hilfswerkzeug, das erst einmal ein Feuer anfacht, sind sie machtlos. Alle, die Elemente kontrollieren, sind gleich; sie kontrollieren Metall oder Wasser oder pflanzliches Leben, das bereits existiert. Sie sind nur so stark, wie ihre Umgebung es ihnen erlaubt. Bei dir ist das nicht so, Mare.«

Bei mir ist das nicht so. Ich bin nicht wie alle anderen. »Und was bedeutet das?«

»Das weiß ich nicht so genau. Aber du bist eine völlig andere Kategorie. Weder eine Rote noch eine Silberne. Etwas anderes. *Mehr.*«

»Anders.« Ich hatte gehofft, dass Julians Tests mir in irgendeiner Weise mehr Klarheit bringen würden, aber stattdessen werfen sie nur noch mehr Fragen auf. »Was bin ich denn, Julian? Was stimmt mit mir nicht?«

Plötzlich fällt mir das Atmen sehr schwer und die Welt verschwimmt vor meinen Augen. Ich muss heiße Tränen wegblinzeln, um sie vor Julian zu verbergen. Auf einmal holt mich alles ein. Der Unterricht, die ganzen Benimmregeln, dieser Ort, wo ich niemandem trauen und nicht ich selbst sein kann. Das alles erstickt mich. Ich möchte schreien, aber ich weiß, dass ich das nicht darf.

»Es ist nichts falsch daran, anders zu sein als die anderen«, höre ich Julian sagen, aber seine Worte sind nur ein Echo. Meine eigenen Gedanken, Erinnerungen an zu Hause, an Gisa und Kilorn, übertönen sie.

»Mare?« Er macht einen Schritt auf mich zu, sein Gesicht zeigt großes Mitgefühl – aber er hält eine Armeslänge Abstand zu mir. Nicht um meinetwillen, sondern um seinetwillen. Um sich vor mir zu schützen. Erschrocken bemerke ich, dass die Funken zurückgekehrt sind; sie laufen meine Unterarme hinauf und drohen mich in ein flammendes Inferno zu verwandeln. »Konzentrier dich, Mare. Du musst es unter Kontrolle halten.«

Er spricht ruhig und leise, aber sein Ton hat etwas Drängendes. Er sieht sogar so aus, als fürchtete er sich vor mir.

»*Kontrolliere* es, Mare.«

Doch ich kann nichts kontrollieren. Weder meine Zukunft noch meine Gedanken, nicht einmal diese *Fähigkeit*, die die Ursache all meiner Probleme ist.

Aber es gibt etwas, worüber ich noch die Kontrolle habe, zumindest vorläufig. Meine Füße.

Jämmerlicher Feigling, der ich bin, renne ich los.

Die Flure, durch die ich stürme, sind leer, aber das unsichtbare Gewicht von tausend Kameras drückt auf mich herab. Ich habe nicht viel Zeit, bis Lucas oder, schlimmer noch, die Königswächter mich finden. Ich möchte nur einmal durchatmen. Ich muss den Himmel über mir sehen, nicht Glas.

Ich stehe volle zehn Sekunden auf dem Balkon, bevor ich den Regen überhaupt bemerke, der diese kochend heiße Wut von mir abwäscht. Die Funken sind verschwunden, stattdessen laufen mir heiße, hässliche Tränen übers Gesicht. Irgendwo in der Ferne grollt ein Donner, und die Luft ist warm. Aber es ist nicht mehr schwül. Die Hitze hat nachgelassen, und bald ist der Sommer vorbei. Die Zeit fliegt dahin. Mein Leben geht weiter, egal wie sehr ich mir wünsche, dass es sich nicht verändert.

Als sich eine Hand um meinen Arm schließt, fange ich beinahe zu schreien an. Zwei Königswächter stehen über mir und schauen mich mit ihren dunklen Augen hinter den Masken an. Sie sind beide viel größer als ich und herzlos, denn sie zerren mich zurück in mein Gefängnis.

»Mylady«, knurrt einer von ihnen, aber es klingt ganz und gar nicht respektvoll.

»Lasst mich los.« Der Befehl kommt schwach, fast nur ein Flüstern. Ich schlucke Luft, als wäre ich dabei zu ertrinken. »Gebt mir nur ein paar Minuten, bitte …«

Aber ich bin nicht ihr Gebieter. Sie antworten mir nicht. Niemand antwortet mir.

»Ihr habt gehört, was meine Braut gesagt hat«, erklingt eine andere Stimme. Sie ist fest und streng, eine gebieterische Stimme. *Maven.* »Lasst sie los.«

Als der Prinz auf den Balkon hinaustritt, spüre ich unwillkürlich eine große Erleichterung. Die Königswächter stehen in seiner Gegenwart stramm und verneigen sich vor ihm. Derjenige, der mich festhält, ergreift das Wort: »Wir sorgen dafür, dass Lady Titanos ihren Tagesplan einhält«, sagt er, lockert aber seinen Griff. »So lautet der Befehl, Sir.«

»Dann bekommt ihr hiermit einen neuen Befehl«, erwidert Maven in einem eisigen Ton. »Ich werde Mareena zu ihrem Unterricht geleiten.«

»Wie Ihr wünscht«, sagen die Königswächter wie aus einem Mund, da sie sich einem Prinzen unmöglich widersetzen können.

Als sie davonstapfen, die flammend roten Umhänge vom Regen tropfnass, stoße ich einen lauten Seufzer aus. Es war mir nicht bewusst, dass meine Hände zittern, und ich muss sie zu Fäusten ballen, um es zu verbergen. Aber Maven ist höflich genug, so zu tun, als würde er es nicht bemerken.

»Vielleicht wissen Sie es ja nicht, aber es gibt auch *drinnen* funktionierende Duschen.«

Ich wische mir mit den Händen über die Augen, obwohl der Regen meine Tränen längst weggespült hat und nur noch eine peinlich triefende Nase und etwas zerlaufene schwarze Schminke übrig geblieben sind. Dankenswerterweise hält der Silber-Puder. Er ist robuster als ich.

»Das ist der erste Regen der Saison«, bringe ich heraus und zwinge mich, normal zu klingen. »Den musste ich mir persönlich ansehen.«

»Natürlich«, sagt er und stellt sich neben mich. Ich wende den Kopf ab in der Hoffnung, mein Gesicht noch ein klein wenig länger verbergen zu können. »Ich verstehe Sie.«

Tut Ihr das, Prinz? Versteht Ihr, wie es ist, von allem weggezerrt zu werden, was man liebt, und dazu gezwungen zu werden, etwas anderes zu sein? Und den Rest seines Lebens jede Minute des Tages lügen zu müssen? Zu wissen, dass mit einem irgendetwas nicht stimmt?

Ich habe jetzt nicht die Kraft, mich seinem wissenden Lächeln auszusetzen. »Ihr könnt aufhören so zu tun, als wüsstet Ihr irgendetwas über mich oder meine Gefühle.«

Seine Miene verfinstert sich, als ich das sage, und wird zu einer Grimasse. »Glauben Sie, ich wüsste nicht, wie schwierig es ist, es hier auszuhalten? Mit diesen *Leuten*?« Er wirft einen Blick über die Schulter, als hätte er Angst, dass ihn jemand belauscht. Aber es hört niemand zu außer dem Regen und dem Donner. »Ich kann weder sagen noch tun, was ich will. Und wenn meine Mutter in der Nähe ist, kann ich nicht einmal *denken*, was ich will. Und mein Bruder –«

»Was ist mit Eurem Bruder?«

Die Worte bleiben ihm im Hals stecken. Er will sie nicht aussprechen, aber die Gefühle, die damit verbunden sind, kann er dennoch nicht verbergen. »Er ist stark, talentiert und mächtig – und ich bin sein Schatten. Der Schatten der Flamme.«

Er atmet langsam aus, und ich stelle fest, dass die Luft um uns herum seltsam heiß ist. »Entschuldigen Sie«, fügt er hinzu und tritt einen Schritt von mir weg, damit die Luft abkühlen kann. Vor meinen Augen verwandelt er sich wieder zurück in den silbernen Prinzen, der besser zu Banketts und Ausgehuniformen passt. »Das hätte ich nicht sagen sollen.«

»Ist schon okay«, sage ich leise. »Es tut gut zu hören, dass ich nicht die Einzige bin, die sich hier fehl am Platz fühlt.«

»Das gehört zu den Dingen, die Sie über uns Silberne wissen sollten. Wir sind immer allein. Hier *und* hier«, sagt er, während er erst auf seinen Kopf zeigt und dann auf sein Herz. »Das macht uns stark.«

Über unseren Köpfen zuckt ein Blitz durch den Himmel und erhellt seine blauen Augen, so dass sie zu leuchten scheinen. »Das ist doch dumm«, sage ich, und er lächelt bitter.

»Sie sollten besser verbergen, was in Ihrem Herzen vorgeht, Lady Titanos. Es wird Sie sonst hinführen, wo Sie nicht sein möchten.«

Diese Worte lassen mich erschauern. Schließlich wird mir wieder bewusst, dass es regnet und wie furchtbar ich inzwischen aussehen muss. »Ich sollte zu meinem Unterricht gehen«, murmele ich und will ihn auf dem Balkon stehenlassen. Doch er hält mich am Arm fest.

»Ich glaube, ich kann Ihnen bei Ihrem Problem helfen.«

Ich ziehe eine Augenbraue hoch. »Bei welchem Problem?«

»Sie scheinen mir nicht die Sorte Mädchen zu sein, die grundlos in Tränen ausbricht. Sie haben Heimweh.« Bevor ich protestieren kann, hebt er eine Hand. »Dagegen kann ich etwas tun.«

14

Auf dem Gang patrouillieren paarweise Wachleute, aber mit Maven an meiner Seite werde ich nicht aufgehalten. Obwohl es schon spät ist und ich längst im Bett sein sollte, sagt niemand ein Wort. Einem Prinzen stellt sich niemand in den Weg. Ich weiß nicht, wohin wir im Moment unterwegs sind, aber er hat versprochen, mich *dort* hinzubringen. *Nach Hause.*

Er ist ruhig, aber entschlossen, und er unterdrückt ein Grinsen. Ich kann nicht anders, als ihn anzustrahlen. *Vielleicht ist er doch nicht so übel.* Aber dann bleibt er viel zu schnell stehen. Wir haben noch nicht einmal die Etage mit den königlichen Privatgemächern verlassen.

»Da wären wir«, sagt er und klopft an eine Tür.

Einen Moment später geht sie auf, und da steht Cal. Als ich ihn sehe, trete ich unwillkürlich einen Schritt zurück. Sein Oberkörper ist nackt, der Rest seines Körpers steckt noch in einer seltsamen Rüstung: Metallplatten, die in Stoff eingewebt und teilweise verbeult sind. Der violette Bluterguss über seinem Herzen entgeht mir ebenso wenig wie die Stoppeln in seinem Gesicht. Das ist das erste Mal seit über einer Woche, dass ich ihn sehe, und wir haben offensichtlich einen schlechten Moment erwischt. Zuerst bemerkt er mich gar nicht, da er darauf konzentriert ist, seine Rüstung abzulegen. Ich schlucke.

»Ich hab die Figuren schon aufgestellt, Mavey –«, setzt er an, unterbricht sich aber, als er aufblickt und mich neben seinem Bruder stehen sieht. »Mare, wie kann ich, ähm, was kann ich für dich tun?«, stammelt er, ausnahmsweise einmal verlegen.

»Das weiß ich auch nicht so genau«, erwidere ich und schaue von ihm zu Maven. Mein Verlobter grinst nur und zieht seine Augenbraue ein wenig hoch.

»Weil er der gute Sohn ist, räumt mein Bruder sich seine ganz speziellen Privilegien ein«, sagt er in einem überraschend neckischen Ton. Auch Cal grinst und verdreht die Augen. »Du wolltest nach Hause, Mare. Hier ist jemand, der schon mal da war.«

Er benutzt das vertraute Du. Darum brauche ich einen Moment, um zu realisieren, was Maven da sagt, und um zu begreifen, wie dumm ich war, dass ich darauf nicht schon früher gekommen bin. *Cal kann mich aus dem Palast schmuggeln. Cal war in diesem Gasthaus … Wenn er allein hier rauskommt, kann er auch mich rausschmuggeln.*

»Maven«, sagt Cal durch zusammengebissene Zähne, sein Lächeln ist verschwunden. »Du weißt, dass das nicht geht. Das ist keine gute Idee …«

Jetzt muss ich mich einschalten, um zu kriegen, was ich will. »Lügner.«

Er schaut mich mit diesem Glühen in den Augen an; sein Blick geht mir durch und durch. Ich hoffe, er sieht meine Entschlossenheit, meine Verzweiflung, meine *Not*.

»Wir haben ihr alles genommen, Bruder«, murmelt Maven und tritt näher. »Wenigstens diesen einen Dienst können wir ihr doch erweisen?«

Cal nickt langsam, widerstrebend und bittet mich mit einer

Geste in sein Zimmer. Mir wird leicht schwindlig vor Aufregung, als ich hineinhusche, und ich fange fast zu hüpfen an.

Ich gehe nach Hause.

Maven bleibt an der Tür stehen. Als ich von seiner Seite weiche, wird sein Lächeln etwas dünner. »Du kommst nicht mit.« Das ist keine Frage.

Er schüttelt kaum merklich den Kopf. »Das wird für zwei Leute schon kompliziert genug, da wäre ich nur zusätzlicher Ballast.«

Man muss kein Genie sein, um zu begreifen, dass er Recht hat. Aber dass er uns nicht begleitet, heißt nicht, dass ich vergessen werde, was er für mich getan hat. Ohne nachzudenken, schlinge ich meine Arme um Maven. Zuerst zeigt er keine Reaktion, doch dann legt er langsam einen Arm um meine Schultern. Als ich mich wieder von ihm löse, sind seine Wangen silbern angelaufen. Ich habe Herzklopfen und das Blut rauscht mir in den Ohren.

»Bleibt nicht zu lange weg«, sagt er und reißt seinen Blick von mir los, um Cal anzusehen.

»Du tust ja gerade so, als hätte ich das noch nie gemacht«, erwidert Cal mit leichtem Spott.

Die Brüder grinsen sich jungenhaft an, so wie ich es bei meinen Brüdern schon tausend Mal gesehen habe. Als die Tür sich hinter Maven schließt und ich mit Cal allein bin, merke ich, dass meine Abneigung gegenüber den beiden Prinzen zu bröckeln beginnt.

Cals Zimmer ist doppelt so groß wie meins, aber so vollgestopft, dass es kleiner wirkt. Rüstungen, Uniformen und Kampfanzüge füllen die Nischen in den Wänden, wo sie an Gestellen hängen, die Cals Körpermaßen nachempfunden sind. Sie überragen mich wie gesichtslose Geister und starren mich mit unsichtbaren Augen an.

Die meisten Rüstungen sind leicht, sie bestehen aus dünnen Stahlplatten und dickem Stoff, aber einige sind echte Schwergewichte – für den Krieg bestimmt und nicht zum Trainieren. Eine hat sogar einen glänzenden Helm mit einem getönten Glasvisier. Auf dem Ärmel glänzt ein Abzeichen, das auf den dunkelgrauen Stoff genäht ist: die flammende schwarze Krone und silberne Schwingen. Wofür es steht, wofür die Uniformen sind, was Cal in ihnen *getan* hat, darüber möchte ich lieber nicht nachdenken.

Wie bei Julian finden sich auch bei Cal überall Bücherstapel, die sich teilweise wie kleine Flüsse aus Tinte und Papier über den Boden ausbreiten. Cals Bücher sind allerdings nicht so alt wie die von Julian; die meisten sehen sogar frisch gebunden aus. Es sind Nachdrucke in Maschinenschrift, die Seiten mit Plastik überzogen, um den Text zu schützen. Und alle sind in Common geschrieben, der Sprache von Norta, den Lakelands und Piedmont. Während Cal den Rest seiner Rüstung ablegt und dann in sein Ankleidezimmer tritt, schaue ich mir seine Bücher genauer an. Sie sind seltsam, voller Karten, Schaubilder und Tabellen – Anleitungen für die schreckliche Kunst der Kriegsführung. Eins ist grausamer als das andere, denn darin sind die militärischen Entscheidungen der letzten Jahre und aus weiter zurückliegenden Zeiten beschrieben. Große Siege, blutige Niederlagen, Waffen und Manöver; schon bald schwirrt mir der Kopf. Cals handschriftliche Notizen sind noch schlimmer; er hat die Taktiken unterstrichen, die er bevorzugt, angemerkt, welche es wert sind, dafür Menschenleben aufs Spiel zu setzen. Winzige Quadrate in den Schaubildern stehen für die Soldaten, aber ich sehe überall meine Brüder und Kilorn und ihresgleichen.

Abgesehen von den Büchern gibt es in diesem Raum einen

kleinen Tisch mit zwei Stühlen; er steht am Fenster. Darauf steht ein Spielbrett mit bereits aufgestellten Figuren. Ich kenne das Spiel nicht, aber mir wird klar, dass es für ihn und Maven bestimmt war. Sie müssen sich allabendlich treffen, um sich die Zeit zu vertreiben und zu lachen, wie Brüder es eben tun.

»Unser Besuch wird aber nicht lange dauern können«, ruft Cal unvermittelt, und ich zucke vor Schreck zusammen. Als ich in Richtung Ankleidezimmer schaue, erhasche ich gerade noch einen Blick auf seinen langen, muskulösen Rücken, bevor er ein Hemd überzieht. Auch seine hintere Körperseite ist von Blutergüssen und Narben übersät; dabei kann er mit Sicherheit auf eine ganze Armee von Heilern zurückgreifen, wenn er nur will. Aus irgendeinem Grund hat er jedoch beschlossen, die Narben zu behalten.

»Ich möchte nur meine Familie sehen«, erwidere ich und drehe mich um, damit ich ihn nicht weiter anstarre.

Cal kommt zu mir, nun vollständig in einfache Kleider gehüllt. Mir fällt auf, dass er dieselben Sachen trägt wie an dem Abend, an dem wir uns zum ersten Mal begegnet sind. Ich kann nicht glauben, dass ich ihn nicht gleich als das erkannt habe, was er ist: ein Wolf im Schafspelz. Und jetzt bin ich das Schaf, das so tut, als wäre es ein Wolf.

Wir verlassen rasch die Etagen der königlichen Privatgemächer und bewegen uns nach unten. Irgendwann biegt Cal um eine Ecke und führt uns in einen großen Raum aus Beton. »Gleich hier.«

Es sieht aus wie eine Art Lager; in mehreren Reihen stehen merkwürdig geformte Gegenstände, die mit Segeltuch abgedeckt sind. Einige sind groß, andere klein, aber sie sind alle verborgen.

»Hier kommt man ja gar nicht raus«, protestiere ich. Außer der Tür, durch die wir eingetreten sind, sehe ich keinen Ausgang.

»Ja, Mare, ich habe dich in eine Sackgasse geführt«, sagt er seufzend, während er eine der Reihen entlangschreitet. Dabei geraten die Abdeckungen in Bewegung, und ich erspähe Metall.

»Noch mehr Rüstungen?«, frage ich und berühre eine der Segeltuchformen. »Ich hab mir gleich gedacht, dass Ihr dringend noch mehr braucht. Die oben können ja unmöglich ausreichen. Vielleicht solltet Ihr vorsichtshalber gleich eine überziehen. Meinc Brüder sind ziemlich groß, und sie legen sich gern mit anderen Leuten an.« Aber nach Cals Statur und seiner Büchersammlung zu urteilen, weiß er sich durchaus zur Wehr zu setzen. *Ganz zu schweigen davon, dass er Feuer kontrollieren kann.*

Er schüttelt nur den Kopf. »Ich glaube, ich komme auch ohne klar. Außerdem sehe ich darin aus wie ein Wachmann. Wir wollen doch nicht, dass deine Familie einen falschen Eindruck bekommt, oder?«

»Welchen Eindruck sollen sie denn bekommen? Ich darf Euch ja wohl nicht als den vorstellen, der Ihr seid, oder?«

»Ich bin ein Kollege von dir, wir haben für heute Abend Ausgang bekommen. So einfach ist das«, antwortet er achselzuckend. *Diesen Leuten liegt das Lügen im Blut.* »Bei der Gelegenheit kannst du dann auch wieder zum Du übergehen«, fügt er hinzu.

Ich tue ihm den Gefallen. »Aber warum solltest du mich begleiten? Wie erklären wir das?«

Cal deutet mit einem durchtriebenen Grinsen auf den Gegenstand unter dem Segeltuch neben ihm. »Ich biete dir eine Mitfahrgelegenheit.«

Er wirft die Plane zurück, und es kommt eine glänzende, schwarz lackierte Maschine aus Metall zum Vorschein. Zwei Reifen mit tiefen Profilen, verspiegelter Chrom, Scheinwerfer, ein langer Ledersitz – ein solches Gefährt habe ich noch nie gesehen.

»Das ist ein Motorrad«, erklärt Cal und streicht mit der Hand über die silbernen Griffe wie ein stolzer Vater. Er kennt und liebt jeden Zentimeter dieser Bestie aus Metall. »Es ist schnell, wendig und kommt auch dahin, wo es mit breiteren Gefährten Probleme gibt.«

»Sieht aus wie eine – tödliche Falle«, sage ich schließlich, unfähig meine Beklommenheit zu verbergen.

Cal holt lachend einen Helm unter dem Sitz hervor. Ich hoffe, er erwartet nicht, dass ich den anziehe, geschweige denn mich auf dieses Ding setze. »Das haben Vater und Oberst Macanthos auch gesagt. Sie wollen damit nicht für die Armee in Serie gehen, aber ich werde sie schon noch davon überzeugen. Seit ich die Reifen perfektioniert habe, bin ich noch kein einziges Mal damit gestürzt.«

»Du hast dieses Ding *gebaut*?«, frage ich ungläubig, aber er zuckt die Achseln, als wäre nichts dabei. »Wow.«

»Warte nur, bis du darauf fährst«, sagt er und hält mir den Helm hin. Wie aufs Stichwort setzt sich die Wand gegenüber mit einem Ruck in Bewegung und enthüllt mit einem metallischen Quietschen die dunkle Nacht dahinter.

Ich trete lachend einen Schritt von der Höllenmaschine weg. »Das wird nicht passieren.«

Aber Cal grinst nur, schwingt ein Bein über das Motorrad und lässt sich auf den Sitz fallen. Der Motor unter ihm springt mit einem lauten Grollen an und schnurrt und knurrt vor lauter Energie. Ich spüre die Batterie im Inneren der Maschine, die den nötigen Strom liefert. Das Gefährt kann es gar nicht erwarten, losgelassen zu werden und über die lange Straße zwischen hier und zu Hause zu brettern. *Zu Hause.*

»Das ist absolut sicher, versprochen«, ruft er über den Motorlärm hinweg. Der Scheinwerfer erhellt die dunkle Nacht vor uns. Cals rotgoldene Augen sehen in meine, und er reicht mir die Hand. »Mare?«

Obwohl mir entsetzlich flau im Magen ist, setze ich den Helm auf.

Ich bin noch nie in einem Flugzeug geflogen, aber ich weiß, dass es sich genau so anfühlen muss. Wie Freiheit. Cals Motorrad gleitet in eleganten Kurven über die Straße. Er ist ein guter Fahrer, das muss ich zugeben. Die alte Straße ist voller Schlaglöcher und Unebenheiten, aber er weicht ihnen allen geschickt aus. Trotzdem schlägt mir das Herz die ganze Zeit bis zum Hals. Erst als wir einen Kilometer von der Stadt entfernt anhalten, merke ich, dass ich mich so fest an ihn gekrallt habe, dass er mich mühsam losmachen muss. Ohne seine Wärme ist mir plötzlich kalt, aber ich wische den Gedanken beiseite.

»Macht Spaß, was?«, sagt er und stellt den Motor aus. Mir tun die Beine und der Rücken weh von dem seltsamen kleinen Sitz, aber Cal wirkt richtig beschwingt, als er absteigt.

Auch ich gleite langsam vom Sitz, obwohl es mir mehr Mühe bereitet. Meine Knie zittern und ich höre das Blut in den Ohren rauschen, aber alles in allem geht es mir gut.

»Also, mein Lieblingsgefährt wird das nicht.«

»Erinnere mich daran, dass ich dich mal im Jet mitnehme. Danach wirst du Motorräder lieben«, erwidert er, während er das Gefährt von der Straße schiebt und im Wald versteckt. Nachdem er einige Zweige darübergebreitet hat, tritt er zurück, um sein Werk zu begutachten. Wenn ich nicht wüsste, dass es da ist, würde ich es nicht bemerken.

»Wie ich sehe, hast du einige Übung darin.«

Cal dreht sich zu mir um, eine Hand in der Hosentasche. »In Palästen kann es ganz schön … eng und stickig werden.«

»Und in überfüllten Kneipen von Roten nicht?«, frage ich provozierend. Aber er macht sich mit schnellen Schritten auf in Richtung Dorf, als könnte er der Beantwortung meiner Frage so ausweichen.

»Ich gehe nicht aus, um zu trinken, Mare.«

»Und was machst du dann? Taschendiebe stellen und ihnen hoppla hopp Arbeit verschaffen?«

Er bleibt abrupt stehen und fährt herum, so dass ich gegen ihn pralle und einen Moment lang spüre, wie viel Kraft in seinem Körper steckt. Dann erst fällt mir auf, dass er herzhaft lacht.

»Hast du eben ›hoppla hopp‹ gesagt?«, fragt er.

Ich werde rot unter meiner Schminke und stoße ihn weg. *Sehr unangebracht*, tadelt mich eine Stimme in meinem Kopf. »Beantworte meine Frage.«

Er hört auf zu lachen, doch noch immer umspielt ein Lächeln seine Lippen. »Ich mache das nicht für mich«, sagt er. »Du musst das verstehen, Mare. Ich – ich werde eines Tages König sein. Ich habe nicht den Luxus, nur an mich selbst denken zu können.«

»Dabei dachte ich, der König wäre der einzige Mensch, der sich diesen Luxus leisten kann.«

Er schüttelt den Kopf und wirkt plötzlich sehr einsam. »Ich wünschte, es wäre so.«

Cal ballt die Fäuste und öffnet sie wieder, und ich kann fast das Feuer auf seiner Haut sehen, das seine Wut entflammt hat. Doch es verschwindet gleich wieder und zurück bleibt nur die Glut des Bedauerns in seinen Augen. Als er schließlich weitergeht, ist sein Tempo nicht mehr ganz so unerbittlich.

»Ein König sollte sein Volk kennen. Das ist der Grund, warum ich mich aus dem Palast schleiche«, sagt er leise. »Ich mache das auch in der Hauptstadt und an der Front. Ich möchte sehen, wie es wirklich zugeht in diesem Königreich, anstatt mich von Ratgebern und Diplomaten darüber belehren zu lassen. Ein guter König sollte so etwas tun.«

Er benimmt sich, als müsste er sich dafür schämen, dass er ein gutes Staatsoberhaupt sein möchte. Vielleicht liegt es daran, dass sein Vater und die übrigen Narren bei Hof anders denken als er. Die Worte Stärke und Macht haben seine Erziehung beherrscht. Nicht Güte und auch nicht Freundlichkeit. Und schon gar nicht Mitgefühl oder Mut oder Gleichheit oder irgendetwas anderes, wonach ein Herrscher streben sollte.

»Und was siehst du, Cal?«, frage ich und zeige auf das Dorf, das zwischen den Bäumen auftaucht. Zu wissen, dass wir so nah an meinem Zuhause sind, lässt mir das Herz hüpfen.

»Ich sehe eine Welt auf Messers Schneide. Wenn sie aus dem Gleichgewicht gerät, wird sie untergehen«, sagt er und seufzt, weil er weiß, dass das nicht die Antwort ist, die ich hören will. »Du hast keine Ahnung, wie prekär die Lage ist, wie groß die Gefahr, dass diese Welt erneut zusammenbricht. Mein Vater tut, was er kann, damit wir alle sicher leben, und genau das werde ich auch tun.«

»Meine Welt ist bereits zusammengebrochen«, sage ich und trete in den Dreck auf der Straße unter uns. Die Bäume um uns herum scheinen sich zurückzuziehen, um den matschigen Ort freizugeben, den ich meine Heimat nenne. Verglichen mit dem Sonnenschloss sieht er aus wie ein Slum, eine Hölle. *Warum sieht Cal das nicht?* »Dein Vater sorgt dafür, dass *ihr* sicher leben könnt. *Wir* sind ihm egal.«

»Die Welt zu verändern, hat seinen Preis, Mare«, sagt er. »Viele würden dabei sterben, und die meisten davon wären Rote. Und am Ende würde kein Sieg stehen, nicht für euch. Man muss das Gesamte im Blick haben, nicht nur einen Ausschnitt.«

»Dann erklär es mir«, sage ich wütend. »Zeig mir mehr als diesen Ausschnitt.«

»Die Lakelands sind wie wir organisiert; dort gibt es einen Monarchen, Adlige und eine silberne Elite, die über den Rest der Bevölkerung herrscht. Und die Fürsten von Piedmont, unsere Verbündeten, würden niemals ein Land unterstützen, in dem die Roten die gleichen Rechte genießen wie die Silbernen. Dasselbe gilt für Prärie und Tiraxes. Selbst *wenn* Norta Veränderungen zulassen würde, würde der Rest des Kontinents das nicht hinnehmen. Es gäbe eine Invasion, das Land würde geteilt, auseinandergerissen. Noch mehr Krieg, noch mehr Tote.«

Mir fällt Julians Karte wieder ein, auf der unser Land nur eins unter vielen darstellt. Alle diese Länder werden von Silbernen regiert, und es gibt keinen Ort, wo wir uns hinwenden können. »Was, wenn du Unrecht hast? Was, wenn Norta nur der Anfang ist? Wenn sich hier zuerst die Veränderung vollzieht, die auch die anderen Länder dringend nötig haben. Du kannst nicht wissen, wohin die Freiheit führt.«

Darauf hat Cal keine Antwort, und wir verfallen in bitteres Schweigen. »Hier ist es«, murmele ich und bleibe unter den vertrauten Umrissen meines Elternhauses stehen.

Meine Schritte sind leise auf der Veranda, ganz im Gegensatz zu Cals, unter dessen Stampfen die Holzbalken stöhnen. Er verströmt wieder die vertraute Hitze und einen kurzen Moment lang stelle ich mir vor, dass er das Haus in Flammen setzt. Er spürt mein Unbehagen und legt eine warme Hand auf meine Schulter, aber das beruhigt mich keineswegs.

»Ich kann unten warten, wenn du möchtest«, flüstert er zu meinem Erstaunen. »Wir wollen doch nicht riskieren, dass sie mich erkennen.«

»Das werden sie schon nicht. Auch wenn meine Brüder gedient haben, wissen sie vermutlich nicht, wie du aussiehst.« *Shade schon*, denke ich, *aber Shade ist schlau genug, den Mund zu halten.* »Außerdem hast du gesagt, du möchtest dein Volk kennen – für das es sich in deinen Augen nicht zu kämpfen lohnt.«

Damit stoße ich die Tür auf und betrete das Haus, das nicht mehr mein Zuhause ist. Es ist wie ein Schritt in die Vergangenheit.

Wir werden von einem Chor aus Schnarchgeräuschen empfangen, nicht nur mein Vater ist deutlich zu hören, sondern auch die massige Gestalt in der Sitzecke. Es ist Bree; er hängt schlafend im Sessel, ein Berg aus Muskeln unter dünnen Decken. Seine dunklen Haare sind noch immer kurz rasiert, wie es bei der Armee üblich ist, und die Narben auf seinen Armen und in seinem Gesicht zeugen von den Kämpfen, in die er verwickelt war. Er muss eine Wette gegen Tramy verloren haben, der sich oben auf meiner Pritsche wälzt. Shade ist nirgends zu sehen, aber er war noch nie ein großer

Schläfer. Wahrscheinlich macht er das Dorf unsicher und besucht alte Freundinnen.

»Aufstehen, ihr Schlafmützen!«, rufe ich lachend und reiße Bree die Decke weg.

Er fällt vor Schreck auf den Boden, was dem bestimmt mehr wehtut als ihm, und rollt mir vor die Füße. Eine halbe Sekunde lang sieht es so aus, als würde er gleich wieder einschlafen.

Dann blinzelt er mich müde und verwirrt an. Er hat sich nicht verändert. »Mare?«

»Halt die Klappe, Bree, andere versuchen zu schlafen!«, stöhnt Tramy in der Dunkelheit.

»RUHE, VERDAMMT!«, kommt es wütend von Pa aus seinem Zimmer, und wir zucken alle zusammen.

Mir war überhaupt nicht klar, wie sehr ich das vermisst habe. Bree blinzelt sich den Schlaf aus den Augen und zieht mich lachend an sich. Ein dumpfes Geräusch in der Nähe kündigt Tramy an, der vom Dachboden herunterspringt und geschickt neben uns landet.

»Mare ist da!«, ruft er und hebt mich vom Boden hoch. Er ist dünner als Bree, aber auch nicht mehr so schlaksig, wie ich ihn in Erinnerung habe. Ich spüre seine harten Muskeln unter meinen Händen; die letzten Jahre waren nicht einfach für ihn.

»Schön, dich zu sehen, Tramy«, hauche ich und fühle mich, als würde ich jeden Moment vor Freude platzen.

Mit einem lauten Knall fliegt die Schlafzimmertür auf und Ma erscheint in ihrem zerschlissenen Bademantel. Sie macht den Mund auf, um die Jungs auszuschimpfen, aber als sie mich sieht, verschlägt es ihr die Sprache. Lächelnd klatscht sie in die Hände. »Oh, endlich kommst du uns besuchen!«

Hinter ihr rollt Pa in seinem Rollstuhl keuchend aus dem Schlafzimmer. Gisa ist die Letzte, die aufwacht, aber sie setzt sich nur auf und schaut über den Rand des Dachbodens zu uns herunter.

Schließlich lässt Tramy mich los und stellt mich wieder neben Cal, der unsicher und fehl am Platz wirkt und seiner Rolle in diesem Spiel somit glänzend gerecht wird.

»Ich hab gehört, du hast klein beigegeben und dir Arbeit besorgt.« Tramy sticht mir neckend einen Finger zwischen die Rippen.

Bree zerwühlt meine Haare. »Die Armee würde sie ohnehin nicht wollen. Sie würde alle bestehlen, bis nichts mehr da ist.«

Ich schubse ihn lachend weg. »Wie's aussieht, will die Armee dich auch nicht mehr. Haben dich wohl nach Hause geschickt, was?«

Pa kommt angerollt und antwortet an Brees Stelle. »Es gab eine Auslosung, stand in dem Brief. Und die Barrow-Jungs haben eine ehrenhafte Entlassung gewonnen, bei vollem Ruhegeld.« Ich sehe ihm an, dass er kein Wort davon glaubt, aber er sagt nichts weiter dazu. Ma hingegen scheint keine Zweifel zu haben, dass alles mit rechten Dingen zugeht.

»Ist das nicht großartig? Endlich tut die Regierung mal was für uns!«, sagt sie und küsst Bree auf die Wange. »Und jetzt hast du auch noch Arbeit.« Sie strahlt vor Stolz, wie ich es noch nie gesehen habe – normalerweise spart sie sich den für Gisa auf. *Sie ist stolz auf eine Lüge.* »Es wurde auch Zeit, dass unsere Familie mal ein bisschen Glück hat.«

Gisa schnaubt über unseren Köpfen verächtlich. Ich kann es ihr nicht verübeln. Mein Glück hat ihr die Hand zerschmettert und ihre Zukunft zerstört. »Ja, wirklich riesiges Glück«, sagt sie, als sie sich schließlich zu uns gesellt.

Da sie nur eine Hand benutzen kann, kommt sie ganz langsam die Treppe herunter, und als sie unten ist, sehe ich, dass ihre Schiene mit einem bunten Tuch umwickelt ist. Traurig registriere ich, dass es eine ihrer wunderschönen Stickereien ist, die sie nun nie mehr beenden wird.

Ich will sie umarmen, doch sie entzieht sich mir und beäugt Cal. Sie scheint die Einzige zu sein, die ihn überhaupt wahrnimmt. »Wer ist das?«

Ich laufe rot an, als mir bewusst wird, dass ich ihn fast vergessen habe. »Oh, das ist Cal. Er arbeitet auch als Dienstbote im Schloss.«

»Hallo«, sagt er und wedelt befangen mit der Hand.

Ma kichert wie ein Schulmädchen und winkt zurück; ihr Blick ruht auf seinen muskulösen Armen. Aber Pa und meine Brüder lassen sich nicht so leicht einwickeln.

»Sie kommen nicht aus dieser Gegend«, sagt Pa grimmig und starrt Cal an, als wäre er ein Insekt. »Das rieche ich.«

»Das liegt an der Luft im Schloss, Pa«, protestiere ich, aber Cal schneidet mir das Wort ab.

»Ich bin von der Harbor Bay«, sagt er und vergisst dabei nicht, das »R« zu rollen, wie man es dort macht. »Ich war zuerst Diener in Ocean Hill, in der dortigen Residenz, und reise jetzt mit dem Hof von Palast zu Palast.« Er wirft mir einen vielsagenden Seitenblick zu. »Das machen viele aus dem Dienstpersonal.«

Ma holt rasselnd Luft und greift nach meinem Arm. »Du auch? Musst du mit diesen Leuten mitgehen, wenn sie Summerton verlassen?«

Ich würde ihnen gern sagen, dass ich nicht freiwillig dort bin und dass ich auch niemals freiwillig von hier weggehen würde. Aber ich muss lügen, um ihretwillen. »Das war die einzige Stelle, die frei war. Außerdem ist es gut verdientes Geld.«

»Ich kann mir schon vorstellen, was los ist«, sagt Bree, baut sich vor Cal auf und beäugt ihn finster. Ich muss Cal zugutehalten, dass er keine Miene verzieht.

»Nichts ist los«, erwidert er gelassen und schaut Bree ebenso direkt an. »Mare hat sich entschieden, für den Palast zu arbeiten. Sie hat einen Arbeitsvertrag für ein Jahr unterschrieben, das ist alles.«

Bree stößt ein Grunzen aus und weicht zurück. »Der kleine Warren war mir lieber«, grummelt er.

»Hör auf, dich so aufzuspielen, Bree«, gifte ich ihn an. Ma zuckt bei diesem harschen Ton zusammen, als hätte sie nach nur drei Wochen schon vergessen, wie ich klinge. Seltsamerweise hat sie Tränen in den Augen. *Sie vergisst dich. Das ist der Grund, warum sie möchte, dass du bleibst. Damit sie dich nicht vergisst.*

»Nicht weinen, Ma«, sage ich, gehe zu ihr und nehme sie in den Arm. Sie fühlt sich so dünn an, dünner, als ich sie in Erinnerung habe. Oder vielleicht habe ich nur nie wahrgenommen, wie zerbrechlich sie geworden ist.

»Es ist nicht nur wegen dir, Liebes.« Sie schaut weg, zu Pa hin. In ihren Augen ist Schmerz, ein Schmerz, den ich nicht verstehe. Die anderen ertragen es nicht, sie anzusehen. Selbst Pa starrt auf seine nutzlosen Füße. Ein düsteres Schweigen senkt sich über das Haus.

Und dann begreife ich, was los ist, wovor sie mich schützen wollen.

Meine Stimme zittert, als ich eine Frage stelle, auf die ich die Antwort nicht hören möchte. »Wo ist Shade?«

Ma krümmt sich und schafft es kaum bis zu einem Stuhl am

Küchentisch, bevor sie schluchzend zusammenbricht. Bree und Tramy wenden sich beide ab, weil sie ihre Verzweiflung nicht ertragen. Gisa rührt sich nicht vom Fleck und schaut zu Boden, als wollte sie darin ertrinken. Niemand sagt etwas. Mas Tränen und Pas angestrengtes Atmen sind die einzigen Geräusche im Raum, die das Loch stopfen, das mein Bruder einst ausgefüllt hat. *Mein Bruder; der Bruder, der mir am nächsten stand.*

Der Schmerz lässt mich einen Schritt nach hinten stolpern und ich stürze fast, doch Cal fängt mich auf. Ich wünschte, er würde es nicht tun. Ich möchte hinfallen, möchte etwas Hartes und Reales spüren, damit das quälende Gefühl in meiner Brust nicht so schrecklich wehtut. Meine Hand fliegt zu meinem Ohr und ich streiche über die drei Steine, die ich so sehr in Ehren gehalten habe. Der dritte, Shades Stein, fühlt sich kalt an auf meiner Haut.

»Wir wollten es dir nicht in einem Brief mitteilen«, flüstert Gisa und knibbelt verlegen an ihrer Schiene herum. »Er ist gestorben, bevor der Entlassungsbescheid kam.«

Das Bedürfnis, etwas unter Strom zu setzen, meine Wut und meinen Schmerz in einen grellen Blitz zu legen, war noch nie so groß. *Kontrolliere es*, sage ich mir. Ich kann nicht glauben, dass ich mir vorher Sorgen gemacht habe, Cal könnte das Haus in Flammen setzen. *Ein Blitz kann ebenso zerstörerisch sein wie ein Feuer.*

Gisa kämpft gegen ihre Tränen an und zwingt sich weiterzureden. »Er hat versucht zu desertieren und wurde hingerichtet. Enthauptet.«

Meine Beine geben so schnell nach, dass nicht mal Cal eine Chance hat, mich aufzufangen. Ich höre und sehe nichts mehr, *fühle* nur noch. Trauer, Schock, Schmerz, die ganze Welt dreht sich. Der

Strom in den Glühbirnen surrt so laut, dass mir fast der Kopf platzt. In der Ecke brummt der Kühlschrank; seine alte, kaputte Batterie pulsiert wie das Herz eines Sterbenden. Das alles zerrt an meinen Nerven, verhöhnt mich, versucht mir den Rest zu geben. Aber ich werde nicht die Kontrolle verlieren. *Nein, jetzt nicht.*

»Mare«, flüstert Cal mir ins Ohr; er hat seine warmen Arme um mich gelegt. Aber genauso gut könnte er über ein Meer hinweg mit mir reden. »Mare!«

Ich schnappe nach Luft, versuche, wieder zu Atem zu kommen, auch wenn es schmerzt. Meine Wangen fühlen sich feucht an, aber ich erinnere mich gar nicht daran, geweint zu haben. *Hingerichtet.* Mein Blut kocht. *Das ist eine Lüge. Er ist nicht desertiert. Er war ein Mitglied der Scharlachroten Garde. Und sie haben es herausgefunden. Deswegen haben sie ihn umgebracht. Sie haben ihn ermordet.*

Noch nie im Leben bin ich so außer mir gewesen, so wütend. Nicht als meine Brüder in den Krieg ziehen mussten, nicht als Kilorn zu mir gekommen ist. Nicht einmal, als Gisas Hand zerschmettert wurde.

Im Haus erhebt sich ein ohrenbetäubend schrilles Geräusch, als der Kühlschrank und die Glühbirnen plötzlich auf Hochtouren laufen und die Kabel in den Wänden zu glühen anfangen. Das Surren der Elektrizität sorgt dafür, dass ich mich lebendig fühle, wütend und gefährlich. Ich bin diejenige, die die Energie produziert; ich erfülle das Haus mit meiner Kraft, wie Julian es mir beigebracht hat.

Cal schreit und schüttelt mich, versucht irgendwie zu mir durchzudringen. Aber er schafft es nicht. Die Elektrizität ist in mir, und ich habe keine Lust, sie niederzukämpfen. Sie fühlt sich besser an als Schmerz.

Die Glühbirnen explodieren knallend wie Mais in einer Bratpfanne, und es regnet Glas auf uns herab. *Peng, peng, peng.* Es ist so laut, dass es Mas Aufschrei fast übertönt.

Irgendwer zieht mich unsanft vom Boden hoch. Seine Hände legen sich um mein Gesicht, halten mich fest, während er auf mich einredet. Nicht um mich zu trösten, nicht um mir sein Mitgefühl zu zeigen, sondern um mich zur Vernunft zu bringen. *Ich würde diese Stimme überall erkennen.*

»Reiß dich zusammen, Mare!«

Ich mache die Augen auf und schaue in klare grüne Augen und ein sorgenvolles Gesicht.

»Kilorn.«

»Ich wusste, dass du irgendwann wieder hier auftauchen würdest«, murmelt er. »Also habe ich Ausschau gehalten.«

Seine Hände fühlen sich rau an auf meiner Haut, aber sie beruhigen mich. Er bringt mich zurück in die Realität, in eine Welt, in der mein Bruder tot ist. Die letzte noch intakte Glühbirne pendelt über uns durch die Luft und spendet kaum noch ausreichend Licht, um den Raum und meine vor Staunen wie gelähmte Familie zu beleuchten.

Aber das ist nicht das Einzige, was Licht in die Dunkelheit bringt.

Violett-weiße Funken tanzen um meine Hände herum; ihr Licht wird schwächer, aber sie sind deutlich sichtbar. Mein Blitz. *Das werde ich nicht durch irgendwelche Lügen erklären können.*

Kilorn drückt mich auf einen Stuhl, seine Miene ist ein einziges Bild der Verwirrung. Die anderen starren mich an, und mir wird traurig bewusst, dass sie Angst haben. Aber Kilorn hat keine Angst. Er ist wütend.

»Was haben sie mit dir gemacht?«, ruft er; seine Hände sind nur Zentimeter von meinen entfernt. Die Funken verschwinden nun ganz und zurück bleiben nur Haut und meine zitternden Finger.

»Gar nichts haben sie mit mir gemacht.« *Ich wünschte, es wäre ihre Schuld. Ich wünschte, ich könnte jemand anderem die Schuld dafür geben.* Ich schaue über Kilorns Kopf hinweg in Cals Augen. Wir kommunizieren ohne Worte, und er nickt kaum merklich. *Ich brauche sie nicht anzulügen.*

»Das bin ich. Ich bin so.«

Kilorns Miene wird noch wütender. »Du bist eine von *denen*?« Noch nie wurde in einen einzelnen Satz so viel Zorn, so viel Ekel gelegt. Ich glaube, ich sterbe. *»Stimmt das? Bist du eine von ihnen?«*

Ma erholt sich als Erste von dem Schock, und ohne eine Spur von Angst nimmt sie meine Hand. »Mare ist meine Tochter, Kilorn«, sagt sie und sieht ihn mit einer Strenge an, die ich an ihr noch nie gesehen habe. »Wir alle wissen, dass sie das ist.«

Meine Familie murmelt zustimmend und stellt sich neben mich, aber Kilorn wirkt wenig überzeugt. Er starrt mich an wie eine Fremde, als würden wir uns nicht schon unser Leben lang kennen.

»Gib mir ein Messer, und ich kläre das sofort«, sage ich und sehe ihn wütend an. »Ich zeige dir, welche Farbe mein Blut hat.«

Das beruhigt ihn ein wenig und er tritt einen Schritt zurück. »Es ist nur – ich verstehe das nicht.«

Geht mir nicht anders.

»Kilorn liegt nicht ganz falsch. Wir wissen zwar, wer du bist, Mare, aber –«, stammelt Bree; auch er weiß nicht, wie er seine Verwunderung in Worte fassen soll. Er war noch nie ein guter Redner. *»Wie kann das sein?«*

Ich weiß nicht recht, was ich sagen soll, aber ich gebe mir alle Mühe, es ihnen irgendwie zu erklären. Auch jetzt ist mir Cals Anwesenheit schmerzhaft bewusst, weshalb ich die Scharlachrote Garde und Julians Erkenntnisse nicht erwähne, während ich so gut es geht erzähle, was in den letzten drei Wochen passiert ist. Dass ich so tun muss, als wäre ich eine Silberne, dass ich mit einem Prinzen verlobt bin, dass ich versuche, meine Fähigkeit zu beherrschen – es klingt völlig grotesk, aber sie hören mir aufmerksam zu.

»Wir wissen nicht, wie es passiert ist und warum. Nur, *dass* es so ist«, sage ich schließlich und strecke meine andere Hand aus. Dabei entgeht mir nicht, dass Tramy zurückzuckt. »Vielleicht werden wir nie erfahren, was es damit auf sich hat.«

Ma drückt meine Hand, um mir zu zeigen, dass sie zu mir hält. Dieser kleine Trost wirkt Wunder. Ich bin zwar noch immer wütend und unglaublich traurig, aber das Bedürfnis, etwas zu zerstören, hat nachgelassen. Allmählich kehrt meine Selbstbeherrschung zurück, zumindest so weit, dass ich mich im Zaum halten kann.

»Das ist ein Wunder«, sagt Ma leise und lächelt mich unsicher an. »Wir wollten immer, dass ihr es einmal besser habt, und jetzt ist es besser. Bree und Tramy sind in Sicherheit, und Gisa muss sich keine Sorgen machen. Wir können ein glückliches Leben führen, und du«, ihr treten Tränen in die Augen, »du, mein Schatz, wirst jemand ganz Besonderes. Was kann eine Mutter mehr verlangen?«

Ich wünschte, was sie sagt, würde stimmen, aber ich nicke trotzdem und lächele, um ihretwillen, um meiner Familie willen. Ich werde immer besser im Lügen, und sie scheinen mir zu glauben. Nur Kilorn nicht. Er schäumt noch immer und kann sich nur mühsam beherrschen.

»Wie ist er denn so, der Prinz?«, will Ma wissen. »Maven?«

Gefährliches Terrain. Ich weiß ja, dass Cal zuhört, dass er darauf wartet, was ich über seinen jüngeren Bruder zu sagen habe. *Was kann ich erzählen? Dass er nett ist? Dass ich gerade anfange, ihn zu mögen? Dass ich nicht weiß, ob ich ihm trauen kann? Oder, schlimmer noch, dass ich nie wieder jemandem vertrauen kann?* »Er ist anders, als ich gedacht habe.«

Gisa bemerkt mein Unbehagen und wendet sich Cal zu. »Und wer ist dann der da? Dein Leibwächter?«, wechselt sie mit einem kleinen Augenzwinkern das Thema.

»Ja, genau«, antwortet Cal für mich. Er weiß, dass ich meine Familie nicht mehr als nötig belügen möchte. »Und es tut mir leid, aber wir müssen gleich aufbrechen.«

Seine Worte sind wie ein Messer in einer offenen Wunde, aber ich muss ihnen Folge leisten. »Ja, er hat Recht.«

Ma erhebt sich mit mir. Sie drückt meine Hand weiterhin so fest, dass ich Angst habe, sie bricht mir die Knochen. »Wir werden niemandem davon erzählen.«

»Nein, kein Wort«, pflichtet Pa ihr bei. Meine Geschwister nicken und schwören, dass sie den Mund halten werden.

Nur Kilorn schaut mich finster an. Er ist aus irgendeinem Grund furchtbar wütend, aber ich weiß beim besten Willen nicht, warum. *Aber ich bin auch wütend.* Shades Tod liegt wie ein Schatten auf meiner Seele. »Kilorn?«

»Ja, ich sag auch nichts«, zischt er, und bevor ich es verhindern kann, springt er auf und stürmt nach draußen. Die Tür knallt hinter ihm zu, dass die Wände beben. Ich bin an Kilorns Temperament gewöhnt, an die Momente, in denen seine Verzweiflung aufflammt, aber diese Wut ist etwas Neues. Ich weiß nicht, wie ich damit umgehen soll.

Meine Schwester berührt mich am Arm und bringt mich in die Realität zurück, erinnert mich daran, dass ich Abschied nehmen muss. »Das ist eine ungewöhnliche Gabe«, flüstert sie mir ins Ohr. »Mach was draus!«

»Du kommst doch wieder, oder?«, fragt Bree, und Gisa weicht zurück. Zum ersten Mal seit dem Tag, an dem er in den Krieg ziehen musste, sehe ich Angst in seinen Augen. »Du bist jetzt eine Prinzessin. Du bestimmst die Regeln.«

Schön wär's.

Cal und ich tauschen einen Blick aus. Seine ernste Miene und sein finsterer Blick sagen mir, wie meine Antwort ausfallen soll.

»Ich werde es versuchen«, sage ich leise und mit bebender Stimme. Eine Lüge mehr kann nicht schaden.

Als wir den Rand des Dorfes erreichen, gehen mir Gisas Abschiedsworte noch immer nach. Obwohl ich ihr alles genommen habe, lag keinerlei Vorwurf in ihrem Blick. Ihre letzten Worte hallen mir noch im Ohr und drängen alles andere in den Hintergrund: *Mach was draus!*

»Das mit deinem Bruder tut mir leid«, durchbricht Cal die Stille. »Ich hatte keine Ahnung, dass er –«

»Schon tot war?« *Exekutiert wegen Desertierens. Noch eine Lüge.* Wieder steigt die Wut in mir hoch, und diesmal *will* ich sie auch gar nicht im Zaum halten. Aber was kann ich schon tun? Was kann ich tun, um meinen Bruder zu rächen oder um wenigstens zu versuchen, die anderen zu retten?

Mach was draus.

»Ich muss noch kurz woandershin.« Bevor Cal protestieren kann, setze ich mein schönstes Lächeln auf. »Es dauert auch nicht lange. Versprochen!«

Und zu meinem Erstaunen nickt er langsam in der Dunkelheit.

»Eine Stelle im Schloss, das macht ganz schön was her«, sagt Will glucksend, als ich in seinem Wagen Platz nehme. Die alte blaue Kerze brennt noch immer und wirft dunkle Schatten an die Wände. Wie ich vermutet habe, ist Farley schon lange nicht mehr da.

Als ich mich vergewissert habe, dass die Tür und die Fenster geschlossen sind, sage ich leise: »Ich arbeite gar nicht dort, Will. Sie –«

Aber zu meinem Erstaunen winkt Will ab. »Ach, das weiß ich doch alles. Möchtest du einen Tee?«

»Ähm, nein, danke.« Meine Stimme zittert, als ich nachhake: »Aber woher –?«

»Die königlichen Schwachköpfe haben eine zukünftige Königin gekürt, das mussten sie in den Städten der Silbernen natürlich über die Bildschirme bekannt geben«, sagt eine Stimme hinter einem Vorhang, dann tritt ihr Besitzer hervor. Aber es ist nicht Farley. Der Mann sieht aus wie eine Bohnenstange in Menschengestalt, sein Kopf streift die Decke und er zieht verlegen den Kopf ein. Seine Haare sind ebenso blutrot wie die Schärpe, die er quer über dem Oberkörper trägt. Und sie wird von dem gleichen Sonnenemblem zusammengehalten, das Farley in der Nachrichtensendung getragen hat. Auch die zwei Pistolen und der Patronengurt voller glänzender Kugeln an seiner Hüfte entgehen mir nicht. Er gehört ebenfalls zur Scharlachroten Garde.

»Du warst überall auf den Bildschirmen zu sehen, *Lady Titanos*«, sagt er höhnisch und spricht meinen Titel wie ein Schimpfwort aus. »Du und dieses junge Ding aus dem Haus Samos. Ist sie genauso zickig, wie sie wirkt?«

»Das ist Tristan, einer von Farleys Helfern«, mischt Will sich ein und sieht die Bohnenstange böse an. »Benimm dich, Tristan.«

»Warum?«, sage ich spöttisch. »Evangelina Samos ist ein blutrünstiges Monster.«

Tristan lächelt und wirft Will einen selbstgefälligen Blick zu.

»Sie sind nicht alle Schwachköpfe«, füge ich dann leise hinzu, da mir Mavens freundliche Worte von heute Abend wieder einfallen.

»Meinst du den Prinzen, mit dem du verlobt bist, oder den, der draußen im Wald auf dich wartet?«, fragt Will ruhig, als redete er über den Preis für ein Pfund Mehl.

Im Gegensatz dazu sprintet Tristan wie von der Tarantel gestochen Richtung Tür. Ich bin aber schneller dort und wehre ihn mit ausgestreckten Armen ab. Glücklicherweise kann ich meinen Blitz im Zaum halten. Das Letzte, was ich will, ist einem Mitglied der Scharlachroten Garde einen Elektroschock verpassen.

»Du hast einen Silbernen hergebracht?«, zischt er. »Den *Prinzen*? Weißt du eigentlich, was wir erreichen könnten, wenn wir ihn entführen? Was wir mit seiner Hilfe für uns aushandeln könnten?«

Obwohl er viel größer ist als ich, weiche ich nicht von der Stelle. »Du lässt ihn in Ruhe.«

»Ein paar Wochen in Saus und Braus, und schon ist dein Blut so silbern wie ihres«, erwidert er verächtlich und schaut auf mich herab, als wollte er mich umbringen. »Willst du mir auch einen Stromstoß verpassen?«

Das trifft mich, und er weiß es nur zu gut. Ich lasse die Hände sinken, aus Furcht, sie könnten mir nicht gehorchen. »Ich beschütze nicht ihn, ich beschütze *dich*, du Dummkopf. Cal ist schon sein Leben lang Soldat und er könnte das ganze Dorf in Brand stecken, wenn er wollte.« Was er aber nicht will. *Hoffe ich.*

Tristans Hände wandern zu seiner Waffe. »Ich würde zu gern sehen, wie er das versucht.«

Doch Will legt eine faltige Hand auf Tristans Arm, und das genügt, um den Rebellen zu beruhigen. »Das reicht jetzt«, flüstert er. »Warum bist du hier, Mare? Kilorn ist in Sicherheit und deine Geschwister ebenfalls.«

Ich hole tief Luft und starre Tristan weiter an. Er hat gerade damit gedroht, Cal zu kidnappen und Lösegeld oder anderes für ihn zu erpressen. Und aus irgendeinem Grund beunruhigt mich diese Vorstellung zutiefst.

»Mein –« Kaum habe ich angefangen, komme ich schon ins Straucheln. »Shade gehörte zur Garde.« Das ist keine Frage mehr, sondern eine Gewissheit. Will senkt den Blick, und sogar Tristan lässt den Kopf hängen. »Mein Bruder hat dafür mit dem Leben bezahlt. Sie haben ihn getötet und ich muss so tun, als würde mir das nichts ausmachen.«

»Dich werden sie auch umbringen, wenn du dich weigerst«, sagt Will, aber er erzählt mir damit nichts Neues.

»Ich weiß. Ich sage, was immer sie wollen, wenn es so weit ist. Aber –« Meine Stimme kippt, jetzt, da ich dabei bin, einen neuen Weg einzuschlagen. »Ich bin im Palast, dem Zentrum ihrer Welt. Ich bin schnell und leise, und ich kann eurer Sache dienlich sein.«

Tristan schnappt laut nach Luft und richtet sich wieder zu seiner vollen Größe auf. Obwohl er eben noch wütend wirkte, sehe ich jetzt Stolz in seinen Augen leuchten. »Du willst dich uns anschließen.«

»Ja, das will ich.«

Will presst die Kiefer zusammen und sieht mich durchdringend an. »Ich hoffe, du weißt, worauf du dich da einlässt. Das hier ist nicht nur mein Kampf oder Farleys oder der der Scharlachroten Garde – es ist auch deiner. Bis zum Ende. Und es geht nicht darum, deinen Bruder zu rächen, sondern uns alle. Wir kämpfen für die, die vor uns da waren, und um die zu retten, die nach uns kommen werden.«

Seine knorrige Hand greift nach meiner, und jetzt fällt mir zum ersten Mal die Tätowierung an seinem Handgelenk auf: ein rotes Band. Es sieht aus wie das, was sie uns zu tragen zwingen. Nur dass er dieses immer und überall trägt. Es gehört zu ihm wie das Blut, das in unseren Adern fließt.

»Bist du eine von uns, Mare Barrow?«, fragt er und hält meine Hand. *Mehr Krieg, mehr Tote*, hat Cal gesagt. *Aber es kann auch sein, dass er sich irrt. Es ist möglich, dass wir alles verändern.*

Ich drücke Wills Hand und spüre die enorme Bedeutung dieser Geste.

»Ich bin eine von euch.«

»Wir erheben uns«, sagen Will und Tristan leise im Chor. Ich erinnere mich an diese Worte und spreche mit: »Rot wie die Morgendämmerung.«

Im flackernden Kerzenlicht sehen unsere Schatten an den Wänden wie Monster aus.

Als ich mich am Rand des Dorfes wieder zu Cal geselle, bin ich irgendwie erleichtert. Meine Entscheidung und die Aussicht auf das, was daraus folgt, geben mir ein Gefühl von Stärke. Wir gehen nebeneinanderher und Cal schaut hin und wieder zu mir, sagt aber nichts. Ich an seiner Stelle würde garantiert nachfragen und mit aller Gewalt versuchen, etwas aus ihm herauszulocken, doch Cal ist in diesem Punkt das komplette Gegenteil von mir. Vielleicht ist es eine militärische Strategie, die er aus einem seiner Bücher hat: *Lass den Feind immer kommen.*

Denn das bin ich jetzt: sein Feind.

Er erstaunt mich ebenso wie sein Bruder. Sie sind beide freundlich zu mir, obwohl sie wissen, dass ich eine Rote bin, obwohl sie gar nicht mit mir zusammen sein sollten. Aber Cal hat mich zu meinem Elternhaus gebracht, und Maven war bereit, mir zu helfen. *Das sind wirklich seltsame Brüder.*

Als wir wieder im Wald sind, ändert sich Cals Verhalten und er wird sehr ernst. »Ich werde mit der Königin reden, damit sie deinen Tagesplan umstellt.«

»Warum?«

»Du bist vorhin im Haus fast explodiert«, sagt er sanft. »Du musst dringend mit uns zusammen am Training teilnehmen, damit so was nicht noch mal passiert.«

Julian trainiert schon mit mir. Aber tief in meinem Innern weiß ich, dass Julian kein Ersatz für das Programm ist, das Cal, Maven und Evangelina jeden Tag absolvieren. Und wer weiß? Wenn ich nur die Hälfte von dem lerne, was sie beherrschen, kann ich der Scharlachroten Garde vielleicht eine größere Hilfe sein. Und Shades Andenken ehren.

»Wenn ich dafür nicht mehr zu Lady Blonos muss, habe ich nichts dagegen.«

Cal springt plötzlich von seinem Motorrad weg. Seine Hände sind entflammt und auch in seinen Augen flackert Feuer.

»Wir werden beobachtet.«

Ich hinterfrage seine Aussage nicht. Cal ist ein Soldat und er verfügt über äußerst geschärfte Sinne. Doch was könnte ihm hier gefährlich werden? Was könnte er in einem Waldstück, das an ein verschlafenes, armes Dorf grenzt, zu befürchten haben? *Ein Dorf, das voller Rebellen ist*, erinnere ich mich.

Aber nicht Farley oder irgendwelche bewaffneten Gardisten treten aus dem Schatten hervor, sondern Kilorn. Ich hatte ganz vergessen, wie geschickt er sich in der Dunkelheit bewegt.

Die Flammen an Cals Händen verlöschen. »Ach, du bist es.«

Kilorn wendet den Blick von mir ab und schaut Cal wütend an. Dann neigt er langsam und herablassend sein Haupt. »Entschuldigt, Hoheit.«

Statt es zu leugnen, richtet Cal sich zu seiner vollen Größe auf und sieht aus wie der König, der er einmal sein wird. Ohne ein Wort der Erwiderung macht er sich wieder daran sein Motorrad von den Zweigen zu befreien. Aber ich spüre, dass er mich trotzdem nicht eine Sekunde aus den Augen lässt.

»Willst du das wirklich tun?«, fragt Kilorn und schaut mich an wie ein waidwundes Tier. »Willst du wirklich gehen? Und eine von denen werden?«

Seine Worte treffen mich härter als ein Schlag ins Gesicht. *Ich habe keine andere Wahl*, möchte ich ihm sagen.

»Du hast doch gesehen, was vorhin bei meinen Eltern passiert ist, wozu ich fähig bin. Sie können mir *helfen*.« Ich bin selbst überrascht, wie leicht mir diese Lüge über die Lippen geht. Vielleicht kann ich mich eines Tages sogar selbst belügen und mir vormachen, ich wäre glücklich. »Ich bin da, wo ich sein sollte.«

Er schüttelt den Kopf und ergreift meinen Arm, als könnte er mich in die Vergangenheit zurückziehen, in eine Zeit, in der unsere Sorgen noch einfach und überschaubar waren. »Nein, dein Platz ist hier.«

»Mare.« Cal wartet geduldig. Er lehnt lässig an seinem Motorrad, doch sein Ton ist entschieden, eine Warnung liegt darin.

»Ich muss gehen.« Ich versuche, mich an Kilorn vorbeizuschieben, ihn dort stehenzulassen, aber er erlaubt es nicht. Er war schon immer stärker als ich. Und sosehr ich insgeheim auch möchte, dass er mich festhält, so unmöglich ist es, dass ich nachgebe.

»Bitte, Mare!«

Dann trifft uns eine Hitzewelle, die so stark ist wie ein Sonnenstrahl.

»Lass sie los«, fordert Cal, der jetzt an meiner Seite steht. Die Hitze, die er ausstrahlt, setzt fast die Luft in Flammen. Seine mühsam bewahrte Ruhe, seine Selbstbeherrschung droht ihm zu entgleiten.

Kilorn blickt ihn spöttisch an, er würde sich zu gern auf einen Kampf einlassen. Aber er ist wie ich. Wir sind Diebe, *Ratten*. Wir wissen genau, wann es sich zu kämpfen lohnt und wann es besser ist, Reißaus zu nehmen. Er lockert widerstrebend seinen Griff, lässt seine Finger langsam über meinen Arm gleiten. Vielleicht ist dies das letzte Mal, dass wir uns sehen.

Die Luft kühlt ab, aber Cal weicht nicht von meiner Seite. Ich bin die Verlobte seines Bruders – er muss mich beschützen.

»Du hast dich auf einen Handel mit denen eingelassen, um mich vor dem Kriegsdienst zu bewahren«, sagt Kilorn leise. Langsam begreift er, welchen Preis ich bezahlt habe. »Du hattest schon immer die schlechte Angewohnheit, mich retten zu wollen.«

Ich nicke kaum merklich und ziehe schnell den Helm auf, um die Tränen zu verbergen, die mir in die Augen treten. Wie betäubt folge ich Cal zu dem Motorrad und setze mich hinter ihn.

Kilorn weicht zurück und zuckt zusammen, als der Motor aufheult. Dann grinst er mich mit dieser feixenden Miene an, für die ich ihn früher immer schlagen wollte.

»Ich werde Farley schöne Grüße von dir ausrichten.«

Das Motorrad faucht wie eine Bestie, während es mich von Kilorn und dem Dorf und meinem alten Leben wegreißt. Furcht breitet sich in mir aus wie ein Gift, bis ich von Kopf bis Fuß starr vor Angst bin. Aber ich habe nicht um mich Angst. Nicht mehr. Ich habe Angst um Kilorn, denn ich weiß, dass er Dummheiten machen wird.

Er wird Farley aufsuchen. *Und er wird sich ihr anschließen.*

15

Am nächsten Morgen entdecke ich, als ich die Augen aufschlage, eine dunkle Gestalt neben meinem Bett. Okay, das war's dann wohl. Ich hab mich rausgeschlichen, gegen die Regeln verstoßen, und jetzt bezahle ich dafür mit dem Leben.

Aber ich gebe mich nicht kampflos geschlagen.

Bevor die Gestalt irgendetwas tun kann, stürze ich – zur Selbstverteidigung bereit – aus dem Bett. Meine Muskeln spannen sich an, während in meinem Innern dieses herrliche Surren beginnt. Aber an Stelle eines Meuchelmörders habe ich jemanden in einer roten Livree vor mir. Und ich kenne die Frau, die diese Dienstuniform trägt.

Walsh sieht genauso aus wie an dem Tag, als ich sie kennengelernt habe, was man von mir sicherlich nicht sagen kann. Sie steht neben einem kleinen Servierwagen mit Tee und Brot und anderen Dingen für mein Frühstück. Dienstbeflissen, wie sie ist, kommt kein Ton über ihre Lippen, doch ihre Augen scheinen zu schreien. Sie starrt meine Finger an, auf denen die mir inzwischen sattsam bekannten Funken herumtanzen. Ich schüttele sie weg und streiche über die Fäden aus Licht, bis sie in meiner Hautoberfläche verschwunden sind.

»Tut mir schrecklich leid!«, rufe ich und gehe auf Abstand. Aber sie bleibt stumm. »Walsh –«

Wortlos kümmert sie sich um mein Frühstück. Dann formen

ihre Lippen zu meiner großen Überraschung ein paar Worte. Es sind Worte, die ich inzwischen kenne wie ein Gebet – oder einen Fluch: *Wir erheben uns, rot wie die Morgendämmerung.*

Bevor ich etwas erwidern kann, bevor der Schock einsetzen kann, drückt Walsh mir eine Tasse Tee in die Hand.

»Warte!« Ich strecke den Arm nach ihr aus, doch sie weicht mir aus, indem sie sich tief verneigt.

»Mylady«, sagt sie und beendet unsere Unterhaltung damit abrupt.

Sie verlässt den Raum und ich schaue ihr nach, bis nichts mehr von ihr übrig ist als das Echo ihrer unausgesprochenen Worte.

Walsh ist ebenfalls in der Garde.

Die Teetasse fühlt sich kalt an in meiner Hand. Merkwürdig kalt.

Als ich hineinschaue, stelle ich fest, dass sie gar keinen Tee enthält, sondern Wasser. Und auf dem Boden der Tasse liegt ein beschriebenes Stück Papier. Noch während ich die Botschaft lese, löst sich die Tinte auf, bis nichts mehr übrig ist als eine trübe graue Flüssigkeit und ein leerer Zettel. Kein Beweis für meinen ersten Akt der Rebellion.

Die Nachricht ist leicht zu merken; sie besteht nur aus einem Wort.

Mitternacht.

Das Wissen, dass ich einen so engen Kontakt zu der Garde habe, sollte mich trösten, doch aus irgendeinem Grund zittere ich. *Vielleicht sind Kameras nicht das Einzige, was mich hier beobachtet.*

Und es ist nicht die einzige Nachricht, die auf mich wartet. Auf dem Nachttisch liegt mein neuer Tagesplan, geschrieben in der unglaublich akkuraten Handschrift der Königin.

Ihr Tagesplan hat sich geändert. 6:30 Uhr – Frühstück / 7:00 Uhr – Training / 10:00 Uhr – Hofprotokoll / 11:30 Uhr – Mittagessen / 13:00 Uhr – Hofprotokoll / 14:00 – Unterricht / 18:00 Abendessen.
Lucas wird Sie überallhin begleiten. Dieser Tagesplan ist nicht verhandelbar.
Ihre Königliche Hoheit Königin Elara.

»Sind Sie also endlich zur Teilnahme am Training hochgestuft worden?« Lucas grinst mich an und es schimmert so etwas wie Stolz durch, als er mich zu meiner ersten Stunde begleitet. »Dann haben Sie sich entweder sehr gut oder sehr schlecht benommen.«

»Von beidem etwas.«

Eher schlecht, denke ich insgeheim, als ich an die nächtliche Szene in meinem Elternhaus zurückdenke. Ich weiß, dass ich den neuen Tagesplan Cal zu verdanken habe, aber ich hatte nicht erwartet, dass es so schnell gehen würde. Um ehrlich zu sein, freue ich mich auf das Training. Wenn es so ist wie das, bei dem ich Cal und Maven beobachtet habe, vor allem als es um den Einsatz der Fähigkeiten ging, werde ich zwar hoffnungslos im Hintertreffen sein, aber wenigstens gibt es dann jemanden, mit dem ich reden kann. Und wenn ich viel Glück habe, ist Evangelina todkrank und muss bis zum Ende ihres erbärmlichen Lebens im Bett bleiben.

Lucas schüttelt grinsend den Kopf. »Sie sollten sich auf etwas gefasst machen. Die Ausbilder sind berühmt dafür, dass sie selbst die zähsten Soldaten brechen. Die werden Ihre Frechheit nicht so ohne weiteres hinnehmen.«

»Und ich werde es nicht hinnehmen, wenn mich jemand brechen will«, kontere ich. »Welche Art von Training haben Sie denn bekommen?«

»Ich bin zur Armee gekommen, als ich neun war. Meine Übungen sahen also etwas anders aus«, antwortet er, und bei der Erinnerung an diese Zeit verfinstert sich sein Blick.

»*Neun?*« Das erscheint mir unmöglich. Fähigkeiten hin oder her, das kann nicht stimmen.

Aber Lucas zuckt die Achseln, als wäre das nichts Besonderes. »Die Front ist der beste Ort für die Ausbildung. Selbst die Prinzen wurden eine Zeit lang dort trainiert.«

»Aber jetzt sind Sie hier«, sage ich. Mein Blick verharrt auf Lucas' Uniform, auf dem Schwarz und Silber des Wachdienstes. »Sie sind kein Soldat mehr.«

Zum ersten Mal ist Lucas' Lächeln wie ausradiert. »Der Krieg zehrt an einem«, gesteht er, spricht aber mehr zu sich selbst als zu mir. »Menschen sind nicht dazu gemacht, lange im Krieg zu kämpfen.«

»Und was ist mit den Roten?«, höre ich mich fragen. *Bree, Tramy, Shade, Pa, Kilorns Vater. Und Tausende andere. Millionen andere.* »Vertragen die den Krieg besser als Silberne?«

Erst als wir an der Tür zur Trainingshalle ankommen, beantwortet Lucas mir meine Frage. Er sieht ein wenig unbehaglich aus. »So ist unsere Welt nun mal eingerichtet. Rote dienen, Rote arbeiten, Rote kämpfen. Das können sie gut, und dazu sind sie da.« Ich muss mir auf die Zunge beißen, um ihn nicht anzuschreien. »Nicht jeder ist etwas Besonderes.«

Ich koche vor Wut, aber ich sage nichts. Wenn mein Temperament mit mir durchgeht, werden sie das ahnden, auch wenn es

Lucas gegenüber geschieht. »Ab hier finde ich den Weg allein«, sage ich steif.

Er runzelt die Stirn, als er mein Unbehagen bemerkt. Dann sagt er leise, so als wollte er nicht riskieren, dass jemand mithört: »Fragen zu stellen, ist ein Luxus, den ich mir nicht leisten kann.« Seine schwarzen Augen bohren sich vielsagend in meine. »Und Sie können es ebenso wenig.«

Mein Herz zieht sich zusammen; seine Worte und ihre versteckte Bedeutung jagen mir Angst ein. *Lucas weiß, dass man ihm nicht alles über mich erzählt hat.* »Lucas –«

»Ich bin nicht hier, um Fragen zu stellen.« Er zieht eine Augenbraue hoch, um mir zu verstehen zu geben, dass ich nichts zu befürchten habe. »Lady Titanos.« Mein Titel klingt bedeutsamer denn je; er wird zu meinem Schutzschild und nicht nur zu einer Waffe der Königin.

Lucas wird keine Fragen stellen. Trotz seiner schwarzen Augen, seines Silberbluts und seiner Herkunft aus dem Haus Samos wird er nicht an dem Faden ziehen, der meine Geschichte, meine Existenz auflösen würde.

»Halten Sie Ihren Tagesplan genau ein, Mylady«, sagt er und tritt einen Schritt zurück; er benimmt sich förmlicher denn je. Dann zeigt er mit dem Kopf zu der Tür, vor der eine rote Hilfskraft wartet. »Ich hole Sie nach dem Training hier wieder ab.«

»Danke, Lucas« ist alles, was ich herausbringe. Er hat mir so viel mehr gegeben, als er weiß.

Die Hilfskraft reicht mir einen schwarzen Stretchanzug mit violetten und silbernen Streifen. Dann führt er mich in einen winzigen Raum, wo ich mich rasch umziehe. Ich streife meine normalen Kleidungsstücke ab und schlüpfe in den Overall, der mich an die Sachen erinnert, die ich im Dorf getragen habe. Sie waren alt und abgewetzt, aber fest und eng genug, um mich nicht zu behindern.

Als ich die Trainingshalle betrete, bin ich mir schmerzhaft bewusst, dass alle mich anstarren, von den vielen Kameraaugen ganz zu schweigen. Der Fußboden fühlt sich nachgiebig an, er federt jeden Schritt ab. Ein riesiges Oberlicht gibt den Blick auf einen blauen Sommerhimmel voller Wolken frei, der meine Sehnsucht weckt. Eine Wendeltreppe verbindet die verschiedenen Ebenen, die aus den Wänden vorspringen, jede hat eine andere Höhe und ist anders ausgestattet. Es gibt auch zahlreiche Fenster; und hinter einem davon liegt, wie ich weiß, Lady Blonos' Unterrichtsraum. Aber ich habe keine Ahnung, was sich hinter den anderen verbirgt oder wer mir von dort aus zusieht.

Eigentlich müsste es mich nervös machen, einen Raum voller junger Krieger zu betreten, die durchweg besser ausgebildet sind als ich. Stattdessen denke ich an den unerträglichen Eisklotz aus Knochen und Metall, der auch als Evangelina Samos bekannt ist. Ich habe den Raum noch nicht zur Hälfte durchquert, als sie den Mund aufmacht, um ihr Gift zu verspritzen.

»Na, hast du den Abschluss in gutem Benehmen schon in der Tasche? Hat man dir endlich beigebracht, wie man im Sitzen die Beine übereinanderschlägt?«, fragt sie höhnisch und steht von einem Gerät auf, an dem man Gewichte stemmt. Ihre silbernen Haare sind zu einem komplizierten Zopf geflochten, den ich ihr nur zu gern abschneiden würde, aber die gefährlich scharfen Metallklingen an ihrer Hüfte halten mich davon ab. Wie ich und alle anderen trägt sie einen Kampfanzug in den Farben ihres Hauses. Sie sieht furchterregend aus in Schwarz und Silber.

Evangelina wird von Sonya und Elane flankiert, die mich ebenfalls selbstgefällig angrinsen. Wenn sie nicht damit beschäftigt sind, mich einzuschüchtern, scheinen sie an den Lippen ihrer zukünftigen Königin zu hängen.

Ich ignoriere sie alle nach Kräften und ertappe mich dabei, wie ich nach Maven Ausschau halte. Er sitzt, abseits von den anderen, in einer Ecke. *Da sind wir wenigstens ungestört.* Ich höre Getuschel, während ich unter den Blicken von mehr als einem Dutzend junger Adliger zu ihm hingehe. Einige verneigen sich und versuchen, höflich zu sein, aber die meisten sind zurückhaltend. Vor allem die Mädchen wirken angespannt. Schließlich habe ich ihnen einen ihrer Prinzen weggeschnappt.

»Das wird aber auch Zeit«, sagt Maven lachend, als ich mich neben ihn setze. Er scheint die Menge weder zu beachten noch sich ihr zugehörig zu fühlen. »Wenn ich es nicht besser wüsste, würde ich sagen, du hast dich von uns ferngehalten.«

»Eigentlich nur von einer Person«, antworte ich und werfe einen Blick auf Evangelina. Sie hält vor der Wand, an der die Zielübungen stattfinden, Hof und gibt vor ihren Freundinnen mit ihrem zugegebenermaßen beeindruckenden Können an. Ihre Messer sirren durch die Luft und bohren sich alle in die Mitte der Zielscheiben.

Maven beobachtet mich nachdenklich, während ich ihr zuschaue. »Wenn wir zurück in der Hauptstadt sind, wirst du nicht mehr so viel mit ihr zu tun haben«, murmelt er. »Sie und Cal werden damit beschäftigt sein, durchs Land zu fahren und ihre Pflichten zu erfüllen. Und wir werden unsere eigenen Aufgaben haben.«

Die Aussicht, von Evangelina wegzukommen, ist sehr verlockend, aber das erinnert mich auch an die beständig tickende Uhr, die gegen mich läuft. Bald werde ich dazu gezwungen sein, das Schloss, das Tal und meine Familie hinter mir zu lassen.

»Weißt du schon, wann ihr –«, stammele ich und korrigiere mich dann selbst. »Ich meine, wann wir in die Hauptstadt fahren?«

»Nach dem Abschiedsball. Hat man dir davon erzählt?«

»Ja, deine Mutter hat ihn erwähnt – und Lady Blonos versucht, mir das Tanzen beizubringen«, erwidere ich peinlich berührt. Sie hat gestern versucht, mir ein paar Schritte zu zeigen, aber ich bin nur über meine eigenen Füße gestolpert. Beim Stehlen stelle ich mich geschickt an, doch fürs Tanzen reicht mein Talent ganz offensichtlich nicht. »Die Betonung liegt auf *versuchen.*«

»Mach dir keine Sorgen. Den schlimmsten Teil bekommen wir nicht ab.«

Der Gedanke, in der Öffentlichkeit tanzen zu müssen, macht mir Angst, aber ich schlucke meine Furcht hinunter. »Wer dann?«

»Cal«, antwortet er, ohne zu zögern. »Mein großer Bruder muss jede Menge alberne Gespräche aushalten und mit vielen, vielen nervigen Mädchen tanzen. Ich weiß noch, wie es letztes Jahr war«, sagt er lachend. »Sonya Iral ist ihm die ganze Zeit nachgelaufen, wollte ständig mit ihm tanzen und hat versucht ihn wegzulocken, damit sie sich zusammen *amüsieren*. Ich musste dazwischengehen und zwei Tänze mit ihr durchhalten, damit Cal mal durchatmen konnte.«

Ich muss lachen bei der Vorstellung, wie die beiden Brüder vereint gegen eine Legion von verzweifelten Mädchen antreten und was sie alles anstellen, um sich gegenseitig zu retten. Aber während ich grinse, verschwindet Mavens Lächeln wieder.

»Diesmal wird ihm ja nun die Samos am Arm hängen. Die anderen Mädchen werden es nicht wagen, ihr in die Quere zu kommen.«

Ich schnaube und denke daran zurück, wie sie bei meinem ersten Auftritt meinen Arm umklammert hielt und mir gedroht hat. »Der arme Cal.«

»Wie war denn euer Ausflug gestern?«, fragt er. *Cal hat ihm also nichts erzählt.*

»Schwierig.« Ein anderes Wort fällt mir nicht ein, um den Abend zu beschreiben. Meine Familie weiß jetzt, was ich bin, und Kilorn hat sich den Wölfen zum Fraß vorgeworfen. Und Shade ist tot. »Einer meiner Brüder wurde exekutiert, kurz bevor der Entlassungsbescheid kam.«

Maven rutscht auf seinem Platz herum und ich vermute, dass er sich unbehaglich fühlt. Schließlich waren es seine Leute, die das getan haben. Doch stattdessen legt er seine Hand auf meine. »Das tut mir sehr leid, Mare. Ich bin sicher, das hat er nicht verdient.«

»Nein, das hat er nicht«, flüstere ich und denke daran, warum mein Bruder sterben musste. Jetzt wandele ich auf seinen Pfaden.

Maven schaut mich aufmerksam an, als würde er versuchen, das Geheimnis in meinen Augen zu erraten. Ausnahmsweise bin ich froh über etwas, das Lady Blonos mir beigebracht hat, denn sonst würde ich jetzt befürchten, dass Maven meine Gedanken lesen kann wie seine Mutter. Doch Maven ist ein Flammenkämpfer; nicht mehr, aber auch nicht weniger. Es kommt nur selten vor, dass Silberne die Fähigkeiten ihrer Mütter erben, und noch nie hat jemand mehr als eine besondere Fähigkeit mitbekommen. Also bleibt meine neue Verbundenheit mit der Scharlachroten Garde mein Geheimnis.

Als Maven die Hand ausstreckt, um mir aufzuhelfen, ergreife

ich sie. Die meisten um uns herum sind damit beschäftigt, sich zu dehnen oder sich warm zu laufen, aber einige machen auch beeindruckendere Dinge: Die Schattengeherin Elane krümmt das Licht um sich herum und ist mal sichtbar und mal nicht, bis sie schließlich sogar ganz verschwindet. Ein Windsäer, Oliver aus dem Haus Laris, lässt zwischen seinen Händen einen kleinen Wirbelwind entstehen, mit dem er winzige Staubkörner bewegt. Sonya liefert sich einen lässigen Schlagabtausch mit Andros Eagrie, einem kleinen, aber muskulösen Achtzehnjährigen. Als Gleiterin bewegt Sonya sich unglaublich geschmeidig und schnell, und eigentlich müsste sie ihn leicht übertrumpfen können, doch Andros pariert jeden ihrer Angriffe. Das Ganze ähnelt einem brutalen Tanz. Die Silbernen aus dem Haus Eagrie sind Seher, was bedeutet, dass sie die unmittelbare Zukunft vorhersagen können, und Andros schöpft diese Fähigkeit voll und ganz aus. Keiner von den beiden scheint die Oberhand gewinnen zu können, so dass ihr Kampf eher ein Gleichgewicht des Schreckens darstellt als eine Demonstration individueller Stärke.

Wenn ich mir vorstelle, was sie mit ihren Fähigkeiten alles tun können. Sie sind so stark, so *mächtig*. Und das da ist nur die Jugend. Plötzlich schwindet meine Hoffnung und verwandelt sich in Angst.

»Aufstellung«, sagt da eine Stimme. Es ist kaum mehr als ein Flüstern.

Mein neuer Lehrer betritt lautlos den Raum, und Cal geht an seiner Seite im Gleichschritt, wie ein guter Soldat. Hinter den beiden folgt ein Kopflenker aus dem Haus Provos. Neben Cals hoch aufragender, muskulöser Gestalt wirkt der Ausbilder geradezu winzig und bescheiden. Seine blasse Haut ist faltig, und seine Haare sind ebenso weiß wie seine Kleidung und so zugleich ein Beleg für sein Alter und ein Hinweis auf sein Haus. *Haus Arven, das Stille Haus*, so habe ich es im Unterricht gelernt. Es gehört zu den wichtigsten Häusern; es ist stark und mächtig und repräsentiert alles, woran die Silbernen glauben. An diesen Mann erinnere ich mich sogar noch aus meiner Zeit, bevor ich zu Mareena Titanos wurde, aus meiner Kindheit. Er überwachte die im Fernsehen übertragenen Hinrichtungen in der Hauptstadt und hielt dabei die Roten und sogar die zum Tode verurteilten Silbernen in Schach. Inzwischen weiß ich auch, warum sie ihn für diese Aufgabe ausgewählt haben.

Die Schattengeherin aus dem Haus Haven wird plötzlich wieder sichtbar, und der Wirbelwind in Olivers Hand legt sich von jetzt auf gleich. Evangelinas Messer verlieren mitten im Flug ihren Schwung und fallen zu Boden, und selbst ich spüre, wie sich eine ruhige Decke aus nichts über mich senkt und mein Gespür für alles Elektrische zum Verstummen bringt.

Das ist Rane Arven, der Ausbilder, der Henker, *die Stille*. Er kann einen Silbernen auf das reduzieren, was er am meisten hasst: auf einen Roten. Denn er kann Fähigkeiten *ausschalten*, sie *lahmlegen* und einen Silbernen so zu etwas völlig Normalem machen.

Während ich ihn fasziniert anstarre, zieht Maven mich hinter sich in die Reihe, die von Cal angeführt wird. Evangelina bildet den Kopf der Reihe neben uns und kümmert sich ausnahmsweise einmal überhaupt nicht um mich. Ihr Blick ruht auf Cal, während er sich bereit macht; er scheint sich an diesem Ort wie ein Fisch im Wasser zu fühlen.

Arven vergeudet keine Zeit damit, mich vorzustellen. Er scheint sogar kaum zu bemerken, dass ich erstmals am Training teilnehme.

»Rundlauf«, sagt er mit leiser, heiserer Stimme.

Gut. Das kann ich zumindest.

Wir laufen in Reihen los und drehen in gemächlichem Tempo und äußerst angenehmer Stille unsere Runden. Weil ich es genieße, endlich wieder das zu tun, was ich so sehr vermisst habe, werde ich immer schneller, bis ich schließlich sogar Evangelina hinter mir lasse. Jetzt ist nur noch Cal neben mir, der das Tempo für die anderen macht. Er grinst mir zu und beobachtet mich. Das ist etwas, was ich kann, was mir Spaß macht.

Meine Füße fühlen sich merkwürdig an auf dem gedämmten Boden, der sie bei jedem Schritt federn lässt. Aber das Rauschen des Blutes in meinen Ohren, der Schweiß und das Tempo sind mir bestens vertraut. Wenn ich die Augen schließe, kann ich so tun, als wäre ich wieder im Dorf, in Gesellschaft von Kilorn oder meinen Brüdern oder auch einfach nur für mich. Frei.

Bis plötzlich ein Teil der Wand ausfährt und mich am Bauch erwischt.

Ich schlage lang hin und bleibe am Boden liegen. Vor allem mein Stolz ist verletzt. Die anderen Läufer ziehen an mir vorbei, und Evangelina grinst mich höhnisch über die Schulter an, während ich zurückbleibe. Nur Maven wird langsamer und wartet auf mich.

»Willkommen beim Training«, sagt er grinsend, während er zusieht, wie ich mich wieder aufrappele.

Im ganzen Raum springen nun einzelne Teile der Wand vor und bilden Hürden für die Läufer. Alle anderen werden spielend damit fertig, denn sie sind an so etwas gewöhnt. Cal und Evangelina führen die Gruppe an; sie springen leichtfüßig über jedes Hindernis, das sich vor ihnen auftut, oder ducken sich darunter hinweg. Aus dem Augenwinkel sehe ich, wie der Provos-Kopflenker Abschnitte der Wand vor- und zurückschiebt. Und ich kann mich des Eindrucks nicht erwehren, dass er mich spöttisch angrinst.

Ich unterdrücke das Bedürfnis, den Kopflenker anzubrüllen, und zwinge mich weiterzulaufen. Maven joggt direkt neben mir, nie mehr als einen Schritt entfernt, und das macht mich seltsam wütend. Ich beschleunige, bis ich schließlich sprinte und dabei über die Hürden springe, so gut ich es vermag. Doch Maven ist nicht wie die Wachleute zu Hause – es ist schwer, ihn abzuhängen.

Als wir das Lauftraining schließlich beenden, ist Cal der Einzige, der nicht einmal ins Schwitzen gekommen ist. Selbst Evangelina sieht erschöpft aus, auch wenn sie sich alle Mühe gibt, es zu verbergen. Ich keuche laut, aber ich bin stolz auf mich. Trotz des schlechten Starts habe ich mich gut gehalten.

Ausbilder Arven lässt seinen Blick über uns schweifen und kurz auf mir verharren, dann wendet er sich dem Kopflenker zu. »Zielobjekte, bitte, Theo«, sagt er, wieder kaum lauter als im Flüsterton. Ich spüre, wie meine Fähigkeiten zurückkehren; es ist, als ob man einen Vorhang aufzieht, um die Sonne hereinzulassen.

Der Kopflenker-Assistent fährt mit der Hand durch die Luft, woraufhin sich ein Teil des Fußbodens öffnet und die merkwürdige Apparatur zum Vorschein kommt, die ich von Lady Blonos' Unterrichtsraum aus gesehen habe. Es ist nicht mehr als ein einfacher Metallzylinder. Und er bewegt sich ausschließlich durch die Kraft des Kopflenkers, ohne jeden anderen technischen Antrieb. *Die Fähigkeiten sind alles, was sie haben.*

»Lady Titanos«, murmelt Arven und mich überläuft ein Schauer. »Wie ich höre, verfügen Sie über eine interessante Fähigkeit.«

Er meint den Blitz, die violett-weißen, zerstörerischen Lichtkeile, doch meine Gedanken wandern zu dem, was Julian mir gestern gesagt hat. *Ich kontrolliere nicht nur, ich bringe etwas hervor. Ich bin etwas Besonderes.*

Alle Blicke wandern zu mir, aber ich beiße die Zähne zusammen und gebe mir Mühe, meine Unsicherheit zu verbergen. »Interessant ist sie auf jeden Fall, aber nicht gänzlich unbekannt«, erwidere ich. »Ich bin sehr begierig, mehr darüber zu lernen, Sir.«

»Sie können gleich jetzt damit anfangen«, sagt der Ausbilder, und der Kopflenker hinter ihm macht sich bereit.

Wie aufs Stichwort fliegt einer der Bälle, die unsere Zielobjekte darstellen, in die Luft, und zwar schneller, als ich für möglich gehalten hätte.

Kontrolliere es, wiederhole ich Julians Worte. *Konzentrier dich.*

Diesmal spüre ich den Sog, als ich die Elektrizität aus der Luft ziehe *und* aus mir selbst. Sie materialisiert sich in meinen Händen und wird dort in Form kleiner Funken lebendig. Aber der Ball schlägt auf, bevor ich sie losschleudern kann, und die Funken fallen zu Boden und verschwinden. Evangelina kichert hinter mir, aber als ich mich wütend umdrehe, fällt mein Blick auf Maven. Er nickt kaum merklich und drängt mich stumm, es noch einmal zu versuchen. Neben ihm verschränkt Cal die Arme. Auf seinem Gesicht liegt ein düsterer Ausdruck, den ich nicht deuten kann.

Wieder schießt ein Ball empor und dreht sich in der Luft. Diesmal erwachen die Funken schneller zum Leben und leuchten hell, als das Ziel den höchsten Punkt erreicht. Wie schon in Julians Klassenzimmer mache ich eine Faust, spüre die Energie, die in mir wütet, und schleudere sie von mir weg.

Sie beschreibt einen wunderschönen Bogen aus zerstörerischem Licht und schlägt einen Teil des Zielballs ab. Er zerspringt und fällt dann rauchend und Funken schlagend zu Boden.

Ich muss grinsen, so zufrieden bin ich mit mir. Maven und Cal klatschen, und auch einige andere stimmen in den Applaus mit ein. Evangelina und ihre Freundinnen natürlich nicht – sie scheint meinen Triumph als Beleidigung zu empfinden.

Aber unser Ausbilder sagt nichts und hält sich auch mit Glückwünschen zurück. Er schaut einfach über mich hinweg auf den Rest seiner Schüler. »Der Nächste.«

Rane Arven gönnt uns keine Pause. Er zwingt uns, eine Trainingseinheit nach der anderen zu absolvieren, jede davon dazu gedacht, unsere Fähigkeiten besser zu beherrschen. Natürlich bin ich bei allen Übungen die Schwächste, aber ich spüre auch, dass ich besser werde. Als das Training vorbei ist, bin ich schweißnass und mir tut buchstäblich alles weh. Julians Unterricht ist die reinste Wohltat, weil ich dabei sitzen und mich ein wenig erholen darf. Aber selbst diese morgendliche Trainingsrunde kann mir nicht all meine Energie rauben. *Denn die Mitternacht rückt näher.* Je schneller die Zeit verfliegt, desto eher kommt die Nacht. Und mit ihr der nächste Schritt, um die Kontrolle über mein Schicksal zu erlangen.

Julian fällt nicht auf, dass ich unruhig bin, wahrscheinlich weil er bis zur Nasenspitze in Büchern mit neuem Umschlag versunken ist. Sie sind alle mehrere Zentimeter dick und außen mit jeweils nur einer Jahreszahl beschriftet. Ich habe keine Ahnung, um was es sich handeln könnte.

»Was sind das für Bücher?«, frage ich und nehme eins davon in die Hand. Darin finde ich unzählige Listen: Namen, Daten, Orte – und Todesursachen. Meistens ist Blutverlust angegeben, aber es gibt auch tödliche Krankheiten, Tod durch Ersticken oder Ertrinken und einige speziellere, grausame Details. Mir gefriert das Blut in den Adern, als mir klar wird, was ich da vor mir habe: »Ein Sterberegister.«

Julian nickt. »Hier sind alle aufgeführt, die im Krieg gegen die Lakelander gefallen sind.«

Shade, denke ich sofort und spüre, wie sich mir der Magen umdreht. Irgendetwas sagt mir, dass sein Name nicht in diesen Listen steht. Deserteuren wird die Ehre eines Eintrages sicherlich nicht zuteil. Wütend richte ich meine Konzentration auf die Leselampe an meinem Tisch. Die Elektrizität, die durch sie hindurchfließt, ist mir so vertraut wie mein eigener Puls. Allein mit der Kraft meiner Gedanken schalte ich sie an und aus, an und aus, im gleichen unruhigen Rhythmus, in dem auch mein Herz schlägt.

Julian wird auf das flackernde Licht aufmerksam und spitzt die Lippen. »Alles in Ordnung, Mare?«, fragt er trocken.

Nichts ist in Ordnung.

»Der neue Tagesplan gefällt mir nicht«, sage ich stattdessen und lasse von der Leuchte ab. Das ist weder eine Lüge noch ist es die Wahrheit. »Wir beide werden nicht mehr zusammen trainieren können.«

Er zuckt nur die Achseln, wobei seine pergamentfarbenen Kleider in Bewegung geraten. Irgendwie sehen sie schmutziger aus als sonst, als würde er sich langsam in die Seiten seiner Bücher verwandeln. »Nach allem, was ich so höre, brauchst du mehr Anleitung, als ich dir geben kann.«

Ich knirsche mit den Zähnen und kaue eine Zeit lang auf den Wörtern herum, bevor ich sie herauslasse: »Hat Cal dir erzählt, was passiert ist?«

»Ja, das hat er«, antwortet Julian ohne erkennbare Regung. »Und er hat Recht. Gib ihm nicht die Schuld daran.«

»Ich gebe ihm die Schuld, woran ich will«, erwidere ich patzig und muss an die Kriegsbücher und Anleitungen zum Töten in seinem Zimmer denken. »Er ist genau wie alle anderen.«

Julian öffnet den Mund, um etwas zu sagen, überlegt es sich im letzten Moment aber anders und wendet sich wieder seinen Büchern zu. »Was wir beide zusammen machen, würde ich nicht direkt als Training bezeichnen, Mare. Außerdem hast du in der Übungsstunde heute einen sehr guten Eindruck gemacht.«

»Du hast mich gesehen? Wie das?«

»Ich habe darum gebeten, als Beobachter dabei zu sein.«

»Aber wa–«

»Das spielt keine Rolle«, sagt er und sieht durch mich hindurch. Seine Stimme klingt auf einmal melodisch und sie vibriert leicht, wie ein tiefes, beruhigendes Brummen. Ich atme aus und begreife, dass er Recht hat.

»Nein, das spielt keine Rolle«, wiederhole ich. Und obwohl er gar nichts sagt, hängt Julians Stimme noch immer wie eine wohltuende Brise in der Luft. »Also, woran arbeiten wir heute?«

Julian grinst; er scheint sich über sich selbst zu amüsieren. »Mare.«

Jetzt klingt seine Stimme wieder normal, einfach und vertraut. Sie zerschlägt die Echos und trägt sie in einer Wolke von mir weg. »Was – was zum Teufel war das?«

»Lady Blonos hat dir in ihrem Unterricht wohl nichts über das Haus Jacos erzählt?«, sagt er immer noch grinsend. »Es überrascht mich, dass du nie gefragt hast.«

Das ist wahr. Ich habe mich nie gefragt, über welche Fähigkeit Julian eigentlich verfügt. Ich dachte immer, es müsste etwas sein, was nicht allzu großartig ist, weil er weniger aufgeblasen daherkommt als die anderen. Aber wie es aussieht, lag ich damit komplett falsch. Er ist stärker und gefährlicher, als mir bewusst war.

»Du kannst Menschen kontrollieren. Du bist wie *sie.*« Bei dem Gedanken, dass so ein einfühlsamer, guter Mensch wie Julian irgendeine Ähnlichkeit mit der Königin haben könnte, überkommt mich ein Zittern.

Er lässt sich von meiner Beschuldigung nicht aus der Ruhe bringen und wendet seine Aufmerksamkeit wieder den Büchern zu. »Nein, das bin ich nicht. Ich verfüge nicht annähernd über so viel Kraft wie sie. Und auch nicht über so viel Brutalität.« Mit einem Seufzer erklärt er es mir. »Wir werden Einsinger genannt. Oder zumindest wäre es so, wenn es mehr von uns gäbe. Ich bin der Letzte meines Hauses und – nun ja – auch der Letzte meiner Art. Ich kann keine Gedanken lesen und ich kann auch keine Gedanken kontrollieren oder in deinem Kopf herumspuken und dort mit dir sprechen. Aber ich kann einsingen und auf diese Weise bewirken, dass andere – solange sie mich hören und solange ich ihnen in die Augen sehen kann – tun, was ich möchte.«

In mir steigt Panik auf. *Selbst Julian.*

Ich lehne mich vorsichtig zurück, da ich plötzlich so viel Abstand wie möglich zwischen uns bringen will. Das entgeht ihm natürlich nicht, aber er sieht nicht so aus, als wäre er deswegen wütend.

»Du tust Recht daran, mir nicht zu trauen«, murmelt er. »Niemand traut mir. Es hat seine Gründe, dass Bücher meine einzigen Freunde sind. Aber ich setze meine Fähigkeit nur dann ein, wenn es absolut notwendig ist, und ich habe sie noch nie böswillig verwendet.« Dann lacht er dunkel. »Wenn ich wirklich wollte, könnte ich mir den Weg zum Thron ersingen.«

»Aber du tust es nicht.«

»Nein. Und auch meine Schwester hat es nicht getan, egal, was über sie geredet wird.«

Cals Mutter. »Es spricht aber niemand über sie. Jedenfalls nicht in meiner Gegenwart.«

»Die Leute reden nicht gern über tote Königinnen«, sagt er gereizt und wendet sich von mir ab. »Aber es gab Gerede, als sie noch lebte. Coriane Jacos, die Einsinger-Königin.« Noch nie habe ich Julian so erlebt, nicht ein einziges Mal. Normalerweise ist er ruhig und gelassen, vielleicht manchmal ein wenig besessen, aber niemals wütend. Niemals so verletzt. »Sie kam nicht durch eine Königinnenkür auf den Thron, musst du wissen. Nicht wie Elara oder Evangelina oder sogar du. Nein, Tibe hat meine Schwester geheiratet, weil er sie liebte – und sie ihn.«

Tibe. Tiberias Calore VI., König von Norta, Flamme des Nordens, mit einem Namen zu belegen, der weniger als zehn Silben hat, erscheint mir geradezu lächerlich. Aber auch er war einmal jung. Er war wie Cal, ein Junge, der dafür bestimmt war, König zu werden.

»Sie haben sie gehasst, weil wir aus einem unbedeutenden Haus stammten, weil wir nicht über die Stärke oder die Macht oder andere alberne Dinge verfügten, die diese Leute hochhalten«, wettert Julian weiter, ohne mich anzusehen. Seine Schultern heben sich bei jedem Atemzug. »Und als meine Schwester Königin wurde, hatte man Angst, dass sich all das ändern würde. Sie war freundlich und voller Mitgefühl, eine Mutter, die Cal zu dem König hätte erziehen können, den dieses Land brauchen würde, zu einem König, der uns alle eint und der keine Angst vor Veränderung hat. Aber dazu ist es nie gekommen.«

»Ich weiß, wie das ist, jemanden aus der Familie zu verlieren«, murmele ich, in Gedanken bei Shade. Irgendwie fühlt es sich nicht real an, so als würden alle nur lügen und als wäre er wieder glücklich und zufrieden zu Hause. Aber ich weiß, dass das nicht stimmt. Und irgendwo liegt die enthauptete Leiche meines Bruders als trauriger Beweis dafür. »Ich habe es erst gestern Abend erfahren. Mein Bruder ist an der Front gestorben.«

Julian wendet sich endlich wieder zu mir um. Seine Augen sind glasig. »Das tut mir leid, Mare. Das war mir nicht bekannt.«

»Nein, woher auch. Die Armee hält sicher keine Hinrichtungen in ihren Büchern fest.«

»Er wurde hingerichtet?«

»Wegen Desertion.« Das Wort schmeckt wie Blut, wie eine Lüge. »Aber ich weiß, dass er das niemals getan hätte.«

Nach einem langen Moment des Schweigens legt Julian eine Hand auf meine Schulter. »Wie es aussieht, haben wir mehr gemeinsam, als du glaubst, Mare.«

»Wie meinst du das?«

»Meine Schwester wurde auch umgebracht. Sie war im Weg und sie wurde entfernt. Und …«, seine Stimme wird zu einem Flüstern, »… sie werden es wieder tun. Sie werden jeden töten, der ihnen in die Quere kommt. Selbst Cal, selbst Maven, und vor allem *dich*.«

Vor allem mich. Die kleine Blitzwerferin.

»Ich dachte, du wolltest etwas verändern, Julian.«

»Ja, das will ich tatsächlich. Aber diese Dinge brauchen Zeit und eine gute Planung, und zu viel Glück, als dass man darauf zählen könnte.« Er lässt seinen Blick über mich wandern, als wüsste er, dass ich den ersten Schritt auf einen gefährlichen Pfad bereits gesetzt habe. »Ich möchte nicht, dass du dich in etwas verstricken lässt, dem du nicht gewachsen bist.«

Zu spät.

16

Nachdem ich eine gefühlte Woche lang auf die Uhr gestarrt und darauf gewartet habe, dass es endlich Mitternacht wird, setzt langsam Verzweiflung bei mir ein. Farley kann hier doch niemals bis zu uns durchdringen. So talentiert ist nicht mal sie. Trotzdem spüre ich, als es so weit ist, zum ersten Mal seit der Königinnenkür nichts: keine Kameras, keine Elektrizität, *nichts*. Der Strom ist komplett ausgefallen. Ich habe in meinem Leben schon mehr Blackouts erlebt, als ich zählen kann, aber dieser ist anders. Hier ist weder Pech noch Unvermögen im Spiel. Dieser Stromausfall ist für mich.

Rasch schlüpfe ich in meine Stiefel, die inzwischen gut eingetragen sind, und laufe zur Tür. Kaum bin ich draußen im Flur, da höre ich auch schon Walsh neben mir. Sie spricht leise und schnell, während sie mich durch die künstlich herbeigeführte Dunkelheit mit sich zieht.

»Wir haben nicht viel Zeit«, murmelt sie und schiebt mich in ein Treppenhaus, das dem Dienstpersonal vorbehalten ist. Dort ist es stockfinster, aber sie kennt den Weg, und ich vertraue ihr. »Sie brauchen etwa eine Viertelstunde, bis der Strom wieder da ist. Wenn alles gut geht.«

»Und wenn es nicht gut geht?«, hauche ich in der Dunkelheit.

Sie zieht mich die Treppe hinunter und stößt mit der Schulter eine Tür auf. »Für diesen Fall hoffe ich, dass du nicht zu sehr an deinem Kopf hängst.«

Als Erstes steigt mir der Geruch von Erde, Dreck und Wasser in die Nase und wirbelt Erinnerungen an mein Leben am Waldrand auf. Aber obwohl es hier aussieht wie in einem Wald – mit knorrigen alten Bäumen und Hunderten Pflanzen, die im Mondlicht blau und schwarz wirken –, erstreckt sich über unseren Köpfen ein Glasdach. *Das Gewächshaus.* Auf dem Boden winden sich Schatten, von denen einer gruseliger ist als der andere. In jeder dunklen Ecke wähne ich Sicherheitsleute und Königswächter, die nur darauf warten, uns zu schnappen und zu töten, wie sie es mit meinem Bruder gemacht haben. Aber statt ihrer furchterregenden schwarzen oder flammend roten Uniformen gibt es unter dieser gläsernen Sternendecke nichts als blühende Blumen.

»Entschuldige, dass ich keinen Knicks mache«, sagt eine Frau, die hinter einer Gruppe von weiß getupften Magnolienbäumen hervortritt. In ihren blauen Augen spiegelt sich das Mondlicht und funkelt wie kaltes Feuer. *Farley hat ein echtes Talent für effektvolle Auftritte.*

Wie schon in dem Video hat sie sich ein rotes Tuch vorgebunden. Doch die schlimme Narbe, die sich über ihren Hals zieht und unter ihrem Hemdkragen verschwindet, kann sie damit nicht verstecken. Die Narbe sieht noch ganz frisch aus, ist kaum abgeheilt. Farley war schwer beschäftigt, seit ich sie zuletzt gesehen habe. Aber ich ja auch.

»Farley«, sage ich und nicke ihr zu.

Sie erwidert den stillen Gruß nicht, aber das hatte ich auch nicht erwartet. Das hier ist eine ernste Sache. »Und der andere?«, fragt sie. *Der andere?*

»Holland bringt ihn her. Sie müssen jeden Moment da sein.« Walsh klingt atemlos, beinahe aufgeregt, bei dem Gedanken an die Person, auf die wir warten. Sogar Farleys Augen leuchten.

»Was ist los? Wer macht hier noch mit?« Keiner antwortet mir; stattdessen tauschen sie nur stumme Blicke aus. Mir schießen die Namen und Gesichter einiger Dienstboten und Küchenhilfen durch den Kopf, von denen ich mir vorstellen könnte, dass sie unsere Sache unterstützen.

Aber die Person, die sich dann zu uns gesellt, ist kein Dienstbote. Sie ist nicht einmal ein Roter.

»Maven.«

Ich weiß nicht, ob ich schreien oder wegrennen soll, als ich meinen Verlobten aus dem Schatten treten sehe. Er ist ein Prinz, ein Silberner, er ist der Feind, und doch steht er hier mit einer der Anführerinnen der Scharlachroten Garde. Sein Begleiter, Holland, ist ein älterer Roter, der ihm bereits seit vielen Jahren dient. Er steht mit stolzgeschwellter Brust neben ihm.

»Ich hab dir ja gesagt, du bist nicht allein, Mare«, sagt Maven, aber er lächelt nicht. Seine Hand zuckt; er ist nervös. Farley macht ihm *Angst*.

Und ich verstehe auch, warum. Sie kommt mit vorgehaltener Waffe auf uns zu; sie ist ebenso nervös wie er. Aber ihre Stimme zittert nicht. »Ich möchte es aus deinem Mund hören, kleiner Prinz. Sag mir, was du ihm gesagt hast«, fordert sie und weist mit dem Kinn auf Holland.

Maven verzieht verärgert den Mund, als sie ihn »kleiner Prinz« nennt, aber er schluckt es. »Ich möchte mich der Garde anschließen«, sagt er im Brustton der Überzeugung.

Sie bewegt sich blitzschnell, spannt den Hahn ihrer Pistole und drückt ihm den Lauf an die Stirn, doch Maven zuckt nicht einmal. »Und warum?«, zischt sie.

»Weil ich diese Welt für falsch halte. Was mein Vater getan hat und was mein Bruder tun wird, ist *falsch.*« Selbst mit einer Waffe am Kopf schafft er es, ruhig zu sprechen, aber ich sehe eine Schweißperle über sein Gesicht laufen. Farley rührt sich nicht vom Fleck; sie wartet auf eine überzeugendere Antwort, und mir geht es genauso.

Seine Augen wandern zu mir und er schluckt hart. »Als ich zwölf war, hat mein Vater mich an die Front geschickt, um mich abzuhärten. Damit ich mehr wie mein Bruder werde. Cal ist nämlich perfekt, warum konnte ich denn nicht genauso sein wie er?«

Seine Worte lassen mich unwillkürlich zusammenzucken, denn ich kenne den Schmerz, der dahintersteckt. *Ich habe in Gisas Schatten gelebt und er in Cals. Ich weiß, wie das ist.*

Farley jedoch rümpft die Nase und lacht ihn beinahe aus. »Ich habe keine Verwendung für eifersüchtige kleine Jungs.«

»Ich wünschte, es wäre Eifersucht, die mich hierherführt«, erwidert Maven leise. »Ich habe drei Jahre in der Kaserne gelebt. Ich bin Cal gefolgt und Offizieren und Generälen, und ich habe Soldaten in einem Krieg kämpfen und sterben sehen, an den niemand glaubt. Wo Cal Ehre und Treue sah, sah ich nur Dummheit. Ich sah Verschwendung. Blut auf beiden Seiten der Trennlinie, und eure Leute haben so viel mehr davon vergossen.«

Ich muss an die Bücher in Cals Zimmer denken, an die Kriegstaktiken und Manöver, die darin verzeichnet waren, als wäre das alles ein Spiel. Mich fröstelt bei der Erinnerung daran, aber was Maven dann sagt, lässt mir das Blut in den Adern gefrieren.

»Da war ein Junge, gerade mal siebzehn, ein Roter aus dem eisigen Norden. Er hat mich nicht gleich erkannt wie die anderen, ist mir aber trotzdem sehr freundlich begegnet. Er hat mich wie einen normalen Menschen behandelt. Ich glaube, er war mein erster echter Freund.« Vielleicht spielt das Mondlicht mir einen Streich, aber ich sehe einen Schimmer in seinen Augen, als stünden Tränen darin. »Er hieß Thomas, und ich habe ihn sterben sehen. Ich hätte ihn retten können, aber meine Leibwächter haben mich festgehalten. Mein Leben sei mehr wert als seins, sagten sie.« Plötzlich sind Mavens Tränen verschwunden, verdrängt von geballten Fäusten und einem eisernen Willen. »Cal bezeichnet es als Gleichgewicht, wenn Silberne über Rote herrschen. Er ist ein guter Mensch und wird ein guter Regent sein, aber er glaubt, dass wir für Veränderungen einen zu hohen Preis bezahlen müssten«, sagt er. »Ich versuche euch klarzumachen, dass ich nicht wie die anderen bin. Ich glaube, dass unsere Leben gleich viel wert sind, und ich werde meins mit Freuden hingeben, wenn das bedeutet, dass sich etwas ändert.«

Er ist ein Prinz, und was das Schlimmste ist, er ist der Sohn der Königin. Genau aus diesem Grund wollte ich ihm nicht trauen; ich hatte das Gefühl, dass er etwas vor mir verbirgt. *Aber vielleicht war ja das hier sein Geheimnis: dass er ein Herz hat.*

Obwohl er sich alle Mühe gibt, ernst dreinzuschauen, sich aufrecht zu halten und darauf zu achten, dass seine Lippen nicht zittern, sehe ich den Jungen hinter dieser Maske. Fast möchte ich diesen Jungen in den Arm nehmen und trösten, aber Farley würde mich sofort stoppen. Als sie ihre Waffe langsam sinken lässt, atme ich auf und merke erst in diesem Moment, dass ich die ganze Zeit die Luft angehalten habe.

»Er sagt die Wahrheit«, meldet Holland, sein Diener, sich zu Wort und stellt sich neben Maven, als wollte er ihn beschützen. »Er denkt bereits seit Monaten so. Seit er von der Front zurückgekehrt ist.«

»Und nachdem er dir ein paar Nächte was vorgeheult hatte, hast du ihm von uns erzählt?«, fragt Farley verächtlich und funkelt Holland böse an. Doch er hält dem Druck stand.

»Ich kenne den Prinzen seit der Kindheit. Jeder, der ihm nahesteht, kann seinen Sinneswandel erkennen.« Holland wirft einen Seitenblick auf Maven, als erinnerte er sich an den Jungen, der er einmal war. »Bedenkt, was für einen mächtigen Verbündeten ihr mit ihm gewinnt. Was er bewirken kann.«

Maven ist anders. Das weiß ich aus erster Hand. Aber ich weiß, dass ich Farley mit meinen Worten nicht überzeugen kann. Nur Maven selbst kann das jetzt gelingen.

»Schwör bei deinen Farben«, knurrt sie.

Das ist, Lady Blonos zufolge, ein altes Ritual. Wenn man bei seinen Farben schwört, ist das so, als würde man bei seinem Leben, dem seiner Familie und dem seiner zukünftigen Kinder schwören, alles auf einmal. Und Maven zögert nicht eine Sekunde.

»Ich schwöre bei meinen Farben«, sagt er und neigt den Kopf. »Ich gelobe der Scharlachroten Garde meine Treue.« Es klingt wie sein Antrag an mich, aber das hier ist weitaus bedeutsamer und gefährlicher.

»Willkommen in der Scharlachroten Garde«, sagt Farley schließlich und zieht sich das Tuch vom Gesicht.

Ich bewege mich still zu ihm hin, bis ich seine Hand in meiner spüre. Sie verströmt eine mir inzwischen vertraute Hitze. »Danke, Maven«, flüstere ich. »Du weißt gar nicht, was uns das bedeutet.« *Was es mir bedeutet.*

Jeder andere würde übers ganze Gesicht strahlen, wenn er einen Silbernen in seinen Reihen aufnimmt, und noch dazu einen königlichen, aber Farley zeigt kaum eine Reaktion. »Was bist du bereit für uns zu tun?«, fragt sie.

»Ich kann Informationen besorgen, geheime Informationen, was immer ihr benötigt, um die Sache voranzutreiben. Ich sitze mit meinem Vater in der Ratsversammlung, die die Steuern festsetzt, oder –«

»Steuern interessieren uns nicht«, fährt Farley ihn an. Sie wirft mir einen wütenden Blick zu, als wäre es meine Schuld, dass ihr sein Angebot nicht gefällt. »Was wir brauchen, sind Namen, Orte, mögliche *Angriffsziele*. Wir müssen wissen, welches die besten Ziele sind und wie wir den meisten Schaden anrichten können. Kannst du uns damit dienen?«

Maven tritt unbehaglich von einem Fuß auf den anderen. »Mir wäre es lieber, wenn ihr einen weniger feindseligen Weg einschlagen könntet«, murmelt er. »Mit euren gewalttätigen Methoden macht ihr euch wenig Freunde.«

Farley schnaubt verächtlich und so laut, dass es durch das ganze Gewächshaus hallt. »Eure Leute sind tausend Mal brutaler und grausamer als meine. Wir haben die letzten Jahrhunderte unter der Knute der Silbernen verbracht und durch *Nettigkeit* werden wir daran nichts ändern.«

»Das mag sein«, murmelt Maven. Ich weiß, dass er an Thomas denkt und an alle, die er hat sterben sehen. Seine Schulter streift meine, als er an mich herantritt, als würde er bei mir Schutz suchen. Das entgeht auch Farley nicht, und sie muss sich ein Lachen verkneifen.

»Der kleine Prinz und die kleine Blitzwerferin«, sagt sie glucksend. »Ihr zwei passt zueinander. Der eine ein Feigling, und du …«, sie wendet sich mir zu und ihre stahlblauen Augen durchbohren mich. »Als wir uns das letzte Mal begegnet sind, hast du auf der Suche nach einem Wunder im Matsch herumgewühlt.«

»Und es gefunden!«, gebe ich zurück. Und um das zu unterstreichen, sprühen meine Hände Funken, die uns in ein tanzendes violettes Licht hüllen.

Es kommt Bewegung in die Dunkelheit; die Mitglieder der Scharlachroten Garde treten hinter Bäumen und Büschen hervor und bauen sich bedrohlich vor uns auf. Ihre Gesichter sind hinter Tüchern und Schals versteckt, aber Gesichter sind nicht alles. Der Größte von ihnen, der mit den langen Gliedern, muss Tristan sein. Die Art, wie sie dastehen – angespannt und jederzeit zum Sprung bereit –, verrät, dass sie sich fürchten. Nur Farley verzieht weiter keine Miene. Ihr ist klar, dass die, die zu ihrem Schutz hier sind, gegen Maven – oder auch mich – nicht viel ausrichten können. Doch das scheint sie nicht im Geringsten einzuschüchtern. Zu meinem größten Erstaunen breitet sich schließlich sogar ein Grinsen auf ihrem Gesicht aus. Es ist furchterregend, wie Zähneblecken, und es drückt eine unbezähmbare Gier aus.

»Wir können jeden Zentimeter dieses Landes in Schutt und Asche bomben«, sagt sie leise und lässt ihren Blick voller Stolz zwischen uns hin und her wandern. »Und trotzdem könnten wir niemals so viel Schaden anrichten wie ihr zwei. Ein silberner Prinz, der sich gegen die Krone wendet, und ein rotes Mädchen mit einer besonderen Fähigkeit. Was werden die Leute sagen, wenn sie sehen, dass ihr auf unserer Seite steht?«

»Ich dachte, du wolltest –«, beginnt Maven, aber Farley wischt seine Worte beiseite.

»Die Bombenanschläge begehen wir nur, um Aufmerksamkeit zu erregen. Sobald wir das erreicht haben, sobald jeder Silberne in diesem erbärmlichen Land auf uns schaut, müssen wir ihnen auch was vorweisen können.« Ihr Blick wird kalt und berechnend, während sie uns mustert und abwägt, ob wir ihren Erwartungen wohl gerecht werden. »Und ich glaube, ihr zwei macht euch ganz gut.«

»Als was?«, frage ich mit bebender Stimme, da ich Angst vor Farleys Antwort habe.

»Als Gesicht unserer glorreichen Revolution«, sagt sie stolz und wirft den Kopf in den Nacken. Ihre goldenen Haare schimmern im Mondlicht, und einen Augenblick lang sieht es so aus, als trüge sie eine funkelnde Krone. »Als der letzte Tropfen, der den Damm zum Bersten bringt.«

Maven nickt voller Inbrunst.

»Also. Womit fangen wir an?«

»Nun, ich denke, es ist an der Zeit, dass wir uns aus Mares Trickkiste bedienen.«

»Was soll das heißen?« Ich verstehe nicht, was sie damit sagen will, aber Maven kann ihr offenbar mühelos folgen.

»Mein Vater hat andere Anschläge der Garde geheim gehalten«, murmelt er, ihren Plan erklärend.

Vor meinem inneren Auge sehe ich Oberst Macanthos und ihren kleinen Gefühlsausbruch beim Mittagessen. »Das Flugfeld, Delphie, die Harbor Bay.«

Maven nickt. »Er hat *Lügen* verbreitet und behauptet, es habe sich dabei um Unfälle oder Truppenübungen gehandelt. Aber als du bei der Königinnenkür deinen Funkenregen versprüht hast, konnte selbst meine Mutter dich nicht mehr wegreden. Und genau so etwas brauchen wir jetzt wieder, ein Ereignis, das man unmöglich verheimlichen kann. Um der Welt zu zeigen, dass die Scharlachrote Garde sehr gefährlich und sehr real ist.«

»Aber was hätte das für Konsequenzen!« Meine Gedanken kehren zu den Ausschreitungen nach den Archeon-Anschlägen zurück, bei denen so viele unschuldige Rote von einem silbernen Mob gefoltert und getötet wurden. »Die Silbernen werden wieder auf uns losgehen, und dann wird alles nur noch *schlimmer* werden.«

Farley weicht meinem Blick aus. »Aber wir werden Zulauf bekommen. Es werden noch mehr Leute begreifen, dass das Leben, das wir leben, falsch ist und dass etwas getan werden kann, um das zu ändern. Wir haben viel zu lange stillgehalten; es wird Zeit, Opfer zu bringen und voranzuschreiten!«

»War mein Bruder auch so ein Opfer?«, frage ich giftig. »Hat sein Tod euch irgendwas genützt? War es euch das wert?«

Immerhin versucht sie nicht, mich zu belügen. »Shade wusste, worauf er sich einließ.«

»Und was ist mit all den anderen? Was ist mit den Kindern und den Alten und jenen, die sich nicht eurer ›glorreichen Revolution‹ verschrieben haben? Was passiert, wenn die Königswächter sie zusammentreiben, um sie abzustrafen, wenn sie euch nicht aufspüren können?«

»Denk an deinen Geschichtsunterricht, Mare. Was hat Julian dich gelehrt?«, sagt Maven mit warmer, weicher Stimme an meinem Ohr.

Er hat mich viel über den Tod gelehrt. Über das, was früher war. Die Kriege. Aber lange davor, in einer Zeit, als die Dinge noch veränderbar waren, gab es auch Revolutionen. Das Volk hat sich erhoben, Imperien sind gefallen, und die Verhältnisse haben sich geändert. Die Freiheit kam und ging in Wellen; mal gab es mehr, mal weniger davon, wie der Wasserstand bei Ebbe und Flut.

»Revolutionen brauchen einen Zündfunken«, wiederhole ich leise, was Julian oft im Unterricht sagt. »Und Funken können ein Feuer auslösen.«

Farley lächelt. »Du solltest das besser wissen als jeder andere.«

Aber ich bin immer noch nicht überzeugt. Der schmerzhafte Verlust von Shade, das Wissen, dass meine Eltern ein Kind verloren haben – all das wird sich vervielfachen, wenn wir so vorgehen. Wie viele Shades werden dann noch sterben?

Seltsamerweise ist es Maven, der mich umzustimmen versucht, und nicht Farley.

»Cal glaubt, dass der Preis für Veränderungen zu hoch ist«, sagt er mit vor Aufregung und Überzeugung bebender Stimme. »Und er wird dieses Land eines Tages regieren. Möchtest du ihm die Zukunft überlassen?«

Diese Antwort fällt mir zur Abwechslung einmal leicht: »Nein.«

Farley nickt zufrieden. »Walsh und Holland«, sie dreht ihren Kopf zu ihnen hin, »sagen mir, dass es hier demnächst eine kleine Party geben wird.«

»Der Ball«, bestätigt Maven.

»Den können wir unmöglich zum Ziel eines Anschlags machen!«, entfährt es mir. »Sämtliche Gäste werden Leibwächter dabeihaben, und die Königin wird es sofort wissen, wenn irgendetwas nicht stimmt –«

»Nein, das wird sie nicht«, fällt Maven mir ins Wort; er scheint diesen Gedanken fast albern zu finden. »Meine Mutter ist nicht allmächtig, auch wenn sie das andere gern glauben macht. Selbst sie hat ihre Grenzen.«

Grenzen? Die Königin? Ich bin fassungslos. »Wie kannst du so etwas sagen? Du weißt doch, was sie kann, und –«

»Ich weiß, dass sie inmitten so eines Balls, wenn derart viele Stimmen und Gedanken um sie sind, *völlig verloren* sein wird. Und solange wir ihr aus dem Weg gehen und ihr keinen Grund liefern, misstrauisch zu werden, weiß sie gar nichts. Dasselbe gilt auch für die Seher aus dem Haus Eagrie. Solange sie keinen Ärger erwarten, werden sie ihn auch nicht sehen.« Er wendet sich in kerzengerader Haltung wieder an Farley. »Silberne mögen stark sein, aber wir sind keineswegs unbesiegbar. Es kann gelingen.«

Farley nickt und zeigt grinsend die Zähne. »Wir werden wieder in Kontakt treten, sobald wir alles ins Rollen gebracht haben.«

»Kann ich dich im Gegenzug um etwas bitten?«, platze ich heraus und ergreife Farleys Arm. »Mein Freund, wegen dem ich im Dorf zu dir gekommen bin, möchte sich der Garde anschließen. Das darfst du nicht zulassen! Bitte sorg dafür, dass er sich raushält!«

Sie löst meine Hand sanft von ihrem Arm und schaut mich mit Bedauern im Blick an.

»Ich hoffe, damit bin nicht *ich* gemeint«, sagt eine Stimme.

Und zu meinem Entsetzen tritt einer der Gardisten aus den Schatten nach vorn. Das rote Tuch vor seinem Gesicht kann seine breiten Schultern und das verlotterte Hemd, das ich schon tausend Mal gesehen habe, nicht verbergen. Aber diesen stahlharten Blick, aus dem die Entschlossenheit eines doppelt so alten Mannes spricht, erkenne ich ganz und gar nicht wieder. Schon jetzt wirkt Kilorn, als wäre er Jahre von mir entfernt. Er ist ein Gardist durch und durch, bereit zu kämpfen und sein Leben für die Sache hinzugeben, wenn es sein muss. *Er ist rot wie die Morgendämmerung.*

»Nein«, flüstere ich und lasse Farley los. Jetzt sehe ich nur noch Kilorn und wie er in vollem Tempo in sein Verderben rennt. »Du weißt doch, was mit Shade passiert ist. Du darfst das nicht tun.«

Er zieht das Tuch ab und breitet die Arme aus, um mich darin einzuschließen, aber ich weiche ihm aus. Seine Berührung würde sich wie ein Verrat anfühlen. »Mare, du musst aufhören, mich immer retten zu wollen.«

»Solange du es nicht tust, werde ich damit weitermachen.« Wie kann er erwarten, etwas anderes zu sein als ein menschlicher Schutzschild? *Wie kann er das tun?* Ganz weit weg bemerke ich ein Surren, das von Sekunde zu Sekunde lauter wird, doch bewusst nehme ich es kaum wahr. Dafür bin ich zu sehr darauf konzentriert, nicht vor Farley und der Garde und Maven in Tränen auszubrechen.

»Bitte, Kilorn.«

Seine Miene verfinstert sich bei diesen Worten, als wären sie eher eine Beleidigung als das Flehen einer jungen Frau.

»Du hast deine Wahl getroffen und ich meine.«

»Ich habe meine Wahl für *dich* getroffen, damit du in Sicherheit bist«, erwidere ich wütend. Es ist erstaunlich, wie schnell wir in unsere alten Muster verfallen und uns zanken, wie wir es schon immer getan haben. Aber diesmal steht viel, viel mehr auf dem Spiel als sonst. Ich kann ihn nicht einfach in den Matsch schubsen und weggehen. »Ich habe gefeilscht, um dich zu retten.«

»Du tust das, was mich deiner Meinung nach schützen wird,

Mare«, murmelt er leise. »Also lass mich auch tun, was ich kann, um dich zu retten.«

Ich kneife die Augen zu und überlasse mich meinem Schmerz. Ich habe Kilorn seit dem Tag, an dem seine Mutter weggelaufen ist, seit er fast vor unserer Haustür verhungert wäre, vor Unheil bewahrt. Und jetzt lässt er das nicht mehr zu, ganz gleich wie gefährlich die Zukunft geworden ist.

Langsam öffne ich die Augen wieder.

»Tu, was du willst, Kilorn.« Meine Stimme ist kalt und mechanisch wie die Kabel und Stromkreise, die ihre Arbeit wieder aufnehmen wollen. »Gleich gehen die Lichter an. Wir sollten uns beeilen.«

Die anderen setzen sich sofort in Bewegung, verschwinden in den Tiefen des Gewächshauses, und Walsh nimmt mich am Arm. Auch Kilorn weicht langsam zurück, aber er wendet den Blick nicht von mir ab.

»Mare!«, ruft er. »Sag mir wenigstens Auf Wiedersehen.«

Aber Walsh führt Maven und mich bereits weg. Und ich werde nicht zu ihm zurückblicken, nicht jetzt, wo er alles verraten hat, was ich je für ihn getan habe.

Wenn man auf etwas Gutes wartet, kriecht die Zeit im Schneckentempo dahin. Entsprechend verfliegt sie nur so, während der verfluchte Abschiedsball naht. Eine Woche vergeht ohne jeden Kontakt zur Garde, so dass Maven und ich im Dunkeln tappen. Noch mehr Training, mehr Lektionen in Hofprotokoll, mehr hirnlose Mittagessen, die mich an den Rand des Nervenzusammenbruchs bringen. Denn jedes Mal bin ich zum Lügen gezwungen und dazu, die Silbernen zu preisen und meine eigenen Leute schlechtzumachen. Nur der Gedanke an die Scharlachrote Garde hält mich aufrecht.

Lady Blonos schimpft mit mir, weil ich zerstreut bin. Ich bringe es nicht fertig, ihr zu sagen, dass ich mir die Tanzschritte, die sie mir einzutrichtern versucht, niemals werde merken können – ob ich nun abgelenkt bin oder nicht. Sosehr mir das lautlose Herumschleichen liegt, so untalentiert bin ich, wenn es um rhythmische Bewegung geht. Das einst so gefürchtete Training bei Lehrer Arven hingegen wird zu einem Ventil für meine Wut und meinen Stress. Denn dort kann ich herumlaufen und Funken versprühen und so alles loswerden, was ich mit mir herumtrage.

Aber gerade, als ich den Trainingsablauf endlich draufhabe, verändert sich die Stimmung dort plötzlich vollkommen. Evangelina und ihre Lakaien attackieren mich ausnahmsweise nicht, sondern konzentrieren sich auf ihr Aufwärmtraining. Selbst Maven dehnt sich ausführlicher als sonst, als wollte er sich für etwas wappnen.

»Was ist los?«, frage ich ihn und weise mit dem Kinn auf die anderen. Mein Blick bleibt bei Cal hängen, der gerade Liegestütze macht und offensichtlich in Topform ist.

»Das wirst du gleich sehen«, erwidert Maven in einem merkwürdig gelangweilten Ton.

Als Arven mit Provos den Raum betritt, bemerke ich selbst an ihm einen gewissen Elan. Er befiehlt nicht wie sonst, dass wir unsere Runden laufen sollen, sondern stellt sich stattdessen vor die Klasse.

»Tirana«, murmelte er.

Ein Mädchen in einem blau gestreiften Kampfanzug, die Nymphe aus dem Haus Osanos, schnellt hoch. Dann geht sie in die Mitte des Raums, wo sie abwartend stehen bleibt. Sie wirkt aufgeregt und ängstlich zugleich.

Arven dreht sich um und lässt seinen Blick suchend über uns gleiten. Eine Sekunde lang verharrt er auf mir, wandert dann aber glücklicherweise weiter zu Maven.

»Prinz Maven, wenn ich bitten darf.« Er zeigt auf Tirana.

Maven nickt und stellt sich neben sie. Beide warten angespannt und mit zuckenden Fingern auf das, was nun folgt.

Plötzlich setzt sich der Boden um sie herum in Bewegung und durchsichtige Wände fahren hoch. Wieder hebt Provos den Arm und verwandelt den Trainingssaal mit Hilfe seiner Fähigkeiten. Mir schlägt das Herz bis zum Hals, als das Gebilde schließlich Form anzunehmen beginnt und ich erkenne, um was genau es sich handelt.

Eine Arena.

Cal stellt sich mit schnellen, lautlosen Schritten auf den leeren Platz an meiner Seite. »Sie werden sich nicht gegenseitig verletzen«, erklärt er mir. »Arven geht dazwischen, bevor etwas Schlimmes passieren kann. Außerdem stehen Heiler bereit.«

»Wie tröstlich«, stoße ich hervor.

In der Mitte der entstehenden Arena bereiten Maven und Tirana sich auf ihren Wettkampf vor. Mavens Armband entzündet sich, und aus seinen Händen schlagen Flammen, die ihm bis über die Arme züngeln, während Tirana die Feuchtigkeit aus der Luft zieht und schon bald von schwebenden Tropfen umgeben ist. Beide sind jetzt so weit.

Meine schlechte Stimmung scheint Cal zu beunruhigen. »Ist Maven das Einzige, worum du dir Sorgen machst?«

Nein, absolut nicht. »Der Unterricht bei Lady Blonos raubt mir im Moment den letzten Nerv«, sage ich. Das ist zwar nicht gelogen, aber auf meiner Liste von Problemen steht der Tanzunterricht ganz unten. »Wie es aussieht, liegt mir Tanzen noch weniger als höfische Etikette.«

Zu meinem Erstaunen lacht Cal laut auf. »Dann musst du ja wirklich miserabel darin sein.«

»Ohne Partner kann man es ja auch schlecht lernen«, gebe ich wütend zurück.

»Auch wieder wahr.«

Die letzten Teile fügen sich ineinander, dann ist die Arena fertig. Maven und seine Gegnerin sind jetzt zusammen in der Miniaturversion einer Kampfarena eingesperrt und durch eine massive Glaswand von uns getrennt. *Als ich das letzte Mal einen Kampf zwischen Silbernen gesehen habe, ist einer von ihnen beinahe draufgegangen.*

»Wer von den beiden ist im Vorteil?«, fragt Arven die Klasse. Alle Hände außer meiner schnellen hoch. »Elane?«

Das Mädchen aus dem Haus Haven reckt sein Kinn vor und verkündet stolz: »Tirana ist im Vorteil. Sie ist älter und erfahrener.« Elane sagt das, als wäre es das Offensichtlichste von der Welt. Mavens Wangen laufen weiß an, auch wenn er es zu verbergen sucht. »Und Wasser schlägt Feuer.«

»Sehr gut.« Arvens Blick wandert zurück zu Maven, um zu sehen, ob er das widerlegen will. Doch Maven hält sich zurück und lässt sein immer größer werdendes Feuer für sich sprechen. »Beeindruckt mich, ihr beiden!«

Sie prallen mit ihren Fähigkeiten in einem Duell der Elemente aufeinander. Tirana benutzt ihr Wasser wie einen Schutzschild, der sich Mavens Feuerattacken gegenüber als undurchdringlich erweist.

Jedes Mal wenn er sich ihr mit flammender Faust nähert, kommt nichts als eine Dampfwolke dabei herum. Der Kampf wirkt insgesamt ausgeglichen, aber irgendwie scheint Maven doch die Nase vorn zu haben. Er geht in die Offensive und drängt sie immer weiter an die Wand.

Die Klasse um uns herum jubelt und feuert die Kämpfer an. Früher haben mich solche Vorführungen angeekelt, aber jetzt fällt es mir schwer, ruhig zu bleiben. Immer wenn Maven Tirana angreift und sein Sieg über sie ein Stück näher rückt, muss ich an mich halten, um nicht in die Rufe miteinzustimmen.

»Das ist eine Falle, Mavey«, sagt Cal leise vor sich hin.

»Wieso? Was hat sie denn vor?«

Cal schüttelt den Kopf. »Schau einfach zu. Gleich hat sie ihn.«

Doch Tirana wirkt alles andere als siegessicher. Sie presst sich an die Wand und hat hart zu kämpfen, um mit ihrem Wasserschild Schlag auf Schlag abzuwehren.

Aber dann wendet Tirana mit einer blitzschnellen Bewegung urplötzlich das Blatt. Sie packt Mavens Arm, zieht und dreht sich gleichzeitig, so dass sie die Plätze tauschen. Jetzt ist Maven zwischen ihrem Wasser und der Wand eingeklemmt. Und obwohl er versucht, das Wasser mit seinem Feuer zum Verdunsten zu bringen, drückt es weiter gegen ihn. Alles, was er erreicht, ist, dass es anfängt zu kochen und über seine in Flammen stehende Haut sprudelt.

Tirana macht einen Schritt zurück und sieht lächelnd zu. »Ergibst du dich?«

Ich ergebe mich, kommt es blubbernd über Mavens Lippen.

Das Wasser lässt von ihm ab und verdunstet wieder in der Luft, während Applaus erklingt. Dann bewegt Provos erneut die Hand, und eine der Wände fährt zur Seite. Tirana verbeugt sich leicht, während Maven durchnässt und schmollend aus dem Rund herausstapft.

»Ich fordere Elane Haven heraus«, ruft Sonya Iral laut, ganz offensichtlich um zu verhindern, dass Arven ihr einen anderen Gegner aussucht. Der Ausbilder erlaubt den Kampf mit einem Kopfnicken, bevor er sich Elane zuwendet. Ich bin überrascht zu sehen, dass sie lächelt, während sie mit wehenden roten Haaren in die Arena stolziert.

»Ich nehme die Herausforderung an«, sagt sie und nimmt ihren Platz ein. »Und ich hoffe, du hast ein paar neue Tricks auf Lager.«

Sonya folgt ihr in die Arena. Ihre Augen leuchten, und sie lacht sogar. »Glaubst du etwa, ich würde es dir verraten, wenn es so wäre?«

Irgendwie schaffen sie es, weiter zu kichern und zu grinsen, bis Elane Haven plötzlich unsichtbar wird und Sonya zu würgen beginnt. Sonya ringt röchelnd nach Luft, verdreht dann jedoch den Arm der Schattengeherin und entgleitet ihrem Griff. Ihr Kampf entwickelt sich rasch zu einem tödlichen, brutalen Spiel zwischen Katz und unsichtbarer Maus.

Maven schenkt den beiden keinerlei Beachtung, dazu ist er viel zu wütend wegen seines kläglichen Auftritts. »Ja?«, sagt er an Cal gewandt, und wie aufs Stichwort beginnt sein Bruder, ihn im Flüsterton über seine Fehler zu belehren. Wie es aussieht, ist das ein normaler Vorgang zwischen ihnen.

»Treib nie jemanden in die Enge, der besser ist als du. Das macht ihn nur noch gefährlicher«, sagt Cal und legt Maven einen Arm um die Schulter. »Wenn du sie nicht mit deiner Fähigkeit schlagen kannst, dann schlag sie mit deinem Verstand.«

»Ich werd's mir merken«, grummelt Maven widerwillig, nimmt den Rat aber trotzdem an.

»Man sieht auf jeden Fall, dass du Fortschritte machst«, fährt Cal fort und klopft Maven auf die Schulter. Auch wenn er es nur gut meint, wirkt er ganz schön gönnerhaft. Es überrascht mich, dass Maven ihn nicht anfährt, aber er ist an diese Situation gewöhnt, so wie es auch bei mir und Gisa war.

»Danke, Cal. Ich glaube, er hat es begriffen«, sage ich darum an Stelle von Maven.

Cal ist nicht dumm und versteht den Wink. Er runzelt die Stirn und wirft mir einen Blick zu, dann gesellt er sich zu Evangelina. Ich wünschte allerdings, er täte es nicht, denn so muss ich wieder einmal ihr selbstgefälliges, hämisches Grinsen ertragen. Ganz abgesehen davon, dass ich ein unangenehmes Ziehen im Bauch verspüre, immer wenn er Evangelina anschaut.

Sobald er außer Hörweite ist, stupse ich Maven mit der Schulter an. »Er hat Recht, weißt du. Solche Leute muss man mit Köpfchen schlagen.«

Sonya scheint in der Arena derweil etwas zu packen, das man nicht sieht, und gegen die Wand zu schleudern. Silberne Flüssigkeit spritzt durch die Luft, und Elane kommt flackernd wieder zum Vorschein. Aus ihrer Nase fließt Blut.

»Er hat immer Recht, wenn es ums Kämpfen geht«, grummelt Maven. Er wirkt seltsam aufgebracht. »Wart's ab.«

Evangelina beobachtet die mörderische Auseinandersetzung zwischen Sonya und Elane mit einem Lächeln. Ich frage mich, wie sie so seelenruhig zusehen kann, während ihre Freundinnen sich blutig schlagen. *Silberne sind anders*, erinnere ich mich. *Sie behalten keine*

Narben zurück, und sie vergessen den Schmerz. Da immer Hautheiler für sie bereitstehen, hat die Gewalt für sie eine andere Bedeutung als für uns. Ein gebrochenes Rückgrat, ein Loch im Bauch, all das spielt keine Rolle. Es wird immer einer kommen und sie wieder heil machen. Sie wissen gar nicht, was Gefahr oder Angst oder Schmerz ist. Nur ihr Stolz kann ernsthafte Wunden davontragen.

Du bist eine Silberne. Du bist Mareena Titanos. Du erfreust dich an solchen Darbietungen.

Cals Blick fliegt zwischen den Kämpfenden hin und her; er studiert sie eher wie ein Buch oder ein Gemälde, als dass er sie als eine in Bewegung befindliche Masse aus Blut und Knochen betrachtet. Die Muskeln unter seinem schwarzen Kampfanzug spannen sich an; er ist bereit für seinen Auftritt.

Und als er schließlich kommt, verstehe ich auch, was Maven gemeint hat.

Arven schickt gleich zwei Gegner gegen Cal ins Rennen, den Windsäer Oliver und Cyrine Macanthos, ein junges Mädchen, das seine Haut in Stein verwandeln kann. Aber was wir sehen, ist nur dem Namen nach ein Kampf, denn trotz ihrer Überzahl spielt Cal mit den beiden. Dann macht er sie nacheinander kampfunfähig, indem er Oliver in einen Feuertornado einschließt, während er sich mit Cyrine einen Faustkampf liefert. Cyrine wirkt wie eine lebende Statue aus hartem, unnachgiebigem Stein, aber Cal ist stärker als sie. Seine Schläge bringen ihrer steinernen Haut Risse bei, die sich nach und nach über ihren gesamten Körper ausbreiten. Für ihn ist das alles nur eine harmlose Übung, und er wirkt fast gelangweilt. Er beendet den Kampf schließlich, indem er die Arena in ein flammendes Inferno verwandelt, vor dem selbst Maven einen Schritt zurückweicht. Als Rauch und Feuer sich wieder gelegt haben, haben sowohl Oliver als auch Cyrine längst aufgegeben. Ihre Haut ist mit offenen Brandwunden übersät, aber keiner von beiden lässt einen Schmerzenslaut hören.

Cal wendet sich ab und schenkt den Heilern, die sie wieder zusammenflicken, keinerlei Beachtung. Er hat mich gerettet, er hat mich zu meiner Familie gebracht, er hat für mich gegen die Regeln verstoßen. Und trotzdem ist er ein Soldat, der keine Gnade kennt, der Erbe eines blutigen Throns.

Cals Blut mag silbern sein, aber sein Herz ist schwarz wie verkohlte Haut.

Als sein Blick zu mir schweift, zwinge ich mich wegzusehen. Anstatt mich von seiner Wärme und seiner seltsamen Liebenswürdigkeit verwirren zu lassen, will ich mir lieber dieses Inferno einprägen. *Cal ist gefährlicher als sie alle zusammen. Das darf ich nicht vergessen.*

»Evangelina, Andros!«, ruft Arven entschieden und nickt den beiden zu. Andros lässt die Schultern hängen und wirkt beinahe genervt von der Aussicht, gegen Evangelina kämpfen – und verlieren – zu müssen. Aber er trottet dennoch gehorsam in die Arena. Evangelina dagegen rührt sich überraschenderweise nicht vom Fleck.

»Nein«, sagte sie frech und stellt sich breitbeinig hin.

Arven wirbelt zu ihr herum. »Wie bitte? Habe ich richtig gehört, Lady Samos?«, fragt er in einem schneidenden Ton und deutlich lauter als sein übliches Flüstern.

Sie wendet ihre schwarzen Augen mir zu; ihr Blick ist scharf wie ein Messer.

»Ich fordere Mareena Titanos heraus!«

17

»Kommt nicht in Frage!«, protestiert Maven. »Sie trainiert erst seit zwei Wochen mit uns, du wirst sie zerfleischen.«

Evangelina antwortet nur mit einem Achselzucken und einem trägen, spöttischen Lächeln. Ihre Finger trommeln gegen ihren Oberschenkel, ich spüre sie förmlich wie Krallen auf meiner Haut.

»Und wennschon«, schaltet Sonya sich ein. Sie hat dasselbe Funkeln in den Augen wie ihre Großmutter. »Es sind ja Heiler in der Nähe. Da kann also gar nichts passieren. Außerdem: Wenn sie schon mit uns trainiert, dann doch, bitte schön, auch richtig.«

Da kann gar nichts passieren, hallt es spöttisch durch meinen Kopf. *Außer dass mein Blut für alle sichtbar wird.* Ich spüre, wie es in meinen Ohren rauscht, und mit jeder Sekunde geht mein Puls schneller. Die Arena ist in gleißend helles Licht getaucht; mein Blut wird also kaum zu verbergen sein und alle werden mich als das erkennen, was ich bin. Die Rote, die Lügnerin, die Diebin.

»Ich würde gern erst noch eine Weile zusehen, bevor ich in den Ring steige, wenn es euch nichts ausmacht«, erkläre ich und gebe mir alle Mühe, dabei wie eine Silberne zu klingen. Aber meine Stimme bebt, und Evangelina hört es natürlich.

»Hast du Angst davor zu kämpfen?«, höhnt sie und schnipst einmal lässig mit den Fingern. Daraufhin beginnt eins ihrer Messer, ein kleiner silberner Dolch, bedrohlich langsam um ihr Handgelenk zu kreisen. »Arme kleine Blitzwerferin.«

Ja!, möchte ich schreien. *Ja, ich habe Angst!* Aber eine Silberne würde so etwas niemals zugeben. Silberne haben ihren Stolz, ihre Stärke – und sonst nichts. »Wenn ich kämpfe, dann kämpfe ich, um zu gewinnen«, sage ich also stattdessen möglichst offensiv. »Ich bin nicht dumm, Evangelina, und noch kann ich nicht gewinnen.«

»Aber wenn du nicht im Ring trainierst, kommst du auch nicht wirklich weiter«, hakt Sonya geschickt in meine Lüge ein. »Finden Sie nicht auch, Ausbilder Arven? Wie soll sie jemals gewinnen, wenn sie es nicht mal versucht?«

Arven weiß, dass ich irgendwie anders bin, dass es einen Grund für meine Fähigkeit und meine Stärke gibt. Aber was genau das ist, kann er nicht ergründen, und ich sehe ihm an, dass er neugierig ist. Auch er würde mich gern in der Arena sehen. Meine einzigen Verbündeten, Cal und Maven, tauschen besorgte Blicke aus und fragen sich, was jetzt zu tun ist. *Aber war das hier nicht zu erwarten? Hätten sie es nicht vorhersehen müssen?*

Oder vielleicht war das von Anfang an der Plan. Ein tödlicher Trainingsunfall. Noch eine Lüge, die die Königin verbreiten kann, und ein passender Tod für das Mädchen, das nicht hierher gehört. Das ist eine Falle, und ich Schaf bin bereitwillig hineingetappt.

Dann ist das Spiel aus. Und alle, die ich liebe, haben verloren.

»Lady Titanos ist die Tochter eines verstorbenen Helden, und ihr habt nichts anderes im Sinn, als gegen sie zu sticheln«, knurrt Cal und wirft den Mädchen giftige Blicke zu. Aber sie lassen sich davon nicht beeindrucken; eher lachen sie über seine unbeholfene Art, mich in Schutz zu nehmen. Er mag ja ein geborener Kämpfer sein, aber wenn es darum geht, die richtigen Worte zu wählen, hat er verloren.

Sonya ist jetzt erst recht angestachelt und ihre verschlagene Seite kommt zum Vorschein. Während Cal ein Krieger der Arena ist, beherrscht sie die Kunst des Wortgefechts, und es gelingt ihr mit erschreckender Leichtigkeit, ihm die Worte im Mund herumzudrehen. »Die Tochter eines Generals müsste ja wohl leichtes Spiel in der Arena haben. Wenn hier jemand Angst haben sollte, dann Evangelina.«

»Sei nicht albern. Sie ist zwar die Tochter eines Generals, aber nicht von einem großgezogen worden«, schaltet Maven sich ein. Er ist weitaus besser in diesen Dingen, aber ich kann nicht einfach danebenstehen, während er diesen Streit für mich ausficht. Nicht vor diesen Mädchen.

»Ich kämpfe nicht«, wiederhole ich. »Such dir einen anderen Gegner.«

Als Evangelina lächelt und mir dabei ihre weißen, spitzen Zähne zeigt, warnen mich meine alten Instinkte, als ginge eine Armglocke in meinem Kopf los. Mir bleibt kaum Zeit, mich fallen zu lassen, da saust auch schon ihr Messer auf mich zu und zerschneidet genau dort die Luft, wo nur Sekunden vorher mein Hals war.

»Ich fordere aber *dich* heraus«, sagt sie schnippisch. Wieder fliegt ein Messer auf mein Gesicht zu, und weitere lösen sich aus ihrem Hüftgürtel, um mich in Stücke zu schneiden.

»Stopp, Evangelina!«, ruft Maven, und Cal zieht mich mit besorgtem Blick vom Boden hoch. Ich koche innerlich und spüre das Adrenalin, das durch meinen Körper kreist. Mein Herz schlägt so laut, dass ich kaum hören kann, was Cal mir zuflüstert.

»Du bist schneller als sie. Halt sie auf Trab. *Hab keine Angst.*« Das nächste Messer kommt angeflogen. Diesmal bohrt es sich neben meinen Füßen in den Boden. »Lass nicht zu, dass sie dich bluten sieht.«

Hinter seinem Rücken tigert Evangelina mit einem Strauß funkelnder Messer in der Faust ruhelos hin und her. In diesem Moment weiß ich, dass nichts und niemand sie stoppen kann. Nicht einmal die Prinzen. Und ich darf ihr keine Chance geben zu gewinnen. *Ich darf auf keinen Fall verlieren.*

Ein Blitzstrahl löst sich aus meiner Hand und zuckt, von mir dirigiert, durch die Luft. Er trifft Evangelina in die Brust; sie taumelt nach hinten und knallt gegen die Außenwand der Arena. Aber statt mir wütende Blicke zuzuwerfen, strahlt sie mich an.

»Keine Sorge, ich mach's kurz, kleine Blitzwerferin«, knurrt sie und wischt sich ein paar silberne Blutstropfen von der Haut.

Die anderen Schüler weichen zurück und starren uns beide an. Das könnte das letzte Mal sein, dass sie mich lebend sehen. *Nein*, denke ich erneut. *Ich darf auf keinen Fall verlieren.* Meine Konzentration nimmt weiter zu und mittlerweile spüre ich meine Kraft und Energie so intensiv, dass ich kaum mitbekomme, wie die Wände um uns herum sich in Bewegung setzen. Mit einem Klick baut Provos die Arena um und sperrt uns zusammen ein, ein rotes Mädchen und ein lächelndes silbernes Monster.

Sie grinst mich an, während sich kantige Metallstücke vom Boden lösen und nach ihrem Willen verformen. Bebend und klirrend fügen sie sich zu einem lebendig gewordenen Albtraum zusammen. Evangelinas übliche Messer sind verschwunden und haben einer neuen Taktik Platz gemacht. Metallkreaturen, Ausgeburten ihrer Fantasie, sausen über den Boden und kommen vor ihren Füßen zum Stehen. Jede hat acht rasierklingenartige Beine, scharf und gnadenlos. Unruhig zuckend warten sie nur darauf, losgelassen zu werden, um mich zu zersäbeln. *Sie sehen aus wie Spinnen.* Ich spüre ein grauenvolles Kribbeln auf der Haut, als wären sie bereits auf mir.

Meinen Händen entspringen Funken, die meine Finger umtanzen. Das Licht beginnt zu flackern, weil ich die Elektrizität im Raum aufsauge. Der Strom rast durch mich hindurch, angetrieben von meiner eigenen Stärke – und meiner Not. *Ich will hier nicht sterben.*

Auf der anderen Seite der Wand steht Maven; er lächelt mich an, aber er sieht blass und ängstlich aus. Cal neben ihm zeigt keine Regung. Ein Soldat zuckt nicht mit der Wimper, bis die Schlacht gewonnen ist.

»Wer ist im Vorteil?«, fragt Arven. »Mareena oder Evangelina?«

Niemand hebt die Hand. Nicht einmal Evangelinas Freundinnen wollen ein Votum abgeben. Stattdessen fliegen ihre Blicke zwischen uns hin und her, während sie beobachten, wie unsere Fähigkeiten sich immer weiter aufbauen.

Evangelinas Lächeln verwandelt sich in eine höhnische Fratze. Sie ist es gewohnt, dass alle sie für die Favoritin halten und Angst vor ihr haben. Jetzt ist sie wütender denn je.

Die Lampen flackern erneut und mein Körper knistert wie ein überlastetes Stromkabel. Evangelinas Spinnen krabbeln in dem Wechsel von Licht und Dunkelheit über den Boden, ihre Metallbeine scheppern und schaben dabei in schrecklicher Harmonie.

Dann spüre ich nur noch Angst und Strom und die aufbrandende Energie in meinen Adern.

Der pulsierende Rhythmus von Hell und Dunkel stürzt Evangelina und mich in einen seltsamen Kampf aus flackernden Farben. Meine Blitze zucken violett-weiß durch die Finsternis und treffen immer neue Spinnen. Cals Rat hallt durch meinen Kopf, und ich bleibe in Bewegung, verharre nie lange genug an einer Stelle, um Evangelina die Möglichkeit zu geben, mich zu verletzen. Sie schlängelt sich zwischen ihren Spinnen hindurch und weicht meinen Funken aus, so gut sie kann. Gezackte Metallteile streifen meine Arme, doch der lederne Overall hält ihnen stand. Evangelina ist schnell, aber ich bin schneller, trotz der Spinnen, die meine Beine umkrallen. Eine Sekunde lang gleitet ihr nerviger silberner Zopf durch meine Finger, aber dann ist sie wieder außer Reichweite. Doch ich treibe sie vor mir her. *Ich bin dabei, die Oberhand zu gewinnen.*

Ich höre, wie Maven mir durch das Kreischen des Metalls und das Johlen der Klassenkameraden hindurch zubrüllt, dass ich sie fertigmachen soll. In dem flackernden Licht kann ich kaum erkennen, wo Evangelina sich aufhält, aber einen kurzen Moment lang fühle ich, wie es ist, eine von ihnen zu sein. Wie es ist, ganz von Stärke und Macht erfüllt zu sein und zu wissen, dass man etwas kann, das Millionen andere nicht können. Evangelina fühlt das jeden Tag, und jetzt bin ich an der Reihe. *Ich werde dich lehren, was Angst ist.*

Eine Faust rammt sich in mein Kreuz, und der Schmerz fährt durch meinen ganzen Körper. Meine Knie geben nach, ich falle hin. Evangelina hält über mir inne; ein wirrer Vorhang aus silbernen Haaren rahmt ihr Lächeln ein.

»Wie ich schon sagte«, knurrt sie. »Ich mache es kurz.«

Meine Beine bewegen sich von allein. Sie holen aus und vollführen ein Manöver, das ich Hunderte Male in den dunklen Gassen meines Dorfes angewendet habe. Selbst hin und wieder bei Kilorn. Mein Fuß trifft ihr Bein und fegt es unter ihr weg, so dass sie neben mir auf den Boden knallt. Trotz des explodierenden Schmerzes in meinem Rücken bin ich in Sekundenschnelle über ihr. Meine Hände knistern vor heißer Energie, als ich ihr ins Gesicht schlage. Schmerz durchzuckt meine Fingerknöchel, aber ich mache weiter; ich will ihr süßes Silberblut sehen.

»Du wirst dir noch wünschen, du hättest es kurz gemacht«, brülle ich, während ich sie auf den Boden presse.

Evangelina kann trotz ihrer aufgeplatzten Lippen noch lachen. Aber das Geräusch wird leiser, als ein metallisches Schaben an seine Stelle rückt: Überall um uns her erwachen die vom Blitz getroffenen Spinnen wieder zum Leben. Ihre metallenen Körper setzen sich neu zusammen, verbinden sich an den Kanten zu einer einzigen kaputten, rauchenden Schrottbestie.

Sie rast überraschend schnell auf mich zu und stößt mich von Evangelina herunter. Jetzt bin ich diejenige, die auf den Boden gedrückt wird und in eine wogende und wirbelnde Masse aus Metallsplittern aufschaut. Die Funken in meiner Hand erlöschen vor Angst und Erschöpfung. *Selbst die Heiler werden mich nicht mehr retten können, wenn das hier vorbei ist.*

Ein Rasierklingen-Bein fährt durch mein Gesicht, und heißes, rotes Blut quillt hervor. Ich höre mich schreien, nicht vor Schmerz, sondern weil ich weiß, dass ich verloren habe. *Das ist das Ende.*

Doch dann schlägt ein flammender Feuerarm das metallene Monster von mir herunter und verbrennt es, bis nur noch ein Häufchen schwarzer Asche übrig ist. Starke Hände ziehen mich hoch und streichen mir dann meine Haare ins Gesicht, damit niemand die verräterisch blutende Wunde sieht. Den Kopf eng an Maven geschmiegt, lasse ich mich von ihm aus dem Trainingsraum führen.

Ich zittere am ganzen Körper, aber er hält mich fest und stützt mich beim Gehen. Als ein Heiler angerannt kommt, stellt Cal sich ihm in den Weg, um zu verhindern, dass er mein Gesicht sieht.

Bevor die Tür hinter uns zufällt, höre ich Evangelina wütend kreischen, aber Cals sonst so ruhige Stimme schreit zurück und übertönt sie wie ein tosendes Unwetter.

Als ich schließlich die Sprache wiederfinde, zittert meine Stimme. »Die Kameras, die Kameras können mich sehen.«

»Die Kameras werden von Königswächtern bewacht, die meiner Mutter die Treue geschworen haben. Vertrau mir, von denen haben wir nichts zu befürchten«, beruhigt mich Maven hastig. Er hält mich fest, als hätte er Angst, ich könnte ihm entrissen werden, und wischt mir mit seinem Ärmel das Blut aus dem Gesicht. *Wenn das irgendwer sieht …*

»Bring mich zu Julian.«

»Julian ist ein alter Narr«, murmelt er.

Am anderen Ende des Flurs tauchen Gestalten auf; Adlige, die den Palast durchstreifen. Maven schiebt mich in einen Nebengang, um ihnen auszuweichen.

»Julian weiß, wer ich bin«, flüstere ich. Mavens Griff verstärkt sich, und auch ich klammere mich fester an ihn. »Er wird wissen, was jetzt zu tun ist.«

Maven schaut auf mich herab. Er kämpft mit sich, nickt aber schließlich. Als wir Julians Wohnräume erreichen, hat die Wunde aufgehört zu bluten, aber mein Gesicht sieht immer noch schlimm aus.

Er öffnet sofort die Tür, als wir anklopfen, und sieht wie immer ein wenig planlos aus. Zu meinem Erstaunen verfinstert sich seine Miene, als sein Blick auf Maven fällt.

»Prinz Maven«, sagt er und verneigt sich auf eine seltsam steife, fast beleidigende Art. Maven reagiert nicht darauf und schiebt mich an Julian vorbei ins Zimmer.

Julian bewohnt zwei kleine Räume, die wegen der Dunkelheit und der abgestandenen Luft darin noch kleiner wirken. Die zugezogenen Vorhänge sperren die Nachmittagssonne aus, und der Fußboden ist rutschig, weil überall lose Blätter herumliegen. In einer Ecke steht ein zischender Kessel auf einer Kochplatte, die ihm als Herdersatz dient. Kein Wunder, dass ich ihn außerhalb des Unterrichts nie sehe; offenbar hat er hier drinnen alles, was er braucht.

»Was ist passiert?«, fragt er und bedeutet uns, in seinen staubigen Sesseln Platz zu nehmen. Er hat augenscheinlich nicht oft Besuch. Ich setze mich, aber Maven bleibt lieber stehen.

Schließlich streiche ich mir die Haare aus dem Gesicht und enthülle die leuchtend rote Fahne meiner Identität. »Evangelina war ein wenig übereifrig.«

Julian tritt unbehaglich von einem Fuß auf den anderen. Aber nicht ich bin diejenige, die ihn nervös macht, sondern Maven. Die beiden werfen sich wütende Blicke zu; sie sind wegen irgendetwas zerstritten, aber ich habe keine Ahnung, was das sein könnte. Schließlich sieht Julian wieder zu mir. »Ich bin kein Hautheiler, Mare. Alles, was ich für dich tun kann, ist, dir das Blut abzuwischen.«

»Hab ich's nicht gesagt?«, kommt es von Maven. »Er kann nichts für dich tun.«

Julian verzieht das Gesicht und knurrt: »Holt Sara Skonos.« Dann beißt er die Zähne zusammen und wartet darauf, dass Maven sich in Bewegung setzt. Ich habe Maven noch nie so wütend gesehen, nicht einmal wegen Cal. Aber eigentlich ist es auch keine Wut, die aus seinen und Julians Blicken spricht, sondern *Hass*. Die beiden hassen sich bis aufs Blut.

»Tut es, *mein Prinz.*« Aus Julians Mund klingt der Titel wie ein Fluch.

Schließlich gibt Maven nach und schlüpft aus der Tür.

»Was hat das zu bedeuten?«, frage ich flüsternd und zeige von Julian zur Tür.

»Nicht jetzt«, sagt er und wirft mir ein weißes Tuch zu, damit ich mich sauber machen kann. Es färbt sich dunkelrot von meinem Blut.

»Wer ist Sara Skonos?«

Wieder zögert Julian. »Eine Hautheilerin. Sie wird sich um dich kümmern.« Er seufzt. »Sie ist eine Freundin. Eine diskrete Freundin.«

Ich wusste nicht, dass Julian außer mir und seinen Büchern Freunde hat, verkneife mir aber weitere Fragen.

Als Maven wenige Augenblicke später wieder ins Zimmer schlüpft, ist es mir gelungen, mein Gesicht sauber zu wischen, auch wenn es sich immer noch klebrig und geschwollen anfühlt. Ich werde morgen einige Wunden zu verstecken haben, und wie mein Rücken aussieht, will ich lieber gar nicht wissen. Vorsichtig betaste ich die wachsende Schwellung an der Stelle, wo Evangelina mich getroffen hat.

»Sara ist nicht …«, Maven hält inne und sucht nach Worten. »Sie ist nicht die Person, an die ich mich gewandt hätte.«

Aber bevor ich nach dem Grund fragen kann, geht die Tür auf

und eine Frau tritt ins Zimmer, die dann wohl Sara sein muss. Sie geht lautlos und hebt kaum den Blick. Anders als die Blonos-Blutheiler trägt sie die Zeichen ihres Alters, die Falten und ihre eingesunkenen, hohlen Wangen, stolz zur Schau. Sie scheint ungefähr in Julians Alter zu sein, aber ihre gebückte Haltung verrät mir, dass sie die Jahre deutlicher spürt als er.

»Ich freue mich, Sie kennenzulernen, Lady Skonos«, sage ich so ruhig, als würde ich mich nach dem Wetter erkundigen. Vielleicht zeigt mein Unterricht in Fragen des Hofprotokolls ja allmählich Wirkung.

Doch Sara antwortet nicht. Stattdessen sinkt sie vor meinem Sessel auf die Knie und nimmt mein Gesicht in ihre rauen Hände. Sie fühlen sich kühl an, wie Wasser auf einem Sonnenbrand, und ihre Finger streichen überraschend sanft über die Schnittwunde auf meiner Wange. Bevor ich meinen Rücken auch nur erwähnen kann, lässt sie ihre Hand zu der Schwellung gleiten und etwas, das sich anfühlt wie wohltuendes Eis, sickert in die schmerzende Stelle. Nach wenigen Sekunden ist alles vorbei und ich fühle mich wie an meinem ersten Tag hier. Besser sogar. Auch meine alten Blutergüsse sind auf einmal verschwunden.

»Danke«, sage ich, bekomme aber erneut keine Antwort.

»Danke, Sara«, sagt auch Julian leise. Ihre Blicke begegnen sich ganz kurz und sie nickt kaum merklich. Julian macht einen Schritt nach vorn und legt eine Hand auf ihren Arm, während er ihr beim Aufstehen hilft. Die beiden bewegen sich wie Tanzpartner, zu einer Musik, die niemand außer ihnen hören kann.

»Das wäre dann alles, Skonos«, zerreißt Mavens Stimme die Stille zwischen den beiden.

Saras sanfte Ruhe verwandelt sich in kaum verhohlene Wut; sie windet sich aus Julians Griff und huscht zur Tür wie ein verwundetes Tier. Die Tür fällt mit einem so heftigen Knall hinter ihr zu, dass die Landkarten in ihren Glasgefängnissen erzittern. Selbst Julians Hände zittern, lange nachdem sie gegangen ist; es ist, als würde er sie noch immer spüren.

Er versucht es zu verbergen, was ihm jedoch nicht gelingt: Julian war einmal verliebt in diese Frau, und vielleicht ist er das noch. Er starrt wehmütig zur Tür, als wartete er darauf, dass sie zurückkommt.

»Julian?«

»Je länger ihr weg seid, desto mehr werden die Leute reden«, murmelt er und bedeutet uns zu gehen.

»Das stimmt.« Maven tritt sofort zur Tür.

»Bist du denn sicher, dass es niemand gesehen hat, Maven?« Meine Hand streicht über meine Wange, die nun wieder glatt und sauber ist.

Maven denkt nach. »Niemand, der etwas sagen würde.«

»Geheimnisse bleiben hier nie lange geheim«, murmelt Julian. Seine Stimme bebt vor Zorn. »Das müsstet Ihr doch wissen, Hoheit.«

»Und *Sie* sollten den Unterschied zwischen Geheimnissen und Lügen kennen«, fährt Maven ihn an.

Seine Hand schließt sich um meinen Arm, und er zieht mich hinaus in den Flur, ehe ich auch nur den Mund aufmachen kann, um zu fragen, was los ist. Wir kommen nicht weit, bevor eine vertraute Gestalt uns aufhält.

»Gibt es Ärger, mein Lieber?«

Königin Elara, eine Erscheinung in Seide, sieht Maven an. Sie bewegt sich merkwürdigerweise allein durch den Palast, ohne den Schutz von Leibwachen. Ihr Blick fällt auf seine Hand, die noch immer meine umklammert, und ausnahmsweise spüre ich einmal nicht, dass sie in meine Gedanken einzudringen versucht. *Sie ist gerade in Mavens Kopf.*

»Nichts, womit ich nicht zurechtkäme«, sagt Maven und hält meine Hand noch fester, als wäre ich eine Art Anker.

Sie zieht eine Augenbraue hoch, stellt jedoch keine weiteren Fragen. Aber wahrscheinlich stellt sie nie irgendwem Fragen. *Sie kennt die Antworten ja schon.*

»Sie beeilen sich am besten, Lady Mareena. Sonst kommen Sie noch zu spät zum Mittagessen«, sagt sie schließlich sanft und wendet ihren gespenstischen Blick mir zu. Jetzt halte ich Mavens Hand fest umklammert. »Und passen Sie ein bisschen besser auf beim Training. Rotes Blut lässt sich so furchtbar schlecht entfernen.«

»Ihr müsst es ja wissen«, erwidere ich patzig, meine Gedanken bei Shade. »Denn sosehr Ihr Euch auch bemüht es abzuwaschen, ich sehe es trotzdem an Euren Händen kleben.«

Ihre Augen weiten sich; mit diesem Ausbruch hat sie nicht gerechnet. Ich kann mir vorstellen, dass noch nie jemand so mit ihr gesprochen hat, und triumphiere innerlich. Aber nicht lange.

Plötzlich zuckt mein Körper zurück, und ich knalle mit voller Wucht gegen die Wand des Flurs. Sie lässt mich tanzen wie eine Marionette an grausamen Fäden. Meine Knochen klappern und mein Hals knackt, während sie meinen Kopf an die Wand donnert, bis ich eisblaue Sterne sehe.

Nein, keine Sterne. Augen. Ihre Augen.

»Mutter!«, ruft Maven, doch seine Stimme klingt ganz weit weg. »Hör auf damit, Mutter!«

Eine Hand schließt sich um meine Kehle und hält mich hoch, da ich selbst keine Kontrolle mehr über meinen Körper habe. Ihr unerträglich süßer Atem streift über mein Gesicht.

»So wirst du nicht noch einmal mit mir reden«, sagt Elara; sie ist viel zu wütend, um sich die Mühe zu machen, in meinem Kopf zu flüstern. Sie packt noch fester zu, und selbst wenn ich wollte, könnte ich ihr nicht beipflichten.

Warum bringt sie mich nicht einfach um?, frage ich, während ich nach Luft schnappe. *Wenn ich so eine Last bin, so ein Problem, warum bringt sie mich dann nicht einfach um?*

»Das reicht jetzt!«, brüllt Maven, und die Hitze seines Zorns wallt durch den Flur. Trotz meiner Benommenheit sehe ich, dass er sie mit überraschender Kraft und großem Mut von mir wegzieht.

Sie lässt mit ihrer Fähigkeit abrupt von mir ab und ich rutsche an der Wand herunter. Beinahe kommt Elara selbst in Stolpern, geschockt von Mavens Einschreiten. Jetzt richtet sie ihren wütenden Blick auf ihn, ihren eigenen Sohn, der sich ihr in den Weg gestellt hat.

»Geh jetzt und mach mit deinem Tagesplan weiter«, presst Maven an mich gerichtet hervor, ohne die Augen von seiner Mutter abzuwenden. Zweifellos schreit sie ihn in seinem Kopf an, weil er mich beschützt hat. »Geh!«

Um uns herum herrscht sengende Hitze, die von ihm ausgeht, was mich an Cal erinnert, wenn er seine Wut unterdrückt. Wie es aussieht, trägt auch Maven ein Feuer in sich, sogar ein noch viel stärkeres, und ich möchte nicht in seiner Nähe sein, wenn es mit voller Wucht entbrennt.

Während ich davonhaste, um so viel Abstand wie möglich zwischen mich und die Königin zu bringen, kann ich nicht widerstehen, noch mal einen Blick zurückzuwerfen. Die beiden starren sich an, zwei Figuren, die in einem aggressiven Spiel verharren, das ich nicht verstehe.

Als ich zurück in mein Zimmer komme, warten dort schweigend die Kammerzofen auf mich; in den Armen halten sie ein vergoldetes Kleid. Während eine mir hilft, das Kunstwerk aus Seide und violetten Edelsteinen anzuziehen, kümmern die anderen sich um meine Haare und mein Make-up. Wie immer sagen sie nicht ein Wort, obwohl ich nach so einem Morgen wild und wüst aussehen muss.

Das Mittagessen findet heute in einem größeren Rahmen statt. Normalerweise essen die Frauen zusammen, um über bevorstehende Hochzeiten und all die Nichtigkeiten zu sprechen, über die reiche Damen gerne plaudern. Aber heute ist es anders. Wir sind wieder auf der Terrasse, von der aus man auf den Fluss hinunterschaut, und Diener in roten Livreen gleiten eilfertig durch die Menge. Doch darüber hinaus sind mehr Militäruniformen denn je zu sehen. Fast macht es den Eindruck, als würden wir mit einer kompletten Legion zusammen speisen.

Cal und Maven sind ebenfalls da, beide mit ihren funkelnden Ehrenabzeichen, und sie machen lächelnd Konversation, während der König den Soldaten die Hände schüttelt. Die Soldaten sind jung und tragen graue Uniformen mit silbernen Abzeichen. Nicht zu vergleichen mit den abgerissenen Drillichanzügen, die meine Brüder und alle anderen Roten bekommen, wenn sie eingezogen werden. Diese Silbernen ziehen in den Krieg, ja, aber sie werden nicht an echten Gefechten teilnehmen. Das sind die Söhne und Töchter wichtiger Leute, und für sie ist der Krieg einfach nur ein Ausflugsziel unter vielen. Eine weitere Stufe ihrer Ausbildung. Für uns, und früher auch für mich, ist die Einberufung dagegen meist eine Reise ohne Wiederkehr, ein Todesurteil.

Aber ich muss trotzdem meiner Pflicht nachkommen, lächeln und Hände schütteln und ihnen für ihren tapferen Dienst am Vaterland danken. Jedes einzelne Wort schmeckt bitter auf meiner Zunge, bis ich es nicht mehr aushalte und mich in eine Nische flüchte, die halb von Pflanzen verdeckt wird. Der Lärm der Menge hat den höchsten Stand erreicht, wie die Mittagssonne, aber hier kann ich wieder atmen. Zumindest für eine Sekunde.

»Alles in Ordnung?«

Cal taucht neben mir auf; er sieht besorgt, aber seltsam entspannt aus. Er genießt die Gesellschaft von Soldaten. Das ist wohl so etwas wie sein natürlicher Lebensraum.

Obwohl ich mich am liebsten in Luft auflösen würde, richte ich mich auf. »Ich stehe nicht so auf Schönheitswettbewerbe.«

Er runzelt die Stirn. »Sie gehen an die Front, Mare. Gerade von dir hätte ich erwartet, dass du ihnen eine anständige Verabschiedung gönnen würdest.«

Mein Lacher kommt wie aus der Pistole geschossen. »Was lässt dich glauben, dass es mich interessiert, ob diese verzogenen Jüngelchen in den Krieg ziehen oder nicht? Für sie ist es doch eher eine Art Ferienreise.«

»Nur weil sie sich freiwillig dafür entschieden haben, macht sie das nicht weniger tapfer und mutig.«

»Ich hoffe, sie genießen ihre Kaserne und das gute Essen und all die Fronturlaube, die meine Brüder nie bekommen haben.« Ich bezweifle, dass es diesen freiwilligen Soldaten in ihrem Krieg auch nur an einem Knopf fehlen wird.

Cal sieht so aus, als wollte er mich anschreien, schluckt seine Wut aber hinunter. Jetzt, wo ich weiß, wozu sein Temperament fähig ist, überrascht es mich, dass er sich so gut unter Kontrolle hat.

»Das ist die erste komplett aus Silbernen bestehende Legion, die in die Schützengräben zieht«, sagt er ruhig. »Sie werden Seite an Seite mit den Roten kämpfen, gekleidet sein wie Rote und den gleichen Dienst versehen wie Rote. Die Lakelander werden nicht wissen, wen sie da vor sich haben, wenn sie am Todesstreifen stehen. Und wenn die Bomben fallen, wenn der Feind versucht, die Linien zu durchbrechen, wird er eine gewaltige Überraschung erleben. Gegen die Schatten-Legion werden sie nichts ausrichten können.«

Plötzlich ist mir heiß und kalt zugleich. »Wie originell.«

Aber Cal sagt das nicht, um zu prahlen. Er wirkt sogar eher traurig. »Du hast mich dazu inspiriert.«

»Wie bitte?«

»Als du bei der Kür in die Arena gefallen bist, wusste niemand, was los war. Den Lakelandern wird es genauso gehen.«

Ich will etwas sagen, kriege jedoch keinen Ton heraus. Ich habe noch nie irgendwen zu irgendwas inspiriert und erst recht nicht zu einer Kampfstrategie. Cal starrt mich an, als wollte er etwas hinzufügen, doch er schweigt. Uns beiden fehlen die Worte.

Ein Junge aus dem Training, der Windsäer Oliver, legt Cal eine Hand auf die Schulter, während er in der anderen einen unruhig schwappenden Drink hält. Er trägt ebenfalls Uniform. *Er wird in den Krieg ziehen.*

»Was versteckst du dich denn hier, Cal?«, fragt er lachend und zeigt in die Menge um uns herum. »Gegen die Lakelander ist diese Meute hier doch ein Kinderspiel.«

Cal sieht mir in die Augen und seine Wangen laufen silbern an. »Ich würde die Lakelander jederzeit vorziehen«, erwidert er, ohne den Blick abzuwenden.

»Du gehst mit ihnen?«

Oliver antwortet an Cals Stelle und grinst viel zu breit für einen Jungen, der in den Krieg zieht. »Ob er mitgeht?«, sagt er. »Cal ist unser Anführer! Das ist seine Legion, und wir marschieren direkt an die Front.«

Cal entwindet sich langsam Olivers Griff. Der betrunkene Windsäer scheint davon jedoch keine Notiz zu nehmen und plappert weiter. »Er wird der jüngste General der Geschichte und der erste Prinz, der an vorderster Front kämpft.«

Und der erste, der dort den Tod findet, flüstert eine düstere Stimme in meinem Kopf. Obwohl ich es besser wissen müsste, strecke ich instinktiv die Hand nach Cal aus. Und er entzieht sich mir nicht, sondern erlaubt mir, ihn am Arm festzuhalten. In diesem Moment sieht er nicht mehr aus wie ein Prinz oder ein General oder überhaupt wie ein Silberner, sondern wie der junge Mann im Gasthaus; wie der, der mich retten wollte.

»Wann?«, frage ich mit leiser, aber fester Stimme.

»Wenn ihr in die Hauptstadt aufbrecht, nach dem Ball. Ihr fahrt dann nach Süden. Und ich nach Norden«, antwortet er.

Mich befällt kalte Panik, so wie damals, als Kilorn mir erzählt hat, dass er eingezogen würde. Aber Kilorn ist ein Fischerjunge, ein Dieb, jemand, der weiß, wie man sich durchschlägt und überlebt;

anders als Cal. Er ist ein Soldat. Er wird sterben, wenn er muss. Er wird bluten für seinen Krieg. Und ich habe keine Ahnung, warum mir das Angst macht. Warum es mir nicht einfach egal ist.

»Wenn Cal erst an der Front ist, ist dieser Krieg schnell vorbei. Mit Cal können wir endlich gewinnen«, sagt Oliver dümmlich grinsend. Wieder packt er Cal bei der Schulter, doch diesmal führt er ihn weg, zurück in die Menge der Feiernden – und ich bleibe allein in meiner Nische.

Irgendwer drückt mir einen kalten Drink in die Hand, und ich leere das Glas in einem Zug.

»Langsam, langsam«, murmelt Maven. »Denkst du immer noch an heute Morgen? Niemand hat dein Gesicht gesehen. Ich hab mich bei den Königswächtern umgehört.«

Aber das ist das Letzte, was mir im Kopf herumgeht, während ich zusehe, wie Cal und sein Vater sich die Hände schütteln. Er hat ein strahlendes Lächeln aufgesetzt, eine Maske, hinter die nur ich schauen kann.

Maven folgt meinem Blick, und er errät meine Gedanken. »Er wollte es so. Es war seine Entscheidung.«

»Was nicht heißt, dass wir es gut finden müssen.«

»Mein Sohn, der General!«, dringt König Tiberias' dröhnende Stimme über den Lärm der Party zu uns her. Als er seinen Sohn an sich zieht und einen Arm um ihn legt, vergesse ich einen Moment lang, dass er ein König ist. Und fast verstehe ich Cals Bedürfnis, ihm zu gefallen.

Was hätte ich dafür gegeben, dass meine Mutter mich so ansieht, als ich noch eine kleine Diebin war? Was würde ich jetzt dafür geben?

Diese Welt ist silbern, aber sie ist auch grau. Es gibt weder Schwarz noch Weiß.

Als später am Abend, lange nach der Feier, jemand an meine Tür klopft, erwarte ich Walsh mit einer weiteren Tasse Tee voller geheimer Botschaften, aber stattdessen ist es Cal. Ohne seine Uniform oder seine Rüstung sieht er aus wie der Junge, der er ist. *Mit gerade mal neunzehn Jahren steht er kurz davor, ins Verderben zu stürzen oder großen Ruhm einzufahren oder beides.*

Ich zupfe verlegen an meinem Pyjama herum und wünschte, ich hätte einen Morgenmantel. »Cal? Was kann ich für dich tun?«

Er zuckt die Achseln und grinst. »Evangelina hat dich heute im Ring beinahe umgebracht.«

»Und?«

»Und ich möchte nicht, dass sie es auf der Tanzfläche wieder versucht.«

»Hab ich irgendwas verpasst? Kämpfen wir auf dem Ball gegeneinander?«

Er lehnt sich lachend an den Türrahmen, doch seine Füße treten nicht über meine Schwelle, so als könnte er nicht hereinkommen. Oder als sollte er es besser nicht tun. *Du wirst seinen Bruder heiraten. Und er zieht in den Krieg.*

»Wenn du gut tanzen kannst, bleibt dir das erspart.«

Mir fällt wieder ein, dass ich ihm gegenüber erwähnt habe, wie vollkommen unbegabt ich als Tänzerin bin, woran auch Lady Blonos' schrecklicher Unterricht nichts ändert. Aber wie kann Cal mir da weiterhelfen? Und warum sollte er das wollen?

»Ich bin ein erstaunlich guter Lehrer«, fügt er mit einem verschmitzten Grinsen hinzu, und als er seine Hand nach mir ausstreckt, läuft ein Schauer über meinen Körper.

Ich weiß, dass ich das nicht tun sollte. Ich weiß, dass ich die Tür schließen und diesen Weg nicht einschlagen sollte.

Aber er geht an die Front, und vielleicht wird er dort sterben.

Zitternd lege ich meine Hand in seine und lasse zu, dass er mich aus dem Zimmer zieht.

18

Der Mond scheint durchs Fenster, und es ist gerade so hell, dass wir genug sehen können. Das fahle Licht versteckt meine rosigen Wangen – hier sehe ich aus wie eine Silberne. Stuhlbeine kratzen über die Holzdielen, als Cal die Möbel verrückt, damit wir Platz zum Üben haben.

Der Raum ist abgelegen, aber das Surren der Kameras ist nie weit. Elaras Männer sehen uns zu, aber es kommt niemand, um uns aufzuhalten. Oder vielmehr: um Cal aufzuhalten.

Er zieht ein seltsames Gerät aus seiner Jackentasche, einen kleinen Kasten, und stellt ihn in der Mitte des Zimmers auf den Boden. Dann starrt er ihn erwartungsvoll an.

»Kann dieses Ding mir das Tanzen beibringen?«

Er schüttelt lächelnd den Kopf. »Nein, aber es hilft.«

Plötzlich ertönt ein pulsierender Rhythmus aus dem Kasten, und ich begreife, dass es ein Lautsprecher ist, wie die zu Hause in der Arena. Nur dass dieser hier für Musik ist und nicht für den Kampf. Fürs Leben, nicht für den Tod.

Die Melodie ist leicht und schnell, wie ein Herzschlag. Das Grinsen auf Cals Gesicht wird noch breiter; er steht mir gegenüber und sein Fuß klopft den Takt mit. Ich kann nicht widerstehen, auch meine Zehen bewegen sich zur Musik. Sie ist so lebhaft und fröhlich; ganz anders als die harte, metallisch klingende Musik im Unterricht von Lady Blonos oder die traurigen Lieder aus meiner Heimat. Meine Füße gleiten über den Boden und versuchen sich an die Schritte zu erinnern, die Blonos mir beigebracht hat.

»Denk nicht so viel, überlass dich einfach dem Rhythmus«, sagt Cal lachend. Ein Trommelschlag wirbelt über die Musik, und Cal dreht sich leise summend dazu. Zum ersten Mal sieht er nicht so aus, als trüge er das Gewicht eines Throns auf den Schultern.

Ich kann es ebenfalls spüren, meine Ängste und Sorgen verfliegen, wenn auch nur für kurze Zeit. Dies ist eine andere Form von Freiheit, so wie das Dahinsausen auf Cals Motorrad.

Cal tanzt besser als ich, und trotzdem sieht er ziemlich lächerlich aus; wie idiotisch muss ich da erst wirken. Dennoch bin ich traurig, als das Lied zu Ende ist. Als die letzten Töne verklingen, fühlt es sich so an, als würde ich in die Realität zurückgestoßen. Und die Erkenntnis überläuft mich wie ein Schauer: *Ich sollte nicht hier sein.*

»Ich glaube, das hier ist keine gute Idee, Cal.«

Er legt den Kopf schief und schaut mich mit einem verwunderten Lächeln an. »Und warum nicht?«

Er zwingt mich tatsächlich, es auszusprechen. »Ich darf nicht mal mit Maven allein sein«, stammele ich und spüre, wie ich rot werde. »Ich weiß nicht, ob es da in Ordnung ist, wenn ich mit dir nachts im Mondlicht tanze.«

Anstatt darauf einzugehen, lacht Cal einfach und zuckt die Achseln. Das nächste Lied, ein langsameres mit einer wehmütigen Melodie, erfüllt den Raum. »Soweit ich sehe, tue ich meinem Bruder einen Gefallen.« Dann grinst er mich schelmisch an. »Es sei denn, du möchtest ihm lieber den ganzen Abend auf die Füße treten?«

»Na, vielen Dank! Meine Beinarbeit ist eigentlich meine große Stärke«, sage ich und verschränke die Arme vor der Brust.

Er nimmt meine Hand, ganz langsam und sanft. »Im Ring vielleicht«, sagt er. »Aber auf der Tanzfläche ist sie noch ausbaufähig.« Ich schaue nach unten und beobachte seine Füße, die sich zur Musik bewegen. Er zieht mich mit sich, zwingt mich, ihm zu folgen, und obwohl ich mir große Mühe gebe, gerate ich ins Stolpern und falle gegen ihn.

Er lächelt und freut sich, dass er Recht behalten hat. Er ist ein Soldat durch und durch, und Soldaten gewinnen gern. »Diese Musik hat denselben Rhythmus wie die meisten Lieder, die auf dem Ball gespielt werden. Der Tanz ist einfach und leicht zu lernen.«

»Mir wird schon was einfallen, wie ich es trotzdem vermassle«, grummele ich, während ich mich von ihm durch den Raum schieben lasse. Unsere Füße beschreiben ein ungleichmäßiges Rechteck und ich bemühe mich, weder über seine Hände nachzudenken – zu meiner Überraschung fühlen sie sich an wie meine, rau von jahrelanger Arbeit – noch darüber, wie nah er mir gerade ist.

»Das könnte passieren«, murmelt er, plötzlich ernst.

Ich bin daran gewöhnt, dass Cal mich überragt, aber heute Abend wirkt er irgendwie kleiner. Vielleicht liegt es am Mondlicht, vielleicht am Tanzen. Ich sehe ihn wieder so wie an jenem ersten Abend; nicht als einen Prinzen, sondern als ganz normalen Menschen.

Sein Blick ruht auf meinem Gesicht, auf der Stelle, wo meine Verletzung war. »Maven hat das prima wieder hingekriegt«, sagt er mit einem merkwürdig bitteren Unterton in der Stimme.

»Das habe ich Julian zu verdanken. Julian und Sara Skonos.« Auch wenn Cal auf diesen Namen nicht ganz so heftig reagiert wie Maven, so sehe ich doch, dass er die Kiefer aufeinanderpresst. »Warum mögt ihr zwei Sara nicht?«

»Maven hat seine Gründe, sehr gute Gründe«, murmelt er. »Aber davon muss er dir selbst erzählen. Und *ich* habe nichts gegen Sara. Ich – ich denke nur nicht gern über sie nach.«

»Und warum? Was hat sie dir getan?«

»Mir nichts«, sagt er seufzend. »Sie ist mit Julian aufgewachsen, und mit meiner Mutter.« Als er auf seine Mutter zu sprechen kommt, wird seine Stimme plötzlich leiser. »Sie war ihre beste Freundin. Und als sie gestorben ist, hat Sara auf sehr merkwürdige Art um sie getrauert. Julian war am Boden zerstört, aber Sara …« Er weiß offenbar nicht, wie er den Satz beenden soll. Unsere Schritte verlangsamen sich, bis wir schließlich ganz stehen bleiben, während die Musik weiterspielt.

»Ich erinnere mich nicht an meine Mutter«, erklärt er abrupt. »Ich war noch kein Jahr alt, als sie starb. Ich weiß nur, was mein Vater mir erzählt, und Julian. Aber sie sprechen beide nicht gern über sie.«

»Sara könnte dir sicher von ihr erzählen, wenn sie doch beste Freundinnen waren.«

»Sara Skonos kann nicht sprechen, Mare.«

»Gar nicht?«

Cal fährt in dem gleichförmigen ruhigen Tonfall fort, den auch sein Vater gern anschlägt. »Sie hat Sachen gesagt, die sie nicht hätte sagen sollen, hat schreckliche Lügen verbreitet. Und sie ist dafür bestraft worden.«

Mich überläuft es kalt. *Sie kann nicht sprechen.* »Was hat sie denn gesagt?«

Von einem Moment auf den anderen fühlt sich Cal plötzlich kalt an. Er weicht zurück und lässt mich los, als die Musik zu Ende ist.

Dann packt er rasch den Lautsprecher ein, und unser Herzklopfen ist das Einzige, was die Stille durchbricht.

»Ich möchte nicht über sie sprechen«, sagt er mit einem tiefen Seufzer. Sein Blick fliegt zwischen mir und den mondbeschienenen Fenstern hin und her, und ich sehe ein Glitzern in seinen Augen.

Es versetzt mir einen Stich, diesen Schmerz in seiner Stimme zu hören. »Okay.«

Er geht mit zielstrebigen, festen Schritten zur Tür, so als wäre er sehr darum bemüht, nicht einfach wegzurennen. Aber als er sich wieder zu mir umdreht, sieht er aus wie immer – ruhig, gefasst, distanziert.

»Üb die Tanzschritte«, sagt er und klingt sehr nach Lady Blonos. »Morgen um dieselbe Zeit.« Dann ist er weg, und ich bleibe allein in einem Raum voller Echos zurück.

»Was zum Teufel mache ich hier eigentlich?«, sage ich leise zu mir selbst.

Ich bin schon halb im Bett, als mir auffällt, dass in meinem Zimmer etwas ganz und gar nicht stimmt: Die Kameras sind aus. Ich höre nicht eine einzige surren, kein elektronisches Auge sieht mich an und zeichnet auf, was ich tue. Doch im Gegensatz zum vorhergehenden Stromausfall funktioniert alles andere noch. Ich spüre die Elektrizität, die durch die Wände in jeden Raum fließt, nur nicht in meinen.

Farley.

Doch statt der Rebellin tritt Maven aus der Dunkelheit auf mich zu. Er zieht den Vorhang auf und lässt das Mondlicht herein, damit wir etwas sehen können.

»Na, warst du so spät noch spazieren?«, fragt er mit einem traurigen Lächeln.

Überrumpelt suche ich nach Worten. »Du weißt, dass du nicht hier sein solltest, oder?« Ich zwinge mich zu lächeln, versuche wieder ruhiger zu werden. »Lady Blonos wird schockiert sein und uns beide bestrafen.«

»Mutters Männer schulden mir noch den einen oder anderen Gefallen«, sagt er und zeigt auf die versteckten Kameras. »Blonos kann uns nicht bestrafen, wenn sie keinen Beweis hat.«

Irgendwie beruhigt mich das nicht, im Gegenteil. Ich beginne zu zittern, aber nicht vor Angst, sondern erwartungsvoll. Das Gefühl wird stärker, während Maven mit langsamen Schritten auf mich zukommt, es setzt meine Nerven unter Strom, wie es sonst nur meine Blitze tun.

Er sieht, wie ich rot anlaufe, und es scheint ihn mit Befriedigung zu erfüllen. »Manchmal vergesse ich das ganz«, murmelt er und berührt meine Wange. Er lässt seine Hand dort liegen, so als könnte er die Farbe des Blutes fühlen, das durch meine Adern fließt. »Ich wünschte, sie müssten dich nicht jeden Tag anmalen.«

Meine Haut wird heiß unter seinen Fingern, aber ich versuche, es zu ignorieren. »Da bist du nicht der Einzige.«

Seine Lippen zucken. Er versucht zu lächeln, aber es will ihm nicht gelingen.

»Was ist los?«

»Farley hat wieder Kontakt aufgenommen.« Er tritt einen Schritt zurück und steckt die Hände in die Hosentaschen, um ihr Zittern zu verbergen. »Aber du warst nicht hier.«

So was kann wirklich nur mir passieren. »Was hat sie gesagt?«

Maven zuckt die Achseln. Dann geht er zum Fenster und schaut in den Nachthimmel hinaus. »Sie hat vor allem Fragen gestellt.«

Die Angriffsziele. Sie muss ihn gedrängt haben, Informationen zu liefern, die er ihr nicht geben wollte. An seinen hängenden Schultern und dem Beben in seiner Stimme erkenne ich, dass er mehr gesagt hat, als er eigentlich wollte. *Viel mehr.*

»Wen hast du ihr genannt?« In Gedanken gehe ich die vielen Silbernen durch, die ich hier getroffen habe und die – auf ihre Art – freundlich zu mir waren. Wird einer davon Farleys Revolution zum Opfer fallen? Wen wird es treffen?

»Maven, welche Namen hast du ihr genannt?«

Er dreht sich herum; in seinen Augen steht ein Feuer, das ich bei ihm so noch nie gesehen habe. Eine Sekunde lang fürchte ich, dass er gleich in Flammen aufgeht. »Ich wollte es zuerst nicht, aber sie hat Recht. Wir können nicht einfach stillhalten, wir müssen etwas *tun*. Und wenn das bedeutet, dass ich ihr Leute ausliefern muss, dann muss es eben so sein. Es gefällt mir nicht, aber ich werde es tun. Ich *habe* es bereits getan.«

Er atmet zitternd ein, um sich zu beruhigen, wie Cal. »Ich sitze mit meinem Vater in vielen Ratsversammlungen, in denen es um Steuern, die Landesverteidigung und die innere Sicherheit geht. Ich weiß, welche Silbernen man am schmerzlichsten vermissen wird. Und ich habe ihr vier Namen genannt.«

»Welche?«

»Reynald Iral. Ptolemus Samos. Ellyn Macanthos. Belicos Lerolan.«

Mir entweicht ein Seufzer, bevor ich merke, dass ich nicke. Wenn diese Leute sterben, wird das nicht zu vertuschen sein. Evangelinas Bruder, die Frau Oberst – *die wird man in der Tat vermissen.* »Oberst Macanthos wusste, dass deine Mutter gelogen hat. Sie weiß von den anderen Anschlägen –«

»Sie hat den Oberbefehl über eine Halblegion und leitet den Kriegsrat. Ohne sie wird an der Front monatelang Chaos herrschen.«

»An der Front?« *Cal. Seine Legion.*

Maven nickt. »Danach wird mein Vater seinen Thronerben nicht mehr in den Krieg schicken wollen. Nach einem solchen Anschlag auf den innersten Kreis lässt er ihn bestimmt nicht mal mehr aus der Hauptstadt.«

Ihr Tod wird also Cal retten. Und der Scharlochroten Garde helfen.

Shade ist für das hier gestorben. Seine Ziele sind jetzt auch meine.

»Zwei Fliegen mit einer Klappe«, sage ich leise und spüre, dass ich den Tränen nahe bin. So schwer das auch werden wird: lieber ihr Leben als Cals. Sogar tausend Mal lieber.

»Dein Freund ist übrigens mit von der Partie.«

Mir zittern die Knie, aber ich halte mich aufrecht. Ich schwanke zwischen Wut und Angst, während Maven mir in einem ernsten, kühlen Ton den Plan erläutert.

»Und was ist, wenn wir scheitern?«, frage ich, als er fertig ist, womit ich das ausspreche, was er bewusst ausgeklammert hat.

Er schüttelt kaum merklich den Kopf. »Das wird nicht passieren.«

»Aber was, wenn doch?« Ich bin kein Prinz, mein Leben war bislang kein Zuckerschlecken. Ich gehe immer und überall vom Schlimmsten aus. »Was passiert, wenn unser Plan nicht aufgeht, Maven?«

Sein Atem rasselt, als er Luft holt und um Fassung ringt. »Dann gelten wir als Verräter, alle beide. Wir werden wegen Hochverrats vor Gericht gestellt, verurteilt – und hingerichtet.«

Während meiner nächsten Unterrichtsstunde bei Julian kann ich mich nicht konzentrieren. Meine Gedanken kreisen nur um das, was bevorsteht. Es kann so viel schiefgehen, und es steht so viel auf dem Spiel. Mein Leben, Kilorns Leben, Mavens – wir halten alle den Kopf hin.

»Es geht mich ja eigentlich nichts an«, beginnt Julian und reißt mich aus meinen Gedanken, »aber du scheinst Prinz Maven sehr, nun, *zugeneigt* zu sein.«

Ich lache beinahe auf vor Erleichterung, aber zugleich versetzt mir dieser Satz auch einen Stich. Schließlich ist Maven der Letzte, vor dem ich mich in dieser Schlangengrube hüten muss. Dass Julian so etwas auch nur andeutet, macht mich wütend. »Ich bin ja auch mit ihm verlobt«, erwidere ich und gebe mir Mühe, nicht allzu patzig zu klingen.

Aber statt das Thema fallenzulassen, beugt Julian sich vor. Normalerweise besänftigt mich seine ruhige, friedfertige Art, aber heute frustriert er mich. »Ich versuche nur, dir zu helfen. Maven ist seiner Mutter Sohn.«

Jetzt werde ich doch patzig. »Du weißt gar nichts über ihn.« *Maven ist mein Freund. Maven setzt viel mehr aufs Spiel als ich.* »Ihn nach seinen Eltern zu beurteilen, ist so, als wolltest du mich nach der Farbe meines Blutes beurteilen. Nur weil du den König und die Königin hasst, kannst du ihn nicht auch einfach so hassen.«

Julian sieht mich lange an; sein Blick ist feurig, und als er weiterspricht, klingt seine Stimme eher wie ein Knurren. »Ich hasse den König, weil er meine Schwester nicht retten konnte und weil er sie durch diese Giftschlange ersetzt hat. Ich hasse die Königin, weil sie Sara Skonos' Leben zerstört hat. Weil sie das Mädchen, das ich geliebt habe, zerbrochen hat. Weil sie Sara die Zunge hat herausschneiden lassen.« Und dann fügt er etwas leiser hinzu: »Sie hatte so eine schöne Stimme.«

Mir wird übel. Plötzlich ergeben Saras qualvolles Schweigen und ihre eingesunkenen Wangen Sinn. Kein Wunder, dass Julian sie zu meiner Heilerin bestimmt hat. Sie kann niemandem etwas verraten.

»Aber …«, bringe ich heiser hervor, als hätte man *mir* die Stimme geraubt, »aber sie ist doch Heilerin.«

»Hautheiler können sich selbst nicht heilen. Und niemand hätte es gewagt, sich gegen die Königin zu stellen. Weshalb Sara jetzt so leben muss, für immer bloßgestellt.« In seinem Ton schwingen all diese Erinnerungen mit, eine schlimmer als die andere. »Silberne machen sich nichts aus Schmerz. Aber sie sind stolz. Stolz, Würde, Ehre, das sind Dinge, die keine Fähigkeit ersetzen kann.«

So groß mein Mitgefühl für Sara ist, so groß ist auch meine Angst um mich selbst. *Sie haben ihr die Zunge herausgeschnitten für etwas, was sie* gesagt *hat. Was werden sie dann erst mit mir machen?*

»Du wirst unaufmerksam, kleine Blitzwerferin.«

Der Spitzname fühlt sich an wie ein Schlag ins Gesicht und holt mich schockartig in die Realität zurück.

»Das hier ist nicht deine Welt. Dass du jetzt weißt, wie man einen Knicks macht, hat daran nichts geändert. Du hast keine *Ahnung* von dem Spiel, das wir spielen.«

»Weil es kein Spiel ist, Julian.« Ich schiebe das Buch mit den

Listen zu ihm hin und lasse das Register mit den Namen der Toten in seinen Schoß fallen. »Es geht hier um Leben und Tod. Ich spiele nicht um einen Thron oder eine Krone oder einen Prinzen. Ich spiele überhaupt nicht. Ich bin *anders.*«

»Das ist wahr«, murmelt er und fährt mit einem Finger über die Seiten. »Und das ist auch der Grund, warum du in Gefahr bist. Du solltest auf der Hut sein. Selbst vor Maven. Oder mir. *Jeder kann jeden verraten.*«

Seine Gedanken schweifen ab und sein Blick verschleiert sich. In diesem Licht sieht er aus wie ein alter, verbitterter Mann, der vom Geist seiner toten Schwester heimgesucht wird, eine gebrochene Frau liebt und dazu verdammt ist, ein Mädchen zu unterrichten, das nichts anderes kann als lügen. Ich werfe einen Blick auf die Karte hinter ihm, die zeigt, wie es früher, vor unserer Zeit, einmal war. *Die ganze Welt wird von Geistern heimgesucht.*

Dann kommt mir der schlimmste Gedanke, den ich je hatte. *Shade ist bereits mein Geist. Wer wird sich noch zu ihm gesellen?*

»Eins steht fest, Mädchen«, sagt Julian schließlich leise. »Du bist nur eine Schachfigur im Spiel eines anderen.«

Ich bringe es nicht fertig, ihm zu widersprechen. *Denk, was du willst, Julian. Aber ich lasse mich von niemandem zum Narren halten.*

Ptolemus Samos. Oberst Macanthos. Ihre Gesichter kreisen in meinem Kopf, während Cal und ich durch den Raum tanzen. Der Mond ist abnehmend, im Schwinden begriffen, doch meine Hoffnung war nie größer. Morgen findet der Ball statt, und danach – nun, ich habe keine Ahnung, wohin dieser Weg führt. Aber es wird ein anderer Weg sein, ein neuer Pfad, der uns eine bessere Zukunft beschert. Es wird Kollateralschäden geben, Verletzte und Tote, die unvermeidlich sind, wie Maven es ausgedrückt hat. Aber wir kennen die Risiken. Wenn alles nach Plan läuft, wird die Scharlachrote Garde ihre Flagge an einem Ort gehisst haben, wo sie jeder sehen kann. Farley wird nach dem Anschlag ein neues Video veröffentlichen, in dem sie unsere Forderungen nennt: *Gleichheit und Freiheit, im Großen wie im Kleinen.* Im Gegensatz zu einer langen, blutigen Rebellion klingt das doch eigentlich ganz gut.

Plötzlich neigt sich mein Körper nach hinten und bewegt sich in einem langsamen Bogen auf den Boden zu. Ich schreie erschreckt auf. Aber Cal hat seine starken Arme um mich gelegt und zieht mich ganz leicht wieder nach oben.

»Tut mir leid«, sagt er etwas verlegen. »Ich dachte, du wärst bereit dafür.«

Ich bin nicht bereit. Ich habe Angst. Ich zwinge mich zu lachen und zu verstecken, was ich ihm nicht zeigen darf. »Nein, mein Fehler. Ich war mal wieder in Gedanken.«

Aber so leicht macht er es mir nicht. Er legt den Kopf schief und schaut mir in die Augen. »Hast du immer noch Angst vor dem Ball?«

»Mehr, als du ahnst.«

»Mach immer schön einen Schritt nach dem anderen. So kann dir gar nichts passieren«, sagt er. Dann lacht er über sich selbst und wechselt in eine leichtere Schrittfolge. »Ich weiß, dass es kaum zu glauben ist, aber ich war auch nicht immer ein guter Tänzer.«

»Ich bin entsetzt«, erwidere ich lächelnd. »Ich dachte, Prinzen würden als großartige Tänzer und Meister der belanglosen Plauderei geboren.«

Er lacht wieder und wird dann schneller. »Ich nicht. Wenn ich tun könnte, was mir gefällt, wäre ich nur in meiner Werkstatt oder in der Kaserne. Ich würde an meinem Motorrad herumschrauben oder trainieren. Anders als Maven. Er ist in jeder Hinsicht der Prinz, der ich nie sein werde.«

Ich denke an Maven, an seine freundlichen Worte, seine perfekten Manieren, sein tadelloses Auftreten bei Hofe – und an all die Dinge, die er nur vorschiebt, um zu verbergen, was ihm wirklich wichtig ist. *Ja, er ist in jeder Hinsicht ein Prinz.* »Aber er wird auch immer nur ein Prinz bleiben«, murmele ich leise und bedauere diesen Gedanken beinahe. »Während du eines Tages König wirst.«

Auch er senkt die Stimme, und über seine Miene fällt ein Schatten. Irgendetwas macht ihn traurig – das wird mit jedem Tag deutlicher. *Vielleicht zieht er gar nicht so gern in den Krieg, wie ich denke.* »Manchmal wünschte ich, es wäre anders.«

Obwohl er leise spricht, höre ich plötzlich nichts anderes mehr als seine Stimme. Der Ball rückt unaufhaltsam näher, und doch kann ich jetzt nur noch über Cal und seine Hände und den leichten Holzfeuerduft nachdenken, der ihm überallhin zu folgen scheint; er erinnert mich an Wärme, an den Herbst, an zu Hause.

Dass mein Herz so schnell schlägt, schreibe ich der Musik zu, die lebhaft und fröhlich ist. Irgendwie erinnert mich dieser Abend an Julians Geschichten über die Welt, die unserer vorausgegangen ist. Eine Welt der Imperien, der Korruption und des Krieges – und eine Welt, in der mehr Freiheit herrschte, als ich je gekannt habe. Doch die Menschen aus dieser Zeit sind verschwunden, ihre Träume sind nur noch Ruinen, nur Rauch und Asche.

Das liegt in unserer Natur, sagt Julian immer. *Wir zerstören. Das ist die eine Konstante unserer Spezies. Es werden immer Menschen fallen, ganz egal, welche Farbe ihr Blut hat.*

Noch vor ein paar Tagen habe ich das nicht verstanden, aber jetzt, wo meine Hände in Cals liegen und er mich sanft führt, beginne ich zu verstehen, was er gemeint hat.

Ich spüre förmlich, wie ich falle.

»Willst du wirklich mit der Legion an die Front?« Schon allein die Worte machen mir Angst.

Er nickt kaum merklich. »Ein General gehört an die Seite seiner Männer.«

»Und ein Prinz gehört an die Seite seiner Prinzessin. An Evangelinas Seite«, füge ich eilig hinzu. *Na toll, ganz großartig, Mare*, schreit es in meinem Kopf.

Die Luft um uns herum wird immer heißer, obwohl Cal sich nicht rührt. »Sie wird schon klarkommen, glaube ich. Sie hängt nicht besonders an mir. Und ich werde sie auch nicht vermissen.«

Da ich ihm nicht in die Augen schauen kann, konzentriere ich mich auf das, was direkt vor mir ist. Dummerweise ist das seine Brust und ein allzu dünnes Hemd. Er holt zitternd Luft.

Dann sind seine Finger unter meinem Kinn und schieben es hoch, damit ich ihn ansehe. In seinen Augen lodern goldene Flammen, die von der Hitze künden, die in ihm brennt. »Ich werde *dich* vermissen, Mare.«

Sosehr ich auch möchte, dass die Zeit stehenbleibt und dieser Moment nie vergeht, weiß ich, dass das unmöglich ist. Was auch immer ich fühle oder denke, Cal ist nicht der Prinz, dem ich versprochen bin. Und was noch wichtiger ist: Er steht auf der falschen Seite. Er ist mein Feind. Cal ist tabu.

Also weiche ich langsam, widerstrebend zurück, löse mich aus seinem Griff, aus seiner Wärme, an die ich mich schon so gewöhnt habe.

»Ich kann nicht« ist alles, was ich hervorbringe, auch wenn ich weiß, dass meine Blicke mich verraten. Selbst jetzt spüre ich Tränen der Angst und des Bedauerns, Tränen, die ich niemals vergießen wollte.

Vielleicht ist es die Aussicht, dass er an die Front geht, die Cal kühn und unbesonnen macht, was er sonst nie ist. Er nimmt meine Hand und zieht mich an sich. Er verrät seinen einzigen Bruder. Und ich verrate unsere Sache, Maven und mich selbst, aber ich möchte nicht aufhören.

Jeder kann jeden verraten.

Seine Lippen liegen auf meinen, hart und warm und fordernd. Die Berührung ist elektrisierend, aber nicht so, wie ich es gewohnt bin. Dies ist kein Funke der Zerstörung, sondern ein Funke des Lebens.

Sosehr ich mich auch von ihm losmachen möchte, ich schaffe es einfach nicht. Cal ist eine Klippe, und ich stürze mich bereitwillig hinunter – ohne einen Gedanken daran, was es für uns beide bedeuten könnte. Eines Tages wird er erkennen, dass ich seine Feindin bin, und all das hier wird nur eine Erinnerung aus ferner Zeit sein. Aber noch ist es nicht so weit.

19

Es dauert Ewigkeiten, bis ich zu dem Mädchen geschminkt und herausgeputzt bin, das ich sein soll, aber mir erscheinen die Stunden wie Minuten. Als die Kammerzofen mich schließlich vor den Spiegel stellen und mich stumm fragen, ob ich zufrieden bin, kann ich dem Mädchen im Glas nur zunicken. Sie sieht schön aus in ihren schimmernden, seidenen Ketten und sie ist voller Angst vor dem, was kommt. Ich muss sie verbergen, diese ängstliche Kleine; ich muss lächeln und tanzen und wie eine von ihnen sein. Also nehme ich all meine Kraft zusammen und schiebe die Furcht beiseite. *Furcht bringt mich nur um.*

Maven wartet am Ende des Flurs auf mich, ein Schatten in seiner Ausgehuniform. Das matte Schwarz betont seine Augen, die sich leuchtend blau von seiner weißen Haut abheben. Er sieht ganz und gar nicht ängstlich aus, aber er ist ja auch ein Prinz. Er ist ein Silberner. Er wird keine Miene verziehen.

Er bietet mir seinen Arm an, und ich hake mich bereitwillig unter. Eigentlich erwarte ich, dass ich mich an seiner Seite stark und sicher fühle, doch seine Berührung erinnert mich an Cal und unseren Verrat. Sofort steht der gestrige Abend wieder vor mir, bis ins kleinste Detail. Maven bemerkt mein Unbehagen ausnahmsweise einmal nicht. Er denkt gerade über Wichtigeres nach.

»Schön siehst du aus«, sagt er leise und weist mit dem Kinn auf mein Kleid.

Ich bin nicht seiner Meinung. Das Kleid ist albern und übertrieben, eine komplizierte Anhäufung von violetten Edelsteinen, die bei jeder Bewegung funkeln und mich aussehen lassen wie ein glänzender Käfer. Aber ich soll mich heute wie eine Lady benehmen, also nicke ich und lächele huldvoll. Doch unwillkürlich muss ich wieder daran denken, dass diese Lippen, die jetzt für Maven lächeln, gestern Abend seinen Bruder geküsst haben.

»Ich wünschte, es wäre schon vorbei.«

»Aber es wird nicht mit dem heutigen Abend enden, Mare. Das hier wird noch sehr, sehr lange andauern. Das ist dir doch klar, oder?« Er spricht wie jemand, der viel älter und weiser ist, und nicht wie ein Siebzehnjähriger. Als ich zögere, da ich wirklich nicht weiß, wie ich mich fühlen soll, presst er die Kiefer zusammen. »Mare?«, hakt er nach, und ich höre das Zittern in seiner Stimme.

»Hast du Angst, Maven?«, frage ich leise. Meine Stimme ist kaum mehr als ein Flüstern. »Ich schon.«

Sein Blick wird hart und plötzlich sehen seine Augen stahlblau aus. »Ich habe Angst, dass ich versage. Dass ich diese Gelegenheit vorbeiziehen lasse. Und ich habe Angst vor dem, was passiert, wenn sich nichts in dieser Welt je ändert.« Seine Entschlossenheit sorgt dafür, dass seine Haut unter meinen Fingern heiß wird. »Das fürchte ich mehr als den Tod.«

Es ist schwer, sich nicht von seinen Worten mitreißen zu lassen, und ich nicke ihm zu. Wie könnte ich auch einen Rückzieher machen? *Ich werde keine Miene verziehen.*

»Wir erheben uns«, murmelt er so leise, dass ich es kaum hören kann. *Rot wie die Morgendämmerung.*

Als wir vor den Aufzügen zum Stehen kommen, drückt er fest

meine Hand. Der König und die Königin warten dort, in Begleitung einiger Leibwachen. Cal und Evangelina sind nirgends zu sehen, und ich hoffe, das bleibt auch noch eine Weile so.

Königin Elara trägt eine glitzernde Monstrosität aus Rot, Schwarz, Weiß und Blau, den Farben ihres und des Hauses ihres Mannes. Sie ringt sich ein Lächeln ab, behandelt mich aber wie Luft und sieht nur ihren Sohn an.

»Da wären wir«, sagt Maven und lässt meine Hand los, um an die Seite seiner Mutter zu treten. Ohne seine Berührung fühlt meine Haut sich merkwürdig kalt an.

»Wie lange muss ich denn bleiben?«, fragt er mit einem Quengeln in der Stimme. Er spielt seine Rolle gut. Je besser er sie ablenkt, umso größer sind unsere Chancen. Denn Elara braucht nur einen Blick in den falschen Kopf zu werfen, und alles löst sich in Rauch auf. *Und wir gehen obendrein noch dabei drauf.*

»Du kannst nicht kommen und gehen, wie es dir beliebt, Maven. Du hast Pflichten zu erfüllen und wirst so lange bleiben, wie es nötig ist.« Sie nestelt an seiner Kleidung herum, streicht über seinen Kragen, seine Ehrenabzeichen und seine Ärmel, und einen Moment lang bin ich verblüfft. Das ist die Frau, die in meinen Kopf eingedrungen ist, die mich aus meinem Leben gerissen hat, die ich *hasse*, und doch hat sie auch gute Seiten. Sie liebt ihren Sohn. Und Maven liebt sie, trotz ihrer Fehler.

König Tiberias dagegen scheint Mavens Verhalten recht egal zu sein. Er beachtet ihn kaum. »Der Junge langweilt sich einfach. Sein Leben ist nicht aufregend genug. Nicht wie damals an der Front«, sagt er und fährt sich mit der Hand durch seinen sorgfältig gestutzten Bart. »Du brauchst eine Aufgabe, Mavey.«

Einen kurzen Moment lang lässt Maven seine Maske fallen. *Ich habe eine Aufgabe*, schreien seine Augen, aber er sagt keinen Ton.

»Cal hat seine Legion, er weiß, was er tut, was er *will*. Du musst endlich herausfinden, was du mit deinem Leben machen willst, hörst du?«

»Ja, Vater«, sagt Maven. Ein Schatten huscht über sein Gesicht, auch wenn er seine Verärgerung zu verbergen sucht.

Ich kenne diese Miene sehr gut. Ich selbst habe sie aufgesetzt, wenn meine Eltern mir sagten, ich solle mir doch ein Beispiel an Gisa nehmen, obwohl das völlig unmöglich war. Wenn ich dann ins Bett ging, habe ich mich gehasst und mir gewünscht, ich könnte mich ändern, ich könnte so still und begabt und hübsch sein wie sie. Es gibt nichts, was mehr schmerzt als das Gefühl, nicht zu genügen. Aber der König bemerkt nichts davon, so wie meine Eltern meinen Schmerz nie bemerkt haben.

»Ich glaube, mir zu helfen, mich hier zurechtzufinden, ist Aufgabe genug für Maven«, sage ich in der Hoffnung, die Aufmerksamkeit des Königs auf mich zu lenken. Als Tiberias sich mir zuwendet, seufzt Maven und lächelt mir dankbar zu.

»Ja, und er hat sie offensichtlich gut erfüllt«, erwidert der König, während er mich mustert. Ich weiß, dass er dabei an das arme rote Mädchen zurückdenkt, das sich geweigert hat, sich vor ihm zu verneigen. »Nach allem, was ich höre, bist du inzwischen schon fast eine richtige Dame.«

Er lächelt mich an, doch es ist nur sein Mund, der sich verzieht; aus seinen Augen spricht ganz deutlich Misstrauen. Er wollte mich damals im Thronsaal lieber umbringen, zum Schutz seiner Krone und des Gleichgewichts in seinem Land, und ich glaube nicht, dass dieser Wunsch jemals erlöschen wird. Ich bin eine Bedrohung, aber ich bin auch eine Investition. Er wird seinen Nutzen aus mir ziehen, wenn er will, und mich töten, wenn er muss.

»Ich hatte hervorragende Unterstützung, mein König«, sage ich mit einem angedeuteten Knicks und tue so, als wäre ich geschmeichelt, auch wenn es mir egal ist, was er denkt. Seine Meinung ist den Rost auf Pas Rollstuhl nicht wert.

»Sind wir so weit?«, höre ich Cal sagen, und meine Gedanken lösen sich in Luft auf.

Mein Körper reagiert sofort; ich drehe mich um und sehe, wie er durch den Flur auf uns zukommt. Mir stülpt sich der Magen um, aber nicht vor Aufregung oder Nervosität oder all diesen Dingen, über die alberne Mädchen reden. Mir ist übel wegen dem, was ich getan habe, was ich zugelassen habe – und was ich *wollte*. Obwohl er meinen Blick einzufangen versucht, schaue ich schnell zu Evangelina, die an seinem Arm hängt. Sie trägt wieder Metall und schafft es, selbstgefällig zu grinsen, ohne die Lippen zu bewegen.

»Hoheiten«, murmelt sie und macht einen aufreizend perfekten Knicks.

Tiberias lächelt sie an, die Braut seines Sohnes, dann klopft er Cal auf die Schulter. »Wir haben nur noch auf euch beide gewartet, mein Sohn.«

Wenn sie so nebeneinanderstehen, ist die Familienähnlichkeit nicht zu verleugnen – gleiche Haarfarbe, die gleichen rotgoldenen Augen, sogar die gleiche Körperhaltung. Maven beobachtet sie, seine blauen Augen sind weich und nachdenklich, während seine Mutter seinen Arm umklammert hält. Mit Evangelina auf der einen und seinem Vater auf der anderen Seite kann Cal nicht viel mehr tun, als mich anzusehen. Er nickt leicht, und mir ist klar, dass dies die einzige Begrüßung ist, die ich verdiene.

Trotz der üppigen Dekoration sieht der Ballsaal genauso aus wie vor einem Monat, als die Königin mich in diese merkwürdige Welt hineingestoßen hat, als mir mein Name und meine Identität offiziell entzogen wurden. Damals haben sie mir hier in diesem Raum einen Schlag versetzt, und heute schlage ich zurück.

Heute Abend fließt Blut.

Aber daran darf ich jetzt nicht denken. Ich muss neben den anderen stehen, muss mit den Hunderten Hofangehörigen sprechen, die geduldig darauf warten, ein paar Worte mit der Königsfamilie und einer emporgekommenen roten Lügnerin zu wechseln. Mein Blick huscht die Reihe entlang auf der Suche nach den Zielen, die Maven der Garde genannt hat, nach den Funken, an denen sich ein Feuer entzünden wird. *Reynald, die Frau Oberst, Belicos – und Ptolemus*. Evangelinas silberhaariger Bruder.

Er ist unter den Ersten, die uns begrüßen; er steht hinter seinem Vater, der sofort zu Evangelina eilt. Als Ptolemus näher kommt, wird mir fast schlecht. Noch nie habe ich etwas so Schwieriges getan, wie einem zum Tode Verdammten in die Augen zu sehen.

»Ich gratuliere«, sagt er; seine Stimme ist so hart und fest wie Stein, sein Händedruck ebenso. Er trägt keine Militäruniform, sondern einen Anzug aus schwarz glänzenden Metallschuppen, die sich nahtlos ineinanderfügen. Er ist ein Krieger, aber kein Soldat. Wie schon sein Vater vor ihm ist Ptolemus der Anführer der Stadtwache von Archeon; er schützt die Hauptstadt also mit seiner eigenen Armee von Sicherheitsleuten. *Der Kopf einer Schlange*, hat Maven ihn genannt. *Wenn du ihn abschneidest, stirbt auch der Rest.* Ptolemus' falkenartige Augen ruhen auf seiner Schwester, während er mir die Hand drückt. Er lässt mich eilig wieder los und geht schnell an Maven und Cal vorbei, bevor er Evangelina in einer seltenen Zurschaustellung von Zuneigung umarmt. Ich bin überrascht, dass ihre albernen Outfits sich nicht ineinander verhaken.

Wenn alles nach Plan läuft, wird er seine Schwester nie wieder umarmen. Dann wird Evangelina einen Bruder verloren haben, genau wie ich. Obwohl ich weiß, wie weh das tut, will sich bei mir kein rechtes Mitgefühl für sie einstellen. Vor allem nicht, wenn ich mit ansehen muss, wie sie sich an Cal hängt. Die beiden sehen völlig gegensätzlich aus. Er trägt eine einfache Uniform, während sie ein auffälliges Kleid aus glänzenden, messerscharfen Zacken anhat. Ich möchte sie umbringen. Ich möchte *an ihrer Stelle* sein. Aber ich habe keine Chance. Evangelina und Cal sind heute Abend nicht mein Problem.

Als Ptolemus weg ist und andere Leute mit kaltem Lächeln und scharfen Worten vorbeidefilieren, fällt es mir leichter, meine Rolle zu spielen. Als Nächstes begrüßt uns das Haus Iral, angeführt von der sich träge, aber geschmeidig bewegenden Ara, dem Panther. Zu meinem Erstaunen macht sie eine tiefe Verneigung vor mir und lächelt dabei. Aber irgendetwas daran irritiert mich und sagt mir, dass sie mehr weiß, als gut für mich ist. Sie geht ohne ein Wort vorbei und erspart mir ein weiteres Verhör.

Sonya folgt auf ihre Großmutter, Arm in Arm mit einem anderen Angriffsziel: Reynald Iral, ihrem Cousin. Maven hat mir erzählt, er sei Finanzberater, ein Genie, das mit Hilfe von Steuern und raffinierten Transaktionen für die gute finanzielle Ausstattung der Armee sorgt.

Wenn er stirbt, versiegt auch der Geldfluss, und somit wird auch der Krieg zu Ende gehen. Dafür opfere ich gern einen Steuereintreiber. Als er meine Hand nimmt, bemerke ich seinen eisigen Blick und seine weiche Haut. Diese Hände werde meine nie wieder berühren.

Oberst Macanthos abzutun, als sie zu uns tritt, ist nicht so leicht. Die Narbe in ihrem Gesicht fällt sehr auf, vor allem heute Abend, wo alle so herausgeputzt sind. Mag sein, dass ihr die Scharlachrote Garde ein Dorn im Auge ist, aber den Worten der Königin hat sie auch keinen Glauben geschenkt. Sie war nicht bereit, die Lügen zu schlucken, die Elara allen aufgetischt hat.

Ihr Händedruck ist kräftig; endlich mal jemand, der keine Angst hat, ich könnte zerspringen wie Glas. »Ich wünsche Ihnen viel Glück, Lady Mareena. Ich kann sehen, dass der da gut zu Ihnen passt.« Sie weist mit dem Kinn auf Maven. »Für die feine Samos sehe ich hingegen schwarz«, fügt sie in einem neckischen Flüsterton hinzu. »Die wird eine traurige Königin und Sie eine glückliche Prinzessin, da bin ich mir sicher.«

»Ich bin gespannt«, erwidere ich und lächele sie an, obwohl das Leben von Oberst Macanthos bald zu Ende sein wird. Ganz gleich, wie freundlich sie ist, ihre Minuten sind gezählt.

Als sie zu Maven weitergeht, ihm die Hand schüttelt und ihn einlädt, in einer guten Woche mit ihr zusammen die Truppen zu inspizieren, sehe ich, dass er ebenso merkwürdig berührt ist. Nachdem sie weg ist, nimmt er meine Hand und drückt sie, um mich zu beruhigen. Ich weiß, dass er es bedauert, ihren Namen genannt zu haben, aber ihr Tod wird einen wichtigen Zweck erfüllen, ebenso wie der von Reynald und Ptolemus. Am Ende wird es sich auszahlen, dass wir sie geopfert haben.

Das nächste Angriffsziel folgt sehr viel weiter hinten in der Schlange; und er ist aus einem unbedeutenderen Haus. Belicos Lerolan hat ein fröhliches Grinsen im Gesicht, kastanienbraune Haare und, passend zu seinem Haus, Kleider in der Farbe eines Sonnenuntergangs. Im Gegensatz zu den anderen, die ich heute Abend begrüßen musste, hat er eine herzliche, freundliche Ausstrahlung. Das Lächeln in seinen Augen ist ebenso echt wie sein Händedruck.

»Es ist mir ein Vergnügen, Lady Mareena«, sagt er und verneigt sich höflich. »Ich freue mich, Ihnen noch viele Jahre zu Diensten zu sein.«

Ich lächele ihn an und tue so, als stünden uns noch viele gemeinsame Jahre bevor, aber es wird von Sekunde zu Sekunde schwerer, diese Fassade aufrechtzuerhalten. Als seine Frau hinter ihm auftaucht und von zwei kleinen Jungen begleitet wird, möchte ich schreien. Die Zwillinge sind noch keine vier Jahre alt und jaulen wie Welpen, während sie sich an die Hosenbeine ihres Vaters klammern. Er lächelt sie an, ein vertrautes Lächeln nur für die beiden.

Er ist ein Diplomat, wie Maven mir erklärt hat, Botschafter bei unseren Verbündeten unten in Piedmont. Ohne ihn wäre unsere Verbindung zu diesem Land und seiner Armee gekappt und Norta stünde allein da gegen die rote Morgendämmerung. Er ist also ebenfalls ein wichtiges Opfer, aber er ist auch Familienvater. *Er hat Kinder, und wir bringen ihn um.*

»Danke, Belicos«, sagt Maven und reicht ihm die Hand; er möchte die Lerolans von mir wegholen, bevor ich schwach werde.

Ich will etwas sagen, doch ich kann nur noch daran denken, dass ich im Begriff bin, so kleinen Kindern den Vater zu rauben. Und mir fällt wieder ein, wie Kilorn geweint hat, nachdem sein Vater gestorben war. *Er war auch zu jung damals.*

»Würden Sie uns bitte einen Moment entschuldigen?« Mavens Stimme scheint von ganz weit her zu mir zu dringen. »Lady Mareena ist an all die Aufregung bei Hof noch nicht gewöhnt.«

Bevor ich einen weiteren Blick auf den todgeweihten Familienvater werfen kann, schiebt Maven mich eilig weg. Einige Leute starren uns nach, und ich spüre, dass auch Cals Blick uns folgt. Beinahe wäre ich gestolpert, doch Maven hält mich aufrecht und schiebt mich auf einen Balkon. Normalerweise muntert frische Luft mich auf, aber ich bezweifle, dass sie jetzt viel ausrichten kann.

»Kinder«, sprudelt es aus mir heraus. »Er hat eine *Familie.*«

Maven lässt mich los, und ich lehne mich an die Balkonbrüstung. Aber Maven weicht nicht von meiner Seite. Im Mondlicht sehen seine Augen wie Eis aus; sie funkeln und glänzen, während er mich anschaut. Er legt mir seine Hände auf die Schultern und zwingt mich so, ihm zuzuhören.

»Reynald ist ebenfalls Familienvater. Und Oberst Macanthos hat auch Kinder. Ptolemus ist mit der Tochter aus dem Haus Haven verlobt. Sie alle haben Menschen, die ihnen nahestehen und die um sie trauern werden.« Er zwingt sich, diese Worte auszusprechen; er ist ebenso hin- und hergerissen wie ich. »Wenn wir der Sache dienen wollen, haben wir keine große Wahl, Mare. Wir müssen tun, was wir können, koste es, was es wolle.«

»Ich kann das nicht.«

»Glaubst du denn, ich wollte es?«, fragt er leise. Sein Gesicht ist nur wenige Zentimeter von meinem entfernt. »Ich kenne sie alle, und es schmerzt mich, sie verraten zu müssen, *aber es muss nun einmal sein.* Bedenke, was wir durch ihren Tod erreichen können. Wie viele von euch könnten gerettet werden? Ich dachte, das alles wäre dir klar!«

Er bricht ab und schließt einen Moment lang die Augen. Als er sich beruhigt hat, streicht er mit zitternden Fingern über meine Wangenknochen. »Entschuldige, ich wollte nur –« Er zaudert. »Vielleicht siehst du nicht, was der heutige Abend bewirken wird, aber ich sehe es. Und ich weiß, dass er vieles verändern wird.«

»Ich glaube dir«, flüstere ich und greife nach seiner Hand. »Ich wünschte nur, es gäbe einen anderen Weg.«

Hinter ihm im Ballsaal schrumpft die Reihe derer, die empfangen werden. Das Händeschütteln und der Austausch von Höflichkeiten sind vorbei. Der eigentliche Abend hat begonnen.

»Aber es geht nur so, Mare. Ich schwöre, dass es genau das ist, was wir tun müssen.«

Ich nicke, sosehr es mich auch schmerzt, sosehr mein Herz sich zusammenzieht bei dem Gedanken. »In Ordnung.«

»Alles klar mit euch beiden?«

Cals Stimme klingt eine Sekunde lang merkwürdig hoch, aber er räuspert sich und tritt auf den Balkon hinaus. Sein Blick gleitet über mein Gesicht. »Bist du bereit, Mare?«

»Sie schafft das«, antwortet Maven für mich.

Dann gehen wir zusammen hinein und lassen damit die angenehme Abendluft hinter uns und das letzte bisschen Ruhe, das uns womöglich vergönnt sein wird. An der Tür spüre ich eine leichte Berührung am Arm: *Cal.* Als ich zurückblicke, sehe ich, dass er mich anstarrt und die Hand nach mir ausgestreckt hat. Seine Augen sind dunkler denn je; in seinem Blick liegt eine Intensität, die ich nicht zu deuten vermag. Aber bevor er etwas sagen kann, taucht Evangelina an seiner Seite auf. Und als er ihre Hand nimmt, muss ich schnell wegschauen.

Maven führt mich auf eine freie Fläche in der Mitte des Ballsaals. »Jetzt kommt der schwierige Part«, sagt er in einem Versuch, mich zu beruhigen.

Es funktioniert sogar ein wenig, mein Frösteln klingt allmählich ab.

Wir vier, die beiden Prinzen und ihre Bräute, sollen vor dem versammelten Publikum den Tanz eröffnen. Auch dies ist eine Demonstration von Macht und Einfluss: Die beiden siegreichen jungen Frauen werden vor all diesen Familien, die leer ausgegangen sind, zur Schau gestellt. Es ist das Letzte, worauf ich Lust habe, aber es führt kein Weg daran vorbei. Als die verhasste elektronische Musik anhebt, höre ich, dass es wenigstens ein Tanz ist, den ich beherrsche.

Maven sieht mich erstaunt an, als ich meine Füße in die richtige Position bringe. »Hast du geübt?«

Mit deinem Bruder. »Ja, ein bisschen.«

»Du steckst voller Überraschungen«, sagt er und schafft es zu lächeln.

Neben uns geleitet Cal Evangelina auf die Tanzfläche. Sie wirken schon jetzt wie ein König und eine Königin, majestätisch, kühl und schön. Als Cal mich in genau dem Moment ansieht, als er seine Hand um ihre Finger legt, habe ich tausend verschiedene Empfindungen zugleich, und keine davon ist angenehm. Doch anstatt mich zu bemitleiden, rücke ich näher an Maven heran. Er schaut mit großen blauen Augen zu mir herab, während die Musik anschwillt. Nur wenige Schritte von uns entfernt, führt Cal Evangelina in demselben Tanz, den er mir beigebracht hat. Sie ist sehr viel besser als ich, sehr elegant und strahlend schön. Wieder fühle ich mich, als würde ich fallen.

Wir drehen uns, von einem unterkühlten Publikum umringt, zur Musik. Inzwischen kann ich die einzelnen Gesichter auseinanderhalten. Ich kenne die Häuser und ihre Farben, Fähigkeiten und Geschichten. Ich weiß, wen ich fürchten sollte und wer eher zu bemitleiden ist. Sie alle beobachten uns mit gierigen Blicken, und der Grund liegt auf der Hand. Sie glauben, dass wir die Zukunft sind, Cal und Maven und Evangelina und sogar ich. Sie wähnen einen König und eine Königin vor sich, einen Prinzen und eine Prinzessin. Aber diese Zukunft wird nie eintreten, wenn es nach mir geht.

In meiner perfekten Welt wird Maven seine Gefühle nicht verstecken und werde ich meine wahre Identität nicht verleugnen müssen. Cal wird keine Krone tragen und keinen Thron verteidigen. Diese Leute werden keine Mauern mehr haben, hinter denen sie sich verschanzen können.

Für euch alle bricht die Morgendämmerung an.

Wir tanzen noch zwei weitere Stücke, und allmählich gesellen sich andere Paare zu uns. Das wogende Farbenmeer versperrt mir die Sicht auf Cal und Evangelina, und irgendwann kommt es mir so vor, als würden Maven und ich allein über die Tanzfläche wirbeln. Einen Moment lang schiebt sich Cals Gesicht vor Mavens, und sofort fühle ich mich, als wäre ich wieder in dem Raum voller Mondlicht.

Doch Maven ist nicht Cal, ganz gleich wie sehr sein Vater sich das auch wünschen mag. Er ist kein Soldat, er wird nicht zum König gekrönt werden, aber er ist mutiger als sein Bruder. Er ist bereit, das zu tun, was richtig ist.

»Danke, Maven«, flüstere ich kaum hörbar bei der lauten Musik.

Er muss nicht nachfragen, was ich meine. »Du brauchst dich nicht bei mir zu bedanken, für nichts.« Seine Stimme klingt seltsam tief und scheint zu beben, während seine Augen sich verdunkeln.

Noch nie bin ich ihm so nah gewesen; meine Nase ist nur Zentimeter von seinem Hals entfernt. Ich spüre sein Herz unter meinen Händen; es schlägt im Gleichklang mit meinem. *Maven ist seiner Mutter Sohn*, hat Julian mich gewarnt. Wie sehr er sich irrt.

Maven manövriert uns zum Rand der Tanzfläche, die jetzt voller herumwirbelnder Paare ist. Niemandem wird auffallen, dass wir gegangen sind.

»Erfrischungen?«, murmelt ein Diener und hält uns ein Tablett mit perlenden goldenen Drinks hin. Ich will ihn schon wegschicken, aber dann bemerke ich seine grünen Augen.

Ich muss mir auf die Zunge beißen, um nicht laut seinen Namen zu rufen. *Kilorn.*

Die rote Livree steht ihm erstaunlich gut, und er hat ausnahmsweise sogar ein sauberes Gesicht. Nichts erinnert mehr an den Fischerjungen, den ich kannte.

»Die Klamotten kratzen«, murrt er leise. *Ein bisschen was ist wohl doch noch übrig vom alten Kilorn.*

»Du wirst sie nicht mehr lange tragen müssen«, erwidert Maven. »Ist alles arrangiert?«

Kilorn nickt. Sein Blick irrt unruhig durch die Menge. »Oben ist alles bereit.«

Auf der umlaufenden Galerie über uns stehen überall Königswächter. Aber darüber, in den kleinen Fensternischen und Balkonen knapp unter der Decke, huschen Schatten umher, die mit der königlichen Leibwache ganz und gar nichts zu schaffen haben.

»Sie warten nur noch auf das Zeichen.« Er hält uns das Tablett mit den unschuldigen goldenen Gläsern entgegen.

Maven richtet sich auf und berührt mich an der Schulter. »Mare?«

Jetzt bin ich am Zug. »Ich bin bereit«, murmele ich, während ich den Plan noch einmal durchgehe, den Maven mir wenige Abende zuvor zugeflüstert hat. Ein Zittern geht durch meinen Körper, als ich die vorhandene Elektrizität durch mich hindurchfließen lasse, bis ich jedes Licht und jede Kamera körperlich spüre. Ich erhebe das Glas und trinke einen großen Schluck.

Kilorn nimmt es mir rasch aus der Hand. »Ab jetzt noch eine Minute.« Es klingt so endgültig, wie er das sagt.

Er verschwindet mit seinem Tablett, schiebt sich durch die Menge, bis ich ihn nicht mehr sehe. *Lauf*, bete ich und hoffe, dass er schnell genug ist. Maven geht ebenfalls weg, um seine Aufgabe an der Seite seiner Mutter zu erfüllen.

Ich bewege mich in die Mitte der Menschenmenge, während mich die elektrische Energie schon zu überwältigen droht. Aber noch darf ich sie nicht loslassen. Nicht bevor die anderen loslegen. *Noch dreißig Sekunden.*

König Tiberias steht ein paar Meter entfernt und unterhält sich lachend mit seinem Lieblingssohn. Das Glas Wein in seiner Hand scheint nicht das erste zu sein, seine Wangen glänzen. Cal dagegen nippt nur an einem Wasser. Irgendwo links von mir höre ich Evangelinas schneidendes Lachen; bestimmt steht sie neben ihrem Bruder. Vier Menschen in diesem Raum tun gerade ihre letzten Atemzüge.

Ich zähle die letzten Sekunden im Stillen herunter, mein Herz schlägt den Takt. Cal erspäht mich in der Menge, schenkt mir das Lächeln, das ich liebe, und setzt sich in Bewegung, um zu mir zu kommen. Aber er wird mich nie erreichen, nicht bevor die Tat ausgeführt ist. Die Zeit scheint stehenzubleiben, bis ich nur noch die schockierende Intensität spüre, die meine Fähigkeit in geschlossenen Räumen entwickelt. Wie beim Training, wie in meinen Stunden bei Julian lerne ich, sie zu kontrollieren.

Schließlich fallen vier Schüsse; sie lösen sich, begleitet von vier Stichflammen, aus den Pistolenläufen ganz oben im Saal.

Dann ertönen gellende Schreie.

20

Ich schreie mit. Die Lichter flammen auf, flackern und verlöschen.

Eine Minute Dunkelheit. Die muss ich ihnen geben. Die Schreie, die Rufe, das Getrampel, all das droht meine Konzentration zu zerstören, aber ich zwinge mich durchzuhalten. Die Leuchten flackern unerträglich und gehen dann aus. Jetzt ist es fast unmöglich, sich zu bewegen. *Was meinen Freunden die Chance zur Flucht gibt.*

»Da! Ganz oben!«, brüllt jemand über das Chaos hinweg. »Sie fliehen!« Dem schließen sich andere Stimmen an, von denen mir keine vertraut ist. Aber in diesem Wahnsinn klingt wahrscheinlich alles anders. »Ergreift sie!« – »Haltet sie!« – »Tötet sie!«

Die Königswächter auf der Galerie legen ihre Gewehre an, während weitere schnell wie huschende Schatten die Verfolgung aufnehmen. *Walsh ist bei ihnen*, sage ich mir. Wenn Walsh und andere Dienstboten Farley und Kilorn hereinschmuggeln konnten, können sie sie jetzt auch wieder auf demselben Weg hinausbringen. Sie können sich verstecken. Sie können fliehen. Es wird ihnen nichts passieren.

Meine Dunkelheit wird sie retten.

Aus der Menge sticht eine Flamme auf, windet sich durch die Luft wie eine brennende Schlange und erhellt den finsteren Ballsaal. Schatten huschen über die Wände und die nach oben gewandten Gesichter, sie verwandeln den Ballsaal in einen Albtraum aus rotem Licht und Schießpulverrauch. Sonya schreit in meiner Nähe auf und beugt sich über den niedergestreckten Reynald. Die rüstige alte Ara reißt sie von seiner Leiche weg und zerrt sie mit sich fort, weg aus dem Chaos. Reynalds Augen blicken starr zur Decke, das rote Licht spiegelt sich darin.

Und immer noch halte ich meine Konzentration. Jeder Muskel meines Körpers ist angespannt.

Irgendwo in der Nähe des Feuers sehe ich, wie der König von seinen Leibwachen hastig aus dem Raum gedrängt wird. Er versucht, sie abzuwehren, und brüllt, dass er bleiben will, doch ausnahmsweise befolgen sie seine Befehle nicht. Elara ist direkt hinter ihm; sie wird von Maven aus der Gefahrenzone geschoben. Viele weitere folgen, die nichts dringender wollen, als diesen Raum zu verlassen.

Wachleute strömen den Davonlaufenden entgegen, erfüllen den Saal mit Rufen und Stiefelgestampfe. Zahllose Männer und Frauen drängen an mir vorbei, aber ich kann nur auf der Stelle verharren und mich konzentrieren, so gut es geht. Niemand zerrt mich weg, niemand beachtet mich. *Sie fürchten sich.* Trotz all ihrer Stärke wissen sie doch, was Angst ist. Und ein paar Kugeln genügen, um sie in Panik zu versetzen.

Eine weinende Frau rempelt mich an und reißt mich um. Ich lande direkt neben einer Leiche, starre auf die Narbe von Oberst Macanthos. Ihr rinnt ein silberner Blutfaden übers Gesicht und tropft von der Stirn auf den Boden. Das Einschussloch sieht seltsam aus; es ist von grauer, harsch aussehender Haut umgeben. *Sie war eine Versteinerin.* Und sie hat noch lange genug gelebt, um ihren Schutzmechanismus zu aktivieren und ihre Haut in Stein zu verwandeln. Aber die Kugel war nicht aufzuhalten. Sie ist trotzdem gestorben.

Ich schiebe mich von der ermordeten Frau weg, doch meine

Hände gleiten durch eine Mischung aus Blut und Wein. Mir entfährt ein Schrei, der Ausdruck einer entsetzlichen Kombination von Hilflosigkeit und Trauer ist. Das Blut haftet an meinen Händen, als wüsste es, was ich getan habe. Es ist klebrig und kalt und überall, als wollte es mich ersticken.

»MARE!«

Starke Arme ziehen mich über den Boden, weg von der Frau, die ich sterben ließ. »Mare, bitte!«, fleht die Stimme, aber um was sie mich bittet, weiß ich nicht.

Ich schreie frustriert auf, als ich den Kampf verliere. Das Licht geht wieder an und enthüllt ein Schlachtfeld aus Seide und Tod. Als ich mich aufrichten will, um mich zu vergewissern, dass alles erledigt ist, drückt mich eine Hand wieder nach unten.

Ich sage, was ich sagen muss, spiele weiter meine Rolle in alldem hier. »Es tut mir leid. Das Licht – ich kann nicht –« Die Lichter über unseren Köpfen flackern erneut.

Cal hört mich kaum und lässt sich neben mir auf die Knie fallen. »Wo bist du getroffen?«, ruft er aufgeregt und untersucht mich, wie es ihm beigebracht wurde. Seine Finger tasten meine Arme und Beine ab auf der Suche nach einer Wunde, nach der Quelle von so viel Blut.

Meine Stimme klingt seltsam. Leise. Brüchig. »Mir geht's gut.« Er hört mich wieder nicht. »Cal, ich bin nicht verletzt.«

Erleichterung breitet sich in seinem Gesicht aus und eine Sekunde lang glaube ich, dass er mich erneut küssen wird. Aber er kommt schneller wieder zu Verstand als ich. »Bist du sicher?«

Ich zeige ihm meinen mit silbernem Blut vollgesogenen Ärmel. »Wie könnte das meins sein?«

Mein Blut hat eine andere Farbe. Wie du sehr wohl weißt.

Er nickt. »Ja, richtig«, flüstert er. »Ich – ich hab dich nur da auf dem Boden liegen sehen und dachte –« Er spricht den Satz nicht zu Ende, sieht mich nur unendlich traurig an. Doch sein Kummer weicht rasch großer Entschlossenheit. »Lucas! Bring sie hier raus!«

Mein persönlicher Leibwächter arbeitet sich mit gezückter Waffe zu mir durch. Obwohl er eigentlich so aussieht wie immer in seinen Stiefeln und der Uniform, ist dies nicht mehr der Lucas, den ich kenne. Seine schwarzen Augen, *Samos-Augen*, sind finster wie die Nacht. »Ich bringe sie zu dcn anderen«, sagt er und zieht mich hoch.

Obwohl ich nur allzu gut weiß, dass die Gefahr vorüber ist, halte ich Cal unwillkürlich fest. »Was ist mit dir?«

Er befreit sich mit erschreckender Leichtigkeit aus meinem Griff. »Ich laufe nicht weg.«

Damit dreht er sich um, strafft die Schultern und tritt zu einer Gruppe von Königswächtern. Mit zur Decke gewandtem Blick steigt er über die Leichen. Einer der Männer wirft ihm eine Pistole zu. Er fängt sie geschickt und legt den Finger auf den Abzug. In seiner anderen Hand entzündet sich eine dunkelrote, tödliche Flamme. Mit den Wächtern und den Leichen neben sich wirkt er wie ein vollkommen anderer Mensch.

»Lasst uns auf die Jagd gehen!«, knurrt er und stürmt die Treppe hoch. Königswächter und Sicherheitsleute folgen ihm wie eine rotschwarze Rußwolke, die hinter seiner Flamme herzieht. Sie lassen einen blutverschmierten, rauchverhangenen Ballsaal zurück, der immer noch von Schreien widerhallt.

In der Mitte des Raums sehe ich Belicos Lerolan liegen. Er wurde nicht von einer Kugel durchbohrt, sondern von einem silbernen

Speer. Ein Speer, wie ihn die Waffen abfeuern, die fürs Fischen benutzt werden. Am Schaft baumelt eine zerfetzte scharlachrote Schärpe, die von den Wirbelwinden im Raum leise bewegt wird. Und darauf prangt ein Symbol: die zerrissene Sonne.

Dann verschwindet der Ballsaal aus meinem Blick, wird von den dunkeln Wänden eines Gangs verschluckt, der eigentlich dem Dienstpersonal vorbehalten ist. Der Boden unter unseren Füßen beginnt zu vibrieren, und Lucas drückt mich an die Wand, um mich abzuschirmen. Ein Geräusch wie Donnergrollen ertönt, die Decke bebt und Steine fallen herab. Die Tür hinter uns fliegt brennend in den Gang. Aus dem Ballsaal dahinter quillt dichter Rauch. *Eine Explosion.*

»Cal!« Ich versuche, mich von Lucas loszumachen und zurückzulaufen, aber er zerrt mich weiter. »Wir müssen ihm helfen, Lucas!«

»Vertrauen Sie mir, eine Bombe kann dem Prinzen nichts anhaben«, erwidert er und schiebt mich weiter.

»Eine Bombe?« *Die gehörte nicht zu unserem Plan.* »War das eine Bombe?«

Lucas tritt einen Schritt zurück; er zittert buchstäblich vor Wut. »Sie haben diese verdammte rote Schärpe doch gesehen. Das ist das Werk der Scharlachroten Garde, und so«, er zeigt zurück auf den in Flammen stehenden Ballsaal, »so sieht ihr wahres Gesicht aus.«

»Aber das ergibt keinen Sinn«, murmele ich und versuche, mir jedes Detail unseres Plans ins Gedächtnis zu rufen. Von einer Bombe hat Maven nie etwas gesagt. *Nie.* Und Kilorn hätte mich das hier nicht tun lassen, nicht wenn er wüsste, dass ich dabei in Gefahr gerate. *Das würden sie mir niemals antun.*

Lucas steckt seine Waffe zurück ins Holster. Seine Stimme ist ein Knurren: »Die Untaten von Mördern brauchen keinen Sinn zu ergeben.«

Mir bleibt die Luft weg. Wie viele Menschen waren noch in diesem Saal? Wie viele Kinder? Wie viele haben unnötig den Tod gefunden?

Lucas hält mein Schweigen für ein Zeichen des Schocks. Aber er irrt ist. Was ich nun fühle, ist Zorn.

Jeder kann jeden verraten.

Lucas führt mich unter die Erde. Wir durchschreiten nicht weniger als drei Türen, die alle aus Stahl und mindestens dreißig Zentimeter dick sind. Sie haben keine Schlösser oder Klinken, doch er öffnet sie mit einem Fingerschnipsen. Das erinnert mich an unsere erste Begegnung, als er mit einer Geste die Gitterstäbe meiner Zelle zur Seite bewegt hat.

Ich höre die anderen, bevor ich sie sehe. Ihre Stimmen werden von den metallenen Wänden zurückgeworfen. Der König tobt. Mit wehendem Umhang läuft er auf und ab, seine Wut scheint den ganzen Bunker auszufüllen. Und seine Worte jagen mir Schauer über den Rücken.

»Ich will, dass sie ausfindig gemacht werden. Ich will sie mit einem Messer am Hals vor mir stehen sehen, und dann sollen sie singen wie die feigen Vögel, die sie sind!« Er spricht mit einer seiner Leibwachen, doch die maskierte Frau rührt sich nicht vom Fleck. »Ich will wissen, was hier *los* ist!«

Elara sitzt auf einem Stuhl und drückt eine Hand auf ihr Herz. Mit der anderen hält sie Maven umklammert.

Er stutzt, als er mich sieht. »Alles in Ordnung?«, fragt er und umarmt mich rasch.

»Ja, ich bin nur völlig durcheinander«, bringe ich heraus und versuche möglichst viel in diese Worte hineinzulegen. Da Elara so dicht bei uns sitzt, darf ich mir kaum erlauben, zu denken, was ich ihm eigentlich sagen will, geschweige denn es aussprechen. »Nach den Schüssen hat es eine Explosion gegeben. Eine Bombe ist hochgegangen.«

Maven runzelt die Stirn, verbirgt seine Verwunderung jedoch rasch hinter einer Maske der Wut. »Diese Bastarde!«

»Wilde sind das!«, zischt König Tiberias durch zusammengebissene Zähne. »Und was ist mit meinem Sohn?«

Mein Blick wandert zu Maven, bevor mir klar wird, dass der König ihn gar nicht gemeint hat. Maven trägt es mit Fassung. Er ist daran gewöhnt, übersehen zu werden.

»Cal hat mit einer Gruppe von Königswächtern ihre Verfolgung aufgenommen.« Als ich daran denke, wie er ausgesehen hat – wie eine dunkle, wütende Flamme –, bekomme ich Angst. »Und dann ist der Ballsaal explodiert. Ich habe keine Ahnung, wie viele noch dort sind – dort waren.«

»Haben Sie sonst noch etwas bemerkt, Liebes?«, fragt Elara, und das Kosewort aus ihrem Mund fühlt sich an wie ein Elektroschock. Sie sieht bleicher aus denn je und atmet flach und stoßweise. *Sie hat Angst.* »Gibt es noch irgendwas anderes, woran Sie sich erinnern?«

»Ich habe ein Banner gesehen, an einem Speer. Die Scharlachroten Garde steckt dahinter.«

»Tatsächlich?«, sagt sie und zieht eine Augenbraue hoch. Ich widerstehe dem Bedürfnis, zurückzuweichen, vor ihr und ihren Einflüsterungen davonzulaufen. Ich erwarte, jede Sekunde zu spüren, wie sie in meinen Kopf eindringt und die Wahrheit daraus hervorzieht.

Aber Elara reißt ihre Augen von mir los und wendet sie dem König zu. »Siehst du, was du angerichtet hast?« Ihre Lippe kräuselt sich und ihre Zähne blitzen auf wie die eines Raubtieres.

»Ich? *Du* hast gesagt, die Scharlachrote Garde sei klein und schwach. Du hast unsere Leute belogen«, knurrt Tiberias sie an. »*Dein* Verhalten hat dazu geführt, dass wir nicht für diese Gefahr gewappnet waren, nicht meins.«

»Wenn du gegen sie vorgegangen wärst, als du die Gelegenheit hattest, als sie wirklich noch klein und schwach waren, wäre das hier nie passiert!«

Sie fallen übereinander her wie hungrige Hunde; jeder versucht, fester zuzubeißen als der andere.

»Damals waren das noch keine Terroristen, Elara. Ich konnte die Zeit meiner Soldaten und Offiziere nicht darauf verschwenden, ein paar Rote zu jagen, die Pamphlete schreiben. Sie waren harmlos.«

Elara zeigt langsam Richtung Zimmerdecke. »Willst du das als harmlos bezeichnen?« Darauf fällt ihm keine Antwort ein, und sie grinst selbstgefällig. Es gefällt ihr, das letzte Wort zu haben. »Eines Tages werdet ihr Männer vielleicht lernen richtig aufzupassen, und dann wird die Welt vor Ehrfurcht erzittern. Sie sind eine Krankheit; eine Krankheit, deren Ausbreitung du nicht verhindert hast. Es wird Zeit, dass wir sie mit der Wurzel ausrotten.«

Sie erhebt sich von ihrem Stuhl und sammelt sich. »Das sind rote Teufel, und sie müssen Verbündete innerhalb dieser Mauern haben.« Ich versuche ganz ruhig zu bleiben und den Blick gesenkt zu halten. »Ich glaube, ich sollte mit dem Dienstpersonal … *reden*. Hauptmann Samos, wären Sie wohl so freundlich?«

Sofort macht er die schwere Bunkertür für sie auf, und sie stürmt, mit zwei Königswächtern an ihrer Seite, wie ein wütender Hurrikan hinaus. Lucas folgt ihnen und öffnet eine Tür nach der anderen, und mit jedem Mal klingt das dazugehörige Knallen ein Stück weiter entfernt. Ich möchte gar nicht wissen, was die Königin mit den Bediensteten vorhat, aber sie wird den Leuten sicherlich wehtun. Nur herausfinden wird sie auf diese Weise nichts, so viel steht fest. Walsh und Holland sind mit Farley geflohen, wenn alles nach Plan ging. Ihnen war klar, dass es hier nach dem Ball zu gefährlich für sie sein wird – und sie hatten Recht.

Dann schließt sich die dicke Metalltür, nur um wenige Augenblicke später erneut aufzuschwingen. Diesmal wird sie von einem anderen Magnetor gesteuert: *Evangelina*. Sie sieht aus wie eine Vogelscheuche im Ballkleid; ihr Schmuck ist zerrissen und sie selbst völlig aufgelöst. Am schlimmsten sind jedoch ihre tränenfeuchten Augen – ihr Blick ist wild und ihre Schminke übers ganze Gesicht verschmiert. *Ptolemus. Sie weint um ihren Bruder.* Auch wenn ich mir sage, dass er mir egal ist, muss ich dem Drang widerstehen, sie zu trösten. Doch der verfliegt, sobald ihr Begleiter hinter ihr den Bunker betritt.

Rauch und Ruß haben seine Uniform geschwärzt. Unter normalen Umständen wäre ich besorgt über Cals unruhigen, hasserfüllten Blick, aber da ist noch etwas, das mich alarmiert. Ich sehe Blutflecken auf der schwarzen Uniform und an seinen Händen; aber das Blut ist nicht silbern, sondern rot. *Das ist rotes Blut.*

»Mare«, sagt er zu mir, aber all seine Wärme ist verschwunden. »Komm mit. Sofort.«

Obwohl er nur mich angesprochen hat, folgen ihm auch alle anderen. Wir schieben uns durch die engen Gänge, während er uns zu den Zellen führt. Mein Herz schlägt bis zum Hals, und es droht mir aus der Brust zu springen. *Nicht Kilorn. Alle, nur nicht er.* Maven hat seine Hand auf meine Schulter gelegt. Zuerst glaube ich, dass er mich trösten will, aber er hält mich fest und zieht mich zu sich: Er will sichergehen, dass ich nicht vorauslaufe.

»Du hättest ihn auf der Stelle töten sollen«, sagt Evangelina zu Cal, während sie versucht, das rote Blut von seinem Hemd zu wischen. »Ich hätte den roten Teufel keine Sekunde am Leben gelassen.«

Ihn. Ich beiße mir auf die Lippen und presse die Kiefer zusammen, um jetzt nichts Falsches zu sagen. Mavens Hand umklammert meine Schulter wie eine Kralle, und ich spüre, dass sein Puls rast. Es deutet alles darauf hin, dass wir gleich auffliegen werden. Elara wird kommen und das Hirn eines meiner Freunde zerschmettern und in den Überresten nach Informationen suchen, wie weit die Verschwörung reicht.

Die Treppe zu den Zellen hat sich nicht verändert, aber sie kommt mir diesmal länger vor; sie führt in den tiefsten Teil des Schlosses. Als wir zu dem Verlies kommen, sind nicht weniger als sechs Königswächter davor postiert. Mich überläuft ein eisiger Schauer, aber ich zittere nicht. Ich kann mich kaum noch rühren.

In der Zelle stehen vier blutverschmierte, verletzte Gestalten. Trotz des schlechten Lichts erkenne ich sie alle. Walsh hat zugeschwollene Augen, scheint aber sonst unverletzt zu sein. Anders als

Tristan; er lehnt an der Wand, um sein Bein zu entlasten, das stark blutet. Die Wunde ist mit einer Bandage umwickelt, die aussieht wie ein Streifen aus Kilorns Hemd. Kilorn selbst scheint zu meiner großen Erleichterung unversehrt zu sein. Er hat einen Arm um Farley gelegt und stützt sie. Ihr Schlüsselbein ist ausgerenkt, so dass ihr Arm in einem ungesunden Winkel herabhängt. Was sie allerdings nicht davon abhält, uns mit einem höhnischen Grinsen zu begrüßen. Sie spuckt sogar durch die Gitterstäbe und eine Mischung aus Blut und Speichel landet vor Evangelinas Füßen.

»Schneidet ihr dafür die Zunge raus«, knurrt Evangelina, prescht nach vorn und schlägt mit der Hand gegen das Metall. Sie könnte mit einem bloßen Gedanken die Gitterstäbe wegschieben und die Zelle mitsamt den Menschen darin zerstören, aber sie hält sich zurück.

Farley weicht ihrem Blick nicht aus, sie wirkt völlig unberührt von Evangelinas Ausbruch. Sollte das hier ihr Ende sein, sieht sie ihm auf jeden Fall erhobenen Hauptes entgegen. »Ganz schön ungestüm für eine Prinzessin.«

Bevor Evangelina die Beherrschung verlieren kann, zieht Cal sie von den Gitterstäben weg. Dann hebt er langsam die Hand und zeigt in die Zelle: »Du.«

Ich bekomme panische Angst, als ich sehe, dass er auf Kilorn deutet. In Kilorns Wange zuckt ein Muskel, aber er hält den Blick gesenkt.

Cal erinnert sich an ihn. Von dem Abend, an dem er mit mir im Dorf war.

»Erklär mir das, Mare.«

Ich klappe den Mund auf und hoffe, dass eine fantastische Lüge herausfällt, aber es kommt nichts.

Cals Miene verfinstert sich. »Das ist ein Freund von dir. *Erklär mir das.*«

Evangelina schnappt laut nach Luft und lenkt ihren Zorn auf mich. »Du hast ihn hier reingebracht!«, kreischt sie. »Dann ist das also dein Werk?!«

»Ich habe gar nichts gemacht«, stammele ich und spüre, dass alle Augen im Raum auf mir ruhen. »Ich habe ihm nur eine Stelle hier besorgt. Er war im Holzlager. Das ist harte Arbeit, knochenhart; das überlebt man nicht lange.« Eine Lüge nach der anderen kommt mir über die Lippen. »Wir sind – wir waren befreundet, als ich noch im Dorf wohnte. Und ich wollte nur, dass es ihm gut geht. Also habe ich ihm eine Anstellung als Dienstbote verschafft, so wie –« Mein Blick wandert zu Cal. Wir erinnern uns beide an den Abend unserer ersten Begegnung und an den Tag, der darauf folgte. »Ich wollte ihm doch bloß helfen.«

Maven macht einen Schritt vor und betrachtet unsere Freunde, als würde er sie zum ersten Mal sehen. Dann zeigt er auf ihre roten Livreen. »Sie scheinen wirklich einfach nur Dienstboten zu sein.«

»Das hätte ich auch gesagt. Allerdings haben wir sie dabei erwischt, wie sie durch die Kanalisation zu fliehen versuchten«, erwidert Cal wütend. »Hat eine ganze Weile gedauert, bis wir sie da wieder rausbekommen haben.«

»Sind das alle?«, fragt König Tiberias und späht in die Zelle.

Cal schüttelt den Kopf. »Es gab noch mehr, aber sie haben es bis zum Fluss geschafft. Wie viele, weiß ich nicht.«

»Nun, dann lasst es uns herausfinden«, sagt Evangelina sofort. »Ruft die Königin her. Und in der Zwischenzeit …«, sie wendet sich dem König zu. Er grinst in seinen Bart und nickt.

Ich brauche nicht zu fragen, um zu begreifen, was sie vorhaben. *Folter.*

Die vier Gefangenen verziehen keine Miene. Mavens Kiefer arbeitet unermüdlich, während er fieberhaft nach einem Ausweg sucht. Aber es gibt keinen. Wenn sie es schaffen würden zu lügen, wäre das schon mehr, als wir erhoffen können. *Aber wie können wir das von ihnen verlangen? Wie können wir untätig danebenstehen, während sie vor Schmerz schreien?*

Kilorn scheint eine Antwort für mich zu haben. Selbst an diesem schrecklichen Ort gelingt es ihm, seine grünen Augen zum Leuchten zu bringen. *Ich werde für dich lügen.*

»Cal, ich lasse dir den Vortritt«, sagt der König und legt seinem Sohn eine Hand auf die Schulter. Ich kann ihn nur stumm anstarren und mit schreckensweiten Augen darauf hoffen, dass er nicht tut, worum sein Vater ihn bittet.

Er schaut mich einen Moment lang an, als würde das als Entschuldigung gelten. Dann wendet er sich an einen der Königswächter; es ist eine Frau, und sie ist kleiner als die anderen. Ihre Augen funkeln grau-weiß hinter der Maske.

»Wächterin Gliacon, ich brauchte etwas Eis.«

Ich habe keine Ahnung, was das bedeutet, aber Evangelina kichert. »Gute Idee.«

»Du brauchst dir das nicht anzusehen«, murmelt Maven und versucht mich wegzuzerren. Aber ich kann Kilorn nicht alleinlassen. Nicht jetzt. Ich schüttele Maven wütend ab und halte den Blick auf meinen Freund gerichtet.

»Nein, lass sie hier«, sagt Evangelina triumphierend. Sie genießt mein großes Unbehagen. »Das wird sie lehren, Rote wie Freunde zu behandeln.« Sie wendet sich wieder der Zelle zu und schiebt mit einer Geste die Gitterstäbe beiseite. Dann zeigt sie mit einem Finger auf Farley. »Fang mit der an. Sie muss gebrochen werden.«

Die Königswächterin nickt, packt Farley am Handgelenk und zieht sie aus der Zelle. Danach gleiten die Gitterstäbe wieder in ihre alte Position. Walsh und Kilorn stürzen sich mit ängstlichen Mienen nach vorn.

Die Wächterin zwingt Farley auf die Knie und wartet auf den nächsten Befehl. »Sir?«

Cal stellt sich neben die Rebellin; sein Atem geht schnell. Er zögert, doch dann fragt er mit fester Stimme: »Wie viele seid ihr?«

Farley beißt die Zähne zusammen. Sie wird eher sterben, als zu reden.

»Fang mit dem Arm an.«

Die Wächterin ist nicht zimperlich. Sie packt Farleys verletzten Arm und zieht ihn hoch. Farley schreit auf vor Schmerz, sagt aber kein Wort. Ich muss mich zusammennehmen, um mich nicht auf die Wächterin zu stürzen.

»Und uns nennt ihr Wilde«, sagt Kilorn verächtlich, die Stirn an die Gitterstäbe gepresst.

Die Königswächterin schiebt Farleys blutgetränkten Ärmel zur Seite und legt ihre bleichen, grausamen Hände auf die nackte Haut. Farley schreit bei der Berührung, aber ich weiß nicht, was da gerade passiert.

»Wo sind die anderen?«, fragt Cal und kniet sich hin, um Farley in die Augen sehen zu können. Sie wird einen Moment lang still und atmet zitternd ein. Cal beugt sich vor und wartet geduldig auf ihre Antwort.

Doch Farley lässt stattdessen ihren Kopf nach vorn schnellen und mit voller Wucht gegen seinen prallen. »Wir sind überall«, sagt sie lachend, fängt aber wieder an zu schreien, als die Königswächterin ihre Folter fortsetzt.

Cal hält eine Hand über seine gebrochene Nase, er hat sich gut im Griff. Jemand anders würde gleich zurückschlagen, aber er tut es nicht.

Auf Farleys Haut zeigen sich kleine, rote Punkte rund um die Hände der Wächterin. Und je mehr Zeit vergeht, desto größer werden sie. Bald sind es glänzende rote Spitzen, die aus ihrer inzwischen blau angelaufenen Haut herausragen. *Wächterin Gliacon. Haus Gliacon.* Ich durchforste meine Erinnerungen an Lady Blonos' Unterricht. *Es sind Frierer.*

Plötzlich verstehe ich, was vor sich geht, und muss den Blick abwenden.

»Das ist Blut«, flüstere ich. »Sie lässt ihr Blut gefrieren.«

Maven nickt nur und sieht mich ernst und traurig an.

Die Wächterin fährt hinter uns mit ihrer Arbeit fort und bewegt ihre Hände immer weiter Farleys Arm hinauf. Messerscharfe rote Eisnadeln bohren sich durch Farleys Fleisch, durchschneiden ihre Nerven und verursachen Schmerzen, die ich mir nicht vorstellen kann. Farley atmet stoßweise durch zusammengebissene Zähne. Sie sagt noch immer nichts. Mein Herz schlägt von Sekunde zu Sekunde schneller, während ich mich frage, wann die Königin zurückkommt und unser Spiel tatsächlich aus sein wird.

Schließlich springt Cal auf. »Genug!«

Ein anderer Königswächter, ein Skonos-Hautheiler, sinkt neben Farley auf die Knie. Die Rebellin bricht auf dem Boden zusammen und starrt auf ihren Arm, der von Spitzen aus gefrorenem Blut zerschnitten ist. Der Wächter heilt sie mit wenigen geschickten Handgriffen.

Farley kichert grimmig in sich hinein, als die Wärme in ihren Arm zurückkehrt. »Bloß, damit ihr gleich wieder von vorn loslegen könnt, richtig?«

Cal verschränkt die Hände hinter dem Rücken und schaut seinen Vater an, der ihm zunickt. »Genau«, antwortet Cal dann seufzend und sieht die Friererin auffordernd an. Doch sie kommt nicht dazu, ihre Folter wieder aufzunehmen.

»WO IST SIE?«, hallt eine fürchterliche Stimme von der Treppe herab.

Evangelina wirbelt herum, als sie sie hört, und rennt zum Fuß der Stufen. »Ich bin hier unten!«, schreit sie.

Als Ptolemus Samos herunterkommt und seine Schwester umarmt, krallen sich meine Fingernägel in meine Handfläche. Der Schmerz soll mich davon abhalten, etwas Unüberlegtes zu tun. Hier steht er vor uns, lebendig und außer sich vor Wut. Farley flucht leise.

Wenige Sekunden später löst Ptolemus sich von Evangelina und geht an ihr vorbei. Seine Augen sprühen vor Zorn. Sein gepanzerter Anzug ist an der Schulter beschädigt, pulverisiert von einer Kugel, doch die Haut darunter ist intakt. *Er ist geheilt.* Jetzt stolziert er zu der Zelle und spreizt seine Finger. Die Gitterstäbe erzittern klirrend in ihren Betonhalterungen.

»Noch nicht, Ptolemus«, ruft Cal wütend und versucht ihn zurückzuhalten, doch Ptolemus stößt den Prinzen weg. Cal stolpert trotz seiner Körpergröße und seiner Kraft nach hinten.

Evangelina läuft zu ihrem Bruder und zerrt an seiner Hand.

»Nein, wir müssen sie zum Reden bringen!« Doch er schüttelt sie ab – nicht einmal sie kann ihn aufhalten.

Die Gitterstäbe krachen und quietschen unter der Intensität seiner Kraft, als er die Zelle mit Hilfe seiner Fähigkeit öffnet und hineinstürmt. Er ist so schnell und geschickt, dass auch die Königswächter ihn nicht stoppen können. Kilorn und Walsh weichen hastig zurück und pressen sich an die steinerne Mauer, doch Ptolemus ist wie ein Raubtier, und Raubtiere greifen sich die Schwachen heraus. Tristan, der sich mit seinem gebrochenen Bein kaum bewegen kann, hat keine Chance.

»Du wirst meine Schwester nie wieder bedrohen«, brüllt Ptolemus, richtet die Eisenstäbe des Gitters aus und schleudert einen von ihnen durch die Luft, so dass er Tristans Brust durchbohrt. Der Getroffene stöhnt und würgt an seinem eigenen Blut – er *stirbt*, während Ptolemus lächelnd zusieht.

Als er sich Kilorn zuwendet, um auch ihn zu ermorden, trete ich, ohne nachzudenken, in Aktion.

Auf meiner Haut entzünden sich Funken, und als sich meine Hand um Ptolemus' kräftigen Hals legt, lasse ich den Blitz los. Er jagt in seinen Körper und tanzt durch seine Adern, so dass Ptolemus unter meiner Berührung zu zucken beginnt. Das Metall seiner Uniform vibriert und fängt an zu qualmen; ich bin dabei, ihn bei lebendigem Leib zu kochen. Dann fällt er zu Boden, die Funken lassen ihn weiter erzittern.

»Ptolemus!« Evangelina rennt zu ihm hin und legt eine Hand an sein Gesicht. Die Berührung versetzt ihr einen Schlag, und sie kippt nach hinten. Dann geht sie zornentbrannt auf mich los. »Wie kannst du es *wagen*?«

»Ihm ist nichts passiert.« Ich habe ihm nicht so viel Elektrizität verpasst, dass er ernsthafte Schäden davonträgt. »Wie du schon sagtest: Wir müssen sie zum Reden bringen. Und wenn sie tot sind, können sie das nicht mehr.«

Die anderen starren mich mit merkwürdig gemischten Gefühlen und aufgerissenen Augen an – sie scheinen Angst vor mir zu haben. Cal, der junge Mann, den ich geküsst habe, der Soldat, der vor Gewaltanwendung nicht zurückschreckt, kann mir nicht in die Augen sehen. Ich erkenne den Ausdruck, der ihm im Gesicht steht: Scham. Ob er sich schämt, weil er Farley wehgetan hat oder weil er sie nicht zum Reden bringen konnte, bleibt mir jedoch verborgen. Wenigstens Maven hat genug Herz, um traurig auszusehen. Sein Blick ruht auf Tristans Leiche, aus der noch immer Blut sickert.

»Mutter kann sich später um die Gefangenen kümmern«, sagt er an den König gewandt. »Die Leute oben werden ihren König sehen wollen, damit sie wissen, dass er unverletzt ist. Es sind so viele Tote zu beklagen. Du solltest den Überlebenden Trost spenden, Vater. Und du auch, Cal.«

Er will Zeit schinden. Der brillante Maven versucht, eine Chance für uns herauszuschlagen.

Ich greife nach Cals Arm, auch wenn mir die Geste widerstrebt. Er hat mich geküsst. Also hört er vielleicht auf mich. »Er hat Recht, Cal. Das hier kann warten.«

Evangelina, die noch immer am Boden liegt, bleckt die Zähne. »Der Hof erwartet Antworten, keine Gefühlsduseleien! Das hier muss schnellstens zu Ende gebracht werden! Hoheit, entreißt ihnen die Wahrheit – mit Gewalt!«

Aber selbst Tiberias sieht ein, dass Maven nicht ganz Unrecht hat. »Das hat Zeit bis morgen«, sagt er. »Sie laufen uns nicht weg.«

Meine Hand legt sich fester um Cals Arm, und ich spüre seine angespannten Muskeln. Unter meiner Berührung scheint er sich jedoch zu entspannen; er sieht aus, als würde eine große Last von ihm abfallen.

Die Königswächter treten in Aktion und schieben Farley zurück in die kaputte Zelle. Ihr Blick ruht auf mir. Ihre Augen scheinen zu fragen, was zum Teufel ich jetzt vorhabe. *Ich wünschte, ich wüsste es.*

Evangelina zieht Ptolemus aus der Zelle, fügt die Gitterstäbe wieder zusammen und bringt sie in Stellung. »Du bist schwach, *mein Prinz*«, zischt sie Cal ins Ohr.

Ich widerstehe der Versuchung, Kilorn noch einmal anzuschauen; seine Worte hallen in meinem Kopf wider: *Hör auf, mich immer retten zu wollen.*

Ich denke gar nicht daran.

Von meinem Ärmel tropft Blut und hinterlässt eine Spur aus silbernen Flecken, als wir zurück zum Thronsaal gehen. Königswächter und Sicherheitsleute bewachen die riesige Tür, die Waffen im Anschlag. Sie verharren reglos in ihrer Position, auch während wir an ihnen vorbeigehen. Sie haben den Befehl zu töten, wenn es nötig wird. In dem großen Saal hinter ihnen herrschen Angst und Trauer. Ich würde gern irgendeine Art von Triumph verspüren, doch das Bild von Kilorn im Verlies dämpft das bisschen Freude, das ich vielleicht aufbringen könnte. Und auch der glasige Blick in Oberst Macanthos' toten Augen geht mir nach.

Ich stelle mich an Cals Seite, doch er beachtet mich kaum; sein Blick ist zu Boden gerichtet. »Wie viele sind tot?«, frage ich.

»Bis jetzt elf«, murmelt er. »Drei sind gestorben, als die Schüsse fielen, und acht bei der Explosion. Fünfzehn Weitere wurden verletzt.« Es klingt, als würde er Lebensmittel auflisten und keine Menschen. »Aber die werden wir alle heilen.«

Er zeigt mit dem Daumen auf die Heiler, die zwischen den Verwundeten umhereilen, unter ihnen zwei Kinder. Und hinter den Verletzten liegen die Toten aufgereiht vor dem Thron des Königs. An Belicos Lerolans Seite erblicke ich die kleinen Körper seiner Zwillinge; die Mutter hält Totenwache bei ihnen.

Ich schlage entsetzt die Hand vor den Mund. *Das habe ich auf keinen Fall gewollt.*

Maven legt seine warme Hand um meine und zieht mich an diesem grausigen Bild vorbei zu unserem Platz beim Thron. Cal stellt sich dazu und versucht vergeblich, sich das rote Blut von den Händen zu wischen.

»Genug der Tränen«, ruft Tiberias mit seiner dröhnenden Stimme und ballt die Fäuste. Von einem Moment auf den andere verstummt das Weinen und Schluchzen im Saal. »Lasst uns unsere Toten ehren, die Verwundeten heilen und unsere Gefallenen *rächen*. Ich bin der König. Ich vergesse nichts. Und ich vergebe nichts. Ich bin in der Vergangenheit zu nachsichtig gewesen und habe unseren roten Brüdern ein gutes Leben voller Würde und Wohlstand ermöglicht. Aber sie spucken auf uns, sie weisen unsere Güte zurück und sind deshalb selbst dafür verantwortlich, dass es mit ihnen ein grausames Ende nehmen wird.«

Mit lautem Knurren schleudert er den silbernen Speer mit dem roten Tuch zu Boden. Er rutscht scheppernd ein paar Meter, bevor er liegen bleibt. Das Geräusch klingt wie eine Friedhofsglocke. Die zerrissene Sonne blickt zu uns allen hoch.

»Diese Narren, diese Terroristen, diese *Mörder* werden ihre gerechte Strafe bekommen. Und sie werden sterben. Ich schwöre bei meiner Krone, bei meinem Thron, bei meinen Söhnen, *dass sie den Tod finden werden*!«

»Stärke!«, schreit der Hof. »Macht! *Tod!*«

Maven sieht mich mit großen Augen an. Er hat Angst, und ich weiß, was er denkt, weil ich es auch denke.

Was haben wir getan?

21

Als ich wieder in meinem Zimmer bin, reiße ich mir das ruinierte Seidenkleid vom Leib und lasse es auf den Boden fallen. Die Worte des Königs gehen mir durch den Kopf, immer und immer wieder, zusammen mit Bildern dieses schrecklichen Abends. Besonders Kilorns Augen verfolgen mich; sie sind ein grünes Feuer, das mich verschlingt. *Ich muss ihn retten, aber wie?* Wenn ich bloß mit ihm tauschen, noch einmal meine Freiheit gegen seine einhandeln könnte. Wenn es bloß so einfach wäre. Nie hat mir das, was Julian mich gelehrt hat, stärker eingeleuchtet: *Die Vergangenheit ist so viel größer als diese Zukunft*.

Julian. *Julian.*

In den Privatgemächern des Schlosses wimmelt es nur so von Königswächtern und Sicherheitsleuten, und alle sind äußerst angespannt. Aber ich bin längst eine Meisterin darin, mich unbemerkt vorbeizuschleichen, und Julians Tür ist nicht weit von meinem Zimmer entfernt. Trotz der späten Stunde ist er wach und über seine Bücher gebeugt. Alles sieht aus wie immer, als wäre nichts geschehen. Vielleicht weiß er es gar nicht. Doch dann fällt mein Blick auf eine Flasche mit braunem Schnaps auf dem Tisch, dort, wo sonst sein Tee steht. *Natürlich weiß er es.*

»Angesichts der jüngsten Ereignisse gehe ich eigentlich davon aus, dass unsere Unterrichtsstunden vorerst gestrichen sind«, sagt er, ohne von seinem Buch aufzusehen. Doch dann klappt er es zu und wendet mir seine volle Aufmerksamkeit zu. »Mal ganz abgesehen davon, dass es schon spät ist.«

»Ich brauche dich, Julian.«

»Hat das irgendetwas mit der Sonnen-Schießerei zu tun? Ja, sie haben sich schon einen schlauen Begriff dafür einfallen lassen«, sagt er und zeigt auf den dunklen Bildschirm in der Ecke. »Es ist seit Stunden in den Nachrichten. Der König wird am Morgen eine Ansprache halten.«

Mir fällt die zurechtgemachte blonde Nachrichtensprecherin wieder ein, die vor mehr als einem Monat über den Bombenanschlag in der Hauptstadt berichtet hat. Damals hat es nur wenige Verletzte gegeben, und trotzdem kam es zu Ausschreitungen. Was werden sie wohl jetzt erst tun? Wie viele unschuldige Rote werden dies mit dem Leben bezahlen?

»Oder geht es um die vier Terroristen, die gerade unten im Verlies eingesperrt sind?«, fährt Julian fort und versucht meine Reaktion abzuschätzen. »Verzeihung, ich meinte natürlich drei. Ptolemus Samos wird seinem Ruf voll und ganz gerecht.«

»Das sind keine Terroristen«, erwidere ich. Ich gebe mir alle Mühe, ruhig zu bleiben.

»Soll ich dir die Definition von Terrorismus zeigen, Mare?« Sein Ton schmerzt mich. »Mag sein, dass ihre Sache gerecht ist, aber ihre Methoden … Außerdem ist *deine* Meinung vollkommen unbedeutend.« Er zeigt erneut auf den Bildschirm. »Sie haben ihre eigene Version der Wahrheit, und das ist die einzige, die die Leute hören werden.«

Ich knirsche mit den Zähnen, bis es wehtut. »Hilfst du mir nun oder nicht?«

»Ich bin ein Lehrer und so was wie ein Geächteter, falls es dir noch nicht aufgefallen ist. Was kann ich schon tun?«

»Bitte, Julian!« Ich spüre, wie mir die letzte Chance durch die Finger gleitet. »Du bist ein Einsinger, du kannst den Wächtern sagen … Du kannst sie *zwingen*, alles zu tun, was du sagst. Du kannst sie befreien.«

Aber er schweigt und nippt an seinem Glas. Dabei verzieht er gar nicht das Gesicht. Der beißende Geschmack des Alkohols scheint ihm vertraut zu sein.

»Sie sollen morgen verhört werden. Und ganz gleich, wie stark sie sind und wie lange sie durchhalten, die Wahrheit wird ans Licht kommen.« Ich nehme vorsichtig Julians Hand und halte seine Finger, die von rauem Papier zerfurcht sind. »Es war mein Plan. Ich bin eine von ihnen.« Von Maven braucht er nicht zu wissen. Das macht ihn nur wütender.

Die halbe Lüge zeigt Wirkung, ich sehe es in Julians Augen.

»*Du?* Du warst das?«, stammelt er. »Die Schüsse und diese Bombe?«

»Die Bombe kam … unerwartet.« *Die Bombe war fürchterlich.*

Er zieht die Augen zu Schlitzen zusammen, und ich kann geradezu sehen, wie die Rädchen in seinem Kopf sich drehen. Dann fährt er mich plötzlich an. »Ich hab dir doch gesagt, dass du dich nicht in etwas verstricken lassen sollst, dem du nicht gewachsen bist!« Er haut mit der Faust auf den Tisch und sieht zorniger aus denn je. »Und jetzt muss ich zusehen, wie du untergehst?«, sagt er und starrt mich so sorgenvoll an, dass ich heulen könnte.

»Wenn sie entkommen …«

Er leert sein Glas in einem Zug, dann schleudert er es zu Boden, wo es zerschellt. Ich zucke zusammen. »Und was ist mit mir? Selbst wenn ich die Kameras ausschalte und den Wächtern ihr Gedächtnis raube und alles verschwinden lasse, was auf uns beide hinweisen könnte, wird die Königin trotzdem wissen, was passiert ist.« Er schüttelt seufzend den Kopf. »Sie wird mir zur Strafe mein Augenlicht nehmen.«

Und dann wird Julian nie mehr lesen können. Wie kann ich ihn nur darum bitten?

»Dann lass mich sterben.« Die Wörter bleiben mir im Hals stecken. »Ich verdiene es ebenso sehr wie sie.«

Er kann mich nicht sterben lassen. Er wird es nicht tun. Ich bin die kleine Blitzwerferin, und ich werde die Welt verändern.

Als er erneut das Wort ergreift, klingt er ganz hohl.

»Sie haben den Tod meiner Schwester als Selbstmord bezeichnet.« Er fährt mit den Fingern langsam über sein Handgelenk, während er in Erinnerungen versinkt. »Das war eine Lüge, und ich wusste es. Sie war eine traurige Frau, aber so etwas hätte sie niemals getan. Schon gar nicht, wo sie doch Cal und Tibe hatte. Sie ist ermordet worden, und ich habe geschwiegen. Ich hatte Angst, und ich habe zugelassen, dass sie in Schande stirbt. Und seit diesem Tag arbeite ich daran, das wieder gutzumachen. Ich warte im Schatten dieser schlimmen Welt auf meine Chance, sie zu rächen.« Er schaut mich an. In seinen Augen funkeln Tränen. »Und ich nehme an, jetzt ist ein guter Zeitpunkt, damit anzufangen.«

Julian braucht nicht lange, um sich einen Plan zurechtzulegen. Alles, was wir benötigen, sind ein Magnetor und nicht funktionierende Kameras, und glücklicherweise kann ich mit beidem dienen.

Lucas klopft, zwei Minuten nachdem ich ihn herbestellt habe, an meine Zimmertür. »Was kann ich für Sie tun, Mare?«, fragt er, nervöser als sonst. Ich weiß, dass es ihm schwergefallen sein muss, die Befragung des Dienstpersonals durch die Königin mit anzusehen. Wenigstens ist er dadurch so abgelenkt, dass ihm nicht auffällt, wie sehr ich zittere.

»Ich habe Hunger.« Der geprobte Text kommt mir leichter über die Lippen, als er sollte. »Wie Sie wissen, ist das Abendessen ausgefallen. Also dachte ich –«

»Sehe ich wie ein Koch aus? Sie hätten jemanden aus der Küche herbestellen sollen, nicht mich. Das ist deren Aufgabe.«

»Ja, schon. Aber ich glaube, es wäre momentan nicht besonders klug, wenn Bedienstete durchs Schloss laufen. Die Leute hier sind mit den Nerven am Ende, und ich möchte nicht, dass jemandem etwas passiert, nur weil ich kein Abendessen bekommen habe. Sie brauchen mich nur zu begleiten, das ist alles. Und wer weiß: Vielleicht fällt für Sie ja auch etwas ab.«

Lucas seufzt genervt, bietet mir aber dennoch seinen Arm an. Während ich mich unterhake, werfe ich einen Blick auf die Kameras im Gang und sorge dafür, dass ihnen der Strom ausgeht. *Na bitte.*

Ich sollte ein schlechtes Gewissen haben, dass ich Lucas ausnutze, zumal ich weiß, wie es sich anfühlt, wenn man manipuliert wird. Aber ich tue es, um Kilorns Leben zu retten. Lucas und ich unterhalten uns, als wir an einer Ecke auf Julian stoßen.

»Lord Jacos –«, beginnt Lucas und will sich verneigen. Doch Julian packt ihn schneller, als ich es ihm zugetraut hätte, beim Kinn und starrt Lucas in die Augen, bevor der irgendwie reagieren, geschweige denn über Gegenwehr nachdenken kann.

Julians honigsüße Worte, die weicher sind als Butter und so stark wie Eisen, treffen auf offene Ohren. »Bring uns zum Verlies. Führ uns durch die Dienstbotengänge dorthin. Und weiche den Patrouillen aus. Erinnere dich an nichts davon.«

Lucas, der sonst immer lächelt und Scherze macht, verfällt in einen hypnoseartigen Zustand. Sein Blick wird glasig, und er merkt nicht einmal, dass Julian ihm seine Waffe abnimmt. Aber er geht weiter und führt uns über verschlungene Wege durchs Schloss. An jeder Ecke spüre ich die vorhandenen elektronischen Augen auf und schalte sie aus. Julian dagegen schaltet die Wachen aus, indem er sie zwingt, sich nicht an uns zu erinnern, wenn wir vorbeigegangen sind. Zusammen sind wir ein unschlagbares Gespann, und es dauert nicht lange, bis wir oben an der Treppe stehen, die zu den Zellen führt. Unten werden uns Königswächter erwarten, und es werden zu viele sein, als dass Julian allein mit ihnen fertigwerden könnte.

»Sag kein Wort«, zischt Julian Lucas zu, und der nickt.

Jetzt ist es an mir, die Führung zu übernehmen. Eigentlich dachte ich, dass mir das Angst machen würde, doch die schlechte Beleuchtung und die späte Stunde fühlen sich vertraut an. Das ist meine Welt: im Dunkeln herumschleichen, lügen und stehlen.

»Wer da? Nennt eure Namen und den Grund eures Kommens!«, ruft einer der Königswächter von unten. Ich erkenne die Stimme: Es ist Gliacon, die Farley mit ihrem Eis gefoltert hat. *Vielleicht kann ich Julian dazu bringen, ihr einzusingen, dass sie von einer Klippe springen soll.*

Ich richte mich zu meiner vollen Größe auf, obwohl es eher meine Stimme und Tonlage sind, auf die es jetzt ankommt. »Hier ist Lady Mareena Titanos, die Verlobte von Prinz Maven«, herrsche ich sie an und schreite so elegant wie möglich die Treppe hinab. Mein Tonfall ist kalt und schneidend, wie der von Elara und Evangelina. *Auch ich besitze Macht und Stärke.* »Und ich denke nicht daran, meine Angelegenheiten mit Wächtern zu besprechen.«

Als sie mich sehen, tauschen die Königswächter fragende Blicke aus. Einer, ein großer Mann mit Schweinsaugen, mustert mich sogar abschätzig von Kopf bis Fuß. Kilorn und Walsh springen auf hinter den Gitterstäben. Farley sitzt in einer Ecke und hat die Arme um ihre angezogenen Beine geschlungen. Sie rührt sich nicht. Einen Moment lang glaube ich, sie schläft, doch dann bewegt sie sich, und ihre blauen Augen reflektieren das Licht.

»Ich muss Sie bitten, mir den Grund Ihres Hierseins zu erklären, Mylady«, sagt Gliacon in einem entschuldigenden Ton. Sie weist mit dem Kinn auf Julian und Lucas, die mir nach unten gefolgt sind. »Und das gilt auch für die anderen.«

»Ich würde gern unter vier Augen sprechen mit diesen …«, ich lege so viel Abscheu wie möglich in meine Stimme, was mir nicht allzu schwer fällt, weil der Königswächter mit den Schweinsaugen dicht neben mir steht, »… Subjekten. Wir haben dringende Fragen, die beantwortet werden müssen, und sie haben Unrecht begangen, für das sie zahlen sollen. Ist es nicht so, Julian?«

Julian macht ein höhnisches Gesicht; er spielt seine Rolle gut. »Es wird ein Leichtes sein, sie zum Reden zu bringen.«

»Das geht nicht, Mylady«, schnaubt Schweinsauge. Er spricht in dem harten, schroffen Akzent der Harbor Bay. »Unser Befehl lautet, die ganze Nacht hierzubleiben. Wir machen keine Ausnahmen.«

Ein Junge aus Stilts hat mich mal ein durchtriebenes Luder genannt, nachdem ich ihm mit meinem Charme so den Kopf verdreht hatte, dass er mir freiwillig seine guten Stiefel überlassen hat. »Ihnen ist klar, mit wem Sie sprechen, oder? Ich werde bald Prinzessin sein, und es kann *sehr* nützlich sein, die Gunst einer Prinzessin zu genießen. Außerdem muss den roten Ratten eine Lektion erteilt werden. Und zwar eine, die wehtut.«

Schweinsauge blinzelt mich träge an, während er überlegt. Julian steht direkt hinter mir, bereit seine Fähigkeiten einzusetzen, falls nötig. Zwei Sekunden später nickt Schweinsauge und gibt den anderen ein Zeichen. »Wir geben Ihnen fünf Minuten.«

Mir tut das Gesicht weh von dem breiten, falschen Lächeln, aber das ist mir egal. »Ich danke Ihnen. Und ich schulde Ihnen einen Gefallen, Ihnen allen.«

Mit schlurfenden Schritten stapfen sie in einer Reihe davon. Sobald sie den obersten Treppenabsatz erreicht haben, gestehe ich mir ein wenig Hoffnung zu. *Fünf Minuten werden mehr als genug sein.*

Kilorn springt fast zu den Gitterstäben, so ungeduldig ist er, endlich aus der Zelle befreit zu werden. Walsh zieht Farley hoch. Doch ich rühre mich nicht. Ich habe nicht die Absicht, sie freizulassen – noch nicht.

»Mare«, flüstert Kilorn, verwundert über mein Zögern, aber ich bringe ihn mit einem Blick zum Schweigen.

»Die Bombe.« Rauch und Feuer mischen sich in meine Gedanken, als ich zu dem Moment zurückgehe, in dem sich die Explosion im Ballsaal ereignet hat. »Erklärt mir das mit der Bombe.«

Ich erwarte, dass sie mich mit Entschuldigungen überhäufen und mich um Vergebung bitten, aber stattdessen sehen die drei sich nur verständnislos an. Farley lehnt sich an die Gitterstäbe; in ihren Augen brennt ein Feuer.

»Darüber weiß ich nichts«, zischt sie kaum hörbar. »So was habe ich nie genehmigt. Das hier sollte nach klaren Regeln ablaufen, mit festgelegten Angriffszielen. Wir töten nicht wahl- und grundlos.«

»Und was ist mit dem anderen Bombenanschlag? In der Hauptstadt?«

»Du weißt, dass diese Gebäude leer waren. Dort ist niemand zu Schaden gekommen, jedenfalls nicht unseretwegen«, antwortet sie mit fester Stimme. »Ich schwöre dir, Mare, wir haben hier keine Bombe hochgehen lassen.«

»Glaubst du wirklich, wir würden unsere größte Hoffnung in die Luft jagen?«, fügt Kilorn hinzu. Ich brauche nicht nachzufragen, um zu wissen, dass er mich meint.

Schließlich nicke ich Julian zu.

»Öffne die Zelle. Leise«, murmelt Julian; seine Hände liegen auf Lucas' Gesicht.

Der Magnetor gehorcht und bringt die Gitterstäbe dazu, ein großes »O« zu formen. Walsh ist die Erste, die hindurchtritt. Sie sieht uns ungläubig an. Dann folgt Kilorn, der anschließend Farley hilft, zwischen den Stäben hindurchzuklettern. Ihr Arm hängt noch immer kraftlos herab – der Heiler hat offenbar etwas übersehen.

Ich zeige auf die gegenüberliegende Wand, und sie bewegen sich geräuschlos wie Mäuse dorthin. Walsh wirft einen Blick zurück auf Tristans Leiche, die noch immer in der Zelle liegt, weicht aber nicht von Farleys Seite. Julian schiebt Lucas zu ihnen, bevor er seine Position am Fuß der Treppe einnimmt.

Ich presse mich neben Kilorn an die Wand. Obwohl er viele Stunden in dieser Zelle verbracht hat – neben einer Leiche –, riecht er nach zu Hause.

»Ich wusste, dass du kommen würdest«, flüstert er mir ins Ohr. »Ich wusste es.«

Aber wir haben keine Zeit für Nettigkeiten oder Freudenfeste. Nicht bis sie in Sicherheit sind. Julian nickt mir von seiner Position bei der Treppe zu. Er ist bereit.

»Wächterin Gliacon, ich brauchte Ihre Hilfe«, rufe ich die Treppe hoch und lege so den Köder für unsere nächste Falle aus. Das Geräusch von Schritten sagt mir, dass sie ihn geschluckt hat.

»Was gibt es, Mylady?«

Als sie unten angekommen ist, fällt ihr Blick sofort auf die offene Zelle, und sie schnappt hinter ihrer Maske nach Luft. Aber Julian ist zu schnell, sogar für eine Königswächterin.

»Du warst nur kurz weg. Als du wiederkamst, hast du diesen Ort so vorgefunden. Du erinnerst dich nicht an uns. Ruf *einen* der anderen herunter«, murmelt Julian seinen schrecklichen Gesang.

»Wächter Tyros, Sie werden gebraucht«, sagt sie emotionslos.

»Und jetzt wirst du schlafen.«

Kaum ist das letzte Wort über seine Lippen gekommen, fällt sie, aber Julian fängt sie auf und legt sie sanft hinter sich auf den Boden. Kilorn schnappt erstaunt nach Luft, beeindruckt von Julian, dessen Mund ein kleines, zufriedenes Lächeln umspielt.

Dann kommt Tyros etwas verwirrt, aber diensteifrig die Stufen herunter. Julian wiederholt die Prozedur und singt ihm innerhalb weniger Sekunden seine Befehle ein. Ich hatte nicht erwartet, dass Königswächter sich so leicht übertölpeln lassen, aber irgendwie ergibt das Sinn. Sie werden von Kindesbeinen an in der Kampfkunst unterwiesen. Logik und Intelligenz haben in ihrer Ausbildung nicht gerade die höchste Priorität.

Die letzten zwei, Schweinsauge und der Heiler, sind allerdings nicht ganz so arglos. Als Tyros den Hautheiler nach unten beordert, hören wir von oben ein Murmeln.

»Sind Sie bald fertig, Lady Titanos?«, ruft Schweinsauge misstrauisch.

Ich denke rasch nach und rufe dann: »Ja, wir sind fertig. Ihre Gefährten sind auf ihre Posten zurückgekehrt. Und ich möchte, dass Sie das auch tun.«

»Ach, ist das so? Stimmt das, Tyros?«

Julian kniet sich blitzschnell neben den ohnmächtigen Tyros. Er drückt ihm die Augen auf und singt: »Sag, dass du wieder auf deinem Posten stehst. Sag, dass Lady Titanos fertig ist.«

»Auf meinem Posten«, leiert Tyros. Das lang gezogene Treppenhaus und die steinernen Wände werden seine Stimme hoffentlich etwas verzerren. »Lady Titanos ist fertig.«

»Na schön«, grummelt Schweinsauge vor sich hin.

Sie kommen laut stampfend die Treppe herunter, beide zusammen. *Zwei auf einmal. Julian wird nicht allein mit zwei Männern fertig.* Ich spüre, wie Kilorn sich neben mir anspannt; er ballt die Fäuste und macht sich auf alles gefasst. Ich drücke ihn mit einer Hand an die Wand, während sich in der anderen helle Funken sammeln.

Die Schritte halten inne, bevor sie das untere Ende der Treppe erreichen. Ich kann sie nicht sehen, und Julian auch nicht, aber Schweinsauge atmet hechelnd wie ein Hund. Der Heiler ist an seiner Seite; auch er verharrt außerhalb unserer Reichweite. Da nun absolute Stille herrscht, ist es nicht schwer, das Klicken zu hören, mit dem jemand seine Pistole entsichert.

Julians Augen weiten sich, aber er bleibt ruhig stehen; seine Hand schließt sich um die gestohlene Waffe. Ich möchte nicht einmal mehr atmen, da mir klar ist, wie nah wir alle am Abgrund stehen. Die Wände scheinen zusammenzuschrumpfen und uns in einen steinernen Sarg zu sperren, aus dem es kein Entrinnen gibt.

Ich bin ganz ruhig, als ich vor die Treppe hin trete; meine Funkenhand verberge ich hinter dem Rücken. Ich erwarte, jede Sekunde von Kugeln durchbohrt zu werden, aber es passiert nichts. Sie werden mich nicht erschießen, bis ich ihnen einen guten Grund dafür liefere.

»Gibt es irgendein Problem?«, rufe ich spöttisch und ziehe eine Augenbraue hoch, wie ich es Evangelina Hunderte Male habe tun sehen. Dann trete ich langsam auf die erste Stufe, so dass die beiden in meinem Sichtfeld auftauchen. Sie stehen nebeneinander, mit den Fingern am Abzug. »Es wäre mir lieber, wenn Sie nicht mit Ihren Waffen auf mich zielen würden.«

Schweinsauge starrt mich wütend an, aber das bringt mich nicht aus dem Gleichgewicht. *Du bist eine Lady. Also benimm dich so. Dein Leben hängt davon ab.* »Wo ist Ihr Begleiter?«

»Der kommt sofort. Eine unter den Gefangenen weiß sich einfach nicht zu benehmen. Sie brauchte noch eine Sonderbehandlung.« Die Lüge kommt mir leicht über die Lippen. Übung macht tatsächlich den Meister.

Schweinsauge lässt grinsend seine Waffe ein wenig sinken. »Das Miststück mit der Narbe? Der musste ich auch schon eine verpassen«, sagt er kichernd. Ich lache mit ihm, während ich mir in meiner Fantasie ausmale, was mein Blitz mit seinen blassen kleinen Augen anstellen könnte.

Als ich näher kommen will, legt der Hautheiler eine Hand auf das metallene Treppengeländer und blockiert mir so den Weg. Ich tue es ihm nach. Das Geländer fühlt sich kalt unter meiner Hand an und fest. *Ein bisschen wird genügen*, sage ich mir und lasse gerade so viel Energie in meine Funken fließen wie notwendig. Nicht so viel, dass sie verbrennen oder Verletzungen davontragen, nur genug, um sie beide für eine Weile auszuschalten. Es ist, als würde man einen Faden in eine Nadel einfädeln, und zur Abwechslung bin ich mal diejenige, die sich aufs Nähen versteht.

Der Heiler lacht nicht mit seinem Freund. Seine Augen sind hellsilbern, und mit der Maske und dem feuerroten Umhang sieht er wie ein Dämon aus einem Albtraum aus.

»Was halten Sie hinter dem Rücken?«, zischt er.

Ich erklimme achselzuckend eine weitere Stufe. »Nichts, Wächter Skonos.«

»Sie lügen!«

Wir reagieren im selben Moment. Alles passiert rasend schnell. Die Kugel trifft mich in den Bauch, aber mein Blitz fährt in das Metallgeländer und von dort in den Körper und das Hirn des Heilers. Mit einem Schrei feuert Schweinsauge ebenfalls seine Waffe ab. Die Kugel verpasst mich nur um wenige Zentimeter und bohrt sich in die Wand. Aber ich verfehle ihn nicht, als ich die Kugel aus Funken, die ich hinter dem Rücken gehalten habe, auf ihn schleudere. Die beiden Wächter rutschen an mir vorbei die Treppe hinunter. Beide sind bewusstlos und ihre Körper zucken von den Stromschlägen.

Und dann falle ich.

Kurz frage ich mich, ob ich mir wohl an dem Steinboden den

Schädel einschlagen werde. Das wäre vermutlich leichter, als zu verbluten. Aber stattdessen lande ich weich in ausgestreckten langen Armen.

»Es wird alles gut, Mare«, flüstert Kilorn. Seine Hand liegt auf meinem Bauch; er versucht die Blutung zu stoppen. Seine Augen sind so grün wie Gras. Sie stechen hervor in einer Welt, die in Finsternis versinkt. »Ist nicht so schlimm.«

»Zieht ihre Uniformen an«, befiehlt Julian den anderen zwei. Farley und Walsh rennen an mir vorbei, um die feuerroten Umhänge und die Masken überzustreifen. »Du auch!«

Er reißt Kilorn von mir weg und schleudert ihn in seiner Hast beinahe durch den Raum.

»Julian«, würge ich hervor und versuche nach ihm zu greifen. *Ich muss ihm danken.*

Aber er ist außerhalb meiner Reichweite und kniet über dem Heiler. Er reißt die Augen des Königswächters auf und singt ihm ein, dass er mir helfen soll. Und dann starrt der Heiler auf mich herab und drückt seine Hände auf meine Wunde. Es dauert nur wenige Sekunden, dann ist die Welt wieder normal. Kilorn in der Ecke seufzt vor Erleichterung und zieht sich den roten Umgang über.

»Sie auch«, sage ich und zeige auf Farley. Julian nickt und führt den Heiler zu ihr. Mit einem lauten *Plopp* renkt er ihr die Schulter ein.

»Vielen Dank auch«, sagt sie und zieht die Maske vors Gesicht.

Walsh steht neben uns und starrt mit offenem Mund auf die lahmgelegten Wächter. Die Maske in ihrer Hand hat sie vergessen. »Sind sie tot?«, fragt sie dann leise wie ein ängstliches Kind.

Julian blickt von Schweinsauge hoch, dem er gerade seine Befehle eingesungen hat. »Nein. Sie werden in wenigen Stunden wieder erwachen, und wenn ihr Glück habt, weiß bis dahin niemand, dass ihr verschwunden seid.«

»Ein paar Stunden klingen gut«, sagt Farley und stupst Walsh an, um sie in die Wirklichkeit zurückzuholen. »Reiß dich zusammen, wir müssen heute Abend noch ein ganz schönes Stück laufen.«

Es dauert nicht lange, sie durch die letzten Gänge zu führen. Trotzdem wächst meine Angst mit jedem Herzschlag, bis wir schließlich in Cals Garage stehen. Lucas, der noch immer wie ein Schlafwandler neben uns hertaumelt und Julians Befehle ausführt, reißt ein Loch in die Metalltür, als wäre sie aus Papier. Dahinter kommt die Nacht zum Vorschein.

Walsh überrascht mich, indem sie mir um den Hals fällt. »Ich weiß zwar nicht, wie«, murmelt sie, »aber ich hoffe, dass du eines Tages Königin wirst. Stell dir nur vor, was du dann bewirken könntest. Als rote Königin!«

Ich muss grinsen, als ich das höre. Es ist eine ganz und gar unrealistische Vorstellung. »Geh jetzt, bevor dein Unsinn noch auf mich abfärbt.«

Herzliche Gesten sind nicht Farleys Sache. Doch immerhin klopft sie mir auf die Schulter. »Wir sehen uns wieder, bald.«

»Aber unter anderen Umständen, hoffe ich.«

Sie schenkt mir ein Lächeln, was für sie sehr viel ist, und mir wird bewusst, dass sie trotz ihrer Narbe sehr hübsch ist.

»Ja, unter anderen Umständen«, sagt sie und schlüpft mit Walsh in die Nacht hinaus.

»Ich weiß, dass es keinen Sinn hat, dich zu bitten, mit mir zu kommen«, sagt Kilorn und macht einen Schritt nach draußen. Er starrt auf seine Hände und betrachtet die Narben darauf, die ich besser kenne als mich selbst. *Sieh mich an, du Idiot.*

Seufzend zwinge ich mich, ihn in Richtung Freiheit hinauszuschubsen. »Ich kann hier mehr für unsere Sache tun. Auch du brauchst mich also hier.«

»Was ich brauche und was ich will, sind zwei Paar Schuhe.«

Ich versuche zu lachen, finde aber nicht die Kraft dazu.

»Das hier ist nicht das Ende unserer Geschichte, Mare«, murmelt Kilorn und umarmt mich. Ich spüre, wie sein Oberkörper vibriert, als er leise in sich hineinlacht. »Rote Königin. Klingt gut, finde ich.«

»Los jetzt, du Dummkopf.« Noch nie habe ich so breit gegrinst und mich dabei so traurig gefühlt.

Er wirft mir einen letzten Blick zu und nickt dann in Julians Richtung, bevor er in die Dunkelheit hinaustritt. Das Metallloch schließt sich hinter ihm wieder und versperrt mir die Sicht auf meine Freunde. Ich möchte gar nicht wissen, wohin sie gehen.

Julian muss mich von dort wegzerren, aber er schimpft nicht, weil ich so lange Abschied genommen habe. Ich glaube, er hat genug mit Lucas zu tun, der in seiner Benommenheit zu sabbern begonnen hat.

22

In dieser Nacht träume ich, mein Bruder Shade käme mich in der Dunkelheit besuchen. Er riecht nach Schießpulver. Aber als ich blinzele, verschwindet er, und mein Verstand konfrontiert mich mit der schmerzhaften Wahrheit: *Shade ist tot*.

Am Morgen werde ich schlagartig wach, als ich Schritte und Gepolter höre, und setze mich in meinem Bett auf. Ich erwarte, dass Königswächter, Cal oder ein mordlüsterner Ptolemus in meinem Zimmer stehen, um mich für das zu bestrafen, was ich getan habe, doch es sind nur die Kammerzofen, die in meinem Schrank herumkramen. Sie wirken noch gehetzter als sonst und reißen hektisch meine Kleider von den Bügeln.

»Was ist los?«

Die Mädchen erstarren. Sie verneigen sich, die Arme voller Seide und Leinen. Als ich näher komme, sehe ich hinter ihnen lederne Truhen. »Verreisen wir?«

»Wir wissen nur, was uns befohlen wurde, Mylady«, sagt eine mit gesenktem Blick.

»Natürlich. Nun, dann ziehe ich mich wohl mal an.« Ich greife nach dem nächstgelegenen Kleidungsstück, um ein einziges Mal etwas ohne Hilfe zu tun, doch die Kammerzofen kommen mir zuvor.

Fünf Minuten später haben sie mich angekleidet und geschminkt. Ich trage eine merkwürdige Lederhose und eine Rüschenbluse. Viel lieber wäre mir mein Kampfanzug gewesen, aber offenbar ist es »unpassend«, wenn man ihn außerhalb des Trainings trägt.

»Lucas?«, rufe ich in den leeren Gang und erwarte halb, dass er aus einer Nische gesprungen kommt.

Aber Lucas ist nirgends zu finden. Also gehe ich allein los zu meinem Unterricht bei Lady Blonos und rechne damit, ihm unterwegs irgendwo zu begegnen. Als das nicht der Fall ist, werde ich nervös. Julian hat zwar dafür gesorgt, dass er vergisst, was letzte Nacht passiert ist, aber vielleicht ist doch irgendetwas zurückgeblieben. Vielleicht wird er verhört und für die Nacht bestraft, die aus seinem Gedächtnis gelöscht ist, und für das, wozu wir ihn gezwungen haben.

Aber ich bleibe nicht lange allein. Maven kreuzt meinen Weg; auf seinen Lippen liegt ein amüsiertes Grinsen.

»Du bist früh auf. Vor allem nach einer so langen Nacht.«

»Ich weiß nicht, was du meinst«, sage ich in einem möglichst unschuldigen Ton.

»Die Gefangenen sind weg, alle drei. Sie haben sich einfach in Luft aufgelöst.«

Ich drücke eine Hand aufs Herz und setze für die Kameras einen erschrockenen Blick auf. »O nein! Die roten Schufte sind entkommen? Das ist doch völlig unmöglich!«

»Ja, du sagst es.« Obwohl er weiter lächelt, verdüstert sich sein Blick etwas. »Das wirft natürlich jede Menge Fragen auf. Die Stromausfälle, das Überwachungssystem, das nicht funktioniert hat, von den Königswächtern, deren Erinnerungen an diese Nacht voller schwarzer Löcher sind, ganz zu schweigen.« Er sieht mich eindringlich an.

Ich erwidere seinen Blick und lasse ihn mein Unbehagen sehen. »Deine Mutter … hat sie verhört.«

»Ja, hat sie.«

»Und will sie noch andere zu diesem Ausbruch befragen?« Ich wähle meine Worte mit Bedacht. »Wachen, Sicherheitsleute …«

Maven schüttelt den Kopf. »Wer immer das war, hat ganze Arbeit geleistet. Ich habe ihr bei den Verhören geholfen und ihre Aufmerksamkeit auf diejenigen *gelenkt*, die etwas mit dieser Sache zu tun haben könnten.« *Gelenkt. Von mir abgelenkt.* Ich atme erleichtert aus und drücke seinen Arm, um mich dafür zu bedanken, dass er mich schützt. »Wir finden womöglich ohnehin nie raus, wer es getan hat. Seit gestern Abend sind viele von hier geflohen. Sie glauben, dass das Schloss nicht mehr sicher ist.«

»Nach dem, was gestern passiert ist, haben sie wahrscheinlich auch Recht.« Ich hake mich bei ihm unter und ziehe ihn an mich. »Was hat deine Mutter denn über die Bombe herausgefunden?«

Er senkt die Stimme zu einem Flüstern: »Es gab gar keine Bombe.« *Was?* »Es gab zwar eine Explosion, aber das war ein Unfall. Eine Kugel hat eine Gasleitung im Boden durchschlagen, und als Cals Feuer damit in Berührung kam …« Er bricht ab und lässt seine Hände für sich sprechen. »Es war Mutters Idee, das zu unserem, ähm, Vorteil auszuschlachten.«

Wir töten nicht grundlos. »Sie macht die Mitglieder der Scharlachroten Garde zu Monstern.«

Er nickt mit ernster Miene. »Jetzt wird sich niemand mehr mit ihnen solidarisieren. Nicht einmal die Roten.«

Ich bin fassungslos. *Noch mehr Lügen.* Sie schlägt uns, ohne einen Schuss abzugeben oder ein Messer zu zücken. Worte sind alles, was sie dafür braucht. Und jetzt werde ich noch tiefer in ihre Welt hineingebracht, nach Archeon.

Ich werde meine Familie nicht wiedersehen. Gisa wird älter werden, bis ich sie irgendwann nicht mehr erkenne. Bree und Tramy werden heiraten und Kinder bekommen und mich vergessen. Pa wird an seinen Verletzungen zu Grunde gehen und langsam sterben, und wenn er tot ist, wird auch Ma nicht mehr lange durchhalten.

Maven lässt mir Zeit zum Nachdenken und betrachtet mich aufmerksam, während meine Verzweiflung wächst. Er lässt mich immer nachdenken. Und sein Schweigen ist oft besser als irgendwelche Worte.

»Wie lange sind wir noch hier?«

»Wir reisen heute Nachmittag ab. Die meisten Hofangestellten fahren voraus, aber wir nehmen natürlich das Schiff. In all dem Wahnsinn müssen wir ja wenigstens die Tradition aufrecht halten.«

Als ich noch klein war, habe ich gern auf unserer Veranda gesessen und zugesehen, wie die hübschen Schiffe vorbeifuhren, flussabwärts Richtung Hauptstadt. Shade hat mich immer ausgelacht, weil ich unbedingt einen Blick auf den König erhaschen wollte. Mir war damals nicht klar, dass auch dies einfach ein Teil des Schauspiels war, wie die Kämpfe in der Arena, eine weitere Machtdemonstration, um uns zu zeigen, wie unbedeutend wir für das große Ganze sind. Jetzt werde ich wieder an diesem Schauspiel teilnehmen, nur diesmal auf der anderen Seite.

»Wenigstens siehst du dann dein Zuhause noch mal, wenn auch nur kurz«, fügt er hinzu, um mich zu trösten. *Ja, Maven, genau das wünsche ich mir. An Bord zu stehen und mein Zuhause und mein altes Leben an mir vorbeiziehen zu lassen.*

Aber das ist der Preis, den ich bezahlen muss. Dass ich Kilorn und die anderen befreit habe, bedeutet, dass ich meine wenigen letzten Tage in diesem Tal verliere, und ich zahle diesen Preis gern.

Wir werden von einem lauten Krachen unterbrochen, das aus einem nahe gelegenen Gang kommt; dort hinten liegt Cals Zimmer. Maven reagiert als Erster. Er eilt mir voraus durch den Gang, als würde er versuchen, mich vor etwas zu schützen.

»Hast du schlecht geträumt, Bruder?«, ruft er offenbar besorgt über das, was er sieht.

Statt einer Antwort tritt Cal aus der offenen Zimmertür. Seine Hände sind zu Fäusten geballt, als versuchte er krampfhaft, sie im Zaum zu halten. Er hat die blutverschmierte Uniform gegen etwas eingetauscht, das an Ptolemus' Rüstung erinnert, nur dass Cals Version eine rötliche Färbung hat.

Ich würde am liebsten auf ihn losgehen, ihn schlagen und anschreien wegen dem, was er Farley, Tristan, Kilorn und Walsh angetan hat. Die Funken tanzen in meinem Innern und wollen unbedingt losgelassen werden. Aber was hatte ich eigentlich erwartet? Ich weiß, was er ist und woran er glaubt – Rote sind es nicht wert, gerettet zu werden. Also spreche ich so höflich mit ihm, wie es geht.

»Reist du ab mit deiner Legion?« Ich weiß, dass er das nicht tut, seinem zornigen Blick nach zu urteilen. Ursprünglich habe ich befürchtet, dass er geht; jetzt wünschte ich, es wäre so. *Ich kann nicht glauben, dass ich ihn retten wollte. Ich kann nicht glauben, dass ich jemals einen Gedanken daran verschwendet habe.*

Cal seufzt schwer. »Die Schatten-Legion wird nirgendwo hingehen. Vater erlaubt es nicht. Jedenfalls jetzt nicht. Es ist zu gefährlich und ich bin zu *wertvoll.*«

»Du weißt, dass er Recht hat.« Maven legt seinem Bruder beschwichtigend eine Hand auf die Schulter. Ich erinnere mich, dass Cal dasselbe bei ihm gemacht hat, aber jetzt ist die Krone auf einem anderen Kopf. »Du bist der Erbe. Er kann es sich nicht leisten, dich zu verlieren.«

»Ich bin ein Soldat«, sagt Cal verächtlich und schüttelt die Hand seines Bruders ab. »Ich kann nicht einfach rumsitzen und andere für mich kämpfen lassen. Und das werde ich auch nicht.«

Er klingt wie ein Kind, das jammert, weil man ihm sein Spielzeug weggenommen hat. Das Töten muss ihm Spaß machen. Mir wird übel, aber ich sage nichts, sondern lasse den diplomatischen Maven für mich sprechen. Er findet immer die richtigen Worte.

»Such dir eine andere Aufgabe. Schraub dir noch ein Motorrad zusammen, verdopple deine Trainingseinheiten, exerziere mit deinen Männern, bereite dich auf den Moment vor, wenn die Gefahr vorbei ist. Cal, du kannst tausend Dinge tun, die *nicht* damit enden, dass du in irgendeinem Hinterhalt zu Tode kommst!«, sagt er und sieht seinen Bruder wütend an. Dann grinst er, um die Atmosphäre ein wenig aufzulockern. »Du wirst dich nie ändern, Cal. Du kannst einfach nicht stillsitzen.«

Nach einem kurzen, angespannten Schweigen lächelt Cal schwach. »Nein, nie.« Sein Blick wandert zu mir, aber ich werde mich nicht in seinen bronzefarbenen Augen verlieren, nicht noch einmal.

Ich wende den Kopf ab und tue so, als würde ich ein Gemälde an der Wand betrachten. »Hübsche Rüstung«, spotte ich. »Passt gut in deine Sammlung.«

Er sieht verletzt aus, verwirrt sogar, fängt sich aber rasch wieder.

Sein Lächeln ist verschwunden und an dessen Stelle sind zusammengekniffene Augen und zusammengepresste Kiefer getreten. Er tippt gegen die Rüstung; es klingt, als würden Krallen über Steine kratzen. »Das ist ein Geschenk von Ptolemus. Ich scheine ein gemeinsames Anliegen mit dem Bruder meiner Verlobten zu haben.« *Meiner Verlobten.* Als ob mich das eifersüchtig machen würde.

»Was willst du damit sagen?«, fragt Maven mit einem misstrauischen Blick auf die Rüstung.

»Ptolemus befehligt die Stadtwache von Archeon. Zusammen mit meiner Legion können wir vielleicht doch etwas Sinnvolles tun, sogar in der Stadt.«

Kalte Panik packt mich und wischt alle Hoffnung beiseite, die der Erfolg des gestrigen Abends in mir entfacht hat. »Und was genau soll das sein?«, höre ich mich atemlos fragen.

»Ich bin ein guter Jäger. Und er ein guter Killer.« Cal macht einen Schritt zurück, von uns weg.

Ich spüre, dass er abdriftet, nicht nur hier in diesem Flur, sondern weil er einen düsteren, verderblichen Weg einschlägt. Und ich bekomme Angst um den jungen Mann, der mir das Tanzen beigebracht hat. *Nein, nicht* um *ihn, sondern* vor *ihm.* Und das ist schlimmer als alle meine anderen Sorgen und Albträume zusammen.

»Wir beide werden der Scharlachroten Garde auf die Spur kommen. Wir werden dieser Rebellion ein für alle Mal ein Ende machen.«

Es gibt keinen Tagesplan für heute; alle sind viel zu sehr mit der Vorbereitung ihrer Abreise beschäftigt, um zu unterrichten oder zu trainieren. Mit der Vorbereitung ihrer *Flucht*, sollte ich vielleicht besser sagen, denn danach sieht es für mich hier im Empfangssaal eher aus. Früher dachte ich, die Silbernen wären unberührbare Götter, die niemals etwas bedrohen oder verängstigen könnte. Jetzt weiß ich, dass das Gegenteil stimmt. Sie haben so lange isoliert und abgeschirmt hoch oben gelebt, dass sie vergessen haben, dass auch sie stürzen können. Ihre Stärke hat sich in eine Schwäche verwandelt.

Zu Beginn hatte ich Angst vor diesen Mauern, war eingeschüchtert von so viel Pracht. Aber jetzt sehe ich die Risse darin. Es ist wie am Tag des ersten Bombenanschlags, als ich begriffen habe, dass Silberne nicht unbesiegbar sind. Damals war es eine Explosion, jetzt sind es ein paar Kugeln, die das Diamantglas zertrümmert und die Angst und Paranoia darunter freigelegt haben. Silberne fliehen vor Roten – Löwen laufen vor Mäusen davon. Der König und die Königin sind sich uneins, der Hof hat seine eigenen Bündnisse und Cal, der perfekte Prinz, der gute Soldat, ist ein folternder, furchtbarer Feind. *Jeder kann jeden verraten.*

Cal und Maven verabschieden sich von allen, erfüllen trotz des organisierten Chaos ihre Pflicht. Die Flugzeuge warten in der Nähe, den Lärm ihrer Motoren hört man sogar hier drinnen. Ich würde die großen Maschinen gern aus der Nähe sehen, aber das würde bedeuten, dass ich mich durch die Menge arbeiten müsste, und ich möchte mich den Blicken der Trauernden nicht aussetzen. Alles in allem sind am gestrigen Abend zwölf Leute zu Tode gekommen, doch ich weigere mich, ihre Namen in Erfahrung zu bringen. Ich will nicht, dass sie mich belasten, nicht wenn ich mehr denn je hellwach sein muss.

Als ich nicht mehr länger hinsehen kann, überlasse ich mich

dem Willen meiner Füße und wandele durch die mir inzwischen vertrauten Flure. Überall werden Zimmer verschlossen; sie haben für diese Saison ausgedient und werden erst wieder hergerichtet, wenn der Hof nach Summerton zurückkehrt. *Ich werde nicht wiederkommen.* Dienstboten breiten weiße Tücher über die Möbel, Gemälde und Statuen, bis der ganze Palast so aussieht wie ein Geisterhaus.

Es dauert nicht lange und ich stehe vor Julians altem Unterrichtszimmer, und was ich sehe, schockiert mich. Die vielen Bücher, der Schreibtisch, selbst die Landkarten sind verschwunden. Der Raum sieht jetzt größer aus, aber er wirkt trotzdem kleiner. Vorher enthielt er ganze Welten, jetzt sind nur noch Staub und zerknülltes Papier übrig. Mein Blick verharrt auf der Stelle, wo die riesige Karte hing. Zu Beginn konnte ich sie nicht lesen, jetzt erinnere ich mich an sie wie an einen alten Freund.

Norta, die Lakelands, Piedmont, Prärie, Tiraxes, Montfort, Ciron und all die umkämpften Bereiche dazwischen. Andere Länder, andere Völker, und alle sind sie durch die Farbe ihres Blutes gespalten, so wie wir. *Wenn wir etwas daran ändern, werden sie es dann auch tun? Oder werden sie versuchen, uns zu vernichten?*

»Ich hoffe, du vergisst nicht, was du gelernt hast.« Julians Stimme reißt mich aus meinen Gedanken und bringt mich zurück in den leeren Raum. Er steht hinter mir und folgt meinem Blick zu der nicht vorhandenen Karte an der Wand. »Ich bedaure, dass ich dir nicht mehr beibringen konnte.«

»Wir werden in Archeon noch Zeit für viele, viele weitere Stunden haben.«

Sein Lächeln ist bittersüß, und es tut fast weh, ihm ins Gesicht zu sehen. Plötzlich wird mit bewusst, dass ich Kameras spüre. Wir werden zum ersten Mal von ihren elektronischen Augen beobachtet. »Julian?«

»Die Archivare von Delphie haben mir eine Stellung angeboten. Ich werde dort alte Texte rekonstruieren.« Es ist sonnenklar, dass das eine Lüge ist. »Wie es aussieht, haben sie in Wash herumgewühlt und dabei einige Bunker entdeckt, die als Lager gedient haben. Offenbar gibt es Berge von Material zu durchforsten.«

»Das wird dir sicher sehr gefallen.« Mir versagt fast die Stimme bei diesen Worten. *Du wusstest, dass er würde gehen müssen. Du hast es in Kauf genommen, als du ihn gestern Abend bedrängt und sein Leben in Gefahr gebracht hast, um Kilorns zu retten.* »Kommst du uns besuchen, wenn du kannst?«

»Ja, natürlich.« Wieder eine Lüge. Elara wird früher oder später herausfinden, welche Rolle er gestern gespielt hat, und dann muss er fliehen. Da erscheint es nur klug, dass er sich einen Vorsprung verschafft. »Ich habe noch etwas für dich.«

Ich würde lieber Julian behalten, als ein Geschenk zu bekommen, aber ich versuche trotzdem, eine dankbare Miene aufzusetzen. »Einen guten Rat?«

Er schüttelt lächelnd den Kopf. »Du wirst es sehen, wenn du in die Hauptstadt kommst.« Dann streckt er die Arme aus und winkt mich zu sich. »Ich muss los, also verabschiede mich, wie es sich gehört.«

Ihn zu umarmen ist so, als würde ich meinen Vater umarmen oder die Brüder, die ich nie wiedersehen werde. Ich möchte ihn nicht gehen lassen, aber die Gefahr für ihn ist zu groß, als dass er bleiben könnte, das ist uns beiden klar.

»Danke, Mare«, flüstert er mir ins Ohr. »Du erinnerst mich so sehr an sie.« Ich brauche nicht zu fragen, um zu wissen, dass er Coriane meint, die Schwester, die er vor langer Zeit verloren hat. »Ich werde dich vermissen, kleine Blitzwerferin.«

Und zum ersten Mal klingt der Name gar nicht so schlecht.

Mir fehlt die Kraft, das von Elektromotoren angetriebene Schiff zu bewundern. Schwarze, silberne und rote Flaggen flattern an jedem Mast und markieren dieses Gefährt als das Schiff des Königs. Als ich noch klein war, habe ich mich immer gefragt, warum der König unsere Farbe für sich beansprucht. Sie war doch eigentlich unter seiner Würde. Jetzt begreife ich, dass die Flaggen feuerrot sind wie all das, was er beherrscht: seine Flamme, ihre zerstörerische Kraft – und das Volk.

»Die Königswächter von gestern Nacht sind übrigens *versetzt* worden«, sagt Maven, während wir über das Deck gehen.

Versetzt ist nur eine nette Umschreibung für *bestraft*. Wenn ich an Schweinsauge zurückdenke und daran, wie er mich angesehen hat, bedauere ich das kein bisschen. »Wohin sind sie denn versetzt worden?«

»An die Front natürlich. Sie werden irgendeinem ungeordneten Haufen zugewiesen, werden verletzte, unfähige oder unwillige Soldaten befehligen. Das sind normalerweise die, die als Erste in den Schützengräben verheizt werden.« An den Schatten in seinen Augen erkenne ich, dass Maven das aus erster Hand weiß.

»Die, die als Erste sterben.«

Er nickt ernst.

»Und Lucas? Ich habe ihn seit gestern nicht gesehen.«

»Ihm geht es gut. Er reist mit dem Haus Samos. Die Familien rücken wieder enger zusammen; die Schießerei hat alle alarmiert, selbst die Hohen Häuser.«

Das erfüllt mich ebenso mit Erleichterung wie mit Traurigkeit. Ich vermisse Lucas jetzt schon, aber es ist gut zu wissen, dass er in Sicherheit ist und weit weg von der herumschnüffelnden Elara.

Maven beißt sich auf die Lippe und sieht bedrückt aus. »Aber das wird nicht lange so bleiben. Bald werden wir mehr wissen.«

»Wie meinst du das?

»Im Verlies ist Blut gefunden worden. Rotes Blut.«

Die Schusswunde in meinem Bauch ist verschwunden, aber ich erinnere mich noch lebhaft an den Schmerz, den sie verursacht hat. »Und was heißt das?«

»Das heißt, dass derjenige von deinen Freunden, der das Pech hatte, verwundet zu sein, seine Identität nicht mehr lange geheim halten kann. Vorausgesetzt, die Blutzentrale arbeitet zuverlässig.«

»Blutzentrale?«

»Unsere Blut-Datenbank. Von jedem Roten, der in Reichweite der zivilisierten Welt geboren wird, nehmen wir bei der Geburt eine Blutprobe. Ursprünglich hat man damit mal angefangen, um herauszufinden, worin genau der Unterschied zwischen uns liegt, aber am Ende entwickelte es sich einfach nur zu einem weiteren Hilfsmittel, um deine Leute an die Leine zu legen. In den größeren Städten haben die Roten keine Ausweise, sondern lediglich Marken, auf denen die wichtigsten Angaben zu ihrem Blut festgehalten sind. Sie müssen an jedem Tor eine Blutprobe abgeben, ob sie kommen oder gehen. Ihre Wege sind genauestens nachvollziehbar, wie bei Tieren, die eine Marke tragen.«

Ich muss an die alten Unterlagen denken, die der König mir im Thronsaal vor die Füße geworfen hat. Sie enthielten meinen Namen, ein Foto von mir und einen getrockneten Blutstropfen.

Mein Blut. Sie haben mein Blut.

»Und sie – sie können einfach so herausfinden, wessen Blut das ist?«

»Es braucht seine Zeit, eine Woche oder so, aber ja, so funktioniert es.« Als sein Blick auf meine zitternden Hände fällt, hält er sie fest und lässt Wärme in die plötzlich eiskalte Haut sickern. »Mare?«

»Er hat auf mich geschossen«, flüstere ich. »Der Königswächter hat auf mich geschossen. Das Blut, das sie gefunden haben, stammt von mir.«

Und dann werden seine Hände genauso kalt wie meine.

So klug er auch ist, diesmal fehlen Maven die Worte. Er starrt einfach vor sich hin und atmet in kleinen ängstlichen Stößen. Ich kenne diese Miene; die trage ich immer, wenn ich gezwungen bin, Abschied von jemandem zu nehmen.

»Wirklich schade, dass wir nicht länger geblieben sind«, murmele ich und schaue über den Fluss. »Wenn ich schon sterben muss, dann lieber nicht so weit weg von zu Hause.«

Eine Brise lässt meine Haare wie einen Vorhang vor mein Gesicht fallen, doch Maven streicht sie nach hinten und zieht mich mit überraschender Entschlossenheit an sich.

Oh.

Sein Kuss ist vollkommen anders als der seines Bruders. Mavens Kuss ist ungestümer, und er wirkt ebenso überrascht darüber wie ich. Er weiß, dass mein Untergang so sicher ist wie bei einem Stein, der in den Fluss fällt. *Und er will mit mir ertrinken.*

»Ich kriege das schon hingebogen«, flüstert er ganz nah an meinen Lippen. Noch nie waren seine Augen so hell und so durchdringend. »Ich lasse nicht zu, dass sie dir wehtun. Du hast mein Wort.«

Ich würde ihm zu gerne glauben. »Du kannst nicht alles geradebiegen.«

»Du hast Recht, das kann ich nicht«, erwidert er mit einem bitteren Unterton. »Aber ich kann jemanden überzeugen, der mehr Macht besitzt als ich.«

»Wen denn?«

Als die Temperatur um uns herum deutlich ansteigt, löst Maven sich von mir und beißt finster die Zähne zusammen. Seine Augen funkeln so böse, dass ich fast schon vor mir sehe, wie er sich auf denjenigen stürzt, der uns stört. Ich drehe mich nicht um, hauptsächlich, weil ich meine Glieder nicht spüren kann. Mein Körper fühlt sich taub an, obwohl die Erinnerung an den Kuss meine Lippen kribbeln lässt. Ich weiß nicht, was das zu bedeuten hat. Ich verstehe nicht ansatzweise, was da gerade mit mir passiert.

»Die Königin möchte euch auf dem Aussichtsdeck sehen.« Cals Stimme klingt rau und kratzig, fast wütend. Aber seine bronzefarbenen Augen wirken traurig, hoffnungslos. »Wir fahren jetzt an Stilts vorbei, Mare.«

Ja, das Ufer kommt mir schon vertraut vor. Ich kenne diesen verkrüppelten Baum, diese Böschung, und das Geräusch von Sägen und umstürzenden Bäumen ist unverkennbar. *Mein Zuhause.* Es kostet mich große Überwindung, mich von der Reling loszureißen und zu Cal umzudrehen, der ein stummes Zwiegespräch mit seinem Bruder zu führen scheint.

»Danke, Cal«, murmele ich, während ich immer noch versuche,

Mavens Kuss zu verarbeiten – und meine bevorstehende Entlarvung natürlich.

Cal geht mit hängenden Schultern davon; seine sonst so aufrechte Haltung ist verschwunden. Ich muss an die Tanzstunden und *unseren* Kuss zurückdenken, und bei jedem seiner Schritte vergrößert sich mein schlechtes Gewissen. *Ich tue allen weh, besonders mir selbst.*

Maven starrt seinem fliehenden Bruder nach. »Er ist ein schlechter Verlierer«, sagt er. Dann kommt er mir so nah, dass ich die winzigen silbernen Punkte in seinen Augen sehen kann, und fügt leise hinzu: »Aber ich auch. Ich werde alles daransetzen, dich nicht zu verlieren, Mare. *Alles.*«

»Du wirst mich nie verlieren.«

Noch eine Lüge, und wir wissen es beide.

Das Aussichtsdeck mit den riesigen Glaswänden dominiert den ganzen vorderen Teil des Schiffes. Am Ufer kommen braune Gebäude in Sicht, und zwischen den Bäumen erspähe ich den Hügel mit der Arena. Wir sind zu weit entfernt, um irgendjemanden richtig sehen zu können, aber unser Haus erkenne ich natürlich sofort. Auf der Veranda flattert immer noch die alte Fahne mit den drei eingestickten roten Sternen. Einer ist mit einem schwarzen Streifen versehen, zu Ehren von Shade. *Shade wurde hingerichtet. Nach so etwas muss der Stern eigentlich entfernt werden.* Aber das haben sie nicht getan. Sie haben ihn auf der Fahne belassen, als ihr eigenes kleines Zeichen der Rebellion.

Ich würde Maven gern unser Haus zeigen und ihm von dem Dorf erzählen. Ich habe sein Leben kennengelernt, und jetzt möchte ich ihm meins zeigen. Aber es herrscht Stille auf dem Aussichtsdeck, während wir alle auf das Dorf starren, das näher und näher kommt. *Ihr seid den Dorfbewohnern vollkommen egal!*, möchte ich schreien. *Nur Dummköpfe bleiben stehen und schauen zu, wie ihr vorbeifahrt! Nur die Dummköpfe verschwenden ihre Zeit mit euch!*

Doch während wir unsere Fahrt fortsetzen, gewinne ich den Eindruck, dass das ganze Dorf aus Dummköpfen besteht. Alle zweitausend Bewohner scheinen sich am Ufer versammelt zu haben. Manche stehen sogar knöcheltief im Wasser. Aus der Ferne sehen sie alle gleich aus. Sie alle haben ausgeblichene Haare und abgetragene Kleider, fleckige Haut und müde, hungrige Gesichter – wie ich früher.

Und sie sind *wütend*. Selbst vom Schiff aus spüre ich ihre Wut. Sie jubeln nicht und rufen keine Namen. Niemand winkt. Und niemand lächelt.

»Was bedeutet das?«, frage ich leise, ohne wirklich mit einer Reaktion zu rechnen.

Aber die Königin antwortet, und das mit großer Genugtuung: »Es ist eine solche Verschwendung, den Fluss hinunterzufahren ohne entsprechendes Publikum. Wie es aussieht, haben wir eine Lösung für das Problem gefunden.«

Damit ist wohl klar, dass auch diese Sache zur Pflicht erhoben wurde, so wie der Besuch der Kämpfe oder das Anschauen ihrer Sendungen. Bestimmt haben Wachen kranke Alte und erschöpfte Arbeiter aus ihren Betten gezerrt und sie gezwungen, uns zuzusehen.

Vom Ufer her hört man das Knallen einer Peitsche und gleich darauf die Schreie einer Frau. »Bleibt in der Reihe stehen!«, schallt es herüber. Alle starren gehorsam zu uns, ohne auch nur einmal die Köpfe zu drehen, so reglos, dass ich gar nicht erkennen kann, wo sich der Zwischenfall ereignet hat. *Was ist passiert, dass sie sich nicht zur Wehr setzen? Was hat man mit ihnen gemacht?*

Mir treten Tränen in die Augen, als ich das sehe. Man hört noch mehr Peitschen knallen und das Weinen von Babys, aber niemand am Ufer begehrt auf. Plötzlich stehe ich ganz dicht an der Glasscheibe und würde sie am liebsten einfach durchbrechen.

»Wollen Sie irgendwohin, Mareena?«, fragt Elara scheinheilig von ihrem Platz neben dem König aus. Sie nippt seelenruhig an ihrem Drink und beobachtet mich über den Rand des Glases hinweg.

»Warum tut Ihr das?«

Evangelina schaut mich höhnisch an und verschränkt die Arme über ihrem prächtigen Kleid. »Warum interessieren dich diese Leute?« Doch ihre Worte stoßen auf taube Ohren.

»Sie wissen, was im Sonnenschloss passiert ist, womöglich heißen sie diese Taten sogar gut. Darum müssen sie mit eigenen Augen sehen, dass wir keineswegs besiegt sind«, murmelt Cal mit Blick auf das Ufer. Er kann mich nicht einmal anschauen, dieser Feigling. »Wir bluten nicht mal.«

Als ich die nächste Peitsche knallen höre, zucke ich zusammen, spüre sie geradezu auf meiner eigenen Haut. »Und habt Ihr auch befohlen, dass sie geschlagen werden?«

Er beißt die Zähne zusammen und lässt sich nicht provozieren. Aber als kurz darauf wieder ein Dorfbewohner aufschreit und gegen die Behandlung durch die Sicherheitsleute protestiert, schließt er die Augen.

»Gehen Sie vom Fenster weg, Lady Titanos!« Die Stimme des

Königs ist wie ein Donnergrollen in der Ferne, und seine Worte sind ein Befehl, wie er im Buche steht. Ich spüre förmlich sein selbstgefälliges Lächeln, als ich mich nach hinten zu Maven begebe. »Das ist ein Dorf der Roten, das wissen Sie besser als wir alle. Hier gewähren sie diesen Terroristen Unterschlupf, geben ihnen zu essen, schützen sie, schließen sich ihnen an. Sie sind wie Kinder, die etwas angestellt haben. Und sie müssen lernen, es in Zukunft seinzulassen.«

Ich öffne den Mund, um zu protestieren, aber die Königin bleckt die Zähne. »Vielleicht kennen Sie ja ein paar, an denen wir ein Exempel statuieren können?«, fragt sie ruhig und zeigt aufs Ufer.

Mir bleiben die Worte im Hals stecken nach dieser Drohung. »Nein, Hoheit.«

»Dann bleiben Sie da stehen und seien Sie still«, befiehlt sie grinsend. »Sie werden noch Gelegenheit bekommen, sich zu äußern.«

Dafür brauchen sie mich. Für Momente wie diese, in denen das Pendel zu ihren Ungunsten ausschlägt. Und ich kann nicht einmal etwas dagegen sagen. Ich kann nur das tun, was sie mir befiehlt, und zusehen, wie mein Zuhause langsam in weite Ferne rückt. Für immer.

Je näher wir der Hauptstadt kommen, desto größer werden die Dörfer. Und bald verschwinden die Gemeinden, die von Land- und Forstwirtschaft leben, und machen richtigen Städten Platz. Sie gruppieren sich um gewaltige Fabriken mit Backsteinhäusern und Schlafgelegenheiten für die roten Arbeiter. Wie in den anderen Dörfern stehen die Bewohner auch hier auf den Straßen und schauen zu uns herüber. Sicherheitsleute brüllen Befehle, Peitschen knallen, und ich, die ich mich unmöglich daran gewöhnen kann, zucke jedes Mal zusammen.

Dann lassen wir die Städte hinter uns, und riesige Anwesen mit prachtvollen Villen ziehen vorüber. Es sind Paläste wie das Sonnenschloss, aus Stein und Glas und kostbarem Marmor, und einer wirkt großartiger als der andere. Von Grünfingern arrangierte Gärten und wunderschöne Brunnen zieren die Grundstücke, die sich bis zum Flussufer hinunter erstrecken. Die Häuser selbst sehen aus wie Werke der Götter, und jedes ist auf eine andere Art schön. Doch die Fenster sind abgedunkelt und die Türen verschlossen. Und während es in den Dörfern und Städten von Menschen nur so wimmelte, wirkt diese Gegend leblos. Nur die hoch über allen Dächern wehenden Fahnen zeigen mir, dass hier überhaupt Menschen wohnen. Blau für das Haus Osanos, Silber für Samos, Braun für Rhambos und so weiter. Inzwischen kenne ich die Farben auswendig und kann jedem dieser stummen Häuser das Gesicht ihrer Eigentümer zuordnen. *Einige davon habe ich sogar getötet.*

»Das ist River Row«, erklärt Maven. »Hier haben die adligen Familien ihre Landsitze, falls sie der Stadt mal entfliehen wollen.«

Mein Blick verharrt auf dem Anwesen des Hauses Iral, einem Wunder aus schwarzem Marmor mit Säulenportal. Steinerne Panther bewachen den Eingang und starren den Himmel an. Selbst die Statuen lassen mich frösteln, da sie mich an Ara Iral und ihre bohrenden Fragen erinnern.

»Aber hier ist ja gar keiner.«

»Die Häuser stehen den größten Teil des Jahres leer, und im Augenblick würde es niemand wagen, die Stadt zu verlassen; sie haben alle Angst vor der Scharlachroten Garde.« Er lacht bitter. »Lieber verstecken sie sich hinter ihren Diamantwänden und lassen meinen Bruder an ihrer Stelle gegen die Garde antreten.«

»Wenn doch bloß überhaupt niemand in den Kampf ziehen müsste.«

Er schüttelt den Kopf. »Solche Träume bringen nichts.«

Wir sehen stumm zu, wie River Row verschwindet und sich stattdessen ein Wald über dem Ufer erhebt. Die Bäume sehen seltsam aus; sie sind sehr groß und haben schwarze Rinden und dunkelrote Blätter. Und es herrscht Totenstille, was in einem Wald nicht so sein sollte. Kein Vogelgesang durchbricht die Ruhe, und über unseren Köpfen verdunkelt sich der Himmel. Aber es ist nicht etwa die Dämmerung, vielmehr ziehen schwarze Wolken auf und schweben wie eine dicke Decke über den Baumkronen.

»Und was ist das?« Sogar meine Stimme klingt erstickt, und plötzlich bin ich froh über die Glaswände des Aussichtsdecks. Die anderen sind zu meinem Erstaunen gegangen, so dass wir allein zusehen, wie es draußen immer düsterer wird.

Maven betrachtet den Wald mit leichtem Ekel. »Das sind Barrierenbäume. Sie verhindern, dass die Verschmutzung weiter flussaufwärts dringt. Die Grünfinger aus dem Haus Wells haben sie vor Jahren hier hochgezogen.«

Kleine braune Wellen schlagen schäumend gegen den stählernen Schiffsrumpf und hinterlassen einen dunklen Film darauf. Die Welt bekommt eine eigenartige Tönung, so als würde man durch eine schmutzige Scheibe schauen. Die tief hängenden Wolken sind gar keine Wolken, sondern Rauch, der aus tausend Schornsteinen geblasen wird und den Himmel verdunkelt. Verschwunden sind die Bäume und das Gras – jetzt gibt es nur noch Asche und Verwesung.

»Gray Town«, murmelt Maven.

Riesige graue Fabriken erstecken sich, so weit das Auge reicht, und sie vibrieren nur so von Elektrizität. Diese geballte Ladung Strom trifft mich wie eine Faust und haut mich beinahe um. Mein Herz versucht mit dem unheimlichen Puls mitzuhalten, und ich muss mich setzen. In meinen Ohren rauscht das Blut.

Ich hielt meine Welt für verkehrt, unsere Lebensverhältnisse für ungerecht. Aber einen Ort wie Gray Town hätte ich mir in meinen düstersten Fantasien nicht ausmalen können.

Kraftwerke leuchten in der Finsternis, pulsieren grellblau und kränklich grün unter einem spinnennetzartigen Gewirr von Leitungen. Schwer beladene Gefährte bewegen sich über die aufgeschütteten Straßenpisten und bringen Frachtgut von einer Fabrik in die andere. Sie produzieren einen Höllenlärm in diesem endlosen, chaotischen Verkehrsstrom, der wie stockendes schwarzes Blut durch graue Adern fließt. Und das Schlimmste von allem sind die winzigen Häuser, die sich rund um jede Fabrik gruppieren, dicht gedrängt und mit engen Straßen dazwischen. *Slums.*

Angesichts des ganzen Qualms in der Luft bezweifle ich, dass die Arbeiter jemals Tageslicht zu sehen bekommen. Sie bewegen sich gerade zwischen den Fabriken und ihren Häusern hin und her; ein Schichtwechsel scheint die Gassen zu füllen. Es gibt keine Wachleute, kein Peitschenknallen und keine leeren Blicke. Diese Menschen werden nicht gezwungen, uns zu beachten. *Hier braucht der König seine Macht nicht zu demonstrieren*, begreife ich. *Diese Menschen sind von Geburt an gebrochen.*

»Das sind die Bastler«, flüstere ich mit heiserer Stimme, als mir der Name wieder einfällt, den die Silbernen so unbekümmert im Mund führen. »Sie produzieren die Leuchten, die Kameras, die Bildschirme …«

»Und die Waffen, die Munition, die Bomben, die Schiffe, die Gefährte«, fügt Maven hinzu. »Sie sorgen dafür, dass der Strom fließt. Dass unser Wasser sauber ist. Sie machen einfach alles für uns.«

Und bekommen als Gegenleistung nichts als Rauch und Qualm.

»Und warum hauen sie nicht ab?«

Er zuckt nur die Achseln. »Das ist das Einzige, was sie kennen. Die meisten Bastler verlassen nie den Straßenzug, in dem sie geboren wurden. Sie können sich nicht mal einberufen lassen.«

Können sich nicht mal einberufen lassen. Ihr Leben ist so schrecklich, dass der Krieg die bessere Alternative ist, aber nicht mal die wird ihnen geboten.

Wie alles andere ziehen auch diese Fabriklandschaften an uns vorbei, doch die Bilder bleiben mir im Kopf. *Das darf ich niemals vergessen*, nehme ich mir vor. *Ich darf diese Menschen nicht vergessen.*

Hinter einem weiteren Barrierenwald erwarten uns Sterne und darunter: Archeon. Zuerst sehe ich die Hauptstadt gar nicht, da ich all die Lichter ebenfalls für leuchtende Sterne halte. Aber als wir näher herangleiten, steht mir vor Staunen der Mund offen.

Über den breiten Fluss führt eine dreistöckige Brücke, die zwei Stadtteile miteinander verbindet. Die Brücke ist unvorstellbar lang und voller Licht und Elektrizität und Leben. Selbst Geschäfte und Marktplätze gibt es dort oben, Hunderte Meter über dem Wasser. Ich kann mir die Silbernen genau vorstellen, wie sie über allem thronen, wie sie trinken und essen und von der Brücke aus auf die Welt herabschauen. Durch das unterste Stockwerk rasen Gefährte, deren Lichter den Nachthimmel wie rote und weiße Kometen durchschneiden.

Beide Enden der Brücke sind mit Toren versehen und die jeweiligen Stadtteile von Mauern umgeben. Am Ostufer bohren sich hohe metallene Türme wie Schwerter in den Himmel; alle sind mit riesigen glänzenden Raubvögeln gekrönt. Weitere Gefährte und noch mehr Menschen füllen die asphaltierten Straßen, die sich die hügeligen Flussufer emporwinden und die Häuser mit der Brücke und den äußeren Toren verbinden.

Die Mauern bestehen aus Diamantglas, wie die ums Sonnenschloss, aber diese hier sind mit hell erleuchteten metallenen Türmen und anderen Konstruktionen durchsetzt. Oben patrouillieren Wachen, doch ihre Uniformen sind weder feuerrot wie die der Königswächter noch schwarz wie die des Wachdienstes. Diese Wachen tragen mattsilberne und weiße Uniformen, die sich fast in das Stadtbild einfügen. *Das sind Soldaten, und zwar keine, die mit feinen Damen tanzen. Das hier ist eine Festung.*

Archeon wurde erbaut, um den Krieg zu überdauern, nicht den Frieden.

Am Westufer erkenne ich den königlichen Gerichtshof und das Schatzamt aus der Berichterstattung über die Anschläge wieder. Beide bestehen aus strahlend weißem Marmor und sind bereits vollständig wiederhergestellt, obwohl die Tat kaum mehr als einen Monat zurückliegt. *Was mir wie eine Ewigkeit vorkommt.* Sie flankieren den Whitefire-Palast, den sogar ich vom Sehen kenne. Mein alter Lehrer erzählte immer, der Palast sei aus dem weißen Gestein des Hügels, auf dem er steht, herausgemeißelt worden. Flammen aus Gold und Perlmutt leuchten über den ihn umgebenden Mauern auf.

Ich versuche, das alles in mich aufzunehmen, während mein Blick zwischen beiden Enden der Brücke hin und her fliegt, aber dieser Ort ist zu groß, als dass man ihn auf Anhieb erfassen könnte. Über unseren Köpfen schweben Flugzeuge durch den Nachthimmel, und noch weiter oben jagen Jets mit der Geschwindigkeit von Sternschnuppen umher. Ich habe das Sonnenschloss für ein Wunder gehalten. Offenbar hatte ich nie eine Vorstellung davon, was dieses Wort bedeutet.

Aber ich kann hier nichts schön finden, nicht wenn die rauchverhangenen, dunklen Fabriken nur wenige Kilometer entfernt sind. Der Kontrast zwischen der silbernen Stadt und den roten Slums geht mir nahe. Dies ist die Welt, die ich zu Fall bringen will, die Welt, die mich und alles, was mir wichtig ist, zu töten versucht. Jetzt erst sehe ich wirklich, was ich bekämpfe und wie schwierig, ja fast unmöglich es sein wird, den Sieg davonzutragen. Noch nie habe ich mich so klein gefühlt wie in diesem Moment, da diese gigantische Brücke bedrohlich über uns aufragt. Sie sieht aus, als könnte sie mich jeden Augenblick in einem Stück verschlucken.

Doch ich muss es versuchen. Und sei es nur für Gray Town, für die, die noch nie die Sonne gesehen haben.

23

Als wir schließlich am Westufer anlegen und an Land gehen, ist die Nacht hereingebrochen. Zu Hause bedeutete das, dass wir den Strom abstellten und schlafen gingen, aber nicht so in Archeon. Im Gegenteil: Die Stadt scheint noch heller zu erstrahlen, während der Rest der Welt in Dunkelheit versinkt. Feuerwerk erleuchtet den Himmel und lässt Licht auf die Brücke herabregnen, und auf Whitefire wird eine rot-schwarze Fahne gehisst. *Der König ist zurück auf seinem Thron.*

Glücklicherweise müssen wir keine weiteren Spektakel mehr durchleiden, sondern werden gleich am Anleger von gepanzerten Gefährten in Empfang genommen. Zu meiner großen Freude fahren Maven und ich allein, lediglich zwei Königswächter begleiten uns. Er zeigt mir unterwegs die Wahrzeichen und erklärt mir buchstäblich jede Statue und jede Straßenecke. Sogar von seiner Lieblingsbäckerei erzählt er mir, obwohl die auf der anderen Flussseite liegt.

»Die Brücke und Ost-Archeon sind für Zivilisten, gewöhnliche Silberne, von denen viele allerdings reicher sind als einige Adlige.«

»*Gewöhnliche* Silberne?« Ich muss fast lachen, als ich das höre. »So was gibt es?«

»Natürlich«, sagt Maven achselzuckend. »Das sind Händler, Geschäftsleute, Soldaten, Sicherheitsleute, Ladenbesitzer, Politiker, Künstler und Intellektuelle. Manche heiraten in Hohe Häuser ein, andere steigen auf, aber sie sind nicht von adligem Blut, und ihre Fähigkeiten sind nicht so, nun ja, *ausgeprägt.*«

Nicht jeder ist etwas Besonderes. Lucas hat mir das mal erzählt. Ich wusste nicht, dass er damit auch Silberne meinte.

»Und West-Archeon ist dem Hof vorbehalten«, fährt Maven fort. Wir passieren eine Straße mit hübschen Steinhäusern und zurechtgestutzten, blühenden Bäumen. »Alle Hohen Häuser haben hier einen Wohnsitz, damit sie in der Nähe des Königs und der Regierung sind. Man kann sogar sagen, dass das ganze Land von dieser Anhöhe aus kontrolliert werden kann, sollte das notwendig werden.«

Das erklärt diesen Ort. Das Westufer steigt stark an und der Palast und die Regierungsgebäude befinden sich auf dem höchsten Punkt des Berges, der die Brücke überragt. Eine weitere Mauer verläuft rund um den Gipfel und schützt das Herzstück des Lands. Ich muss mich zusammenreißen, um nicht mit offenem Mund zu starren, als wir durch das Tor fahren und ein gekachelter Platz in Sicht kommt, der so groß ist wie eine Arena. Maven bezeichnet ihn als den Cäsarplatz; er ist nach dem ersten König seiner Dynastie benannt. Julian hat König Cäsar erwähnt, allerdings nur flüchtig. Wir sind in unserem Unterricht nicht viel weiter gekommen als bis zur Großen Teilung, ab der Rot und Silber zu so viel mehr als nur Farben wurden.

Der Whitefire-Palast nimmt die Südseite des Platzes ein, und der Rest ist zwischen Gerichtshof, Schatzamt und Verwaltungsgebäuden aufgeteilt. Es gibt sogar eine Militärkaserne, nach den Truppen zu urteilen, die in einem ummauerten Hof exerzieren. Das muss Cals Schatten-Legion sein, die uns vorausgereist ist. *Eine Beruhi-*

gung für die Adligen, hat Maven sie genannt. Soldaten innerhalb der Mauern, die uns beschützen werden, falls es zu weiteren Anschlägen kommt.

Trotz der späten Stunde herrscht reges Treiben auf dem Platz; die Menschen streben einem streng wirkenden Gebäude neben der Kaserne zu. Von seinen Säulen hängen rot-schwarze Flaggen, auf denen ein Schwert prangt, das Symbol der Armee. Davor steht eine kleine Bühne mit Rednerpult, die von hellen Scheinwerfern und einer wachsenden Menge umringt ist.

Plötzlich landet der Blick von Kameras auf unserem Gefährt und folgt uns, während die Kolonne sich an der Bühne vorbeischiebt. Die Kameraaugen sind noch aufdringlicher, als ich es aus dem Schloss gewohnt bin. Glücklicherweise bleiben wir in Bewegung und rollen durch ein Tor in einen kleinen Hof. Doch dort halten wir an.

»Was hat das zu bedeuten?«, frage ich flüsternd und ergreife Mavens Arm. Bis jetzt konnte ich meine Angst in Schach halten, aber zwischen all diesen Lichtern, den Kameras und der Menschenmenge beginnt meine Fassade zu bröckeln.

Maven seufzt schwer; er wirkt genervt. »Vater hält offensichtlich eine Ansprache. Ein bisschen Kampfgebrüll, um die Massen glücklich zu machen. Die Leute lieben nichts mehr als einen Anführer, der den Sieg verspricht.«

Damit steigt er aus und zieht mich mit sich. Trotz meines Makeups und meiner Kleider fühle ich mich plötzlich sehr nackt. *Das hier geht auf Sendung. Tausende, Millionen werden diese Bilder sehen.*

»Keine Sorge, wir müssen nur dastehen und ernst dreinschauen«, sagt er mir ins Ohr.

»Ich glaube, diesen Part hat schon Cal übernommen.« Ich weise mit dem Kinn auf den Prinzen, der mit düsterer Miene neben Evangelina steht.

Maven lacht leise in sich hinein. »Er hält Reden für Zeitverschwendung. Cal liebt Taten mehr als Worte.«

Dann bin ich also nicht die Einzige, denke ich, obwohl ich nicht zugeben möchte, dass ich mit Mavens älterem Bruder irgendetwas gemeinsam habe. Vielleicht habe ich das mal anders gesehen, aber jetzt nicht mehr. Nie wieder.

Ein geschäftiger Sekretär winkt uns zu sich. Seine Kleider sind blau und grau, was den Farben des Hauses Macanthos entspricht. Vielleicht kannte er die Frau Oberst, vielleicht ist er ihr Bruder oder ihr Cousin. *Hör auf damit, Mare. Das hier ist wirklich der unpassendste Ort, um die Nerven zu verlieren.* Er würdigt uns keines Blickes mehr, sobald wir hinter Cal und Evangelina unsere Plätze einnehmen. Der König und die Königin stehen ganz vorn. Evangelina wirkt nicht so unnahbar und eiskalt wie sonst; ich sehe, dass ihre Hände zittern. *Sie hat Angst. Sie wollte im Rampenlicht stehen, sie wollte Cals Braut sein und trotzdem hat sie Angst davor. Wie kann das sein?*

Und dann setzen wir uns in Bewegung und betreten ein Gebäude mit unzähligen Königswächtern und Aufsehern. Im Inneren wirkt der Bau sehr funktional; es gibt Landkarten, Büros und Versammlungsräume an Stelle von Gemälden oder Salons. Menschen in grauen Uniformen laufen geschäftig durch die Flure, bleiben jedoch stehen, um uns vorbeizulassen. Die meisten Türen sind geschlossen, aber durch ein paar wenige kann ich einen Blick werfen. Sicherheitsleute und Soldaten studieren Karten von der Front und beraten darüber, wo welche Legionen stationiert werden sollen. Ein anderer Raum, der voll zuckender Energie steckt, enthält geschätzte hundert Videobildschirme, vor denen Soldaten in Kampfanzug und mit Headsets sitzen und Anweisungen bellen, die sich an weit entfernte Menschen und Orte richten. Die Befehle variieren, aber die Bedeutung ist immer dieselbe.

»Haltet die Stellung.«

Cal bleibt vor dem Videoraum stehen und verrenkt sich fast den Hals, um etwas erkennen zu können, doch dann wird ihm unvermittelt die Tür vor der Nase zugeschlagen. Obwohl er offensichtlich wütend ist, verkneift er sich jeden Protest und tritt zurück an Evangelinas Seite. Sie murmelt ihm etwas zu, doch zu meiner Freude schüttelt er nur den Kopf und ignoriert sie dann.

Gleich darauf vergeht mir allerdings das Lachen, denn wir treten ins blendende Scheinwerferlicht vor dem Gebäude. Auf der Bronzetafel neben dem Eingang steht *Kommandozentrale*. Das hier ist das militärische Hauptquartier – von diesem Gebäude aus wird jeder Soldat, jede Armee, jede Waffe kontrolliert. Die geballte Macht verursacht mir Übelkeit, aber ich darf nicht die Nerven verlieren, nicht in aller Öffentlichkeit. Blitzlichter flammen auf und blenden mich. Als ich zurückzucke, höre ich eine Stimme in meinem Kopf.

Der Sekretär drückt mir ein Blatt in die Hand. Ich werfe nur einen Blick darauf und schreie fast los. Jetzt weiß ich, zu welchem Zweck ich gerettet wurde.

Verdiene dir deinen Platz bei uns, flüstert Elaras Stimme in meinem Kopf. Sie steht auf der anderen Seite von Maven und kann sich nur mit Mühe ein Grinsen verkneifen, als sie mich ansieht.

Maven folgt ihrem Blick und bemerkt den Zettel in meiner zitternden Hand. Daraufhin legt er langsam seine Finger um meine, als könnte er mir seine Stärke einflößen. Ich würde nichts lieber tun, als dieses Blatt zu zerreißen, aber er hält mich aufrecht.

»Du musst das machen«, ist alles, was er sagt, so leise, dass ich ihn fast nicht verstehen kann. »Du musst.«

»Mein Herz trauert um die, die ihr Leben verloren haben, aber ihr sollt wissen, dass ihr Blut nicht umsonst vergossen wurde. Es wird uns in unserer Entschlossenheit stärken und uns die Kraft geben, die Schwierigkeiten zu meistern, die vor uns liegen. Wir sind eine Nation, die sich im Krieg befindet, seit fast hundert Jahren, und wir sind es gewohnt, auf dem Weg zum Sieg Hindernisse auszuräumen. Wir werden diese Leute finden und sie bestrafen. Die Krankheit, die sie Rebellion nennen, wird in meinem Land niemals Fuß fassen.«

Der Videobildschirm in meinem neuen Zimmer ist ungefähr genauso nützlich wie ein Boot mit einem Leck; er zeigt die Ansprache des Königs von gestern Abend in Endlosschleife, bis einem schlecht wird. Ich kenne den Text inzwischen auswendig, aber ich kann nicht aufhören hinzusehen. Weil ich weiß, wer als Nächstes kommt.

Mein Gesicht sieht fremd aus auf dem Bildschirm, zu blass, zu kühl. Ich kann immer noch nicht fassen, dass ich keine Miene verzogen habe, während ich diesen Text verlas. Als ich an das Rednerpult trete, wo zuvor der König gesprochen hat, zittere ich nicht einmal.

»Ich wurde von Roten aufgezogen und habe geglaubt, eine von ihnen zu sein. So konnte ich aus erster Hand die Gnade Seiner Hoheit, des Königs, erfahren, ebenso wie die Gerechtigkeit unserer Silber-Herren und das große Privileg, das sie uns zuteilwerden lassen: das Recht, zu arbeiten, unserem Land zu dienen, zu leben und gut zu leben.« An dieser Stelle legt Maven eine Hand auf meinen Arm und nickt zu meinen Worten. »Inzwischen weiß ich, dass ich silberner Herkunft bin, ein Abkömmling des Hauses Titanos, und dass ich eines Tages eine Prinzessin von Norta sein werde. Mir wurden die Augen geöffnet. Eine Welt, die ich mir nie hätte träumen lassen, existiert, und sie ist unbesiegbar. Sie ist voller Gnade. Und diese Terroristen, Mörder der übelsten Sorte, versuchen, das Fundament unserer Nation zu zerstören. Das dürfen wir nicht zulassen.«

Hier, in der Sicherheit meines Zimmers, stoße ich einen tiefen Seufzer aus. Das Schlimmste kommt erst noch.

»In seiner großen Weisheit hat König Tiberias Maßnahmen formuliert, die diese kranke Rebellion ausrotten und die guten Bürger unserer Nation schützen werden. Sie lauten wie folgt: Von heute an gilt ab Sonnenuntergang eine Ausgangssperre für alle Roten. Der Wachdienst in jedem roten Dorf und in jeder roten Stadt wird erheblich verstärkt. An den Straßen werden neue Sicherheitsposten errichtet und mit dem entsprechenden Personal ausgestattet. Sämtliche Verbrechen, die von Roten begangen werden, inklusive Verstößen gegen die Ausgangssperre, werden mit dem Tode bestraft. Und –«, hier versagt mir zum ersten Mal die Stimme, »das Einberufungsalter wird auf fünfzehn Jahre *gesenkt*. Wer Informationen liefert, die zur Ergreifung von Mitgliedern der Scharlachroten Garde führen oder helfen, weitere Aktionen von ihr zu verhindern, wird vom Wehrdienst befreit; dies gilt für bis zu fünf weitere Mitglieder der Familie.«

Das ist ein brillanter und zugleich grausamer Schachzug. Für diese Wehrdienstbefreiungen werden die Roten sich gegenseitig in Stücke reißen.

»Diese Maßnahmen werden um jeden Preis aufrechterhalten, bis die unter dem Namen Scharlachrote Garde bekannte Krankheit ausgemerzt ist.« Ich starre auf den Bildschirm und beobachte, wie ich mich dort zusammenreißen muss, um nicht an meiner Rede zu ersticken. Meine Augen sind weit aufgerissen in der Hoffnung, dass meine Leute verstehen, was ich ihnen zu vermitteln versuche: *Worte können lügen.* »Lang lebe der König!«

In mir steigt eine solche Wut auf, dass es zu einem Kurzschluss kommt; mein Gesicht verschwindet und der Bildschirm wird schwarz. Aber ich sehe die neuen Befehle vor meinem geistigen Auge. Mehr Sicherheitskontrollen, mehr Gehenkte an den Galgen und mehr Mütter, die um ihre geraubten Kinder weinen. *Wir haben ein Dutzend Silberne getötet, und sie töten im Gegenzug Tausende von Roten.* All diese Maßnahmen werden sicherlich einige Rote in die Arme der Garde treiben, aber viele weitere werden sich auf die Seite der Macht stellen. Um ihres Lebens und das ihrer *Kinder* willen werden sie das bisschen Freiheit aufgeben, das ihnen noch geblieben war.

Ich habe geglaubt, ihre Marionette zu sein, wäre, verglichen mit allem anderen, leicht. Was für eine Fehleinschätzung. Aber ich darf nicht zulassen, dass sie mich brechen, nicht jetzt. Nicht einmal wenn mein eigenes Ende sich schon abzeichnet. Ich muss alles tun, was ich kann, bis meine Blutprobe abgeglichen und das Spiel für mich aus ist. Bis sie mich wegzerren und töten.

Wenigstens geht mein Fenster auf den Fluss hinaus und nach Süden, Richtung Meer. Wenn ich aufs Wasser schaue, kann ich meine unsichere Zukunft vergessen. Mein Blick wandert von der reißenden Strömung zu dem dunklen Fleck am Horizont. Während der gesamte übrige Himmel klar ist, hängen im Süden dunkle Wolken auf immer über der verbotenen Zone an der Küste. *Die Ruinenstadt.* Feuer und tödliche Strahlung haben sie einst zerstört und nie mehr freigegeben. Jetzt ist sie nichts weiter als ein schwarzer Geist, der zum Greifen nah erscheint, aber unerreichbar ist. Ein Relikt aus der alten Welt.

Insgeheim wünsche ich mir, Lucas würde an meine Tür klopfen und mich antreiben, einen neuen Tagesplan einzuhalten, aber er ist noch nicht zurückgekehrt. Ich nehme an, es geht ihm besser ohne mich, die ich nur sein Leben aufs Spiel setze.

Julians Geschenk lehnt an der Wand, eine bleibende Erinnerung an einen weiteren Freund, den ich verloren habe. Es ist ein sorgfältig eingerahmter Teil von der riesigen Landkarte. Als ich es hochhebe, fällt etwas zu Boden, das hinten im Rahmen gesteckt hat.

Ich wusste es.

Mein Herz rast wie wild, und ich sinke in der Hoffnung auf eine geheime Botschaft von Julian auf die Knie. Aber es ist nur ein Buch und sonst nichts.

Trotz meiner Enttäuschung muss ich unwillkürlich lächeln. Irgendwie sinnig, dass Julian mir zum Trost dafür, dass er mir nichts mehr erzählen kann, eine Geschichte, eine Sammlung von Wörtern hinterlässt.

Ich schlage das Buch auf und erwarte, neue Geschichten aus der Vergangenheit darin zu finden, aber stattdessen erblicke ich handgeschriebene Wörter auf der Titelseite: *Rote und Silberne.* Das ist eindeutig Julians Schrift.

Die Kameras in meinem Rücken erinnern mich daran, dass ich nicht allein bin. Und Julian wusste das. *Hervorragende Idee, Julian.*

Das Buch sieht völlig normal aus, eine langweilige Abhandlung über Relikte, die in Delphie gefunden wurden, aber zwischen diesen Worten versteckt sich, in derselben Schrift, ein wichtiges Geheimnis. Ich brauche eine Weile, bis ich alle zusätzlichen Zeilen aufgestöbert habe, und bin insgeheim dankbar, dass ich so früh aufgewacht bin. Schließlich habe ich sie alle entdeckt und scheine darüber vergessen zu haben, wie man atmet.

Dane Davidson, roter Soldat, Sturm-Legion, getötet bei Routine-Patrouille, Leiche nie geborgen. 1. August 296 NZ. Jane Barbaro, rote Soldatin, Sturm-Legion, getötet durch Beschuss durch die eigenen Truppen, Leiche eingeäschert. 19. November 297 NZ. Pace Gardner, roter Soldat, Sturm-Legion, hingerichtet wegen Ungehorsams, Leiche unauffindbar. 4. Juni 300 NZ. Es stehen noch viele weitere Namen hier, lauter Todesfälle in den letzten zwanzig Jahren, und alle Leichen wurden entweder eingeäschert oder sind verschollen oder »unauffindbar«. Wie die Leiche von jemandem, der hingerichtet wurde, unauffindbar sein kann, ist mir schleierhaft. Der Name, der am Ende der Liste steht, treibt mir die Tränen in die Augen. *Shade Barrow, roter Soldat, Sturm-Legion, hingerichtet wegen Desertion, Leiche eingeäschert. 27. Juli 320 NZ.*

Auf den Namen meines Bruders folgen Julians eigene Worte, und als ich sie lese, habe ich das Gefühl, dass er wieder neben mir steht und mir langsam und geduldig etwas beibringt.

Laut Militärgesetz sind alle roten Soldaten auf den Friedhöfen am Todesstreifen zu bestatten. Hingerichtete Soldaten haben kein Anrecht auf eine Bestattung und liegen in Massengräbern. Einäscherung ist unüblich, und unauffindbare Leichen gibt es nicht. Dennoch habe ich 27 Namen, 27 Soldaten, mit solchen Eintragungen gefunden, dein Bruder eingeschlossen.

Alle sind auf Patrouillen ums Leben gekommen, von Lakelandern oder ihren eigenen Einheiten getötet, oder auf Grund haltloser Beschuldigungen hingerichtet worden. Alle wurden Wochen vor ihrem Tod in die Sturm-Legion verlegt. Und ihre Leichen wurden entweder vernichtet oder sind auf irgendeinem Weg verloren gegangen. Warum? Die Sturm-Legion ist kein Todeskommando – Hunderte von Roten dienen unter General Eagrie, ohne unter merkwürdigen Umständen ums Leben zu kommen. Warum also diese 27?

Dieses eine Mal war ich froh über die Existenz der Blutzentrale. Auch wenn sie schon lange tot sind, gibt es die Blutproben dieser Leute noch. Und jetzt muss ich mich bei dir entschuldigen, Mare, weil ich nicht ganz ehrlich zu dir gewesen bin. Du hast darauf vertraut, dass ich dich unterrichte und dir helfe, und das habe ich auch, aber ich habe auch mir selbst geholfen. Ich bin ein neugieriger Mensch und du bist das Kurioseste, was ich je gesehen habe. Ich konnte nicht anders. Ich habe deine Blutprobe mit ihren verglichen und einen identischen Marker in euren Proben gefunden, der sie von allen anderen unterscheidet.

Es überrascht mich nicht, dass das noch niemandem aufgefallen ist, denn sie suchen ja nicht danach. Aber jetzt, da ich Bescheid wusste, war es leicht, diesen Marker zu finden. Dein Blut ist rot, aber es ist nicht einfach nur rot. Da ist etwas Neues in dir, etwas, das es vorher noch nicht gab. Und in 27 anderen Proben war es auch. Eine Mutation, eine Veränderung, die vielleicht der Schlüssel zu allem ist, was du bist.

Du bist nicht die Einzige, Mare. Du bist nicht allein. Du bist ganz einfach nur die Erste, die von den Augen Tausender Zeugen geschützt war, die Erste, die sie nicht umbringen und verstecken konnten. Du bist, wie die anderen auch, rot und silbern, und stärker als beide.

Ich glaube, du bist die Zukunft. Du bist die Morgendämmerung, der Beginn einer neuen Zeit.

Und wenn da vorher schon 27 waren, dann muss es noch andere geben. Es muss mehr geben.

Ich bin vollkommen erstarrt, benommen; ich fühle alles und nichts. Es gibt noch andere, die so sind wie ich.

Mit Hilfe der Mutationen in deinem Blut habe ich alle Proben in der Blutzentrale durchsucht – und ich habe die Veränderung auch in anderen gefunden. Die Namen habe ich hier aufgelistet, damit du sie weitergeben kannst.

Ich weiß, dass ich dir die Wichtigkeit dieser Liste und das, was sie für dich und den Rest der Welt bedeuten könnte, nicht erklären muss. Gib sie jemandem, dem du vertrauen kannst. Und finde die anderen, beschütze sie, trainiere sie, denn es ist nur eine Frage der Zeit, bis jemand mit weniger guten Absichten dasselbe entdeckt wie ich – und Jagd auf sie macht.

Damit endet seine Botschaft, und es folgt eine Liste, bei deren Anblick ich zu zittern beginne. Dort stehen Namen und Orte, viele Namen und viele Orte, und sie alle warten darauf, gefunden zu werden. Alle warten darauf zu kämpfen.

Ich habe das Gefühl, dass mein Verstand in Flammen steht. *Andere. Mehr.* Julians Worte verschwimmen vor meinen Augen und brennen sich in meine Seele.

Stärker als beide.

Das Büchlein steckt in meiner Jackentasche, direkt über dem Herzen. Aber als ich gerade zu Maven unterwegs bin, um ihm Julians Entdeckung zu zeigen, kommt Cal zu mir. Er drängt mich in die Ecke eines Raums, der so ähnlich aussieht wie der, in dem wir getanzt haben, auch wenn der Mond und die Musik weit hinter uns liegen. Es hat eine Zeit gegeben, in der ich alles wollte, was er mir geben konnte, aber jetzt dreht sich mir bei seinem Anblick der Magen um. Er liest es mir am Gesicht ab, sosehr ich es auch zu verbergen suche.

»Du bist wütend auf mich«, sagt er, und das ist keine Frage.

»Nein.«

»Lüg nicht«, knurrt er, und seine Augen stehen plötzlich in Flammen. *Ich lüge seit dem Tag, an dem wir uns kennengelernt haben.* »Vor drei Tagen hast du mich geküsst, und jetzt kannst du mich nicht mal mehr ansehen.«

»Ich bin die Verlobte deines Bruders«, sage ich und weiche ihm aus.

Er macht eine ungeduldige Geste. »Das hat dich vorher auch nicht abgehalten. Was hat sich verändert?«

Ich habe gesehen, wer du wirklich bist, möchte ich schreien. *Du bist nicht der sanfte Krieger, der perfekte Prinz oder gar der verwirrte Junge, der du zu sein vorgibst. Du bist genauso wie alle anderen Silbernen, auch wenn du es nicht wahrhaben willst.*

»Ist es wegen der Terroristen?«

Ich presse so fest die Zähne aufeinander, dass es wehtut. »Rebellen.«

»Sie haben Menschen ermordet, Kinder, *Unschuldige.*«

»Wir wissen beide, dass das nicht *ihre* Schuld war«, schleudere ich ihm entgegen, und es ist mir egal, wie grausam meine Worte sind. Cal zuckt zusammen, einen Moment lang ist er fassungslos. Es sieht beinahe so aus, als wäre ihm schlecht, als er sich an die Sonnen-Schießerei erinnert – und an die unbeabsichtigte Explosion danach. Aber das vergeht und stattdessen macht sich Wut breit.

»Aber trotzdem waren sie der Grund dafür«, knurrt er. »Was ich getan habe, was ich den Königswächtern befohlen habe, war für die Opfer, für die Gerechtigkeit.«

»Und was hat es dir gebracht, sie zu foltern? Weißt du jetzt ihre Namen, wie viele sie sind, weißt du wenigstens, was sie *wollen*? Hast du dir überhaupt die Mühe gemacht zuzuhören?«

Er seufzt und versucht, das Gespräch zu retten, indem er sagt: »Ich weiß, dass du deine Gründe hast, mit ihnen – mit ihnen zu *sympathisieren*, aber ihre Methoden sind völlig –«

»Dass sie diese Methoden anwenden, ist nicht ihre Schuld. Ihr lasst uns schuften, ihr lasst uns bluten und sterben für eure Kriege und Fabriken und all die kleinen Annehmlichkeiten, die euch nicht einmal bewusst sind. Und alles nur, weil wir *anders* sind. Wie kannst du erwarten, dass wir das hinnehmen?«

Cal wird nervös, ein Muskel in seiner Wange zuckt. Darauf hat er keine Antwort.

»Der einzige Grund, warum ich noch nicht tot in einem Schützengraben liege, ist der, dass du Mitleid mit mir hattest. Der einzige Grund, warum du mir jetzt zuhörst, ist, dass ich durch irgendein verrücktes Wunder zufällig auf eine *andere* Art anders bin.«

Langsam, ganz langsam steigen Funken meine Hand empor. Ich kann mir zwar nicht vorstellen, wieder das Leben zu führen, das ich hatte, bevor mein Körper von Strom vibrierte, aber ich kann mich ganz sicher noch an dieses Leben erinnern.

»Du kannst das alles ändern, Cal. Du wirst eines Tages König sein. Du kannst diesen Krieg beenden, du kannst Tausende, ja sogar *Millionen* davor bewahren, in angeblich glorreicher Sklaverei zu leben, einfach nur indem du *Schluss damit* sagst.«

Irgendetwas löscht das Feuer in Cal, das er so mühsam zu verbergen sucht. Er geht zum Fenster und verschränkt die Hände hinter dem Rücken. Mit dem Licht der aufgehenden Sonne im Gesicht und dem Schatten im Rücken sieht er aus, als wäre er hin- und hergerissen zwischen zwei Welten. Tief im Innern weiß ich, dass es so ist. Der kleine Teil von mir, der ihn noch immer gernhat, möchte zu ihm hingehen, aber so dumm bin ich nicht. Ich bin kein liebeskrankes kleines Mädchen.

»So habe ich auch mal gedacht«, murmelt er. »Aber das würde auf beiden Seiten zu Rebellion führen, und ich werde *nicht* der König sein, der dieses Land in den Ruin stürzt. Das ist mein Erbe, das Erbe meines Vaters, dem gegenüber ich eine Verpflichtung habe.« Von seinem Körper geht eine Hitze aus, die langsam das Fenster beschlagen lässt. »Findest du, dass das, wie sie wollen, eine Million Tote wert ist?«

Eine Million Tote. Plötzlich steht mir das Bild des toten Belicos Lerolan und seiner Kinder wieder vor Augen. Und dann gesellen sich andere Gesichter hinzu – Shade, Kilorns Vater, jeder rote Soldat, der für ihren Krieg gestorben ist.

»Die Scharlachrote Garde ist nicht mehr aufzuhalten«, sage ich leise, aber ich weiß, dass er kaum noch zuhört. »Und auch wenn sie Schuld auf sich geladen hat, für dich gilt das ebenfalls. Es klebt Blut an deinen Händen, Prinz.« *Und an Mavens. Und meinen.*

Ich lasse ihn dort stehen, in der Hoffnung, dass ich eine Veränderung in ihm bewirken konnte, auch wenn ich weiß, dass die Chancen bestenfalls gering sind. Er ist der Sohn seines Vaters.

»Julian ist verschwunden, oder?«, ruft er hinter mir her, und ich bleibe wie angewurzelt stehen.

Während ich mich langsam umdrehe, überlege ich fieberhaft, was ich dazu sagen könnte. Ich beschließe, mich dumm zu stellen. »Verschwunden?«

»Die Flucht hat im Gedächtnis vieler Königswächter Lücken hinterlassen. Ebenso wie in den Videobändern. Mein Onkel wendet seine Fähigkeiten nicht häufig an, aber ich erkenne die Zeichen.«

»Du glaubst, er hat ihnen geholfen?«

»Ja, das glaube ich«, sagt er gequält und schaut auf seine Hände. »Das ist auch der Grund, warum ich ihm genug Zeit gegeben habe zu verschwinden.«

»Du hast was?« Ich traue meinen Ohren nicht. Cal, der Soldat, der immer alle Befehle befolgt, verstößt für Julian gegen die Regeln.

»Er ist mein Onkel, und ich habe für ihn getan, was ich konnte. Für wie herzlos hältst du mich eigentlich?« Er lächelt mich traurig an, ohne eine Antwort abzuwarten. Das versetzt mir einen Stich. »Ich habe seine Verhaftung so lange hinausgezögert, wie ich konnte, aber jeder hinterlässt Spuren, und die Königin wird ihn finden«, sagt er seufzend und legt eine Hand an die Fensterscheibe. »Und dann wird man ihn hinrichten.«

»Und das würdest du zulassen? Dass dein eigener Onkel hingerichtet wird?« Ich gebe mir gar nicht erst die Mühe, meinen Ekel oder die darunterliegende Angst zu verbergen. *Wenn er Julian tötet, selbst nachdem er ihn hat entwischen lassen, was wird er dann erst mit mir machen, wenn er weiß, was ich getan habe?*

Cal strafft seine Schultern und verwandelt sich in den Soldaten zurück. Er will nichts mehr hören, was Julian oder die Garde betrifft.

»Maven hat einen interessanten Vorschlag gemacht.«

Das kommt unerwartet. »Aha?«

Er nickt. Der Gedanke an seinen Bruder scheint ihn auf eine seltsame Art zu verärgern. »Mavey war schon immer blitzgescheit. Das hat er von seiner Mutter.«

»Soll mir das Angst machen?« Ich weiß besser als jeder andere, dass Maven ganz und gar nicht wie seine Mutter oder irgendein anderer verdammter Silberner ist. »Was versuchst du mir zu sagen, Cal?«

»Du bist jetzt überall bekannt«, platzt er heraus. »Nach deiner Rede kennt jeder im Land deinen Namen und dein Gesicht. Und so werden sich noch mehr Leute fragen, wer und was du bist.«

Ich kann nur die Stirn runzeln und die Achseln zucken. »Vielleicht hättet ihr darüber nachdenken sollen, bevor ihr mich gezwungen habt, diese widerwärtige Rede zu halten.«

»Ich bin Soldat, kein Politiker. Du weißt, dass ich mit den Maßnahmen nichts zu schaffen hatte.«

»Aber du wirst sie durchsetzen. Und zwar ohne sie in Frage zu stellen.«

Das bestreitet er nicht. Bei all seinen Fehlern muss ich Cal zugutehalten, dass er mich nicht anlügt. Jedenfalls jetzt nicht. »Alle Dokumente, die Mare Barrow betreffen, sind vernichtet worden. Weder Sicherheitsleute noch Archivare noch sonst jemand wird jemals einen Beweis dafür finden, dass du als Rote geboren bist«, sagt er leise und mit gesenktem Blick. »Das war Mavens Idee.«

Trotz meiner Wut schnappe ich laut nach Luft. *Die Blutzentrale.*

Die Unterlagen. »Und was bedeutet das?«, frage ich und schaffe es kaum, das Beben in meiner Stimme zu unterdrücken.

»Deine Schulzeugnisse, deine Geburtsurkunde, deine Blutproben, sogar dein Ausweis, alles wurde vernichtet.« Mein Herz klopft jetzt so laut, dass ich ihn kaum verstehen kann.

Früher wäre ich ihm spontan um den Hals gefallen. Aber ich muss ruhig bleiben. Ich darf Cal nicht verraten, dass er mich erneut gerettet hat. *Nein, nicht er.* Das war Mavens Idee. Der Schatten, der die Flamme kontrolliert, hat mich gerettet.

»Das klingt sinnvoll«, sage ich laut und möglichst desinteressiert.

Aber länger kann ich nicht schauspielern. Nachdem ich mich schnell in Cals Richtung verneigt habe, eile ich aus dem Raum, damit er mein breites Grinsen nicht sieht.

24

Ich verbringe den größten Teil des nächsten Tages damit, den Palast zu erforschen, obwohl ich nicht ganz bei der Sache bin. Whitefire ist älter als das Sonnenschloss und seine Mauern bestehen nicht aus Diamantglas, sondern aus Stein und Holz. Ich bezweifle, dass ich jemals lerne, mich in diesem Kasten zurechtzufinden, denn er ist nicht nur Wohnsitz der Königsfamilie, sondern beherbergt auch zahlreiche Verwaltungsbüros und Sitzungssäle, Ballsäle, einen kompletten Trainingsplatz und anderes, was ich nicht einordnen kann. Das ist wohl auch der Grund, warum der Sekretär fast eine halbe Stunde braucht, um mich in einer Galerie zu finden, wo ich zwischen Statuen herumspaziere. Die Zeit für Erkundungsgänge ist damit vorbei. Die Pflicht ruft.

Und wenn ich dem geschwätzigen Sekretär des Königs glauben darf, dann gehören zu meinen Pflichten alle möglichen unerfreulichen Dinge, die über das bloße Verlesen der Maßnahmen hinausgehen. Als zukünftige Prinzessin muss ich sorgfältig arrangierte öffentliche Auftritte absolvieren und dabei Reden halten, Hände schütteln oder brav an Mavens Seite stehen. Letzteres macht mir nicht so viel aus, aber vorgeführt zu werden wie eine Ziege bei einer Auktion, ist nicht gerade aufregend.

Wenige Minuten später sitze ich neben Maven in einem Gefährt, das uns zu unserem ersten Auftritt bringt. Ich habe das dringende Bedürfnis, ihm von der Liste zu erzählen und ihm wegen dieser Sache mit der Blutzentrale zu danken, aber dazu sind zu viele Augen und Ohren um uns.

Der größte Teil des Tages rauscht nur so an uns vorbei; die Welt ist ein endloses Meer aus Farben und lauten Geräuschen, während wir durch verschiedene Teile der Hauptstadt ziehen. Der Brückenmarkt erinnert mich an den Großen Garten, obwohl er dreimal so groß ist. In der einen Stunde, in der wir dort Kinder und Ladenbesitzer treffen, beobachte ich zahlreiche Silberne dabei, wie sie auf rote Bedienstete losgehen und sie gängeln, obwohl sie alle nur versuchen, ihre Arbeit zu tun. Die Wachleute bewahren sie vor schlimmeren Misshandlungen, aber die Beschimpfungen, die auf die Roten einprasseln, sind fast genauso schmerzhaft wie Schläge. *Kindermörder, Tiere, Teufel.* Maven hält meine Hand und drückt sie jedes Mal, wenn ein Roter zu Boden gestoßen wird. Als wir unsere nächste Station, eine Kunstgalerie, erreichen, bin ich froh, weil ich hier auf etwas Ruhe hoffe, doch dann fällt mein Blick auf die Gemälde. Der silberne Künstler verwendet fast nur zwei Farben, Silber und Rot, und seine Werke sind so grauenhaft, dass mir schlecht wird. Eins ist schlimmer als das andere, und mit jedem Pinselstrich hebt er die Überlegenheit der Silbernen und die Schwäche der Roten hervor. Auf dem letzten Bild ist eine hohlwangige Gestalt abgebildet, die etwas Geisterhaftes hat, und aus der silbernen Krone auf ihrem Haupt sickert rotes Blut. Als ich das sehe, würde ich am liebsten meinen Kopf gegen die Wand schlagen.

Auf dem Platz vor der Galerie herrscht lautes, geschäftiges Treiben. Viele bleiben stehen, um uns anzustarren, als wir zu unserem Gefährt gehen. Maven winkt ihnen routiniert lächelnd zu, woraufhin die Menge jubelt und seinen Namen ruft. Er ist gut in diesen

Dingen, schließlich tut er seit seiner Geburt nichts anderes. Als er sich bückt, um mit ein paar Kindern zu plaudern, wird sein Lächeln noch breiter. *Cal mag zum Herrschen geboren sein, weil er der Ältere ist, aber eigentlich ist Maven dafür bestimmt. Und Maven ist bereit, die Welt für uns zu verändern, für die Roten, die er seiner Erziehung nach verachten müsste.*

Ich taste verstohlen nach dem Büchlein in meiner Tasche und denke an die Menschen, die Maven und mir helfen können, die Welt zu verändern. Sind sie wie ich, oder sind unsere Fähigkeiten so verschiedenartig wie die der Silbernen? *Shade war wie du. Das wussten sie und haben ihn getötet, was sie mit dir nicht machen konnten.* Mir wird das Herz schwer, weil ich meinen Bruder vermisse und die Gespräche, die wir hätten führen können. *Die Zukunftspläne, die wir gemeinsam hätten schmieden können.* Aber Shade ist tot, und es gibt andere, die meine Unterstützung brauchen.

»Wir müssen Farley ausfindig machen«, flüstere ich so leise in Mavens Ohr, dass ich es selbst kaum höre. Aber er versteht es und zieht fragend eine Augenbraue hoch. »Ich muss ihr was geben.«

»Ich habe keinen Zweifel, dass sie zu uns kommen wird«, antwortet er leise. »Wenn sie uns nicht ohnehin schon beobachtet.«

»Wie –?«

Farley soll *uns* ausspionieren? In einer Stadt, deren Bewohner sie am liebsten tot sehen würden? Das klingt unmöglich. Ich betrachte die Menge aus Silbernen, die sich um uns schart, und die roten Dienstboten dahinter. Einige beobachten uns aus der Ferne; sie tragen rote Armbinden. Jeder Einzelne von ihnen könnte für Farley arbeiten. *Sie alle könnten es.* Sie ist immer in unserer Nähe – trotz all der Königswächter und Sicherheitsleute um uns herum.

Es kommt also nur darauf an, den *richtigen* Roten zu finden, die *richtigen* Worte zu sagen, den *richtigen* Ort auszuwählen, und all das, ohne jemanden ahnen zu lassen, dass der Prinz und seine zukünftige Prinzessin mit einer gesuchten Terroristin kommunizieren.

Hier ist es nicht wie in den Menschenmengen zu Hause, durch die ich mich so ungezwungen bewegen konnte. Jetzt stehe ich im Mittelpunkt der Aufmerksamkeit, eine gut behütete angehende Prinzessin, auf deren Schultern eine Rebellion lastet. *Und womöglich sogar etwas noch Wichtigeres*, denke ich, als mir die Liste mit den Namen in meiner Tasche wieder einfällt.

Während die Leute nach vorn drängen und sich die Hälse verrenken, um einen Blick auf uns zu werfen, wage ich es einfach und schleiche mich weg. Die Königswächter bilden einen Ring um Maven; sie sind noch nicht daran gewöhnt, auch mich im Auge zu behalten, und so kann ich mit einigen schnellen, geschickten Wendungen den Wachen und den Neugierigen entkommen. Sie bewegen sich ohne mich weiter über den Platz, und Maven wird bestimmt dafür sorgen, dass es dabei bleibt.

Die roten Bediensteten nehmen mich gar nicht wahr, während sie mit gebeugten Köpfen zwischen den Läden hin und her eilen. Sie bleiben im Schatten und nehmen die kleinen Gassen, um möglichst wenig aufzufallen. Ich bin so damit beschäftigt, in ihre Gesichter zu schauen, dass ich die kleine Gestalt, die direkt neben mir geht, zuerst gar nicht bemerke.

»Sie haben das hier fallen lassen, Mylady«, sagt der kleine Junge. Er ist wohl zehn und trägt eine rote Armbinde. »Mylady?«

Dann sehe ich, dass er mir etwas geben will. Es ist bloß ein verdrehtes Stück Papier, das ich nicht als meins erkenne. Trotzdem lächele ich und nehme es dem Jungen ab. »Vielen Dank.«

Er grinst mich an, wie nur Kinder es können, und läuft dann mit federnden Schritten durch eine Gasse davon. Ihn hat das Leben noch nicht entmutigt.

»Hier entlang, Lady Titanos.« Vor mir steht ein Königswächter und sieht mich mit ausdruckslosen Augen an. *So viel zu diesem Plan.* Ich lasse mich von ihm zurück zu unserem Gefährt führen und bin plötzlich deprimiert. Es gelingt mir nicht einmal mehr, mich davonzustehlen, wie ich es früher immer gemacht habe. *Ich lasse nach.*

»Was hatte denn das zu bedeuten?«, fragt Maven, als ich eingestiegen bin.

»Nichts«, erwidere ich seufzend und schaue aus dem Fenster, während wir weiterfahren. »Ich dachte, ich hätte jemanden gesehen.«

Wir sind schon um die nächste Ecke gebogen, als mir der Papierfetzen wieder einfällt. Ich falte den Zettel im Schoß auseinander und verberge ihn dabei unter meinen ausladenden Ärmeln. Es stehen einige Wörter darauf, die so klein sind, dass ich sie kaum entziffern kann.

Hexaprin Theater. Nachmittagsvorstellung. Die besten Plätze.

Ich brauche eine Weile, um zu begreifen, dass ich nur die Hälfte dieser Worte verstehe, aber das macht gar nichts. Lächelnd drücke ich Maven die Nachricht in die Hand.

Eine knappe Anweisung von Maven genügt, und schon sind wir auf dem Weg zum Theater. Es ist klein, aber sehr prächtig, und auf dem grünen Kuppeldach thront ein schwarzer Schwan. Hier werden Theatervorstellungen und Konzerte gegeben und zu besonderen Anlässen sogar alte Filme gezeigt. Eine Theatervorstellung ist eine Veranstaltung, bei der bestimmte Leute, *Schauspieler*, auf einer Bühne ein Stück aufführen, erklärt Maven mir. Zu Hause im Dorf hatten wir kaum Zeit für Gutenachtgeschichten, geschweige denn für Bühnen, Schauspieler oder Kostüme.

Bevor ich weiß, wie mir geschieht, sitzen wir in einer geschlossenen Loge über der Bühne. Die Plätze unter uns sind ausnahmslos besetzt, viele mit Kindern, und alle Besucher sind Silberne. Einige Rote streifen zwischen den Reihen und im Gang umher, um Getränke zu servieren oder Tickets abzureißen, doch keiner von ihnen hat einen Platz. Das hier ist ein Luxus, den sie sich nicht leisten können. Wir sitzen derweil auf samtenen Sesseln mit dem besten Blick auf die Bühne, und gleich hinter unserer mit einem Vorhang versehenen Tür stehen der Sekretär und die Königswächter bereit.

Als es dunkel wird im Saal, legt Maven einen Arm um meine Schultern und zieht mich so nah an sich, dass ich seinen Herzschlag spüren kann. Er grinst den Sekretär an, der hinter dem Vorhang hervorspäht, und sagt: »Wir möchten ungestört bleiben.« Dann zieht er mein Gesicht an seins heran.

Die Tür hinter uns fällt mit einem Klick ins Schloss, aber weder er noch ich weichen zurück. Es vergeht eine Minute oder vielleicht auch eine Stunde, das kann ich nicht sagen, dann holen Stimmen auf der Bühne mich in die Wirklichkeit zurück. »Entschuldige«, murmele ich und stehe auf, um ein bisschen Abstand zwischen uns zu bringen. Wir haben jetzt keine Zeit für Küsse, sosehr ich es auch möchte. Er grinst nur und schaut mich an, statt das Stück zu verfolgen. Ich gebe mir alle Mühe, woanders hinzusehen, aber irgendwie wandert mein Blick immer wieder zurück zu ihm.

»Und was machen wir jetzt?«

Er lacht leise in sich hinein, seine Augen funkeln schalkhaft.

»Das meinte ich nicht!« Aber ich muss unwillkürlich auch grinsen. »Cal hat mir gestern aufgelauert.«

Maven kräuselt angespannt die Lippen, als er das hört. »Und?«

»Ich bin gerettet, wie es aussieht.«

Das Lächeln, das sich daraufhin auf seinem Gesicht ausbreitet, könnte die ganze Welt erhellen, und wieder überkommt mich ein unbändiges Bedürfnis, ihn zu küssen. »Ich hab dir doch gesagt, dass ich mich darum kümmere«, sagt er, und seine Stimme klingt seltsam heiser. Als er seine Hand nach mir ausstreckt, nehme ich sie bereitwillig.

Aber bevor wir uns küssen können, wird über uns mit einem scharrenden Geräusch die Deckenplatte weggeschoben. Maven springt auf und späht hinauf in das schwarze Loch; er ist noch überraschter als ich. Es dringt nicht mal ein Flüstern herab, aber ich weiß trotzdem, was zu tun ist. Das Training hat mich stärker gemacht, und ich ziehe mich mühelos hoch und verschwinde in der kalten Dunkelheit. Obwohl ich nichts und niemanden sehe, habe ich keine Angst, sondern bin eher aufgeregt. Mit einem Lächeln strecke ich Maven meine Hand entgegen. Er klettert in den dunklen Hohlraum und versucht sich zurechtzufinden. Noch bevor unsere Augen sich an die Umgebung gewöhnt haben, rutscht die Deckenplatte wieder an ihren Platz, und das Licht und das Stück und die Zuschauer verschwinden dahinter.

»Macht schnell und seid leise. Ich bringe euch von hier weg.«

Ich erkenne ihn nicht an seiner Stimme, sondern am Geruch, einer aufdringlichen Mischung aus Tee, alten Gewürzen und seiner blauen Kerze.

»Will?« Ich weine fast vor Freude. »Will Whistle?«

Langsam, aber sicher gewöhne ich mich an die Dunkelheit, und Wills weißer Bart taucht vor mir auf; er ist so filzig wie eh und je, was jeden Zweifel ausräumt.

»Keine Zeit für eine Wiedersehensfeier, kleine Barrow«, sagt er. »Wir haben zu tun.«

Ich habe keine Ahnung, wie es kommt, dass Will hier ist, so weit weg von Stilts, aber noch sonderbarer ist seine genaue Kenntnis dieses Theatergebäudes. Er führt uns Leitern und Stufen hinunter und durch kleine Falltüren, und die ganze Zeit über dringen die Stimmen der Schauspieler von der Bühne zu uns her. Es dauert nicht lange, und wir befinden uns unter der Erde, zwischen aufragenden Mauerstützen und Stahlplanken.

»Ihr habt definitiv ein Talent für dramatische Auftritte, das muss man euch lassen«, murmelt Maven und äugt skeptisch durch die Dunkelheit. Hier sieht es aus wie in einer Gruft, finster und feucht, und jeder Schatten wirkt unheimlich.

Will stößt leise kichernd eine Metalltür mit der Schulter auf. »Abwarten.«

Wir stapfen durch den schmalen Gang dahinter, der noch weiter in die Tiefe führt. Es riecht leicht nach Abwässern. Zu meiner Überraschung endet der Weg in einer schmalen Plattform, die nur von einer brennenden Fackel erleuchtet ist. Sie wirft gespenstische Schatten auf eine halb verfallene Wand mit zerbrochenen Fliesen, auf denen sich schwarze Zeichen befinden; es sind Buchstaben, aber sie stammen aus keiner Sprache, die ich kenne.

Bevor ich eine Frage dazu stellen kann, erbeben die Wände um uns herum unter lautem Getöse. Es dringt aus einer runden Öffnung in der Mauer aus noch tieferer Finsternis zu uns. Maven greift erschrocken nach meiner Hand, und ich bekomme ebenso viel Angst wie er. Metall schiebt sich quietschend über Metall und produziert einen ohrenbetäubenden Lärm. Dann leuchtet ein grelles Licht aus dem Tunnel heraus, und ich spüre, dass etwas auf uns zukommt, das groß und elektrisch und stark ist.

Ein metallener Wurm taucht auf und kommt vor uns zum Stehen. Die Seitenwände bestehen aus grob zusammengeschweißten und -geschraubten Metallplatten, in die schlitzartige Fenster eingelassen sind. Mit einem Quietschen schiebt sich eine Tür auf, und ein warmer Lichtschein fällt auf die Plattform.

Drinnen steht Farley und grinst uns an. Dann winkt sie uns zu sich. »Alle Mann an Bord!«

»Die Bastler nennen dieses Ding hier Tunnelbahn«, sagt sie, während wir zitternd Platz nehmen. »Sie ist erstaunlich schnell und fährt auf alten Schienen, um die sich die Silbernen nie weiter gekümmert haben.«

Will schließt hinter uns die Tür, wodurch wir in dieser lang gezogenen Blechbüchse festsitzen. Wenn ich nicht so große Sorge hätte, dass das Tunneldings gleich irgendwo hineinrast, wäre ich beeindruckt. Aber stattdessen kralle ich mich an meinen Sitz.

»Wo wurde das hier gebaut?«, wundert Maven sich laut, während sein Blick durch den käfigartigen Raum schweift. »Gray Town wird kontrolliert, die Bastler arbeiten für –«

»Wir haben unsere eigenen Bastler und Technikstädte, kleiner Prinz«, sagt Farley mit stolzer Miene. »Was wisst ihr Silbernen schon über die Scharlachrote Garde? Praktisch nichts.«

Die Bahn setzt sich mit einem solchen Ruck in Bewegung, dass es mich fast vom Sitz reißt, aber außer mir verzieht keiner eine Miene. Dann gleitet sie dahin und wird immer schneller, bis die Geschwindigkeit mir den Magen umdreht. Die anderen reden weiter, vor allem Maven, der Farley mit Fragen über die Tunnelbahn und die Garde bombardiert. Ich bin froh, dass ich mich nicht am Gespräch zu beteiligen brauche, denn ich bin sicher, dass ich mich übergeben muss oder in Ohnmacht falle, sobald ich etwas anderes tue, als einfach nur still dazusitzen. Nicht so Maven. Ihm scheint das alles nichts auszumachen.

Er schaut aus dem Fenster, und offensichtlich erkennt er etwas an dem Felsgestein, an dem wir vorbeisausen. »Wir fahren nach Süden.«

Farley lehnt sich zurück und nickt. »Ja.«

»Der Süden ist verstrahlt«, sagt er barsch und sieht sie wütend an.

Sie zuckt kaum merklich die Achseln.

»Wo bringt ihr uns hin?«, murmele ich, als ich schließlich meine Stimme wiederfinde.

Maven ist aufgesprungen und tritt an die verschlossene Tür. Niemand hindert ihn daran, denn er kann nirgends hin. *Es gibt kein Entkommen.*

»Wisst ihr, welche Folgen das hat, wenn man dieser Strahlung ausgesetzt ist?« In seinen Worten schwingt echte Angst mit.

Farley zählt mit einem provozierenden Grinsen die Symptome an den Fingern ab: »Übelkeit, Erbrechen, Kopfschmerzen, Krampfanfälle, Krebserkrankungen und, ach ja, Tod. Ein sehr unschöner Tod.«

Plötzlich wird mir noch übler. »Warum tut ihr das? Wir sind doch hier, um euch zu helfen.«

»Mare, stopp diesen Zug! Du musst ihn anhalten!« Maven fällt vor mir auf die Knie und packt mich an den Schultern. »Stopp diesen Zug!«

Zu meinem Erstaunen fängt die Blechbüchse plötzlich laut zu kreischen an und kommt dann unversehens zum Stehen. Maven und ich knallen zusammen auf den harten Metallboden. Die Tür geht auf, Licht fällt in den Wagen, und wir erblicken eine weitere von Fackeln erleuchtete Plattform. Sie ist weitaus größer als die an unserem Ausgangsort und erstreckt sich scheinbar endlos in die Finsternis.

Farley steigt über uns hinweg und tritt auf die Plattform hinaus. »Kommt ihr?«

»Rühr dich nicht vom Fleck, Mare. Dieser Ort ist lebensgefährlich.«

Ich habe ein Pfeifen im Ohr, das Farleys spöttisches Lachen beinahe übertönt. Als ich mich aufsetze, sehe ich, dass sie geduldig auf uns wartet.

»Woher wisst ihr denn, dass die Ruinenstadt noch immer verstrahlt ist?«, fragt sie mit einem bösen Grinsen.

»Wir haben Maschinen. Detektoren, die uns anzeigen –«, stößt Maven hervor.

Farley nickt. »Und wer hat diese Maschinen gebaut?«

»Bastler«, krächzt Maven. »Rote.« Langsam dämmert ihm, worauf sie hinauswill. »Die Detektoren lügen.«

Farley nickt grinsend und streckt eine Hand aus, um ihm aufzuhelfen. Er ist immer noch misstrauisch und lässt sie nicht aus den Augen, aber trotzdem folgen wir ihr auf die Plattform hinaus und eine eiserne Treppe hoch. Von oben dringt Sonnenlicht herein, frische Luft vermischt sich mit den schmutzigen Dämpfen aus dem Untergrund.

Dann stehen wir blinzelnd im Freien und starren in einen tief hängenden Nebel. Um uns herum sind Mauern, die mal eine Decke getragen haben. Ein paar Reste davon sind noch erhalten, kleine aquamarinblaue und goldene Bruchstücke. Als meine Augen sich an die Helligkeit gewöhnt haben, erblicke ich schattenhafte Umrisse, die über uns in den Himmel ragen und deren obere Enden im Dunst verschwinden. Die Straßen sind wie schwarze Flüsse aus Asphalt, und graue Gräser, die Hunderte von Jahren alt sind, sprießen aus den breiten Rissen darin. Bäume und Büsche überwuchern Beton, erobern sich Nischen und Ecken, aber viele davon sind auch beseitigt worden. Unter meinen Fußsohlen knirscht Glas und der Wind wirbelt Staub auf, aber aus irgendeinem Grund wirkt dieser Ort, ein Inbegriff der Verwahrlosung, doch nicht wirklich verlassen. Ich kenne ihn aus den Geschichten, aus Büchern und von alten Landkarten.

Farley legt ihren Arm um mich und grinst mich breit an.

»Willkommen in der Ruinenstadt, in Naercey«, sagt sie und benutzt den alten, schon lange in Vergessenheit geratenen Namen.

Rings um die Ruineninsel sind spezielle Marker angebracht, um die Strahlendetektoren auszutricksen, mit denen die Silbernen ihre alten Schlachtfelder überprüfen. So wird sie geschützt, die Heimat der Scharlachroten Garde. *Zumindest in Norta.* Farleys Worte lassen vermuten, dass es übers Land verteilt noch andere Stützpunkte gibt. Und bald wird die Insel der Zufluchtsort für alle Roten sein, die vor den neuen Strafmaßnahmen des Königs fliehen.

Die Gebäude, an denen wir vorbeikommen, sehen baufällig aus und sind mit Asche und Unkraut überzogen. Aber bei genauerem Hinsehen entdeckt man viel mehr. Fußspuren im Staub, ein Licht in einem Fenster, Essensgerüche, die aus einem Gully aufsteigen. Hier haben viele Menschen, *Rote*, so etwas wie eine eigene, separate Stadt; sie verbergen sich buchstäblich in aller Öffentlichkeit. Der Strom ist knapp, aber dafür gibt es lächelnde Gesichter im Überfluss.

Das halb eingestürzte Haus, zu dem Farley uns führt, muss einmal eine Art Café gewesen sein, den vom Rost zerfressenen Tischen und kaputten Sitzbänken nach zu urteilen. Fenster gibt es hier schon lange keine mehr, aber der Boden ist sauber. Eine Frau fegt gerade und kehrt den Dreck auf den rissigen Gehsteig hinaus und in ordentliche Haufen zusammen. Ich würde so eine Aufgabe frustrierend finden, weil man ja weiß, dass immer Staub und Dreck übrig bleiben wird, aber sie summt und hat ein Lächeln auf den Lippen.

Farley nickt der Frau zu, und sie eilt davon, damit wir ungestört sind. Zu meiner Freude entdecke ich in der ersten Sitzecke ein vertrautes Gesicht.

Kilorn ist gesund und munter. Er besitzt sogar die Kühnheit, mir zuzuzwinkern. »Lange nicht gesehen.«

»Wir haben keine Zeit für Turteleien«, knurrt Farley und setzt sich neben ihn. Sie gibt uns ein Zeichen, und bald sind wir alle um den klapprigen Tisch versammelt. »Ich nehme an, ihr habt während eurer Reise die Dörfer entlang des Flusses gesehen?«

Mein Lächeln erstirbt ebenso wie das von Kilorn. »Ja.«

»Und die neuen Gesetze? *Du* hast ja ganz sicher davon gehört.« Ihr Blick wird hart, als wäre es meine Schuld, dass ich gezwungen wurde, die Maßnahmen zu verlesen.

»Das passiert, wenn man eine Bestie bedroht«, murmelt Maven zu meiner Verteidigung.

»Aber jetzt wissen immerhin alle, wer wir sind.«

»Und machen *Jagd* auf euch«, erwidert Maven und haut mit der Faust auf den Tisch. Die dünne Staubschicht wirbelt auf. »Ihr habt dem Stier ein rotes Tuch vorgehalten, aber ihr konntet ihm nicht mehr anhaben, als ihn anzupiksen.«

»Allerdings ist ihnen gehörig der Schreck in die Glieder gefahren«, melde ich mich zu Wort. »Sie haben gelernt, was Angst ist. Das ist doch schon was.«

»Das ist überhaupt nichts, wenn ihr euch in euer Versteck hier zurückschleicht und ihnen Zeit gebt, sich neu zu formieren. Ihr gebt dem König und der Armee *Zeit*. Mein Bruder ist euch schon auf den Fersen, und es wird nicht mehr lange dauern, bis er euch aufgespürt hat.« Maven schaut auf seine Hände und wirkt seltsam missgelaunt. »Bald wird es nicht mehr ausreichen, ihnen einen Schritt voraus zu sein. Und es wird auch nicht mehr möglich sein.«

Farleys Augen funkeln im Licht, während sie nachdenkt und uns beide mustert. Kilorn zieht scheinbar gleichgültig mit dem Finger Kreise in den Staub. Ich hätte Lust, ihn unter dem Tisch zu treten, damit er sich konzentriert.

»Meine eigene Sicherheit ist gerade mein geringstes Problem, Prinz«, sagt Farley schließlich. »Es sind die Leute in den Dörfern, die Arbeiter und die Soldaten, um die ich mir Sorgen mache. Sie sind diejenigen, die bestraft werden, und zwar hart.«

Meine Gedanken fliegen zu meiner Familie und unserem Dorf, und ich sehe wieder den stumpfen Blick in den Augen der vielen Roten, an denen wir vorbeigefahren sind. »Was geschieht mit ihnen? Was habt ihr gehört?«

»Nichts Gutes.«

Kilorn reißt den Kopf hoch, lässt seine Finger aber weiter im Staub kreisen. »Doppeltes Arbeitspensum, sonntägliche Hinrichtungen, Massengräber. Für diejenigen, die bei dem Tempo nicht mithalten können, sieht es übel aus.« Er denkt an Stilts, genau wie ich. »Unsere Leute an der Front sagen, dass es dort auch nicht viel besser ist. Die Fünfzehn- und Sechzehnjährigen sollen eine eigene Legion bilden. Die werden nicht lange überleben.«

Seine Finger ziehen ein X in den Staub und unterstreichen damit, was er fühlt.

»Vielleicht kann ich ihnen ja ein bisschen mehr Zeit verschaffen«, denkt Maven laut nach. »Wenn ich den Kriegsrat davon überzeuge, dass es besser ist, sie erst eine kurze Grundausbildung machen zu lassen …«

»Das reicht nicht«, sage ich leise, aber entschieden. Julians Liste brennt mir förmlich auf der Haut. Ich wende mich an Farley. »Ihr habt doch überall eure Leute, oder?«

»Ja«, antwortete sie, und mir entgeht die Genugtuung nicht, die in ihrem Blick liegt.

»Dann gebt ihnen diese Namen.« Ich ziehe das Büchlein aus der Tasche und schlage es da auf, wo die Liste beginnt. »Und findet sie.«

Maven nimmt das Buch und lässt seinen Blick darüber schweifen. »Das müssen Hunderte sein«, murmelt er, ohne aufzusehen. »Was ist das?«

»Sie sind wie ich. Rot *und* silbern, und stärker als beide.«

Jetzt ist es an mir, einen selbstzufriedenen Gesichtsausdruck aufzusetzen. Sogar Maven sieht mich mit offenem Mund an. Farley schnipst mit den Fingern, und er überreicht ihr die Liste, ohne nachzudenken, starrt aber weiter auf das kleine Buch, das ein so mächtiges Geheimnis enthält.

»Es wird nicht mehr lange dauern, bis diese Informationen den Falschen in die Hände fallen«, füge ich hinzu. »Ihr müsst sie *unbedingt* zuerst ausfindig machen, Farley.«

Kilorn schaut wütend auf die Liste, als würde sie irgendeine Art von Beleidigung darstellen. »Das kann ja Monate dauern. Oder *Jahre.*«

Maven schüttelt den Kopf. »So viel Zeit haben wir nicht.«

»Richtig«, stimmt Kilorn ihm zu. »Wir müssen *jetzt sofort* aktiv werden.«

Ich schüttele den Kopf. Revolutionen sollte man nicht überstürzt angehen. »Wenn ihr abwartet und so viele wie möglich von ihnen ausfindig macht, könnt ihr – ihr könntet eine Armee bilden!«

Maven schlägt so unvermittelt auf den Tisch, dass wir alle zusammenzucken. »Wir haben doch eine.«

»Ich habe hier zwar viele, die unter meinem Kommando stehen, aber *so* viele nicht.« Farley sieht Maven an, als wäre er verrückt geworden.

Aber der grinst und wirkt plötzlich ganz aufgeregt, angetrieben von einem inneren Feuer. »Wenn ich uns in Archeon eine Armee, eine Legion verschaffen könnte, was würde euch das bringen?«

Farley zuckt die Achseln. »Sehr wenig. Die anderen Legionen würden sie auf dem Schlachtfeld einfach plattmachen.«

Da trifft mich die Erkenntnis wie ein Blitz, und ich begreife, worauf Maven hinauswill. »Aber sie würden ja nicht auf dem Schlachtfeld kämpfen«, sage ich leise. Er wendet sich mir mit einem wilden Grinsen zu. »Du sprichst von einem Coup d'État.«

Farley runzelt die Stirn. »Einem was?«

»Einem Staatsstreich. Das ist ein Begriff aus der Geschichte«, erkläre ich. »So nennt man es, wenn eine kleine Gruppe sehr schnell die Regierung eines Landes an sich reißt. Verstehst du, was ich meine?«

Farley und Kilorn sehen sich mit hochgezogenen Augenbrauen an. »Red weiter«, sagt Farley dann.

»Ihr wisst ja, wie Archeon aufgebaut ist, mit der Brücke, dem Westufer und dem Ostufer.« Während ich rede, zeichnen meine Finger eine Karte von der Stadt in den Staub. »Also, auf der westlichen Seite befinden sich der Palast, die Kommandozentrale, das Schatzamt, der königliche Gerichtshof und die gesamte Regierung. Wenn es uns irgendwie gelingen würde, dort einzufallen und diesen Teil nach außen abzuriegeln, um dann zum König vorzudringen und ihn zu *zwingen*, unseren Forderungen zuzustimmen, dann ist es vorbei. Du hast es selbst gesagt, Maven. Vom Cäsarplatz aus kann man das gesamte Land kontrollieren. Wir brauchen das Westufer nur einzunehmen.«

Maven streichelt mir unter dem Tisch das Knie. Er strahlt vor Stolz. Farleys üblicher misstrauischer Blick ist verschwunden und hat echter Hoffnung Platz gemacht. Sie fährt sich mit der Hand über die Lippen und formt tonlos Worte, während sie auf meinen staubigen Stadtplan herabschaut.

»Vielleicht bin ich ja blöd«, meldet Kilorn sich in seinem üblichen schneidenden Ton zu Wort, »aber mir ist nicht ganz klar, wie ihr genügend Rote da reinbekommen wollt, um gegen Silberne zu kämpfen. Es braucht zehn von uns, um einen von denen zu besiegen. Ganz zu schweigen von den fünftausend dort stationierten silbernen Soldaten, die deinem *Bruder* treu ergeben sind.« Er sieht Maven an. »Soldaten, die darauf trainiert sind zu töten und schon nach uns suchen, während wir hier reden.«

Ich sinke seufzend gegen die Bank. »Ja, das könnte schwierig werden.« *Es ist unmöglich.*

Maven wischt meine Karte von Archeon mit einer Hand weg. »Jede Legion ist ihrem General treu ergeben. Und ich kenne zufällig eine junge Frau, die einem General sehr nahesteht.«

Als er mich ansieht, ist das Feuer in seinen Augen verschwunden und einer kalten Bitternis gewichen. Er lächelt verbissen.

»Du meinst Cal.« *Den Soldaten. Den General. Den Prinzen. Den Sohn seines Vaters.* Ich muss an Julian denken, den Onkel, den Cal für seine verkorkste Version von Gerechtigkeit töten würde. *Cal würde sein Land niemals verraten. Für nichts auf der Welt.*

Maven antwortet vollkommen nüchtern: »Wir werden ihn vor eine harte Alternative stellen.«

Ich spüre, dass Kilorn mich anschaut und einzuschätzen versucht, wie ich diesen Vorschlag finde, und der Druck ist so groß, dass ich ihn fast nicht aushalte. »Cal wird sich niemals gegen die Krone oder gegen euren Vater stellen.«

»Ich kenne meinen Bruder. Wenn er vor der Alternative steht, dein Leben zu retten oder seine Krone, wissen wir beide, wofür er sich entscheiden wird«, erwidert Maven.

»*Niemals* würde er sich für mich entscheiden.«

Meine Haut erhitzt sich unter Mavens Blick, da ich an den einen heimlichen Kuss zurückdenken muss. Es war Cal, der mich vor Evangelina gerettet hat. Cal, der mich aufgehalten hat, als ich fliehen wollte und dadurch nur noch mehr Schmerzen erlitten hätte. Cal, der mich vor der Einberufung bewahrt hat. Ich war offenbar zu sehr damit beschäftigt, andere zu retten, um zu begreifen, wie oft Cal mich gerettet hat. Wie sehr er mich *liebt*.

Plötzlich bekomme ich keine Luft mehr.

Maven schüttelt den Kopf. »Er wird sich immer für dich entscheiden.«

Farley schnaubt verächtlich. »Heißt das, du willst meine ganze Operation, die gesamte *Revolution* von irgend so einer kleinen Romanze abhängig machen? An so etwas glaube ich nicht.«

Über Kilorns Miene huscht ein seltsamer Schatten. Als Farley sich zu ihm dreht, damit er ihr beipflichtet, regt er sich nicht.

»Ich schon«, flüstert er dann, ohne den Blick von mir abzuwenden.

25

Als Maven und ich nach diesem langen Tag des Händeschüttelns und Pläneschmiedens über die Brücke in Richtung Palast gefahren werden, wünschte ich, der nächste Tag könnte heute Abend schon anbrechen und nicht erst morgen früh. Während wir die Stadt durchqueren, bin ich mir des Lärms um uns herum nur allzu bewusst. Alles vibriert vor Energie, von den Gefährten auf der Straße bis zu den Lichtern in den Häusern aus Stahl und Beton. Das erinnert mich an jenen Tag im Großen Garten, als ich den Nymph bei seinem Spiel am Brunnen zugesehen und die Grünfinger dabei beobachtet habe, wie sie sich um ihre Blumen kümmerten. In diesem Moment fand ich ihre Welt schön. Jetzt verstehe ich zwar, warum sie sie so erhalten wollen, wie sie ist, warum sie weiter die ganze restliche Bevölkerung dominieren wollen, aber das bedeutet nicht, dass ich das zulasse.

Normalerweise wird die Rückkehr des Königs in seine Stadt mit einer Feier begangen, doch angesichts der jüngsten Ereignisse ist es am Cäsarplatz weitaus ruhiger, als es sein sollte. Maven tut so, als würde er das bedauern, wenn auch nur, um unser Schweigen zu brechen.

»Der Bankettsaal ist doppelt so groß wie der Ballsaal im Sonnenschloss«, sagt er, als wir die großen Tore erreichen. Ein Teil von Cals Legion exerziert vor der Kaserne; ungefähr eintausend Männer marschieren im Gleichschritt. Ihre Schritte klingen, als würde eine

Trommel geschlagen. »Früher haben wir bis zur Morgendämmerung getanzt. Cal zumindest. Mich haben nicht so viele Mädchen zum Tanz aufgefordert; es sei denn, Cal hat sie dazu verdonnert.«

»Ich würde dich auffordern«, murmele ich, ohne den Blick von der Kaserne abzuwenden. *Wird sie morgen uns gehören?*

Maven bewegt sich auf seinem Platz, antwortet aber nicht, als unser Wagen langsam ausrollt. *Er wird sich immer für dich entscheiden.*

»Cal ist mir egal«, flüstere ich ihm beim Aussteigen ins Ohr.

Er lächelt und nimmt meine Hand, und ich sage mir, dass das keine Lüge war.

Als die Türen zum Palast aufgehen, hallt ein entsetzlicher Schrei durch die langen marmornen Flure. Maven und ich sehen uns erschrocken an. Unsere Wächter werden nervös und greifen zu ihren Waffen, aber sie können nicht verhindern, dass ich davonstürme. Maven rennt neben mir her. Wieder ertönt ein Schrei, begleitet von dem Stampfen marschierender Schritte und dem vertrauten Klirren von Rüstungen.

Ich sprinte los, als müsste ich um mein Leben rennen, und Maven ist direkt hinter mir. Wir platzen in einen runden Versammlungsraum, einen Ratssaal aus poliertem Marmor und dunklem Holz. Dort ist bereits eine Menschenmenge versammelt, und ich pralle beinahe gegen Lord Samos höchstpersönlich, komme aber noch rechtzeitig zum Stehen. Maven läuft in mich hinein und bringt uns beide fast zu Fall.

Lord Samos betrachtet uns mit einem höhnischen Grinsen, seine schwarzen Augen sind kalt und hart.

»Mylady, Prinz Maven«, sagt er und nickt uns kaum zu. »Seid Ihr gekommen, um der Show beizuwohnen?«

Der Show. Wir sind von lauter Adligen umgeben, auch der König und die Königin sind anwesend, und alle schauen nach vorn. Ich dränge mich durchs Gewühl. Ich habe nicht die geringste Ahnung, was mich am anderen Ende erwartet, aber es kann ganz sicher nichts Gutes sein. Maven folgt mir; er hält mich die ganze Zeit am Ellbogen fest. Als wir die Menge durchquert haben, bin ich froh über seine warme Hand, die mich tröstet – und zurückhält.

In der Mitte des Saals befinden sich nicht weniger als sechzehn Soldaten; ihre Stiefel hinterlassen schmutzige Spuren auf dem königlichen Wappen am Fußboden. Ihre Rüstungen sind einheitlich aus schwarzen Metallschuppen, nur eine schimmert rötlich: *Cal.*

Evangelina steht neben ihm. Sie hat die Haare zu einem Zopf geflochten und atmet schwer, sieht aber so aus, als wäre sie sehr stolz auf sich. *Und wo Evangelina ist, kann ihr Bruder nicht weit sein.*

Ptolemus tritt zwischen den Soldaten hervor und zerrt eine schreiende Person an den Haaren hinter sich her. Cal wendet sich ab, und unsere Blicke treffen sich genau in dem Moment, als ich sie erkenne. In seinen Augen liegt Bedauern, doch er unternimmt nichts, um sie zu retten.

Ptolemus schleudert Walsh auf den glänzenden Boden, und sie schlägt mit dem Gesicht auf die Steinplatten. Ihr schmerzerfüllter Blick streift mich kurz, bevor sie ihn auf den König richtet. Ich denke an die lustige, lächelnde Dienerin zurück, die mich in diese Welt eingeführt hat; diese Person gibt es nicht mehr.

»Die Ratten kriechen durch die alten Tunnel«, knurrt Ptolemus und verpasst Walsh einen Tritt. Sie versucht ihm auszuweichen, und gemessen an ihren vielen Verletzungen bewegt sie sich erstaunlich schnell. »Die hier haben wir entdeckt, als sie uns in der Nähe der Flusshöhlen nachspioniert hat.«

Ihnen nachspioniert? Wie konnte sie so dumm sein? Aber Walsh ist nicht dumm. *Nein, das war ein Befehl*, begreife ich mit wachsendem Schrecken. Sie hat die Tunnel bewacht, um dafür zu sorgen, dass wir von Naercey sicher mit der Bahn zurück in die Stadt gelangen konnten. Und während wir unbeschadet hier angekommen sind, ist sie erwischt worden.

Mavens Hand umklammert meinen Arm; er zieht mich zu sich, bis ich mit dem Rücken an seiner Brust stehe. Er weiß, dass ich zu ihr hinlaufen und sie retten, ihr helfen will. *Und* ich *weiß, dass wir absolut gar nichts für sie tun können.*

»Wir sind dem Tunnel so weit gefolgt, wie die Strahlendetektoren es zuließen«, fügt Cal hinzu und versucht dabei krampfhaft, Walsh zu ignorieren, die inzwischen Blut spuckt. »Das Tunnelsystem hat riesige Ausmaße, es ist viel größer, als wir angenommen haben, und die Scharlachrote Garde kennt sich darin bedeutend besser aus als wir.«

König Tiberias sieht missmutig aus unter seinem Bart. Er zeigt auf Walsh und winkt sie heran. Cal packt ihren Arm und zerrt sie zu ihm hin. Tausend unterschiedliche Foltermethoden gehen mir durch den Kopf, eine schlimmer als die andere. Feuer, Metall, Wasser, sogar mein Blitz könnte benutzt werden, um sie zum Reden zu bringen.

»Ich mache nicht zweimal denselben Fehler«, knurrt der König ihr ins Gesicht. »Elara, bring sie zum Singen. Auf der Stelle.«

»Mit Vergnügen«, erwidert die Königin und hebt die Hände, so dass ihre weiten Ärmel hochrutschen.

Das ist noch schlimmer. Walsh wird reden und unsere Namen nennen, sie wird uns alle ans Messer liefern. *Und dann werden sie sie langsam töten. Uns alle werden sie langsam töten.*

Doch plötzlich springt ein Soldat aus dem Haus Eagrie nach vorn, ein Seher, der in die unmittelbare Zukunft schauen kann. »Haltet sie auf! Haltet ihre Arme fest!«

Aber Walsh ist schneller als seine Vision. »Für Tristan!«, ruft sie und schlägt sich die Hand vor den Mund. Dann beißt sie auf etwas und schluckt, während sie den Kopf in den Nacken wirft.

»Holt einen Heiler!«, befiehlt Cal, packt sie an der Kehle und versucht sie aufzuhalten. Aber ihr quillt bereits weißer Schaum aus dem Mund und ihre Glieder zucken – sie erstickt. »Ein Heiler soll kommen, sofort!«

Walsh windet sich mit letzter Kraft aus Cals Griff. Als sie auf dem Boden aufschlägt, sind ihre Augen weit aufgerissen und stumpf. *Sie ist tot.*

Für Tristan.

Ich darf nicht einmal um sie trauern.

»Eine Giftkapsel.«

Cal spricht ganz sanft, so als würde er es einem Kind erklären. Aber wenn es um Krieg und Tod geht, bin ich wahrscheinlich auch wie ein Kind. »Wir händigen sie unseren Offizieren an der Front aus, und unseren Spionen. Falls man sie gefangen nimmt –«

»Werden sich nichts verraten«, unterbreche ich ihn harsch.

Vorsicht, ermahne ich mich dann. Auch wenn es mich innerlich schüttelt, weil er vor mir steht; ich muss es aushalten. Schließlich habe ich ja dafür gesorgt, dass er mich hier auf dem Balkon findet.

Ich muss ihm Hoffnung machen. Ich muss ihn glauben lassen, er hätte Chancen bei mir. Das war Mavens Idee, obwohl es ihm wehtat, so etwas vorzuschlagen. Mir selbst fällt es schwer, auf dem schmalen Grat zwischen Lüge und Wahrheit zu wandeln, vor allem Cal gegenüber. Ich hasse ihn zwar, aber irgendwas in seinem Blick und in seiner Stimme erinnert mich daran, dass meine Gefühle komplizierter sind.

Er hält Abstand, bleibt mindestens eine Armeslänge entfernt vor mir stehen. »Das war ein besserer Tod als der, den sie von unserer Hand zu erwarten gehabt hätte.«

»Wäre sie bei lebendigem Leib gefroren worden? Oder hätte man sie zur Abwechslung verbrannt?«

»Nein«, erwidert er kopfschüttelnd. »Sie wäre in die Knochenarena gekommen.« Er hebt den Blick und schaut über den Fluss. Auf der anderen Seite, eingezwängt zwischen Hochhäusern, befindet sich eine riesige ovale Arena, die mit ihren spitzen Zacken rundum aussieht wie eine brutale Krone. *Die Knochenarena.* »Sie wäre vor laufender Kamera hingerichtet worden, als eine Botschaft an die anderen Rebellen.«

»Ich dachte, das würde gar nicht mehr gemacht. So was habe ich schon seit über zehn Jahren nicht mehr gesehen.« Ich kann mich trotzdem noch an diese öffentlichen Hinrichtungen erinnern, die regelmäßig übertragen wurden, als ich noch ein kleines Mädchen war.

»Ausnahmen sind immer möglich. Die Arenakämpfe konnten nicht verhindern, dass die Scharlachrote Garde sich etabliert hat. Also braucht es vielleicht etwas anderes.«

»Du hast sie gekannt«, sage ich leise in der Hoffnung, irgendeine Spur von Reue in ihm zu finden. »Du hast sie zu mir geschickt, nachdem wir uns kennengelernt hatten.«

Er verschränkt die Arme vor der Brust, als könnte ihn das irgendwie vor der Erinnerung bewahren. »Ich wusste, dass sie aus deinem Dorf kam. Ich dachte, das würde dir ein bisschen helfen, dich einzugewöhnen.«

»Ich weiß immer noch nicht, warum du dir überhaupt die Mühe gemacht hast. Du wusstest ja nicht mal, dass ich anders bin.«

Es herrscht einen Moment lang Stille, die nur von den lauten Befehlen der Leutnante unten im Hof durchbrochen wird; sie lassen noch immer exerzieren, obwohl die Sonne bereits untergeht.

»Für mich warst du anders«, murmelt er schließlich.

»Manchmal frage ich mich, was hätte werden können, wenn all das hier«, ich mache eine ausholende Geste, »nicht zwischen uns stünde.«

Da hat er was zum Nachdenken.

Er legt eine Hand auf meinen Arm. Die Hitze in seinen Fingern dringt durch den Stoff meines Kleides.

»Aber das ist unmöglich, Cal.«

Ich denke an meine Familie, Maven, Kilorn und all die Dinge, die wir vorhaben, um möglichst viel Sehnsucht in meinen Blick legen zu können. Mit etwas Glück missdeutet Cal meine Gefühle. *Ihm Hoffnung machen, wo es keine geben sollte.* Das ist unglaublich grausam, aber für die Sache, für meine Freunde und mein Leben überwinde ich mich und tue es.

»Mare«, haucht er und beugt sich zu mir.

Ich wende mich ab und lasse ihn draußen stehen, damit er über meine Worte nachdenkt und sie ihn – hoffentlich – überwältigen.

»Ich wünschte, die Verhältnisse wären andere«, flüstert er leise, aber ich kann ihn noch hören.

Diese Worte erinnern mich an zu Hause, an meinen Vater, der sie vor langer Zeit zu mir gesagt hat. Der Umstand, dass Cal und mein Vater, ein gebrochener Roter, dieselben Gedanken hegen, lässt mich aufmerken. Unwillkürlich drehe ich mich noch einmal um und sehe, wie die Sonne hinter Cals Silhouette untergeht. Er schaut auf die exerzierenden Soldaten hinab, bevor er seinen Blick wieder mir zuwendet, hin- und hergerissen zwischen seiner Pflicht und dem, was er vielleicht für die kleine Blitzwerferin empfindet.

»Julian meint, du bist ihr ähnlich«, sagt er leise und nachdenklich. »So wie sie früher war.«

Coriane. Seine Mutter. Der Gedanke an die tote Königin, einen Menschen, den ich nie kennengelernt habe, macht mich traurig. Sie wurde denen, die sie liebte, allzu früh entrissen und hat eine Lücke hinterlassen, die ich nun füllen soll.

Und so ungern ich es auch eingestehe: Ich kann Cal nicht vorwerfen, dass er das Gefühl hat, zwischen zwei Stühlen, zwei Welten zu sitzen. Schließlich ergeht es mir nicht anders.

Vor dem Ball war ich ein Nervenbündel, und je näher der Abend rückte, desto schlimmer wurde meine Angst. Jetzt kann ich gar nicht erwarten, dass der nächste Tag beginnt. Wenn wir morgen siegen, wird die Sonne über einer neuen Welt untergehen. Der König wird seine Krone ablegen und seine Macht an Farley, Maven und mich delegieren. Der Wechsel wird ohne Blutvergießen geschehen, ein friedlicher Übergang von einer Regierung zur nächsten. Wenn wir verlieren, ist die Knochenarena alles, worauf ich noch hoffen kann. Aber wir werden nicht verlieren. Cal lässt mich nicht sterben, und Maven ebenso wenig. Sie sind meine Schutzschilde.

Als ich mich ins Bett lege, ertappe ich mich dabei, wie ich Julians Karte anstarre. Sie ist alt und hat keinerlei praktischen Wert mehr, aber ich empfinde sie trotzdem als tröstlich. *Sie ist der Beweis dafür, dass die Welt sich verändern kann.*

Mit diesem Gedanken im Kopf sinke ich in einen unruhigen, leichten Schlaf. Mein Bruder besucht mich in meinen Träumen. Er steht am Fenster und schaut mit seltsam sorgenvoller Miene auf die Stadt hinunter, bevor er sich zu mir umdreht. »Es gibt noch andere«, sagt er. »Du musst sie finden.«

»Das werde ich«, antworte ich schlaftrunken.

Dann ist es vier Uhr morgens, und ich habe keine Zeit mehr für Träume.

Auf dem Weg zu Mavens Zimmer bringe ich eine Kamera nach der anderen zum Erliegen. Sie fallen wie Bäume, in die die Axt fährt. Bei jedem Schatten im Flur zucke ich zusammen, da ich erwarte, dass mir ein Wachmann oder ein Königswächter entgegentritt, doch ich bleibe unbehelligt. Sie beschützen vorrangig Cal und den König, nicht mich und auch nicht den zweiten Prinzen. Wir sind nicht wichtig. *Aber das wird sich ändern.*

Maven öffnet die Tür, kaum dass ich die Klinke in der Hand habe. Er ist blass in der Dunkelheit und hat Ringe unter den Augen, als hätte er gar nicht geschlafen, wirkt aber trotzdem hellwach. Ich erwarte, dass er meinen Arm nimmt und mich in seine Wärme einhüllt, doch stattdessen schlägt mir Kälte entgegen. *Er hat Angst*, begreife ich.

Wenige qualvolle Minuten später sind wir draußen und gehen

hinter der Kommandozentrale entlang zu der Stelle zwischen dem Gebäude und der äußeren Mauer, wo wir warten sollen. Sie ist perfekt, denn von dort aus sehen wir den Cäsarplatz und die Brücke, während das vergoldete Dach der Kommandozentrale uns vor den Blicken der Patrouillen abschirmt. Ich brauche keine Uhr, um zu wissen, dass wir genau pünktlich sind.

Über uns hellt der Nachthimmel sich allmählich auf, und das Schwarz weicht einem dunklen Blau. *Die Dämmerung bricht an.*

Um diese Zeit liegt eine Ruhe über der Stadt, die ich nie für möglich gehalten hätte. Selbst die patrouillierenden Wachen sind schläfrig und bewegen sich langsam von Posten zu Posten. Ich bin aufgeregt und mir zittern die Knie. Maven dagegen steht vollkommen still neben mir. Er starrt durch die Diamantglaswand und behält unentwegt die Brücke im Blick. Seine Konzentration ist beeindruckend.

»Sie kommen zu spät«, flüstert er.

»Nein, tue ich nicht.«

Wenn ich es nicht besser wüsste, würde ich Farley für eine Schattengeherin halten, die sich von jetzt auf gleich sichtbar oder unsichtbar machen kann. Sie taucht urplötzlich aus dem Halbdunkel auf und klettert aus einem Gully.

Ich biete ihr meine Hand an, aber sie richtet sich ohne Hilfe auf. »Wo sind die anderen?«

»Sie warten«, antwortet sie mit einem Fingerzeig nach unten.

Wenn ich mich anstrenge, kann ich sie gerade so erkennen; sie drängen sich unten im Schacht zusammen und warten darauf, an die Oberfläche gerufen zu werden. Am liebsten würde ich auch nach unten klettern und mich neben Kilorn und meine Leute stellen, aber mein Platz ist hier, bei Maven.

»Sind sie bewaffnet?«, fragt Maven, beinahe ohne die Lippen zu bewegen. »Sind sie kampfbereit?«

Farley nickt. »Immer. Aber ich rufe sie erst heraus, wenn wir sicher sind, dass der Platz uns gehört. Ich traue Lady Barrows Begabung, Männer zu bezirzen, nicht so ganz.«

Ich auch nicht, aber das kann ich nicht laut sagen. *Er wird sich immer für dich entscheiden.* Noch nie habe ich mir gewünscht, dass etwas wahr ist und sich gleichzeitig als falsch herausstellt.

»Kilorn wollte, dass ich dir das hier gebe«, fügt sie hinzu und streckt die Hand aus. Darin liegt ein winziger grüner Stein in der Farbe seiner Augen. *Ein Ohrring.* »Er meinte, du wüsstest schon, was das bedeutet.«

Es verschlägt mir die Sprache vor Rührung. Ich nicke stumm, nehme den Stein, um ihn zu den anderen in meinem Ohr zu stecken. *Bree, Tramy, Shade* – ich weiß, was diese Steine bedeuten. *Kilorn ist jetzt ein Krieger. Aber er möchte, dass ich ihn so in Erinnerung behalte, wie er war.* Jemand, der mit mir gelacht und mich geneckt hat und der immer herumgelaufen ist wie ein verirrtes Hündchen. Das werde ich niemals vergessen.

Es tut weh, als ich die Metallspitze in mein Ohr bohre, und ein Blutstropfen quillt heraus. Als ich die Hand sinken lasse, sehe ich die roten Flecken an meinen Fingern. *Das bist du: rot.*

Ich schaue wieder in den Schacht hinunter und hoffe, seine grünen Augen zu erspähen, doch die Dunkelheit schluckt alle, die dort unten warten.

»Seid ihr bereit?«, fragt Farley leise und schaut zwischen Maven und mir hin und her.

»Ja, wir sind bereit«, antwortet Maven für uns beide.

Aber damit gibt Farley sich nicht zufrieden. »Mare?«

»Ich bin bereit.«

Die Rebellin holt tief Luft und tippt dann mit dem Fuß seitlich gegen den Gully. Einmal, zweimal, dreimal. Dann wenden wir uns gemeinsam der Brücke zu und warten darauf, dass die Welt sich verändert.

Zu dieser Stunde herrscht noch kein Verkehr, nicht ein Gefährt ist zu hören. Die Geschäfte sind geschlossen, die kleinen Marktplätze leer. Mit etwas Glück wird das Einzige, was heute Schaden nimmt, aus Beton und Stahl bestehen. Auch der letzte Abschnitt der Brücke, der West-Archeon mit dem Rest der Stadt verbindet, wirkt vollkommen ruhig.

Doch dann explodiert er und wir sehen einen hellen orangeroten Feuerschein, eine Sonne, die die silberne Dunkelheit zerteilt. Ich spüre Hitze, aber sie geht nicht von der Explosion aus, sondern von Maven. Die Bombe entfacht etwas in ihm, entzündet seine Flamme.

Der laute Knall hallt nach und das Wasser im Fluss tost, als der letzte Brückenabschnitt kollabiert. Er ächzt und bebt wie ein sterbendes Monster, während er in sich zusammensackt und sich sowohl vom Festland als auch vom Rest der Brücke löst. Betonpfeiler bersten, Eisenkabel reißen, und die Trümmer fallen krachend ins Wasser oder ans Ufer. Eine Wolke aus Staub und Rauch steigt auf und verdeckt die Sicht auf den Rest der Stadt. Aber noch bevor die ersten Trümmerteile in den Fluss gestürzt sind, schrillen Alarmglocken über den Platz.

Oberhalb von uns laufen Patrouillen an der Mauer entlang, um sich einen Eindruck vom Ausmaß der Zerstörung zu verschaffen. Sie schreien und wissen offenkundig nicht, wie sie die Ereignisse deuten sollen. Die meisten starren fassungslos auf die Brücke. In der Kaserne gehen die Lichter an, und die Soldaten, alle fünftausend, springen aus den Betten. *Cals Soldaten. Cals Legion.* Und mit ein bisschen Glück unsere.

Ich kann kaum den Blick von dem Feuer und dem Rauch abwenden, aber Maven tut es. »Da ist er«, zischt er und zeigt auf einige dunkle Gestalten, die aus dem Palast gerannt kommen.

Er wird von seinen Wachen begleitet, doch Cal ist zuerst bei der Kaserne. Er trägt noch seine Nachtkleidung, aber noch nie hat er so furchterregend ausgesehen. Während immer mehr Soldaten und Sicherheitsleute auf dem Platz zusammenlaufen, brüllt er Befehle und schafft es, sich bei der wachsenden Menge Gehör zu verschaffen. »Bewacht die Tore! Und bringt Nymphen ans andere Ufer, damit sich das Feuer nicht ausweitet!«

Die Männer springen sofort los, um seine Befehle auszuführen. *Jede Legion ist ihrem General treu ergeben.*

Hinter uns drückt Farley sich flach an die Mauer und rückt Zentimeter um Zentimeter näher an ihren Gully heran. Beim ersten Anzeichen von Problemen wird sie verschwinden, um den Kampf an einem anderen Tag fortzuführen. *Aber das wird nicht passieren. Unser Plan wird aufgehen.*

Maven rührt sich als Erster, um loszugehen und seinen Bruder zu uns zu holen, aber ich dränge ihn zurück.

»Das muss ich machen«, flüstere ich und spüre, wie mich eine seltsame Ruhe überkommt. *Er wird sich immer für dich entscheiden.*

Es gibt kein Zurück mehr, als ich auf den Platz trete, so dass die Legion und die Patrouillen und Cal mich auf jeden Fall sehen. Oben auf der Mauer gehen Scheinwerfer an; einige sind auf die Brücke gerichtet, andere nach unten, auf uns. Einer scheint direkt durch mich hindurchzuleuchten, und ich muss meine Augen mit der Hand abschirmen.

»Cal!«, schreie ich über den ohrenbetäubenden Lärm von fünftausend Soldaten hinweg. Und irgendwie hört er mich tatsächlich, sein Kopf schnellt in meine Richtung. Durch die Masse der Soldaten, die nach und nach Aufstellung nehmen, sehen wir uns an.

Als er sich durch dieses Meer wühlt, um zu mir zu gelangen, bin ich einer Ohnmacht nahe. Plötzlich höre ich das Blut in meinen Ohren rauschen, und das Geräusch ist so laut, dass der Alarmton und die Schreie dahinter zurücktreten. Ich habe Angst. Große Angst. *Das ist nur Cal*, sage ich mir. *Der junge Mann, der Musik und Motorräder liebt. Nicht der Soldat, nicht der General, nicht der Prinz. Der junge Mann. Er wird sich immer für dich entscheiden.*

»Geh sofort zurück in den Palast!« Er baut sich vor mir auf und schlägt den festen, gebieterischen Ton an, der einen Berg dazu bringen könnte, sich zu verneigen. »Hier ist es zu gefährlich, Mare!«

Mit einer Willensstärke, die ich mir selbst nie zugetraut hätte, greife ich nach seinem Kragen, und er wird still. »Was, wenn das der Preis wäre?« Ich schaue zurück zu der beschädigten Brücke, zu dem Schleier aus Rauch und fliegender Asche. »Nichts als ein paar Tonnen Beton. Was, wenn ich dir sage, dass du jetzt und hier die Chance hast, alles zu einem guten Ende zu führen. Dass du *uns* retten kannst.«

Sein flackernder Blick sagt mir, dass er aufmerksam zuhört. »Tu das nicht«, protestiert er schwach und greift nach meiner Hand. In seinen Augen steht Angst, mehr Angst, als ich je gesehen habe.

»Du hast mir mal gesagt, du glaubst an uns, an die Freiheit, die

Gleichheit. Es hängt nur von dir ab. *Du* kannst es Wirklichkeit werden lassen, mit nur einem Wort. Ohne dass es Krieg gibt. Ohne dass jemand stirbt.« Meine Worte lassen ihn erstarren, verschlagen ihm den Atem. Ich weiß nicht, was in ihm vorgeht, aber ich rede weiter. *Damit er versteht.* »Du hast es in der Hand. Das ist deine Armee, dieser ganze Ort gehört dir – nimm ihn ein und befreie ihn! Marschiere in den Palast, zwing deinen Vater auf die Knie und tu das Richtige. Du weißt, dass es das Richtige ist. *Bitte*, Cal!«

Cal atmet schnell und stoßweise, ich spüre es unter meinen Händen, und nichts kam mir je so wirklich und so wichtig vor. Ich weiß, woran er denkt – an sein Königreich, seine Pflicht, seinen Vater. Und an mich, die Blitzwerferin, die ihn bittet, all das aufzugeben. Meine innere Stimme sagt mir, dass er es tun wird.

Zitternd drücke ich ihm einen Kuss auf die Lippen. *Er wird sich für mich entscheiden.* Seine Haut ist kalt, so kalt wie eine Leiche.

»Entscheide dich für mich«, sage ich leise. »Entscheide dich für eine neue Welt. *Erschaffe* eine bessere Welt. Die Soldaten gehorchen dir. Dein *Vater* wird sich fügen.« Mein Herz zieht sich zusammen und alle meine Muskeln verkrampfen, während ich auf seine Antwort warte. Meine Energie bringt den auf uns gerichteten Scheinwerfer zum Flackern; er blinkt im Rhythmus meines Herzschlags. »Es war mein Blut, das ihr im Verlies gefunden habt. Ich habe der Scharlachroten Garde zur Flucht verholfen. Bald werden es alle wissen – und sie werden mich töten. Lass das nicht zu. *Rette mich!*«

Meine Worte wühlen ihn auf und er umklammert mein Handgelenk.

»Du warst es, die ganze Zeit schon.«

Er wird sich immer für dich entscheiden.

»Es bricht eine neue Zeit an, Cal. Heiße sie mit mir willkommen. Mit *uns.*«

Sein Blick wandert zu Maven, der jetzt auf uns zukommt. Die Brüder sehen sich an und kommunizieren auf eine Weise, die ich nicht verstehe. *Er wird sich für uns entscheiden.*

»Du warst es, die ganze Zeit schon«, sagt er wieder, aber diesmal stockend, vernichtet. In seinem Ton liegt der Schmerz von tausend Toden, tausendfachem Verrat. *Jeder kann jeden verraten*, fällt mir wieder ein. »Die Flucht, die Schießerei, die Stromausfälle. Du hattest von Anfang an deine Finger im Spiel.«

Ich löse mich von ihm, möchte es ihm erklären, aber er hat nicht die Absicht, mich gehen zu lassen.

»Wie viele Menschen hast du umgebracht mit deiner neuen Zeit? Wie viele Kinder, wie viele Unschuldige?« Seine Hand wird heiß, heiß genug, um mich zu verbrennen. »Wie viele Menschen hast du verraten?«

Meine Knie geben nach, aber Cal lässt nicht los. Ich höre Maven undeutlich irgendwo schreien; der Prinz, der herbeistürmt, um seine Prinzessin zu retten. *Aber ich bin keine Prinzessin. Ich bin nicht das Mädchen, das gerettet wird.* Das Feuer in Cal wird stärker; es flackert wild in seinen Augen. Ich spüre, wie ein Blitz, genährt von Zorn, durch meinen Körper zuckt. Er entlädt sich zwischen uns und wirft mich nach hinten, weg von Cal, der ebenfalls stürzt. Mir brummt der Schädel vor lauter Sorge und Wut und elektrischer Energie.

Hinter mir höre ich Maven wieder schreien. Als ich mich umdrehe, sehe ich, wie er wild in Farleys Richtung gestikuliert. »Lauf! *Lauf weg!*«

Cal kommt schneller wieder auf die Beine als ich und ruft seinen

Soldaten etwas zu. Sein Blick folgt Mavens, und er zählt eins und eins zusammen. »Die Kanalisation!«, brüllt er, ohne mich aus den Augen zu lassen. »Sie sind in der Kanalisation!«

Farleys Schatten verschwindet; sie versucht zu entkommen, während bereits die ersten Kugeln fliegen. Soldaten stürmen über den Platz und reißen Gullydeckel und Gitter heraus, um das unterirdische Kanalsystem freizulegen. Dann ergießen sie sich in die Tunnel wie eine fürchterliche Flut. Ich möchte mir die Ohren zuhalten, um die Schreie und die Kugeln und das Blutvergießen nicht hören zu müssen.

Kilorn. Sein Name weht durch meine Gedanken, leise, ein Wispern nur. Aber ich habe keine Zeit, lange an ihn zu denken, weil Cal über mir auftaucht, er zittert am ganzen Körper. Doch ich fürchte mich nicht vor ihm. Ich glaube, jetzt kann mir nichts mehr Angst machen. *Denn das Schlimmste ist bereits eingetreten. Wir haben verloren.*

»Wie viele?«, schreie ich, als ich die Kraft finde, ihm entgegenzutreten. »Wie viele sind denn verhungert? Wie viele wurden ermordet? Wie viele Kinder habt ihr ihren Eltern entrissen, damit sie für euch sterben? Wie viele, *mein Prinz*?«

Ich dachte, ich wüsste, was Hass ist. *Doch ich habe mich geirrt. In mir selbst, in Cal und in allem.* Mir wird schwindlig vor Schmerz bei dieser Erkenntnis, aber ich bleibe aufrecht stehen, schaffe es irgendwie, nicht das Gleichgewicht zu verlieren. *Er wird sich nie für mich entscheiden.*

»Mein Bruder, Kilorns Vater, Tristan, Walsh!« Ich schleudere ihm Namen entgegen, so viele mir einfallen, zähle alle auf, die wir bereits verloren haben. Sie bedeuten Cal nichts, aber mir bedeuten sie alles. Und ich weiß, dass es noch Tausende, Millionen mehr sind. Eine Million vergessene Untaten.

Cal antwortet nicht, und ich erwarte, meine Wut in seinen Augen gespiegelt zu finden. Doch stattdessen entdecke ich nichts als Trauer darin. Er flüstert mir etwas zu, und als ich seine Worte höre, möchte ich mich fallen lassen und nie wieder aufstehen.

»Ich wünschte, die Verhältnisse wären andere.«

Ich warte darauf, dass Funken fliegen und mein Blitz aus mir herausfährt, aber nichts dergleichen passiert. Als ich kalte Hände an meinem Hals und Handschellen an den Armen spüre, weiß ich auch, warum. Ausbilder Arven, *die Stille*, der uns zu ganz normalen Menschen machen kann, steht hinter mir und legt all meine Kräfte lahm, bis ich nichts weiter bin als ein weinendes Mädchen. Er nimmt mir alles, all meine Stärke und die elektrische Energie, über die ich zu gebieten dachte. *Ich habe verloren.* Und diesmal ist niemand da, um mich aufzufangen, als meine Knie nachgeben. Undeutlich höre ich noch, wie Maven aufschreit, bevor auch er zu Boden gedrückt wird.

»Bruder!«, brüllt er, um Cal doch noch aufzurütteln. »Sie werden sie töten! Und *mich* auch!« Doch Cal reagiert nicht. Er spricht mit einem seiner Hauptleute, und ich mache mir nicht die Mühe hinzuhören. Ich könnte auch nichts verstehen, selbst wenn ich wollte.

Der Boden unter mir erbebt bei jeder Salve, die tief in den Tunneln abgegeben wird. Wie viel Blut wird sie bis zum Abend rot färben?

Mein Kopf ist zu schwer, mein Körper zu schwach, und ich sinke auf den gefliesten Boden. Er fühlt sich kalt an, tröstlich und glatt. Maven stürzt nach vorn, sein Kopf landet neben mir. *So eine Situation habe ich schon mal erlebt.* Gisas Schreie und das Krachen ihrer zerschmetternden Knochen – diese Erinnerungen geistern durch meinen Kopf.

»Bringt sie in den Palast, zum König. Er wird über sie beide richten.«

Cals Stimme ist nicht wiederzuerkennen. Ich habe ihn in ein Monster verwandelt. Zum Handeln gezwungen. Vor die Wahl gestellt. Ich war voller Erwartung, und dumm. Ich habe mich der Hoffnung hingegeben.

Ich Idiotin.

Hinter Cals Kopf geht die Sonne auf und taucht ihn ins Licht der Morgendämmerung. Sie scheint zu hell, zu stechend und zu früh; ich muss die Augen schließen.

26

Ich komme kaum mit bei dem Tempo, aber der Soldat hinter mir, der meine gefesselten Arme festhält, schiebt mich immer weiter vorwärts. Ein anderer macht dasselbe mit Maven. Arven folgt uns, um sicherzustellen, dass wir nicht fliehen können. Seine Gegenwart lastet wie ein Gewicht auf mir und vernebelt meine Sinne. Zwar nehme ich wahr, dass wir uns durch einen leeren Gang bewegen, weit weg von den neugierigen Blicken des Hofes, aber ich habe keine Kraft, mir darüber Gedanken zu machen. Cal läuft mit hochgezogenen Schultern voraus; offenbar kämpft er gegen das Bedürfnis an, sich zu uns umzudrehen.

Der Lärm der Schüsse und Schreie halt in meinem Kopf wider, und ich sehe das Blut vor mir, das in den Tunneln vergossen wurde. *Sie sind tot. Wir sind tot. Es ist vorbei.*

Ich rechne damit, dass wir in das dunkelste Verlies der Welt hinabsteigen, aber Cal führt uns nach oben, in einen fensterlosen Raum ohne Königswächter. Als wir eintreten, sind nicht einmal unsere Schritte zu vernehmen – der Raum ist schallisoliert. Hier hört uns niemand. Und das macht mir mehr Angst als die Schusswaffen oder das Feuer oder die unbändige Wut, die der König ausstrahlt.

Er steht mit seiner vergoldeten Rüstung und der Krone auf dem Kopf in der Mitte des Raums. An seiner Seite hängt das Zeremonienschwert, zusammen mit einer Pistole, die er vermutlich noch nie benutzt hat. *Alles Teil des Schauspiels. Wenigstens verkörpert er seine Rolle glaubwürdig.*

Auch die Königin ist anwesend; sie empfängt uns in nichts als einem dünnen weißen Kleid. Kaum dass wir den Raum betreten, treffen sich unsere Blicke, und so wie ein Messer ins Fleisch schneidet, erzwingt sie sich Zugang zu meinen Gedanken. Ich schreie auf vor Schmerz und versuche unwillkürlich, mir an den Kopf zu greifen, doch die Handschellen hindern mich daran.

Alles zieht noch einmal an meinem geistigen Auge vorbei, vom Anfang bis zum Ende. Kilorn. Wills Wagen. Die Garde. Die Ausschreitungen, die Treffen, die geheimen Nachrichten. Mavens Gesicht zieht sich durch meine Erinnerungen und zeichnet sich deutlich vor dem Durcheinander ab, doch Elara schiebt es weg. *Was ich über* ihn *weiß, will sie nicht sehen.* Mein Hirn überdreht förmlich bei diesem Ansturm und springt von Gedanke zu Gedanke, bis mein ganzes Leben, jeder Kuss und jedes Geheimnis offen vor ihr liegt.

Als sie endlich aufhört, fühle ich mich wie tot. Ich wünschte, ich *wäre* tot. *Wenigstens brauche ich jetzt nicht mehr lange darauf zu warten.*

»Lasst uns allein«, befiehlt Elara in einem scharfen Ton. Die Soldaten sehen zu Cal. Als er nickt, gehorchen sie und verlassen mit klickenden Stiefeln den Raum. Aber Arven bleibt und schneidet mich weiterhin von meiner Energie ab. Als die Schritte der Soldaten verhallt sind, atmet der König aus.

»Mein Sohn?« Er schaut Cal an, und ich bemerke den Hauch eines Zitterns in seinen Fingern. Ich weiß nicht, wovor er sich fürchten sollte. »Ich will es von dir hören.«

»Sie haben schon lange ihre Finger im Spiel bei der Sache«, murmelt Cal; er ist kaum im Stande, es laut auszusprechen. »Seit sie an den Hof gekommen ist.«

»Alle beide?« Tiberias wendet sich von Cal ab und seinem vergessenen Sohn zu. Er wirkt traurig und verzieht schmerzlich das Gesicht. Seine Lider flackern, es fällt ihm schwer, Maven anzuschauen, doch der sieht ihm furchtlos ins Auge. *Er verzieht keine Miene.* »Du hast davon gewusst, mein Junge?«

Maven nickt. »Ich habe bei der Planung geholfen.«

Tiberias schwankt, als hätte Maven ihm einen Schlag versetzt. »Und die Schießerei?«

»Ich habe die Opfer ausgewählt.«

Cal kneift die Augen zu, als könnte er das alles einfach ausblenden.

Mavens Blick wandert am Vater vorbei zu Elara, die dicht neben dem König steht. Die beiden sehen sich an, und einen Augenblick lang habe ich den Eindruck, dass sie seine Gedanken durchforstet. Aber dann wird mir plötzlich klar, dass sie genau das nicht tut. *Sie bringt es nicht über sich.*

»Du hast doch gesagt, ich soll mir eine Aufgabe suchen, Vater. Und das habe ich getan. Bist du stolz auf mich?«

Aber Tiberias konzentriert sich lieber auf mich. Er knurrt wie ein Bär. »Das ist *dein* Werk! Du hast ihn angestiftet, du hast meinen Sohn mit diesem Gift infiziert!« Als ihm Tränen in die Augen steigen, weiß ich, dass das Herz des Königs, egal wie klein oder kalt es auch sein mag, gebrochen ist. *Er liebt Maven eben doch, auf seine Art. Aber jetzt ist es zu spät.* »Du hast mir meinen Sohn weggenommen!«

»Das habt Ihr Euch selbst zuzuschreiben«, presse ich hervor.

»Maven hat ein Herz, und wie ich glaubt er daran, dass wir die Welt verändern können. Wenn überhaupt, dann hat Euer Sohn mich verändert.«

»Das glaube ich nicht. Du hast ihn irgendwie dazu verführt.«

»Sie sagt die Wahrheit.«

Dass ausgerechnet Elara mich verteidigt, verschlägt mir den Atem.

»Unser Sohn hat schon immer einen Wandel herbeigesehnt.« Ihre Augen fixieren weiterhin Maven. Sie klingt *ängstlich.* »Er ist noch so jung, Tiberias.«

Rette ihn, schreie ich innerlich. Sie muss mich hören. *Sie muss einfach.*

Maven atmet neben mir nervös ein. Er wartet auf das, was unser Untergang sein könnte.

Tiberias senkt den Blick. Er kennt die Gesetze besser als jeder andere. Doch Cal ist stark genug, seinem Bruder in die Augen zu schauen. Ich kann förmlich sehen, wie er sich an ihr gemeinsames Leben erinnert. *Flamme und Schatten. Das eine kann ohne das andere nicht existieren.*

Nach einem langen, bedrückenden Schweigen legt der König eine Hand auf Cals Schulter. Sein Kopf zittert, und Tränen rinnen über seine Wangen in den Bart.

»Er mag vielleicht jung sein, aber Maven hat Menschenleben auf dem Gewissen. Zusammen mit dieser – dieser Schlange«, er zeigt mit bebendem Finger auf mich, »hat er schwere Verbrechen an seinesgleichen begangen. An *mir*, und an dir. An unserem Thron.«

»Vater!« Cal stellt sich schnell vor uns. »Er ist dein Sohn. Es muss eine andere Lösung geben.«

Tiberias fasst sich; er schiebt alles Väterliche beiseite und wird wieder zum König. Mit der Hand wischt er sich die Tränen weg. »Wenn du einmal meine Krone trägst, wirst du mich verstehen.«

Die Augen der Königin verengen sich zu blauen Schlitzen. *Ihre Augen – sie sehen genauso aus wie die von Maven.*

»Glücklicherweise wird es dazu nie kommen«, erklärt sie ungerührt.

»Wie bitte?« Tiberias will sich zu ihr umdrehen, erstarrt aber auf halbem Wege.

Ich habe so etwas schon einmal gesehen. In der Arena zu Hause, vor langer Zeit, als der Flüsterer den Starkarm besiegte. Dasselbe hat Elara auch mit mir schon gemacht, sie hat mich in eine Marionette verwandelt. Und jetzt hält sie die Fäden wieder in der Hand.

»Was soll das, Elara?«, zischt der König.

Sie antwortet mit Worten, die keiner hören kann, denn sie spricht direkt im Kopf des Königs. Und ihm gefällt ihre Antwort ganz und gar nicht. »Nein!«, brüllt er, während sie ihn mit ihren Einflüsterungen in die Knie zwingt.

Cal verliert die Fassung; aus seinen Fäusten schießen Flammen, doch Elara streckt eine Hand aus und stoppt ihn mitten in der Bewegung. *Sie kontrolliert sie beide.*

Er wehrt sich mit zusammengebissenen Zähnen, kann sich jedoch nicht vom Fleck rühren. Selbst das Sprechen fällt ihm schwer. »Elara. Arven!«

Aber unser Lehrer krümmt keinen Finger. Er steht einfach reglos da und sieht zu. Wie es scheint, gilt seine Loyalität nicht dem König, sondern der Königin.

Sie rettet uns. Um ihres Sohnes willen rettet sie uns. Wir haben darauf gesetzt, dass Cal mich genug lieben würde, um für mich die Welt zu verändern. Stattdessen hätten wir die Königin in unsere Rechnung einbeziehen sollen. Ich möchte laut lachen, aber irgendwas in Cals Miene hält mich zurück.

»Julian hat mich gewarnt«, knurrt Cal, während er weiter versucht, sich ihrer Kontrolle zu entziehen. »Und ich dachte, er erzählt Lügen über dich, über meine Mutter, über das, was du ihr angetan hast.«

Der kniende König heult laut auf. Es ist ein schreckliches Geräusch, eins, das ich nie wieder hören will. »Coriane«, stöhnt er, starr zu Boden blickend. »Julian hat es gewusst. Sara hat es gewusst. Du hast sie für die Wahrheit bestraft.«

Auf Elaras Stirn sammeln sich Schweißperlen. Sie kann den König und den Prinzen nicht mehr lange im Griff halten.

»Elara, Ihr müsst Maven hier rausschaffen«, sage ich ihr. »Kümmert Euch nicht um mich, bringt ihn einfach in Sicherheit.«

»Da kannst du ganz unbesorgt sein, kleine Blitzwerferin«, höhnt sie. »Ich habe nicht vor, einen Gedanken an dich zu verschwenden. Obwohl deine Loyalität gegenüber meinem Sohn schon beeindruckend ist. Nicht wahr, Maven?« Sie wirft einen Blick über die Schulter auf ihren Sohn, der noch immer gefesselt ist.

Daraufhin reißt Maven die Arme zur Seite und zerbricht mit schockierender Leichtigkeit seine Handschellen. Eisentropfen für Eisentropfen schmelzen sie von seinen Handgelenken und brennen Löcher in den Fußboden. Als er aufsteht, erwarte ich, dass er mich verteidigt, mich zu retten versucht, so wie ich ihn retten wollte. Dann bemerke ich, dass Arven mich weiter in seiner Gewalt hat; das vertraute Gefühl der pulsierenden Funken, meiner Elektrizität, bleibt verschwunden. Arven hält mich immer noch fest, obwohl er Maven freigelassen hat.

Als Cals und mein Blick sich treffen, erkenne ich, dass er viel mehr von dem hier begreift als ich. *Jeder kann jeden verraten*, hallt es lauter und lauter durch meinen Kopf, bis es mir in den Ohren heult wie ein Orkan.

»Maven?« Ich muss nach oben schauen, um sein Gesicht zu sehen, und eine Sekunde lang erkenne ich ihn nicht wieder. Er ist immer noch derselbe junge Mann, der mich getröstet, mich geküsst, mich gestärkt hat. Mein Freund. *Mehr als mein Freund.* Aber irgendetwas stimmt nicht mit ihm. Irgendetwas hat sich verändert. »Maven, hilf mir auf.«

Er rollt seine Schultern, um die Verspannung zu vertreiben, und seine Knochen knirschen. Seine Bewegungen wirken träge und eigenartig. Als er wieder ruhig dasteht und die Hände in die Hüften stemmt, kommt es mir so vor, als sähe ich ihn zum ersten Mal. *Seine Augen sind so kalt.*

»Nein, lieber nicht.«

»Was?« Ich höre meine Stimme, als spräche jemand anders. Ich klinge wie ein kleines Mädchen. *Ich bin nur ein kleines Mädchen.*

Maven antwortet nicht, sieht mir aber ins Gesicht. Der Maven, den ich kenne, ist noch da, aber er versteckt sich, ist nur noch ein Flackern hinter seinen Augen. *Wenn ich ihn nur anfassen könnte* – doch Maven kommt mir zuvor und schiebt mich von sich weg, als ich versuche mich ihm zu nähern.

»HAUPTMANN TYROS!«, brüllt Cal, der immer noch sprechen kann. Das hat Elara ihm noch nicht genommen. Nur kommt niemand. Denn niemand kann uns hören. »HAUPTMANN

TYROS!«, schreit er erneut. Flehen ist seine Sache nicht. »EVANGELINA! PTOLEMUS, WIR BRAUCHEN HILFE!«

Elara lässt ihn ungerührt brüllen; der Lärm scheint ihr sogar zu gefallen, aber Maven verzieht das Gesicht. »Müssen wir uns das anhören?«, fragt er.

»Nein, müssen wir nicht«, seufzt die Königin und legt den Kopf schief. Kraft ihrer Gedanken sorgt sie dafür, dass sich Cals Körper bewegt, bis er vor seinem Vater steht.

Cal gerät in Panik, seine Augen weiten sich. »Was soll das?«

Das Gesicht des zu seinen Füßen knienden Königs verfinstert sich. »Ist das nicht offensichtlich?«

Ich habe nicht die geringste Ahnung, was los ist. Ich gehöre hier nicht her. Julian hatte Recht. Das ist ein Spiel, dessen Regeln ich nicht kenne, das ich nicht beherrsche. Ich wünschte, Julian wäre jetzt bei uns, um es mir zu erklären, mir zu helfen, mich zu retten. Aber es kommt niemand.

»Maven, bitte!«, flehe ich und versuche ihn dazu zu bringen, mich anzuschauen. Doch er wendet sich ab und konzentriert sich ganz auf seine Mutter und die Verwandten, die er verraten hat. *Er ist seiner Mutter Sohn.*

Es war Elara egal, dass er in meinen Erinnerungen vorkommt. Es hat sie auch nicht interessiert, dass er an alldem hier beteiligt war. Sie wirkte nicht einmal überrascht. Die Erklärung dafür ist einfach und fürchterlich: *Weil sie es schon wusste. Weil er ihr Sohn ist. Weil sie das hier die ganze Zeit geplant hat.* Diese Erkenntnis schmerzt wie ein Messer, das meine Haut aufritzt, aber zugleich macht der Schmerz sie auch realer.

»Du hast mich benutzt.«

Endlich lässt Maven sich dazu herab, mich anzusehen. »Dass du das auch schon begreifst«, höhnt er.

»Du hast die Opfer ausgesucht. Oberst Macanthos, Reynald, Belicos, sogar Ptolemus – sie waren gar nicht die Feinde der Garde, sondern deine.« Ich möchte ihn am liebsten in Stücke reißen, auch ohne meine Blitze. Ich möchte ihm Schmerzen zufügen.

Jetzt endlich lerne ich meine Lektion: *Jeder kann jeden verraten*.

»Und das hier, das war nur eine deiner Intrigen. Du hast mich dazu gedrängt, obwohl es unmöglich war, obwohl du gewusst hast, dass Cal seinen Vater niemals verraten würde! Du hast es mir eingeredet. Du hast es uns allen eingeredet.«

»Wenn ihr dumm genug seid, mir zu glauben, könnt ihr das schlecht mir zum Vorwurf machen«, antwortet er. »Die Scharlachrote Garde ist jetzt jedenfalls erledigt.«

Es fühlt sich an wie ein Tritt ins Gesicht. »Das waren deine Freunde! Sie haben dir *vertraut*!«

»Sie stellten eine Bedrohung für mein Königreich dar, und sie waren dumm«, erwidert er. Er beugt sich vor und schaut mit einem bösen Grinsen auf mich herab. »Sie *waren* es.«

Elara lacht über seinen grausamen Scherz. »Es war fast schon *zu* einfach, dich bei ihnen einzuschleusen. Ein sentimentaler Diener, mehr brauchte es nicht. Wie solche Dummköpfe zu einer Gefahr werden konnten, ist mir unbegreiflich.«

»Ich habe dir vertraut«, flüstere ich und denke an all die Lügen, die er mir erzählt hat. »Ich habe geglaubt, du wolltest uns helfen.« Meine Stimme ist nur ein Wimmern. Für einen Sekundenbruchteil huschen Gefühle über sein bleiches Gesicht, aber das geht schnell vorbei.

»Du warst wirklich unglaublich ungeschickt«, spottet Elara. »Damit hättest du unsere Bemühungen beinahe zunichtegemacht. Benutzt deinen eigenen Wächter, um den anderen zur Flucht zu verhelfen, und sorgst für all diese Stromausfälle. Hast du im Ernst geglaubt, ich würde dir nicht auf die Schliche kommen?«

Wie betäubt schüttele ich den Kopf. »Ihr habt mich einfach machen lassen. Ihr habt alles gewusst.«

»Natürlich habe ich alles gewusst. Was meinst du, wie du es sonst so weit geschafft hättest? *Ich* musste deine Spuren verwischen, *ich* musste dich vor allen beschützen, die clever genug waren, um die Zeichen zu erkennen!« Elara faucht und knurrt wie ein wildes Tier. »Du hast ja keine Ahnung, was ich alles tun musste, damit man dir nicht vorzeitig das Handwerk legt!« Sie genießt die Situation derart, dass sie vor Freude silbern anläuft. »Aber du bist eine Rote, und genau wie all die andern Roten bist du zum Scheitern verdammt.«

Ihre Worte treffen mich, und alle Erinnerungsbruchstücke ergeben plötzlich einen Sinn. Im Grunde meines Herzens hätte ich wissen müssen, dass Maven nicht zu trauen ist. *Er war zu perfekt, zu mutig, zu freundlich. Er hat sich von seinesgleichen abgewandt, um sich der Garde anzuschließen. Er hat mich gedrängt, Cal Hoffnung zu machen. Er hat mir genau das gegeben, was ich wollte, und mich dadurch blind gemacht.*

Mir ist zum Schreien und zum Weinen zu Mute. Mein Blick wandert wieder zu Elara. »Ihr habt ihm vorgegeben, was er mir sagen sollte«, flüstere ich. Sie braucht gar nicht zu nicken; ich weiß auch so, dass es stimmt. »Ihr wisst, wie es in meinem Herzen aussieht, und deshalb wusstet Ihr auch genau, womit er mich für sich gewinnen konnte.« Bei der Erinnerung daran, wie sie meine Gedanken manipuliert hat, schmerzt mir der Kopf.

Doch nichts tut so weh wie Mavens gleichgültige Miene.

»War denn *irgendetwas* wahr von dem, was du mir erzählt hast?«

Er schüttelt den Kopf, aber ich weiß, dass auch das gelogen ist.

»Nicht einmal die Geschichte mit Thomas?«

Dieser Junge an der Front, der starb, während er für andere kämpfte. *Er hieß Thomas, und ich habe ihn sterben sehen.*

Der Name dringt zu Maven durch, schlägt Risse in seine Fassade kühler Gleichgültigkeit. Doch das reicht nicht. Er lässt den Namen und den Schmerz, den die Erinnerung ihm bereitet, an sich abperlen. »Er war nur irgendein toter Junge. Das ändert nichts.«

»Doch«, sage ich leise zu mir selbst, »das ändert alles.«

»Ich denke, es ist an der Zeit, dich zu verabschieden, Maven«, schaltet Elara sich ein und legt ihrem Sohn eine Hand auf die Schulter. Ich habe einen wunden Punkt berührt, und sie wird nicht zulassen, dass ich weitermache.

»Ich muss mich von niemandem verabschieden«, flüstert Maven und wendet sich wieder seinem Vater zu. Der Blick seiner blauen Augen wandert unruhig zwischen Krone, Schwert und Rüstung hin und her, doch er schaut seinem Vater nicht ins Gesicht. »Du hast mich nie gesehen. Du hast mich nie wahrgenommen. Warum auch? Du hattest ja *ihn*!« Er weist mit dem Kopf auf Cal.

»Du weißt, dass das nicht wahr ist, Maven. Du bist *mein Sohn*. Daran kann nichts und niemand etwas ändern. Nicht einmal sie«, sagt Tiberias mit einem Seitenblick zu Elara. »Nicht einmal das, was sie gleich tun wird.«

»Ich mache doch gar nichts, Liebster«, zwitschert sie. »Aber für deinen Lieblingssohn«, sie gibt Cal eine Ohrfeige, »deinen perfekten Nachfolger«, sie schlägt ihn erneut, diesmal fester, »Corianes Sohn.« Der nächste Schlag bringt Cals Lippe zum Platzen. »Für den kann ich nicht garantieren.«

Dickflüssiges silbernes Blut rinnt von Cals Kinn, und Maven runzelt die Stirn, als er es sieht.

»Wir haben auch einen Sohn, Tiberias«, fährt Elara mit wutverzerrter Stimme fort. »Und du hättest ihn lieben müssen, ganz gleich, was du mir gegenüber empfindest.«

»Aber das *habe* ich doch!«, ruft Tiberias und kämpft wieder gegen ihren mentalen Würgegriff. »Und ich tue es noch.«

Ich kenne das Gefühl, an die Seite gedrängt zu werden, in jemandes Schatten zu stehen. Aber diese Art von Wut, diese mörderische, zerstörerische, schreckliche Szene ist mir unbegreiflich. Maven liebt seinen Vater, seinen Bruder – wie kann er zulassen, dass sie so etwas tut? Wie kann er das *wollen*?

Doch er steht einfach nur da und lässt sie gewähren, und ich finde nicht die richtigen Worte, um sein Herz zu erreichen.

Nichts bereitet mich auf das vor, was dann passiert, auf die Untaten, zu denen Elara ihre Marionetten zwingt. Cals Hand zittert, als er sie, von ihrem Willen gesteuert, ausstreckt. Er wehrt sich mit aller ihm zu Gebote stehenden Kraft, aber es ist zwecklos; in dieser Art von Kampf ist er ungeübt. Als seine Hand nach dem vergoldeten Schwert des Vaters greift und es aus der Scheide zieht, versteht Cal, was Elara vorhat. Tränen strömen ihm übers Gesicht und verdampfen auf seiner glühend heißen Haut.

»Du kannst nichts dafür«, sagt Tiberias, den Blick fest auf Cals schmerzverzerrte Miene gerichtet. Er fleht gar nicht erst um sein

Leben. »Ich weiß, dass du nichts dafür kannst, mein Sohn. Es ist nicht deine Schuld.«

So etwas hat niemand verdient. *Niemand.* In meiner Fantasie nehme ich meinen Blitz, schleudere ihn auf Elara und Maven und rette den Kronprinzen und den König. Aber selbst diese Vision verliert ihren Glanz. Farley ist tot. Kilorn ist tot. Die Revolution ist vorbei. Daran kann ich nicht einmal in meiner Fantasie etwas ändern.

Das Schwert erhebt sich, es bebt in Cals zittrigen Händen. Obwohl es eher der Zurschaustellung dient, ist seine funkelnde Schneide scharf wie eine Rasierklinge. Der Stahl rötet sich, so heiß wird er in Cals feuriger Hand, und Teile des vergoldeten Hefts schmelzen zwischen seinen Fingern. Gold und Silber und Eisen tropfen wie Tränen von seinen Händen herab.

Maven fixiert krampfhaft das Schwert, um seinen Vater in dessen letzten Augenblicken nicht ansehen zu müssen. *Und dich hielt ich für mutig. Wie falsch ich lag!*

»Bitte!« ist alles, was Cal unter Mühen hervorbringt. »Bitte nicht!«

Doch Elara zeigt weder Bedauern noch Gewissensbisse. Auf diesen Moment hat sie lange gewartet. Als das Schwert aufblitzt, um erst die Luft und dann Fleisch und Knochen zu durchschneiden, zuckt sie nicht mal mit der Wimper.

Der Torso des Königs fällt mit einem dumpfen Schlag, sein Kopf rollt ein Stück weg. Es bildet sich eine silbrige, spiegelblanke Blutlache, die bis an Cals Füße heranreicht. Das schmelzende Schwert landet laut klirrend auf dem Steinboden, dann sinkt Cal auf die Knie und schlägt die Hände vors Gesicht. Die Krone rutscht scheppernd über den Boden und durch das Blut, um schließlich vor Mavens

Füßen liegen zu bleiben. Ihre scharfen Zacken sind mit leuchtendem, flüssigem Silber benetzt.

Als Elara sich schreiend und heulend auf den Leichnam des Königs wirft, muss ich beinahe lachen, so absurd ist die Situation. *Hat sie es sich plötzlich anders überlegt? Oder ist sie endgültig verrückt geworden?* Doch dann höre ich das Klicken der Kameras, die sich wieder einschalten. Sie ragen aus den Wänden hervor und sind direkt auf die Leiche des Königs und die trügerische Szene gerichtet, in der eine Königin ihren Ehemann betrauert. Maven hat Elara eine Hand auf die Schulter gelegt und fängt plötzlich an zu schreien, den Blick auf Cal gerichtet.

»Du hast ihn umgebracht! Du hast den König ermordet! Du hast deinen Vater ermordet!«, brüllt er und in seinem Gesicht ist noch die Andeutung eines Grinsens zu erkennen. Doch irgendwie widersteht Cal dem Drang, auf seinen Bruder loszugehen. Er steht unter Schock, begreift nicht, *will* nicht begreifen. Aber mir ist zur Abwechslung völlig klar, was hier gerade passiert.

Die Wahrheit spielt keine Rolle. Es kommt nur darauf an, was die Leute glauben. Julian hat versucht, mir diese Lektion beizubringen, und jetzt verstehe ich sie. *Alle werden dieser kleinen Szene Glauben schenken, diesem hübschen verlogenen Schauspiel. Und keine Armee, kein Land wird einem Mann Folge leisten, der um der Krone willen seinen eigenen Vater getötet hat.*

»Lauf weg, Cal!«, rufe ich, um ihn aus seiner Starre zu reißen. »Du musst hier weg!«

Arven hat die Kontrolle über mich freigegeben; der elektrische Puls ist zurück und brandet durch meine Adern wie Feuer durch Eis. Mühelos gelingt es mir, meine Handschellen unter Strom zu setzen und sie mit meinen Funken zu bearbeiten, bis sie abfallen. Ich kenne dieses Gefühl. Ich kenne den Instinkt, der jetzt in mir erwacht. *Lauf, lauf, lauf!*

Ich packe Cal bei den Schultern und versuche ihn hochzuziehen, aber der Narr bewegt sich nicht. Ich verpasse ihm einen Stromschlag, der gerade so stark ist, dass er aufmerkt, und schreie wieder: »LAUF WEG!«

Das funktioniert. Er rappelt sich hoch und rutscht dabei beinahe in der Blutlache aus.

Ich erwarte, dass Elara nach meinen Gedanken greift und mich zwingt, entweder mich selbst oder Cal zu töten, aber sie spielt für die Kameras laut zeternd weiter die Rolle der Trauernden. Und Maven steht mit ausgebreiteten, in Flammen stehenden Armen hinter ihr, als wollte er sie beschützen. Er versucht nicht einmal, uns aufzuhalten.

»Ihr könnt nirgendshin!«, ruft er uns nach, aber ich renne trotzdem los und zerre Cal mit mir. »Ihr seid Mörder, Verräter, und ihr werdet dafür büßen!«

Mavens Stimme, diese Stimme, die mir so vertraut war, jagt uns förmlich aus dem Raum und den Gang entlang. Die Stimmen in meinem Kopf schreien mit ihm.

Du Idiotin! Wie naiv, wie dumm du warst! Schau dir an, was deine Hoffnung angerichtet hat.

Und dann ist es Cal, der mich mitzieht, damit ich nicht zurückfalle. Meine Augen füllen sich mit heißen Tränen der Wut, des Ärgers und der Trauer, bis ich außer seiner Hand in meiner nichts mehr sehen kann. Ich weiß nicht, wohin er mich führt. Ich kann ihm nur folgen.

Hinter uns hören wir stampfende Schritte, das vertraute Geräusch von Stiefeln. Sicherheitsleute, Königswächter, Soldaten, alle jagen uns, sind hinter uns her.

Der Boden unter unseren Füßen verändert sich; wir laufen nicht mehr über polierte Holzdielen, sondern über edlen Marmor: Wir sind im Bankettsaal. Lange, mit feinem Porzellan eingedeckte Tafeln blockieren unseren Weg, doch Cal fegt sie mit einem Feuertornado beiseite. Der Rauch löst einen Alarm aus, und Wasser regnet auf uns herab. Auf Cals Haut verdampft es sofort und hüllt ihn in eine tosende weiße Wolke. Er sieht aus wie ein Geist, den das Leben verfolgt, das ihm plötzlich entrissen wurde, und ich weiß nicht, wie ich ihn trösten soll.

Die Welt scheint sich plötzlich langsamer zu drehen, als graue Uniformen und schwarze Waffen das andere Ende des Bankettsaals verdunkeln. Nun gibt es kein Entrinnen mehr. Ich muss kämpfen.

Unter meiner Haut lodern die Blitze und flehen darum, in die Menge geschleudert zu werden.

»Nicht.« Cals Stimme klingt hohl, gebrochen. Er lässt die Hände sinken, seine Flammen verschwinden. »Wir haben keine Chance gegen sie.«

Er hat Recht.

Aus allen Türen und Durchgängen rücken sie heran; sogar vor den Fenstern drängen sich Uniformierte. Hunderte Silberne, bis an die Zähne bewaffnet und bereit, uns zu töten. *Wir sitzen in der Falle.*

Cal starrt in all die Gesichter um uns herum, besonders in die der Soldaten. *Seine Männer.* Ihre wütenden, harten Blicke verraten, dass sie das schreckliche Schauspiel bereits kennen, das Elara inszeniert hat. Ihre Loyalität ist zerbrochen, wie ihr General. Einer von ihnen, ein Hauptmann, zittert bei Cals Anblick. Zu meiner Überraschung tritt er vor, ohne seine Schusswaffe zu heben.

»Ergebt Euch!«, sagt er und seine Hände verkrampfen sich.

Cal sieht seinem alten Freund in die Augen und nickt. »Wir ergeben uns, Hauptmann Tyros.«

Lauf weg, schreit jede Zelle meines Körpers. Aber diesmal ist das völlig unmöglich. Cal neben mir rührt sich ebenfalls nicht. In seinen Augen steht ein Schmerz, den ich nicht ermessen kann. Er ist tief verletzt, bis ins Mark.

Auch er hat seine Lektion gelernt.

27

Maven hat mich verraten. Nein, er ist nie auf meiner Seite gewesen.

Als meine Augen sich an die Dunkelheit gewöhnen, sehe ich im schwachen Licht Gitterstäbe. Die niedrige Decke ist genauso drückend wie die Luft tief unter der Erde. Obwohl ich noch nie hier war, weiß ich, wo ich bin.

»Die Knochenarena«, flüstere ich vor mich hin. Ich erwarte nicht, dass mich jemand hört.

Aber ein Lachen ertönt.

Nach und nach erkenne ich immer mehr von meiner Umgebung. In der Nachbarzelle lehnt eine zusammengekauerte Gestalt an den Gitterstäben; ihr Körper bebt vor Lachen.

»Als ich zum ersten Mal hier war, war ich vier Jahre alt und Maven kaum zwei. Er hat sich hinter den Röcken seiner Mutter versteckt, denn er hatte Angst vor der Dunkelheit und den leeren Zellen.« Cal lacht, aber sein Ton ist schneidend. »Jetzt hat er wohl keine Angst mehr vor der Finsternis.«

»Nein, hat er nicht.«

Ich bin nur der Schatten der Flamme. Ich habe Maven geglaubt, als er das sagte, als er mir erklärte, wie sehr er seine Welt hasse. Jetzt weiß ich, dass das alles nur ein Trick war, ein meisterhaftes Täuschungsmanöver. Jedes Wort, jede Berührung, jeder *Blick* war eine Lüge. *Und ich dachte, ich sei die Lügnerin.*

Instinktiv suche ich mit meiner Fähigkeit nach irgendeinem

elektrischen Puls, nach etwas, das mir einen Funken Energie verleihen könnte. Aber da ist nichts. Nichts außer einer dumpfen Leerstelle, einem hohlen Gefühl, das mir eine Gänsehaut einjagt.

»Ist Arven in der Nähe?«, frage ich, als ich mich daran erinnere, wie er meine Fähigkeiten ausgeschaltet hat, so dass ich hilflos zusehen musste, während Maven und seine Mutter die Familie zerstörten. »Ich spüre nichts.«

»Das sind die Zellen«, erwidert Cal dumpf. Seine Hände zeichnen Muster in den Dreck auf dem Boden – *Flammen.* »Sie sind aus Stillem Stein. Aber frag mich nicht, wie das funktioniert, ich kann es nämlich nicht erklären und habe auch keine Lust, es zu versuchen.«

Er stiert auf die im Dunkeln liegende, endlose Reihe von Zellen. Eigentlich müsste ich schreckliche Angst haben, doch es gibt nichts mehr, wovor ich mich fürchten müsste. Das Schlimmste ist schon passiert.

»Früher, bevor es die Zweikämpfe gab, als wir noch unsere eigenen Leute hinrichten mussten, hat die Knochenarena alles beherbergt, woraus Albträume gemacht sind. Den großen Greco, der Männer in zwei Stücke riss und ihre Lebern aß. Die Giftbraut. Sie war eine Bändigerin aus dem Haus Viper und lockte in der Hochzeitsnacht Schlangen ins Bett meines Urgroßonkels. Man sagt, er sei so oft gebissen worden, dass sich sein Blut in Gift verwandelt habe.« Cal zählt sie alle auf, die Kriminellen seiner Welt. Sie klingen wie Figuren, die man erfindet, um Kinder das Fürchten zu lehren. »Und jetzt sind wir hier. Man nennt mich den Verräterprinzen. ›Er hat seinen Vater getötet, um den Thron zu besteigen. Er wollte einfach nicht länger warten.‹«

Ich kann nicht anders, als die Geschichte auszuschmücken.

»›Und die kleine Schlampe hat ihn dazu angestiftet.‹ Das werden sie überall herumerzählen.« Ich sehe genau vor mir, wie diese Mär an jeder Straßenecke und von jedem Bildschirm verbreitet wird. »Sie werden mir die Schuld geben, der kleinen Blitzwerferin. Ich habe deine Gedanken vergiftet, dich korrumpiert. Ich habe dich dazu angestiftet.«

»Hättest du beinahe auch«, gibt er leise zurück. »Heute Morgen hätte ich mich fast für dich entschieden.«

War das erst heute Morgen? Das kann nicht sein. Ich setze mich auf und lehne mich nur wenige Zentimeter von Cal entfernt an die Gitterstäbe.

»Sie werden uns umbringen.«

Cal nickt und lacht wieder auf. Ich habe ihn schon oft lachen hören, und zwar über mich, jedes Mal, wenn ich zu tanzen versucht habe. Aber jetzt klingt es anders. Die Wärme ist daraus verschwunden, hat nichts als Leere hinterlassen.

»Ja, dafür wird der König schon sorgen. Er wird uns hinrichten lassen.«

Hinrichtung. Ich bin nicht überrascht, kein bisschen.

»Und wie werden sie es machen?« Ich kann mich kaum noch an die letzte Hinrichtung entsinnen. Nur ein paar Bilder sind mir im Kopf geblieben: silbernes Blut im Sand, das Grölen einer Menschenmenge. Und ich erinnere mich an die Galgen zu Hause, deren Stricke im eisigen Wind hin und her baumeln.

Cals Schultern spannen sich an. »Es gibt viele Möglichkeiten. Gemeinsam, nacheinander, mit Schwertern oder Schusswaffen, mit Hilfe von Fähigkeiten. Oder eine Kombination von alldem.« Er seufzt, er hat sich mit seinem Schicksal abgefunden. »Sie werden dafür sorgen, dass es wehtut. Einen schnellen Tod werden sie uns nicht gönnen.«

»Vielleicht beschmiere ich ja alles mit meinem Blut. Dann hat der Rest der Welt was zum Grübeln.« Ein trostloser Gedanke, aber ich muss trotzdem lächeln. Wenn ich sterbe, werde ich meine eigene rote Flagge hissen, indem ich mein Rot über den Sand der riesigen Arena verteile. »Dann kann er mich nicht mehr verstecken. Alle werden erfahren, was ich wirklich bin.«

»Glaubst du, das ändert irgendwas?«

Das muss es. Farley hat die Liste, Farley wird die anderen aufspüren … aber Farley ist tot. Ich kann nur hoffen, dass sie die Nachricht an jemanden weitergegeben hat, der noch am Leben ist. Die anderen sind noch irgendwo da draußen, und sie müssen gefunden werden. Sie müssen weitermachen, weil ich es nicht mehr kann.

»Ich glaube es nicht«, durchbricht Cal wieder die Stille. »Ich glaube, er wird das als Vorwand benutzen. Es wird noch mehr Einberufungen geben, noch mehr Gesetze, noch mehr Arbeitslager. Seine Mutter wird sich eine weitere großartige Lüge einfallen lassen, und die Welt wird sich weiterdrehen, nichts wird sich ändern.«

Doch. Etwas wird sich ändern.

»Er wird nach anderen suchen lassen, die so sind wie ich.« Ich spreche den furchtbaren Gedanken laut aus. Ich bin bereits gefallen, habe schon verloren, bin schon tot. Und das ist der letzte Nagel in meinem Sarg. Ich schlage die Hände vors Gesicht, und meine gefährlichen, geschickten Finger krallen sich in meine Haare.

Cal lehnt sich an das Gitter und bringt das Metall mit seinem Gewicht zum Vibrieren. »Was?«

»Es gibt noch mehr, die so sind wie ich. Das hat Julian herausgefunden. Er hat mir erklärt, wie man sie aufspüren kann und –« Mir bricht die Stimme; ich will nicht weiterreden. »Und ich habe es Maven weitererzählt.« Ich könnte schreien vor Wut auf mich selbst. »Er hat mich so geschickt manipuliert.«

Cal dreht sich um und schaut mich durch die Gitterstäbe hindurch an. Obwohl seine Fähigkeit von diesen elenden Wänden unterdrückt wird, kocht ein Inferno in seinen Augen. »Und? Wie ist das so?«, grollt er, seine Nase berührt fast die meine. »Wie fühlt es sich an, manipuliert zu werden, Mare Barrow?«

Es gab eine Zeit, da hätte ich alles gegeben, um ihn meinen echten Namen sagen zu hören, aber jetzt schmerzt es wie eine Verbrennung. *Ich habe geglaubt, ich könnte sie beide manipulieren, Maven und Cal. Wie dumm ich war.*

»Es tut mir leid«, presse ich hervor. Ich hasse diese Worte, aber mehr kann ich nicht tun. »Ich bin nicht Maven, Cal. Ich habe es nicht getan, um dir wehzutun. Ich wollte dir nie wehtun.« Dann, leiser und kaum hörbar: »Und es war auch nicht alles gelogen.«

Er lässt seinen Kopf gegen die Stäbe knallen, so fest, dass es wehtun muss, doch Cal scheint es gar nicht zu bemerken. Wie ich hat auch er die Fähigkeit, Schmerzen und Angst zu empfinden, verloren. Es ist zu viel passiert.

»Meinst du, er tötet auch meine Eltern?« *Meine Schwester, meine Brüder.* Dieses eine Mal bin ich froh, dass Shade tot ist und damit außerhalb von Mavens Reichweite.

Überrascht spüre ich, wie Wärme auf mich übergeht und in meine zitternden Glieder eindringt. Cal hat sich wieder bewegt und lehnt jetzt mit dem Rücken direkt hinter mir. Seine Wärme ist sanft und natürlich, nicht durch Wut oder seine Fähigkeit hervorgerufen.

Sie ist *rein menschlich*. Ich spüre, wie er atmet und sein Herz schlägt. Es hämmert wie eine Trommel, während er die Kraft sammelt, mich zu belügen: »Ich glaube, er hat Wichtigeres zu tun.«

Ich weiß, dass er mein Weinen spürt. Mit jedem Schluchzer beben meine Schultern, aber er sagt nichts. Es gibt keine Worte hierfür. Doch er weicht nicht von der Stelle, ist mein letzter Rest Wärme in einer Welt, die zu Staub zerfällt. Ich weine um sie alle. Farley, Tristan, Walsh, Will. Shade, Bree, Tramy, Gisa, meine Eltern. *Kämpfer allesamt.* Und Kilorn. Ich konnte ihn nicht retten, sosehr ich es auch versucht habe. Ich kann nicht einmal mich selbst retten.

Wenigstens habe ich meine Ohrringe noch. Die kleinen Steine, die sich scharf in meine Haut drücken, werden mich bis zum Ende begleiten. *Ich sterbe mit ihnen, und sie mit mir.*

So sitzen wir wahrscheinlich stundenlang, aber wir können das Vergehen der Zeit an nichts festmachen. Irgendwann nicke ich sogar ein, bis mich eine vertraute Stimme hochschrecken lässt.

»In einem anderen Leben wäre ich jetzt vielleicht eifersüchtig.«

Mich überläuft ein Schauer, als ich Mavens Worte höre, und es ist alles andere als ein wohliges Gefühl.

Cal springt schneller auf, als ich es für möglich gehalten hätte, und wirft sich krachend gegen die Stäbe. Aber das Gitter hält, und Maven, der verschlagene, widerliche, schreckliche Maven, steht direkt vor uns und ist doch unantastbar. Befriedigt stelle ich fest, dass er trotzdem zusammenzuckt.

»Du solltest mit deinen Kräften haushalten, Bruder«, sagt er. Seine Zähne klicken bei jedem Wort. »Du wirst sie noch brauchen.«

Auch ohne Krone auf dem Haupt umgibt Maven die Aura eines grausamen Königs. Er trägt lauter neue Ehrenabzeichen an seiner

Ausgehuniform. Sie haben einmal seinem Vater gehört, und ich bin erstaunt, dass kein Blut an ihnen klebt. Er wirkt noch blasser als sonst, auch wenn die dunklen Ränder unter seinen Augen verschwunden sind. Er schläft gut, wenn er mordet.

»Wirst du auch in der Arena sein?«, faucht Cal und hält die Gitterstäbe fest umklammert. »Machst du es selbst? Hast du überhaupt den Mut dazu?«

Mir fehlt die Kraft aufzustehen, auch wenn ich nichts lieber täte, als zu den Stäben zu stürmen und das Metall mit bloßen Händen wegzureißen, bis nichts mehr zwischen mir und Mavens Kehle ist. Doch ich kann ihnen nur zusehen.

Maven lacht dumpf über die Worte seines Bruders. »Wir wissen doch beide, dass ich dich nicht mit meiner Fähigkeit schlagen kann«, sagt er und nimmt damit ironisch Bezug auf den lange zurückliegenden Rat von Cal. »Also bleibt mir nichts anderes übrig, als dich mit meinem Verstand zu besiegen, lieber Bruder.«

Er hat mir einmal erzählt, dass Cal ein schlechter Verlierer sei. Jetzt wird mir klar, dass Maven immer derjenige war, der auf Gewinn gespielt hat. Jeder Atemzug, jedes Wort stand im Dienste seines blutigen Sieges.

Cal knurrt leise. »Mavey«, beginnt er dann, doch der Spitzname hat nichts Liebevolles mehr. »Wie konntest du Vater das antun? Und mir? Und ihr?«

»Ein ermordeter König, ein Prinz, der Verrat begangen hat. So viel Blut«, höhnt Maven und tänzelt knapp außerhalb von Cals Reichweite vor dem Gitter herum. »Auf den Straßen weinen sie um unseren Vater. Oder zumindest tun sie so«, fügt er achselzuckend hinzu. »Die dummen Wölfe warten darauf, dass ich stolpere, aber die klugen wissen, dass das nicht passieren wird. Das Haus Samos, das Haus Iral, beide wetzen schon seit Jahren ihre Krallen und warten auf einen schwachen, einen mitfühlenden König. Ist dir eigentlich klar, dass ihnen bei deinem Anblick das Wasser im Mund zusammenlief? Denk mal drüber nach, Cal. In ein paar Jahrzehnten wäre Vater langsam und friedlich gestorben, und du hättest seine Nachfolge angetreten. Verheiratet mit Evangelina, einer Tochter des Eisens und der Klingen, und mit ihrem Bruder an deiner Seite. Du hättest die Krönungsnacht nicht überlebt. Sie würde tun, was Mutter getan hat, und dich durch ihr eigenes Kind ersetzen.«

»Versuch nicht, mir weiszumachen, du hättest das alles getan, um unsere Dynastie zu erhalten«, presst Cal kopfschüttelnd hervor. »Du hast dabei ausschließlich an dich selbst gedacht.«

Erneut zuckt Maven die Achseln und grinst boshaft. »Überrascht dich das wirklich? Armer Mavey, der zweite Prinz. Der Schatten der Flamme seines Bruders. Ein schwaches Ding, ein kleines Kerlchen, dazu verdammt, am Rand zu stehen und den Hofknicks zu machen.«

Er bewegt sich von Cals Zelle zu meiner. Ich kann ihn nur vom Boden aus anstarren, denn ich glaube nicht, dass meine Beine mich tragen würden. *Man kann seine Kälte sogar riechen.*

»Und mit einem Mädchen verlobt, das nur Augen für den Bruder hat, den Prinzen, den keiner jemals einfach ignorieren könnte.« Seine Worte klingen bitter, voll unbändiger Wut. Aber sie enthalten auch etwas Wahres, eine unbequeme Wahrheit, die zu verdrängen ein hartes Stück Arbeit für mich war. Ich bekomme Gänsehaut. »Du hast alles genommen, was mir hätte gehören sollen, Cal. *Alles.*«

Plötzlich stehe ich. Ich zittere am ganzen Körper, aber ich stehe.

Er hat uns so lange belogen, aber bei dem hier kann ich ihm keine Lüge durchgehen lassen.

»Ich habe dir niemals gehört, und du hast mir auch *nie* gehört, Maven«, herrsche ich ihn an. »Aber nicht *seinetwegen*. Ich habe gedacht, du wärst perfekt. Stark und mutig und *gut*. Ich habe gedacht, du wärst *besser als er*.«

Besser als Cal. Das sind Worte, die Maven nie zu hören erwartet hat. Er stutzt, und eine Sekunde lang sehe ich in ihm wieder den, den ich gekannt habe. Einen jungen Mann, den es gar nicht gibt.

Er streckt die Hand aus und greift zwischen den Gitterstäben hindurch nach mir. Als sich seine Finger um mein Handgelenk legen, empfinde ich nur Ekel. Er hält mich so fest, als wäre ich eine Art Rettungsleine. Irgendetwas ist in ihm zerbrochen und hat ein verzweifeltes Kind enthüllt, ein armseliges, hoffnungsloses Wesen, das sein Lieblingsspielzeug behalten will.

»Ich kann dich verschonen.«

Bei diesen Worten überläuft mich ein Schauer.

»Dein Vater hat dich geliebt, Maven. Du hast es nicht bemerkt, aber er hat dich geliebt.«

»Lüge!«

»Er hat dich geliebt, und du hast ihn umgebracht!« Ich spreche immer schneller; die Worte sprudeln aus mir heraus wie Blut aus einer offenen Ader. »Dein Bruder hat dich geliebt, und du hast ihn zum Mörder gemacht. Ich – ich habe dich geliebt. Ich habe dir vertraut. Ich habe dich gebraucht. Und jetzt werde ich deswegen sterben.«

»Ich bin der *König*. Wenn ich es so will, lebst du weiter. Ich kann das geschehen lassen.«

»Du meinst, wenn du lügst? Eines Tages wirst du an deinen

Lügen ersticken, König Maven. Ich bedauere nur, dass ich das nicht mehr erleben werde.« Jetzt greife *ich* nach *ihm*. Ich zerre mit aller Kraft an seinem Arm, so dass er gegen das Gitter stolpert. Meine Faust trifft seine Wange, und er jault auf wie ein getretener Hund. »Den Fehler, dich zu lieben, mache ich nie wieder.«

Zu meinem Bedauern berappelt Maven sich schnell und streicht sich die Haare glatt. »Also hast du dich für ihn entschieden?«

Nur darum ist es die ganze Zeit gegangen. Eifersucht. Rivalität. Alles, damit der Schatten die Flamme besiegen konnte.

Ich kann nicht anders, als den Kopf in den Nacken zu werfen und laut zu lachen, während ich die Blicke der Brüder auf mir spüre. »Cal hat mich verraten, und ich habe ihn verraten. Und du hast uns beide auf tausend verschiedene Arten verraten.« Diese Worte sind bleischwer, aber wahr. *So wahr.* »Ich entscheide mich für niemanden.«

Ausnahmsweise fühle ich mich so, als wäre ich diejenige, die Feuer kontrollieren würde, und ich hätte Maven damit verbrannt. Er stolpert von meiner Zelle weg, bezwungen von dem Mädchen ohne seinen Blitz, der in Ketten gelegten Gefangenen, dem Menschen, der vor einem Gott steht.

»Was willst du ihnen erzählen, wenn ich mein Blut in der Arena verströme?«, zische ich. »Die Wahrheit?«

Er lacht laut auf. Der junge Mann, den ich kannte, verschwindet und verwandelt sich wieder in den königlichen Killer. »Die Wahrheit ist das, was ich dazu mache. Ich könnte diese Welt in Brand setzen und es Regen nennen.«

Und manche werden ihm glauben. Diese Dummköpfe. Aber andere nicht. Rote und Silberne, hohe und niedere Ränge, einige von ihnen werden die Wahrheit erkennen.

Seine Stimme wird zu einem Knurren, sein Gesicht zum Schatten einer Bestie. »Jeder, der weiß, dass wir dich versteckt haben, *jeder*, der auch nur den Hauch eines Verdachts schöpfen könnte, wird erledigt.«

Mir schwirrt der Kopf, als ich daran denke, wer alles gewusst hat, dass mit mir etwas nicht stimmt. Maven kommt mir zuvor. Es scheint ihm Spaß zu machen, die vielen Tode aufzulisten. »Lady Blonos musste natürlich verschwinden. Enthauptung ist ein gutes Mittel gegen Hautheiler.«

Sie war zwar herablassend und gemein, aber das hat sie ganz sicher nicht verdient.

»Mit den Kammerzofen war es leichter. Hübsche Mädchen, Schwestern aus Oldshire. Mutter hat sich selbst um sie gekümmert.«

Ich kannte nicht mal ihre Namen.

Ich falle hart auf meine Knie, aber ich spüre es kaum. »Sie wussten gar nichts.« Doch mein Flehen nützt jetzt nichts mehr.

»Lucas muss auch weg«, sagt er, und seine Zähne leuchten in der Dunkelheit, weil er grinst. »Das darfst du dir selbst ansehen.«

Mir wird speiübel. »Du hast mir doch gesagt, er wäre in Sicherheit und bei seiner Familie!«

Maven lässt ein hartes, lautes Lachen erklingen. »Wann begreifst du endlich, dass jedes Wort aus meinem Mund eine *Lüge* gewesen ist?«

»Wir haben ihn gezwungen, Julian und ich. Er hat nichts verbrochen.« Ich will ihn nicht anflehen, aber etwas anderes fällt mir nicht ein. »Er gehört zum Haus Samos. Du kannst keinen von ihnen töten.«

»Hast du mir nicht zugehört, Mare? Ich kann *tun*, was ich will«, grollt er. »Nur schade, dass wir Julian nicht rechtzeitig hierher zurückbringen konnten. Ich hätte es gerne gehabt, wenn er dir beim Sterben hätte zusehen können.«

Ich muss mich zusammenreißen, um nicht aufzuschluchzen, und presse meine Hand vor den Mund. Cal stößt bei der Erwähnung seines Onkels neben mir ein lautes Stöhnen aus. »Du hast ihn gefunden?«

»Natürlich. Wir haben beide geschnappt, Julian und Sara.« Maven lacht. »Ich werde zuerst die Skonos töten und so zu Ende bringen, was meine Mutter begonnen hat. Du weißt jetzt, was damals passiert ist, nicht wahr, Cal? Du weißt, was meine Mutter getan hat. Wie sie sich in Corianes Kopf hineingeflüstert und die Kontrolle über ihr Hirn übernommen hat.« Er kommt näher. Sein Blick ist irre, furchterregend. »Sara wusste das. Aber dein Vater und selbst du, ihr wolltet ihr nicht glauben. Ihr habt meine Mutter gewinnen lassen. Und jetzt habt ihr es wieder getan.«

Cal antwortet nicht. Er hat seinen Kopf gegen das Gitter gelehnt. Zufrieden, seinen Bruder zerstört zu haben, wendet sich Maven mir zu und geht vor meiner Zelle auf und ab.

»Ich werde dafür sorgen, dass du die anderen laut schreien und weinen hörst, Mare, jeden Einzelnen von ihnen. Nicht nur deine Eltern. Nicht nur deine Geschwister. Sondern jeden, der so ist wie du. Ich werde sie aufspüren, und während sie sterben, werden sie an dich denken und wissen, dass du schuld bist an ihrem schrecklichen Ende. Ich bin der König, und du hättest meine rote Königin werden können. Jetzt bist du ein *Nichts*.«

Ich mache mir gar nicht erst die Mühe, die Tränen wegzuwischen, die über meine Wangen laufen. Es hat keinen Sinn mehr.

Maven genießt meine Qual und macht widerlich schmatzende Geräusche, als würde er sie schmecken.

»Auf Wiedersehen, Maven.« Ich wünschte, ich könnte mehr sagen, aber für seine Bosheit gibt es keine Worte. Er weiß, was er ist, und schlimmer noch, es gefällt ihm.

Er senkt den Kopf, fast so, als würde er sich vor uns verneigen. Cal schaut nicht einmal hin. Seine Fäuste umklammern die Gitterstäbe, als wären sie Mavens Hals.

»Auf Wiedersehen, Mare.« Das Grinsen ist verschwunden, und zu meiner Überraschung sind seine Augen feucht geworden. Er zögert. Es ist, als hätte er plötzlich verstanden, was er angerichtet hat. »Ich hab dir mal gesagt, dass du besser verbergen solltest, was in deinem Herzen vorgeht. Du hättest auf mich hören sollen.«

Wie kann er es wagen!

Ich habe drei ältere Brüder, deshalb treffe ich mitten ins Auge, als ich Maven anspucke.

Er wendet sich schnell ab und rennt beinahe vor uns davon. Cal starrt ihm lange wortlos nach. Ich kann mich nur hinsetzen und warten, bis meine Wut verfliegt. Als Cal sich schließlich wieder Rücken an Rücken mit mir niederlässt, ist alles gesagt.

Es sind viele Dinge, die uns hierhergeführt haben. Ein vernachlässigter Sohn, eine rachsüchtige Mutter, ein Bruder mit einem langen Schatten, eine verrückte Mutation. Alle zusammen haben sie eine Tragödie hervorgebracht.

In den Geschichten, den alten Märchen, tritt am Ende ein Held auf. Doch alle meine Helden sind fort oder tot. Niemand kommt, um mich zu retten.

Der nächste Morgen muss angebrochen sein, als die Königswächter eintreffen. Arven selbst führt sie an. Die bedrückenden Wände und seine Gegenwart machen es schwer, vom Boden aufzustehen, aber sie zwingen mich hoch.

»Wächter Provos, Wächter Viper«, begrüßt Cal die beiden Königswächter, als sie seine Zelle aufschließen. Sie reißen ihn grob hoch. Selbst jetzt, im Angesicht des Todes, bleibt Cal ruhig.

Er grüßt jede Wache, an der wir vorbeikommen, mit Namen. Sie starren ihn nur an – wütend, verwundert oder beides zusammen. Der Mörder eines Königs dürfte nicht so freundlich sein. Bei den Soldaten ist es sogar noch schlimmer. Cal will stehen bleiben und sich ordentlich von ihnen verabschieden, aber die Mienen seiner eigenen Männer werden bei seinem Anblick hart und kalt. Ich glaube, das schmerzt ihn fast noch mehr als alles andere. Nach einer Weile wird er ganz still; er hat seinen letzten Lebenswillen verloren. Während wir aus der Dunkelheit emporsteigen, kommt der Lärm einer Menschenmenge immer näher. Zuerst nur gedämpft, dann als lautes Grölen direkt über uns. Die Arena ist voll besetzt, und sie alle freuen sich auf das anstehende Spektakel.

Das alles hier hat seinen Anfang genommen, als mein aus Funken bestehender Körper in den Spiralgarten gefallen ist, und jetzt endet es in der Knochenarena. Ich werde sie nicht lebend verlassen.

Arena-Hilfskräfte, alles Silberne mit ausdruckslosen Mienen, umringen uns wie ein Taubenschwarm. Sie ziehen mich hinter einen Vorhang und bereiten mich mit geübten Gesten und wenig zimperlich auf das vor, was folgt. Ich spüre kaum, wie sie an mir zerren, mich herumschubsen und mich in einen billigen Trainingsanzug stecken. Dass ich zum Sterben etwas so Einfaches tragen muss, soll eine Demütigung sein, aber mir ist dieser kratzende Stoff lieber als das Rascheln von Seide. Traurig denke ich an meine Kammerzofen zurück. Sie haben mich jeden Tag geschminkt; sie wussten, dass ich etwas zu verbergen hatte. Und dafür sind sie gestorben. Jetzt schminkt mich niemand mehr oder bürstet mir wenigstens den Schmutz von der Zelle ab. *Auch das gehört zum Schauspiel.* Einst trug ich Seide, Geschmeide und ein hübsches Lächeln, aber das passt nicht zu Mavens Lüge. Ein rotes Mädchen in Lumpen ist für sie leichter zu verstehen. Und zu töten.

Als sie mich wieder nach draußen zerren, sehe ich, dass sie mit Cal das Gleiche gemacht haben. Hier kämpft er ohne Ehrenabzeichen und ohne Rüstung. Aber er hat sein Flammenzünder-Armband wieder. Sein Feuer brennt noch, es glimmt in dem gebrochenen Soldaten, der er jetzt ist. Er hat sich damit abgefunden, dass er sterben wird, aber er wird es nicht tun, ohne jemanden mitzunehmen.

Wir sehen uns an, einfach deshalb, weil wir sonst nirgends hinschauen können.

»Was steht uns jetzt bevor?«, fragt Cal schließlich. Er reißt seine Augen von mir los und richtet sie auf Arven.

Der bleiche alte Mann betrachtet uns, seine beiden ehemaligen Schüler, ohne einen Funken Reue. *Was hat man ihm für seine Unterstützung versprochen?* Aber ich sehe es schon: Das Abzeichen über seinem Herzen, die Krone aus Gagat, Diamanten und Rubinen, hat einmal Cal gehört. Und ich habe keine Zweifel, dass er noch viel mehr bekommen hat.

»Du warst ein Prinz und ein General. Der König hat in seiner Weisheit entschieden, dass du zumindest glorreich sterben sollst.« Er lächelt bei diesen Worten und zeigt seine scharfen, kleinen Zähne. *Rattenzähne.* »Ein guter Tod, die Art, die ein Verräter eigentlich nicht verdient. – Und was das rote Mädchen angeht, die Betrügerin«, er wendet seinen furchterregenden Blick zu mir, und das Gewicht seiner Kräfte droht mich zu Boden zu reißen. »Sie wird keinerlei Waffen haben und als der gemeine Teufel sterben, der sie ist.«

Ich mache den Mund auf, um zu protestieren, aber Arven grinst mich höhnisch an; sein Atem riecht nach Gift. »Befehl des Königs.«

Keine Waffen. Mir ist zum Schreien zu Mute. *Kein Blitz.* Arven wird meine Fähigkeit nicht loslassen, nicht einmal zum Sterben. Mavens Worte gellen durch meinen Kopf: *Jetzt bist du ein Nichts.* Ich werde als ein Nichts sterben. Sie brauchen mein Blut nicht zu verstecken, wenn sie behaupten können, meine Fähigkeiten wären nur ein Trick gewesen.

Unten in der Zelle war ich beinahe begierig darauf, das Schafott zu besteigen, um meinen Blitz gen Himmel zu schicken und mein Blut der Erde zu überlassen. Aber jetzt zittere und schlottere ich und will nur noch wegrennen, doch mein verdammter Stolz, das Einzige, was mir geblieben ist, lässt das nicht zu.

Cal nimmt meine Hand. Er zittert genauso wie ich, auch er hat Angst vorm Sterben. *Wenigstens lässt man ihm die Chance zu kämpfen.*

»Ich beschütze dich, solange ich kann«, flüstert er. Über dem Stampfen der vielen Füße und dem lauten Klopfen meines Herzens verstehe ich ihn kaum.

»Das verdiene ich nicht«, gebe ich zurück, drücke ihm aber trotzdem dankbar die Hand. *Ich habe ihn verraten, ich habe sein Leben ruiniert, und so dankt er es mir.*

Der nächste Raum, den wir betreten, ist der letzte. Es handelt sich um einen sanft aufsteigenden Durchgang, der zu einem Stahltor führt. Draußen glitzert Sonnenlicht, zusammen mit dem Lärm der voll besetzten Arena dringt es bis zu uns her. Die Geräusche werden von den Wänden verzerrt, so dass sich das Jubeln und die Rufe in ein albtraumhaftes Heulen verwandeln. Ich nehme an, das kommt der Wahrheit näher.

Als wir die Rampe betreten, sehen wir, dass wir nicht die Einzigen sind, die auf den Tod warten.

»Lucas!«

Obwohl ein Wachmann seinen Arm festhält, gelingt Lucas ein Blick über die Schulter. Sein Gesicht ist voller Blutergüsse, und er sieht noch blasser aus als sonst, so als hätte er seit Tagen keine Sonne gesehen. *Was vermutlich auch stimmt.*

»Mare.« Allein die Art, wie er meinen Namen ausspricht, lässt mich erschauern. Auch ihn habe ich verraten, habe ihn benutzt, genau wie ich Cal, Julian, Oberst Macanthos benutzt habe, so wie ich versucht habe, Maven zu benutzen. »Ich hatte mich schon gefragt, wann ich dich wiedersehe.«

»Es tut mir so leid.« *Ich werde um Verzeihung bitten, bis ich im Grab liege, aber das wird nicht ausreichen.* »Sie haben mir gesagt, du wärst bei deiner Familie, in Sicherheit. Sonst –«

»Sonst was?«, fragt er langsam. »Ich bedeute dir doch nichts. Ich bin nur ein beliebiger Handlanger, den man benutzen und dann fallenlassen kann.«

Dieser Vorwurf trifft mich ins Mark. »Es tut mir wirklich leid, aber wir hatten keine andere Wahl.«

»Die Königin hat dafür gesorgt, dass ich mich an alles erinnere.«

Dafür gesorgt. Sein Ton verrät mir, wie schmerzhaft das gewesen sein muss. »Entschuldige dich nicht. Es ist ohnehin nicht ernst gemeint.«

Ich möchte ihn umarmen, ihm zeigen, dass ich das hier nicht gewollt habe. »Doch, das ist es. Ich schwöre es, Lucas.«

»Seine Majestät, Maven aus dem Haus Calore und dem Haus Merandus, König von Norta, Flamme des Nordens.« Die Ankündigung hallt durch die Arena und dringt durch das Tor auch zu uns herunter. Der sofort ausbrechende Jubel lässt mich zusammenzucken. Auch Lucas bekommt Gänsehaut. Sein Ende ist nah.

»Würdest du es wieder tun?« Sein Ton ist ätzend. »Würdest du mein Leben noch einmal für deine Terroristenfreunde aufs Spiel setzen?« *Ja, das würde ich.* Ich sage es nicht laut, aber Lucas kann mir die Antwort von den Augen ablesen. »Ich habe dein Geheimnis bewahrt.«

Das ist schlimmer als jede Beleidigung, die er mir ins Gesicht schreien könnte. Zu wissen, dass er mich beschützt hat, obwohl ich es nicht verdiente, zermürbt mich.

»Aber ich weiß jetzt, dass du gar nicht anders bist, jetzt nicht mehr«, fährt er fort. Er spuckt die Worte förmlich vor mir aus. »Du bist genauso wie alle anderen. Herzlos, egoistisch, kalt – genau wie wir. Sie haben dich gut erzogen.«

Damit wendet er sich wieder dem Tor zu. Er will nichts mehr von mir wissen. Ich möchte zu ihm, möchte ihm alles erklären, aber eine Wache hält mich zurück. Ich kann nichts mehr tun, als aufrecht dazustehen und auf unser Ende zu warten.

»Meine Bürger«, dringt Mavens Stimme mit dem Tageslicht zu uns. Er klingt wie sein Vater, wie Cal, aber in seiner Stimme liegt mehr Schärfe. *Er ist erst siebzehn und schon ein Monster.* »Mein Volk, meine Kinder.«

Cal schnaubt verächtlich. Aber draußen senkt sich eine gespenstische, tote Stille über die Arena. Sie fressen Maven aus der Hand.

»Manche würden dies hier als grausam bezeichnen«, fährt Maven fort. Ich bin sicher, er wird eine aufwühlende Rede darbieten, die wahrscheinlich seine Mutter, die Hexe, für ihn geschrieben hat. »Die Leiche meines Vaters ist noch nicht kalt, sein Blut befleckt noch den Boden, und doch bin ich gezwungen, seinen Platz einzunehmen und meine Regentschaft unter solch harschen Vorzeichen anzutreten. Wir haben seit zehn Jahren keinen der Unseren mehr hingerichtet, und es schmerzt mich, diese schreckliche Tradition wieder aufleben zu lassen. Doch im Namen meines Vaters, im Namen meiner Krone, in *eurem* Namen, muss ich es tun. Ich bin jung, aber ich bin nicht schwach. Solche Verbrechen, solche *Schandtaten* müssen bestraft werden.«

Über uns, hoch oben in der Arena, werden zustimmende Rufe laut. Die Leute wollen Blut sehen.

»Lucas aus dem Haus Samos, ich erkläre dich des Verbrechens gegen die Krone und der Verschwörung mit der als Scharlachrote Garde bekannten Terrororganisation für schuldig und verurteile dich zum Tode. Füge dich deiner Hinrichtung.«

Und dann schreitet Lucas die Rampe hoch, seinem Tod entgegen. Er sieht mich nicht mehr an. Nicht, dass ich es verdient hätte. Er stirbt, und zwar nicht nur für das, wozu wir ihn gezwungen haben, sondern für das, was ich bin. Auch er hat gewusst, dass ich anders bin. Und nun wird er dafür sterben, wie die anderen. Als er durch das Tor tritt, muss ich mich abwenden. Ich starre die Wand an. Die Schüsse sind nicht zu überhören. Die Menge bejubelt das grausame Geschehen.

Lucas war nur der Anfang, ein Vorgeschmack. Wir liefern die eigentliche Vorstellung.

»Los«, sagt Arven und schubst uns vorwärts. Wir machen uns an den langsamen Aufstieg.

Aus Angst zu stolpern halte ich weiter Cals Hand fest. Jeder Muskel in seinem Körper ist angespannt; er ist bereit für den Kampf seines Lebens. Ich taste noch einmal nach meinen Blitzen, aber da ist nichts. In mir ist nicht einmal mehr ein Flimmern übrig. Arven – und Maven – haben mich meiner Fähigkeit beraubt.

Durch das Tor sehe ich, wie Lucas' Leiche weggeschleift wird, im Sand bleibt eine Spur aus silbernem Blut zurück. Mir wird übel und ich muss die Zähne zusammenbeißen.

Das Stahltor erbebt mit einem gewaltigen Quietschen und schwingt dann auf. Einen Moment lang bin ich vom Sonnenlicht geblendet und bleibe stehen, doch Cal zieht mich weiter, hinaus in die Arena.

Unter unseren Füßen bewegt sich feiner weißer Sand. Als meine Augen sich an die Helligkeit gewöhnen, stockt mir der Atem. Die Arena ist gewaltig, ein riesiger Trichter aus Stahl und Mauerwerk, gefüllt mit Tausenden wütenden Gesichtern. Sie starren uns in ohrenbetäubender Stille an und ihr Hass kriecht mir unter die Haut. Ich sehe keine roten Zuschauer, aber das habe ich auch nicht erwartet. Wir sind das, was die Silbernen unter guter Unterhaltung verstehen, ein Spektakel, und diesen Spaß wollen sie mit niemandem teilen.

Überall in der Arena sind Bildschirme angebracht, auf denen ich mein eigenes Gesicht sehe. Natürlich nehmen sie alles auf und strahlen es im ganzen Land aus. Um der Welt eine weitere Rote vorzuführen, die sie zurechtgestutzt haben. Doch der Anblick lässt mich innehalten – ich sehe wieder aus wie die, die ich eigentlich bin. Ich habe verfilzte, schmutzige Haare, trage einfache Kleidung und starre von Schmutz. Das Blut, das ich so lange zu verbergen versucht habe, schießt mir in den Kopf und lässt mich rot anlaufen. Wenn nicht gerade der Tod auf mich warten würde, würde ich jetzt bestimmt lächeln.

Zu meiner Überraschung flackern die Bildschirme plötzlich und schalten von Cal und mir auf andere, unscharfe Aufnahmen um – Bilder von den Überwachungskameras im Palast, den elektronischen Augen. Es verschlägt mir den Atem, als ich begreife, wie ausgereift und perfide Mavens Plan tatsächlich war.

Die Bildschirme spielen alles ab, jeden einzelnen unserer verstohlenen Momente. Wie ich mich mit Cal aus dem Schloss schleiche, wie wir miteinander flüstern, unser *Kuss*. Und dann den Mord am König in seiner ganzen, schrecklichen Herrlichkeit. Wenn man diese Zusammenstellung sieht, fällt es nicht schwer, Mavens Geschichte zu glauben. Alles fügt sich ineinander und ergibt das grausige Märchen von der roten Teufelin, die einen Prinzen verführt und ihn zum Königsmörder gemacht hat. Die Menge schnappt nach Luft und wispert empört; sie saugt diese perfekte Lüge auf wie ein Schwamm. Sogar meine eigenen Eltern hätten Schwierigkeiten, das hier abzustreiten.

»Mare Molly Barrow.«

Mavens Stimme ertönt hinter uns, und wir fahren herum. Der königliche Narr starrt auf uns herab. In seiner Loge flattern unzählige schwarze und rote Flaggen und sie ist randvoll mit Adeligen, die ich kenne. Sie tragen alle Schwarz, dem toten König zu Ehren haben sie die Farben ihrer Häuser abgelegt. Sonya, Elane und all die anderen Abkömmlinge der Hohen Häuser schauen mich angewidert an. Zur Linken Mavens steht Lord Samos, zu seiner Rechten die Königin. Elara trägt einen schwarzen Schleier, vermutlich um ihr bösartiges Grinsen zu verbergen. Ich hatte angenommen, Evangelina würde auch in der Nähe stehen und sich darauf freuen, den nächsten König zu heiraten. Schließlich ging es ihr nur um die Krone. Aber ich kann sie nirgends erspähen. Maven selbst sieht aus wie ein böses Gespenst. Seine blasse Haut bildet einen starken Kontrast zu dem Schwarz seiner Parade-Rüstung. Er hat sich sogar das Schwert umgeschnallt, mit dem sie den König ermordet haben. Die Krone des Vaters sitzt auf seinem Haupt und funkelt in der Sonne.

»Wir haben geglaubt, du wärst die verschollene Mareena Titanos, eine weitere ermordete Bürgerin meiner Krone. Mit Hilfe deiner roten Kumpane hast du uns durch technologische Tricks und Listen getäuscht und meine eigene Familie unterwandert.« *Technologische Tricks.* Die Bildschirme zeigen mich im Spiralgarten, wie ich vor Elektrizität strotze. In den Aufnahmen wirkt das unnatürlich. »Wir haben dir Wissen, Ansehen, Macht, Stärke gegeben – ja sogar unsere Liebe. Und du hast es uns mit Verrat gedankt und mit deiner Hinterlist meinen Bruder dazu gebracht, sich gegen sein eigenes Blut zu stellen.

Wir wissen jetzt, dass du eine Agentin der besiegten Scharlachroten Garde warst und für den Verlust zahlloser Menschenleben verantwortlich bist.« Die Bilder wechseln zur Nacht der Schießerei und zeigen den blutverschmierten, mit Leichen übersäten Ballsaal.

Und Farleys Flagge. Der flatternde rote Fetzen mit der zerrissenen Sonne sticht aus dem Chaos hervor.

»Wir beschuldigen dich, gemeinsam mit meinem Bruder, Prinz Tiberias VII., Kronprinz aus dem Haus Calore und Jacos, zahlreiche brutale und verachtenswerte Angriffe auf unsere Krone begangen zu haben, unter ihnen Täuschung, Verrat, Terrorismus und Mord.«

An deinen Händen klebt genauso viel Blut wie an meinen, Maven.

»Du hast den König, meinen Vater, getötet, indem du seinen eigenen Sohn so geblendet hast, dass er die Tat beging. Du bist eine rote Teufelin.« Dann wendet er sich, vor Wut förmlich flackernd, Cal zu. »Und du bist ein schwacher Mann. Ein Verräter an deiner eigenen Krone, an deinem Blut und deinen Farben.« Zur Untermauerung von Mavens lügnerischen Worten ist auf den Bildschirmen erneut der Königsmord zu sehen.

»Ich spreche euch beide all dieser Vergehen schuldig. Fügt euch eurer Hinrichtung.« In der Arena erhebt sich riesiger Jubel. Die Silbernen können es nicht erwarten, Blut zu sehen.

Die Bildschirme schalten wieder zu Cal und mir, in der Erwartung, uns weinen oder um unser Leben betteln zu sehen. Doch keiner von uns zeigt eine Regung. *Das werden wir ihnen nicht liefern.*

Maven starrt über die Brüstung seiner Loge auf uns herab und wartet gierig darauf, dass einer von uns die Fassung verliert.

Stattdessen salutiert Cal mit zwei Fingern an der Augenbraue. Das ist besser, als Maven eine Ohrfeige zu verpassen. Enttäuscht tritt der vom Rand der Loge zurück. Er wendet den Blick von uns ab und schaut zum anderen Ende der Arena. Ich drehe mich dorthin und erwarte, die Schützen zu sehen, die Lucas getötet haben. Aber wir werden von einem völlig anderen Anblick begrüßt.

Ich habe keine Ahnung, wo sie herkommen und wann sie erschienen sind, aber vor uns tauchen fünf Gestalten aus dem Staub auf.

»Hätte schlimmer kommen können«, murmele ich und drücke Cals Hand. Er ist ein Krieger, ein Soldat. *Fünf gegen einen ist in seinem Fall vielleicht sogar fair.*

Aber Cal runzelt die Stirn und konzentriert sich ganz auf unsere Henker. Als ich sie besser erkennen kann, bekomme ich Angst. Ich kenne ihre Namen und Fähigkeiten, ein paar davon besser als die anderen. Sie alle strotzen vor Kraft und tragen Uniformen und Rüstungen wie im Krieg.

Ein Starkarm aus dem Haus Rhambos, der mich in Stücke reißen soll; ein Schattengeher aus dem Haus Haven, der verschwinden und mich wie ein unsichtbarer Geist erwürgen wird; und Lord Osanos höchstpersönlich, der antritt, um Cals Feuer zu löschen. Und dann ist da ja noch Arven, erinnere ich mich. Er steht am Tor und hält mich genau im Blick.

Und vergiss die anderen beiden nicht. Die Magnetoren.

Es hat beinahe etwas Poetisches: In perfekt aufeinander abgestimmten Rüstungen und mit identisch finsteren Mienen starren Evangelina und Ptolemus uns an. In den Händen halten sie lange, grausame Messer.

Irgendwo in meinem Kopf tickt eine Uhr und zählt meine letzten Sekunden. *Nicht mehr lange.*

Über uns meldet sich Maven krächzend zu Wort.

»Lasst sie sterben!«

28

Der Schild über uns erwacht zum Leben, eine riesige violette Kuppel aus geädertem Glas wie im Spiralgarten. Sie dient natürlich nicht unserem Schutz, sondern dem der Zuschauer. Einzelne Funken schießen zuckend durch die monströse Überdachung, wie um mich zu ärgern. Wenn Arven nicht wäre, könnte ich damit sofort loskämpfen. Ich könnte der Welt zeigen, wer ich bin. Aber das wird nicht geschehen.

Cal wechselt die Position und streckt einen Arm aus. Die Luft um ihn herum flimmert von den Hitzewellen, die sein Körper aussendet. Er stellt sich den anderen entgegen und schützt mich so.

»Bleib hinter mir, solange es geht«, sagt er und drückt mich mit seiner Hitze zurück. Aus seinem Armband löst sich ein Funke, und schon knistert ein Feuer zwischen seinen Fingern, das größer wird und seinen Arm hinaufwandert. Sein Hemd ist so beschaffen, dass es sich nicht entzünden und verbrennen kann. »Wenn sie die Mauer durchbrechen, musst du laufen. Evangelina ist die Schwächste, aber der Starkarm ist langsam. Du bist schneller als er. Sie werden versuchen, die Sache in die Länge zu ziehen, damit die Zuschauer mehr von der Show haben.« Dann fügt er leise hinzu: »Einen schnellen Tod gönnen sie uns nicht.«

»Was ist mit dir? Osanos wird –«

»Lass Osanos meine Sorge sein.«

Die Henker kommen langsam, aber stetig näher, wie Wölfe, die eine Beute einkreisen. Sie verteilen sich über die Mitte der Arena, und jeder von ihnen ist bereit zum Angriff. Von irgendwoher dringt ein metallisches Kratzen zu uns, dann schiebt sich ein Stück des Arenabodens zur Seite und vor Lord Osanos kommt ein mit schwappendem Wasser gefülltes Becken zum Vorschein. Lächelnd zieht er das Wasser zu sich hoch und formiert es zu einem bedrohlichen Schild. Ich erinnere mich daran, wie seine Tochter Tirana sich beim Training einen Zweikampf mit Maven geliefert und ihn vernichtend geschlagen hat.

Die Menge um uns herum jubelt. Ptolemus brüllt mit ihnen und macht seinem berühmten Temperament alle Ehre. Er schlägt rhythmisch gegen seine Rüstung, und sie klingt wie eine Glocke. Evangelina neben ihm wirbelt ihre Messer durch die Luft und lässt sie grinsend über ihre Fingerknöchel gleiten.

»Diesmal kommst du nicht so leicht davon, Rote«, ruft sie triumphierend. »Jetzt kannst du dich nicht mit deinen Tricks aus der Affäre ziehen.«

Tricks. Evangelina kennt meine Fähigkeiten besser als die meisten anderen; sie weiß genau, dass das keine Tricks waren. *Aber sie glaubt es trotzdem. Sie ignoriert die Wahrheit zu Gunsten von etwas, das leichter zu verstehen und einzuordnen ist.*

Stralian, ein Abkömmling des Hauses Haven, grinst in sich hinein. Er ist ein Schattengeher wie seine Schwester Elane. Als er flackernd von der Bildfläche verschwindet, bewegt Cal sich mit atemberaubender Geschwindigkeit nach vorn und schwingt seinen Arm dabei in einem weiten Bogen, als wollte er der Luft einen kräftigen Seitenhaken verpassen.

Die Bewegung zieht tosende Flammen hinter sich her, die den

Sand in Brand stecken und uns so von den anderen abtrennen. Doch das Feuer ist überraschend schwach. *Der Sand brennt kaum.*

Mein Blick wandert unwillkürlich zu Maven, und ich möchte ihn anschreien, aber er schaut mit diesem unerträglichen schiefen Grinsen auf mich herab. Er hat mir nicht nur meine Fähigkeiten genommen, er beschränkt auch die von Cal, so weit es geht.

»Dieses Monster«, fluche ich leise. »Der Sand –«

»Ich weiß«, zischt Cal und entzündet mit einer Handbewegung weitere Stellen im Sand.

Direkt vor uns teilt sich die Flammenwand für eine Sekunde, dann erklingt ein lauter Schmerzensschrei. Auf der anderen Seite des langsam verlöschenden Feuers kommt Stralian wieder in Sicht und schlägt die Flammen auf seinem Arm weg. Osanos löscht sie mit einer lässigen Geste, indem er Stralian mit einem Wasserschwall übergießt. Dann wendet er seine leuchtend blauen Augen uns und Cals Flammenwand zu und schickt mit einer einzigen Armbewegung eine Welle über das schwache Feuer. Das Wasser zischt und spritzt, fängt blitzschnell zu kochen an und verdampft dann. Weil der Dampf nicht durch die Glaskuppel entweichen kann, sammelt er sich in der Arena und umgibt uns bald wie ein gespenstischer weißer Nebel. Er wogt und wirbelt herum und hüllt uns in eine weiße Welt, in der jeder Schatten unser Untergang sein kann.

»Halt dich bereit!«, ruft Cal und streckt seine Hand nach mir aus, aber schon fliegt Ptolemus wie eine Kugel aus Fleisch und Stahl durch den Dampf auf ihn zu.

Er prallt frontal gegen Cal und stößt ihn um, doch Cal bleibt nicht lange genug liegen, als dass er ihn mit seinen Messern erstechen könnte. Die Klingen bohren sich, Sekunden nachdem Cal aufgesprungen ist und seine Hände an Ptolemus' Rüstung gelegt hat, in den Boden. Der Stahl der Rüstung schmilzt unter der Berührung, und der Berserker schreit laut auf. Ich kann nur wegrennen, während Cal versucht, einen Mann in seiner eigenen Rüstung zu grillen.

»Ich will dich nicht töten, Ptolemus«, ruft Cal über dessen Schreie hinweg. Jedes Messer und jede scharfe Klinge, die Ptolemus gegen ihn erhebt, schmilzt sofort in der intensiven Hitze. »Ich will das nicht.«

Dann sausen drei funkelnde Messer so schnell durch den Dampf, dass sie kaum zu sehen sind. *Sie sind zu schnell, um im Flug zu schmelzen.* Sie treffen Cal im Rücken und durchstechen sein Hemd, bevor sie flüssig werden. Cal schreit auf und lässt für eine Sekunde in seiner Konzentration nach. Auf seinem Hemd bilden sich drei silberne Blutflecken. Die Messer waren zu kurz, um tiefe Wunden zu hinterlassen, aber sie schwächen ihn dennoch. Ptolemus nutzt seine Chance und schmiedet aus seinen Messern in der Hitze blitzschnell ein einzelnes monströses Schwert. Er schwingt es durch die Luft, um seinen Gegner in zwei Teile zu hauen, doch Cal weicht rechtzeitig aus und kommt mit einer Schramme am Bauch davon.

Er lebt noch. *Aber nicht mehr lange.*

Evangelina taucht aus dem Dampf auf, umgeben von ihren wirbelnden Messern. Cal weicht ihren Klingen geschickt aus und bringt sie durch gezielte Feuerstöße aus ihrem Rhythmus. Er muss jetzt gegen beide kämpfen und legt ein wahnsinniges Tempo vor, um die zwei mächtigen Magnetoren gleichzeitig abzuwehren. Aber seine Kleider sind voller Blut und mit jeder Sekunde erscheinen neue Wunden auf seiner Haut. Ptolemus' Waffe verwandelt sich von einem Schwert in eine Axt und dann in eine Metallpeitsche, die so dünn ist wie eine Rasierklinge. Evangelina schleudert derweil stetig Wurfsterne mit messerscharfen Spitzen gegen ihn. *Mit dieser Taktik werden sie ihn langsam, aber sicher zermürben.*

Mein Blitz, denke ich wehmütig und werfe einen Blick auf Arven, der an unserem Tor steht. Eine schwarze Gestalt, die mich verfolgt. Er trägt eine Waffe an seiner Hüfte; und ich kann nicht einmal versuchen, gegen ihn zu kämpfen. *Ich kann gar nichts tun.*

Dann fliegt plötzlich ein großer Brocken Beton durch den Dampf genau auf mich zu. Ich habe gerade noch Zeit, um ihm auszuweichen. Er fällt krachend dort in den Sand, wo ich Sekunden zuvor gestanden habe, aber bevor ich darüber nachdenken kann, saust bereits das nächste Geschoss auf mich zu. Dann prasselt ein wahrer Regen aus Betonstücken auf mich herab. Wie Cal gelingt es mir, ihnen auszuweichen. Ich husche schnell wie eine Ratte durch den Sand, bis mich plötzlich etwas festhält.

Eine Hand. Eine unsichtbare Hand.

Stralian umklammert meine Kehle und versucht mich zu erwürgen. Ich höre seine Atemgeräusche, kann ihn aber nicht sehen. »Rot und tot«, knurrt er und drückt noch fester zu.

Ich hole aus und stoße ihm an der Stelle, wo ich seine Rippen vermute, einen Ellbogen in die unsichtbare Körperseite, doch sein Griff lockert sich nicht. Ich bekomme keine Luft und mir wird langsam schwarz vor Augen, doch ich versuche weiter, mich gegen ihn zur Wehr zu setzen. Durch den dunklen Schleier sehe ich, wie Rhambos, der Starkarm, auf mich zukommt. *Er wird mich in Stücke reißen.*

Cal kämpft noch immer gegen die Samos-Geschwister und tut sein Bestes, um nicht erstochen zu werden. Ich kann nicht um Hilfe schreien, selbst wenn ich wollte, doch irgendwie gelingt es Cal, einen Feuerball in meine Richtung zu schleudern. Rhambos muss nach hinten springen und gerät ins Stolpern, was mir wieder wertvolle Sekunden verschafft. Würgend und japsend greife ich über meine Schulter und versuche die Fingernägel in einen Gegner zu krallen, den ich nicht sehen kann. Als ich sein Gesicht und dann seine Augen spüre, ist das wie ein Wunder. Ich bohre ihm mit aller Kraft meine Daumen in die Augenhöhlen. Stralian brüllt und lässt mich los. Er fällt auf die Knie und wird flackernd wieder sichtbar. Aus seinen Augen rinnt silbernes Blut, das aussieht wie verspiegelte Tränen.

»Du solltest mir gehören!«, schreit jemand, und als ich mich umdrehe, steht Evangelina mit erhobenem Messer über Cal. Ptolemus hat ihn zu Boden gerungen, und die beiden rollen durch den Sand, während Evangelina über ihnen herumspringt und den Boden um Cal mit Messern bombardiert. *»Mir!«*

Ich denke nicht eine Sekunde darüber nach, dass es vielleicht keine so gute Idee ist, mich auf eine Magnetorin zu stürzen, bis ich gegen sie pralle. Wir fallen hin, und mein Gesicht schürft über ihre Rüstung. Es brennt und beißt auf der Haut; ich *blute*. Rote Tropfen, die für alle sichtbar sind. Ich habe die Bildschirme zwar nicht im Blick, aber ich weiß, dass dieses Bild jetzt überall im Land gesendet wird.

Evangelina fuchtelt kreischend mit ihren tanzenden Messern um sich. Hinter uns rappelt Cal sich auf und schleudert Ptolemus mit einem Feuertornado von sich weg. Der Magnetor prallt gegen seine Schwester und wirft sie um – nur Sekunden bevor sie mich mit ihren Klingen durchbohren kann.

»Geh in Deckung!«, ruft Cal und stößt mich in den Sand, als

erneut ein Betonklotz über uns hinwegfliegt und an der Wand zerschmettert.

Wir können das nicht durchhalten. »Ich habe eine Idee.«

Cal spuckt in den Sand, und ich glaube in der Mischung aus Speichel und Blut Zähne zu sehen. »Gut, mir sind meine nämlich vor fünf Minuten ausgegangen.«

Der nächste Brocken Beton kommt angesegelt und zwingt uns auseinander – gerade rechtzeitig. Evangelina und Ptolemus stürzen sich voller Rachegelüste auf Cal und umzingeln ihn in einem chaotischen Tanz der Messer und Schrapnelle. Sie lassen mit ihren Fähigkeiten die Arena erbeben und ziehen noch mehr Metall aus der Tiefe nach oben, so dass Cal zu allem Überfluss auch noch auf den Boden unter seinen Füßen achten muss. Bruchstücke von Leitungen und Drähten bohren sich durch den Sand und bilden einen tödlichen Hindernisparcours aus Metallteilen.

Eins davon spießt Stralian auf, der noch immer schreiend am Boden kniet und sich die Augen hält. Das Rohr durchschlägt seinen Körper, tritt aus seinem Mund wieder heraus und lässt ihn auf immer verstummen. Durch das laute Chaos hindurch höre ich, wie die Zuschauer bei diesem Anblick nach Luft schnappen. Trotz ihrer Brutalität, trotz ihrer Fähigkeiten sind sie doch alle Feiglinge.

Ich bewege mich durch den Sand und umkreise Rhambos, um ihn zu einem Angriff zu provozieren. Cal hat Recht: *Ich bin schneller als der Starkarm.* Prompt stolpert der Muskelberg bei dem Versuch, mich zu verfolgen, über seine eigenen Füße. Dann reißt er Rohrstücke aus dem Boden und wirft sie wie Speere nach mir, aber ich weiche ihnen mühelos aus, und er brüllt frustriert. *Ja, ich bin eine Rote. Ich bin ein Nichts, und trotzdem bringe ich dich zu Fall.*

Das Rauschen von Wasser holt mich aus meinen Gedanken und erinnert mich an den fünften Henker. *Den Nymph.*

Als ich mich umdrehe, sehe ich, dass Lord Osanos den Dampf wie einen Vorhang zerteilt und den Boden der Arena davon befreit. Nur zehn Meter entfernt kämpft Cal weiter um sein Leben. Mit Rauchschwaden und Feuerstößen setzt er sich gegen die Magnetoren zur Wehr. Aber als Osanos näher kommt und das Wasser wie einen wallenden Umhang hinter sich herzieht, werden Cals Flammen weniger. Hier kommt der wahre Henker. Die Show nähert sich dem Finale.

»Cal!«, schreie ich, doch ich kann nichts für ihn tun. *Nichts.*

Ein Rohr fliegt so dicht an meiner Wange vorbei, dass ich einen kalten Luftzug spüre, herumwirbele und stürze. Das Tor ist nur wenige Meter entfernt, und Arven steht, halb in Dunkelheit gehüllt, noch immer dort.

Cal schleudert einen Feuertornado auf Osanos, den der jedoch rasch mit seinem Wasser erstickt. Dampf steigt zischend auf, als beide Elemente aufeinandertreffen, aber das Wasser gewinnt.

Rhambos kommt näher, treibt mich auf das Tor zu. *In die Enge. Ich lasse mich von ihm in die Enge treiben.* Gesteinsbrocken und Metallteile schmettern gegen die Wand hinter mir, ihre Wucht würde mir jeden Knochen zertrümmern. *Blitz*, schreit alles in mir. *Ich brauche meinen BLITZ.*

Aber da ist nichts. Nur dieses stumpfe Gefühl unterdrückter Sinne, das mich erstickt.

Die Zuschauer springen auf, da sie spüren, dass das Ende bevorsteht. Über mir höre ich Maven zusammen mit allen anderen jubeln.

»Macht sie fertig! Erledigt sie!«, schreit er. Es überrascht mich noch immer, so viel Bosheit in seiner Stimme zu hören. Doch als ich den Blick hebe und ihm durch den Schild und den Dampf hindurch in die Augen schaue, sehe ich darin nichts als Wut und Raserei und Hass.

Rhambos zielt mit einem langen, schartigen Rohr in der Hand auf mich. *Das ist mein Tod.*

Über den Lärm hinweg höre ich triumphierendes Gebrüll: Ptolemus. Er und Evangelina weichen vor einer Kugel aus wirbelndem Wasser zurück, in der eine undeutlich zu erkennende Gestalt gefangen ist: *Cal.* Das Wasser kocht und er versucht mit aller Kraft, sich daraus zu befreien, aber es ist zwecklos. *Er wird ertrinken.*

Von hinten dringt Arvens Lachen an mein Ohr. »Wer ist im Vorteil?«, fragt er leise und höhnisch, als befänden wir uns im Training.

Meine Muskeln zucken und zwicken; ich bin der völligen Erschöpfung nah. Ich möchte mich nur noch hinlegen, aufgeben, sterben. Sie haben mich eine Lügnerin genannt, eine Betrügerin, und *sie hatten Recht.*

Denn ich habe noch ein Ass im Ärmel.

Als Rhambos Aufstellung nimmt und erneut auf mich zielt, weiß ich, was ich zu tun habe. Er schleudert sein Rohr wie einen Speer mit ungeheurer Wucht in meine Richtung, und ich lasse mich fallen, werfe mich in den Sand.

Ein widerlich schmatzendes Geräusch sagt mir, dass mein Plan aufgegangen ist, und als die Elektrizität in mir schlagartig wiedererwacht, weiß ich, dass ich vielleicht doch noch gewinnen kann.

Arven bricht hinter mir zusammen; das Rohr hat seine Körpermitte durchbohrt.

»Ich bin im Vorteil!«, sage ich zu seiner Leiche.

Als ich mich wieder erhebe, schießen Donner und Blitz und Funken und Stromstöße und alles, was ich auch nur irgendwie kontrollieren kann, aus meinem Körper. Die Zuschauer kreischen laut auf, und lauter als alle anderen: Maven.

»Tötet sie! TÖTET SIE!«, brüllt er und zeigt durch die Kuppel auf mich. »ERSCHIESST SIE!«

Kugeln treffen auf die Kuppel, zerbersten in einem Funkenregen an dem elektrischen Schild, der dennoch hält. Eigentlich sollte er die da oben schützen, aber er besteht aus Elektrizität, aus Strom, er ist *mein* Schild, und er beschützt jetzt *mich*.

Die Leute ringen nach Luft, sie trauen ihren Augen nicht. Aus meinen Wunden tropft rotes Blut, und über meine Haut zucken Blitze, und zusammen verkünden sie allen, was ich bin. Der Videobildschirm über mir wird schwarz. Aber ich bin bereits gesehen worden. Und was geschehen ist, können sie nicht mehr aufhalten.

Rhambos tritt zitternd einen Schritt zurück; was er sieht, lässt ihm den Atem stocken. Und ich gebe ihm nicht die Chance, noch einmal Luft zu holen.

Silbern und rot und stärker als beide.

Mein Blitz fährt in ihn hinein, bringt sein Blut zum Kochen und brutzelt seine Nerven, bis er zusammenbricht und nur noch ein zuckender Fleischberg ist.

Osanos fällt als Nächster, als meine Funken ihn erreichen. Die flüssige Kugel zerplatzt und Cal landet im Sand. Er japst und spuckt und hustet das Wasser aus seiner Lunge.

Trotz der spitzen, scharfen Metallteile, die durch den Sand nach oben schießen, um mich zu durchbohren, versuche ich zu ihm zu gelangen. Ich sprinte los und überspringe alle Hindernisse wie beim Hürdenlauf. *Sie haben mich für das hier trainiert. Selbst schuld. Sie haben sich ihr eigenes Grab geschaufelt.*

Evangelina bewegt ihre Hand durch die Luft und lässt einen Stahlträger auf meinen Kopf zufliegen. Ich weiche ihm aus, indem ich mit den Knien über den Boden rutsche. Dann komme ich mit dolchartigen Blitzen in den Händen genau neben ihr wieder hoch.

Sie greift sich ein Stück herumwirbelndes Metall und formt eine Klinge daraus. Sofort fährt mein Blitz hinein und zerbricht sie, doch Evangelina gibt nicht auf. Überall um uns herum zerteilen sich Metallstücke und greifen mich an. Sogar ihre Spinnen mit den Rasierklingen-Beinen holt sie wieder hervor, um mich zu vernichten, aber auch die können mir nichts anhaben. *Sie* kann mir nichts anhaben.

Mit einem weiteren Blitz fege ich alle ihre Waffen weg und sie von den Füßen. Sie fällt der Länge nach hin, versucht aber meinem Zorn zu entkommen. *Es wird ihr nicht gelingen.*

»Doch kein Trick«, haucht sie völlig überrumpelt. Ihr Blick fliegt zwischen meinen Händen hin und her, während sie zurückweicht und dabei hastig einen Schild aus kleinen, schwebenden Metallstücken formt. »Doch keine Lüge.«

Ich schmecke rotes Blut auf der Zunge. Es schmeckt scharf und metallisch und auf eine merkwürdige Art großartig. Ich spucke aus, damit alle es sehen. Über unseren Köpfen verdunkelt sich der eben noch blaue Himmel. Schwarze Wolken türmen sich hinter der Kuppel auf; sie sind schwer und voller Regen. *Ein Gewitter ist im Anzug.*

»Du hast gesagt, du bringst mich um, wenn ich dir in die Quere komme.« Es fühlt sich unglaublich gut an, ihr ihre eigenen Worte ins Gesicht zu schleudern. »Los, das ist deine Chance.«

Ihre Brust hebt und senkt sich bei jedem Atemzug. Sie ist erschöpft. Sie ist verletzt. Der Stahl ist fast ganz aus ihrem Blick verschwunden und Angst ist an seine Stelle getreten.

Sie springt auf, und ich reiße die Arme hoch, um ihren Angriff abzuwehren, doch er findet gar nicht statt. Statt sich auf mich zu stürzen, *rennt sie weg*. Sie rennt *vor mir* weg, sprintet auf das nächste Tor zu, das sie finden kann. Ich hefte mich an ihre Fersen, doch ein frustrierter Aufschrei von Cal lässt mich abrupt abbremsen.

Osanos ist wieder auf den Beinen und kämpft mit frischer Kraft, während Ptolemus um die beiden herumtänzelt und auf die beste Gelegenheit für eine Attacke wartet. *Gegen Nymphen kann Cal nichts ausrichten, nicht mit seinem Feuer.* Schließlich habe ich selbst gesehen, wie leicht Maven damals beim Training von einer Nymphe geschlagen wurde.

Meine Hand schließt sich um Osanos' Handgelenk, und ich verpasse ihm einen Stromschlag. So zwinge ich ihn dazu, sich von Cal abzuwenden und seine Wut auf mich zu richten. Das Wasser trifft mich wie ein Hammerschlag, wirft mich um und drückt mich in den Sand. Es donnert und prasselt auf mich herab und macht es mir unmöglich, Luft zu holen. Zum ersten Mal, seit ich diese Arena betreten habe, klammert sich die kalte Hand der Angst um mein Herz. Jetzt, wo sich uns die Chance eröffnet hat, zu gewinnen, zu überleben, bekomme ich Angst, dass wir verlieren. Meine Lunge schreit nach Sauerstoff, und ich öffne unwillkürlich den Mund, lasse mich vom Wasser in den Würgegriff nehmen. Es brennt wie Feuer, wie der Tod.

Dann läuft ein kleiner Funke durch meinen Körper; er ist winzig, aber er reicht aus. Ich jage ihn durchs Wasser zu Osanos. Er schreit auf und springt zurück, so dass ich genügend Zeit habe, mich freizustrampeln und durch den nassen Sand zu rutschen. Luft brennt durch meine Lunge, als ich einatme, aber mir bleibt keine Zeit, sie zu genießen. Osanos ist erneut zum Angriff übergegangen, doch diesmal hat er seine Hände um meinen Hals gelegt und drückt mich unter das tosende Wasser, das ihm gehorcht.

Aber ich bin bereit. Der Dummkopf begeht den Fehler, mich anzufassen, seine Haut und meine in Berührung zu bringen. Als ich den Blitz aussende, der durch das Wasser in seinen Körper fährt, schreit er auf wie ein kochender Wasserkessel und fällt nach hinten. Dass das Wasser weniger wird und dann im Sand versickert, sagt mir, dass er wirklich tot ist.

Ich erhebe mich tropfnass und zitternd vor Adrenalin, Angst und *Stärke*, und mein Blick fliegt zu Cal. Er hat unzählige Schnittwunden und blaue Flecken und blutet am ganzen Körper, aber seine Arme stehen hell in Flammen, und Ptolemus kauert zu seinen Füßen. Er hebt besiegt die Hände, fleht um Gnade.

»Töte ihn, Cal«, knurre ich. Ich will sein Blut sehen. Der Blitzschild über unseren Köpfen pulsiert wieder, befeuert von meinem Zorn. Wenn es bloß Evangelina wäre. Wenn ich es bloß selbst tun könnte. »Er hat versucht, *uns* zu töten. Töte ihn.«

Cal rührt sich nicht und atmet schwer durch seine zusammengebissenen Zähne. Ein Zweikampf tobt in ihm: Aufgepeitscht von der Schlacht dürstet er nach Rache, gleichzeitig verschafft sich der ruhige, wohlüberlegt handelnde Mann, der er eigentlich ist, wieder Gehör. Der Mann, der er nicht mehr sein *darf*.

Aber ein Mensch kann nicht so leicht aus seiner Haut. Cal macht einen Schritt zurück, und seine Flammen werden kleiner.

»Nein, das tue ich nicht.«

Es ist still geworden in der Arena, was nach dem schrillen Jubel der Massen, die uns bis eben tot sehen wollten, eine wunderbare Abwechslung darstellt. Doch als ich hochblicke, merke ich, dass sie uns keineswegs völlig gebannt zuschauen. Sie sehen weder meine Fähigkeit noch Cals Erbarmen. Sie sind nämlich gar nicht mehr da. Die große Arena wurde geleert, damit es keine Zeugen für unseren Sieg gibt. Der König hat sie weggeschickt, damit er unsere Wahrheit mit seinen Lügen zudecken kann.

Maven ist noch in seiner Loge. Er klatscht.

»Bravo!«, ruft er, während er an den Rand der Arena tritt. Er späht durch den Schild zu uns herunter, seine Mutter steht direkt neben ihm.

Mich schaudert. Sein Hohn schmerzt mehr als jedes Messer und hallt durch die leeren Ränge, bis er von dem Geräusch über Sand und Stein marschierender Stiefel verdrängt wird.

Königswächter, Sicherheitsleute und Soldaten strömen durch alle Tore zugleich in die Arena. Es sind Hunderte, Tausende. Zu viele, als dass wir es mit ihnen aufnehmen könnten. Zu viele, als dass wir vor ihnen weglaufen könnten. Wir haben zwar die Schlacht gewonnen, den Krieg haben wir aber trotzdem verloren.

Ptolemus rappelt sich auf und verschwindet in der Menge der Soldaten. Jetzt stehen Cal und ich allein in einem stetig enger werdenden Kreis, nichts und niemand ist mehr übrig.

Das ist nicht fair. Wir haben gewonnen. Wir haben es ihnen gezeigt. Das ist nicht *fair.* Ich möchte schreien, Stromschläge austeilen, wüten und kämpfen, doch vorher werden ihre Kugeln mich durchsieben. Heiße Zornestränen steigen mir in die Augen, aber ich werde nicht weinen. Nicht in diesen letzten Momenten.

»Tut mir leid, dass ich dich in diese Situation gebracht habe«, flüstere ich Cal zu. Ganz gleich, was ich von seinen Überzeugungen halte, er ist derjenige, der hier am meisten verliert. Ich kannte die Risiken, aber er war bloß eine Schachfigur; er wurde zerrieben zwischen so vielen, die ein unsichtbares Spiel spielten.

Er beißt die Zähne zusammen und dreht und wendet sich auf der Suche nach einem Ausweg. Aber es gibt keinen. Ich erwarte nicht, dass er mir verzeiht, und ich verdiene es auch nicht. Doch er nimmt meine Hand, hält den letzten Menschen fest, der noch an seiner Seite steht.

Dann fängt er leise zu summen an. Ich erkenne die Melodie; es ist das traurige Lied, zu dem wir uns im Mondlicht geküsst haben.

Wir hören Donnergrollen. Aus den dunklen Wolken fallen die ersten Regentropfen auf die unter Strom stehende Kuppel. Es zischt und knistert, doch der Regen wird stärker, entwickelt sich zu einem echten Guss. *Selbst der Himmel beweint unsere Niederlage.*

Maven starrt vom Rand seiner Loge auf uns herab. Der Funken sprühende Schild verzerrt sein Gesicht und lässt ihn wie das Monster aussehen, das er in Wahrheit ist. Von seiner Nasenspitze tropft Wasser, aber er merkt es gar nicht. Seine Mutter flüstert ihm etwas ins Ohr, was ihn in die Realität zurückholt.

»Leb wohl, kleine Blitzwerferin.«

Er hebt die Hand, und ich meine zu sehen, dass sie zittert.

Wie das kleine Mädchen, das ich bin, schließe ich die Augen und warte darauf, von hundert Kugeln durchsiebt zu werden. Ich blende alles aus, denke an längst vergangene Zeiten zurück. An Kilorn, meine Eltern, meine Brüder, meine Schwester. *Werden wir bald alle vereint sein?* Mein Herz sagt Ja. Sie warten auf mich, irgendwo, irgendwie. Und wie an jenem Tag im Spiralgarten, als ich dachte, ich würde in den Tod stürzen, akzeptiere ich, dass mein Ende unmittelbar bevorsteht. *Ich werde sterben.* Ich lasse es los, das Leben.

Ein ohrenbetäubender Donner, der die Luft buchstäblich zerreißt, bildet den Auftakt zu dem nun einsetzenden Gewitter. Der Boden bebt unter meinen Füßen, und selbst durch die geschlossenen Lider sehe ich den gleißend hellen Blitz. Er ist violett und weiß und stark; das Stärkste, was ich je gespürt habe. Ich selbst fühle mich schwach und frage mich, was wohl passiert, wenn er mich trifft. Werde ich dann sterben oder überleben? Wird er mich schmieden wie ein Schwert, mich in etwas Schreckliches, Messerscharfes, Neues verwandeln?

Ich werde es nie erfahren.

Cal packt mich bei den Schultern und reißt uns beide aus dem Weg, als ein riesiger Blitzstrahl in die Arena fährt. Er schlägt in den Schild ein und lässt violette Funken auf uns herabregnen, die aussehen wie Schnee. Sie knistern schön auf meiner Haut und sind wie ein belebender elektrischer Puls, der mir neue Energie liefert.

Die Bewaffneten um uns herum ducken sich oder rennen weg, versuchen, dem Funkensturm zu entkommen. Cal versucht mich wegzuziehen, aber ich nehme ihn kaum wahr. Meine Sinne vibrieren förmlich; sie spüren das Gewitter, das über uns wütet. *Es ist meins.*

Wieder zuckt ein Blitz durch die Arena. Er schlägt in den Sand ein, und die Sicherheitsleute sprengen auseinander, rennen auf die Tore zu. Die Königswächter und die Soldaten lassen sich nicht so leicht entmutigen; sie erholen sich rasch von ihrem Schreck. Cal zerrt mich nach hinten, versucht uns beide zu retten, aber sie folgen uns, bis wir von Bewaffneten umzingelt sind.

So gut sich das Gewitter auch anfühlt, es zehrt an mir. Ein Gewitter mit Blitzen und Donner zu kontrollieren, ist einfach zu schwer. Ich bekomme weiche Knie, und mein Herz schlägt wie eine Trommel, so schnell, dass es zu platzen droht. *Noch ein Blitz, einer nur. Dann haben wir vielleicht eine Chance.*

Als ich rückwärts stolpere und meine Fersen über den leeren Hohlraum im Arenaboden ragen, der vorhin mit Osanos' Wasser gefüllt war, weiß ich, dass es aus ist. Wir können nirgends mehr hin.

Cal hält mich ganz fest und zieht mich vom Rand weg, damit ich nicht falle. Da unten ist nichts als schwarze Dunkelheit und weiter unten das Tosen von Wasser. Nichts als Rohre und Leitungen und schwarze Leere. Und vor uns, aufgereiht und bereit, die Soldaten. Wie ein Mann heben sie ihre Waffen und zielen.

Der Schild ist zerbrochen, das Gewitter lässt nach, und wir haben verloren. Maven kann meine Niederlage schon riechen in seiner Loge, seine Lippen sind zu einem grässlichen Lachen verzogen. Selbst aus so großer Distanz sehe ich die glänzenden Zacken seiner Krone. Ihm läuft Regenwasser in die Augen, aber er blinzelt es nicht weg. Er möchte meinen Tod nicht verpassen.

Die Waffen werden angelegt, und diesmal warten die Männer nicht auf Mavens Befehl.

Die Schüsse donnern wie mein Gewitter und hallen durch die leere Arena. Aber ich spüre nichts. Als die erste Reihe der Bewaffneten, von Einschusslöchern übersät, umfällt, bin ich völlig ratlos.

Dann schaue ich blinzelnd auf meine Füße und erblicke eine

ganze Batterie von seltsamen Waffen, die über den Rand des Hohlraums ragen. Ihre Läufe qualmen und zucken, während sie weiterschießen und all die Soldaten vor uns niedermähen.

Bevor ich verstehe, was da gerade passiert, ergreift jemand von hinten mein Hemd und zieht mich nach unten. Ich falle durch die Finsternis. Wir landen tief unten im Wasser, aber die Arme lassen mich nicht los.

Ich sinke hinab in die Finsternis.

EPILOG

Die schwarze Leere schwindet und macht dem Leben Platz. Mein Körper schaukelt hin und her, und ich spüre irgendwo in der Nähe einen Motor. Metall schiebt sich mit hoher Geschwindigkeit kreischend über Metall; ich kenne dieses Geräusch. *Die Tunnelbahn.*

Der Sitz unter meiner Wange fühlt sich merkwürdig weich und zugleich fest an. Das ist kein Leder und auch kein Stoff oder Beton, wird mir dann klar, sondern warme *Haut*. Sie bewegt sich unter mir, passt sich an, als ich mich bewege, und meine Augen fliegen auf. Was ich sehe, gibt mir das Gefühl, dass ich noch immer träume.

Cal sitzt mir gegenüber. Seine Haltung ist steif und angespannt, er hält die Hände zu Fäusten geballt im Schoß. Er schaut die Person an, die mich im Arm hält, und in seinen Augen steht das Feuer, das ich so gut kenne. Die Bahn fasziniert ihn, sein Blick flackert hin und wieder, während er die Lichter, die Fenster und die Kabel betrachtet. Er würde all das zu gern genauer in Augenschein nehmen, aber die Person an seiner Seite lässt das nicht zu.

Farley.

Die Rebellin steht, angespannt und von Narben gezeichnet, über ihm. Irgendwie ist es ihr gelungen, das Massaker unterm Cäsarplatz zu überleben. Ich möchte lächeln, ihren Namen rufen, doch ich bin zu schwach und kann mich nicht bewegen. Dann fällt mir das Gewitter wieder ein, die Schlacht in der Arena und all die Gräuel zuvor. *Maven.* Mein Herz zieht sich zusammen, als ich an ihn denke;

es windet sich vor Scham und Schmerz. *Jeder kann jeden verraten.*

Farley hat ihre Waffe in der Hand, bereit auf Cal zu schießen. Und da sind noch mehr Bewaffnete, die ihn scharf bewachen. Sie sind angeschlagen, verwundet, und es sind nur wenige, aber sie wirken dennoch bedrohlich. Sie lassen den gefallenen Prinzen keine Sekunde aus den Augen, fixieren ihn wie eine Maus die Katze. Mein Blick fällt wieder auf seine Hände und jetzt sehe ich die eisernen Fesseln, die er in Sekundenschnelle zum Schmelzen bringen könnte. Aber er tut es nicht. Er sitzt einfach nur ruhig da und wartet auf irgendwas.

Als er meinen Blick spürt, sieht er zu mir her. Es kommt Leben in ihn.

»Mare«, flüstert er, und die heiße Wut in seinem Blick verflüchtigt sich ein wenig. *Ein wenig.*

Mich schwindelt, als ich versuche, mich aufzusetzen, und eine beruhigende Hand drückt mich wieder nach unten. »Bleib liegen«, sagt jemand. Die Stimme kommt mir bekannt vor.

»Kilorn«, murmele ich.

»Ich bin hier.«

Zu meiner Verwirrung schiebt Kilorn sich an den Gardisten hinter Farley vorbei. Auch er trägt Spuren des Kampfes und hat schmutzige Verbände am Arm, aber er steht aufrecht. Und er *lebt.* Erleichterung überkommt mich in einer großen Welle. Aber wenn Kilorn dort bei den anderen Gardisten steht, dann …

Ich drehe abrupt den Kopf, um zu sehen, wer mich da im Arm hält. »Wer –?«

Dieses Gesicht kenne ich, ich kenne es so gut. Wenn ich nicht schon liegen würde, wäre ich ganz sicher umgefallen. Der Schock ist zu groß.

»Bin ich tot? Sind wir tot?«

Er kommt, um mich zu holen. Ich bin in der Arena gestorben. Das hier ist eine Halluzination, ein Traum, ein Wunsch, ein letzter Gedanke, bevor ich sterbe. Wir sind alle tot.

Aber mein Bruder schüttelt langsam den Kopf und sieht mich mit diesen vertrauten honigfarbenen Augen an. Shade war immer der Gutaussehende in der Familie, und der Tod hat daran nichts geändert.

»Du bist nicht tot, Mare«, sagt er, seine Stimmt klingt so weich, wie ich sie in Erinnerung habe. »Und ich auch nicht.«

»Aber wie?« ist alles, was ich herausbringe. Ich rutsche ein Stück hoch, um meinen Bruder richtig anschauen zu können. Er sieht genauso aus, wie ich ihn in Erinnerung habe, ohne die üblichen Narben eines Soldaten. Selbst seine braunen Haare sind wieder länger; der militärische Kurzhaarschnitt ist verschwunden. Ich streiche mit meinen Händen darüber, um mich davon zu überzeugen, dass er real ist.

Aber er ist nicht mehr derselbe. Genauso wenig, wie du noch dieselbe bist.

»Die Mutation«, sage ich und streichle seinen Arm. »Ich dachte, sie haben dich umgebracht, weil du so bist wie ich.«

Seine Augen scheinen zu tanzen. »Sie haben es versucht.«

Ich habe nicht geblinzelt und es ist auch keine Sekunde vergangen, aber er hat sich so schnell bewegt, dass ich ihm mit den Augen nicht folgen konnte, sogar schneller als ein Huscher. Jetzt sitzt er mir gegenüber, neben dem gefesselten Cal. Es ist, als könnte er direkt von einem Ort zum anderen wechseln, ohne einen Schritt zu tun.

»Aber es ist ihnen nicht gelungen«, beendet er den Satz von seinem neuen Platz aus. Er grinst jetzt übers ganze Gesicht und hat seinen Spaß daran, dass ich ihn mit offenem Mund anstarre. »Sie haben gesagt, sie hätten mich umgebracht. Sie haben den Hauptleuten erzählt, ich wäre tot und begraben.« Eine Zehntelsekunde später sitzt er wieder, wie aus dem Nichts, neben mir. *Er teleportiert sich.* »Aber sie waren nicht schnell genug. Niemand ist schnell genug.«

Ich versuche zu nicken, versuche seine Fähigkeit zu verstehen, sein bloßes *Hiersein*, aber ich begreife nicht viel mehr, als dass er mich in den Armen hält. *Shade. Er lebt und ist wie ich.*

»Was ist mit den anderen? Ma, Pa –« Shade bringt mich mit einem Lächeln zum Schweigen.

»Sie sind in Sicherheit und warten auf uns«, sagt er und seine Stimme bebt ein wenig. »Wir sehen sie bald.«

Bei dem Gedanken schwillt mir das Herz in der Brust. Aber wie mit all meiner Freude, meinem Glück und meiner Hoffnung, ist es auch damit schnell wieder vorbei. Mein Blick fällt auf die bis an die Zähne bewaffneten Gardisten, auf Kilorns Narben, auf Farleys angespannte Miene und Cals gefesselte Hände. Cal, der so viel durchgemacht hat, ist von einem Gefängnis ins andere entkommen.

»Lasst ihn gehen.« Ich verdanke ihm mein Leben, *mehr* als mein Leben. Also muss ich mich doch auch für ihn einsetzen. Aber niemand rührt sich, als ich das sage, nicht einmal Cal.

Zu meinem Erstaunen antwortet er, bevor Farley es tut. »Das werden sie nicht tun, und das sollten sie auch nicht. Eigentlich sollten sie mir zur Sicherheit sogar die Augen verbinden.«

Obwohl er am Boden und besiegt ist, obwohl er aus seinem eigenen Leben geworfen wurde, kann Cal nicht ändern, wer er ist. Der Soldat steckt immer in ihm. »Sei still, Cal. Du bist für niemanden eine Gefahr«, sage ich.

Spöttisch lächelnd weist Cal mit dem Kinn auf die bewaffneten Rebellen. »Das scheinen die da aber anders zu sehen.«

»Nicht für uns, meinte ich«, füge ich hinzu und kauere mich in meinen Sitz. »Er hat mir in dieser Arena das Leben gerettet, trotz allem, was ich getan habe. Und nach allem, was Maven dir angetan –«

»Sprich seinen Namen nicht aus«, knurrt Cal und macht ein so finsteres Gesicht, dass ich es Farley nicht verdenken kann, dass sie ihre Waffe fester umklammert.

»Es spielt keine Rolle, was er für dich getan hat«, presst sie durch zusammengebissene Zähne. »Der Prinz steht nicht auf unserer Seite. Und ich werde das, was von uns noch übrig ist, nicht für deine kleine Romanze aufs Spiel setzen.«

Romanze. Wir zucken beide zusammen bei diesem Wort. *Von diesen Gefühlen ist nichts mehr übrig. Nicht nach dem, was wir einander angetan haben und was uns angetan wurde. Und ganz gleich, was wir uns vielleicht auch wünschen mögen.*

»Wir kämpfen weiter, Mare, aber es gab auch vorher schon Silberne, die uns verraten haben. Wir werden ihnen nicht mehr trauen.« Kilorns Worte klingen etwas milder, sie sind wie ein Balsam. Er möchte, dass ich verstehe. Aber er sieht Cal mit funkelnden Augen an. Ganz bestimmt denkt er an die Folter im Verlies zurück und an den schrecklichen Anblick des gefrorenen Blutes. »Möglicherweise ist er ja eine wertvolle Geisel.«

Sie kennen Cal nicht so gut, wie ich ihn kenne. Sie wissen nicht, dass er sie alle vernichten könnte, dass er in Sekundenschnelle entkommen könnte, wenn er es wirklich wollte. Warum bleibt er also? Als unsere Blicke sich treffen, beantwortet er meine Frage ohne Worte. Der Schmerz, den ich in seinen Augen sehe, bricht mir das Herz. *Er ist müde. Er ist ein gebrochener Mann. Und er will nicht mehr kämpfen.*

Mir geht es ähnlich. Ein Teil von mir wünscht sich, ich könnte mich in meine Ketten fügen, in ein Leben in Gefangenschaft und Stille. Aber ich habe dieses Leben schon gelebt, im Matsch, im Schatten, in einer Zelle und in seidenen Kleidern. Nie wieder werde ich mich in so ein Leben fügen. Ich werde niemals aufhören zu kämpfen.

Ebenso wenig wie Kilorn. Oder Farley. Wir werden niemals aufgeben.

»Die anderen, die so sind wie wir …«, sage ich, und obwohl meine Stimme bebt, habe ich mich noch nie so stark gefühlt. »Die anderen, die so sind wie Shade und ich.«

Farley nickt und klopft auf ihre Tasche. »Ich habe die Liste noch. Ich kenne die Namen.«

»Aber Maven auch«, erwidere ich leise. Cal zuckt, als er den Namen hört. »Er wird versuchen, sie mit Hilfe der Blutzentrale aufzuspüren. Und er wird Jagd auf sie machen.«

Auch wenn die Bahn schwankt und rumpelt, während sie über die dunklen Gleise dahinsaust, zwinge ich mich aus dem Sitz. Shade will mich stützen, aber ich wische seine Hand weg. Ich muss allein stehen.

»Er darf sie nicht vor uns finden.« Ich hebe mein Kinn und spüre den Puls des Zuges. Er setzt mich unter Strom. »Auf gar keinen Fall.«

Kilorn tritt vor; seine Miene drückt Entschlossenheit aus, seine Wunden, Narben und Verbände scheinen zu verblassen. In seinem Blick liegt die Morgendämmerung.

»Er wird sie nicht vor uns finden.«

Ich spüre eine merkwürdige Wärme, sie ist wie die Sonne, obwohl wir tief unter der Erde sind. Diese Wärme ist mir so vertraut wie mein Blitz; sie hüllt mich ein wie die Umarmung, die uns nicht möglich ist. Auch wenn sie Cal als meinen Feind bezeichnen und Angst vor ihm haben, lasse ich seine Wärme in meine Haut sickern und seine Augen sich in meine brennen.

Unsere gemeinsamen Erinnerungen blitzen in mir auf, und ich durchlebe noch einmal jede Sekunde, die wir zusammen verbracht haben. Aber unsere Freundschaft existiert nicht mehr; an ihre Stelle ist das Einzige getreten, was wir jetzt noch gemeinsam haben.

Unser Hass auf Maven.

Ich brauche kein Flüsterer zu sein, um zu wissen, dass wir beide dasselbe denken.

Ich bringe ihn um.

DANK

Ich gehe chronologisch vor, damit ich niemanden vergesse, denn ich bin unendlich vielen Leuten zu Dank verpflichtet. Vor allem meinen Eltern, die mich immer unglaublich unterstützt und ermutigt haben, das zu tun, was ich wollte. Sie bleiben meine tollsten Lehrer und ich bin ihnen für alles dankbar; besonders dafür, dass sie mir erlaubt haben, »Jurassic Park« zu sehen, als ich drei war. Meinem Bruder Andrew, der bei jedem Spiel und jedem Jux mitgemacht und dazu beigetragen hat, dass meine Fantasiewelten immer größer und bunter wurden. Meinen Großeltern – George und Barbara, Mary und Frank –, die mir mehr Liebe und Erinnerungen geschenkt haben und noch immer schenken, als ich fassen kann. Den vielen Tanten, Onkeln und Cousins und Cousinen, die ich hier gar nicht alle einzeln aufführen kann, ganz zu schweigen von den Freunden und Nachbarn, die mich durch ihr Leben und ihre Gärten laufen ließen. Natalie, Lauren, Teressa, Kim, Katrina und Sam, die mir trotz fragwürdiger Outfits die harten Teenagerjahre hindurch treu geblieben sind. Und natürlich all den Englisch-Lehrern, die mir dauernd gesagt haben, ich solle nicht immer Romane an Stelle von Aufsätzen schreiben. Außerdem möchte ich all jenen danken, die mich unglaublich beeinflusst haben, obwohl wir uns gar nicht kennen: Steven Spielberg, George Lucas, Peter Jackson, J. R. R. Tolkien, J. K. Rowling und C. S. Lewis. Ich bin in einer Kleinstadt aufgewachsen, aber wegen dieser Menschen erschien mir meine Welt nie klein.

Ich danke der University of Southern California und ihrer einzigartigen School of Cinematic Arts dafür, dass sie mich tatsächlich aufgenommen und meinem Leben eine völlig neue Richtung gegeben haben. Meine dortigen Drehbuch-Dozenten haben mich zu der Autorin gemacht, die ich heute bin, und mir jeden Kniff beigebracht, den ich kenne. So habe ich nicht nur das Selbstvertrauen gewonnen, meinem inneren Drang zu folgen und Geschichten zu erzählen, sondern ich konnte auch die werden, die ich sein wollte. Der Drehbuch-Studiengang ist der Grund, warum ich die Chance bekommen habe, Autorin von Beruf zu werden, und ich kann ihnen allen gar nicht genug danken. Außerdem hatte ich das Glück, an der Southern California tolle Freunde kennenzulernen – einige meiner engsten: Nicole, Kathryn, Shayna, Jen L., Erin, Angela, Bayan, Morgan, Jen. R., Tori, die Chez-Boys, Traddies etc. – die mich widerwillig besser (und manchmal genüsslich schlechter) gemacht haben.

Nach dem College stand ich vor der praktisch unlösbaren Aufgabe, mich für einen Beruf zu entscheiden. Glücklicherweise hatte ich Benderspink im Rücken, und vor allem meinen ersten Manager Christopher Cosmos, der mich ermutigt hat, »Die rote Königin« zu schreiben. Als ich den ersten Entwurf fertig hatte, schickte er ihn an New Leaf Literary und eröffnete mir damit einen Weg, der mein Leben erneut in eine andere Richtung gelenkt hat. Ich landete bei den Besten der Verlagsbranche: Pouya Shahbazian, der »Die Rote Königin« und mich nach wie vor durch die turbulenten Gewässer der Unterhaltungsindustrie steuert; Kathleen Ortiz, die mir das Tor zur Welt öffnet und der Grund dafür ist, dass »Die rote Königin« um den Globus reist; Jo Volpe, unserer furchtlosen Kapitänin und wunderbaren Freundin; Danielle Barthel, Jaida Temperly, Jess Dallow und Jackie Lindert, die meine verrückten Anfragen ertragen und vollkommen unentbehrlich für mich sind; Dave Caccavo, der wie ich George-Washington-Fan und Fan des amerikanischen Fußballs ist und, wie man mir sagte, gut mit Zahlen umgehen kann. Und, tut mir leid, ihr anderen, die Beste habe ich mir für den Schluss aufgehoben: Suzie Townsend ist noch immer mein Polarstern am Bücherhimmel. Es ist sehr vielen Leuten zu verdanken, dass »Die rote Königin« nun endlich ein richtiges Buch ist, aber ganz besonders ihr. Sie motiviert und schubst und lobt mich genau so, wie ich es brauche und immer brauchen werde.

Als Suzie mich anrief, um mir zu erzählen, dass ein Angebot für »Die rote Königin« eingegangen sei, hab ich ihr gesagt, ich säße gerade im Auto und würde wahrscheinlich gleich gegen einen Baum fahren. Aber ich habe keinen Unfall gebaut und Kari Sutherland und Harper Teen das Vorkaufsrecht gewährt. Kari hat mir als meine Haupt-Lektorin bei meiner Reise in die große Verlagswelt die Hand gehalten und mein Manuskript in einen Roman verwandelt. Ich kann gar nicht sagen, wie unendlich dankbar ich ihr, Alice Jerman und dem gesamten Team bei Harper bin: Jen Klonsky, der literarischen Appetitanregerin erster Güte und fantastischen Programmleiterin; den Projektmanagern Alex Alexo und Melinda Weigel, der Korrektorin Stephanie Evans, die meine Kommata wie kein anderer im Zaum hält; der Herstellungsleiterin Lillian Sun; den Design-Genies Sara Kaufman, Alison Klapthor und Barb Fitzsimmons und dem Cover-Gestalter Michael Frost. Ihr habt ein wunderschönes Buch gemacht. Dem Marketing-Team Christina Colangelo und Elizabeth Ward dafür, dass sie »Die rote Königin« bekannt machen. Der unvergleichlichen Gina Rizzo und Sandee Roston, dem Presse-

Team, das rund um die Uhr daran arbeitet, das Buch ins Gespräch zu bringen. Dem Epic-Read-Team, Margot und Aubry, das sich den Weg in mein kaltes Herz erschlichen hat. Elizabeth Lynch alias Lynchpin, einem der fleißigsten Menschen, die ich kenne. Und der großartigen Kristen Pettit, die »Die rote Königin« und den Rest der Serie betreut.

Ich sage nicht, dass man ein ganzes Dorf dafür braucht, denn das wäre übertrieben (aber man braucht tatsächlich ein ganzes Dorf). Zu denen, denen ich danken möchte, gehört auch mein Team bei Benderspink – ich danke all den Mitarbeitern dort: den Jakes, JC, Daniel, David und den vielen Praktikanten, die ich hier nicht einzeln aufführen kann. Meinem Anwalt Steve Younger, auch bekannt als mein Westküsten-Dad; Sara Scott und Gennifer Hutchison, den Kriegerprinzessinnen, die »Die rote Königin« hoffentlich auf die Leinwand bringen. Und dann noch all den Leuten, die ich im echten Leben nie getroffen habe, die aber jeden Tag mit mir twittern und mailen und Instant Messages hin und her schicken. Verlagswesen und Unterhaltungsindustrie führen ein tolles Eigenleben in den sozialen Netzwerken, und ich habe dort die Bekanntschaft vieler inspirierender und ermutigender Menschen gemacht, die mich in die Familie aufgenommen haben. All diese Autoren, Blogger, Schreibenden und Fans sind sehr wichtig für mich. Ich danke euch allen für eure Worte und eure Unterstützung. Vor allem Emma Theriault, meinem kanadischen Zwilling, meiner Leserin, Kritikerin und Freundin.

Ich bin Autorin, und das bedeutet, dass ich vor allem alleine arbeite, aber ich bin es nie wirklich. Ich danke allen, die zu mir halten und meine Macken ertragen – insbesondere Culver, Morgan und

Jen, der bewusstseinserweiternden Bayan, der geheimnisvollen Erin und #Angela, die mich nie (laut) kritisieren. Und den Stützen des Alltags, die mich durch die Tage bringen – Jackson Market, dem Barista, der sich nie daran stört, dass ich aussehe wie eine Pennerin, Target, dem Herbstlaub, Pottery Barn, Buchläden, Yogahosen, geschmacklosen T-Shirts, den Nationalparks, den Patriots (sowohl dem Football-Verein als auch den Gründungsvätern), George R. R. Martin und Wikipedia. Außerdem möchte ich dem Staat Montana danken, denn dort habe ich das zweite Kapitel geschrieben und beschlossen, mit diesem Buchprojekt Ernst zu machen.

Ich muss mich für meine überschwängliche Art entschuldigen, aber ich bin auch schon fast durch. Ich möchte noch einmal Morgan danken, meinem besten Freund, der mir den Tritt in den Hintern gibt, den ich immer brauche, aber nie will. Ich werde auch in Zukunft das Flurlicht anlassen. Und ich danke noch mal meinen Eltern Heather und Louis. Sie hatten nichts dagegen, dass ich wieder zu ihnen ziehe und mich darauf konzentriere, ein Buch zu schreiben, was echt gaga ist. Sie haben mich unterstützt, damit ich auf eine tolle, aber erschreckend teure Uni gehen konnte, die auch noch weit weg war, was echt gaga ist. Sie haben mich verrücktes Huhn großgezogen und zu etwas gemacht, das einem funktionierenden Menschen zumindest ähnelt, was echt gaga ist. Und sie unterstützen und lieben mich auch weiterhin, ebenso wie sie mich unterbuttern und zurechtstutzen, meistens alles gleichzeitig. Sie haben mich dahin gebracht, wo ich heute stehe, und dieses Buch ermöglicht, diese Zukunft und dieses Leben. Was echt gaga ist.

Schön, reich und kaputt

Juno Dawson
Clean
400 Seiten
Gebunden
ISBN 978-3-551-58382-6

Lexi ist reich, cool, ein It-Girl – und heroinsüchtig. Nach einer Überdosis landet sie in der Clarity-Klinik. Ihr Entzug ist hart, die Therapie schier unerträglich, vor allem die Treffen mit den »Mitinsassen«: Aufputschmittel-Junkie Saif, Trans-Mädchen Kendall, Guy mit der Zwangsneurose, Bulimikerin Ruby, Ex-Kinderstar Brady. Doch ausgerechnet diese fünf werden zu echten Freunden. Und Brady vielleicht mehr. Lexi öffnet sich vorsichtig, beginnt ihr zerstörerisches Leben zu hinterfragen. Aber ist ein anderer Weg überhaupt möglich?

CARLSEN

www.carlsen.de